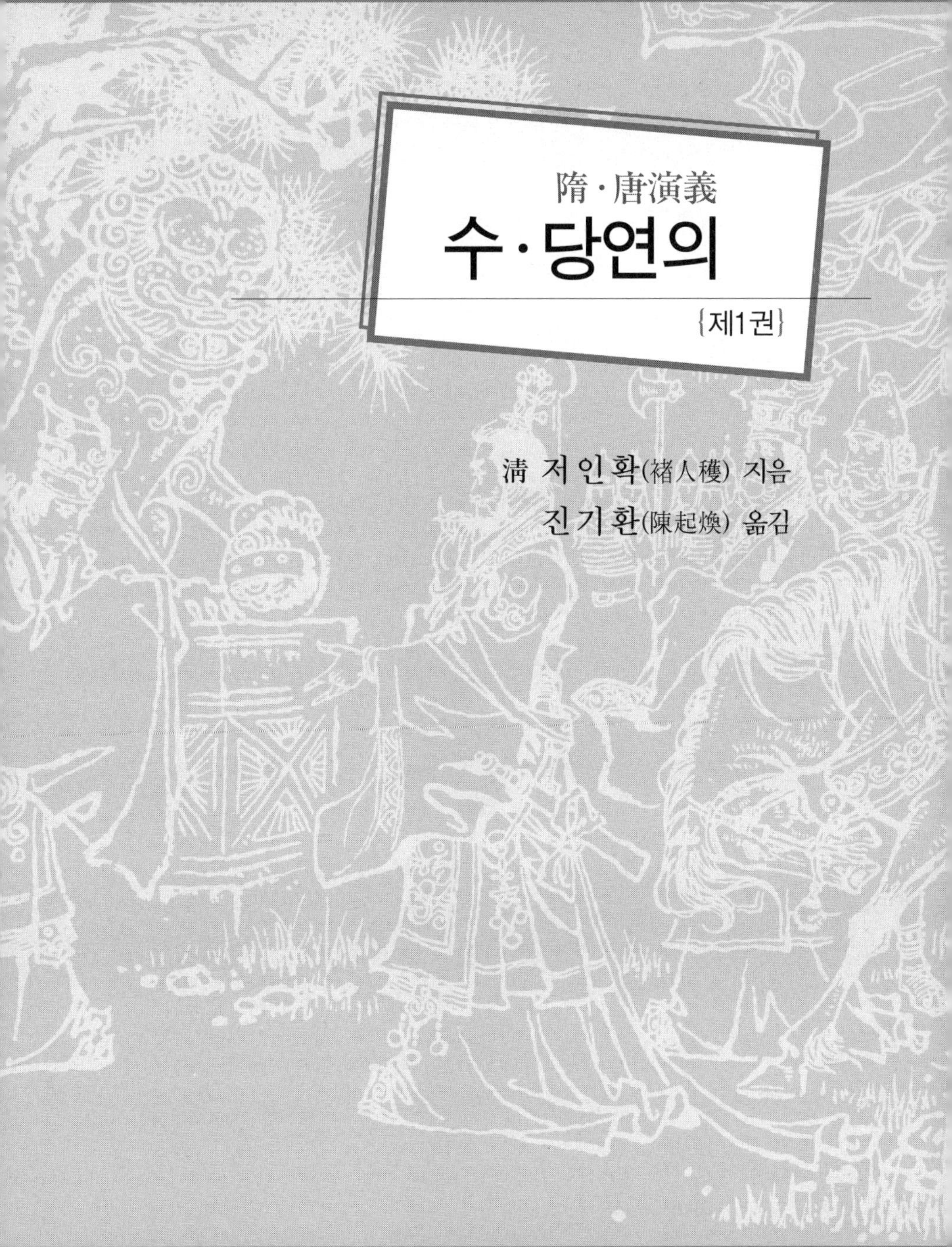

隋·唐演義

수·당연의

{제1권}

淸 저인확(褚人穫) 지음

진기환(陳起煥) 옮김

明文堂

머리말

우리가 연의(演義) 또는 통속연의(通俗演義)라 불리는 장회소설(章回小說)은 역사적 사건을 '자세히 풀어서 이야기한 소설' 이라는 뜻이다.

지난 일을 상세히 이야기하다 보면, 상황 묘사를 재미있게 가감하거나, 거기에 허구적(虛構的)인 내용을 보태면서 짜임새를 약간 바꾸는 일은 당연한 일이었다.

중국 장회소설의 대표작은 소위 《사대기서(四大奇書)》이고, 그중 장편 역사 장회소설인 《삼국연의(三國演義), 삼국지통속연의(三國志通俗演義)》가 가장 유명하다. 우리나라에서는 그냥 《三國志》로 통하기에 서진(西晉) 진수(陳壽, 233－297년)의 정사(正史) 《삼국지》와 혼동할 수 있다.

《삼국연의》는 역사적 사실을 바탕으로 사실과 허구가 적절하게 얽혀졌고, 사건의 전개와 묘사가 극진하여 많은 사람들에게 널리 알려졌다.

중국에서 《삼국연의》 다음으로 가장 많이 읽히는 역사 장회소설은 《수당연의(隋唐演義)》이다. 우리가 중학교를 졸업하면 고등학교에 진학하듯, 중국인들은 《삼국연의》를 독파하여 역사소설에 재미를 붙였다면, 다음에 자연적으로 《수당연의》를 읽는다.

《수당연의》는 중국 역사에서 가장 흥미롭고도 재미있는 부분을 다루고 있다.

수(隋)나라의 건국과 중국 통일, 이어 수 양제(煬帝)의 사치와 몰락, 다음에 이어지는 당(唐)의 건국, 그리고 당 태종〔이세민(李世民)〕의 정치와 번영, 당 현종(玄宗) 초기 개원의치(開元之治)와 양귀비(楊貴妃)의 사랑과 몰락이 그 소재이다.

수나라 양제(煬帝)의 패륜(悖倫)과 사치, 대운하의 개통, 고구려 원정 실패 모두가 정말 흥미로운 이야깃거리이다. 당 태종은 중국 역사상 가장 현명한 제왕이라 하지만, 그도 인간의 속성과 행위에서 결코 벗어날 수 없었다.

당 현종과 양귀비 애정이 진실한 사랑이었나? 아들과 며느리를 이혼시켰다가 며느리를 차지하는 불륜이었고, 풍만한 여체만을 더듬었던 노인의 육욕(肉慾)이었다.

이런 골격의 이야기이라면 중국인들이 또 우리나라에서도 중국 역사와 문학에 관심을 가진 분들이 충분히 좋아할만한 소재이다.

중국에서는 어린이와 청소년을 위한 《수당연의》도 출간되었는데, 이는 그만한 교훈을 얻을 수 있기 때문일 것이다.

이 소설은 역사적 사실을 바탕으로 깔고 있다. 때문에 설명해야 할 역사적 사실이나 내용이 많이 있다. 소설 내용을 이해하기 위한 설명을 하다 보면 소설을 읽는 리듬이 깨지기 쉽다.

그래서 역자는 그런 내용을 모두 주석(註釋)으로 처리하였다. 이는 고급 독자의 궁금증이나 지적 욕구를 충족시키기 위한 방법이다.

역자가 그간 중국 사서(史書) 원문을 번역하고, 당시(唐詩) 감상을 위한 주석과 해설, 중국 문학과 철학을 공부한 모든 경험과 지식을 본서의 번역에 쏟아부었다.

《수당연의》를 읽는 고급 독자가 더 알고 싶은 내용이나 궁금한 바를 모두 알 수 있도록 상세하고도 폭 넓은 주석에 심혈을 다 기울였다.

본 번역이 국내에 최초 출간은 아니지만, 거의 30여 년 전에 단 한 차례 출간되었다가 곧바로 퇴장(退藏)되었기에 우리나라에서는 거의 알려지지 않았다.

그러나 《삼국연의》를 읽은 분이라면, 그래서 중국 역사소설에 재미를 붙였다면, 이제 한 걸음 더 나아가 《수당연의》를 읽어야 한다는 신념으로 이 소설을 번역했다.

우리가 연의소설을 읽어 천년풍운의 변환(千年風雲之變幻)을 알고, 고금 세상사의 부침(古今世事之浮沈)을 이야기한다면 재미있고 또 유익하지 않겠는가? 그리고 이것이 우리 일상의 크나큰 복락(大福樂)이 아니겠는가?

2023년 3월

진기환(陳起煥)

일러두기

▶▶▶ 《삼국연의(三國演義)》와 《수당연의(隋唐演義)》는 자연스럽게 연결된다. 중국에서는 《삼국연의》를 읽었다면, 그 다음에 누구나 《수당연의》를 읽는데, 이는 중학교를 졸업한 다음 고등학교에 진학하듯 으레 그래야 할 과정이다.

▶▶▶ 본서는 岳麓書社(악록서사, 湖南省 長沙市) 간행 《隋唐演義 上·下》를 기본 텍스트로 사용했다. 텍스트의 원문 편제를 유지하며 – 각 회(回)의 제목 그대로 수록하며 – 국역했다. 본서의 화보나 삽화 중 일부는 《繪圖隨唐演義(회도수당연의)》〔上海(상해), 廣益書局(광익서국), 1918〕의 삽화를 전재(轉載)하였다.

▶▶▶ 《수당연의》 원서에는 역사적 사건이나 등장인물의 연대나 시기에 관련한 설명이 거의 없다. 본서에서는 역사적 사실, 제왕의 재위, 개인의 생몰(生歿) 연도를 모두 서기로 환산하여 (　) 안에 기록하였다.

▶▶▶ 《수당연의》에는 등장인물의 성명이나 관직, 지명이나 연호

(年號) 등 고유명사는 모두 한글에 한자(漢字)를 병기하였다. 그밖에 다른 뜻으로 해석될 수 있는 내용도 한자를 병기했다.

▶▶▶ 상세한 주석을 달았다.

이는 고급 독자의 지적(知的) 욕구를 충족시켜주고, 의문사항에 대한 답변이다. 여기에는 漢字(한자)가 좀 들어갔는데, 이 정도는 독자의 지적(知的) 욕구를 충족시키기 위한 방편이라 생각했다. 특히 역사 인물이나 사건에 대해서는 역사적 사실에 바탕을 둔 주석을 달았다.

본 소설에 등장하는 역사적 인물은 처음 등장할 때 상세한 주석을 달았다. 본 소설의 주요 인물은 모두 역사에 실존했었다. 때문에 인물의 생존 연대나 행적을 우선 사실(史實)대로 독자에게 제공되어야 하고, 그런 자료는 당연히 역자가 제공해 주어야 한다.

그리고 권말에 찾아보기(인명 색인)를 만들어 최초 등장하는 回(회)를 표시하였다. 인명에 대해서도 그 인물의 傳記(전기)가 나오는 史書(사서)의 출처를 밝혀 참고할 수 있게 도왔다.

▶▶▶ 우리말 해석은 원문에 충실한 직역을 했다. 《수당연의》에 인용되는 경전의 구절은 그 원문 출처를 밝히고 필요한 경우 국역하여 독자의 이해를 도왔다.

어려운 한자의 경우 우리나라에서 통용되는 음훈과 중국어에서 통용되는 의미를 같이 설명하였다. 특히 성명의 우리말 표기에서는 국내 옥편의 음(音)을 따랐다.

예 拓拔珪(탁발규) – 拓은 성씨 탁. 주울 척. 冼氏(선씨) – 성씨 선. 씻을 세.

▶▶▶ 갱의(更衣)는 글자로는 '옷을 갈아입다' 라는 말이지만, '화장실에 가다' 로 통한다. 이런 말은 번역으로 끝나지 않고 '이런 표현을 완사(婉辭, 유순할 완)라고 한다.' 라는 주석을 달아주고 비슷한 예를 들어주어야 한다.

말하자면, 주석은 독자의 공부를 돕는 한 방법이다.

▶▶▶ 《수당연의》의 관직이나 지명은 《수서(隋書)》와 《신당서(新唐書)》에 의거 설명하였다. 특히 지명은 당시 행정구역에 따랐으며, 현행 중국 행정구역의 명칭을 설명하였다. 곧 성(省), 지급시(地級市), 현(縣)이나 현급시(縣級市)를 병기하여 모든 독자가 현재의 중국 지

도로 위치를 알 수 있게 하였다.

▸▸▸ 원서에는 시(詩)와 사(詞)가 매우 많이 수록되었다. 이는 유명인과 원저자의 작품이다. 이런 시와 사를 모두 국역하였다. 특히 개장시(開場詩)와 산장시(散場詩) 번역을 중시하였다. 이는 해당 회(回)의 내용에 대한 축약이다.

본서에 수록된 시와 사(詞)의 번역은 역자의 느낌이다. 그러나 특히, 사의 번역에 많은 어려움을 겪었다. 그 시대의 속어와 전고(典故)가 자주 보이는데, 이를 모르고 글자만 가지고 풀이하면 분명한 오역이 된다. 이 부분에 대하여 독자 여러분의 엄한 질정(叱正)을 기다린다.

〈참고 도서〉

• 단행본

《隋唐演義》: 上·下卷, 清 저인확(褚人穫) 著. 長沙, 岳麓書社出版. 2009.

《隋唐演義》: 羅貫中 原撰, 褚人穫 改撰 . 臺北, 世界書局, 1969.

《隋唐演義》: 1-3, 無名氏 撰, 徐文長 批評. 上海 上海古籍出版社, 1990.

《隋唐演義》: 上-下册. / 羅貫中 原撰 ; 褚人穫 改撰 ; 趙同文 繪 ; 王祥宇, 鄭子予 刻. 臺北, 世界書局, 1982.

《隋唐演義》: 褚人穫 彙編. 上海 , 上海古籍出版社, 1994.

《隋唐演義》: 侯忠義 主編. 明代小說輯刊, 第1輯 (1), 成都, 巴蜀書社, 1993.

《隋唐野史》: 彭詩琅 主編, 中國全史. 9권. 北京, 中書戲劇出版社, 2001.

《唐代宮廷艷史》: 彭詩琅 主編, 中國全史. 10권. 北京, 中書戲劇出版社, 2001.

《繪圖隨唐演義》: 上海, 廣益書局, 1918, 서울대중앙도서관 고문헌자료실(한적본).

《隋唐演義》: 저인확(褚人穫) 지음 · 김월성 옮김, 1-5권, 서울, 강천, 1996.

• 전자책

《隋唐演義》: (清) 褚人穫 撰, 20卷, 清 四雪草堂刊本, 서울대학교도서관, 온라인 이용.

《隋唐演義》: (清) 褚人穫. 成都, 天地出版社, 2019. 서울대학교 도서관, 온라인 이용.

• 논문

《隋唐 歷史敍事의 演義化 樣相 硏究》: 이지원, 서울대학교 대학원, 2001.

차례

1. 《隋唐演義(수당연의)》를 읽기 전에

(1) 수(隋) 나라 역사 개관

● 위진남북조시대

중국 고대문화의 완성은 한대(漢代) 문화라 할 수 있다.

전 · 후한(서한 · 동한)에 이어 위 · 촉 · 오(魏 · 蜀 · 吳) 삼국시대였고, 이후 서진(西晉)의 통일과 쇠퇴, 오호십육국(五胡十六國)과 동진(東晉) 이후 남 · 북조(南 · 北朝)의 분열과 대립시대가 이어진다.

삼국 중 위나라의 건국(서기 220년)과 서진의 성립(서기 265년) 이후 수(隋)의 건국(581년)까지를 보통 위진남북조(魏晉南北朝)시대라 통칭한다.

이 시기에 총 30여 나라가 일어나고 망했다. 사실 너무 많은 나라에 너무 많은 군주의 즉위와 시해와 죽음이 줄줄이 이어지기에 '과연 이런 사람, 이런 나라를 기억하며 읽어야 하는가?' 라는 회의에 빠지게 된다.

사실 이 시대뿐만 아니라 어느 시대이든 나라가 멸망에 이르는 가장 큰 이유는 어리석거나 어린 군주의 즉위, 군주의 사치와 향락, 황음무도와 도덕적 타락을 주된 원인으로 꼽아야 한다. 국력의 쇠퇴에 따라 이웃 나라의 침략에 의한 멸망도 결국 국력 쇠약의 원인을 제공한 군주의 책임으로 귀결된다.

조비(曹丕)의 위(魏), 유비(劉備)의 촉한(蜀漢), 손권(孫權)의 동오(東吳)는 물론 서진(西晉)과 동진에 이은 남조(南朝)의 4개국 모두 빈번한 황제 교체에 우매한 통치자의 황음무도와 어리석음은 멸망에 이르는 첩경임을 확실하게 보여주었다.

● 북주(北周)의 귀족 楊堅(양견)

양견(楊堅, 서기 541－604년)은 수(隋)의 개국 황제로 서기 581－604년까지 재위했다. 재위 24년, 향년 64세였으니 천운을 타고난 인물임에는 틀림없으나 아들 양제의 의해 시해 당했다.

양견은 한족(漢族)이지만 선비족(鮮卑族)의 성씨와 이름도 갖고 있었다. 그의 부친 양충(楊忠)은 서위(西魏)의 관직을 두루 거쳤으며 선비족화한 한인의 대표적 인물이었다. 양충은 서위의 수국공(隋國公)이었고, 뒤에는 북주(北周) 팔주국〔八柱國, 柱國大將軍(주국대장군)〕의 한 사람이었다.

양견은 부친의 직위를 세습했고 걸출한 용모에 무예도 뛰어났었다. 양견의 부인 독고(獨孤)씨는 당시 북주 팔주국의 한 사람인 독고신(獨孤信)의 딸이었다. 그리고 양견의 딸은 북주 선제〔宣帝, 宇文贇(우문윤), 재위 579년〕의 황후였었으니 北周에서 양견의 지위가 어떠했는가를 짐작할 수 있다.

● 隋 文帝-개황(開皇)의 治

수 문제는 통치기구의 정비에 힘써 유목민족의 국가와 다른 제도를 시행하였다. 우선 구품중정제(九品中正制)를 폐지하여 능력본위 인재등용의 길을 열었다.

文帝는 해마다 각 주에서 인재를 3인씩 추천을 받아 이들을 국가에서 주관하는 수재(秀才) 시험에 응시케 하여(歲貢三人, 應考秀才) 관리로 선발하였는데, 이는 과거제도의 시작이었다. 그리고 삼성육부제(三省六部制)를 실시하였는데 중서성(中書省)과 문하성(門下省)은 조령(詔令)의 초안 마련과 검토를, 상서성(尙書省)은 정무(政務)와 관리(管理)의 실무를 담당케 하였으며, 상서성 아래에 이(吏), 민〔民, 戶(호)〕, 예(禮), 병(兵), 형(刑), 공부(工部)의 6부(部)를 두었다.

지방의 통치 체제를 정비하여 행정단위를 주(州)와 현(縣)의 2단계로 축소 통합하였는데, 이는 지방관의 수를 줄이며 행정 경비를 2/3 정도로 축소하는 효과를 거두었다고 한다.

군사상으로 초기의 부병제(府兵制)가 병농분리(兵農分離)인 점을 고쳐 평상시에는 경작과 훈련을 하다가 유사시에 동원되는 병농합일(兵農合一)의 부병제를 운영하여 병력 자원 확보와 함께 농업생산과 국고 충실의 목표를 함께 달성했다.

경제상으로는 민생안정과 함께 국고충실을 이룩하였다. 요역(徭役, 노동력 징발)을 줄이고 각종 부세(賦稅)를 가볍게 하여 민생

안정을 이룩하였다.

문제는 북위에서 처음 시작된 균전제(均田制)를 전국적으로 실시하여 자영농민의 확보와 국구 수입 증대를 달성하였다. 농민 호적을 정리하였는데 문제 말기에 호적에 등록된 인구는 약 4,600만 명이었으며, 이는 국고 수입 증대와 직결되었다.

그리고 개황률〔開皇律, 개황은 문제(文帝)의 연호, 율(律)은 형법(刑法)〕을 반포 시행하면서 형벌을 완화하여 백성에게 관대하면서도 대신 법령을 철저히 준수케하여 사회안정을 이룩하였다.

● 관농 집단－선비족과 한족의 연합

중국 역사학자 진인각〔陳寅恪, 1890－1960년, 中國(중국) 淸華大學(청화대학) 國學院(국학원) 四大導師(사대도사)의 한 사람〕은 서위(西魏)와 북주(北周), 그리고 수(隋)와 당(唐) 정권의 특징 중 하나가 관농집단(關隴集團)에 의한 지배체제라는 학설을 주장했다. 그러나 진인각의 관농집단에 대한 이론에 대하여 반론 또한 만만치 않다. 이는 그냥 여러 학설의 일부라고 인식하면 된다.

여기서 關(관)은 섬서성(陝西省)을 지칭하는 지역 명칭이고, 농(隴)은 감숙성(甘肅省) 지역을 의미하는 글자이다. 곧 장안(長安) 서쪽과 감숙성〔蘭州(난주), 天水(천수), 酒泉(주천) …〕 지역에 거주하던 한인 귀족과 선비 귀족이 혼인으로 맺어진 집단을 관농집단이라 지칭하였고, 이들이 서위와 북주를 통치했다.

이러한 전통은 수 문제(隋 文帝) 양견(楊堅)이나 당 고조(唐 高祖)

이연(李淵)에 이어졌는데, 곧 한인과 선비족의 결혼으로 형성된 이들이 수와 당을 지배하였다는 주장이다.

양견은 선비 귀족인 독고(獨孤)씨와 결혼했으며 수 건국 당시 관농집단의 적극적인 지원이 있었다. 또 당 고조 이연은 농서(隴西) 이씨(李氏)로 이연의 조부 이호(李虎, ?–551, 鮮卑姓, 大野氏)는 북주(北周) 8주국의 일원으로 당국공(唐國公)에 봉해졌으며, 부친 이병(李昞, ?–572)은 북주의 대장군이었다. 이연의 모친 독고(獨孤)씨는 이호와 함께 8주국의 한 사람이었던 독고신의 딸로 양견 부인의 친언니였다.

다시 말하면, 수 문제(文帝)는 당 고조(高祖) 이연의 이모부였으며, 문제(文帝)의 아들 양제는 당 고조 이연과 이종사촌 사이였다.

고조 이연의 처 두씨(竇氏)는 북주의 토대를 닦은 선비족 우문태(宇文泰)의 외손녀였다. 따라서 당(唐)도 수(隋)와 마찬가지로 북주(北周)의 문벌귀족인 선비화한 한인(漢人), 곧 관농집단이 지배하였다. 이들 관농 집단에게 농경민족과 유목민족의 우수한 장점이 결합되어 나타났기에 강력한 국가를 만들고 지배할 수 있었다고 볼 수도 있다.

사실 유목민족 국가에서는 아들이 아버지를, 숙부가 조카를 죽이거나 또는 형제간의 살육이 다반사였다. 이는 어찌 보면 거친 자연환경 속에서 유목생활을 하는 그들의 생존방식일 수도 있었다. 수 양제가 아버지와 형을 죽이고 즉위했으며, 당 태종 이세민도 형제를 살육하고 즉위하였다.

● 수 양제의 대운하

양제(煬帝)의 이름은 양광(楊廣)이다. 개황 말에 태자로 책봉되었는데 그날 천하에 지진이 있었다. (황제로) 즉위하고 맨 먼저 낙양에 현인궁을 지으면서 장강(長江)과 오령(五嶺) 산맥 일대의 목재와 돌을 징발하고, 사방의 아름다운 나무와 특이한 풀, 진기한 새와 기이한 짐승을 구해다가 궁내 동산을 채웠다.

그리고 통제거(通濟渠)를 개통했는데, 장안의 서쪽에서부터, 곡수와 낙수를 끌어들여 황하에 닿게 하고, 황하의 물을 끌어다가 변수에 합쳐지게 하였으며 변수를 사수에 이어지게 하여 회수(淮水)에 들어가게 하였다. 또 백성을 징발하여 한구를 장강과 이었으며 운하 옆에는 어도를 만들고 버드나무를 심었다.

장안에서부터 강도(江都)에 이르기까지 이궁 40여 개소를 설치했다. 사람을 강남에 보내 용주와 잡선 수만 척을 만들게 하여 유람이나 거동의 용도에 맞춰 준비케 하였다.

중국의 남북을 연결하는 대운하는 전혀 새로운 물길을 뚫은 것이 아니고 기존의 자연하천과 호수를 준설하고 연결하여 운하를 만들어 활용한 대 토목공사였다.

사실, 한대(漢代)에 이미 황하와 회수(淮水), 그리고 회수와 양자강이 이어져 있었고 장안(長安)에서 渭水(위수)를 잇는 수로가 있었지만 남북조 시대에 이들 운하나 수로나 거의 막혀 있어 운하로서의 기능을 완전히 상실한 상태였다.

비록 자연하천을 최대한 이용했고 기존의 자취가 남아 있었다지만, 1400년 전, 중장비가 없던 시절에 삽과 괭이와 인력만으로 폭 30-40m로 총 길이 2,400km의 대운하를 팠다는 점에서 경이로운 공사가 아닐 수 없다.

황하와 양자강을 물길로 연결시켜야 한다는 발상은 통치권의 강화와 황제의 유람, 그리고 고구려 원정을 위한 물자 수송이라는 복합적인 필요에서 시작되었다.

전, 후한 대에는 모든 정치와 군사, 경제의 중심은 낙양과 장안의 중원(中原)이었다. 그러나 오(吳)의 건국 이후 4세기에 들어와 강남 개발이 시작되었다. 그리하여 북에서 전란을 피해 남으로의 인구이동과 더불어 동진(東晋)과 남조(南朝)를 거치면서 강남은 점차 경제의 중심으로 발전하였다.

그리하여 수(隋) 이후 당대(唐代)에는 '중국 부세의 9할이 강남에서 걷히는 상황(賦出天下 而江南居十九)' 으로 바뀌었다. 따라서 수나라에서 강남 물자의 화북 운송은 경제적 효과 이외에도 정치적 군사적으로 꼭 필요했었다.

다만 이처럼 중차대한 일은 기이한 발상을 하고 그를 실천할만한 무모하면서도 약간은 엉뚱한 통치자가 아니라면 할 수 없었다는 점을 인정해야 한다.

수 문제는 수도 대흥(大興)과 황하를 연결하는 광통거(廣通渠)를 대대적으로 보수하여 개황 4년(서기 584)에 개통한 바 있었다.

양제는 즉위하면서, 곧 대업(大業) 원년(605년)에 하남(河南)과 회북(淮北)의 100만 명 인원을 동원하여 통제거(通濟渠)를 개통하여 낙양에서 회수(淮水)까지 물로 연결한다. 그리고 회남(淮南)의 20만 인력을 동원하여 회수와 양자강을 연결한다. 그 연결의 중심에 있는 양주(揚州)는 이후 중국 경제의 중심지로 자리를 잡는다.

● 수와 고구려의 충돌

고구려(高句麗)는 중국이 분열하였던 남북조 시대에 크게 세력을 확장하여 요하를 경계로 북제, 그리고 이후의 수나라와 국경을 마주했다. 수 건국 후에는 고구려와 잠시 우호적 관계가 형성되는 듯했으나 수가 중국을 통일하자 관계가 결정적으로 악화되었다.

그 이전부터 고구려는 수의 변경을 여러 번 침범했고 수와 적대관계에 있는 돌궐과 고구려는 우호관계를 유지하였는데, 이것이 수를 자극하였다. 그리하여 수 문제는 598년, 30만 대군을 동원하여 수륙으로 고구려〔당시 嬰陽王(영양왕) 재위〕 원정을 시도했으나 질병과 장마와 폭풍 등으로 실패하였다.

이 참패로 병력의 90%를 상실하였다고 하니 그 참패의 정도를 짐작할 수 있다. 그리고 문제(文帝)는 두 번 다시 고구려 원정을 시도하지 않았다.

때문에 수나라는 국력을 완전 회복하였다. 그러나 이렇게 회복된 국력이 있었기에 양제의 대토목공사가 가능했었다고 볼 수 있으며 또 그 때문에 양제는 고구려 원정을 시도할 수 있었다.

양제는 대운하가 완공되어 남방의 군량이나 물자를 쉽게 공급

받을 수 있다는 자신감을 갖고 있었다. 당시 고구려의 압박에 시달리던 백제가 출병을 요청한 것은 양제의 허영심을 부채질한 셈이고, 돌궐과 고구려가 여전히 군사적 우호관계를 갖고 있다는 사실을 확인한 양제는 분노하였기에 고구려 원정을 결정했을 것이다. 그러나 원정의 결과는 참패였고 나라의 멸망이었다.

612년 수 양제 1차 침입 때 평양성 근처에 도달한 수군은 고구려 군에게 궤멸을 당했고 우중문(于仲文), 우문술(宇文述)의 별동대 30만 명이 평양성을 직접 공격했으나 성과도 없이 퇴각하다가 을지문덕(乙支文德)에게 살수(薩水; 청천강)에서 수공을 당해 대패하고, 압록강을 건너 요동에 도착한 수군은 겨우 2,700명에 불과했다

613년, 양제의 2차 침입은 성과도 거두지 못하고 양현감(楊玄感)의 모반 소식에 놀라 회군할 수밖에 없었다. 양현감의 반란이 쉽게 평정되자 614년에 또 고구려를 침공하지만 고구려의 일차 방어선은 돌파했지만, 고구려의 끈질긴 저항과 수군의 공급부족으로 요하를 지킬 수 없었고, 고구려는 장기전에 지쳐 영양왕이 거짓 투항을 요청하자 양제는 체면은 건졌다 생각하여 철군한다.

그러나 3차례 고구려 침공실패 후 무력해진 군대는 수말의 농민 봉기를 진압할만한 여력도 없었다. 양제는 완전히 민심을 잃었고 수나라 장수들의 반역과 봉기가 계속 일어난다. 이러한 반대 봉기 속에 617년에 수도 대흥(大興)이 이연(李淵)에게 점령되고

618년에 당의 건국, 그리고 수의 멸망으로 이어진다.

● 수말(隋末) 농민 봉기의 시작

수 양제 대업(大業) 7년(611년) 왕박(王薄)이란 사람이 지금의 산동성 지역에서 자칭 '지세랑(知世郞)' 이라면서 〈막향요동낭사(莫向遼東浪死)〉(객사하러 요동에 가지 말라!)는 노래를 지어 부르면서 고구려 원정을 반대하였다.

그 노래에는 원정에 동원되는 민중의 고초와 함께 고구려 군사들에 대한 두려움이 나타나 있다. 노래 중 일부를 옮겨보면 아래와 같다.

요동으로 가지 말라.	(莫向遼東去)
동이(東夷) 군사 호랑이처럼 날쌔단다.	(夷兵似虎豺)
긴 칼이 내 몸을 쑤셔대고,	(長劍碎我身)
화살촉이 내 뺨을 꿰뚫는다.	(利鏃穿我)
내 목숨은 오직 한순간이고,	(性命只須臾)
내가 용감하면 누가 슬피 우나?	(節俠誰悲哀)
공을 세운 대장이 상을 받지만,	(功成大將受上賞)
왜 나 홀로 들판서 죽어야 하나?	(我獨何爲死蒿萊)

왕박이 기의(起義)한 뒤로 농민들의 호응은 불이 붙었다. 불과 몇 달에 수만의 농민이 모여 관군과 맞섰지만 곧 패퇴한다. 왕박

은 그 뒤에 우문화급(宇文化及)에 투항했다. 우문화급이 두건덕(竇建德)에게 패하자 두건덕의 부하가 되었다가 나중에 이연(李淵)에게 투항한다. 이후로 전국에서 일어난 봉기 세력의 우두머리는 대략 120여 명이 넘었다. 이들은 대개 수나라의 지방관으로서 자기의 거점에서 반기를 들었다. 이 수많은 봉기가 일어날 수 있었던 것은 그만큼 민심이 수나라에서 떠나버렸다는 증거였다. 이들은 각자 나름대로의 병력을 보유하고 상호 대립항쟁을 계속했는데 천하는 다시 분열로 치닫는 것 같았다.

이런 혼란과 항쟁이 와중에서 가장 유리했던 세력은 태원(太原)에서 기병하여 장안과 대흥성을 점령한 이연(李淵)이었다. 이들 항거세력은 당이 건국(618년)된 뒤에도 계속 저항하다가 624년에야 완전히 평정된다.

● 양제의 죽음—목숨을 구걸하기

양제(煬帝)의 폭정은 크게 3가지로 나눌 수 있다.

우선 대흥성(大興城)을 건설하고 대운하를 굴착하는 등 엄청난 대규모의 토목공사를 벌려 국력을 탕진했고 백성들을 고통으로 내몰았다.

두 번째는 잦은 순행(巡幸)과 허영심 그리고 사치와 향락에 따른 국고의 고갈이다. 외국 사절이 내조하러 왔을 때 한 달여씩 놀이판을 벌였다. 겨울에 가로수를 비단으로 싸주는 낭비는 도대체 누구를 위한 것이었나?

세 번째 폭정은 무모한 고구려 원정이다. 동원 병력 113만에 군량 및 물자 수송인원이 그것의 2배였다면 약 300만 명 이상이 동원되었다. 문제(文帝) 때 약 4,600만 인구에 남자를 절반으로 잡는다면 2,300만, 그중에서 300만이라면 청장년 남자의 절반은 다 동원되었다고 볼 수 있다.

마지막 순행으로 강도(江都, 今 江蘇省 남부 揚州市)에 도착한 양제는 매일 술로 세월을 보냈다. 이미 전국에서 봉기가 일어난 줄을 알고 있는 양제였기에 하루하루의 술자리는 가시방석이었다. 어느 날 그가 거울을 보고 피식 웃으면서 말했다.

"잘생긴 이 머리를 누가 감히 자를 수 있겠는가!"

양제는 독주(毒酒)를 한 항아리 준비해 놓고서 후궁들을 불러 놓고 말했다. "적병이 여기까지 들어온다면 그대들이 우선 마셔라! 나는 나중에 마시겠노라!"

말은 이렇게 하면서도 양제는 자신의 제국은 결코 망하지 않을 것이라는 일말의 희망, 그리고 구차하더라도 목숨을 건지리라고 스스로 위안을 하고 있었다. 그는 소황후(蕭皇后)에게 술을 권하면서 말했다.

"통쾌하게 한 잔 하시오! 나는 결코 장성공(長城公)이 되지는 않을 것이며 그대 또한 심황후(沈皇后)가 되지는 않을 것이요!"

장성공은 589년에 멸망한 남조 陳의 후주〔後主, 名, 진숙보(陳叔寶)〕이며 심황후는 그의 부인이었다. 604년 양제가 즉위하는 해에 진(陳) 후주는 52세를 일기로 죽는다. 문제는 그에게 長城煬公(장성양공)이라는 치욕적인 시호를 내려 주었다. 글자 '煬(쬘 양)' 에는 그 일생이 주색만을 탐하고 예(禮)를 멀리하여 인심을 잃었다는 평가를 포함하고 있다. 그러나 그런 시호를 자신이 받게 될 줄은 꿈에도 생각하지 못한 양제였다.

양제의 총애를 받던 후궁들이나 미인들은 아무도 독주 항아리를 찾지 않았다. 양제 자신도 독주를 마시지 않았다. 망국의 군주였지만 그래도 천수를 누린 장성공처럼 목숨을 구걸할 형편도 되지 않았다. 양제는 자신의 비단 허리띠를 풀러 금위군 장수에게 내주었다. 칼로 내 목은 자르지 말라는 구걸의 표시였다. 당시 양제는 50세였다.

(2) 당(唐)나라 역사 개관

● 당조(唐朝)의 역사적 의의

통일제국 당나라는 고조의 개국에 이어 수나라 말기에 전국적으로 일어난 봉기세력들을 진압하고 통일을 완성한다. 이어 태종 이세민(李世民)의 貞觀(정관, 626−649년)의 치(治)를 통해 군주정치의 모범을 보이면서 안정과 번영을 이룩한다.

당 고조(高祖) 이연(李淵)과 태종 이세민(太宗 李世民)의 정책들은 성공을 거두어 貞觀(정관, 627−649년)에서 현종(玄宗)의 개원(開元, 713−742년)에 이르는 100여 년은 경제가 발전하며 영토 확장과 함께 번영을 누렸다. 이 기간 중에는 측천무후(則天武后)의 정변 이외에는 대외적으로 큰 병란(兵亂)이 없었다. 역사에서는 이 시대를 평화롭고 번영했었으며 모범적인 군주정치가 이루어졌던 시기로 평가한다.

당은 건국 초부터 국내 정세를 안정시키면서 대외적으로도 세력을 확장했고, 사회 경제적 안정을 이룩하며 제국 융성의 기초를 닦아 300년 이상, 그래도 다른 시대에 비해 상대적으로 정치적 안정을 유지했다.

당은 수나라의 통일과 제도 정비, 그리고 대운하 개통 등 앞 시대의 열매를 수확하면서 국가의 경제적 사회적 기반을 확실히 다졌다. 또 남북조시대의 문벌 귀족과 관료층을 두루 흡수하여 지배층의 인적자원을 확보하였고, 과거제도의 발전적 시행으로 새로운 관료층을 확보하면서 문벌 귀족의 출현을 미연에 방지하였다.

또한 균전제(均田制)의 토지제도와 조·용·조(租·庸·調)의 세금제도, 그리고 병농일치의 부병제(府兵制)로 국력을 키우면서 이민족에 대한 견제정책도 성공을 거두었다. 이처럼 이민족을 견제하거나 균형을 유지하며 군사적으로, 또 사회적으로 안정되었기에 당의 문화는 어느 시대보다 찬란하였다.

당 문화의 특색은 한대(漢代) 이후 계속 발전해 온 전통적 고전문화의 바탕에 위진남북조시대의 귀족 문화, 주변 이민족의 여러 문화적 특성을 포용하고 흡수하면서 개방적이고 국제적인 문화 특색을 보여주었다. 특히 문학에서 당시(唐詩)의 융성은 지금까지도 중국 문화의 두드러진 특색으로 나타나고 있다.

지금 중국의 중등학교 학생들 중 어지간하면 당시 삼백수(唐詩三百首)를 외운다는 사실을 어떻게 받아들여야 하는가? 약 1500년 전 시인들의 작품을 중국 청소년들에게 암송을 권장하는 그 문화의 깊이를 우리는 한 번쯤 생각해 보아야 한다.

당(唐)은 중국 역사에서 여러 가지로 공헌한 바가 크다. 당은 중국 본토를 실질적으로 가장 오랫동안 지배한 국가였다.〔청(淸)의 국가 존속 기간이 당(唐)보다는 길지만 명(明) 멸망 이후의 지배 기간은 당(唐)보다 짧다.〕 당은 강대한 국력과 국부(國富)를 바탕으로 하는 국제적 문화를 이룩하였으며 세계에서 최고 수준의 문화를 자랑하였다.

● 당 고조 이연

당 고조(唐 高祖)의 성은 이씨(李氏), 이름은 이연(李淵, 在世 566-635, 在位 618-626)이다. 농서군(隴西郡)의 성기현(成紀縣) 출신으로, 조부 이호(李虎)는 서위(西魏, 535-556)에 출사하며 공을 세워 농서공(隴西公)에 봉해졌고, 부친 이병(李昞)은 북주(北周, 557-581)에서 당국공(唐國公)에 봉해졌는데, 이연은 7세에 부친의 작위를 세습했다.

수(隋)나라 양제(煬帝, 재위 604—618)는 이연을 홍화(弘化) 유수(留守)에 임명했고 농서 일대의 군사를 지휘 통솔케 하였다. 이연은 수조(隋朝)의 종실과 관계가 밀접했고 조정의 여러 일에 관여했으며, 사람을 거느리면서 너그럽고 단순하였기에 많은 사람이 따랐다.

이연은 양제의 미움과 배척을 받았지만, 변경을 침략한 돌궐족을 격퇴하며 공을 세웠다.

이연의 차남 이세민(李世民, 598—649)은 총명하고 용기와 결단력이 있고, 식견과 도량이 남달랐다. 수나라 황실이 어지러운 것을 보고 천하를 안정시켜야 한다는 마음을 혼자 품고서 진양〔晋陽, 今(금) 山西省(산서성) 太原市(태원시)〕의 (수 양제) 별궁(別宮) 감독인 배적(裴寂)과 진양 현령 유문정(劉文靜) 등과 관계를 유지하고 있었다.

이세민은 부친에게 기병할 것을 건의하였고, 이연은 작은아들의 뜻에 따라 617년에 거병하였다. 이연은 618년 즉위, 개국하면서 장남 건성(建成)을 태자로, 차남 세민(世民)을 진왕(晋王)에, 삼남 원길(元吉)을 제왕(齊王)에 봉하였다.

● 당의 제도

고조 이연은 재위 중 3성(省) 6부(部), 그리고 어사대(御史臺)와 비서성(秘書省), 오감(五監), 9시(九寺) 등 중앙 통치조직을 정비하였다. 중국 역사에서 어느 왕조에서든 황제의 전제 권력은 거의 절대적이었다는 점에는 모두 마찬가지였다. 다만 황제 아래 어떤 권력구조가 어떻게 운영되었는가에 약간씩 차이가 있을 뿐이었다.

당나라의 중앙 정치 조직은 이후 중국의 왕조뿐만 아니라 고려와 조선의 정치제도에도 영향을 주었다. 그런 의미에서 당나라의 중앙 정치 조직의 골격을 이해할 필요가 있다.

황제의 명령을 어떻게 입안(立案)하고 누가 그 내용을 검토하여 황제의 결심을 받아내고 그것을 어느 부서에서 실행하는가는 바로 권력의 가장 핵심적인 내용이다. 이러한 황제 중심 권력은 3성 6부로 집약된다.

삼성(三省)의 중서성〔中書省, 책임자 中書令(중서령)〕은 정책을 입안하고 조서(詔書)를 작성한다. 문하성〔門下省, 門下侍中(문하시중)〕은 조서의 초안이나 정책의 입안 내용을 심의하고 수정하였으며 황제의 최종 결재를 받는다. 따라서 문하성의 우두머리인 문하시중은 수상이라 할 수 있으며, 이러한 제도는 곧 당나라가 황제와 귀족의 합의체제로 운영되었다고 볼 수 있다. 이러한 공식 직제 외에도 필요에 따라 삼사〔三師, 太師(태사), 太傅(태부), 太保(태보)〕와 三公〔太尉(태위), 司空(사공), 司徒(사도)〕을 두었다.

결정된 정책은 상서성(尙書省, 尙書令)의 이(吏), 호(戶), 예(禮), 병(兵), 형(刑), 공부(工部)에서 집행된다. 그리고 어사대(御史臺)는 관리의 비행을 감찰하는 기구였고, 일반 서무를 분장하는 구시(九寺)가 있었다. 그리고 국자감(國子監, 교육, 국립대학), 소부감(少府監, 궁중 기물 제작, 관리), 장작감(將作監, 궁전, 성벽 건축과 관리), 군기감(軍器監, 무기 제조 수리), 도수감(都水監, 하천관리)을 오감(五監)이라 통칭했다.

그리고 황제를 위한 기구로서는 비서성(秘書省, 비서감, 황실 및 국가의 도서, 문서의 보관 관리), 전중성〔殿中省, 전중감, 황실 의복, 車馬(거마) 관련〕, 내시성(內侍省, 궁내 제반 서무 담당)이 있었다.

구시(九寺, 寺 音 시)는 태상시(太常寺, 의례, 종묘나 산천에 대한 제사, 음악 담당), 광록시(光祿寺, 황실의 음식 관련 업무), 위위시(衛尉寺, 병기, 의장 담당 업무), 종정시(宗正寺, 황실 족보 기록 및 관리), 태복시(太僕寺, 황실용 거마 관리), 대리시(大理寺, 형법 장악), 홍려시(鴻臚寺, 주변국 외교 사신 접대), 전농시(司農寺, 비축 군량, 창고 관리), 태부시(太府寺, 재정 지출)였다.

또 율령을 반포하였으며〔武德律令(무덕율령)〕, 전국을 10도〔道, 按察使(안찰사)〕로 나누고, 도(道) 아래 주(州, 刺史자사)－현〔縣, 縣令(현령)〕을 예속시켜 지방을 통치하였다.

당은 호적(戶籍)을 마련하여 출생자를 등록하고, 등록된 호적을 바탕으로, 성인 남자에게 국가에서 균전제(均田制)에 의하여 토지를 지급하고, 토지를 경작하는 대가로 조, 용, 조(租, 庸, 調)의 징수체계를 운영하여 국가의 수입을 올리며, 부병제(府兵制)에 의거하여 국방체계를 갖추었다.

당나라 제도 중 가장 핵심은 성인 남자에게 토지를 지급하는 균전제이다. 균전제에 바탕을 둔 조 · 용 · 조는 정세(正稅), 곧 기본적인 징세였지만 이외에도 여러 가지 잡세가 많아 농민들의 생활은 언제나 곤궁했다. 또 농민들은 농한기에 부병제에 의거 군사훈련을 받거나 수도에 가서 위사(衛士)로 근무하거나 변방에 가서 방수(防戍)의 임무를 수행하여야 했다. 균전제는 세월이 지나면서 나중에는 정남(丁男)에게 지급할 토지가 없게 된다.

나중에 조용조의 세법은 양세법(兩稅法)으로 전환되어 운용되지만 농민에 대한 착취는 여전하였다. 부병제의 모순은 절도사(節度使)의 세력 팽창으로 이어졌다. 그리고 절도사의 권력 강대는 뒷날 안록산의 난을 초래하게 된다. 안록산의 난 이후에도 절도사 제도에 대한 개혁이 이루어지지 않아 결국 당나라는 절도사에 의해 멸망하게 된다.

● 唐 太宗(당 태종)－貞觀之治(정관지치)

당 건국과 운영의 기본 계획은 고조 이연의 차남인 이세민(李世民)에 의해 실천에 옮겨졌다. 이 과정에서 장남 이건성(李建成)과의 갈등은 필연이었다. 형제간의 갈등은 현무문의 변(玄武門의 變, 626년)으로 폭발했고 결국 이세민의 즉위로 이어졌다.

태종 이세민은 무력으로 판도를 넓히고 국위를 선양하면서 중국 역사상 군주정치의 모범으로 손꼽히는 정관의 치(貞觀之治, 貞觀은 627－649)를 이룩하였다. 당 태종 정치력의 바탕은 무력(武力)이었다. 수(隋) 말기 기병도 무력이었고, 각지에 웅거한 봉기세력을 7년여에 걸쳐 평정할 수 있던 것도 무력이었다. 반대세력 타도와 '현무문(玄武門)의 변(變)'을 통해 고조의 양위를 받아 즉위했다.

태종은 즉위 이후 무치(武治)에서 문치(文治)로 재빨리 또 성공적으로 전환한다. 태종은 "난세(亂世)에는 무력으로, 치세(治世)에는 문치(文治)를 해야 하니, 이는 상황에 따라 달라야 한다."고 말했다. 18학사의 등용이나 홍문관(弘文館)의 설치와 전적 20만 권의 수집 등은 태종 문치정책의 상징이라고 볼 수 있다.

그 문치정책의 첫 번째 과제는 모든 신하와 백성에게 언로(言路)를 넓게 열어주는 일이었다(廣開言路). 이는 누구나 할 말을 할 수 있는 분위기의 조성이다. 사실 언로가 열리고 닫히기는 황제가 하기 나름이었다. 언로가 열려 있지만 그렇게 들어오는 직간(直諫)을 황제가 받아들이지 않는다면 언로는 저절로 닫히게 된다. 바른말을 들을 줄 알았기에 언로가 열렸고, 열린 언로가 있어 황제는 시행착오를 겪지 않고 중국 역사상 가장 훌륭했다는 '정관의 치'를 이룰 수 있었다.

태종에게 직간을 서슴지 않았던 인물로 위징(魏徵, 580-643년)을 꼽을 수 있다. 위징은 태자 건성(建成)을 섬겼지만 건성이 현무문에서 죽은 뒤, 태종은 위징의 강직한 성품을 알고서 바른말을 하라는 뜻으로 간의대부(諫議大夫)로 임명한다. 위징은 이후 비서성 책임자인 비서감(秘書監)과 문하시중(門下侍中)을 역임했는데, 죽을 때까지 태종의 심기를 건드리는 직간이 2백여 회였다고 전한다.

정관(貞觀)의 치(治)가 모범적이었다는 2번째 근거는 언로 열어

놓기에 이어 인재 등용에서 찾아야 한다. 태종의 인재 등용은 성공적이었다. 어느 시대이든 천재는 있었다. 다만 그 천재가 천재성을 살릴 수 있는 기회가 주어졌느냐? 아니냐에 따라 천재가 활동했거나 죽었을 뿐이다. 어째서 당 태종 그 시절에만 훌륭한 재상감이나 인재들이 많았겠는가? 어느 시대인들 글씨 잘 쓰는 사람은 있었다. 그러나 태종이 서도(書道)에 관심을 갖고 인재를 찾고 키웠기에 그 시절에 뛰어난 명필이 줄줄이 나왔다.

위징(魏徵)은 태자 이건성의 막료로 '진왕(晉王) 세민(世民)을 제거하라.' 고 여러 번 건의했었다. 건성이 죽은 뒤 이세민 앞에 잡혀온 위징은 당당했다.

"그때 태자(太子)가 내 말을 받아들였으면 오늘 이런 일은 없었을 것입니다!"

이세민은 위징을 살려주었을 뿐만 아니라 오히려 신임했다. 태종(太宗)의 중신(重臣) 중에는 수 양제를 섬긴 사람, 태자 건성을 섬긴 관리는 물론 당나라에 저항하며 봉기를 일으킨 장군도 있었다. 태종이 그들을 받아들인 것은 인재란 제각각 뛰어나고 잘하는 영역이 있기 때문이었다.

태종은 수(隋)에서 시작한 과거제도를 보다 확충하는 정책을 폈다. 과거제도는 문벌에 의한 인재 등용이 아니라 학식과 능력에 의한 등용이며, 중소지주 계층에게 정치 참여의 기회를 넓혀주었다.

당 왕조에 재상 중 절대다수가 과거를 통해 등용된 사람이었다. 거기에 중, 고급관료나 지방관을 포함한다면 과거 합격자가 당의 정치를 이끌었다고 말할 수 있다.

당 태종의 인재 등용은 우선 그 문호를 넓혔다는 점과 지난날을 따지지도 묻지도 않았으며, 오늘의 그가 무엇을 할 수 있는가를 고려하여 채용하는 인재 등용이었다. 이는 같은 물건이라도 누가 쓰느냐에 따라 활용도에 엄청난 차이가 있는 것과 같다.

● 태종의 고구려 원정

정관 18년(644년), 태종은 친히 고구려(高句麗)를 원정하였다. 이보다 앞서 고구려 연개소문(淵蓋蘇文, 泉~)은 군왕을 시해하였고, 신라에서도 구원을 요청했었다. 태종은 마침내 고구려를 토벌하기 위해 먼저 낙양으로 출발했다. 정관 19년(645), 태종은 낙양을 출발하여, 요하(遼河)를 건너 요동성(遼東城)을 함락시키고, 안시성(安市城)을 공격하며, 고구려의 구원병을 대파했다.

그러나 안시성은 지세가 험하고 군사는 잘 훈련되었으며, 수비가 견고하여 함락시키지 못했다. 태종은 요동이 일찍 추워져 물이 얼며 병사와 군마가 오래 머물 수도 없고 또 군량이 부족해지자 바로 회군하였다.

태종은 원정을 후회하며 탄식했다.

"위징이 만약 살았었더라면 내가 이 원정을 못하도록 했을 것이다."

태종은 역마를 보내 위징의 묘에 양(羊)을 바쳐 제사케 하였다.

정관 23년(649), 태종이 병에 걸렸다. 태자를 불러 "이세적(李世勣, 李勣)은 재주와 지략이 뛰어났으나 너는 그에게 베푼 은혜가 없다. 내가 지금 그를 내쫓을 것이니, 내가 죽으면 즉시 불러다가 복야(僕射)로 임명하여 정사를 맡기도록 하라. 이세적이 출발을 꾸물대거나 딴마음을 품는다면 곧바로 죽여버리겠다."

그리고 첩주도독〔疊州都督, 今 甘肅省(감숙성) 서남부에 해당〕으로 좌천시켰는데, 이세적은 황제의 명을 받고서는 집에 들르지도 않고 임지로 떠나갔다.

태종은 649년에 죽었다. 태종이 비록 무공(武功)으로 여러 환란을 평정하였지만 뒤에는 문치(文治)로 천하를 편안케 하였다. 태종은 늘 스스로 교만과 사치를 두려워하였다.

태종이 입시(入侍)한 신하들에게 창업(創業)과 수성(守成) 어느 것이 어려운가에 대해 물었다. 방현령은 "일의 시작 초기에는 여러 영웅들이 한꺼번에 일어나 힘을 겨룬 뒤에야 신하로 거느릴 수 있으니 창업이 어려운 것입니다."라고 말했다.

위징도 말했다.

"자고로 제왕은 모두가 간난(艱難)을 겪으며 얻었지만 안일함 속에서 나라를 잃었으니 수성이 어려운 것입니다."

이에 태종이 말했다.

"현령은 나와 같이 천하를 얻는 과정에서 여러 번 죽을 고비를 넘기며 살아났기에 창업의 어려움을 알고 있다. 그리고 위징은 천하를 안정시키면서 교만과 사치는 부귀에서 비롯되고 재앙과 분란을 늘 걱정했었다. 그래서 수성의 어려움을 잘 알고 있다. 이제 창업의 어려움을 지나왔다. 그래서 수성의 어려움을 여러분과 같이 생각하는 것이오."

흔히들 '창업은 쉽지만, 그를 지켜나가기는 어렵다(創業容易守業難).' 고 말한다. 비슷한 뜻으로 '상호를 만들어 걸기는 쉬워도(創名牌容易), 상호를 지켜나가기는 어렵다(護名牌難).' 라는 말도 있다. 그러나 창업을 해본 사람은 '천만 가지가 다 어렵다지만 창업보다 어려운 것은 없다(千難萬難 莫過於創業難).' 고 한다. 또 어떤 사람은 '창업 역시 어렵고(創亦難), 수성 역시 어렵지만(守亦難), 어렵다는 것을 알면 어렵지 않다(知難不難).' 고 말하는데, 아마 이 말이 진리일 것이다. 실제로 '근면으로 창업하고(創業在於勤), 검약으로 사업을 키우다가(守業在於儉), 나태하면 패가한다(敗家在於懶).' 는 말은 창업-수성-패망의 단계를 요약한 말이다.

태종(太宗)의 고상한 풍채는 신하들에게는 두려움이라는 사실을 자신이 알고 있었기에 늘 부드러운 표정으로 여러 신하들과 만났고, 신하들이 바른말을 하도록 이끌었으며 충간하는 자에게 상을 주어 황제에게 다가오도록 하였다.

태종이 죽고 태자(太子)가 즉위하니, 이가 고종〔高宗, 名, 李治(이치), 재위 649-683년〕이다.

이후 당의 전성시대가 고종(高宗), 武則天(무측천), 중종(中宗), 睿宗(예종), 玄宗(현종)의 天寶(천보, 742－756년) 연간까지 약 130년 가까이 계속되었는데, 이 기간 당 제국의 문치와 무공에 의한 전례 없는 번영은 '정관의 치'가 바로 그 바탕이었다.

● 고종과 측천무후

唐 高宗(李治, 재위 649－683년, 22세 즉위)의 모친(母親)은 〔太宗(태종)의〕 장손황후(長孫皇后)인데, 태종의 장남 승건(承乾)이 폐위되자, 장손무기〔長孫無忌, 長孫(장손)은 複姓(복성). 長孫皇后(장손황후)의 오빠. 高宗(고종)의 외숙〕는 태종에게 이치(李治)를 세울 것을 강력히 권했다.

태종(太宗)은 일찍이《帝範(제범)》12편을 지어 내려주며 말했다.

"수신과 치국의 요체가 모두 그 가운데 있다. 내가 죽더라도 다시 더할 말이 없다."

고종이 즉위한 뒤, 장손무기와 저수량(褚遂良)이 선제의 유조를 받아 정사를 보필했다. 이적(李勣)을 좌복야(左僕射)로 삼았다가 곧 사공(司空)으로 임명했다.

고종은 재위 중 서돌궐을 멸망시키고, 백제(660년)와 고구려를 멸망(668년)시켜 당(唐) 최대 영토를 차지했다.

당 고종 이치(高宗 李治)는 능력으로 따진다면 아주 평범한 제왕이었다. 재위 기간 중 이렇다 할 치적이 없었다. 다만 태종의 정치적 업적과 그 기반 위에서 최대의 영토를 누리며 안정을 취했을 뿐이었다. 굳이 고종의 의지에 의한 치적을 꼽는다면 연상의 아버지 후궁을 정식 황후로 맞이한 것이 최대의 치적(?)이라 할 수 있다. 고종은 영휘(永徽) 5년(654)에 태종의 才人이던 무씨(武氏)를 소의(昭儀)로 삼았다.

다음 해, 고종은 황후 왕씨를 폐위하고 무소의를 황후로 삼으려 했다. 몇 사람은 찬성했지만 저수량은 불가라고 했다. 고종이 이를 이적에게 물었다.

이적은 "이는 폐하의 가정사입니다. 이를 왜 남에게 물어야 합니까?" 라고 대답했다.

이적〔李勣, 본명은 徐世勣(서세적)〕은 태종의 특별한 부탁을 받은 사람이다. 태자에게 보위를 넘겨주기 전에 일부러 테스트를 했고, 고종이 즉위하면서 바로 불러들였던 것이다. 그만큼 고종은 이적을 신뢰했었다. 만약 폐비 문제에 이적이 저수량과 같은 입장을 취했다면 고종은 그러지 않을 가능성도 충분하였다.

이적은 '이는 가사(家事)' 라는 말로, 자신의 의견은 없는 것처럼 말했다. 그러나 그것이 어찌 황제 개인의 일인가? 이적은 젊은 황제에게 충간해야 하는 의무를 저버렸을 뿐만 아니라 오히려 권장한 꼴이었다. 그 결과는 저수량의 폄직과 죽음으로 끝나지도 않았으며, 고종 자신의 불행만도 아니었다. 당나라 황실은 중절(中絶)되었고, 그 여진이 남아 중종(中宗)은 황후 위씨(韋氏)에게 독살되었다. 다행히 현종의 즉위로 수습은 되었지만 그 폐해가 결코 적지 않았다.

이적은 668년에 고구려 평양성을 함락시키고, 그 다음 669년에 76세로 죽는다. 고종은 7일 동안 철조(輟朝)하면서 대신의 죽음을 애도했다. 그러나 뒷날 이적의 손자 서경업(徐敬業)이 무측천(武則天)에 대항하다가 일족이 주살당하고 이적 역시 부관참시(剖棺斬屍) 당했으나 중종(中宗)이 재 즉위하면서 복위 복권되었다.

이적의 말에 의거 일은 드디어 결정되었지만, 그 결과는 당 황실로서는 최고의 비극이었다. 나라 이름조차 바뀌었고 많은 황족이 죽어야 했다. 중국 최초의 여제(女帝)의 출현은 모두 고종이 무후(武后)를 선택한 그 결과였다.

측천무후는 학식이나 정치적 능력에서 고종보다 여러 면에서 우수했었다고 보아야 한다. 물론 고종의 눈병이 심하여 글을 오래 보지 못한다는 치명적 약점이 있었기에 고종 재위 중의 모든 정치 행위는 무후의 정치적 치적이라 할 수 있다.

고종은 재위 기간에 연호를 14번 바꿨는데 永徽(영휘), 顯慶(현경), 龍朔(용삭), 麟德(인덕), 乾封(건봉), 總章(총장), 咸亨(함형), 上元(상원), 儀鳳(의봉), 調露(조로), 永隆(영륭), 開耀(개요), 永淳(영순), 弘道(홍도) 등이다. 재위 35년 중에 중궁(中宮)이 정사를 장악한 것이 30년이었다.

고종은 우유부단하고 소극적 성격이었으나 무후는 고종보다 4살 연상에 경사(經史)를 두루 섭렵하여 박식하기도 했었다. 거기다가 고종은 두통과 안질로 고통을 받았는데, 특히 만년에는 시력을 거의 잃었었다고 한다. 결국 35년 재위 중 30년을 무후가 정치를 전담할 수밖에 없었다.

고종이 죽고 태자 이철(李哲)이 즉위하니(684), 이가 중종(中宗)이다.

● 중종과 예종

중종(中宗)은 즉위한 후, 위비(韋妃)를 황후로 삼았고 사성(嗣聖)이라 개원하였다. 즉위 당시 28세인 중종은 고종의 장례를 마치는 일이 더 급했다. 그러니 정치는 여전히 무후의 손에 있었다. 중종은 자신의 정치적 입지를 강화하려면 모친의 세력을 꺾어야만 했다. 중종은 개혁 추진을 도와줄 인물로 위(韋)황후의 부친 위현정(韋玄貞)을 문하시중으로 임명하려 했다. 그러나 이에 무후의 측근인 배염(裵炎)이 반대하고 나섰다.

배염과 이야기 중에 중종은 화가 나서 그랬는지 "만약 그분(위현정)이 원한다면 천하를 줄 수도 있다."는 말이 튀어나왔다.

이 말을 전해들은 황태후(무후)는 곧장 즉위 2달도 되지 않은 중종을 폐위시킨다. 중종은 여릉왕(廬陵王)으로 강등되어 균주(均州, 今 湖北省 서북부 丹江口市)에 유폐되었다.

이에 무후는 중종의 아우인 旦〔단, 武后(무후) 소생〕을 황제로 즉위케 하니, 이가 예종(睿宗, 재위 684—690년, 2차 재위 710—712년)이다. 예종은 이름뿐인 자리를 7년간 지켰다.

태후(太后)는 旦(단, 예종)을 폐위하여 황사(皇嗣)로 삼고 자신이 황제라 칭했다. 이가 측천무후(則天武后)이다.

측천무후는 형주도독(荊州都督)을 지낸 고(故) 무사확(武士彠)의 딸이었다. 태원(太原) 출신인데, 나이 14세에 태종(太宗)이 그 미모를 소문으로 듣고 후궁(後宮)으로 불러들여 정관 11년에(637년) 재인(才人)으로 삼았다.

측천(則天)은 '하늘을 법으로 삼다'의 뜻이다. 《論語 泰伯(논어 태백)》편에 '唯天爲大(유천위대), 唯堯則之(유요즉지)'이라는 말이 있다. (則은 원음 측. 법칙 칙. 본받을 측. 곧 즉.) 무후 자신이 황제를 칭했는데, 역사적으로 인정받은 유일한 여황제〔女皇帝, 공식 재위 기간 690−704년, 690년은 周 天授(주 천수) 원년〕이다.

어머니가 자기 아들을 내쫓은 이 사건은 중종(中宗)의 자제되지 않은 말 한마디가 초래한 엄청난 비극이었다. 그러나 그 못지않게 무후(武后)의 욕망에서 그 원인을 찾을 수 있다.

우선 고종이 제위 중에도 무후는 사실상 황제 역할을 스스로 다했다. 그런데 이제 아들한테 통제를 받는 것은 생각하기도 어려운 일이었다. 고종의 장례 기간 내내 정권을 휘두르다가 '장인에게 천하를 넘겨줄 수도 있다.'는 말 한마디를 꼬투리 잡아 즉시 폐위하고 또 다른 아들 단(旦, 예종)을 즉위시킨다. 물론 이 과정에서 친위대인 우림군(羽林軍)이 관여하게 되면 무후의 계획은 물거품이 된다. 그러나 무후도 그 정도는 미리 계산하고 있었다. 중종 폐위와 예종의 즉위 시기에 우림군은 침묵했다.

무후(武后)가 중종(中宗)을 폐위시킨 정변은 이세민의 '현무문의 변(變)' 만큼 중대한 역사적 사건이었다. 현무문의 변은 유혈사태를 촉발했지만 무후의 이번 정변은 유혈사태가 벌어지지 않았다. 중종의 폐위와 예종의 즉위는 '당조의 중절(中絶)' 과 중국 역사상 '유일한 여황제의 출현' 과 '새 왕조(武周, 則天朝) 출현' 의 서막이었다.

무후는 예종을 세우고 7년간(684-690) 정식으로 수렴청정을 하였다. 그리고서는 690년에 정식으로 황제로 즉위하여 국호를 주(周)로 바꾸고 15년간 군림했다.

705년 2월 재상 장간지(張柬之)가 중심이 되고 우림군이 동원되어 무측천을 압박하여 중종(中宗)에게 양위를 하게 한다. 이를 역사에서는 '신룡(神龍)혁명' 이라 한다. 중종은 705년에 다시 즉위하고〔복벽(復辟), 재위 705-710년〕, 국호를 다시 당(唐)으로 되돌린다.

그러나 중종은 결국 황후에게 독살 당하는데, 하여튼 부자, 모자, 또 부부 사이의 일은 정말로 그리 간단하지가 않았다.

● 현종-開元(개원)의 治(치)

이융기(李隆基, 재위 712-756)는 예종의 삼남(三男)이고, 현종(玄宗)은 묘호(廟號)이고 보통 당명황(唐明皇)이라 호칭한다. 현종(玄宗)의 재위 기간은 당(唐)이 성세(盛世)에서 쇠약기로 전환하는 시기였다.

개원(開元) 원년에(713) 환관 고력사(高力士, 684–762)는 우감문장군(右監門 將軍)이 되어 내시성(內寺省)의 일을 함께 담당했다. 그전에 태종(太宗)이 만든 제도로는 내시성에 삼품관(三品官)을 둘 수 없었다. 환관(宦官)은 황색 옷을 입고 녹봉으로 곡식을 받으면서, 문을 지키거나 심부름을 하는 일뿐이었다. 이때에 이르러, 고력사 이후로 3품 장군을 제수받는 자가 많아졌고 환관이 늘어나 3천 명이나 되었으니 내시의 융성은 이때부터 시작되었다.

당(唐)의 현명한 재상으로는 전에는 방현령(房玄齡)과 두여회(杜如晦)를 일컬었고, 뒤에는 요숭(姚崇)과 송경(宋璟)을 말했는데, 다른 재상들은 비교가 되질 않았다. 요숭과 송경 두 사람이 들어와 알현하면 현종은 번번이 자리에서 일어나 맞이했고, 물러날 때는 섬돌까지 나가 전송했다.

개원 21년(733), 한휴(韓休, 672–739)가 동평장사〔同平章事, 同中書門下平章事(동중서문하평장사)의 줄임〕가 되었다. 한휴는 사람됨이 매우 강직하였는데, 현종이 연회나 유락이 좀 도를 넘었다 하면 바로 좌우 근신들에게 "한휴가 아는가 모르는가?"라고 물었다. 그 말이 끝나자마자 한휴의 충간하는 글이 올라오곤 했다. 측근이 "한휴가 재상이 된 뒤로 폐하는 전보다 유달리 수척해지셨습니다."라고 말했다. 이에 현종은 "내가 수척해졌지만 백성들은 살쪘을 것이다."라고 말했다. 한휴가 사직하자 장구령(張九齡, 678–740)이 인계받았다.

개원 22년에 이림보(李林甫, ?−753년)는 유순하고 말을 잘했으며 교활한 술수가 많은 사람으로, 환관이나 비빈들의 집안과 깊은 관계를 맺고 황제의 동정을 엿보아 모르는 것이 없었다. 이 때문에 매번 아뢰는 답변이 늘 황제의 뜻에 잘 맞았다.

● 현종－安史(안사)의 亂(난)

개원 24년(736), 유주절도사(幽州節度使)인 장수규(張守珪)가 패전한 장수 안록산(安祿山, 703−757)을 잡아 장안으로 압송했다. 장구령은 이를 비평하여 "장수규가 군령대로 처형했어야 하는데, 안록산을 살려 압송한 것은 옳지 않다."고 하였다.

본래 안록산은 그 부친이 이란계 소그디아나인(人)〔Sogdiana. 속특(粟特), 갈족(羯族)의 일부〕으로, 본성은 강(康)이고 모친은 돌궐족인데, 뒷날 아들을 데리고 안(安)씨에 재가하여 안씨(安氏) 성을 사용하였다. 소그디아나인(人)들은 상업 활동이 활발했는데, 안록산은 6개 언어를 구사할 수 있었다.

현종은 안록산의 재능과 용기를 아껴 사면하였는데, 장구령(張九齡)은 힘써 간쟁하면서 "안록산은 반란을 일으킬 인상이니 죽이지 않으면 필히 후환이 될 것입니다."라고 말했다. 그래도 현종은 안록산을 죽이지 않았다.

장구령이 사직했고, 이림보(李林甫)가 중서령(中書令)을 겸직했다. 현종은 오래 재위하게 되자 점차 멋대로 호사스런 생활에 빠졌고, 이림보는 마침내 정치를 전횡하게 되었다.

천보(天寶, 742—755) 원년에, 안록산은 말갈족에(여진족) 대비하기 위한 평로절도사(平盧節度使)가 되었다. 천보 3년에(744), 안록산은 약 10만의 병력을 보유한 최대 군진(軍鎭)인 범양〔范陽, 현 北京(북경)〕 절도사를 겸직하였다.

천보 4년(745), 양옥환〔楊玉環, 太眞(태진), 719—756〕을 귀비(貴妃)로 삼았다. 양귀비는 죽은 촉주(蜀州)의 사호(司戶, 호적 업무 담당)인 양현담(楊玄琰)의 딸로, 현종의 아들 수왕(壽王)의 비(妃)가 된지 10년이었다. 현종은 그녀의 미모를 본 뒤에 (양옥환이) 스스로 여관(女官)이〔女道士(여도사)〕 되기를 희망한다 하여, 수왕에게는 다른 비(妃)와 결혼을 시킨 다음에, 뒷날 양귀비를 맞이하였는데 결국은 현종의 총애를 독차지하였다.

천보 6년(747), 안록산이 어사대부(御史大夫)를 겸직하게 하였다. 안록산은 양귀비의 양아들이 되겠다고 하였다. 천보 9년에 안록산을 동평군왕(東平郡王)에 봉하면서 하북도(河北道) 채방처지사(採訪處置使, 관리 비행 감찰)를 겸하게 했다.

안록산이 입조(入朝)할 때, 양쇠(楊釗, 양국충)의 형제자매들은 모두 교외까지 나가 안록산을 영접했다. 천보 11년(752), 재상 이림보가 죽었다. 이림보는 황제 측근에게도 아첨을 잘해서 황제의 뜻에 잘 영합하여 총애를 독차지하면서 언로를 막았고 황제의 귀와 눈을 가렸다. 현명하고 유능한 사람을 질투, 배척, 억제하였고 성질이 음험하여 사람들은 '말은 달콤하게 하지만 뱃속에는 칼이 있다〔口蜜腹劍(구밀복검)〕.' 고 하였다. 이림보가 자리에 19년을 있으면서 천하대란의 싹을 키우고 있었으나 현종은 깨닫지 못했다. 이 해에 양국충은 재상이 되었다.

천보 14년(755), 안록산은 마침내 반란을 일으켰다. 거느리던 병력과 흉노족의 별종과 거란의 군사 등 15만을 동원하였다. 그 때는 태평세월이 오래라서 백성들은 전쟁을 몰랐고, 각 주와 현이 바람에 쓸리듯 와해되었다. 안록산은 東京(洛陽)을 함락시켰다. 천보 15년, 안록산은 대연(大燕) 황제를 참칭했다.

삭방절도사인 곽자의(郭子儀, 697-781년)와 하북절도사 이광필(李光弼)은 안록산의 부장 사사명(史思明)과 싸워 대파하고 먼저 하북(河北)의 여러 군을 되찾았다.

장안(長安)을 떠난 현종은 마외역〔馬嵬驛, 今 陝西省 咸陽市(섬서성 함양시) 관할 興平市(흥평시) 서쪽〕에 머물렀다. 장수와 병졸들은 굶주리고 지쳐 분노하면서, 양국충 등을 죽이고 황제를 핍박하여 양귀비를 목매어 죽인 뒤에야 출발했다.

결국 현종은 재위 45년에(712-756) 양위하고 태자(太子)가 즉위하니, 이가 숙종(肅宗, 재위 756-762)이다.

2.《隋唐演義》기본 자료

(1) 소설의 개략

위진남북조시대 약 360년간의 분열과 대립에 종지부를 찍은 수(隋)나라는 중국 남북조의 분열을 통일하였지만(589년), 양제(煬帝)의 폭정으로 단명했다(581－618년). 이후 당(唐) 건국과 번영이 이어진다. 특히 당 태종 정관의 치(貞觀之治)와 현종(玄宗) 개원의 치(開元之治)는 당 제국의 극성기였다. 이 시기 당 문화는 국제적 성격이 강한 중세 문화의 완성이었다.

중국 중세에서 가장 역동적인 시절은 바로 수와 당나라의 전반기였다. 이 시기 역사를 소설로 구체화하여 묘사한 작품이 바로《수당연의(隋唐演義)》이다.

《수당연의》는 수나라 문제〔文帝, 양견(楊堅), 재위 581－604년〕의 기병(起兵)과 남조의 진(陳)나라 정벌부터 시작한다. 양제〔煬帝, 名 양광(楊廣), 재위 605－618년〕의 즉위 이후 폭정과 황음(荒淫)으로 농민과 지방 세력이 전국에서 봉기하는 말기 상황을 서술하였다.

이어 당(唐)의 건국〔고조, 이연(李淵), 재위 618—626년〕과, 이연의 아들 진왕(秦王) 이세민〔李世民, 太宗(태종), 재위 627—649년〕의 통일과 번영이 이어진다. 이후 안록산과 사사명의 난〔安史之亂(안사지란), 755—763년〕이 일어나고, 당 현종〔이융기(李隆基), 재위 712—756년〕의 환도(還都)와 죽음까지 전후 180년의 역사를 서술하였다.

《수당연의》는 청대 강희(康熙) 연간에(서기 1662—1722년) 지어진 장편 역사 연의소설(演義小說)이다. 1675년에 소설을 완성하고, 1695년에 처음 간행된, 총 100회의 장회(章回) 소설인데 그 원문은 대략 66만 5천 자 정도이다.

《수당연의》는 명대(明代)의 《수당양조지전(隋唐兩朝志傳)》, 《수양제 염사(隋 煬帝 艶史)》, 《수사유문(隋史遺文)》, 《대당진왕사화(大唐秦王詞話)》 등 민간에 유행하던 여러 전설을 종합하고 개사(改寫)하여 이뤄졌다.

《수당연의》는 수대의 흥기에서 시작하여 당 현종 시대까지 대략 약 180년의 정치 흥망과 영웅의 사적을 서술하였다. 곧 당조의 흥기는, 곧 하늘의 뜻이며 영웅호걸의 운명은 결코 헤아릴 수 없다면서 그러한 운명에 대한 동정과 감개(感慨)를 표출하였다. 특히 중간 부분에 당 개국공신인 진숙보〔秦叔寶, 진경(秦瓊), 571—638年, 字는 叔寶(숙보)〕의 경력과 심리 묘사는 아주 뛰어나면서도 세밀하다.

(2) 작자 저인확(褚人穫)

《수당연의》의 작자는 청조 초기 저인확〔褚人穫, 1635년-?, 字는 稼軒(가헌), 또는 學稼(학가), 號는 石農(석농), 褚는 솜옷 저. 穫은 거둘 확〕인데, 그는 학자이면서 출판(出版) 상인(商人)이었다.

그는 소주부(蘇州府) 장주현〔長洲縣, 今 江蘇省(강소성) 남부 蘇州市(소주시)〕출신으로 학문이 깊었으나 과거에 급제하지 못하여 높은 관직과 인연은 없었지만, 중년 이후 학문과 저술에 몰입하였다. 늙도록 게으르지 않았고 문명(文名)이 높았으며, 시문에 뛰어났기에 오중(吳中)의 여러 명사와 널리 교유하였다.

저인확은《견호집(堅瓠集)》,《독사수필(讀史隨筆)》,《퇴가쇄록(退佳瑣錄)》,《정갑고(鼎甲考)》,《성현군보록(聖賢群輔錄)》등의 저술을 남겼다.

《수당연의》는 그의 문학 부분 대표작으로 1675년에 완성하여, 1695년에 초판을 간행했다. 그의 학식은 아주 넓었고 특히 역사에 대한 해박한 지식이 있어 그의 문장에서 널리 상세하게 인용하였다.

출판 상인으로서, 그의 서방(書坊)에서 제작한 판본은 우수한 품질에 물량도 많았으며, 인쇄기술도 뛰어났고 좋은 지질에 삽화도 우수했다. 일찍이 신화소설(神話小說)인《봉신연의(封神演義)》도 출판했었다.

(3)《수당연의》 소재(素材)

《수당연의》는 잡다한 소재를 주워모았고, 여러 정사(正史)에서 취재한 자료는 많지 않다. 저인확은 나관중(羅貫中)의 《수당양조지전(隋唐兩朝志傳)》을 모방하면서, 명말 원우령〔袁于令, 1599-1674년, 江蘇省 吳縣(강소성 오현), 字는 令昭(영소). 號는 吉衣主人(길의주인)〕의 《수사유문(隋史遺文)》의 부분을 채록하거나 부분적으로 개사(改寫)하였는데, 제목이나 부시(賦詩) 등이 일치하는 부분이 많다.

그리고 명대 말년의 소설인 《수 양제 염사(隋 煬帝 艷史)》의 주요 장절(章節), 그리고 유속(劉餗)의 《수당가화(隋唐嘉話)》, 이조(李肇)의 《국사보(國史補)》 및 한악(韓偓)의 《금란밀기(金鑾密記)》 등 여러 종류의 소설이나 야사를 인용하였다.

또 여러 시사(詩詞)나 당 전기(傳奇), 명나라 말기 단편소설집인 《금고기관(今古奇觀)》 등이 저인확 소설의 소재(素材)로 활용되었다.

(4)《수당연의》의 내용

《수당연의》는 서기 570년에서 770년에 이르는 약 2백 년간의 정치세력의 전개와 변화를 다루고 있지만, 역사적 사실이나 사건의 순차적 서술이나 체계적 묘사에 치중하지 않았다. 등장인물이나 상황의 전개에 따라 여러 단락에서 산발적으로 묘사되었다.

소설 전체 100回의 내용을 대략 8단락으로 구분할 수 있다.

① 수 왕조의 흥기와 양제의 통치－제 48회 이전에 산발적 서술.
② 진숙보〔秦叔寶, 秦瓊(진경)〕의 경력과 영명(英明)함－46회 이전에 산견(散見).
③ 당 왕조 이씨의 흥기와 내부 투쟁－60회 이전에 산견.
④ 애정의 갈등－60에서 63회까지.
⑤ 당 태종의 집권－60에서 70회까지. 현무문(玄武門)의 변(變, 66회).
⑥ 무측천(武則天)의 집권－69에서 75회까지.
⑦ 당 중종(中宗)의 황후 위씨(韋氏)의 발호－76, 77회.
⑧ 현종과 양귀비의 행적－77에서 100회까지. 91회에 양귀비 죽음.

수와 당 시기의 영웅이라 할 수 있는 진숙보〔秦叔寶, 秦瓊(진경), 字는 숙보〕, 두건덕(竇建德), 선웅신(單雄信), 왕백당(王伯當), 화목란(花木蘭) 등의 사적(事跡)은 70회까지 가장 정채(精采)로운 문장으로 곳곳에서 보인다.

또 본 소설에서는 젊은 여인이 많이 등장하는데, 두건덕의 딸인 두선랑(竇線娘)이나 선웅신의 딸 선애련(單愛蓮)은 부친 대신 형벌을 받겠다고 자원한다. 이는 양귀비와 안록산(安祿山)의 간정(姦情)과 대비된다. 소설(小說)의 결미(結尾) 부분에서는 당 명황〔唐 明皇, 玄宗(현종)〕과 양귀비(楊貴妃)는 수(隋) 양제(煬帝)와 양제의 애비(愛妃)인 주귀아(朱貴兒)가 투태(投胎)하여 당 현종과 양귀비로 환생했다고 서술하였다.

(5) 《수당연의》의 주제와 사상

작자 저인확은 당 왕조의 흥기는 곧 하늘의 뜻이라 생각했고, 이러한 역사적 변화를 일으키는 그 심층 동기가 무엇이고, 천명의 운수(運數)나 정치 상황의 전환이나 변화는 무엇 때문에 작동하는가를 서술하려고 노력했다.

소설에서는 천도(天道)에 의한 순환과 흥망이나 교체에 대체적으로 긍정적인 견해를 견지하였다. 또한 작가의 이성적 판단에 의거 진숙보 등 수·당대 영웅의 대두와 몰락, 이합집산의 결과는 운명이기에 헤아릴 수 없다며 어쩔 수 없는 처량한 슬픔을 토로하고 있다. 저인확은 천명을 받은 천자나 영웅의 몰락에 동정을 표한면서도 정통 왕조의 정권에 반(反)하는 호걸에 대한 토벌을 비판하고 조롱하는 태도를 취했다.

그는 주요인물의 책략과 행적에 대하여 분명한 평가를 주저하지 않았다. 본 소설에서 성명(聖明)한 군주로 명성이 높은 당 태종 이세민도 결코 도덕의 모범이 되지 못했고 통치자의 직분에 소홀했으며, 그 또한 여색과 물상(物相)의 유혹을 벗어나지 못했다고 평가하였다.

그 이전에 수 양제에 대해서는 불완전한 인격을 가진 폭군으로 풍류천자(風流天子)의 모습이 아닌 호사와 방탕에 빠진 우매한 범인(凡人)이라 단정하며 호사와 방탕과 여색을 신랄하게 꾸짖고 있다. 그리고 당 명황(明皇, 현종)과 양귀비의 고사를 언급하며, 양귀비는 나라의 화근이라 단정하면서도 그녀에 대한 연민과 감개(感慨)를 함께 표출하였다.

(6)《수당연의》의 성취

《수당연의》는 구(舊) 소설 중에서 걸출한 작품으로,《삼국연의》와 함께 중국 역사에서 최고의 가치를 지닌 문학작품으로 평가받고 있다.

작자 저인확은 세상살이와 인정(人情)에 두루 통달하였으며, 고명한 정치인식을 바탕으로 위정자들의 생활모습을 묘사하였으며, 난세에 처한 여러 인물의 복잡한 세상살이 모습과 인간관계를 잘 표현하였다. 이런 일련의 묘사 과정에서 각 개인의 성격과 신분, 그에 따른 처지와 대처 등을 뛰어나게 서술하였다.

82回에서는 이백(李白)이 현종을 알현하고 출사하는 정경을 생동감있게 서술하였다. 그러면서 이백의 소쇄(瀟灑)한 풍도(風度)와 음악과 문학을 애호하는 진정한 풍류 천자인 현종의 모습을 훌륭하게 그려내었다.

전체적으로 다양한 인물들이 세상을 살아가는 풍취(風趣)와 인간미를 상세히 묘사하였다. 진숙보와 선웅신이 형장에서 결별(訣別)하는 장면 묘사는 거의 신필에 가깝다는 평가도 있다. 이런 묘사 등을 통하여 당(唐)의 개국공신 진숙보는 중국 소설 중에서 가장 생동하는 군사적 영웅으로 형상화되었다.

본 소설은 그 결구(結構)가 불완전하고 사건의 정절(情節)도 산만하다는 단점을 보여주고 있다. 또한 각종 야사를 너무 많이 채택하여 작자의 상상력과 능력을 보여줄 여지가 거의 없었다는 평가도 있다.

소설 66회까지는 비교적 정채롭지만 그 이후 34회에 걸친 무측천(武則天)과 현종에 관한 부분에서는 서술이 지나치게 번잡하고 삽입된 인물과 소소한 이야기가 너무 많아 긴장감이 크게 떨어진다.

앞서 보여준 인물들의 긴장과 상승(上乘) 모습을 후반부에서는 볼 수 없으며, 소설 속 인물의 형상이 시종여일(始終如一)하지 못하다는 단점이 뚜렷하게 보인다.

진숙보는 당 왕조에 투항한 이후 특별한 모습을 보여주지 못했고, 이세민에 대한 선웅신의 사무친 원한에 대한 묘사 역시 강렬한 느낌을 보여주지 못했다.

이정(李靖)과 홍불녀(紅拂女)는 몰래 달아나는 사분(私奔) 이후, 보통 늙은이가 되었고 지혜와 미모가 뛰어난 홍불녀의 종말은 알 수가 없다.

본 소설 속 사랑과 연애는 비현실적이거나 진부하게 묘사되었다. 나성(羅成)과 두선랑(竇線娘), 그리고 화목란과 여동생 화우란(花又蘭)의 감정 묘사와 혼인 과정 등도 너무 부화(浮華)하여 침착하지 않고 저속하다는 평가도 있다.

(7) 연의 소설의 사실(史實)과 허구(虛構)

《삼국연의》의 내용 중 얼마만큼이 역사적 사실과 일치하고, 어느 정도가 허구인가에 대해서는 많은 논란이 있다. 그러나 제일 먼저 분명히 인정할 것은 《삼국연의》와 《수당연의》가 역사적 사실에 바탕을 두고 있지만 소설이란 점이다. 소설은 당연히 허구(fiction)이다.

소설 《삼국연의》와 《수당연의》는 대체적으로 역사적 사실에 부합하나, 분명 역사적 사실이라는 전제하에서 합리적 허구와 내용이 가미된 것이다. 《삼국연의》에 등장하는 모든 사람이 정사 《삼국지》나 다른 역사서에 모두 수록된 인물은 아니다.

우선 《삼국연의》는 상세한 역사기록을 바탕으로 이루어졌다. 《삼국연의》는 서진 진수(陳壽, 233-297년)의 正史 《삼국지》를 바탕으로 풀어쓴 이야기이지만, 소설의 소재로서 아주 적합한 특성을 가지고 있다.

《삼국연의》의 인기와 광범위한 유포는 역사적 사실 중에서도 특히 삼국의 정립(鼎立)이라는 특별한 소재를 채택하고 있다는 점이다. 삼국정립의 무대에는 강자와 약자, 선인과 악인이 고정되어 있지 않다.

또한 정립 과정에서 끝없이 계속되는 전략과 전투에는 승자와 패자가 계속 뒤바뀌게 된다. 그리고 움직일 수 없는 역사적 사실, 예를 들면 적벽대전(赤壁大戰)의 과정에 관한 묘사에는 작가의 창의적 창조 능력이 돋보일 수밖에 없었다.

청나라의 장학성〔章學誠, 1738−1801년, 字는 實齋(실제), 號는 少巖(소암), 청대 사학가, 사상가. 《문사통의(文史通義)》를 저술〕은 《삼국연의》가 '역사적 진실에 배치되는 허구의 옛 이야기〔원문 '배치신사(背馳信史) 허구고사(虛構故事)〕' 로 '내용의 70%만 사실이며, 30%는 허구로 읽는 사람을 자주 현혹한다.〔惟三國七分事實(유삼국칠분사실), 三分虛構(삼분허구).〕' 고 말하였다.

실제로 《삼국연의》 속의 조조, 제갈량, 유비, 관우, 장비 등은 모두 실존 인물로 역사상의 행적도 거의 일치한다. 때문에 소설 속에서 묘사된 형상이 실제의 모습으로 잘못 인식되는 경우가 많다.

이를 바꾸어 말하면, 《삼국연의》의 70%는 이미 역사에 기록이 있는 것이기에 작가에게는 이미 만들어진 기본 틀이 있고, 그 틀 외에 약 30% 정도만 작가의 영역으로 남겨졌다는 뜻이다.

그리고 《삼국연의》는 그 시작과 끝이 분명하다. 또 등장인물이나 그들의 개성이나 성격도 행적도 이미 고정된 것이 있기에 《삼국연의》 작가가 소설적 능력을 발휘할 공간은 그만큼 좁았다.

그러나 실제 역사소설에서 정말로 중요한 것은 70%의 역사적 사실이 아닌 30%의 허구라고 말할 수 있다. 그 30%는 역사가가 기록하거나 생각하지 못한 그 인물의 영혼이기에 만약 그 30%를 부정한다면, 아무도《삼국연의》를 읽지 않을 것이다.

유비와 가까운 관우와 장비에 대하여 여러 가지 신비한 윤색이 보태지고 개성이 뚜렷한 인물로 창조한 소설 그 자체를 부정한다면, 처음부터 역사책만 읽고 공부하면 된다. '역사적 사실과 틀린다' 고 하면서 역사소설의 가치를 폄하할 필요는 없다.

소설은 소설로 재미가 있고, 신화처럼 각색된 이야기는 그 신화로 가치가 있다. 그런 신화를 읽고 각자 느끼면 되는 것이다. 신화를 종교로 강요받지 않는 이상 신화 자체를 부정할 필요는 없다고 생각한다.

적벽대전은(서기 208) 역사적 사건이지만 그 과정에서 제갈량(諸葛亮)의 지략이라든지 주유(周瑜)의 숨은 의도와 충성심, 조조(曹操)의 남하를 막아내면서 내부 결속을 강화해야 하는 동오(東吳)의 국내 정치 상황 등을 고려한다면, 적벽대전은 일어나지 않을 수 없는 필연으로 인식되게 된다. 그런 인식을 바탕에 깔아놓고 거기에 작가의 상상력과 추임새가 보태어졌기에《삼국연의》의 인기는 창조되었다고 볼 수 있다.

사실, 중국문학사에서 신화를 이야기해온 그 많은 옛사람들의 사고나 관우와 장비를 독특한 캐릭터로 만들어 온 그 수많은 사람들의 창의적 감정을 '비합리적이다', 또는 '역사적 진실이 아니다' 라고 큰 소리로 외쳐대는 사람이 오히려 이상한 사람일 것이다.

그리고 또 한 가지 《삼국연의》가 대중에게 어필할 수 있는 것은 역사적 사실을 기본 바탕으로 깔고 있기에 매우 친근하면서도 강한 호소력이 있다는 점이다.

다시 말해, 이미 많은 사람들이 역사적 사건의 기본을 알고 있는데다가 약간의 허구만 보태어도 그것은 새로운 사실이기에 관심을 끌 수 있다는 점이다. 즉 약간의 허구가 독자에게는 새로운 지식으로 뇌리에 남는 효과가 있을 수 있다.

거기에 작가의 새로운 시각이 첨부된다면, 마치 정면 사진만 보아온 사람에게 측면 사진을 보여주었을 때 느끼는 효과가 있다. 역사적 인물에 대한 측면 사진은 역사적 인물에 대한 구체적이고 입체적인 영상으로 독자에게 다가오게 된다. 그리고 그 언행은 큰 호소력을 가지고 독자에게 다가갈 것이며 특별한 대리만족의 효과까지 줄 것이다.

아마 이 점이 우리나라에서도 《삼국연의》가 인기를 누릴 수 있는 비결일 것이다. 우리나라에서 《삼국연의》의 인기도를 고려해 보더라도 《삼국연의》는 중국 역사소설의 최고봉이며, 그 이후 어느 역사소설도 《삼국연의》의 경지를 넘어서지 못했다.

《삼국연의》의 웅장한 스케일과 등장인물들에 맞춰진 특별한 캐릭터(character, 소설에 등장하는 인물이나 작품 내용에 의하여 독특한 개성과 이미지가 부여된 존재), 예를 들면 제갈량(諸葛亮)의 지혜, 관우(關羽)의 의리, 조조(曹操)의 간지(奸智)는 모종강(毛宗崗)이 '《삼국(三國)》의 삼절(三絶)' 이라고 지칭할 정도로 특별한 캐릭터이다. 풍부한 상상력으로 만들어진 각종 사건과 이야기, 과장이나 정밀 묘사에 의한 표현기법 등은 앞으로도 이만한 대작의 출현은 없을 것이라는 생각을 갖게 해준다.

그런데 이러한 장회소설에서 《삼국연의》보다는 못하지만 《삼국연의》 다음으로 많이 읽히는 역사소설이 바로 《수당연의》이다. 《삼국연의》를 통하여 역사소설의 재미를 알게된 독자들이 자연적으로 《수당연의》를 읽는다.

이는 마치 중학교를 졸업하고 고등학교에 진학하듯, 《삼국연의》를 읽고 나서는 《수당연의》를 읽는다.

《삼국연의》의 무대만큼 《수당연의》의 시대적 배경이 관심과 흥미의 대상이며, 《삼국연의》의 등장 인물만큼 《수당연의》에 등장하는 인물도 중국인들에게 아주 보편적으로 알려진 인물들이다.

중국은 물론 우리나라에서도, 수나라와 당나라를 모르는 사람이 어디 있는가? 수나라의 고구려 침략, 대운하, 당 태종 이세민의 모범적인 '정관의 치', 그리고 고구려와 당나라의 전쟁, 당나라 현종과 양귀비의 이야기는 정말 많은 사람들에게 잘 알려져 있고 관심 대상이다. 따라서 이들의 행적을 소설로 읽는 재미는 《삼국연의》의 재미에 결코 뒤지지 않을 것이다.

{제1권}

수 · 당연의
隋 · 唐演義

제1회

수나라는 기병하여 진(陳)을 정벌하고, 양광은 전공으로 적자의 지위를 빼았다.(隋主起兵伐陳, 晉王樹功奪嫡.)

시에 읊기를, 詩曰,

번영과 영화는 가벼운 구름처럼 꺼지나, (繁華消歇似輕雲)
위대한 인물은 그래도 큰 공적을 세운다. (不朽還須建大勛)
장대한 책략은 지는 해를 도우려 하지만, (壯略欲扶天日墜)
웅대한 심사가 어찌 둔마 무리에 끼겠나? (雄心豈入駑駘群)
위기엔 준걸도 정녕 자신 행적을 숨기나, (時危俊傑姑埋跡)
행운이 트이면 일찍 영웅 군주에 오른다. (運啓英雄早致君)
괴이한 일은 모두 사서에 실리지 못하니, (怪是史書收不盡)
여기에 재미 글을 모아서 책으로 적었다. (故將彩筆譜奇文)

예로부터 한 사람이 어떤 처지에서 큰 부자가 되거나, 고귀한 관직에 오르고, 잘 풀려 큰 뜻을 성취한 이야기를 한다면 다른 사람도 기뻐하게 된다. 따라서 듣는 사람도 귀가 즐거우며, 그런 모습을 바라보면 눈이 즐겁다.

다만 쓸쓸한 상황이나 몰락, 가문을 어지럽혔던 경우도 있었겠지만, 만고에 악명을 남기지만 않았다면, 그런 일은 모두 성공의 뒷전으로 밀려 묻히거나 그저 지나간 우스운 이야기가 된다.

오왕(吳王) 부차(夫差)가 미인 서시(西施)를 위해 지은 관애궁(館娃宮)[1]이나, 조조(曹操)가 건축했던 동작대(銅雀臺)[2] 등은 많은 시

1 館娃宮(관애궁) – 春秋(춘추)시대 越王(월왕) 勾踐(구천)은 西施(서시)를 찾아내고 3년 동안 가무와 예절을 가르친 뒤에 吳王 夫差(부차, 재위 前 495 – 473年)에게 헌상했다. 이에 伍子胥(오자서)가 말했다. "夏(하)는 妺喜(말희) 때문에 멸망했고, 殷(은)은 妲己(달기), 周는 褒姒(포사) 때문에 멸망했습니다. 美女(미녀)란 亡國之物(망국지물)이니 받아들여서는 안됩니다." 그러나 부차는 그 간언을 듣지 않고 즉시 서시를 받아들이고 姑蘇臺(고소대)에 春宵宮(춘소궁)을, 靈岩山(영암산)에 館娃宮(관애궁)을 지었고 큰 연못을 파고 서시와 함께 놀았고 그 총애는 끝이 없었다. 결국 백성을 休養生息(휴양생식)하고 군사를 養精蓄銳(양정축예)한 구천이 틈을 보아 침입하여 일거에 부차(夫差)를 죽였고 吳國은 소멸했다(前 473년).

2 銅雀臺(동작대) – 후한 獻帝(헌제) 建安 15년(서기 210)에 曹操(조조)가 그 세력 근거지인 鄴城(업성, 今 河北省 邯鄲市 臨漳縣 三台村)에 세운 높이 10丈(장)에 100여 칸의 큰 누각. 이 동작대를 지은 뒤, 조조의 아들 曺植(조식)은 建安 17년(212년)에 〈銅雀臺賦(동작대부)〉를 지었다. 《三國演義(삼국연의)》에서 諸葛亮(제갈량)은 이를 교묘히 변용하여 周瑜(주유)를 격분케 하여 魏(위)의 남하를 저지하는 공동전

인 묵객의 감탄이나 탄식을 야기했다.

그러나 초야에 묻힌 영웅의 경우에, 그가 안신입명(安身立命)하면서 주색에 빠지지 않았기에, 적막하거나 처량한 처지를 극복하였으며, 다른 사람에 의한 敗局(패국)에 부딪치더라도 그런 난관을 수습하거나 전환하여 그 이름을 후세에 남기었다. 그 명성을 뒷날에 크게 날리더라도, 그 명성의 기본 틀은 그 사람의 평상시에 이뤄진 것이다.

일례로 해와 달에 비유하자면, 해와 달이 비록 검은 구름이나 안개에 잠시 가려지더라도, 해와 달은 여전히 광명을 발산하는데, 다만 사람들은 그런 이치를 모를 뿐이다. 뒷날 영웅을 칭송하거나 그 행실이나 치적을 글로 짓더라도, 명성을 얻기 이전의 형상은 잘 알지 못한다.

소나무는 태어날 때부터 하늘의 흰구름에 닿으려는 형세를 타고났으며, 호랑이는 어리더라도 황소를 잡아먹을 수 있는 기개를 갖고 태어난다. 보통 사람들은 높이 자란 소나무와 호랑이 기세를 신기하다고 말한다.

나는(본 소설의 저자) 보통 사람들 이야기가 아닌 영웅이 때를 만나기 이전의 대략을 적어 정리하였다. 어떤 유혹이 하나 있다면, 누군가는 그런 유혹에 따라 끌려나오게 된다. 역사 이야기를 바탕으로, 그런 영웅들이 때를 만나기 이전의, 곧 다른 사람들이

선을 형성한다(赤壁大戰). 그러나 이는 역사적 사실과 다르다.

알지 못했던 기이한 이야기를(奇談) 여기에 적어 보았다.

연장은 숫돌에 갈아야 날카로워지는데, (當盤錯方知利)
짐승을 가르며 칼날의 신묘를 알 수 있다. (刃解寬髀始覺神)
사람이 만사를 정하나 하늘의 의지이니, (由來人定天能勝)
기이한 재능이 타고나 한곳에 모여든다. (爲借奇才一起屯)

고대로부터 나라가 바뀌고, 나라를 빼앗고 빼앗기거나, 제위의 계승은 어느 시대나 이어졌다. 순(舜, 虞) 뒤를 이은 하(夏, 건국자 우왕 禹王) 왕조에 이어, 商(상, 건국자 탕왕 湯王) 그리고 주(周, 건국자 武王)나라가 이어졌다.

주 왕실이 동쪽 洛陽(낙양)으로 천도한 이후는 춘추(春秋)와 전국(戰國)시대의 혼란이 이어졌고, 이를 통일한 사람이 秦王(진왕) 정(政, 진시황 秦始皇)이었다. 천하를 통일한 진은 단명하였고 이어 한〔漢, 前漢, 西漢, 건국자 유방(劉邦), 高祖〕나라가 천하를 차지했다.

전한의 멸망(서기 8년)에 이어 왕망(王莽)의 신(新)나라도 단명했다.(존속 기간, 서기 8－23년). 한의 황족이었던 유수(劉秀, 光武帝)가 한을 부흥하고 제위에 오르니(서기 25년), 이를 후한(東漢)이라 한다. 후한의 마지막 황제 헌제(獻帝, 劉協) 재위 기간(서기 189－220년)은 소설 《三國演義(삼국연의)》를 통하여 널리 알려졌다.

조조의 아들 조비(曹丕)는 헌제의 선양(禪讓)을 받아 제위에 올랐고(魏 文帝), 동시에 촉한(蜀漢, 劉備)과 동오(東吳, 孫權)의 삼국이 정립(鼎立)하여 서로 항쟁했다. 사마염(司馬炎, 武帝)은 위(魏)의 선양을 받아 제위에 올라 진(晉, 서진)을 건국했다(서기 265년).

진은 동오(東吳, 孫吳)를 병합하여 천하를 통일하였지만(280년) 내분으로 쇠약했고, 결국 황족 사마예(司馬睿)가 장강(長江)을 건너 건강(建康, 南京)에 도읍하니(서기 317년), 바로 동진이다. 이후 중국은 남북으로 분열, 각각 왕조를 계승하니, 이를 남북조라 부른다.

남조(南朝)는 동진의 멸망(서기 420년)에 이어 유유(劉裕)의 송(劉宋, 420－479 존속), 이어 소도성(蕭道成, 高帝, 재위 479－482년)의 제(齊, 존속 479－502년), 소연(蕭衍, 武帝)이 건국한 양(梁, 존속 기간 502－557)이 있었고, 이 양나라를 찬탈한 진패선(陳霸先)은 자신의 성 진(陳)을 국호로 정했다(존속 기간, 557－589년). 역사에서는 孫權(손권)의 오(吳), 사마예의 동진(東晉), 이어 송(宋)－제(齊)－양(梁)－진(陳)을 특별히 六朝(육조)라고 부른다.

북쪽에서는 서진을 멸망시킨 한주(漢主, 유연 劉淵)에 이어, 조주(趙主) 석륵(石勒), 전진(前秦)의 군주 부견(苻堅), 연주(燕主) 모용외(慕容廆), 위주(魏主) 탁발규(拓拔珪) 등 호인(胡人)의 나라가 분립하였다. 이런 오호족(五胡族)의 난립을 오호난화(五胡亂華) 또는 북조(北朝)라고 부른다.

탁발규〔拓跋珪, 道武帝(도무제), 재위 386－409년〕가 건국한 북위(北魏, 존속 기간 386－534년)가 한때 화북을 통일하였지만, 곧 동위(東

魏, 존속 기간, 534－550년)와 서위(西魏, 존속 기간, 535－556년)로 분열하였고, 이는 다시 북제〔北齊, 건국자 고환(高歡). 존속 기간 550－577년〕와 북주(北周, 건국자 宇文泰, 존속 기간 557－581년)로 이어진다.

양견(楊堅, 隋 文帝)

이 북주의 무제가 북제(北齊)를 병합하여 한때 화북 지역을 모두 차지하지만, 북주는 그 외척인 양견〔楊堅, 541－604년, 隋 文帝(수 문제)〕[3]

3 楊堅(양견, 서기 541－604년) 隋, 開國皇帝로 서기 581－604년까지 재위했다. 在位 23년, 향년 64세였으니 천운을 타고난 인물임에는 틀림없으나 아들 양제에 의해 죽음을 당했다. 양견은 漢族(한족)이지만 鮮卑族(선비족)의 성씨와 이름도 갖고 있었다. 그의 부친 楊忠은 西魏의 관직을 두루 거쳤으며 선비족화한 한인의 대표적 인물이었다. 양충은 西魏의 隨國公이었고, 뒤에는 北周 八柱國의 한 사람이었다. 양견은 부친의 직위를 세습했고, 걸출한 용모에 무예도 뛰어났었다. 양견의 황후 독고(獨孤)씨는 당시 북주 팔주국의 한 사람인 독고신(獨孤信)의 딸이었다. 양견의 딸은 북주 선제의 황후였으니 北周에서 양견의 지위가 어떠했는가를 짐작할 수 있다.

에게 나라를 빼앗긴다.

양견은 弘農郡(홍농군) 華陰縣(화음현) 출신으로, 어렸을 때의 자〔少字(소자)〕는 那羅延(나라연)이었는데, 후한의 태위였던 양진(楊震)[4]의 8대손이었고, 양견의 부친은 양충(楊忠)[5]이었다. 양충은 우문태(宇文泰)[6]를 따라 기병한 뒤에, 전공을 세워 隋公(수공)에 봉

---

4 楊震(양진)의 후손에 後漢 太尉(후한 태위)를 역임한 楊彪(양표)가 있고, 양표의 아들이 楊脩(양수, 字는 德祖)이다. 양수는 獻帝 建安(헌제 건안) 연간에 孝廉(효렴)으로 천거되어 郎中(낭중)이 되었다가 계속되는 전투에 군수 창고를 관리하는 主簿(주부)가 되었다. 양수는 두뇌가 우수하여 조조의 아들 曹丕(조비) 형제와 두루 친했다. 脩는 포수. 육포. 닦을 수(治也), 익힐 수(習也)로 修와 같은 뜻으로 쓰일 때도 있지만 같은 字는 아님. 양수가 軍號(군호) '雞肋(계륵)' 의 뜻을 알았는데, 조조는 자신의 뜻을 간파한 양수가 미웠고, 또 거기에 양수가 袁術(원술)의 생질이기에 후환을 염려하여 구실을 찾아 죽여 버렸다. 《後漢書》 54권, 〈楊震列傳〉 참고.

5 양충(楊忠, 507－568年)－北魏(북위)의 군졸로 입신, 北周의 12대장군의 한 사람 隨國公(수국공)에 봉해졌다. 隋 文帝 楊堅(양견)의 父. 隋 건국(581) 후 武元 皇帝로 추존. 廟號 太祖(묘호 태조).

6 宇文泰(우문태, 505－556년)－鮮卑族(선비족) 宇文部의 후예, 漢化한 鮮卑人이다. 西魏의 權臣, 22년간 권력을 잡으면서 北周 정권의 기초를 마련했다. 선비족(鮮卑族)－中國 北方 遊牧民族인 東胡의 한 갈래. 漢初에 그 부족이 匈奴(흉노)의 東進에 밀려 冒頓單于(묵독선우)에게 격파된 뒤에 오환산(烏桓山)과 선비산(鮮卑山)에 각각 의거하였는데, 거기서 오환과 선비의 명칭이 유래되었다고 한다. 선비족의 주 활동 무대는 今 내몽고의 동부 지역이었다. 鮮卑山의 위치는 미상이나 대체로 大興安嶺의 북쪽으로 추정하고 있다. '西伯利亞

해졌었다.

양충의 아내 여씨(呂氏)는 꿈에 푸른 용이 자신의 배 위에 걸터앉아 있는 꿈을 꾸고 아들을 출산했다. 아들 양견(楊堅)의 눈은 샛별처럼 빛났고, 손바닥에는 기이한 무늬가 있었는데 '왕(王)' 글자가 뚜렷하였다. 이에 부부는 아이를 더더욱 기특하게 여겼다. 어느 날, 늙은 비구니가 지나다가 양충의 아내에게 말했다.

"아들의 고귀함은 이루 다 말할 수가 없습니다만, 부모 곁을 떠나 장성해야 합니다. 제가 아이를 양육하고 싶습니다."

이에 양충은 아들의 양육을 그 비구니에게 맡겼다. 그 늙은 비구니는 작은 암자에 홀로 살고 있었다. 먼 길을 떠날 때는 이웃 사람을 암자로 불러 아이를 돌보게 하였다.

어느 날 이웃 노파가 암자에 와서 양견을 안고 있었는데, 노파는 양견의 머리 양쪽에 뿔이 솟아오르고 온 몸에 전에 없던 비늘이 나타나며 용의 모습으로 변한 것을 보았다. 노파는 크게 놀라 "괴물!"이라고 소리치며 아이를 땅바닥에 내던졌다. 마침 그 비구니가 뛰어 들어오면서 아이를 끌어안았다.

그러면서 매우 아쉬운 듯 탄식하였다.

"내 아이가 놀랐기에 황제 즉위가 몇 년 늦어지겠다."

(시베리아)'의 명칭도 '鮮卑利亞'에서 유래되었다는 주장도 있다. 선비족은 5호16국 시대부터 크게 융성하였는데 慕容氏의 前燕, 後燕이 있고 拓拔氏(탁발씨)의 北魏가 모두 선비족이 세운 나라였다.

하늘은 천하를 하나로 만들려고 이처럼 진인(眞人)을 내었다.

이후 몇 년이 지나면서 양견은 무사히 장성했다. 늙은 비구니는 양견을 본가로 돌려보냈고, 곧 죽었다. 그리고 아버지 양충도 병사했다. 양견은 부친의 지위를 세습하여 수공(隋公)[7]이 되었다.

그 무렵 北周(북주)의 武帝(무제, 재위 561–578년)[8]는 양견의 걸출한 모습에 강하게 질투하며 사람을 시켜 관상을 보게 하였다. 관상을 본 자는 양견의 대복(大福)을 알고, 여러 가지로 양견을 도왔다. 양견도 무제의 질투와 의심을 알고 일부로 딸을 태자비로 주어 총애를 받게 하였다. 이어 무제가 죽고 태자가 즉위하니, 이

---

7 수 문제 양견의 부친 양충(楊忠)은 北周에 의해 수국공(隋國公)에 봉해졌고, 양견은 수국공의 지위를 계승하였다. 양견은 20세 이전에 수주자사(隨州刺史)에 임용 근무했었다. 양견은 북주에 의해 隨王(수왕)에 봉해졌고, 이어 북주의 선양을 받아 개국하며(서기 581년) 국호를 수(隨)로 정했다. 본래 지명의 隨는 지금의 호북성(湖北省) 북부의 수주시(隨州市)이고 하남성 서남부의 南陽市와 연접한 지역이다. 그런데 지명 隨는 따를 수. '따라가다'의 뜻이니, 나라 이름으로 좋은 의미는 아니라고 양견은 생각했다. 또 隨에 들어있는 책받침(辶, 辵)은 달릴 주(走)의 뜻이다. 그래서 나라가 빨리 달려간다. 곧 빨리 망할 것이라는 생각에 隨에서 辶을 빼고 隋로 정했다고 한다.

8 周 武帝(주 무제) 우문옹(宇文邕, 543–560 즉위–578년)–추존한 周 文帝 우문태(宇文泰)의 四子, 北周 3대 皇帝(황제). 재위 중 建德(건덕) 연간에 강력한 毁佛(훼불) 정책을 추진하면서 부국강병을 도모했다. 경쟁국인 北齊(북제)를 멸망시켰다(577년).

가 선제(宣帝, 재위 579년)이다. 선제는 지방을 순행(巡幸)할 때마다 장인인 양견에게 내치를 일임하였다.

선제는 겁이 많은 용렬한 사람이었고 양견의 우익(羽翼)은 이미 갖춰졌다. 이에 양견은 북주 정제(靜帝, 재위 579－581년)의 선양을 받아 즉위하며(文帝, 재위 581－604년), 국호를 隋(수), 연호를 開皇(개황, 서기 581－600년)으로 정한다.

왕망은 황후의 부친으로 전한(前漢)을 빼앗았고, (莽因后父移劉祥)
조조는 여식을 시집보내 후한(後漢)을 뒤집었다. (操納嬌兒覆漢家)
자고로 간웅은 모두가 같은 전철을 밟나니, (自古奸雄同一轍)
앞으론 나라와 여인을 교환하지 말지어라! (莫將邦國易如花)

隋(수) 황제(文帝)는 즉위하면서 독고씨(獨孤氏)를 황후[9]로 삼았고, 장자 용(楊勇)을 태자로, 차자인 광(廣)을 진왕(晉王)에 봉하였다.

---

9 독고황후(獨孤皇后) － 名은 독고가라(獨孤伽羅, 544－602년), 河南郡(하남군) 洛陽縣(낙양현, 今 河南省 洛陽市) 출신. 북주 대사마 獨孤信(독고신)의 七女. 隋朝 開國皇帝 隋 文帝의 정처. 나이 14세에 결혼. 北周 宣帝의 皇后 楊麗華(양려화). 태자 양용(楊勇), 양제 양광(楊廣)의 생모. 5남 5녀를 출산. 唐 高祖 李淵(이연)의 이모(姨母). 문제의 주요 국정에 간여했다. 문제는 독고황후한테 쥐여 살았다. 질투가 심했다. 자신의 호오(好惡)에 따라 간여하다 보니 결국 장남 태자를 폐하고, 차남 양광을 태자로 정하여 수나라 멸망을 재촉하였다.

양견은 정사에 부지런하여 일찍 조회하고 밤늦게 정무를 마쳤다. 거기에 독고황후의 질투가 아주 심하여 다른 미인을 가까이 할 수도 없었다. 조정의 문신으로는 이덕림(李德林)과 고경(高熲), 소위(蘇威) 등이 유명했고, 무신으로는 양소(楊素)와 이연(李淵),[10] 하약필(賀若弼)과 한금호(韓禽虎) 등이 있었다.

문제 양견은 명철한 주군 아래에는 현량한 신하들이라서 점차 나라의 영역을 넓히며 천하 통일의 뜻을 세울 수 있었다. 그러나 만약 강남(江南, 장강 이남)의 군주가 치국에 힘쓰거나 현량한 인재 등용에 힘썼더라면, 천하의 패권이 누구에게 돌아갈지 알 수 없었다.[11]

대체로 창업의 군주는 대개 부지런하지만 수성(守成)의 군주는 안일을 즐기는 경우가 많은 것은 어쩔 수 없는 일이었다. 창업주

---

10 이연(李淵) – 당 개국 군주. 唐 高祖. 당(唐) – 國君이 李씨이기에 李唐이라고도 부르며 높이는 뜻에서 大唐이라 호칭한다. 隋의 정치, 제도를 거의 그대로 수용했고 수 왕실과의 관계에서 보통 隋唐이라 合稱한다. 수도는 長安. 副都 洛陽(東都). 본거지였던 太原(北都)을 합하여 三都라 지칭한다. 老子가 李氏이기에 唐에서는 老子에게 '太上玄皇帝'라는 존호를 올렸고 道敎를 장려하였다. 淵은 못 연. 水出地而不流者. 池, 潭(연못 담)과 같다. 唐은 淵字를 피휘(避諱)하여 고구려의 연개소문(淵蓋蘇文)을 천개소문(泉蓋蘇文)으로 표기했다. 高祖는 묘호(廟號)이며, 시호는 신요황제(神堯皇帝)이다.

11 원문 未知鹿死誰手 – 사슴이 누구의 손에 죽을지 알 수 없다. 여기서 사슴은 천하의 패권을 상징한다. 이 말은 운동경기에서도 쓰인다.

는 정직한 인재를 가까이하고 간사하고 아첨하는 자를 멀리하였다. 그렇지만 수성의 군주는 노련한 사람을 싫어하고 젊은 신하를 좋아하는 경향이 있다. 그리고 보통의 군주는 결국 신하들에게 견제당하는 경우가 많으며 젊고 재주가 많은 군주라면 신하들에게 끌려다니는 경우는 많지 않았다.

여기 (南朝) 진(陳)나라의 군주인 진숙보(陳叔寶)[12]는 매우 총명

12 陳 後主(진 후주) 陳叔寶(진숙보, 553－582 즉위－589년 퇴위, 604년 사망)－南北朝 陳朝의 마지막 皇帝. 陳의 後主는 주색에 빠진 황음무도한 군주였다. 君主가 주색과 사치에 빠지고 환관이나 소인의 말을 듣기 시작하면 강직한 신하들이 빠져나가게 되고 그 자리는 더더욱 무능하거나 아첨배로 채워지게 되어 있다. 또 이러한 군주일수록 줏대도 없다. 촉한 유비의 아들 後主 劉禪(유선)이나 陳의 後主 陳叔寶나 역시 마찬가지였다. 성이 함락될 무렵에, 그래도 강직한 신하 한 사람이 "梁 武帝(양 무제)가 후경(侯景)을 대할 때와 같이 의관을 다 갖추고 정좌에 앉아 적장을 만나보십시오."라고 건의했지만 후주 진숙보는 두 후궁만을 데리고 마른 우물에 들어가 숨었다고 하니, 그가 얼마나 졸장부였는가를 짐작할 수 있다. 망국의 책임을 지고 자살할 용기나 책임감도 없이 구차하게 목숨을 부지하려 했다.
亡國의 음악이라 하는 後庭花(후정화)는 後主 진숙보가 지었다. 마지막 두 구절은 다음과 같다.
「예쁜 계집의 뺨은 이슬 머금은 꽃과 같고(妖姬臉似花含露), / 옥수에서 나온 빛은 뒤뜰을 비춘다(玉樹流光照後庭).」 이 노래의 가사는 경박하고 곡조는 늘어지듯 슬펐는데 노래를 부르는 사람이 적당히 가사를 바꿔 불렀다고 한다. 이는 후세에 '亡國之音' 의 대명사가 되었지만 민간에서는 여전히 유행했던 모양이다.

하고 다재다능했지만, 남조에서 태어나 성장하면서 문약한 기질에 화려한 생활 습성에 길들여졌기에, 시부(詩賦) 짓기만을 몹시 좋아하였다.

거기에 동궁 시절부터 그를 보좌한 공범(孔範)과 강총(江總)은 재주도 없고 강경한 기질도 없는 관리였다. 예로부터 '시는 술의 벗이고, 술은 여색의 중매이다.' 라고 하였다.[13] 일없이 한가하고 시나 짓고 노래하는 그 여가에 술이 없을 수 없고 여인의 치마폭이 아니면 즐겁지가 않았다. 그러니 곳곳에 누각을 지었으며 연못을 파고 풍류를 즐기다가 즉위하였다. 그렇다면 그런 내장을 통째로 바꾸기 전에는 어떤 시도나 새로운 일도 즐겁지가 않았다. 이에 후주 진숙보는 강총을 복야(僕射)로 승진시켰고, 공범에게 상서(尙書)의 모든 일을 관장케 일임하였다. 결국 군신 모두가 정무에 마음을 쓰지 않고 오로지 주군을 모시고 연회를 즐기며 아름다운 시나 지으려 마음 쓰며 세월을 보냈다.

후주는 비빈 중에서 장려화(張麗華)[14]라는 미인을 찾아내 총애하였다. 장려화는 6척의 신장에 하얀 피부를 가진 미인이었다. 거기다가 아주 영특하고 지혜롭고 행동거지가 우아하며, 귀엽게 웃고 찡그리며 화사한 미모로 후주의 마음을 사로잡고서도, 후주

---

13 원문 '詩爲酒友, 酒是色媒.(시위주우 주시색매)'

14 장려화(張麗華, 560－589년)－빈천한 가문 출생. 머리카락이 7척이었다는 절세미인. 30세 죽음.

의 뜻을 아주 잘 받들었다.

장려화는 그 자신이 미인이면서도 후궁 중에서도 미인을 발탁하여 후주에게 천거하였으니, 후주에게는 일시에 공씨(龔氏), 공씨(孔氏)의 두 貴嬪(귀빈)과 옥씨(玉氏), 이씨(李氏)의 두 미인, 또 장씨(張氏)와 설씨(薛氏) 두 명의 숙원(淑媛)을 두었고, 원소의(袁昭儀)와 하첩여(何婕妤), 강수용(江修容) 등이 모두 줄줄이 총애를 받았다.

장려화(張麗華)

그러니 진숙보가 어느 겨를에 정사에 마음을 쓸 수 있겠는가? 백관들이 상주하는 많은 문서들이 아예 읽지도 않은 채 문서 행낭에 처박혔다. 후주는 장려화를 무릎에 앉혀놓고 둘이 의논하여 가끔 결정을 내렸다. 여인에게 무슨 심려(深慮)와 원견(遠見)을 기대할 수 있겠나?

그렇다면 이런 틈을 파고드는 환관이 바로 권력의 실세였으니 자연히 뇌물을 받으면서 정사를 농단(壟斷)하였다. 공범과 공귀빈은 형제의 義(의)를 맺고 후주의 총애 속에 정사를 마음대로 휘둘렀다. 그때 강총과 공범만이 나라의 기밀을 알았고, 황제인 후주는 아무것도 몰랐다.

단목 향내 여인 입에서는 노랫소리가, (檀口歌聲香)
황금 술잔에는 파랗게 향기가 남았다. (金樽酒痕祿)
길게 펼친 비단, 잘 차린 잔칫상 위에, (一派綺羅筵)
밝은 촛불 그림자가 병풍에 흔들린다. (障卻光明燭)

젊고 예쁜 한무리 여인들은 모두 구슬과 옥으로 치장하였고, 높이 올린 검은 머릿단에 그린 눈썹이 아름다웠다. 푸른 비단 바지에 비단 이불, 버들가지 같은 가는 허리에 복숭아꽃처럼 곱고 붉은 뺨. 산해진미가 넘쳐나고, 황금과 옥 술잔에는 무녀들의 춤사위가 어른거린다. 옥으로 장식한 방과 누각, 수놓은 병풍에 상아로 장식한 침상이 화려하고 모두가 버들처럼 늘씬한 몸매에 방금 피어난 꽃이었다. 이것들은 모두 백성을 쥐어짜지 않으면 결코 채워질 수 없었다.

후주를 둘러싼 간악한 소인들 – 시문경(施文慶), 심객경(沈客卿), 양혜랑(陽惠朗), 서철(徐哲), 기혜경(暨慧景) – 이들의 호화와 사치는 산과 바다에서 백성을 동원하여 캐고 빼아온 것이었다.

후주는 광소전(光昭殿) 전면에 다시 임춘각(臨春閣), 결기각(結綺閣), 망선각(望仙閣)의 큰 누각 세 개 건물을 지었는데, 그 높이는 수십 길(丈)이나 되었고 폭도 수십 칸(間)이나 되었다. 건물의 난간, 출입문과 창문은 모두 침향목으로 만들었다. 거기에 금옥이나 구슬과 비취를 박아 장식하였고 밖에는 주렴(珠簾)을 드리웠다.

보배로 꾸민 침상과 옥으로 만든 안석, 푸른 비단 휘장을 둘러친 실내에는 풍류를 즐기는 문사(文士)와 미녀들의 웃음이 가득했고 화장 향내가 진동하였다. 태호(太湖)에서 가져온 태호석에 신령한 벽옥의 기암괴석으로 봉래산의 선경(仙境)을 만들었고, 산에서 끌어온 물로 연지를 만들었으며, 무늬 있는 돌로 호안을 쌓았고 흰 대리석으로 교량을 만들었다.

그 사이 곳곳에 기화요초(琪花瑤草)를 심었다. 이렇듯 사치한 건물과 후원과 화원은 진시황(秦始皇)의 아방궁(阿房宮)[15]보다 아름다웠다.

진 후주는 임춘각(臨春閣)에 거처했고, 장려화는 결통각(結統閣)에 공(龔)과 공(孔)의 두 귀빈은 망선각(望仙閣)에 거처했는데, 세 채의 건물은 모두 복도와 회랑으로 구불구불 이어졌으며, 잔치를 하지 않는 날이 없었다.

---

15 아방궁(阿房宮) – 秦始皇(진시황) 35년(前 212年)에 착공하여 220년 미완공인 상태에서 항우(項羽)의 방화로 소멸된 궁궐. 今 陝西省(섬서성) 남부 西安市 長安區와 未央區(미앙구)의 접경 지역이 그 궁터로 알려졌다. 아방궁의 방(房)은 旁(곁 방)과 통하는 글자로, 광대하다는 의미와 수도 근처라는 뜻으로 해석할 수 있다.

밖에는 공범과 강총 외에도 상시(常侍)인 문사 왕차(王瑳)가 후주를 시중들었다. 궁 안에서는 여학사인 원대사(袁大舍) 등이 늘 후주를 수행하였다.

술에 취하면 여러 비빈에 명하여 여학사와 강총, 공법 등이 시를 지어 주고받았는데, 후주 진숙보와 장려화가 그 시를 품평하여 각각 시상하였다. 그리고 미려하고도 농염한 시를 골라 거기에 곡을 붙여 연주하고 노래하게 하였다. 궁에서 잔치를 벌릴 때마다 궁녀 수천 명을 선발하였고, 매번 노래를 지어 부르고 기름진 음식과 멋진 술로 밤을 새워 놀이판을 벌렸다. 이들의 화려하고 사치스런 모습과 방탕한 짓거리는 이루 다 설명할 수가 없었다.

잔치 비용이 천만 전이 넘더라도 (費輒千萬錢)
한때 쾌락을 위해 그냥 내주었다. (供得一時樂)
술잔 가득 백성의 붉은 땀방울이 (杯浮赤子膏)
잔치 놀이 자리는 백성 고혈이다. (筵列蒼生腴)
매일 신난 궁정의 쾌락 즐길 때, (宮庭日歡娛)
백성 마을 날마다 더욱 쓸쓸하다. (間裡日蕭索)
한낮 짧은 하루를 정말 미워하니, (猶嫌白日短)
취한 미녀 춤 속에 달이 떨어진다. (醉舞銀蟾落)

진 후주의 이런 방탕생활 소식이 수나라에 알려지자, 수 문제는 진을 정벌할 뜻을 세웠다. 고경, 양소, 하약필 등이 모두 진나라 정벌 방책을 상주하였다.

주군과 신하가 함께 방책을 의론할 때, 홀연 진왕(晋王)인 차자 양광이 군사를 거느리고 남쪽 진을 정벌하겠다 주청하며 말했다.

"후주 진숙보가 무도하여 백성이 모두 도탄에 빠졌습니다. 하늘의 뜻을 받드는 우리 군사가 남쪽을 정벌한다면, 그 형세는 마치 계란을 눌러 깨트리기와 같을 것입니다. 만약 남쪽 정벌을 늦춘다면 진숙보가 죽고, 영명한 군주가 계승한다면 공을 세우기가 어려울 것이기에, 제가 지금 때맞춰 군사를 거느려 그 죄악을 징벌하고 폭군을 사로잡아 온 천하에 은택을 베풀어야 합니다."

이 말을 들은 나라의 관리들은 칼이나 창을 한번 휘두르면 될 일처럼 말을 하지만, 그 승부는 알 수 없다고 모두가 생각하였다. 그리고 진왕은 수나라 황제의 차자로 높은 작위와 많은 녹을 받으며 안일한 생활을 하였으니, 어찌 이런 정벌을 감당할 수 있을까 걱정하였다.

진왕은 태자 양용과 함께 독고 황후의 소생이었다. 황후가 진왕을 출산할 때, 몽롱한 듯 정신이 혼미한데 붉은 빛이 방 안에 가득했고, 뱃속에서는 천둥이 우는 소리가 들리다가 갑자기 황금색 용 한 마리가 자신의 몸에서 빠져나가는 것 같았다. 그 용은 처음에는 아주 작았으나 날아오르면서 십 리가 넘을 만큼 커졌다. 금룡은 입을 크게 벌려 어금니를 드러내고 발톱을 펴 휘두르며 꾸불꾸불 돌기를 계속하였다. 한참 정신없이 바라보고 있었는데, 갑자기 일진 광풍이 일어나면서 그 금룡은 어딘지 모르는 곳에 추락한 뒤에 꼬리를 몇 번 힘없이 겨우 흔들더니 오므라들면서 조그만 덩어리가 되었다.

황후가 자세히 바라보니 그것은 금룡이 아니라 마치 황소만큼 커다란 쥐였다. 이에 독고황후는 크게 놀라면서 갑자기 깨어났고, 바로 진왕을 출산하였다.

수 양견은 아내의 꿈에 금룡이 하늘을 나는 꿈을 꾸었다는 말을 듣고 그 아들을 어렸을 때부터 아마(阿摩)라고 불렀다. 독고 황후도 크게 좋아하며 말했다.

"어린아이 이름이 너무 좋습니다! 커서도 부를 수 있는 이름을 지어주면 더 좋을 것입니다."

이에 양견이 말했다.

"군주는 모름지기 똑똑해야(英明) 합니다. 그러니 楊英(양영)으로 부릅시다."

그러면서 말을 이

양광(楊廣, 수 양제)

었다.

"창업하려면 영명해야 하나 수성하려면 관대하고(寬) 마음 씀씀이가 넓어야 하니(廣) 양광(楊廣)[16]이라 부르는 것이 더 좋을 것이요."

큰새처럼 적룡이 일찍이 나타나 보이니, (元鳥赤龍曾降兆)
별과 달을 지나며 헛되이 보이지 않았다. (繞星貫月不虛生)
비록 덕이 삼황과 아주 멀리 다르지만, (德雖三皇有異遠)
붉은 빛이 그래도 황성 가득 채웠었다. (也有紅光滿禁城)

독고황후의 아들 사랑은 아주 절절했기에 진왕(양광)에게 태어날 때의 특별한 일을 자주 말해주었다. 거기다가 진왕은 다른 사람의 아래에 있는 것을 좋아하지 않았다. 진왕은 늘 마음속으로 생각했다.

---

16 양광(楊廣, 569-618年 4月)-隋 文帝 楊堅(양견)과 文獻皇后(문헌황후) 독고가라(獨孤伽羅)의 차남. 唐 高祖의 이종 형제. 재위 604-618년. 양제(煬帝)는 이연에 의해 옹립된 恭帝 양유(楊侑, 양제의 손자)가 정한 시호. 皇泰主 양동(楊侗)은 묘호를 世祖라 정했다. 13세에 진왕(晉王)에 책봉. 양광은 文帝의 중신 楊素(양소)의 도움을 받아 604년 8월 즉위했고, 큰 일 벌리기를 좋아하여 604년에서 608년까지 540만을 동원하여 大運河(通濟渠, 永濟渠, 江南河) 등을 개통했다. 大業 8년(612년), 30만을 동원하여 高句麗(고구려)를 원정했으나 실패했고, 618년 江都에서 죽었다.

이연(李淵, 당 고조)

'나와 태자는 같은 형제이지만, 형이 황제가 된다면 나는 신하가 되어야 한다. 어느 날, 형이 등극하게 되면 나는 만세를 불러 축하한 뒤에 조정을 떠나야 하는데, 그 정도는 사소한 일이다. 만약 내게 조그만 잘못이라도 있으면 형은 내 목숨을 빼앗을 수도 있다. 그러니 나는 전전긍긍하며 형을 받들어야 한다. 그렇다면 내가 하고 싶은 일을 어찌 이룰 수 있겠는가? 내가 어떤 계책을 써서라도 동궁의 자리를 빼앗어야만 나는 평생을 즐겁게 살 수 있을 것이다. 내가 사직을 위해 큰 공을 세우지 않는다면 동궁의 지위를 어찌 차지하겠는가?'

진왕은 이리저리 생각하다가 투기가 심한 모친을 생각했다.

진왕은 조정의 신하로 첩을 거느려 자식을 얻은 자들을 배척해야 한다고 황제에게 건의하였다. 그때 태자는 희첩인 운소훈(雲昭訓)을 총애하여, 모친 황후의 환심을 잃고 있었다. 진왕은 틈을 보아 겉으로는 효도하고 근면한 척하면서 뒤로는 몰래 황후의 측근을 매수하여 태자의 실수를 언급하며 진왕은 현명하고 효성스럽다고 말하게 하였다.

그리고 진왕은 이번에 군사를 거느리고 남쪽 진나라 정벌을 건의하며 공을 세우고자 했다. 그러면서 병권을 장악하고 지방관을 자신의 우익으로 만들려 했다.

수나라 양소(楊素)[17]는 시기심이 많은 사람이었다. 진왕은 행군병마대원수(行軍兵馬大元帥)가 되었고, 양소는 행군병마부원수, 고경은 진왕원수부(晉王元帥府)의 장사(長史)였으며, 이연(李淵)은 원수부의 사마(司馬)였다. 고경(高熲)[18]은 발해(渤海) 사람으로, 字는 소현(昭玄)이였는데 족지다모(足智多謀)하며 군사에 밝은 사람이었다.

이연(李淵)[19]은 성기(成紀) 출신으로,[20] 字는 숙덕(叔德)인데, 그

---

17 楊素(양소, 544－606년, 字는 處道)－北周와 隋朝의 軍事 전략가. 시인. 楚國公. 陳朝를 정벌하는 작전에서 長江 중류에서 작전. 楊廣이 태자의 자리를 탈취할 때 협력했다. 文學과 書法에도 조예가 깊었으며 넓은 아량에 멋진 수염을 가진 인물이었다.

18 고경(高熲, 541 ?－607年, 字는 昭玄, 一名 敏)－발해군(渤海郡) 출신. 부친 고빈(高賓)이 獨孤信(독고신)의 賜姓(사성)을 받아 독고경으로도 호칭. 隋朝 재상으로 20년을 근속. 아들이 태자 양용의 사위－나중에 면관, 서인이 되었다가 양제에 다시 등용되었으나 곧 처형되었다. 隋朝의 '眞宰相(진재상)' 이라 불렸다.

19 李淵(이연, 566－635년, 字는 叔德)－隴西 成紀人〔甘肅省 동남부, 平

가슴에 젖꼭지가 3개였다(胸有三乳). 일찍이 용문(龍門)에서 적도를 격파할 때 화살 72발을 쏘아 72명을 죽였다. 그리고 총관인 한금호(韓擒虎)[21]와 하약필(賀若弼)[22] 두 사람은 살인하면서도 눈 하

凉市(평량시)와 天水市 일대〕. 唐朝 개국 황제. 재위 618－626년. 隋朝의 외척, 唐國公(당국공), 양견의 황후인 독고가라의 생질. 수양제 양광의 이종형(表兄). 玄武門(현무문)의 정변(626) 이후 太宗에게 선위한 뒤에 太上皇(태상황)이었다.

唐國公－唐은 본래 陶唐氏(도당씨) 堯(요)의 후손을 封(봉)한 나라이다. 周朝에서 周 成王이 古 唐國을 멸망시킨 뒤, 성왕(成王)의 아우인 叔虞(숙우)를 古 唐國의 옛 땅에 봉하여 唐國이라 했고 侯爵(후작)의 작위였으며, 도성은 今 山西省 남부 臨汾市(임분시) 동남의 翼城縣(익성현) 일대였다. 숙우의 아들이 뒷날 나라 이름을 晉(진)으로 고쳤고, 이 晋이 바로 춘추시대의 강력한 제후국이었으며, 근거지는 지금 山西省의 省會인 太原市 일대였다. 뒷날 晋이 韓, 魏, 趙로 갈라지면서 戰國시대가 시작된다. 당 건국 후 이세민은 晋王(진왕)에 봉해졌고, 太原(태원)은 隴西 李氏(농서 이씨)의 세력 근거지로 副都(부도)의 지위를 누렸다.

당시에 '深水에 黃楊이 잠긴다.' 는 참설이 떠돌았는데, 深水(심수)는 곧 淵(연못)이고 黃楊(황양)은 버드나무, 곧 隋(수)나라의 楊氏(양씨)를 지칭한다고 보았다.

20 성기현(成紀縣)－今 甘肅省(감숙성) 동남부 天水市 관할 秦安縣(태안현) 일대. 李姓의 근거지. 보통 隴西 李氏라 통칭. 前漢의 飛將軍(비장군)인 李廣(이광), 大詩人 李白도 농서 이씨이다.

21 한금호(韓擒虎, 538－592年, 字는 子通)－隋 開國 功臣(수 개국 공신). 덩치가 크고 용모가 웅걸(雄傑)하나 고매한 인품이었다고 알려졌다. 어려서 공부도 제법 많이했고 北周에 무장으로 출사하였다. 開皇 8년(陳後主 禎明 2年. 588年) 수가 진을 정벌할 때 큰 공을 세

나 깜박이지 않는 마군(魔君)인데 선봉이 되어 육합현(六合縣)에서 출병하였다.

양소는 영안(永安, 今 湖北省 동부 黃岡市 黃州區 북쪽)에서 출병하여 장강 상류에서 하류로 진격하였다. 원정군에 총관이 90명이고 총 60만의 대군이었다. 수의 군사는 각지에서 출발하였는데 동쪽으로는 바다까지, 서쪽은 사천(四川)과 촉(蜀)에서도 출병하였다. 군대의 깃발과 전선(戰船)의 노가 1천 리에 걸쳤다.

진국을 방어하는 장졸의 위급을 알리는 수많은 보고가 있었지만, 진의 시문경(施文慶)과 심객경은 이를 진 후주(後主)에게 상주하지 못하게 막았다. 나중에 복야인 원헌(袁憲)이 이를 상주하였다. 조정에서는 다만 장강의 요새인 경구(京口)와 채석(采石) 두 곳에 군사를 늘려 방어케 하였는데, 대신인 강총[23]은 이 마저도 저지하였다.

진의 후주는 결단하지 못하고 다만 큰 소리를 쳤다.

웠다. 진 후주를 우물에서 꺼내 생포하였다. 수나라의 上柱國(상주국)이 되었다. 전설에는 죽어 염라국왕이 되었다고 한다.

22 하약필(賀若弼, 544－607年, 複姓 賀若. 字는 輔伯)－隋朝(수조) 대신. 文帝 開皇(문제 개황) 12년(592년), 재상의 지위에 오를 만한 공적이 있었으나 불평이 많아 탄핵되며 문제와 멀어졌다. 양제 즉위 후 잠시 등용되었으나 조정의 정사를 비방한다는 죄목으로 고경(高熲), 우문필(宇文弼) 등과 함께 처형되었다.

23 江總(강총, 519－594년, 字는 總持)－南朝 陳의 大臣, 詩人.

"왕기(王氣)가 여기에 모여 있다. 북제의 군사가 세 차례, 북주의 군사가 두 차례나 침공했지만 아무런 패배도 없었다. 그러니 수의 군사가 무얼 어찌하겠는가!"

공범도 서둘러 아첨하는 말을 상주하였다.

"장강은 하늘이 만들어준 참호와 같고 하늘 남북의 경계선입니다. 적군의 군마가 날아서 장강을 건너오겠습니까? 모두가 변방 장수들이 공을 세울려는 욕심으로 다급하다고 망언을 상주하고 있습니다. 신은 늘 저의 관직이 낮아 걱정했지만 수나라의 군사가 정말 공격해 온다면 저를 태위(太尉)로 삼아 주십시요!"

그러자 시문경도 말했다.

"요즈음 한겨울이라 날이 추워 군사와 군마가 얼어죽을 터인데, 어떻게 침공하겠습니까?"

그러자 공범이 또 말했다.

"우리의 군마가 동사할까 걱정이 됩니다."

그러자 진의 후주는 큰 소리로 웃으며 원헌(袁憲)을 시켜 신하들에게 애써 준비하지 말라고 지시하였다. 이상이 진국에서 외적을 막자는 의론이었다. 진 궁궐의 음주와 잔치는 이전과 다르지 않았다.

북방 봉화가 장강에 어른거리는데, (北來烽火照長江)
혈전하는 장군의 기개는 꺾일 수 없다. (血戰將軍氣未降)
태평한 깊은 궁궐에 일월의 밝은 빛, (贏得深宮明日月)

은쟁과 단판에 악곡 선율이 새롭다. (銀箏檀板度新腔)

진 후주 정명(禎明) 2년(서기 588년) 정월 초하루 모든 신하가 조정에 모였다. 그러나 후주 진숙보는 전날 밤새워 술을 마셨기에 잠에서 깨어나지 못하고, 해가 저물 무렵에 겨우 일어났다.[24]

---

24 망국의 군주에게 술이란 무엇인가?

기록에 의하면, 後主 陳叔寶(후주 진숙보)는 553년에 태어나 30세 되는 582년에 즉위하여 8년간 재위하였다. 진숙보의 沈皇后(심황후)에게서는 所生(소생)이 없었고 貴妃(귀비) 장려화(張麗華)를 비롯하여 17명의 비빈(妃嬪)으로부터 총 22명의 아들을 두었다.

隋 文帝(수 문제) 楊堅(양견)은 589년 陳(진)을 멸망시켜 천하통일을 이룩하였다. 양견은 진의 後主 陳叔寶를 아주 우대했다. 진숙보가 관직이 없어 궁중 출입에 불편하다 하여 三品(삼품) 관리의 신분을 부여해 주었고 그만한 우대를 했다. 또 그를 초청한 연회에서는 그가 고향생각으로 마음이 상할까 염려하여 강남의 음악은 연주하지 못하게 하였다. 그러나 진숙보에게 망국의 슬픔은 아예 없었다고 한다.

진숙보를 감수하는 사람이 "그는 늘 술에 취해 있고 깨어 있는 시간이 거의 없습니다."라고 보고를 하였다. 문제는 "그가 술을 마시지 않는다면 어떻게 하루하루를 지낼 수 있겠느냐?" 면서 무엇을 좋아하느냐고 물었다. 그러자 감수인은 "당나귀 고기를 좋아하며 술을 한 번에 한 말 이상 마십니다."라고 보고하였다. 수 문제는 '배알도 없는 진숙보(陳叔寶全無心肝)' 의 엄청난 주량에 놀랐다고 한다.

문제는 "陳叔寶의 실패는 모두 그 사람의 음주와 관련이 있다. 시를 짓고 술을 마시는 그 시간에 國事(국사)를 돌보았다면 어찌 저

진의 예상과 달리 그날 수나라의 하약필은 군사를 거느리고 광릉(廣陵)을 떠나 조용히 장강(長江)을 건넜다. 한금호도 정예군사를 500명을 거느리고 직접 장강을 가로질러 채석(采石)이란 요지를 공격했다.

채석을 방어하는 장수 서자건(徐子建)은 급보를 올리면서 군사를 거느리고 적을 맞아 싸우려 했다. 그러나 정월 초하루여서 군사들이 모두 취하여 칼이나 창을 제대로 움켜쥘 수도 없었다. 서자건은 군사들을 버려두고 직접 혼자 배를 몰아 (南京의) 석두성(石頭城)에 들어갔다. 그러나 진 후주는 이미 취해 잠들었기에 아침부터 해질 무렵까지 기다려 겨우 알현하였다. 진 후주는 "내일 출병을 의논하겠다."고 말했다.

다음 날은 아무 하는 일 없이 하루를 보냈다. 초나흘이 되어서 소마가(蕭摩訶)와 노광달(魯廣達) 등에게 군사를 거느리고 적을 맞

리 몰락할 수 있었겠는가? 賀若弼(하약필, 隋의 장수)이 京口(경구)를 공격할 때 진숙보의 신하가 위급한 상황을 보고하였으나 진숙보는 술을 마시면서 상관하지 않았다고 한다. 또 高熲(고경, 隋 장수)이 陳의 궁궐을 수색했더니 위급상황을 보고하는 문서들이 개봉도 되지 않은 채 쌓여있었다 하니 그가 얼마나 어리석었는가를 알 수 있다. 진의 멸망은 하늘의 뜻이다."라고 말했다. 陳叔寶는 隋 仁壽 4年(604년)에 52세에 죽었다. 그가 죽자 大將軍을 추증하고 長城煬公(장성양공)이라는 시호를 내렸다. 그가 죽으면서 받은 大將軍 벼슬은 그나 그 후손에게 무슨 의미가 있겠는가?

아 싸우게 하였다. 그 와중에서 소마가는 하약필이 종산(鍾山)에 막 진격하여 대비하지 못한 때를 이용하여 공격했다. 임충(任忠)은 정예 병력 1만 명과 빠른 전선(戰船) 3백 척으로 하약필의 퇴로를 막겠다는 기이한 방략을 건의하였지만, 陳 후주는 허락하지 않았다. 초 8일이 되자, 각 장수에게 끝까지 싸우라고 말로만 독려하였다.

그때 다만 노광달만이 전력을 다해 전투를 벌리면서 하약필의 부하 3백여 명을 죽였다. 공범의 군사는 단 한 번 접전한 뒤에 곧바로 도망하였고, 소마가는 사로잡혔으며 임충은 도주하였는데, 후주는 그들을 문책하지도 않으면서 그들에게 금궤나 금은을 하사하며 군사를 모아 다시 출전하라고 지시하였다.

그러나 누가 알았겠는가? 임충이 석자강(石子岡)까지 가서는, 수나라의 한금호에게 사로잡혔고, 군사와 함께 투항한 뒤에 적군을 인솔하여 진의 도읍 석두성으로 진격하였다.

이때 진 도성 안의 관리와 서민은 숨거나 도망치지 않는 사람이 없었다. 진 후주는 그저 멍청하게 전각에 홀로 앉아서 여러 장수들의 승전 소식만을 기다렸다. 그러나 나중에 북쪽에서 침공한 군사들이 성안으로 진격하는 소리를 듣고서야 어좌에서 일어나 달아나려 했다.

그러자 원헌(袁憲)이 후주를 가로막으며 말했다.

"폐하께서는 존귀하고 막중하신 분입니다. 의관을 갖추시고 정전에 앉아 계시면 감히 누구도 해칠 수 없을 것입니다."

그러자 후주가 말했다.

"적의 병마가 죽이려 쳐들어오니 안전하지 않다."

그러면서 옷을 벗어버리고 날아가듯 후궁이 거처하는 궁궐로 달려가서 장려화와 공귀빈을 만나 말했다.

"북쪽 군사가 쳐들어왔으니 우리는 어딘가에 숨어야 한다. 서로 떨어져서는 안 된다."

그러면서 왼손으로 장려화를 잡고, 오른손은 공귀빈의 손을 잡고 밖으로 나왔다. 후주가 경양궁(景陽宮)의 우물 근처에 왔을 때 적군의 함성이 크게 들렸다.

그러자 후주가 말했다.

"틀렸어, 끝났어! 더 나갈 수가 없어! 함께 죽어야지!"

그러면서 우물로 뛰어들려 했는데, 후각(後閣)의 사인(舍人)인 하후공운(夏侯公韻)이 몸으로 우물 앞에 막아섰다. 후주와 하후공운은 한참 실갱이를 하였다. 그러다가 후주와 두 여인은 함께 우물 안으로 뛰어들었다.

다행히도 겨울 끝 무렵이고 초봄이라 우물이 말랐고 축축하지도 않았다.

그러자 후주가 말했다.

"우리가 숨어 살아남아도 나중에 어떻게 밖으로 나갈 수 있겠나?"

즐겼던 노래 〈후정화〉[25]는 바뀌었으며, (凱歌換卻後庭花)

피리와 북은 갈족 북소리가 되었네. (簫鼓番成羯鼓撾)
六朝의 王氣 오늘에 끝이 나면서, (王氣六朝今日歇)
가련타! 끝내 우물 안 개구리로다. (卻憐竟作井中蛙)

우물 안에서 세 사람은 한참 숨어 있었다. 병사들의 떠드는 소리만 들려왔다. 수나라 군사들은 궁 안의 보물과 궁녀들을 수색하였다. 겨우 正宮 침전 뒤쪽 끝에서 태자는 누각 문을 닫고 조용히 앉아 있었다. 그러나 후주를 찾지 못하자 모든 군사들이 사방을 뒤지기 시작하였다.

그러자 어떤 궁녀가 말했다.

"얼마 전, 우물 근처로 달려가는 것을 보았는데 우물에 빠져

---

25 〈후정화(後庭花)〉 – 원명 〈玉樹後庭花(옥수후정화)〉 – 陳 後主가 지은 악곡 이름. 곡은 전하지 않고 가사만 전한다. 곡조가 애상했다. 또는 너무 경박했다는 설명이 있다. 이 노래가 알려진 뒤, 진나라는 곧 멸망했기에 '망국의 노래(亡國之音)'로 알려졌다. 소설 《금병매(金甁梅)》에서는 섹스 체위의 한 가지이다.
〈玉樹後庭花〉는 비록 '亡國之音(망국지음)'이라 하지만 당나라 시절에도 불렸던 인기 가요였다. 당 시인 두목(杜牧)의 칠언절구 〈박진회(泊秦淮)〉가 잘 알려졌다.

〈진회하에서 밤을 보내다〉 〈泊秦淮〉
안개낀 차가운 강물, 모래밭을 비추는 달빛, (煙籠寒水月籠沙)
저녁에 술집 가까운 진회하에 배를 대었다. (夜泊秦淮近酒家)
술을 파는 여인은 망국한도 모른 채, (商女不知亡國恨)
강물 건너 여전히 후정화를 부른다. (隔江猶唱後庭花)

죽었을지도 모릅니다."

군사들은 그말에 따라 우물을 수색하였다. 우물은 캄캄하여 아무것도 보이지 않았다. 군사들은 갈고리를 던져 무엇이라도 건져 올리려 했다. 그러나 후주는 몸을 피했다. 아무것도 걸리지 않자, 우물이 얼마나 깊은지 보려고 돌을 던졌다.

돌이 떨어지자 후주는 크게 소리를 질렀다.

"돌을 던지지 말라! 빨리 밧줄을 내려 나를 끌어올려라!"

군사들이 긴 밧줄을 잘라 갈고리를 달아 밑으로 내렸다. 한참 동안 여러 밧줄을 내렸다.

나중에 진 후주의 말소리가 들렸다.

"너희들은 온 힘을 다해 당겨라. 내가 상으로 금과 은을 주겠다. 절대로 나를 떨어트려 다치게 하지 말라."

처음에는 군사 두 명이 밧줄을 당겼으나 꿈적도 하지 않았다. 다시 두 명이 더 가세했으나 움직이지 않았다. 그러자 군사들이 말했다.

"이렇게 무거운 걸 보니 틀림없이 황제일 것이다."

그러자 다른 군사가 말했다.

"필경 우둔하고 미련한 동물일거야!"

병사들이 크게 소리내며 힘을 써 끌어올려 보니, 세 사람이 함께 묶여 올라왔다. 장려화와 공귀빈까지 모두 후주와 함께 묶여 있었다.

병사들이 모두 함께 큰 소리로 웃었다.

이에 宋나라 王元甫(왕원보, 인명 미상)라는 시인이 시를 지어 읊었다.

수의 군사가 나라를 공격해와도 (隋兵動地來)
진의 군왕은 오히려 평안하였다. (君王尙晏安)
누가 알랴? 천하가 좁다 하지만, (須知天下窄)
우물 바닥만큼 넓지는 못하리라. (不及井中寬)
누각 밖에서 창칼로 싸우고 (樓外烽交白)
계곡 주변은 핏물에 젖었다. (溪邊血染丹)
무정하게 지는 달만이 (無情是殘月)
옛날처럼 난간에 걸렸다. (依舊憑欄干)

여러 장졸이 진 후주를 에워싸고 한금호에게 데려갔다. 후주는 땅에 엎드려 한금호를 올려본 뒤에 일어나 揖(읍)을 하였다. 한참 뒤에 하약필은 외성 액문으로 들어와 후주를 불러 상견하였다. 후주는 하약필의 늠름한 위풍에 눌려 자신도 모르게 땀을 흘리고 다리가 후들거렸다.

그러자 하약필이 그 모습을 보고 웃으면서 말했다.

"두려워 떨지 마시오. 귀명후(歸命侯) 한 자리는 얻을 것이요!"

궁인 몇 사람과 함께 진 후주를 덕교전(德教殿)에 머물게 했고, 군사를 시켜 지키게 하였다. 이때 수 진왕(晉王, 楊廣)은 군사를 거느리고 후방에 있었다.

진왕은 고경과 이연을 시켜 陳 백성을 안무케 하면서 약탈을 금지시켰다. 진왕이 도읍 건강(建康, 今 浙江省 南京市)에 들어오자, 한금호와 하약필이 나와 영접하였다. 진왕은 백성들은 회유하고 군사의 약탈을 금한 뒤에 陳의 국정을 어지럽힌 여러 신하를 모두 잡아들였다.

그동안 진왕 양광은 자신의 본색을 숨겨가며 주색을 가까이하지 않았다. 지금은 부친에게서 멀리 떨어진 남쪽에 원정 중이다. 양광은 진 후주의 요염한 황후 張麗華(장려화)에 대한 소문을 잘 알고 있었다. 그래서 高熲(고경)의 아들인 기실(記室, 직책명) 고덕홍(高德弘)을 서둘러 도읍 건강에 있는 공경에게 보내 먼저 장려화를 차지하려고 했었다.

그러자 고경이 말했다.

"진왕은 대군을 통솔하시는 원수(元帥)이시니, 폭군을 정벌하고 백성을 구제하셔야 하거늘 어찌 여색을 먼저 밝히려 하는가?"

그러면서 장려화를 보내려 하지 않았다.

그러자 아들 고덕홍이 말했다.

"아버님, 진왕은 병권을 쥐고 있습니다. 여자 하나를 차지하겠다는데, 보내지 않겠다고 하면 그 분노를 건드릴까 걱정됩니다."

그러자 이연(李淵)도 말했다.

"高(고) 대인, 장려화와 공귀빈은 마치 여우처럼 그 주군을 미혹하였고 권력을 행사하며 국정을 문란케 하였습니다. 나라를 망친 장본인입니다. 이런 여인을 살려두어 어찌 우리 수나라를 더럽힐 수 있습니까? 그러니 서둘러 죽여서 진왕의 사악한 상념을 예방해야 합니다."

고경이 머리를 끄덕이며 말했다.

"옛날 태공(太公, 姜太公)은 상(商)의 폭군 주왕(紂王)의 왕비인 달기(妲己)를 면전에서 죽여, 나라를 기울게 하고 군주를 미혹케 하는 근본을 차단하였습니다. 그러니 지금 어찌 장려화를 살려두어 진왕을 미혹에 빠지게 할 수는 없습니다."

이에 고경은 장려화와 공귀빈을 냇가에서 처형하라고 분부했다. 아들 고덕홍이 그럴 수 없다고 애써 저지하려 했지만 헛일이었다.

미목(美目)에 고운 자태 옥처럼 흰 살결, (秋水丰神冰玉膚)
실없이 한번 웃자 나라가 무너졌다. (等閒一笑國成蕪)
가련한 냇가 풀은 핏물에 물들었고, (卻憐血染清溪草)
오호를 떠돈 서시[26], 그녀만 못하도다. (不及西施泛五湖)

26 西施(서시, 생졸년 미상) – 中國 古代(중국 고대) 四大美女 중 沈魚(침어)의 미인. 春秋 말기, 월왕 句踐(구천)에 의해 오왕 夫差(부차)에게 헌상된 미녀. 吳 망국의 당사자. 吳가 망한 뒤, 范蠡(범려, 陶朱公)는 서시를 데리고 홀연히 江南의 太湖(태호) 일대에 숨었다는 전설이 있다. 西施(서시)의 죽음에 대해서는 여러 전설이 전해온다. 이는 미인의 죽음에 대한 동정이 아니겠는가?

장려화와 공귀빈 두 미인의 목이 잘리자, 고덕홍은 풀이 죽어 되돌아갔다. 진왕의 행영(行營)에 도착하여 진왕을 알현하자, 진왕은 웃는 얼굴로 서둘러 물었다.

"장려화를 데려 왔는가?"

고덕홍은 진왕의 문책이 두려워 이번 일을 모두 이연의 탓으로 돌렸다.

"제가 명을 받아 여인을 데려오려 하자, 부친은 서둘러 수레를 준비하고 시중을 들 미인 십여 명을 선발하여 보내려 했습니다."

그러자 진왕이 웃으며 말했다.

"내가 자네를 보내지 않았다면 자네 부친도 그렇게 하지 않았을 것이야."

이에 고덕홍이 말했다.

"그런데 저 이연이란 사람이 화근을 남겨둘 수 없다며 공귀빈까지 모두 참수해 버렸습니다!"

진왕은 크게 놀라며 물었다.

"자네 부친은 왜 방관하였는가?"

고덕홍이 대답했다.

"저와 아버지가 두 번 세 번 거듭 저지했지만, 이연은 끝내 따라주지 않았습니다. 오히려 저희 부자가 미인계를 쓰려 한다면서 대왕의 뜻을 우롱하였습니다."

그러자 진왕이 대노하며 말했다.

"정말 가증스러운 놈이다! 이연 그 놈은 본래 주색을 밝히는 놈이라서, 그 미인 두 사람을 내가 차지하려 하자 일부러 죽인 것이다."

그러면서 탄식하며 말을 이었다.

"이번 일은 내가 성급하게 서둘렀다. 하루나 이틀 여유를 두고 내가 궁궐에 들어간 다음에 후주 진숙보를 설득하여 일족을 모두 우리 도읍으로 이주시켰다면 감히 누가 막았겠는가? 설령 이연이 나에게 충간을 올리더라도 내가 따르지 않는다 하여 이연이 나를 어찌하겠는가? 이번 일은 내 실수로 미인 둘을 잃었다."

그런 뒤에도 몹시 서운하여 한을 품은 듯 말했다.

"내가 장려화를 직접 죽이지는 않았지만, 장려화는 결국 나 때문에 죽은 것이다. 나는 끝까지 그 도적 같은 놈을 죽여, 두 미인의 원한을 풀어주어야 한다."

모든 일은 이상하게 끝이 났지만 결국 하나의 화근으로 남았다.

진왕 양광은 크게 화를 냈지만, 그러나 이 덕분에 자신의 뜻과 달리 좋은 사람이 되어버렸다. 진왕은 진의 도읍 건강에 입성한 뒤에 시문경(施文慶)을 체포했고, 권력을 위임받고서도 나라에는 불충하며 진 후주에게만 아첨했다고 말했다. 심객경은 백성들에게 무거운 세금을 거두면서 주군의 뜻에 영합했다고 말했다. 진왕은 양혜랑(陽慧朗), 서철(徐哲), 기혜경(曁慧景) 등은 국법을 무시하고 백성에게 해악을 저질렀다며, 이들을 '5명의 간신' 이라 단정하며 처형하였다. 그리고 공범, 왕공 등을 멀리 변방으로 방축하여 동오(東吳) 지역 백성의 원망을 진정시켰다.

진왕은 원수부(元帥府)의 기실인 배구(裴矩)[27]를 시켜 진나라의 토지와 호구대장을 접수케 하고 나라 창고를 봉하여 개인적 약탈이나 착복을 방지하여 현명한 조치라는 명성을 얻었다.

또 하약필이 최후 결전을 먼저 시작한 것은 군령을 위반한 것이라고 말했다. 그리고 이연은 나태하여 자신의 책무를 제대로 수행하지 못했다며 상소하여 탄핵을 받게 하였다. 그러나 수 황제(文帝)는 진을 평정했다는 보고를 받은 뒤, 하약필의 공적이 첫째이고 이연은 관직 수행에 충실했다면서 모두 면죄하였다. 그리고 하약필을 먼저 회군케 하여 비단 1만 필을 하사하였다.

그 무렵, 각처의 주현은 아직 안정되지 않았기에 각지에 총병(總兵)을 보내 정벌을 독려하였다. 사천(四川)이나 촉군(蜀郡), 형초(荊楚), 오(吳)나 조(趙), 운남(雲南), 귀주(貴州) 지역이 모두 수나

27 배구(裴矩, 547－627년, 字는 弘大)－隋末(수말)에서 唐初(당초) 관리. 初名 배세구(裴世矩), 태종 이름 世 字를 피해 單名 구(矩)로 기록. 배구는 文學을 좋아했고 글을 잘 지었다. 양견이 隋朝를 건국한 뒤에 배구를 중용했다. 수 양제도 중용, 소위(蘇威), 우문술(宇文述), 배온(裴蘊) 우세기(虞世基) 등과 함께 권력을 장악하여 '五貴(오귀)'라 불렀다. 양제 때 서역(西域) 경영에 힘써 서역과 장안을 연결하는 상업로를 개통하였다. 《西域圖記》 3卷을 저술했다. 《西域圖記》는 그 서문이 전해오는데 서역의 서쪽 바다〔今 地中海(지중해)〕에 이르는 교통로를 알 수 있다고 한다.

라의 판도로 귀속되어 천하통일을 성취하였다.

그러나 오직 오령(五嶺) 산맥 이남 일부 지역이 복속하지 않았는데, 몇 개 군(郡)에서는 고량군(高涼郡, 今 廣東省 恩平市 지역)의 석룡부인(石龍夫人) 선씨(洗氏)[28]를 主君으로 내세웠다. 석룡부인은 진나라 양춘(陽春) 태수인 풍보(馮寶)의 아내로, 풍복(馮僕)의 모친이었다.

그녀는 수가 진을 격파했다는 소식을 듣고, 부인이 직접 군사를 소집하여 사방 영역을 지켜 성곽을 보수하며 수나라에 저항하였는데 그곳 백성들은 성모(聖母)라 불렀고, 그녀의 성곽을 '부인성(夫人城)' 이라고 불렀다. 수나라에서는 상주국(上柱國)인 위광(韋洸)을 보내 오령 이남을 진압하려 했지만 부인이 저항하여 진격하지 못했다.

진왕 양광은 진 후주를 시켜 석룡부인에게 친서를 보내 나라가 멸망하였으니 부인도 수나라에 귀순하라고 회유하였다. 석룡부인은 서신을 받고서 수천 백성을 모아놓고 종일 통곡하였다. 그리고 북쪽을 향해 배례한 뒤에 손자 풍앙(馮盎)을 보내 백성을 거느리고 먼저 광주(廣州)에 입성케 하였다. 석룡부인은 몸소 갑옷을 착용하고 말에 올라 수많은 시종을 거느리고 수나라 조서를 받은 사자를 자칭하면서 조정의 은덕을 강조하여 10여 주를 순행

28 洗氏(선씨, 522－602년, 名은 英. 洗는 성씨 선, 씻을 세)－高涼郡〔고량군, 今 廣東省 茂名市(무명시)〕－陳朝 石龍太夫人, 隋朝에서는 譙國夫人(초국부인)이라 했고, 시호는 誠敬夫人(성경부인)이다.

하였는데 석룡부인이 지나는 곳에서는 모두 투항하였다. 그래서 30여 주에 1백여 郡(군), 4백여 현(縣)을 수나라에 귀부케 하였다.

이에 수 조정에서는 풍앙을 봉하여 의동삼사(儀同三司)에 임명하였고, 부인을 송강군태부인(宋康郡太夫人)에 책봉하였으며 임진현(臨振縣)을 탕목읍(湯沐邑)으로 하사하였다. 그리고 1년에 한 번만 조공을 바치고, 3년에 한 번 입조케 하였다.

석룡부인은 지략과 용맹을 겸비하여, 수와 복을 누리고 80여 세에 죽었으니, 고금에 제일가는 여인 장군이었다.

이해 3월, 진왕 양광은 왕소(王韶)를 남겨 陳의 도읍이었던 건강을 지키게 하고 자신은 대군을 이끌고 귀로에 올랐다. 양광은 진 후주와 다른 종실과 비빈과 문무백관을 거느리고 건강을 출발하여 4월에 장안에 도착하였고 포로를 태묘(太廟)에 헌상하였다.

수나라 황제는 진왕에게 태위(太尉)를 제수하였다. 그러면서 노거(輅車, 대형 수레)와 면복(冕服), 현규(玄圭)와 백벽(白璧) 등을 하사하였다. 양소(楊素)는 월공(越公)에 봉해졌고, 하약필과 한금호는 모두 상주국으로 승진하였으며 하약필은 송공(宋公)에 봉해졌다.

한금호는 그전에 사졸을 방임하여 진나라 궁궐을 더럽힌 바가 있어 작읍(爵邑)을 받지 못하였다. 고경은 상주국에 승진하였고 제공(齊公)의 작위를 받았다. 이연은 위위소경(衛尉少卿)에 승진하였지만, 진왕이 극도로 미워하였기에 공적을 인정받지 못하고 오히려 탄핵을 받아야만 했다. 이에 이연은 자신의 진급이나 작위에 마음 쓰지 않았다.

다행히도 진왕이 다시 황제의 명을 받아 揚州(양주)에 내려가 주둔하게 되었기에 더 이상의 박해를 받지 않았다. 그러나 진왕의 권위와 위세는 나날이 강성해졌고 명망은 더욱 커졌다. 기이한 모략과 비계(秘計)를 가진 인사들이 날마다 진왕의 막부(幕府)에 모여들었다. 이에 바랄 수 없는 자리를(太子) 차지하려는 진왕의 마음은 더욱 다급해졌다.

사호를 초치하여 우익을 만들었고, (四皓招來羽翼成)[29]
웅심이 어찌 그런 공경(公卿)이 되겠는가? (雄心豈肯老公卿)
곧장 콩으로 하여금 솥에서 울게 하나니, (直教豆向釜中泣)
콩과 줄기가 어떻게 한몸이라 말하겠나? (寧論豆萁一體生)

거기다가 또 내부에 독고(獨孤) 황후가 진왕(晉王)을 옹호하고,

---

29 원문 四皓招來羽翼成 – 漢 高祖는 商山(상산)의 四皓(사호, 4인의 隱者)를 초치하려 했으나 뜻을 이루지 못했다. 그러면서 戚(척)부인 소생인 如意(여의)를 태자로 세우려 했다. 呂(여) 황후는 소생인 태자(惠帝)의 자리를 지키려 張良(장량)에게 방법을 물었고, 장량은 四皓(사호)를 초치하라고 말해주었다. 태자가 사호를 거느리고 고조를 알현하자, 고조는 태자의 羽翼(우익)이 형성되었다며 태자를 교체하려는 뜻을 접었다. 班固의 《漢書 張陳王周傳》(張良傳) 참고.

외부에서는 우문술(宇文述)이 진왕을 위하여 계략을 도모하니 성사되지 않을 일이 무엇이겠는가?

그러나 隋(수) 황제의 뜻이 어떠한 지 알 수 없으니 일단 다음 회를 읽어 보시라.[30]

30 원문 且聽下回分解(차청하회분해)－장회소설 每回(매회)의 결말 부분 상투어. 장회소설에서는 보통 한 가지 내용의 이야기가 최고조에 도달했을 때 그 회를 끝맺게 된다. 每回의 끝부분에서는(結尾) 그 사건을 요약하는 시를 읊는데, 이를 보통 '散場詩(산장시)' 또는 '收場詩(수장시)라고 한다. 산장시는 '正是(정시, 바로 이와 같으니)' 하면서 對偶(대우)의 구절로 끝을 맺는다. 그러면서 '欲知後事如何(다음 이야기가 어찌되는지 알고 싶다면), 且聽下回分解(그러면 다음 회를 들어보고 이해하시오).' 라고 말한다. 또는 듣는 사람이나 독자의 궁금증을 유발하기 위하여 다음의 이야기의 주제를 말해준다. 예를 들어《삼국연의》제 1회의 끝은 '畢竟董卓性命如何? 且聽下文分解.(필경 동탁의 생명은 어찌 되겠는가? 다음 글의 설명을 들어 보시오.)' 라고 끝을 맺는다.

제2회

양광은 참소하며 태자가 될 모의를 하고, 독고황후는 질투심으로 궁비를 살해하다.(楊廣施讒謀易位, 獨孤逞妒殺宮妃.)

시로 읊기를,	詩曰,
사람들은 골육이 가깝다지만,	(人謂骨肉親)
나에게는 참언에 마음 멀어진다.	(我謂讒間神)
의심으로 금방 틈새가 벌어지고,	(嫌疑乍開釁)
말단 관리도 서로 으르렁거린다.	(官小爭狺狺)
웃음 뒤에 창날이 숨겨졌고,	(戈矛生笑底)
환애 속에 원한이 생겨난다.	(歡愛成怨嗔)
충성에 효도할만한 사람이라도	(能令忠孝者)
분노에 쫓기면 뜻을 펼 수 없다.	(銜憤不得伸)
교묘한 말은 피리 혀와 같나니,	(巧言因如簧)
크나큰 모함 재물로 이뤄진다.	(萋非成貝錦)

이러한 속에 우연히 덮여지고, (此中偶蒙蔽)
얼굴을 봐도 겹겹의 성문 같다. (覿面猶重闉)
마음이 밝은 촛불과 같으면, (心似光明燭)
모함의 말이 스미지 못한다. (人言自不侵)
가정과 나라 다스릴 이치는 같고, (家國同一理)
군자(君子)는 남의 말을 경청해야 한다. (君子其敬聽)

나무에 잘 보이지도 않는 좀(蠹, 좀 두)이 슬면 큰 벌레가 생겨난다는 말이 있다. 마음속에 조그만 애증(愛憎)이 있다면 그 대상이 되는 자는 확실하게 넘어지거나 쓰러진다.

수나라 독고황후는 태자 양용(楊勇)[31]을 미워하는 마음이 있었

31 양용(楊勇, 562? 568?－604년) － 文帝(문제)의 장남, 양용은 용모 준수하고 호학하며 문학에 재능이 많았으며 성격도 관대 후덕하며 솔직한 사람이었다. 그래서 태자 주변에는 文人(문인)들이 많이 모여 있었다. 태자는 약간 사치를 좋아하는 기질이 있었다. 文帝는 후계자인 장남이 사치에 물들까 염려하여 자주 주의를 주었다. 그리고 태자 주변에 문인들이 많이 모여 있는 것도 싫어했으며, 특히 태자가 동지 이후 정초에 백관의 朝賀(조하)를 받는 것도 좋아하지 않았다. 말하자면, 아버지로서는 아들을 바로 키워야 하는 의무감을 갖고 대했다. 그러면서도 권력자로서는 아들이 힘이 커가는 것을 경계하는 라이벌 의식을 갖고 있었다. 이런저런 이유로 楊勇에 대한 문제의 신뢰는 갑자기 식기 시작하였다.
태자 양용은 호색의 기질도 있었다. 많은 시첩을 거느렸고 특히 운소훈이라는 미인을 특별히 총애하며 그 몸에서 이미 3명의 아들

는데, 차자인 진왕 양광은 이를 눈치채고서 고의로 여러 일을 꾸며대었다.

태자 양용이 첩실을 총애하는 것을 보고 양광은 일부러 자신의 蕭妃(소비)에게 애정을 주면서, 평소의 호색하는 마음을 잠시 덮어버렸다. 양용이 검소 질박한 것을 보고 양광도 검소 질박한 생활을 꾸며대며 평소의 화려 사치하려는 마음을 꼭꼭 숨겨버렸다.

을 얻었다. 태자비인 원비가 태자의 총애를 잃고 화병이 나서 병석에 누운 지 이틀 만에 죽는 일이 있었다. 그러자 어머니 독고황후는 양용과 운소훈(雲昭訓)이 함께 嫡妻(적처)를 모해했다고 믿게 되었다.

부모가 모두 장남을 의심하고 미워한다는 사실을 간파한 차남 양광은 자신은 첩실을 가까이하지 않는다는 것을 강조하며 진정으로 부모를 위한다는 가식의 연기를 계속한다.

먼저 독고태후의 마음을 움직이는데 성공하고 이어 文帝도 태자를 폐위할 마음을 갖게 된다. 그러나 양광에 대한 불안심에서 측근을 시켜 장남을 관찰케 하였는데, 태자가 불충의 마음으로 황제를 원망한다는 거짓 보고만이 들어온다. 결국 文帝는 태자를 폐해 서인으로 만들고 차남 양광을 태자로 세웠다.

억울한 태자는 어찌할 방법이 없었다. 황제를 만나 억울함을 호소하려 해도 만날 기회가 없었다. 물론 여기에는 楊廣(양광)의 영향력도 작용하게 된다. 결국 양용은 나무에 올라가 황제의 궁을 향해 자신의 억울함을 큰 소리로 호소한다. 그러나 이마저 '양용이 失性했다.' 는 보고로 끝이 난다.

양광은 황제의 자리를 탐내는 불효불충한 욕망의 화신이었다. 나중에 아버지와 형, 그리고 형의 자식을 몰살하고 즉위하고 결국은 나라를 파멸로 끌고 간다.

그러는 동안 어느 덧 독고황후의 태자 사랑하는 마음은 모두 양광에게 쏠려가버렸다. 궁중의 환관이나 궁인들은 황후가 양광을 편애하는 것을 알고서 자연스레 그 뜻에 영합하며 이런 저런 말을 보태었다. 올바른 행실이나 착한 행실은 황후에게 전달되지 않았다. 그러나 조그만 잘못이나 실수는 부풀려 빠르게 퍼져나갔다.

진왕 궁중의 조그만 험집은 그들에 의해 그냥 덮히고 묻혀버렸으며, 조금이라도 좋은 일이라면 열 배로 부풀려 빠르게 소문이 났다. 그러다 보니 진왕과 왕비 소씨의 부당한 행실이라도 황후의 궁중에서는 그런 사실을 믿으려 하지 않았고 특별히 환대하였다. 이러는 사이에 황후 궁중에서 일하는 궁인이나 환관은 모두 진왕으로부터 상을 받았다. 그러니 황후 앞에서 어느 누가 진왕을 칭송하지 않겠는가?

이 무렵, 진왕 양광은 일이 7, 8할쯤 성공하였다고 생각하였다. 진왕은 그가 남조 진나라를 평정할 때, 안주총관(安州總管)인 우문술(宇文述)[32]을 알게 되었다.

---

32 우문술(宇文述, 546－616년, 字는 伯通, 宇文은 복성)－北周(북주)와 隋朝(수조)의 官員(관원). 《隋書》에서는 그가 윗사람의 뜻에 잘 영합하고, 되는 것도 없고 안 되는 것도 없는 인물로 평가하였다. 수 양제 때 우문술, 蘇威(소위), 裴矩(배구), 裴蘊(배온), 虞世基(우세기) 등이 국정을 장악했고, 이들을 '五貴'라 합칭했다.

그는 지혜와 모략이 뛰어났기에 사람들은 그를 '小陳平(작은 진평)'[33]이라고 불렀다. 진왕(晉王)은 揚州(양주)에 주둔하면서 그를 壽州刺史(수주자사)로 천거하여 수시로 왕래하게 하였다.

어느 날 진왕은 우문술과 嫡子(적자, 太子)의 지위를 탈취할 모략을 상의하였는데, 우문술이 말했다.

"대왕께서 이미 모친 황후의 환심을 얻었으니 궁내에서 못할 일이 없을 것입니다. 다만 제가 볼 때, 아직 세 가지 일이 남았습니다. 첫째 황후께서 태자를 미워하시고 대왕을 아껴주시지만, 태자에 대한 미움이 아직은 많지 않고 대왕에 대한 애정도 아직은 깊지 않습니다. 이번에 조정으로 들어가시게 되면 대왕께서는 큰 苦肉之計(고육지계)를 지어내 대왕에 대한 황후의 애틋한 마음을 크게 움직이게 하면서 태자에 대한 황후에 격노를 유발하여 태자를 바꾸려는 마음을 확고하게 해야 합니다. 그러려면 대왕께서는 믿을만하고, 또 황제의 신임을 받고 지방에 재직하는 外臣(외신)을 이용하여 讒言(참언)을 올리게 하고, 이를 기회로 삼아 힘껏 공격해야 합니다. 태자에 대한 안팎의 협공에서 절대로 작은 실수라도 있어서는 안될 것입니다. 태자를 쫓아내고 자리를 바꾸려면 태자에게 엄청나게 큰 잘못이 있어야 합니다. 그러니 황제

---

33 진평(陳平, 前 3세기? – 前 178년) – 楚漢(초한) 전쟁 중 항우(項羽)의 부장에서 漢王(한왕) 劉邦(유방)의 참모로 전향하여 큰 공을 세웠다. 전한이 건국된 이후 우승상, 좌승상을 역임했다. 반간계, 이간계(離間計)의 명수. 《史記》 56권, 《漢書》 40권 참고.

가 신임하는 사람을 매수하여 맨 먼저 고발하게 만들어야 합니다. 사실이 아니더라도 만들어야 하고, 작은 일은 크게 벌려야 하며, 분명한 증거를 내세운다면 태자라도 결코 변명하거나 빠져나갈 수가 없을 것입니다. 이런 계획은 두려워할 수도, 또 그만둘 수도 없으며, 대왕께서는 태자가 될 수 없을 것 같다고 두려워해서도 안됩니다. 이런 계략은 황후를 움직여 황후께서 주도하시게 해야 합니다. 이 두 가지는 저도 꾸밀 수는 있지만 금은보배나 수만금의 금전이 필요합니다. 저의 집이 파산하더라도 두렵지 않습니다. 다만 그럴만한 자원이 없습니다."

이에 진왕이 말했다.

"이런 일은 내가 준비해야 한다. 그대는 오직 나를 위하여 틀림없이 일을 성공해야 하오. 우리는 나중에 부귀를 같이 누릴 것이요."

두 사람은 함께 상경하였고, 이후 역할을 나누어 일을 벌였다.

구름을 당겨 해를 가리려는 교묘한 계책, (巧計欲移雲蔽日)
심오한 모략 섣달을 봄날로 만들려 한다. (深謀擬令臘回春)

진왕은 개선(凱旋)하고 조정에 들어가서 황제와 황후를 알현하였다. 그리고 조정의 재상이나 신료와 속관들에게 두루 재물을 상으로 주었다. 궁중의 환관이나 시중을 드는 궁인들에게도 모두 나눠주었다. 조정의 여러 관리 중 다만 이연만은 이전에 진왕의 속관이었지만, 황자(皇子)와 사적인 교제를 해서는 안 된다며 진왕의 예물을 받으려 하지 않았다.

한편, 우문술은 대신과 지기들을 두루 만났는데 형벌을 관장하는 대리시(大理寺)의 소경(少卿)인 양약(楊約)을 알게 되었다. 이 양약이란 사람은 월공(越公)인 양소(楊素)의 아우인데, 당시 양소는 상서좌복야(尙書左僕射)로 그의 권력은 황제와 비슷할 정도였으며, 그 지위가 너무 존귀하고도 절대적이라서 다른 사람과 왕래는 많지 않았다.

양소는 남쪽 진을 멸망시킨 뒤에 압송해 온 진나라 궁궐의 미인을 절반 정도 차지하였다. 양소는 미인에 탐익하며 다른 사람들과 접촉이 거의 없었다. 때문에 사람들이 양소한테 부탁할 일이 있으면 양약을 통하거나 부탁하였기에 양약의 집은 늘 시장처럼 붐볐다. 그간 우문술은 외직을 오랫동안 떠돌았는데, 오래 기다린 뒤에야 겨우 양약을 만날 수 있었다.

우문술은 양약에게 아주 후하게 1백여 금을 헌상하고, 차 한 잔을 마신 뒤 떠나왔다. 이후 우문술은 양약을 가까이하며 나이나 권세를 떠난 막역한 사이가 되었다.

양약이 우문술을 답방하게 되자, 우문술은 집에서 여러 준비를 한 뒤에 양약을 접견하였다. 양약이 볼 때 우문술의 집 곳곳에 배열된 가구들은 대개 상(商, 殷) 시대의 솥(商鼎, 상정)이나 주대(周代)의 주기〔酒器, 周彝(주이)〕 또는 기이하고 휘황한 골동품이라서 눈이 휘둥거려 어지러울 정도였다. 양약이 놀라 입을 다물지 못하자, 우문술이 말했다.

"이 모두가 진왕께서 베풀어주신 은혜입니다. 양형께서 이런 골동품에 조예가 깊으시니 가르침을 받고 싶습니다."

양약이 말했다.

"저의 집에 금은 보화는 좀 있습니다만 이런 보물은 없습니다. 저의 가형(家兄) 댁에 있는 것도, 여기만 못합니다. 하나의 예를 들자면 여기있는 백옥의 바둑판이나 푸른 옥의 바둑알 같은 것입니다."

그러면서 양약이 말했다.

"그간 오랫동안 우문 형과 수담(手談)을 나누지 못했습니다. 형께서는 주로 누구하고 두십니까?"

이에 우문술이 말했다.

"가끔 저를 따르는 젊은 첩년과 둡니다."

그러자 양약이 말했다.

"양주(揚州)에서 데려온 여인입니까? 양주 여인들은 재주가 참 많지요."

우문술이 말했다.

"바둑이 있으니 지금 한번 두면 어떻겠습니까?"

우문술은 상대(商代)의 솥(鼎)을 걸고 바둑을 두면서 일부러 몇 판을 져주었다. 그리고 바로 하인을 시켜 골동품을 양약의 저택에 보내주었다.

술상이 들어오면서 자리가 준비되었다. 술상의 그릇이나 용기가 모두 옛날 그릇이었다.

양약이 또 부러워하며 말했다.

"여기 황금의 술잔들도 양주에서 가져온 것입니까? 저는 북쪽에서 오래 살다 보니 이런 것을 잘 모릅니다."

우문술이 말했다.

"만약 양형께서 감상하시겠다면 바로 보내드리겠습니다."

그러면서 다른 그릇을 준비시켜 양약과 술을 마시면서 황금 술잔들을 양약의 집으로 보냈다. 물론 다른 골동품도 몇 점 함께 보냈다.

양약은 두세 번 연속 겸양하며 말했다.

"정말 제가 받을 수 없는 물건입니다. 이들은 특별한 뜻이 있는 물건일 터인데, 제가 공로도 없는데 주신다 하여 어찌 받을 수 있겠습니까?"

그러자 우문술이 정색을 지으며 말했다.

"양형, 저는 그간 총관(總管)을 역임하였습니다만, 武官(무관)으로서 윗분들에게 보내드릴만한 물건을 얻기는 결코 쉽지 않았습니다. 제가 수주(壽州)로 전직한 뒤에 겨우 물이나 마시며 살다시피하였습니다. 제가 어찌 이런 보물을 모으고 또 양형에게 보낼 수 있겠습니까? 사실 이 모두는 저를 통해 양형에게 보내드리려는 진왕의 뜻입니다. 진왕께서는 양형을 평소에 각별하게 생각하고 계십니다."

그러자 양약은 심각한 표정으로 대답하였다.

"형씨의 하사물이라도 제가 받을 수 없거늘, 하물며 진왕의 깊은 뜻이라면 더더욱 어찌 받을 수 있겠습니까?"

이에 우문술이 말했다.

"이런 약소한 것을 어찌 귀하다 하겠습니까? 저는 훨씬 더 큰, 오래도록 누릴 수 있는 부귀를 삼가 두 분 형제께 드리고 싶을 뿐입니다."

그러자 양약이 바로 말했다.

"저 같은 경우 어찌 부귀를 말할 수 있겠습니까? 그러나 저의 가형께서는 이미 극도의 부귀를 누리고 계시니 누가 더 무엇을 보탤 수 있겠습니까?"

이에 우문술이 웃으며 말했다.

"귀 영형(令兄) 가문의 부귀야 정말 극성합니다. 그렇지만 그런 부귀는 구름과 같은 것이어서 영원하리라고 말하기는 좀 어려울 것입니다. 지금 동궁(東宮)께서 하고 싶은 일을 다하지 못하고 있으며, 가형에게 절치부심하는 것을 귀 가형께서도 알고 계시겠지요? 태자께서 일단 즉위하시어 뜻을 펴게 되는 그때는 가까운 친지나 고관을 친소의 정도에 따라 등급을 나눠 차별할 것이니, 귀 영형께서 부귀를 계속 누릴 수 있겠습니까? 본래 권위는 질투를 불러오고, 권세에는 참언이 따라오게 돼있습니다. 지금 머리를 숙이고 영형의 아래 있던 자가 어느 날 갑자기 위에서 거만하게 내려다볼 수도 있을 것입니다. 지금 다행인지 모르지만, 태자께서는 실덕(失德)이 많고, 진왕(晋王)께서는 폐하와 황후의 신임을 받고 있기에, 태자를 바꾸려는 마음이 있지만 아직은 드러나지 않고 있습니다. 지금 영형께서 진왕의 충심을 조금 이해하시고 도와주신다면 진왕께서는 결코 그 대은을 잊지 않으실 것입니다. 그래야만 영형의 부귀 또한 영원하지 않겠습니까? 지금 계란을 쌓아놓은 것 같은 위기를 태산처럼 안정시킬 수 있는 길이 있는데, 양형께서 어찌 생각하실지 저는 아직 모르겠습니다."

이에 양약은 머리를 끄덕이며 말했다.

"그렇습니다. 참으로 옳은 말씀이십니다. 그러나 태자의 폐립은 정말 국가의 막중한 대사라서 누구도 쉽게 말할 수 없습니다. 집에 돌아가 가형과 깊이 의논해 보겠습니다."

우문술과 양약은 통음하며 대취한 뒤에 밤늦게 헤어졌다.

뒷날 우문술은 동궁에 태자의 신임을 받는 희위(姬威)라는 사람이 있는데, 우문술의 벗인 段達(단달)[34]과 가깝게 지낸다는 사

---

34 단달(段達, ?—621년)—武威郡(무위군) 고장(姑臧, 今 甘肅省 武威市) 출신. 隋朝 관리. 北周 이래의 武臣 家門. 8척 장신에 멋진 수염, 弓馬 실력 우수했다. 文帝(楊堅)의 승상, 양제 즉위 이후에도 병권을 장악, 고구려 원정 전후 각처에서 반군이 일어나자 진압에 有功, 煬帝(양제)가 江都에서 우문화급(宇文化及)에게 시해되자, 段達은 越王(월왕) 양동(楊侗)을 황제로 옹립했다. 나중에 李世民이 東都(동도)를 평정하고 단달을 주살했다. 《說唐演義全傳》 같은 소설에도 등장한다. 《隋書》 85권에 입전되었다.

실을 알았다. 이에 우문술은 보화를 가지고 갖다가 단달에게 주었고, 희위에게 뇌물을 건네면서 태자의 동정을 살피게 하였다. 그러면서 단달에게 밀계를 말하였다.

"때가 되면 여차여차하게 움직여라. 그러면 뒷날 부귀를 보장하겠다."

단달은 수락하며 늘 우문술을 위해 일했다.

晉王(진왕)은 揚州(양주)의 임지로 출발하기 전에, 우문술의 계교에 의거 황후를 찾아 떠나는 인사를 올렸다. 진왕은 바닥에 엎드려 눈물을 흘리며 말했다.

"저는 본성이 우둔하여 꺼릴 바를 잘 알지 못합니다. 생각하면, 모친의 은덕을 보답할 수 없지만 그래도 자주 사람을 보내 문안을 올리겠습니다. 동궁은 제가 큰 자리를 엿본다면서 늘 크게 분노하면서 저를 모함하고 있습니다. 언제든지 저에 대한 참언을 하고, 또 저의 술잔에 언제 짐새(酖鳥) 독[35]을 넣을지도 모르기에 소자는 두려워 걱정하며, 또 끝까지 어머님을 모실 수 있을는지 알지 못하겠습니다."

이런 말을 마치지도 못하고 진왕은 실성하듯 흐느끼며 오열하였다.

---

35 酖毒(짐독) - 동남아 파푸아(巴布亞) 등 섬에 사는 毒鳥(독조). 검은 깃털에 붉은 눈을 가진 새. 뱀이나 독사를 잡아먹고 산다. 그래서 그 깃털에 독이 있다. 그 깃털을 술에 담그면 극독의 독주가 된다.

그러자 독고황후가 말했다.

"고약한 심성에 부끄러움도 모르는 아들을 나도 이제는 못참을 것 같다. 내가 원씨(元氏)의 딸을 정해주었지만 끝까지 부부의 예로 대하지 않더니 결국 아운(阿雲, 운소훈)만을 총애하는구나! 만약 개 돼지 같은 아들을 받아들이면 나도 네 편이라 하며 능멸을 당할 것이다. 만약 황제가 천추만수 하신다면 나 역시 어육(魚肉)처럼 씹힐 것이다. 네가 아운 앞을 지나가야 한다면 고개를 숙이고 칭신하며 일단 목숨을 부지해야 한다."

황후의 말을 들은 진왕은 머리를 바닥에 부딪치며 더 크게 통곡하였다.

황후가 진왕을 끌어 위로하였다.

"밀조(密詔)가 아니라면 경사(京師)에 들어오지 말고, 동궁을 가까이 하지 말라. 몇 개월 있으면, 나도 생각이 있다."

진왕은 안심한 듯 겨우 울음을 그치고 임지로 떠나갔다.

우문술이 진왕에게 말했다.

"이제 3가지 계책이 다 갖춰졌습니다."

싸움터 말이 강에 접근하니 버들이 마중하고, (柳迎征騎邗溝近)
경성에 해가 가려지니 황궁은 더욱 멀도다. (日掩京城帝里迢)
팔색조 여섯 큰 깃이 이제 모두 갖춰졌으니, (八烏已看成六翮)
곧바로 엷은 구름낀 하늘로 날아오르려 한다. (一飛直欲薄雲霄)

예로부터 폐망과 흥성은 하늘의 운수(天數)에 달렸다고 하였다. 이 양약이란 자는 진왕의 뇌물을 받은 뒤로 형 楊素(양소)를 진왕 편으로 끌어들이려 했다. 양약은 형을 만날 때마다 수심이 가득한 얼굴이었다.

어느 날 양소가 동생에게 물었다.

"무슨 걱정에 그리 앙앙불락하는가?"

양약이 대답하였다.

"그전에 형님께서 외직에 계실 때, 동궁의 위솔(衛率)인 소효자(蘇孝慈)에게 잡혀갔었습니다. 그때 태자가 '모름지기 이 늙은 도적을 죽여야 한다.' 라고 하는 말을 들었습니다. 늙은 도적이 형님이 아니면 누구이겠습니까? 형님도 이제 늙으셨고 지금 위기에 처한 것 같습니다."

그러자 양소가 웃으며 말했다.

"태자일지라도 나를 어찌지 못할 것이다!"

"형님, 그렇지 않습니다. 태자는 곧 제위에 오를 것입니다. 만약 등극한다면, 상황의 여러 신하들을 어느 날 갑자기 버릴 것입니다. 태자가 즉위한다면, 우리 가문은 모두 묶여갈 것이니 큰 걱정을 어찌 아니하겠습니까?"

"네 생각대로라면, 지금 내가 지위를 버리고 물러나야 하겠느냐? 아니면 지금이라도 마음을 바꿔 태자에게 매달려야 하겠느냐?"

"형님께서 지위를 버린다 하여도, 또 태자에 순종한다 하여도 한번 품은 원한은 사라지지 않을 것입니다. 그렇다면 차라리 태자를 폐위시킨 다음에 다른 사람을 옹립해야 합니다. 그래야만 화근을 없애고 큰 공을 이룩할 수 있습니다."

그러자 양소는 손뼉을 치며 말했다.

"네가 그런 지모를 생각한 줄은 몰랐다. 정말 뜻밖이구나!"

양약이 말했다.

"형님, 생각했다면 신속하게 움직여야 합니다. 아니면 의심을 받습니다. 어느 날 태자가 권력을 잡으면 언제 화가 닥칠지 모릅니다."

양소가 말했다.

"내 생각으로는 오직 황후께서 주동이 되어야 한다."

양소도 평소에 황제가 독고황후를 무서워하고, 황후의 말을 잘 따른다는 사실을 알고 있었다. 궁 안에서 잔치가 있을 때마다, 양소는 기회를 보아 진왕이 현명하고 효성스럽다고 칭송하며 독고황후를 두둔하였다. 본래 여인의 마음은 좁고 얕다. 진왕은 착하고 태자는 잘못이 많다는 말이 나올 때마다 양소는 상황에 따라 칭송과 비난을 보태었다. 독고황후는 양소가 황제의 절대적인 신임을 받고 있는데, 태자의 폐립에 찬성한다는 뜻을 알고, 곧 양소에게 금은보화를 보내주었다.

양소는 일을 벌리면서 황후가 자기 편에 서줄 것을 기대하였는데, 이제는 오히려 황후가 양소의 도움을 바라는 입장이 되었다. 황후는 태자 폐립에 자신감을 갖게 되었다.

이에 황후는 아무 때나 황제 앞에서 태자를 둘러싸고 시시비비를 따지고 논쟁을 벌렸다. 또 환관이나 후궁으로 하여금 날마다 태자의 잘못이나 참언을 올리도록 압력을 가했다. 때로는 냉정한 비난이, 아니면 뜨거운 칭송이 황제에게 모여들었다.

티끌이 모여 산이 되고, 3인이 그렇다고 말하면 시장거리에 호랑이가 나타난다(三人成虎).

드디어 수 문제 개황(開皇, 서기 581－600년) 20년 10월(600년), 문제는 무덕전(武德殿)에서 태자 용〔勇, 楊勇(양용)〕을 폐하여 서인으로 삼는다는 조서를 내렸다.[36]

---

36 형제 간에 공유할 수 없는 권력－고대 군주정치 체제에서 분란이나 멸망의 원인이 될 수 있는 4가지가 있다고 하였다. 우선 황제를 둘러싼 정처와 후처의 분쟁, 절대 권력을 행사하려는 군주와 행정, 군사의 실권을 장악한 신하의 충돌, 적자와 서자의 갈등, 그리고 중앙권력과 지방권력의 충돌이 그것이다. 수 문제 양견은 황후 獨孤(독고)씨에게서 5명의 아들을 얻었다. 장남 楊勇(양용), 차남 楊廣(양광), 그리고 삼남, 사남과 五男 楊諒(양량)이 그들이었다. 양견은 자신의 아들들이 모두 같은 어머니 소생이니 적자와 서자의 싸움은 없을 것이라 단언했고 그렇게 믿었다.

장남 楊勇이 태자로 책봉되었지만 부친과 모친의 미움을 받기 시작하자, 양광은 계획적이고 치밀하게 형을 태자에서 몰아내기 위한 계획을 추진했고 결국 태자의 자리를 차지한다. 이어 병석의 부친을 죽이고 형을 죽인다. 그러자 막내아우 양량이 반기를 든다. 물론 양량도 그만한 군사력을 가진 藩王(번왕)이었기에 반기를 들었지만 간단히 진압된 뒤에 서인이 되었다가 끝내 죽음을 당한다.

태자의 아들 장령왕(長寧王) 엄(儼)은 상소하여 그래도 숙위군(宿衛軍)을 배치해달라고 간청하였다. 문제는 이를 가엽게 여기며 수락하려 했지만, 이를 양소가 저지하였다. 그리고 단 한 사람 오원공(五原公) 원민(元旻)만이 직간하며 폐위를 반대하였고, 문림랑(文林郎)인 양효정(楊孝政)이 반대한다고 상서하였지만 문제는 평소에 양소를 신임하였기에 모두를 형벌에 처했다.

양소는 자신의 부귀를 오래 누릴 수 있다고 확신하면서 아주 유쾌하였다. 11월에, 황제는 진왕인 양광을 태자로 책봉하였다. 우문술은 태자의 최측근인 동궁(東宮) 좌위솔(左衛率)이 되었다.

진왕은 황제의 칙서를 받고 바로 사례하는 글을 올렸다. 조정에서는 (진왕의) 왕비인 吉同(길동) 蕭妃(소비)를 조정에 들어오게 하였고, 금원(禁苑)에 거주하면서 부모인 황제의 시중을 들게 하였는데, 소비는 매우 효성스럽고도 공경하였다. 문제는 이를 보고 매우 흡족하였고 아무런 이의도 없었다.

한편 獨孤(독고)황후의 성격은 천성적으로 기이하고도 투기가

말하자면, 같은 배에서 나온 형제들이기에 싸움이 없을 것으로 예상했지만 비극적인 弑父(시부)라는 패륜행위와 형제 살해는 어김없이 발생하였다. 그 재물이 보통 사람이 생각하는 이상일 때, 또 그 권력이 절대적일수록 형제간의 싸움은 더욱 치열하였다. 또 황제 자리라는 최고의 정점에서 이루어지기에 더 비극적이고 잔인하였다.

매우 심하였다. 궁중의 많은 비빈과 미인이 꽃밭의 꽃무더기처럼 떼를 지었어도, 황제는 어느 누구 하나도 가까이 할 수가 없었다. 어느 날 독고황후는 미열과 감기로 고생하며 궁중에서 몸을 조리하고 있었다.

문제는 이런 여유를 이용하여 어린 내시를 데리고 궁 안의 여러 곳을 돌아보고 다녔다. 문제는 지작루(鳷鵲樓)의 앞을 지나 임방전(臨芳殿)에 와서 한참을 서있었다.

마침 才人(재인), 世婦(세부), 婕妤(첩녀), 妃嬪(비빈)들이 떼를 지어 몰려다녔는데 모두 아름다운 비단옷으로 치장하고 있었다. 여인들의 그 황홀한 모습은 잔잔한 물에 비치며 흔들거렸다.

후궁 여인들이 황제의 은총을 입는 것은 꼭 미모만은 아니었다. 복숭아꽃은 다른 붉은 꽃을 싫어하고, 배꽃(梨花)은 다른 흰 꽃을 좋아하지 않는 법이다.

문제는 서서 여인들을 바라보았지만 별로 마음에 들지 않았다. 문제는 발걸음 가는대로 인수궁(仁壽宮)에 들어섰다.

하늘의 인연이란 본래 기이한 것이다. 인수궁에서 젊은 궁인이 마침 창문의 주렴을 걷어올리다가 황제가 들어오는 것을 보고 깜짝 놀라 주렴을 걷어올리던 막대를 놓고 달려와서 늘어진 버들가지처럼 날렵하게 고개를 숙이며 엎드려 절을 하였다. 그리고 일어나 눈을 아래로 뜨고 곁의 비단 병풍 옆으로 비켜서있었다.

황제가 웃으면서 바라보니, 그 얼굴과 몸매가 그야말로 화용월태(花容月態)였고 온갖 애교와 귀여움이 가득하였다. 정말 시구 그대로였다.

봄바람에 석 자되는 꽃가지가 웃으니, (笑春風三尺花)
흰 눈송이 모양인듯 한무더기 옥이다. (驕白雪一團玉)
맑은 물가에 가을의 신령한 기운엉겨, (癡凝秋水爲神)
배꽃 메마른 가지는 수척한 뼈대로다. (瘦認梨雲是骨)
푸른 달빛이 비치는 귀고리 흔들리고, (碧月充作明璫)
옅은 향내가 옷자락 비단에 배어있다. (輕煙剪成羅縠)
엷은 화장에 진하게 그려진 눈썹이니, (不須淡抹濃描)
깊은 궁 안에 특별히 꾸며진 꽃이구나. (別是內家裝束)

황제가 물었다.

"너는 언제 입궁하였느냐? 어째서 여태 너를 못보았는가?"

궁인은 황제의 질문에 꿇어앉은채 조용히 말했다.

"천한 이몸은 울지형(尉遲迥)[37]의 손녀인데, 입궁한 이후로 내내 마마의 은총을 입어 여기에 머물고 있습니다. 마음대로 출입할 수 없어 폐하를 뵈올 일이 없었습니다."

황제가 웃으면서 말했다.

"이제 일어나거라! 오늘은 황후마마가 없으니, 마음대로 출입

---

37 尉遲迥(울지형, 516－580년, 字는 薄居羅, 一作 居羅)－尉遲(울지)는 복성. 北周 太祖 宇文泰의 外甥(외생), 爵封(작봉) 蜀國公.

해도 괜찮을 것이다."

한참 이야기를 나누는데 내시들이 들어와서 어서 회궁하시어 저녁을 드셔야 한다고 말했다.

황제가 말했다.

"여기서 저녁을 먹을 것이다."

곧 저녁상이 준비되어 간단한 술자리가 이어졌다. 황제는 어여쁜 울지씨의 시중을 받으며 함께 술을 마셨다. 어린 울지씨가 술을 마시지 못하니, 황제는 그래서 더 귀여워하며 억지로 몇 잔을 마시게 했다. 그리고 인수궁에서 잠자리에 들었다.

다음 날, 황제는 일찍 일어나 조회를 마치고 아주 기분이 좋은 듯 말했다.

"나는 오늘에서야 천자의 자리가 좋은 줄을 알았다. 그런데 황후가 알까 걱정인데, 어쩌면 좋겠는가?"

한편 독고황후는 병 때문에 거동을 못하지만 그래도 마음을 놓을 수 없어 수시로 심복을 시켜 황제의 소식을 들었다. 어제 저녁의 일을 알게 된 황후는 속에서 분노가 끓어올라 참을 수가 없었다. 황후는 몸이 안 좋은데도 억지로 몇십 명의 궁인들을 거느리고 흉악한 기세로 인수궁에 들이닥쳤다.

어린 울지씨는 마침 머리를 빗고 있다가, 황후와 흉흉한 궁인들을 보고서는 그 자리에 사색이 되어 얼어버렸다. 마치 드러난 어깨가 큰 벌떼에 쏘이듯, 호랑이에게 잡힌 어린 사슴 새끼처럼 뛰는 가슴으로 그냥 바닥에 엎드렸다.

독고황후는 아무 말도 하지 않고 인수궁의 마당에 서있었다. 좌우의 궁인들이 달려들어 버드나무 가지처럼 연약한 허리와 겁에 질린, 꽃 같은 얼굴을 마구 잡고 흔들었다. 검은 머리채와 비단 허리띠에 끌려 잡혀나온 울지에게 황후가 말했다.

"이 요망한 년이 어찌 여우같이 교태를 부려 황제를 홀리고 궁궐을 어지럽히느냐!"

울지씨는 겁에 질려 전전긍긍하며 겨우 말했다.

"저는 미천한 아랫것으로 어찌 마마의 법도를 모르고, 어찌 감히 윗분의 총애를 받으려 했겠습니까? 엊저녁에 갑자기 폐하께서 여기에 오셔서 저녁을 드셨고, 취하셔서 주무셨을 뿐입니다. 제가 두 번 세 번 사양하였습니다만 폐하의 뜻을 어찌 거역할 수 있겠습니까? 마마께서는 미천한 저를 불쌍히 여겨 목숨만은 살려주십시오."

그러나 독고황후는 차게 말했다.

"이 요망한 년이 어젯밤에는 얼마나 즐거웠겠나! 네년이 어떻게 아양을 떨었는지 모르지만, 어찌 감히 염치도 모르고 황제를 속였느냐? 그러고서도 오늘은 교묘한 말로 불쌍히 여겨 살려달라고 하느냐?"

그리고서는 궁인들을 꾸짖었다.

"빨리 저 요망한 년을 혼내주거라!"

울지형의 손녀는 머리를 땅에 부딪치며 "마마! 제발 살려주십시요!" 라고 외쳤다.

"폐하께서 너를 그처럼 아껴주셨으니 폐하께 살려달라고 빌어라! 엊저녁에는 왜 네 목숨 아까운 줄을 생각하지 못했느냐? 너는 오늘 죽어야 할 목숨이니 이미 늦었구나! 너를 살려두어 내 화근을 키울 수야 없지!"

그리고 측근 궁인들을 노려보았다. 궁인들이 너나 할 것 없이 울지를 폭행했다. 가련한 울지는 울음소리도 내지 못하고 그대로 숨이 끊어졌다. 칼을 쓰지 않았는데도 그 육신은 사분오열되었고 땅바닥에는 핏물이 흘렀다.

궁궐 총애가 어찌 아니 애달픈가?	(入宮得寵亦堪哀)
오늘 짓밟힌 꽃은 겨우 어제 피었다.	(今日殘花昨日開)
지난 하룻밤 사랑 이제 그릴 수 없고,	(一夜思波留不住)
아침 뜨락에 황천 가는 백골이었다.	(早隨白骨到泉臺)

수나라 황제는 아침 조회를 마친 뒤, 어젯밤의 즐거운 기분을 떠올렸지만, 단 걸음에 인수궁으로 달려가 울지씨와 함께 즐길 수는 없었다. 황제는 일부러 천천히 인수궁으로 들어갔다. 그러나 독고황후가 이마를 찌뿌리고 양미간에 쌍심지를 켜고 황제를 노려보며 서있었다. 그리고 그 앞에는 피범벅이 되어 사지가 찢긴 울지의 처참한 육신이 나뒹굴었다. 황제는 너무 놀라 어안이

벙벙했다.

황제는 분노로 말 한마디도 뱉지 못하고 쫓기듯 인수궁을 빠져 나왔다. 황제는 어디로 가는지도 모르고 서둘러 달리다가 마침 말을 타고 지나가는 환관을 세웠다. 환관의 말에 올라탄 황제는 그냥 궁 밖으로 달렸다.

황제는 분노에 떨며 이 세상을 그냥 버리고, 이대로 산속에 들어가 숨고 싶었다. 마침 궁 밖을 나서서 집으로 향하던 고경(高熲)이 그렇게 달려나가는 황제를 보았다. 고경이 말을 달려 황제가 탄 말을 붙잡았고, 까닭을 물었다.

황제는 어쩔 수 없이 말머리를 돌렸다. 대전의 보좌에 오른 황제는 대신을 소집하였다. 대신들이 모이자, 황제는 독고황후의 만행을 설명하였다. 이어 황후를 폐한다는 조칙을 준비케 하였다.

그러자 고경이 상주하였다.

"폐하께서 잘못 생각하셨습니다. 폐하께서는 노심초사하셨고, 호랑이 굴에 들어갔었으며, 용주(龍珠)를 얻으려 온갖 난관을 극복하셨으며, 많은 군사를 잃어가면서 마침내 건국하셨고 이어 천하를 통일하셨습니다. 이제 한참 심혈을 기울여 국정을 안정시켜 천하를 후손에게 물려주어야 하는데, 어찌 황후 한 분의 잘못을 자책하시며 천하를 경시하시려 하십니까?"

그러나 황제의 분노는 가라앉지 않았다. 고경 등 여러 중신이 두 번 세 번 권유하자, 황제는 궁궐로 들어갔다.

그러나 독고황후는 병 중에 크게 분노하였고 번뇌하면서 마음이 놀라 이후 병세가 날마다 악화되다가, 결국 몇 달을 버티지 못하고 붕어하였다.[38] 황제는 부득불 천하에 조서를 반포하고 나라의 의례대로 국장을 마쳤다.

후인이 시로 독고황후의 투기를 읊었다.

부군을 어린아이로 아들은 기화로 보며, (夫嬰兒兮子奇貨)
편애로 적자를 폐하니 제위가 바뀌었다. (以愛易儲移帝座)
극심한 투기로 근본을 망치고 죽었으니, (莫言身死妒根亡)
천하를 상실할 재앙이 화로에 끓었었다. (爐已釀成天下禍)

독고황후가 죽은 뒤에 황제의 궁궐은 적막하였다. 결국 전지(傳旨)를 내려 후궁 비빈이나 재인 중에서 미인을 뽑아 올리게 하니, 궁중의 모든 여인들이 은총과 총애가 자신에 내리기를 기대하였다. 그러나 3천의 여인 중에서 총애할 사람은 한둘이니, 어찌 많은 여인을 선택할 수 있겠는가?

---

38 독고황후는 서기 544년에 출생하여 14살에 양견과 결혼하였고, 581년에 황후로 책봉되었다가 602년 9월에 붕어하였다. 황후의 人品(인품)과 學識(학식)은 백성들의 칭송을 받았지만 正史의 기록에는 질투가 심한 황후였다. 그녀는 14살에 결혼하면서 양견으로부터 '절대로 첩실을 거느리지 않겠다.' 는 서약을 받았다고 한다. 수 문제는 독고황후의 몸에서만 5남 4녀를 두었다.

육궁에서 마지막에 두 여인이 뽑히니, 한 사람은 진씨(陳氏)이고 다른 여인은 채씨(蔡氏)였다.

진씨는 남조 진 선제(宣帝, 재위 568–582년)의 딸로 멸망한 후주 진숙보(陳叔寶)의 이복 여동생이었는데, 그 성격이 온화 유순하고 넉넉한 자태에 행실이 아주 우아 고상하였으며, 그야말로 침어낙안(沈魚落雁 : 물고기를 가라앉히고 기러기를 떨어트린다는 말이며, 여자의 아름다움을 빗댄 말이다.)하고, 폐월수화(閉月羞花 : 달이 모습을 감추고 꽃이 부끄러워한다는 말이며, 절세의 미인을 빗댄 말이다.)의 미모였다.

채씨는 단양(丹陽) 출신이니, 곧 남조 진의 미인으로 풍류와 재능이 뛰어났었다.

황제는 진씨와 채씨를 보고 무한 기뻐하면서도 "나는 이미 늙었으니 내 정을 다 줄 수 없구나. 그러나 두 사람을 얻었으니, 나는 만년을 마음껏 즐길 것이다."라고 말했다.

문제는 진씨를 선화부인(宣華夫人), 채씨를 용화부인(容華夫人)에 봉했다. 두 부인이 모두 황제의 사랑을 받았지만, 그래도 선화부인에 대한 총애가 더 깊었다. 황제는 이후 매일 잔치를 벌리며 날마다 즐기었으나 독고황후가 있을 때보다 몸과 마음이 매우 통쾌하였다.

수 황제는 창업 황제로 모든 면에서 모범이었다. 궁중에서 환락을 즐기더라도 외조(外朝)의 정사에 매우 성실하고 부지런하였다. 백관이 상주하는 모든 내용을 하나하나 상세히 열람하고 밤늦게야 침소에 들었다.

어느 날 밤, 등불 아래 상주문을 읽다가 자신도 모르게 피곤하여 안석에 기대어 졸았다. 내시는 황제를 깨울 수도 없어 병풍 밖에서 숨을 죽이고 대기하였다.

황제는 몽롱한 꿈속에서 황도(皇都)의 성벽 위에 홀로 우뚝 서 있었다. 사방 먼 곳의 산하를 둘러보며 마음이 매우 유쾌하였다. 성벽에 세 그루의 큰 나무가 서있고, 나뭇가지에는 좋은 열매가 탐스럽게 열려 있었다. 황제가 그 열매를 상세히 바라보는데, 어디선가 큰 물소리와 파도 소리가 들려왔다. 황제가 성벽 아래를 바라보니 큰 파도가 출렁이다가 큰 바람과 함께 성벽 높이까지 성벽을 때렸다. 황제는 꿈속에서도 깜짝 놀라면서 서둘러 성벽으로 달려 내려갔다. 달리다가 되돌아보니 큰 물결이 하늘을 치듯 밀려왔다. 황제는 어쩔 줄을 모르고 큰 소리를 치면서 놀라 깨었다.

좌우 내시가 서둘러 뜨거운 차를 올렸다. 황제는 차 한 잔을 마셨으나, 아직도 꿈에서 깨어나지 못한 듯 눈을 비비면서 꿈속 광경을 떠올리며 두려움에 떨었다.

꿈속에 본 광경은 정말 불길한 징조라 생각되었다. 황제의 도성이 파도에 무너지다니!

황제는 이후 온 정력을 다하여 황하(黃河)와 그 여러 지류에 대한 치수에 공을 들였고, 만약의 사태에 대비케 하였다.

그러면서 도성이 어찌 수해를 당하겠는가를 생각하였다. 그러면서 물 水(수)나 삼수변(氵)을 이름 자로 쓰는 신하를 떠올리며, 그들이 장차 나라에 무슨 화근이 될까를 생각해 보았으나 정말 알 수 없는 일이었다. 그렇다면 그런 신하를 감시하다가 방출한다고 나라의 환란이 사라질 수 있을까? 라고 생각해 보았다.

꿈속의 일은 돈을 들여 살 수도 없고, (夢中景像費推求)
의심이 되든 아니든 걱정할 뿐이로다. (疑有疑無事可憂)
천하에 가득 넘실대며 모두가 수해이니, (天下滔滔皆禍水)
보고도 어쩌지 못하고 강물을 따라간다! (行看不業付東流)

수 문제는 미세한 징조를 잘 살피며 매사에 조심하며 의심이 많았다. 그런 꿈을 꾼 이후로 매사를 길흉과 연관 지어 미뤄 생각하며 의심하였다.

수 황제가 꾼 꿈의 길흉이 어떻게 나타나겠는가? 일단 다음 회를 읽어 보시라.

제3회

웅심을 가진 이정은 서악에 기도하고, 장형의 참언에 이연은 곤경에 빠졌다.(逞雄心李靖訴西嶽, 造讖語張衡危李淵.)

노래하기를,	**詞曰,**
영웅의 오만한 기개,	(英雄氣傲)
억지로 신령에게 길조를 얻으려 하네.	(硬向神靈求吉兆)
공중을 날아가지만,	(行而空中)
진짜 용이 아닌 용을 흉내낸 것이다.	(不是眞龍也學龍)
유언비어는 의심을 키우고,	(流言增忌)
당공 이연은 이씨라 위험에 처했네.	(危矣唐公偏姓李)
선인 이씨는 뿌리를 내렸으나	(仙李盤根)
고사한 버들엔 움도 트지 않는다 웃네.	(郤笑枯楊稊不生)
—〈감자목란화〉 곡조	—調寄〈減字木蘭花〉

예로부터, 나라의 길흉화복은 천명(天命)과 연계되었다지만, 길흉화복의 많은 부분은 인간에 의해 결정된다. 하늘에는 이미 정해진 운수(定數)가 있고, 그런 운명은 틀림없이 미리 알 수 있는 조짐이 있다.

만약에 인간이 이를 두려워하며 잘 살피려 노력한다면 재앙을 환희와 이익으로 전환할 수가 있다. 그리고 요상한 일은 사람에 의해 생겨나고 또한 사람에 의해 소멸한다.

가령, 어떤 사람이 그 마음에 시기심을 품어 남을 곤경에 빠트리려 한다면, 또는 남을 해치기를 좋아하면, 거기에는 간사하거나 악한 무리가 끼어들고, 이어 기회를 틈타 사람을 죽이게 된다. 이럴 경우 재앙을 막을 수도 없거니와 오히려 재앙을 더 키우게 된다.

한편 隋(수) 황제는 꿈속에서 큰 홍수가 도성을 덮치는 꿈을 꾼 뒤에, 삼수변(氵)의 이름 자를 가진 사람이 장차 화근이 될 것이라 의심하였다.

그때 조정에는 늙은 성국공(郕國公) 이혼(李渾)이란 사람이 있었다. 이 사람은 본래 남조 진(陳)의 원로였었고, 진이 멸망하면서 수에 투항하였는데, 여전히 옛 작위 그대로 성국공이라고 불렸다. 수 황제 양견은 갑자기 이 사람을 생각하였다.

"渾(흐릴 혼)은 삼수변(氵)에 군사 군(軍)이고, 그 사람 작위 성국공의 郕(성)은 城(성)과 같은 음이다. 이는 물이 성을 덮어버리는 나의 꿈 그대로이다. 그리고 軍은 兵器(병기)이고 兵亂(병란)이다. 혹시 이 자가 재앙의 모태가 아니겠는가? 그러나 그 사람은 이미 노인이고 兵權(병권)과도 관련이 없으니, 무슨 일을 벌릴 수 있겠는가? 그렇다면 그 사람의 자손과 관련될 것이다."

황제는 즉시 측근에게 물었다.

"이혼에게 아들이 몇이나 있고, 이름은 무엇인가?"

측근 신하가 대답하였다.

"이혼의 큰아들은 이미 죽었고, 막내아들이 하나 있습니다만, 어렸을 적 이름은 홍아(洪兒)였습니다."

황제는 홍아라는 이름 두 자를 듣자마자 마음속으로 놀라면서 생각하였다.

"내 꿈속에 성벽에 나무가 있었고 나무에는 열매가 달렸었다. 나무 樹(수)는 본(本)이고, 나무의 열매는 곧 나무의 자식이니(木子), 木과 子 두 글자는 곧 李와 같다. 지금 李渾(이혼)의 아들이 바로 洪水(홍수)의 클 홍(洪)이니 나의 꿈과 꼭 일치한다. 이 사람 아들은 장차 나의 수나라에 크게 불리할 것이다. 그렇다면 당장 제거해야 한다."

그리고 곧 내시를 시켜 칙서를 가지고 이혼의 집에 가서 아들 홍아를 죽이라고 분부하였다. 황제의 명을 받은 이혼은 명을 따르지 않을 수 없었다. 가련한 홍아는 아무런 까닭도 없이 죽어야 했고, 온 집안은 통곡하였다. 이에 후인이 시를 지어 탄식하였다.

은(殷) 고종(高宗)과 주(周) 문왕(文王)은, (殷高與文王)
꿈을 꾸고 현량한 재상을 얻었다. (因夢得良相)
초(楚) 양왕은 풍류를 즐기던 꿈에, (楚襄風流夢)
감응하여 신녀가 강림하였다. (感得神女降)
수 문제는 탄식하며 감내하다가, (堪歎隋高祖)
악몽을 꾸어 마귀의 장애가 씌였다. (惡夢添魔障)
악몽의 액운 때우려 살인했으니, (殺人當禳夢)
정말로 그의 행동이 맹랑하구나. (擧動殊孟浪)

수 황제가 의심만으로 이씨 집안 아들을 죽이고, 그런 소문이 알려지게 되면서 이씨들은 놀라 동요했고 돌연히 반항심만 품게 되었다.

이정(李靖)[39]이란 사람은 그의 자(字)가 약사(藥師)로 삼원군(三原郡) 사람인데, 지혜와 재주가 많고 병법에도 해박하게 통달하였으며, 기마와 활쏘기도 능숙하였으니 진정 문무를 겸비한 사람이었다.

---

39 李靖(이정, 571－649년, 字는 藥師)－雍州(옹주) 삼원현(今 陝西省 咸陽市 三原縣 동북) 출신. 祖籍(조적)은 隴西郡 狄道縣〔적도현, 今 甘肅省 定西市 臨洮縣(임조현)〕 출신의 隴西(농서) 이씨. 隋末 唐初의 명장, 唐朝 文武 겸비한 군사 전략가. 뒷날 衛國公(위국공)에 봉해졌기에 李衛公(이위공)이라 불린다. 남조 陳을 멸망시킨 韓擒虎(한금호)는 그의 외삼촌인데 일찍부터 이정의 능력을 알아주었다. 《舊唐書(구당서)》 67권, 《新唐書》 93권 〈李靖傳〉에 立傳.

어렸을 적에 부모를 다 여의고 외가에서 자랐는데, 그의 외삼촌이 곧 한금호(韓擒虎)였다. 한금호는 늘 이정과 병법이나 전술을 논의하였는데, "손무(孫武, 孫子)나 오기(吳起, 吳子)와 같이 병법을 논할 사람으로 이 아이 아니면 또 누구겠는가?"라고 말했다.

이정(李靖)

이정은 겨우 弱冠(약관)의 나이였지만 큰 뜻을 품고 있었다.

이정은 수나라의 엄격하고 지나친 법 적용을 보고서는 수나라의 국운이 오래 가지 못할 것이라 생각하였다. 이정은 황제가 꾼 악몽 때문에 맹랑한 살인을 저질렀다는 말을 듣고 혼자 비웃으며 말했다.

"王者(왕자)는 죽일 수 없거늘, 보통 백성을 죽여 무얼하겠는가?"

그리고 '꿈에서 나무에 열매(木子)가 열렸다면, 이(李)가 맞다. 천하에 물이 넘쳤다면 천하가 혼란에 빠진다는 뜻이다. 그러니 앞으로 천하를 차지할 사람은 이씨일 것이다.'

그러면서 바로 자신일 수도 있다고 생각했다.

어느 날 이정은 우연히 화주(華州)에 볼 일이 있어 오악 중 서악(西嶽)인 화산(華山)[40]을 지나가면서 산신 서악대왕(西嶽大王)이 매우 영험하다는 이야기를 들었다. 그래서 산신의 묘당에 들어가 향과 촛불을 켜고 절을 올리며 축원하였다.

"제멋대로 행동하지 않는 백성인 저 이정(李靖)은 서악대왕께 아룁니다. 제가 알기로 맑은 기운은 위로 올라가 하늘이 되었고, 탁한 기운은 아래에 모여 땅이 되었으니, 하늘과 땅은 확연히 다릅니다. 밝은 낮과 어두운 밤은, 곧 신인(神人)의 대도를 의미합니다. 제가 알기로, 총명하고 정직한 사람은 인도(人道)를 따라 행동하고, 신령은 정성을 다하는 사람에게 감응하니, 그런 사람의 지위는 결코 멸망하지 않는다고 하였습니다. 엎드려 비오나니, 대왕께서는 아주 높고도 뚜렷한 대덕(大德)과 엄숙한 위엄을 지녔으며 신령한 술법으로 모든 신을 제어하시니 다른 사악(四嶽)의 신령보다 더 웅대하고 높으십니다. 때문에 백성은 이 산에 묘당을 짓고 신상을 모셨고 신령께서는 서쪽 지역을 진압하고 계십니다.

---

40 華山(화산, 太華山)은 중국 五嶽(오악) 중 西嶽에 해당한다. 今 陝西省(섬서성) 남부 渭南市(위남시) 관할 華陰市(화음시)의 남쪽, 西安市 동쪽 120km에 위치. 陝西省(秦), 山西省(晉), 河南省(豫)의 교차점. 南으로 秦嶺(진령) 산맥에 이어지고, 북으로 黃河를 조감할 수 있는 절경이다. 東峰 朝陽峰, 西峰은 蓮花峰(最險, 해발 2,082m), 南峰인 落雁峰(낙안봉, 해발 2,154m)이 유명하다.

면 옛날부터 역대의 현명한 제왕들은 산신을 제사하지 않은 사람이 없었습니다. 구름을 불러오고 비를 내리시는 하늘의 대덕을 지금도 베풀고 계십니다. 이 모두가 하늘이 내리시는 길조이니 어느 누가 믿지 못하겠습니까? 여기 이정은 대장부입니다. 제가 밖에서 중용되지 못한다면, 제가 어찌 위축된 채로 안정할 수 있으며, 메말라가는 연못 물고기처럼 어찌 숨을 쉬며, 수풀을 떠나온 새처럼 제가 어찌 편히 쉴 수 있겠습니까? 상처받은 심정이라면 어찌 죽지 않을 수 있겠습니까? 나라의 사직(社稷)이 망하고 우주가 엎어지면, 간웅(奸雄)들이 천하를 횡행하고 나라의 모든 군현(郡縣)이 붕괴될 것입니다. 이에 저는 대의를 굳건히 내세우고 천하에 큰 뜻을 실현하려고 합니다. 구름을 날려버리고 벼락으로 천하를 쓸어버리며, 고래처럼 큰 세력자를 부수고 바다와 산악을 깨끗하게 청소하겠습니다. 천하 사방의 요상한 기운을 둘둘 말아 버리고 산하를 깨끗하게 만들 것입니다. 그리하여 온 천하만 백성을 깨워 일으키고 만물을 넉넉하게 공급하여 하늘의 뜻을 지상에서 실현할 것입니다. 만약 천자의 고귀한 자리를 제가 차지하면, 큰 칼에 의지하며 지조를 조절하였다가 천룡이 하늘을 날 때에 맞춰 충의의 마음으로 세상을 구제할 것이며 신령님 앞에 저의 간담을 다 내보일 것이니, 신령께서 굽어 살펴주시기를 간절히 비옵니다. 바라옵나니, 제가 나아가고 물러설 때를 계시하여 주시옵고 제 평생의 용도를 결정해 주시기 바랍니다. 제가 신령님께 제사를 올릴 때, 저는 큰 북을 울리겠습니다. 제가 세 번을 물어도 신령님께서 응대해주지 않는다면 다른 신령을 모시지 않을 수 없습니다. 그러면 저는 응당 신령의 목을 자르고 이 묘당을 불태우겠습니다. 그리고서 천하를 횡행할 웅대한 뜻을 세워도 늦지 않을 것입니다. 그러니 신령께서 굽어 살펴주십시오."

빌기를 마친 이정은 점치는 막대인 효(爻)를 하나 뽑아 길흉을 알아보려 했다. 이정은 효를 하나 뽑으면서 마음속으로 빌었다.

"만약 저 이정이 천자가 될 운을 타고 났다면, 비옵나니 신성스러운 효(聖爻)를 뽑게 해주십시오."

그리고서는 효를 뽑아 던졌지만 괴이하게도 두 조각이 난 효가 땅에 반듯하게 서있었다. 이정은 마음속으로 의아해하며 그 효를 주워서 다시 던져보았다. 그런데도 여전히 땅에 반듯하게 섰다. 이정은 이를 보고서는 자신도 모르게 분노가 치밀어오르며 산신 앞에 우뚝 서서 큰 소리가 나도록 탁자를 치며 말했다.

"만약 나 이정에게 비상한 천복이 없다면, 하늘은 이 몸을 무엇에 쓰려고 태어나게 하셨습니까? 총명하신 신령께서는 꼭 대답해 주십시오. 두 번이나 효를 던져 물었는데도, 무슨 까닭에 음과 양을 분명히 갈라주지 않으십니까? 지금 제가 다시 점을 치려 하오니, 만약 이번에도 분명한 계시를 내려주시지 않으면, 저는 응당 신령의 목을 자르고 이 묘당을 불사르겠습니다."

이정은 다시 축원하고서 효를 뽑아 던졌다. 그랬더니 효는 땅 위에서 빙글빙글 돌더니 한참 있다가 멈췄는데, 이정이 보니 양효(陽爻)가 분명하였다. 이에 이정은 조용히 생각하였다.

"양효(陽爻)는 군주(君主)의 형상이니 이 또한 길조가 아닌가?"

그리고서는 점을 친 효를 몸에 간직하고 길게 읍을 한 뒤에 떠나갔다. 그런데 그때 거기에 어떤 사람이 숨어서 이정의 축원하는 말과 하는 행동을 다 보고 들으면서 신령을 무시 모욕하는 자가 아니라면 틀림없이 바보 천치라고 생각하였다.

참새가 어찌 큰 기러기의 웅지를 알겠나? (燕雀安知鴻鵠志)
천박한 식견으로 함부로 영웅을 비웃는다. (任他肉眼笑英雄)

한편, 이정은 이날 객점(客店)에서 묵었는데, 꿈에 어떤 신인(神人)이 나타났는데, 두건을 쓴 단정한 머리에 검은 도포에 짐승 뿔로 만든 허리띠를 매고 있었다. 그 신인은 손에 누런 종이를 들고 이정에게 말했다.

"나는 서악판관(西嶽判官)인데, 대왕의 명을 받아 이 종이를 드립니다. 당신 일생의 모든 일이 여기에 쓰여 있습니다."

이정은 종이를 받아 읽었다.

「남국으로는 가지 말라, 서쪽에서 특이한 만남이 있을 것이다. 다리에 붉은 실을 맨 사람이 도와줄 것이고 월왕(越王)의 저택에서 짝을 만날 것이다. 대도는 병기에 의거 이뤄질 것이다. 한판의 바둑에서 진룡(眞龍)을 만나 가문이 홍기할 것이다. 태양 같은 주군을 받들어 성공할 것이다.」

꿈속에서도 이정은 한 번 더 읽어 마음에 기억하였다.

그러자 그 판관이 말했다.

"매사에 정해진 분수가 있나니 지나친 것을 바라지 말고 또 성급하게 서둘지 마시오. 때를 기다려 움직이고 주군을 골라 섬기면 부귀를 걱정하지 않을 것이요."

그리고서는 홀연히 사라졌다. 꿈을 깬 이정은 모든 것이 금방 눈으로 본 듯 선명하였다. 그러면서 혼자 생각하였다.

'이를 본다면 나는 천자가 될 운명이 아니다. 다만 나의 참된 주군을 골라 잘 보좌해야 한다. 신령이 말한 그대로 뒷날 분명한 효험이 있을 것이다.'

이로부터 이정은 왕자나 패자(霸者)가 되겠다는 생각을 버리고 오로지 안신수분(安身守分)하며 때를 기다렸다.

오늘 이후 안분하며 몸을 굽히면, (今日且須安蠖屈)
다른 날에 대붕처럼 크게 펴리라. (他年自必奮鵬摶)[41]

이정은 어느 날 위남(渭南)[42]으로 벗을 만나러 갔다가 객점에서

41 鵬은 붕새 붕. 大鵬, 鵬鳥(붕조), 鯤鵬(곤붕) – 중국 전설 속의 奇大無比의 神鳥. 《莊子(장자) 逍遙游(소요유)》 참고. 윗구절의 蠖은 자벌레 확. 자벌레는 몸을 굽혔다가 펴면서 앞으로 나아간다.

묵었다. 다음 날 한가한 틈이 있어 말을 타고 혼자 사냥을 나갔다. 때는 늦은 봄 초여름이었는데 농부들은 농사 일이 몹시 바빴다. 마침 오랫동안 비가 오지 않아 메마른 땅이 딱딱하여 큰 고생이었다. 이정은 피곤하여 말에서 내려 농부에게 목이 마르니 물을 좀 달라고 하였다.

농부는 이정의 차림새를 보고 태만할 수가 없어 서들러 집에 들어가 불을 피워 차를 준비하였다. 차를 마신 이정은 농부에게 사례한 뒤 말을 타고 길을 갔다.

어떤 산 모퉁이를 돌다가 이정은 토끼를 보고 활을 쏘았다. 화살을 맞은 토끼는 그대로 도주하였다. 이정은 말을 타고 쫓았다. 토끼는 이쪽저쪽으로 뛰면서 달렸다. 이정은 한참 따라가다가 길을 잃었고 토끼도 보이지 않았다. 말을 돌려 달려온 길을 되돌아보니 어디인지 알 수도 없었다. 이정은 말이 가는 대로 나아갔다. 마침 해가 서산에 지고 있어 이정은 초조하였다.

'날은 저물고 길을 잃었으니 어디에서 쉬고 묵어야 하나?'

이정은 고개를 들어 사방을 둘러보았다. 멀리 수풀 저쪽에 큰 집이 보였다. 이정은 서둘렀다.

이정이 가보니 과연 대저택이었다. 날은 이미 어두어 등불이 켜졌다. 이정은 말에서 내려 대문을 두드렸다. 늙은 하인이 나와 물었다. 이정은 사냥 중 길을 잃었다며 하룻밤 유숙하고 싶다고

---

42 위남(渭南) – 今 陝西省 중동부의 渭南市. 渭河 남안에 있어 得名.

말했다.

그러자 하인이 말했다.

"주인어른은 출타중이고 안에는 노마님만 계십니다. 여쭤보겠으니 잠시 기다리십시오."

얼마 뒤에 "노부인께서 손님을 대청에서 뵙겠다고 말씀하셨습니다."라는 전갈이 왔다. 이정은 안으로 옷깃을 잘 여미고 들어갔다. 대청에는 등불이 휘황했고, 규모가 큰 건물이었다.

그림을 그린 큰 기둥에 조각된 대들보, 푸른 비취색 주렴이 있고, 대청의 가구와 비품은 모두 눈이 휘둥거릴만큼 화려한 기물(奇物)이었다. 비단으로 덮힌 탁자 위에는 여러 가지 보물이 놓여 있었다. 늙은 하인은 맨발이었지만 계단을 오르내리면서 여러 시중을 들었다. 대청에 오르는 계단 양쪽에는 자색 소매에 푸른 옷을 입은 젊은 여인 둘이 서있다가 이정을 맞이하였다. 주인과 예를 갖추자, 노부인이 어떻게 여기까지 왔는가를 물었고 하루 저녁을 유숙해도 좋다고 조용히 말했다.

노부인의 나이는 50여 세 정도였고, 푸른 치마에 흰 비단 바지 차림이었고 행동거지가 매우 단아하였다. 당상의 좌우에는 여자 하인 몇 사람이 수건이나 빗을 들고 서있었는데, 향로를 받들고 있거나 여의주를 든 여인과 도사들이 들고 다니는 불진(拂塵, 먼지털이개)을 손에 쥔 여인도 있었다.

이정이 당상에서 몸을 굽혀 사례하자, 노부인이 답례하고서 성씨를 물었다. 이정은 성씨와 이름을 말하고 사냥 중에 길을 잃은 연유를 말했다. 그리고 여기는 어느 분의 저택인가를 물었다.

노부인이 말했다.

"이곳은 용씨(龍氏)의 별택(別宅)입니다. 늙은 저와 젊은 아들이 함께 살고 있습니다만, 아들들은 오늘 모두 집에 없습니다. 본래 외객을 유숙하지 않으나 오늘은 손님께서 길을 잃고 찾아오셨으니 유숙을 허락하지 않을 수가 없군요. 유숙하시면서 좀 불편하시더라도 허물치 마시기 바랍니다."

그리고서는 시중드는 하인들에게 술과 안주를 준비하여 손님을 모시라고 분부하였다. 이정이 노부인에게 사례하고 담소하는 사이에 저녁과 술이 준비되었다. 식기와 술잔 모두가 보통 민가에서 볼 수 없는 특별한 물건이었다. 노부인이 손님을 안내하여 착석케 한뒤, 노부인은 맞은편에 앉았다. 시비(侍婢)가 이정에게 술을 따르자, 노부인이 권하였다.

이정은 노부인의 단아한 기품을 보고 혹시 술을 마시고 실수할까 걱정되어 많이 마실 수가 없었다. 몇 잔을 마신 뒤에 이정이 사례하고 물러나겠다고 아뢰었다.

그러자 노부인이 말했다.

"낭군께서 타고 오신 말은 외양간에 매어 두겠습니다. 대청 안채 왼편 방에 침석을 준비하였으니 편히 쉬시기 바랍니다. 한밤에 혹시 몇 사람이 집에 들어오며 사람과 말이 시끄럽더라도 놀라지 마십시오."

노부인은 말을 마치자 안으로 들어갔다. 하인이 이정을 침실로 안내하였다. 침실과 침상 위의 침구와 안궤 등은 아주 화려하고 아름다웠다. 이정은 마음속으로 생각하였다.

'이댁 용씨는 어떤 귀족인데 이처럼 풍요로우며 그 손님 접대 또한 어찌 이리 품위가 있는가?'

또 생각하기를 '이 집의 아들이 돌아온다면 손님이 있는 줄을 알고 상견하려 한다면, 내가 어찌 잠을 잘 수 있겠는가?'

이에 이정은 방문을 닫고 촛불을 밝힌 뒤, 앉아 기다리기로 작정하였다. 마침 벽쪽에 서책이 가득찬 서가를 보고서 손 닿는대로 몇 권을 뽑아다가 읽었다. 본래 그 서가의 서책은 대개 강이나 바다의 신령이나 물속 괴이한 일을 기록한 것으로 이정이 평소에 읽지 못한 서책들이었다.

이정이 잠깐 책을 읽다 보니 어느덧 이경이 지났는데 홀연히 대문 밖에서 시끄러운 소리가 들려왔다.

"행우천부(行雨天符)께서 도착하셨습니다."

이어 또 다른 소리가 들려왔다.

"노부인께서는 행우천부를 영접하십시오!"

이에 이정은 크게 놀라면서 말했다.

"어찌하여 비를 내리게 하는 하늘의 사자가 여길 찾아온단 말인가? 그렇다면 여기는 인간의 저택이 아닌가?"

이런저런 의혹에 쌓였는데, 남자 하인이 문을 두드리며 '노부인께서 일이 있으시다며 뵙기를 청하시니 나오셔서 뵙기 바랍니다.' 라는 말을 전했다.

이정은 서둘러 대청마루로 나아갔다.

노부인은 쫓기듯 서둘러 말했다.

"손님께서는 놀라지 마십시오. 이곳은 사실 용궁(龍宮)입니다. 저는 용왕의 어미입니다. 아들 둘은 모두 천계(天界)에 이름이 올랐고 비를 내리게 하는 직책을 받았습니다. 마침 하늘의 명령을 받았습니다. 여기서부터 서쪽으로, 그리고 그 남쪽으로 5백 리의 땅에 오늘 저녁 삼경부터 비를 내려 동틀 무렵에 그쳐야 하고 그 시간은 어길 수 없습니다. 지금 큰아들은 여동생을 시집보낸다고 멀리 출타 중이고, 작은 아들은 동정호(洞庭湖)[43]에 장가를 들러 갔기에 갑자기 부른다 하여 올 수가 없습니다. 그리고 저는 여자의 몸이기에 비를 내리는 일을 주관할 수가 없습니다. 손님께서는 귀인으로 다행히 저의 집에 유숙하시니 잠시 비를 내리는 역할을 맡아주시기 바랍니다. 일을 마치면 저의 성의로 후사하겠습니다."

이정은 본래 영명하고 대담한 기상의 사나이였기에 노부인의 말을 듣자, 아무런 의심이나 주저도 없이 말했다.

---

43 洞庭湖(동정호) – 中國 5대 담수호의 하나. 湖南省(호남성) 북부, 長江(장강) 남쪽으로 형성된 호수. 중국의 青海湖(청해호)와 鄱陽湖(파양호)보다 약간 작다. 본래 중국 제일의 담수호였으나 그 크기가 점차 줄어들었다. 면적은 대략 2500㎢(1998년) 7–9월의 홍수에 따라 그 면적이 크게 넓어진다.

"저는 보통 인간인데, 비를 내리는 용신(龍神)의 일을 어찌 대신할 수 있겠습니까?"

그러자 노부인이 말했다.

"만약 낭군께서 대행을 수락하신다면, 비를 뿌리는 방법을 말씀드리겠습니다."

이정이 말했다.

"기왕 그러하시다면 제가 대신해 보겠습니다."

노부인은 크게 기뻐하며 서둘러 술을 한 잔 내오라고 명했다. 시녀가 술잔을 준비하자, 노부인은 이정에게 술잔을 건네면서 말했다.

"이 술을 마시면 바람이나 벼락을 두려워하지 않고 담력이 강대해질 것입니다."

이정이 술잔을 받아들자 진한 향기가 코를 자극했다. 이정은 술 한잔을 단숨에 마셨다. 그러자 한순간에 평상시보다 두배 쯤 건장하고 왕성해지는 신기를 느꼈다.

이에 노부인이 말했다.

"대문 밖에 이미 용마가 준비되었습니다. 낭군께서 용마를 타시면 하늘로 치달아 오르지만, 결코 넘어지거나 떨어지지 않을 것입니다. 말 안장에는 유리병을 하나 매달아 놓았고, 병 안에는 맑은 물이 가득 담겨 있는데, 이는 수모(水母, 빗물의 원액)입니다. 그 병 옆에 조그만 금수저가 하나 있으니, 낭군은 하늘을 나시면서 용마가 한번 뛰어오를 때마다 금수저로 수모를 떠서 한 방울씩 용마의 갈기에 뿌려주시면 됩니다. 그러나 많이 뿌려도 또 적게 뿌려도 안 됩니다. 이렇게 해 주시면 끝입니다. 절대 잊지 마시고 또 틀려서도 안 됩니다. 비를 다 뿌리게 되면 용마는 스스로 이곳으로 돌아올 것이니 아무 걱정도 하지 마십시오."

이정은 하나하나 모두 수락하고 곧바로 대문을 나가 장대한 몸집에 키가 매우 크며 털의 색깔도 특별한 용마에 올라탔다. 말은 몇 걸음을 걷더니 곧장 하늘로 치솟았고 바람을 거스리며 공중을 내달렸는데 전혀 흔들리지 않고 평안하였으며 하늘 높이 빨리 올라갔다.

어느 한순간, 말발굽 아래서 번개가 번쩍이며 천둥이 쳤다. 이정은 하나도 두렵지 않았다. 이정은 노부인이 일러준대로 용마가 치솟아 오를 때마다 말 안장 곁에 매인 물병의 물을 금수저로 떠서 말 갈기에 떨어트렸다. 이렇게 말갈기를 적시며 얼마만큼 달렸는지 알 수 없었다.

동녘이 희미하게 밝아올 무렵, 이정이 땅을 내려다보니, 바로 어제 목이 타서 물을 얻어마신 그곳이 보였다. 이정은 가뭄에 고생하던 농부들을 생각하며 중얼거렸다.

"물 한방울로 그 가뭄을 어찌 견디겠는가? 내가 지금 비 뿌리는 권능을 가졌으니 저들을 크게 위로해야지!"

그러면서 유리병의 물을 금수저로 떠서 20여 방울을 말갈기에 더 떨어트렸다.

얼마 후, 말은 일을 끝냈는지 머리를 돌려 달렸고 이어 용궁의 문 앞에 내려섰다. 이정은 말에서 내려 대문으로 들어갔다. 그런데 노부인은 하얀 소복을 입고 얼굴 가득 수심이 가득한 채, 이정을 맞이하며 말했다.

"낭군께서는 왜 내가 말해준 대로 하지 않으셨나요? 그 한 방울로 땅에서는 한 자 높이의 비가 내리는데, 한 곳에 20여 방울을 뿌렸으니 그곳은 두 길도 넘는 비가 내려 논밭은 물론 백성의 가옥까지 모두 물에 잠겨버렸습니다. 저는 천계에서 내리는 벌을 받아 등에 백여 대의 채찍을 맞았고 자식들은 하늘에 불려 올라가 견책을 받을 것입니다."

이정은 크게 놀랐고 부끄러움에 얼굴을 붉히며 몸 둘 곳을 몰랐다.

그러자 노부인이 말했다.

"이 모두가 이미 정해진 것입니다. 제가 상세히 말하지 않은 잘못이니 어찌 남을 탓하겠습니까? 손님께서 저를 위하여 밤새 큰 고생을 하셨으니 응당 사례하겠습니다. 금은보화를 드린다 하여도 받지 않으실 것이니 다른 방법으로 사례하겠습니다."

그러면서 안을 향하여 부르자, 푸른 옷을 입은 두 여인이 조용히 걸어나왔다. 이정이 얼떨결에 얼굴을 들어 바라보니 두 여인이 모두 기막힌 미인이었다. 한 여인은 온 얼굴에 잔잔한 미소를 머금었고, 다른 한 여인은 약간 긴장한 표정이었다.

"이는 문비(文婢)이고, 다른 한 아이는 무비(武婢)입니다. 낭군은 한 사람을 고를 수 있지만 둘을 다 원해도 괜찮습니다."

이에 이정은 겸손하게 사례하며 말했다.

"제가 노부인의 부탁을 받고도 제대로 수행하지 못해, 노부인을 곤경에 빠트려 크게 후회하고 있습니다만, 용서를 어찌 빌어야할지 모르겠습니다. 제가 벌을 받아도 모자르거늘 어찌 배필까지 데려갈 수 있겠습니까?"

이정의 사양에 노부인이 말했다.

"사양하지 마십시오. 곧 아들들이 돌아올 시간이니 빨리 떠나시지 않으면 난처한 일이 생길지도 모르겠습니다."

이정은 마음속으로 '내가 둘 다 데려가겠다면 틀림없이 탐욕하다고 생각하실 것이다. 내가 문비를 선택하면 나약해질 수도 있다.' 라고 생각하였다.

이정은 무비를 가리키며 말했다.

"만약 은혜를 베풀어 주신다면, 이 여인을 데려가고 싶습니다."

노부인은 곧 다른 하인에게 지시하여 이정의 말과 다른 말 한 필을 끌어내오게 하였다. 이정과 무비는 각각 말에 올라탔다.

이정은 떠나는 인사를 하고 대문을 나섰다. 이정이 몇 걸음을 가서 고개를 돌려 바라보니 대저택은 어디론가 사라지고 흔적도 없었다.

이정은 금방 꿈에서 깬 것 같았다.

얼마를 더 가자, 동행하는 미인이 이정에게 말했다.

"조금 전에 낭군께서 문비까지 둘 다 선택하셨으면 문무겸전(文武兼全)하게 되어 출장입상(出將入相)하실 수 있는데, 저만을 골랐으니 문재(文才)는 타고 나지 못하고 다만 명장(名將)으로만 이름을 전할 것입니다."

그러면서 소매품에서 책을 한 권 꺼내어 이정에게 건네며 말했다.

"이 서책을 잘 읽어 통달하시면, 어떤 적이라도 다 이겨내고 주군을 잘 보필하실 수 있습니다."

그리고서는 채찍을 들어 앞을 가리키며 말했다.

"멀지 않아 곧 댁에 도착하십니다. 부디 전도(前途)에 보중(保重)하시기 바랍니다. 용궁의 노부인께서 저를 시켜 배웅케 하고 필요한 서책을 드리게 하셨지만, 저를 출가시키지 않으셨으며, 저는 인간 세상의 여인이 아니기에, 여기서 돌아가겠습니다. 낭군께서는 뒷날 가인(佳人)을 배필로 맞아 행복하실 것입니다."

이정은 깜짝 놀라며 여인을 만류하려 했지만, 어느 덧 여인과 타고 있던 말은 허공으로 치솟았고 금방 눈에서 사라졌다. 이정은 다시 한 번 놀라면서 온몸의 힘이 다 빠지듯 허탈하였다.

이정은 말이 가는대로 길을 따라갔는데, 어제 물을 얻어마신 그 마을이었다. 온 마을의 논밭이 물에 쓸리듯 황폐하였고 인적을 찾을 수도 없었다. 이정은 거듭 놀라면서 후회하였다. 이정은 길을 찾아 귀가하였다. 이정은 용궁 여인으로부터 받은 서책을 꺼내보았는데, 군사를 거느리고 작전을 펴는 요체와 병기와 병거(兵車), 갑주(甲胄)의 제작과 사용 방식은 물론 무예의 도식을 기록한 책이었다.

용왕이 비를 내리어 사람시켜 대행했고, (龍神行雨人權代)
너무 많이 뿌려 하늘까지 물이 넘쳤었다. (贏得滔天水勢高)
등에 채찍을 맞는 천형을 감수해야 했고, (鞭背天刑甘自受)
물려 받아온 병법 수고한 보수라고 했다. (還將兵法作酬勞)

용궁의 병서를 얻어온 이정은 이후로 그의 병법은 더욱 정밀해졌다.

한편, 큰 홍수를 겪은 곳의 지방관은 관리를 시켜 피해를 조사하고 상세한 전말(顚末)을 조정에 보고하였다. 수나라 황제는 보고를 받은 뒤 치수를 관장하는 부서를 마련하는 한편 피해 백성을 구제케 하였다.

그러면서 마음속으로 생각하였다.

"내가 꿈에서 본 그런 수해를 도읍에 가까운 곳에서 겪었으니 나의 꿈이 사실처럼 맞아들어갔다."

그러면서 황제는 다른 사람에 대한 의심이 조금씩 줄어들었다.

수 문제(文帝) 인수(仁壽)[44] 원년(서기 601) 6월, 황제의 3남인 촉왕(蜀王) 양수(楊秀)는 형인 진왕 양광이 태자로 책립되자 마음속으로 불평이 많았다. 태자는 후환이 걱정되어 은밀히 楊素(양소)를 시켜 촉왕의 과오를 염탐하여 참소하도록 사주하였다.

황제는 양소가 말하는 참소를 믿었고, 촉왕 양수를 황궁으로 소환하여 양소에게 양수를 치죄케 하였다.

양소는 촉왕이 백성에게 잔혹한 폐해를 입혔다고 무고하여 황제의 칙서를 받아 폐위하며 서민으로 강등시켜 별궁에 유폐시켰다. 양소는 당공(唐公) 이연(李淵)[45]의 절절한 간언(諫言)을 무시하였다. 그러나 여러 장수들은 폐태자인 양용과 촉왕 양수를 서민으로 강등한 것은 너무 지나치다며 소국의 왕으로 강등하여 책봉해야 한다고 상주하였다.

그러나 황제는 그런 상주를 모두 거부하며 받아들이지 않았지만 그렇다고 그들을 징벌하지도 않았다. 문제의 이러한 조치를 태자 양광은 몹시 꺼려 하였고, 결국 태자는 장형(張衡),[46] 그리고

---

44 仁壽(인수) – 隋 文帝의 두 번째 연호(서기 601 – 604년).

45 唐 高祖(당 고조) 이연(李淵, 566년 출생. 618년 개국, 즉위) – 626년 퇴위, 635년 6월 사망. 字는 叔德(숙덕), 隴西(농서) 成紀(성기). 즉위 이전에는 隋朝 외척, 수 문제 양견의 독고황후 여동생의 아들. 수 양제의 이종형제. 唐國公. 당(唐)은 춘추시대 晋國(진국)의 古名. 지금의 山西省 중남부 지역을 지칭하는 지명. 堯(요)를 陶唐氏(도당씨)라 부르는데, 지금 산서성 중남부에 건국 통치했다. 따라서 그의 통치 지역을 唐이라 불렀다. 춘추시대 晉國의 본거지.

46 장형(張衡, ? – 612년, 字는 建平) – 河內郡(今 河南省 沁陽市) 출신. 隋

우문술(宇文述)과 상의하며 물었다.

"어떤 묘계를 써서 이들들을 모두 제거할 수 있겠는가? 나의 지위를 어떻게 하면 더 공고해져야만 당신들 부귀도 보장될 것이다."

이에 우문술이 말했다.

"태자께서 만약 이연이 폐태자와 촉왕의 일당과 행동을 같이 하도록 유인 사주하였다가 빌미를 잡아 일족을 모두 멸족시켜야 합니다. 그러나 황제께서는 지금 이연을 크게 신뢰하시기에 지금 당장 쉽지는 않을 것입니다."

그러자 장형이 말했다.

"그들을 제거하기가 어찌 어렵겠습니까? 폐하는 대체로 의심이 많습니다. 홍수가 나는 꿈을 꾸었다고 결국 성공(郕公) 이혼(李渾)의 아들을 홍아를 죽였습니다. 지금 요언(謠言)을 지어 퍼트려야 합니다. 이혼이나 이연 모두 그 이름에 삼수변(氵)이 들어가니 황제의 의심을 충분히 사서 스스로 자살토록 유발할 수 있을 것

文帝 재위 중 太子右庶子(태자우서자), 黃門侍郎(황문시랑) 역임. 楊廣(양광)이 황제의 자리를 강탈하는데 크게 기여했다. 전설로는 장형이 문제 양견을 목을 졸라 죽였다. 煬帝 즉위 후에 중용되어 어사대부(御史大夫)를 역임했다. 뒷날 양제에게 民力을 아끼라고 간언을 올렸다가 미움을 받아 방출되었다. 수 양제 대업 8년에 고향에서 조정을 비방한 죄로 사약을 받아 죽었다. 죽기 직전에 장형은 "내가 남을 위하여 무슨 일을 했다고 오래 살기를 바라겠는가?"라고 소리쳤다. 《隋書 張衡傳》이 있다.

입니다.”

간악한 역모 보이지 않는 물여우 같아 (謀奸險似蜮)
컴컴한 어둠 속에서 모래를 뿌린다. (暗裡欲飛沙)
험난한 세상 곧바른 사람은 액운에 (世亂忠貞阨)
무단히 화를 당하고 곤경에 빠진다. (無端履禍芽)

장형은 유언비어를 지어 유포시켰다. 처음에는 향촌 사람들이 지껄이다가 나중에는 도성 시장 거리에도 퍼져나갔다. 그 시작은 어린아이들이 떠드는 헛소리였다가 나중에는 어른들 말이 되었다. 곧,

'복숭아 열매가 천하를 차지한다.' (桃李子, 有天下)
'양씨가 망하고 이씨가 흥성한다.' (楊氏滅, 李氏興)

길거리 어디에서 시작된 소문인지 알 수 없었고 거리를 순찰하는 관리라 하여 못하게 할 수도 없어 결국은 궁궐까지 소문이 퍼져나갔다.

이에 태자는 이를 상주하였다.

“길거리에 퍼진 요언이 매우 고약합니다. 이를 단속해야 합니다.”

황제는 퍼지는 요언을 듣고 몹시 언짢았다. 이연은 자신이 연

관될 수 있다는 생각에 앉으나 서나 불안하기 짝이 없었다. 일단 황제가 자신을 의심한다면 이혼의 경우처럼 당할 것이라 생각하였다.

그 무렵 조정에 아첨하고 모함하기를 좋아하는 소인인 중랑장(中郞將) 배인기(裴仁基)가 앞으로 나아가 상주하였다.

"이혼의 이름은 도참(圖讖)의 내용에 상응했습니다. 그래서 폐하께서는 그 아들에게 죽음을 내리셨고 이혼은 속으로 원한에 불충한 마음을 품고 있습니다. 폐하께서 성지(聖旨)로 심문하지 않으시면 요언에 부화뇌동하는 자가 있을 것입니다."

가련한 성공 이혼은 역모로 몰렸고 일족 32명이 모두 거리에서 처형되었다.

정성껏 덕을 쌓아야 하늘의 복을 받나니, (誠心修德可祈天)
참언을 믿고 형벌을 행하면 모두 틀린다. (信讖淫刑總枉然)
진(晉)은 우금을 독살했고 진(秦)은 흉노 때문에 (晉鴆牛金秦御虜)
나라 산하를 어느 사이 누가 옮겨 버렸나? (山河誰解暗中遷)

이연은 이 사건 때문에 약간 안심하였다. 그러나 장형은 더욱 흉악한 일을 꾸미며, 황제의 신임을 받는 방사(方士) 안가타(安伽陀)에게 뇌물을 주며, '이씨가 꼭 천자가 된다 하니, 온 나라의 이씨를 죽여야 한다.' 고 황제에게 권유하라고 부추겼다.

그러나 다행히도 상서우승(尙書右丞)인 고경이 상주하였다.

"여러 요언이 횡행했지만, 사실이 아닌 요언이 있고, 관련이 되는 요언이 있으며, 사실이 된 요언과 거짓 요언이 있습니다. 관계가 없는 요언이란 하늘이 비를 내리려 할 때 상양(商羊)이 춤을 추는 것과 같습니다.[47] 관계 있는 요언이라면 (주(周) 宣王(선왕) 때) 뽕나무 활을 가진 사람 때문에 서주(西周)가 멸망한 것과 같습니다. 사실로 판명된 요언은 '초(楚)가 비록 세집(三戶)만 남아도 진(秦)을 멸망시킨다.' 라는 요언입니다. 뒷날 초 패왕〔霸王, 項羽(항우)〕가 진(秦)을 멸망시켰으니 사실이 되었습니다. 거짓 요언이란 '누가 밀지도 않았는데 높은 산이 저절로 무너지고, 명월은 누가 밀어올리지 않아도 떠오른다.' 는 말과 같습니다. 조정(祖珽)[48]

---

47 원문 天將雨商羊起舞是了(천장우상양기무시료)－《孔子家語 辯政》에 기록이 있다. 춘추시대 齊나라에 一足의 새가 조정에 날아와 날개를 펴고 뛰어다니자 齊侯(제후)가 크게 걱정하여 공자에게 사람을 보내 물었다. 이에 공자가 말했다. "그 새의 이름은 商羊(상양)인데, 물의 精氣(水祥)입니다. 옛날 어린아이가 그 다리를 분지른 뒤, 어깨에 메고 뛰어다니며 '하늘이 큰 비를 내리려니 商羊이 춤을 춘다.' 고 노래했습니다. 지금 齊에 상양이 출현하였으니 그 감응이 있을 것입니다." 齊에서는 서둘러 백성에게 물도랑과 제방을 보수시켰다. 얼마 뒤 큰 비에 물이 범람했고, 여러 나라가 피해를 입었지만 오직 齊에서는 대비가 있어 재해를 면했다.

48 祖珽(조정, 字는 孝徵)－北朝의 東魏(동위)와 北齊(북제, 서기 550－577년 존속)의 귀족. 北魏(북위)와 東魏(동위)의 護國將軍(호국장군) 祖瑩(조영)의 아들. 東魏의 권신인 高歡(고환)은 그의 才學을 칭찬하였

은 거짓말 동요를 지어 (北齊의 명장인) 곡률광(斛律光)을 모함하여 처형 받게 하였으며, 결국은 북제(北齊)를 멸망에 이르게 하였습니다. 또 참언을 크게 신봉했던 사람은 바로 진시황(秦始皇)[49]이었습니다. '진을 망칠 자는 호〔胡, 胡人(호인), 흉노〕' 라는 요언의 胡(호)가 자신의 아들 胡亥(호해)[50]인 줄은 생각하지 못했습니다. 서진(西晉)의 선제(宣帝)[51]는 소(牛)를 말(馬)로 바꿨지만,[52] 미천

다. 北齊의 대장인 斛律光(곡율광, 515－572년, 字는 明月)은 조정의 아첨을 미워하였다. 이에 조정은 동요를 지어 곡율광을 모함하였고, 곡율광은 결국 극형을 받아 죽었다. 《北齊書》 39권에 입전.

49 秦始皇(진시황)－嬴(영) 姓. 趙氏, 名은 政(정). 秦 莊襄王(진 장양왕)의 子. 嬴政(영정)으로 통칭. 前 259年 출생. 前 247年(13세) 즉위. 前 221(39세) 황제 즉위. 前 210年(50세) 사망, 재위 37년.

50 胡亥〔호해, 秦二世(前 230－210년 즉위－前 207년 10월)〕－秦始皇의 18子. 前 210년, 始皇이 동남방을 순행 중 沙丘宮(사구궁)에서 병사하자, 호해는 趙高(조고)와 재상 李斯(이사)의 도움을 받아 죽음을 비밀에 부쳐 發喪하지 않고 沙丘之變(사구지변)을 일으켜 長兄 扶蘇(부소)를 죽이고서, 二世 皇帝로 즉위했다. 즉위한 뒤에 형제자매 20여 명을 죽였으며, 趙高는 권력을 잡고 잔혹한 통치를 강화했다. 前 209년 陳勝(진승)과 吳廣(오광)의 大澤之變(대택지변) 이후, 山東 六國 舊 公室이 봉기하자, 前 207년 趙高의 사위인 閻樂(염락)의 핍박을 받아 望夷宮(망이궁)에서 자결하니, 24세였다.

51 晉 宣帝(선제)－司馬懿〔사마의, 서기 179－251년, 字는 仲達(중달)〕－三國 시기 魏國 권신, 정치가, 장군. 서진의 기초를 닦은 사람. 제갈량은 북벌을 저지, 曹操(조조), 曹丕(조비), 曹叡(조예), 曹芳(조방)의 4대를 섬겼다. 만년에 高平陵之變을 일으켜 曹魏(조위)의 정권을 찬탈하였다. 서진의 건국자 晉 武帝 司馬炎(사마염)의 조부, 司馬

한 관리인 牛氏(우씨)는 瑯琊王(낭야왕) 왕비와 사통하여 진(晉) 원제(元帝)[53]를 출산하였습니다. 이처럼 천도는 은미하니 억지로 추측할 수도 또는 천의를 고의로 끌어들일 수도 없습니다. 그러니 정말 중요한 것은 수덕(修德)에 있지 용형(用刑)에 있지 않습니다. 인심을 반발을 불러가면서 폐하께서 의심을 하는 것은 옳지 않습니다. 그리고 그 이씨가 지금 조정에 있는 이씨이고, 또 지금 군사를 거느린 사람이라 단정할 수 있겠습니까? 그렇다고 전국의 이씨를 모두 몰살하시겠습니까?"

이때 포산공(蒲山公)의 아들 이밀(李密)[54]은 그 직책이 천우위

昭(사마소)와 司馬師(사마사)의 부친. 晉 宣帝는 추존한 제위.

52 원문 牛易馬(우역마) – 司馬懿(사마의, 사마중달)이 생존했을 때 '牛氏가 馬氏(司馬氏)의 뒤를 잇는다(牛繼馬後).' 라는 참언이 돌았다. 이에 사마의는 자신의 휘하에 있는 장군 牛金(우금)의 성이 우씨라 하여 우금을 독살하였다. 그러나 그의 손자며느리인 夏侯光姬(하후광희)가 성이 우씨인 小吏와 私通(사통)하여 동진의 건국자 司馬睿(사마예)를 출산했고 사마예가 서진을 계승하여 동진(東晉)을 건국하니(317년), 이 참언은 사실이 되었다. 正史《三國志 魏書》에서는 이를 과장하여 강조했다는 기록이 있다.

53 東晉(동진) 元帝〔원제, 司馬睿(사마예, 재위 317–323년, 字는 景文)〕– 東晉 건국 황제. 司馬懿(사마의)의 증손. 琅邪(낭야) 武王(무왕) 司馬伷(사마주)의 손자. 낭야 恭王(공왕) 司馬覲(사마근)의 아들. 모친은 琅邪王妃(낭야왕비) 夏侯光姬(하후광희).

54 이밀(李密, 582–619년, 字는 玄邃, 또는 法主) – 隋朝 上柱國으로, 蒲山

(千牛衛)였다. 수 황제는 그 사람에게 배반의 골상(反相)이 있다며 마음속으로 의심하였다. 그러나 이밀은 문제의 신임을 받는 양소와 가까웠다. 양소는 이밀을 살려주려고 고경의 말에 찬동하였다. 그러면서 은밀히 이밀에게 사직하고 귀향하라고 일러주었다.

그 당시에 이씨 성을 가진 조정의 신하 중에는 사직하고 귀향하는 자, 군사 관련 직무를 사임하는 자가 많았다.

이연 역시 이러한 상황에서 사직하고 태원(太原, 今 山西省 太原市)에서 양병(養病)하겠다고 하자, 황제는 이를 수락하면서 이연에게 태원부(太原府) 통수(通守)에 임명하여 서경(西京)을 관할하게 하였다. 고경의 이런 상주는 이연을 살렸으니, 이를 보더라도 왕자는 불사한다는(王者不死) 사실을 알 수 있다.

郡公인 이관(李寬)의 아들. 隋末 반란군의 영수. 위인이 好學하여 일찍이 소뿔에 《漢書》 책을 걸쳐 놓고 읽었다 하여 우각괘서(牛角掛書)라고 불렀다. 양소(楊素)의 아들인 양현감(楊玄感)의 막료였는데, 양현감이 패사하자 와강군(瓦崗軍)에 가담하여 봉기하였다. 唐王 이연(李淵)과 결의하였고, 나중에 왕세충(王世充)의 습격을 받자, 이연에게 귀부하였다. 그러다가 이연이 자신을 해칠 것이라 의심하여 숨었다가 당의 장수 성언사(盛彦師)에게 살해되었다. 전설에 의하면, 이밀은 죽은 뒤에 목련존자(目連尊者)를 따르는 신이 되었다고 한다. 중국인들에게 '李判官(아판관)' 으로 불린다. 《全唐文》에 魏徵(위징)이 撰(찬)한 〈李密墓志銘〉이 전한다.

사나운 맹호 방금 우리에서 도망했고, (猛虎方逃柙)
굶주린 매도 묶인 실끈에서 벗어났다. (饑鷹得解絛)
놀란 마음에 관직을 버리고 물러나 (驚心辭鳳闕)
자취를 감춰 숨어서 산림을 향한다. (匿跡向林皐)

이때가 수 문제 인수(仁壽) 원년(서기 601) 7월이었다. 태자는 이연이 사임했다는 말을 듣고 우문술에게 말했다.

"요언을 지어 퍼트려야 한다는 장형(張衡)의 책모가 정말 기가 막히도다. 그러나 이혼이 죽는 틈을 타서 이연은 일족을 살렸고, 세력 근거지로 돌아가 버렸다."

그러자 우문술이 말했다.

"태자께서 이연을 살려주시겠다면 그만이지만, 만약 그를 살려두기 싫으시다면 저에게 한 가지 계책이 있습니다. 그래서 이연 일족 모두를 죽여버릴 수 있습니다."

그러자 태자가 웃으며 말했다.

"진작 그런 좋은 방책이 있었다면, 그간 이런 고생을 아니 해도 되지 않았겠나?"

"저의 계책은 딱 지금에야 쓸 수 있습니다."

그러면서 태자의 귀에 대고 몇 마디 설명하였다.

이에 태자는 손뼉을 치며 말했다.

"묘계로다! 일이 다 해결된 뒤에 그의 여자들과 재물을 모두 그대에게 주겠다. 다만 지금 그 자는 전투를 해야 하는 장군이니,

지금 쉽게 없앨 수는 없지 않은가?"

그러자 우문술이 말했다.

"저의 계략은 결코 군명(君命)을 어기지 않을 것입니다. 좋은 결과를 볼 수 없더라도 그 또한 일단 크게 놀랄 것입니다. 그리고서는 다시 관직에 나올 생각을 못할 것입니다."

태자와 우문술은 이연을 해칠 음모를 마쳤다.

과연 이연의 목숨은 어찌 되겠는가? 일단 다음 회를 읽어보시오.

제4회

제주성에서 호걸들이 뜻을 세우고, 사수산에서 당공은 도적을 만나다.(齊州城豪傑奮身, 楂樹崗唐公遇盜.)

시로 읊기를,　　　詩曰,

지기(知己)가 없다면 어찌해야 하겠나?　(知己無人奈若何)
기개는 하늘의 북두만큼 드높다.　(斗牛空見氣嵯峨)
서릿발 칼날에 기이한 광채가 숨었고,　(黯生霜刃奇光隱)
수많은 별빛에 희미한 어둠이 깔렸다.　(塵鎖星文晦色多)
칼집에 숨겨진 칼날도 서글피 우는데,　(匣底銛鋒悲自扁)
물속에 비치는 칼 가는 그림자 누군가?　(水中淸影倩誰磨)
화산 북쪽 인재들 서로 상봉 어려우나,　(華陰奇士難相)
객점 고사(高士)는 우연히 모여 노래한다.　(只伴高人客舍歌)

이 시는 유명한 〈寶劍篇(보검편)〉[55]이다. 현명한 인재라도 묻혀버리면 아무도 알아주지 않는 현실을 읊었으니, 천하가 무도하다면 호걸일지라도 살아가기가 어렵다.

이는 이연 같은 재사(才士)도 조정에서 용납되지 않았는데, 초야의 영웅이라면 누가 알아주겠는가? 다만 티끌 속에 족적을 감추고 있다가 때를 보아 움직일 것이다.

상천(上天)은 수(隋)를 멸하고 당을 흥성케 하려, 태자 양광의 마수에서 벗어나 이연을 보필한 유능한 인재를 스스로 감춰 지켜주었다. 칼과 창이 부딪치는 싸움에서 지켜주고 기반을 다져주며 무심히 홍기할 곳에 모이게 하여 그를 위험에서 지켜주었다.

진경(秦瓊, 진숙보)

그런 영웅이 누구

55 〈보검편〉 – 初唐 이교(李嶠, 생졸년 미상, 字는 巨山, 唐代詩人, 官員, 武則天, 唐中宗 시기의 재상)의 詩인 〈寶劍篇(보검편)〉이 《全唐詩》 57권에 수록되었지만 여기 수록된 내용과는 다르다.

인가? 성은 진(秦)이고, 이름은 경(瓊, 아름다운 옥 경)이며,[56] 자는 숙보(叔寶)인데, 산동의 역성(歷城) 사람이다. 그의 조부는 북제(北齊, 550-577년 존속)의 군사를 지휘한 대장군 진욱(秦旭)이고, 부친은 북제의 무위대장군(武衛大將軍) 진이(秦彝)였으며, 모친은 영씨(寧氏)였다.

그가 태어날 때 조부인 진욱이 말했다.

"만약 제국(齊國)이 남쪽으로 진조(陳朝, 557-589년 존속)를 압박하고 서쪽으로 北周(북주, 557-581년 존속) 국경을 연접하게 되면 전쟁이 그치질 않을 것이다. 나의 조손과 부자는 태평한 시대를 이룩할 것이다."

그러면서 손자인 진경의 아명을 太平郎(태평랑)이라고 지었다.

한편 태평랑이 겨우 3살일 때 북제 군주는 진이를 발탁하여 군사를 거느리고 齊州(제주, 今 山東省 濟南市)를 방어하게 하였다. 진이는 가족을 거느리고 부임하였다. 그의 부친 진욱은 진양(晉陽)[57]에서 황제 호위의 중책을 맡고 있었다. 그러나 제나라의 군

---

56 秦瓊(진경, 571?-638년, 字는 叔寶)-齊州 歷城(今 山東省 중북부 濟南市, 歷城區) 사람. 唐朝 開國 공신. 무장. 凌煙閣(능연각) 24공신의 한 사람. 尉遲敬德(울지경덕)과 함께 중국 민간신앙에서 門神으로 숭배된다. 본 소설에서는 초반에 역경을 겪지만 효자이며 충신이었다. 어려서 부친을 일찍 여의었으나 모친은 백수(百壽)를 넘겼고, 자손 모두 효자였으며, 진숙보의 현손(玄孫, 손자의 손자)까지 등장하여 현종과 숙종(재위 756-763년)까지 섬기는 重臣이다.

주가 적임자를 등용하지 못하자, 정치는 문란해지고 백성들은 반항하였으며 그 군사들도 크게 붕괴되었다.

북제(550－577 존속)의 군주는 북주(北周)의 공격을 피해, 한때 제주로 피신하면서 진욱과 고연종(高延宗)을 남겨 진양을 수비케 하였는데, 진욱은 오랫동안 항거하다가 패전하며 순국하였고, 고연종은 성이 함락될 때 사로잡혔다.

악전고투 군진에 어둠이 내리고, (苦戰陣雲昏)
목숨 버려 나라 은덕에 보답하다. (輕生報國恩)
오(吳)나라 없애도 원한은 남았으니, (呑吳空有恨)
악귀는 나라 지킨다고 서원했다. (厲鬼誓猶存)

북제의 군주가 제주에 피난하였을 때, 강하게 핍박해오는 북주의 군사가 두려웠다. 북제의 군주는 승상 고아나굉(高阿那肱)과 진이가 협력하여 제주를 방어케 하면서 자신은 다시 분주(汾州, 今 山西省 남부 臨汾市 濕縣)로 피신하였다.

며칠이 지나지 않아 북주의 군사가 추격해왔다. 고아나굉은 성문을 열고 투항하려고 했다.

그러자 진이가 반대하였다.

---

57 晋陽〔진양, 별칭 幷州(병주), 龍城(용성). 今 山西省 太原市〕－山西省(산서성) 省會(성회), 山西省 중부에 위치.

"조정에서는 나 진이의 군사력이 약하다 하여 승상을 보내 공동방어케 하였습니다. 지금 방어는 쉽고 공격은 어려우니, 우리가 견고하게 지키면서 적군이 지치기를 기다렸다가 적의 예봉을 꺾어야 합니다. 승상은 나라의 대신으로 어찌 구차하게 살려고 두 마음을 품을 수 있겠습니까?"

그러자 고아나굉이 말했다.

"장군은 어찌 기회를 못보는가! 북주의 군사가 공격할 때 파죽지세와 같아 병주(幷州, 太原市)나 업현(鄴縣) 등 적지 않은 주현이 버티질 못했는데, 이런 작은 성이 어찌 버티겠는가? 나는 나라의 두터운 은혜를 입었지만, 그보다는 상황에 따라 처신할 것이요. 그런데 장군은 어찌 이리 고집불통인가?"

진이가 말했다.

"진이 부친과 저는 나라를 위하여 죽기로 서약했습니다."

그리고 부하에게 성문 방어를 지시해 놓고 서둘러 안채에 들어와 아내에게 말했다.

"주상께서 고아나경을 보내 나를 돕게 하였지만, 그러나 그는 배반하면서 나까지 끌어들이려 합니다. 지금 형세가 매우 다급하오! 나는 싸우다가 죽어 지하에서 선친을 뵈올 것이요. 그러니 우리 진씨 일문을 당신께 부탁하오."

진이의 말이 미처 끝나기도 전에 부하가 뛰어들어와 보고했다.

"고승상이 이미 성문을 개방하였고 북주의 군사가 들어왔습니다."

진이는 서둘러 혼철창(渾鐵槍)을 잡고 뛰어나갔다. 성안에는 북주의 군사가 터진 물 들어오듯 밀려왔다. 진이는 군사를 수백 명을 거느리고 분전하였지만 어찌 감당할 수 있겠는가? 적군의 피가 갑옷 안까지 스며들었고, 온몸이 창칼에 찔렸으며, 부하 열 중에 한 둘이 남아있질 못했다.

진이는 군사와 함께 마지막 돌격을 감행하면서 소리쳤다.

"이제 힘을 다했습니다."

그리고 다시 수십 명의 적군을 죽이고서 자신의 목을 찔러 포로가 되는 수모를 피했다.

겹겹 성문이 어느 순간에 무너졌지만,	(重關百二片時隤)
피를 삼키며 장군의 기개 죽지 않았다.	(血呀將軍志不灰)
성곽 함락에 큰뜻은 더욱 굳세었으니,	(城郭可傾心愈勁)
피어오르는 구름처럼 하늘을 메웠다.	(化雲飛上白雲堆)

이때 진이의 아내 영씨는 가내 자산을 수습하여 아들을 데리고 관아를 빠져나왔다. 적군과 난병이 거리를 메운 가운데, 영씨는 시비와 가노를 방면하여 각자 살길을 찾게 하였다.

영씨는 아들 태평랑을 끌어안고 조용한 골목을 찾아 몸을 피했다. 그러나 집집마다 대문을 걸어 잠가 어디도 들어갈 수가 없었다. 어느 집 앞에 왔을 때 안에서 어린아이 울음소리가 들려왔고 영 부인은 대문을 두드렸다. 안에서 젊은 부인이 문을 열어주었다. 그 집은 여자 혼자 사는 집으로 성씨는 정(程)이었고, 두세 살 먹은 아이의 이름은 일랑(一郎)[58]이었다.

정교금(程咬金)

영씨는 아들과 함께 임시 거처해도 좋다는 허락을 받았다. 나중에 병란이 진정되자, 영씨는 갖고 나온 금붙이들을 팔아 근처에 작은 집을 얻었고 두 집은 가까이 왕래하며 함께 도왔다.

이후 북제는 멸망했다. 멸망한 북제에 충절을 지켜 죽은 신하의 처자식을 누가 돌봐주고 정표(旌表)를 세워주겠는가? 그냥 평

58 程一郎(정일랑)은 21회, 幼名 정교금(程咬金)이란 이름으로 등장한다. 23회에서 숙보와 운명적인 재회가 이뤄진다. 공식 기록은 정지절(程知節, 589－665, 字는 義貞), 태종을 섬긴 개국공신, 능연각(淩煙閣) 24공신의 한 사람. 대부분 백성이 정교금으로 호칭했다. 민간신앙에서는 福將(복장)으로 알려졌다. 단순무식에 성질도 급하며 큰 도끼를 휘두르는 장수였다.

민과 뒤섞여 곤궁한 나날을 보내야만 했다.

다행히 두 가정의 사내아이들은 잘 자랐지만 그저 말썽꾸러기였다. 열두 세 살이 되면서 거리에서 싸움도 하고 소란을 피웠다. 그 뒤 흉년이 들면서 정씨는 동아(東阿)의 옛 고향마을로 돌아갔지만 영씨와 아들 태평랑〔秦瓊(진경), 字는 叔寶(숙보)〕은 歷城(역성)에서 그대로 살았다.

이 진숙보〔叔寶, 秦瓊(진경)〕는 아무 탈없이 성장하였다. 키가 10척에 허리 둘레가 10뼘이나 되었고, 부리부리하게 큰 눈에 바다처럼 넓은 입, 제비 턱에 호랑이 같은 두상은 남을 압도하고도 남았다. 그러나 독서에는 전혀 마음 쓰지 않고, 오직 창 쓰기와 봉술(棒術)과 권술(拳術 : 주먹 쓰기)을 즐겨 연마하였다.

마을이나 거리에서 나쁜 짓을 하는 건달을 두들켜 패고, 다른 사람과 힘을 모아 옳지 못한 일을 바로잡고 약한 자를 도와주었다. 그런 바른 일에는 몸을 돌보지 않고 열성이었다. 그런 진숙보에게 이제는 늙은 어머니가 눈물을 흘리며 말했다.

“秦氏(진씨) 삼대가 이제 오직 너 하나뿐이다. 창을 쓰고 봉술을 익히는 일이야 네가 좋아하는 일이니 말리지 않겠다. 그러나 싸우다가 몸을 다치거나 죽는다면 어찌 되겠냐? 네 목숨을 헛되이 버릴 수는 없다. 네 한 몸을 잘 지키는 일이 바로 조부와 선친을 위하는 길이다. 진씨 집안을 이어가야 할 책임이 너한테 있다.”

이후로 진숙보는 거리에서 싸움을 하다가도 어머니가 부르는 소리를 들으면 단숨에 집으로 돌아갔다. 사람들은 진숙보가 용감하면서도 대의를 지키며 모친 말씀에 순종하는 효자이며 춘추시대 吳(오)의 專諸(전제)[59]와 같다고 존경하였다.

숙보는 장씨(張氏)와 결혼하였는데, 아내 장씨가 혼수로 준비한 재물이 많았다. 이후 재물을 흩어 널리 손님을 접대하였고 약자를 두루 도왔다.

왕백당(王伯當)

숙보는 우선 가까운 지역의 호걸과 널리 교제하였다. 그중 한 사람은 제주(齊州)의 포도도두(捕盜都頭)인 번호〔樊虎, 字는 建威(건위)〕[60]이었

59 專諸(전제, ?－前 515년)－鱄諸(전제), 春秋 시대 吳國 棠邑人(당읍인), 그 당시 유명한 자객. 《史記 刺客列傳》의 五刺客(오자객)－曹沫(조말), 專諸(전제), 豫讓(예양), 聶政(섭정), 荊軻(형가).

60 번호(樊虎, 字는 建威)－古典 소설 《說唐, 說唐演義全傳》 속의 가공인물. 실존 인물 진경(秦瓊, 字는 叔寶)과 함께 山東 歷城縣 포쾌(捕

고, 다른 한 사람은 제주의 수재(秀才)인 방언조(房彥藻)였으며 또 다른 사람은 왕백당(王伯當)[61]이었다. 그 외에도 말채찍을 만들어 팔며 객점도 운영하는 가윤보(賈潤甫)[62]란 사람이 있었다.

이들은 수시로 만나 창술이나 봉술을 연마하였고 병법을 논하였다. 그러면서 다른 대장부나 호한을 만나면 피차 소개하며 접대하였으니 진숙보를 둘러싼 영웅이 결코 한둘이 아니었다.

특별한 재주가 없는 보통 사람이나 한두 푼 동전으로 접대하거나 사귈 수 있는 사람들은 모두 진숙보를 그저 같이 놀 수 있는 사람이라 여겼다. 그리고 자신의 능력을 과신하며 뽐내고 으스대는 사람들은 진숙보를 덩치만 크고 우둔한 사람으로 생각하며, 진숙보를 공경하거나 따르지 않고 하대하였다. 따라서 제주 일대에서 진숙보의 명성은 결코 높지 않았다.

진숙보의 무예는 창 쓰기와 활쏘기에도 뛰어났지만 특별한 무예가 있었다. 진숙보에게는 조상으로부터 비밀리에 전수해온 금과 은으로 상감(象嵌)한 130근 정도의 철채찍〔鐵鐧(철간), 채찍

快, 포도 장교)이다. 성격이 단순하며 충직. 뒷날 와강군(瓦岡軍)의 장수. 唐에 귀순. 개국공신이 된다. 실존 인물로 착각하기 쉽다.

61 왕백당(王伯當, 58－619년)－隋朝(수조) 말년 사람. 隋末(수말) 민란의 영수(領袖), 와강군(瓦崗軍)의 문무겸전한 名將(명장). 뒷날 이밀(李密)과 함께 唐에 귀순했다. 이밀을 지켜주다가 전사했다. 이 사람은 9회에 다시 등장하여 진숙보와 만난다.

62 가윤보(賈閏甫, 생졸년 미상)－隋朝 말년 지방 할거 세력인 와강군의 장수. 나중에 당에 귀부했다. 《新唐書》 84권, 〈李密傳〉 참고.

간] 2개가 있었다.[63]

진숙보가 이 쇠 채찍을 휘두르면 처음에는 괴상한 이무기 두 마리가 파도를 뒤집으며 떠오르는 것 같으나 나중에는 흰 꽃잎처럼 땅으로 떨어지며 죽는 것 같아, 누구든 당할 사람이 없었다. 이는 곧 하나(一)가 둘(二)이고, 둘이 하나와 같았다.

만약 진숙보의 교제를 논한다면 진숙보는 길을 잃은, 뜻을 펼 수 없는 영웅을 연민하면서도 그 당시의 여러 호걸들과 우정을 쌓아갔다.

진숙보의 모친 영씨나 아내 장씨는 모두 가계가 궁하면 머리카락을 잘라 팔더라도, 또 손님을 위해서는 소중한 자산이라도 서슴치 않고 제공하려는 기개가 있었다.

이런 점에서 강북 지역에서는 진숙보의 무예를 이야기할 때는 진숙보가 제일로 꼽혔고, 교제를 이야기한다면 누구나 진숙보와 진실한 교제를 원했다. 그런 만큼 진숙보는 모두에게 탁트인 열

63 원문은 他祖傳有兩條流金熟銀(타조전유양조유금숙은), 稱來可有一百三十斤. - 전후 문맥으로 보아 쇠 채찍(鐵鐧)이다. 鐧은 가늘고 긴 채찍 모양이고 끝에 마름모꼴 쇠가 있어 人馬를 살상할 수 있다고 하였다. 그 채찍이 2개이고, 2개의 무게가 130근이라는 뜻일 것이다. 채찍 하나가 130근이라면 납득이 어렵다. 關羽(관우)의 青龍偃月刀(청룡언월도)가 80근이라 했다. 《水滸傳》에 등장하는 魯智深(노지심)의 禪杖(선장)은 60근이라고 나온다.

린 마음을 갖고 있었다.

기재에 천하 모두가 놀라고, (才奇海宇驚)
무거운 의리 세인(世人)이 쏠린다. (誼重世人傾)
지기(知己)가 없다 한탄치 말지니, (莫恨無知己)
하늘끝까지 모두가 형제다. (天涯盡弟兄)

하루는, 벗인 번건위가 진숙보를 만나 말했다.

"근래에 우리 제(齊)와 노(魯) 지역에 흉년이 들어 도적이 많아지고, 나라에서 도적을 잡는다 하지만 여전히 도적떼를 없애질 못합니다. 어제는 우리 주의 자사가 나와 몇 사람을 불러 도적떼를 잡아달라고 부탁하였습니다. 그래서 제가 형님께서 무예가 매우 뛰어나며 세상에 제일가는 영웅이라고 말했습니다. 그러면서 형을 都頭(도두)로 등용하되 저를 부도두에 임용해달라고 하였습니다. 그러자 자사가 흔쾌히 수락하였습니다. 그러니 저와 함께 자사에게 가십시다."

그러자 진숙보가 말했다.

"아우여, 나는 관리가 되는 것을 귀하게 생각하지 않소. 우리 집은 여러 대에 걸친 장수 가문이었소. 만약 뜻을 얻게 된다면, 나라를 위하여 병마를 지휘하여 적장의 깃발을 빼앗고, 적장의 목을 베며 국토를 넓혀 부모에게 영광된 작위를 올리고, 아들이 문음(門蔭)의 혜택을 받고 아내도 영광을 입게 할 것이오. 그러나 뜻을 얻지 못한다면 몇 마지기(畝) 박토를 갖고 농사를 지으며, 과일나무를 심는다면 노모를 봉양하고 처자를 먹여살릴 것이요. 그리고 서너 칸 초가에 살며 이웃 촌부와 닭을 잡아놓고 막걸리를 마시면서 지기와 담소하며 지낼 수 있을 것이요. 나의 웅심(雄心) 한 토막을 펼 수조차 없다면, 내가 시를 못짓더라도 그래도 노래하며 금슬이나 뜯고, 가끔은 창봉술을 연마하며 세월을 보내고 싶소이다. 그런데 지금 내가 어찌 썩은 관가에 들어가 그런 사람들의 지휘를 받는 도두가 되겠는가? 내가 도적을 모조리 소탕한다 하여도 결국 그 공덕은 자사의 공적이며, 내가 회수한 도적의 재물은 자사가 차지할 것이요. 그리고 우리가 진심 진력하여 도적을 잡더라도 썩은 관리들은 뒷문으로 돈을 받고, 그들을 방면하고 우리를 오히려 도적으로 무고할지도 모르는 일이네. 만약 우리가 저들 관리와 밀접하게 잘 협력한다 하여도 저들이 백성을 해치며 그들의 밥그릇을 채운다면, 우리는 그런 꼴을 보고 있을 수는 없지 않겠는가? 그럴 경우 우리가 무얼 어찌할 수 있겠나? 나는 가지 않을 것이네!"

그러자 번호가 말했다.

"형님! 관직은 낮은데서부터 올라가고, 작은 공이 모여야 큰 공을 이룰 수 있습니다. 옛날 대장군 한신(韓信)[64]도 병졸부터 시

64 淮陰侯(회음후) 韓信 – 淮陰은 한신의 고향. 今 江蘇省 중부 淮安市 淮陰區. 韓信(前 230 – 196)은 漢初三杰(한초삼걸)의 한 사람. 胯下之辱(과하지욕), 漂母進飯(표모진반), 國士無雙(국사무쌍), 多多益善

작하였습니다. 형은 본래 붓을 잡지 않았으니, 어찌 문필로 입신(立身)하시겠습니까? 또 선친은 이미 작고하셨으니 문음으로 임관할 수도 없습니다. 오직 칼과 창으로 시작하고, 칼과 창으로 살아가야만 합니다."

문필로 영화를 이룰 수 없어 부끄러우나, (慚無彩筆夜生花雲)
그래도 창칼로 가문을 일으킬 수 있다. (恃有戈矛可起家)
형산에 숨겨진 옥석을 누구도 모르지만, (璞隱荊山人莫識)
송곳은 저절로 비단 주머니를 뚫고 나온다. (利錐須自出囊紗)

이런 이야기를 하는 동안, 진숙보의 모친이 외출하려고 나오면서 번건위의 인사를 받고서 진숙보에게 말했다.

"아들아! 너의 뜻이 너무 크다. 그렇지만 번도두의 말에 일리가 있다. 너는 일정한 일 없이 세월을 보내면서 아무런 기약도 없다. 그러나 일단 공문(公門)에 들어간다면, 어느 정도 제약을 받으니 네 마음대로 할 수 없다. 그렇지만 도적을 잡아 조그만 공이라도 세울 수 있다. 무엇인가 해낼 수 있다면 그것이 좋은 것이다. 내가 알기로는, 너의 조부님은 동궁의 호위병 출신이었다. 그러니 너도 네 생각만 고집할 필요는 없다."

(다다익선), 鳥盡弓藏(조진궁장), '成敗一蕭何 生死兩婦人.' 成語(성어)의 주인공. 《漢書》 34권, 〈韓彭英盧吳傳〉에 입전.

진숙보는 효도하며 순종하는 아들이라서, 모친의 말씀을 듣고서는 감히 할 말이 없었다.

다음 날, 진숙보와 번건위 두 사람은 함께 濟州(제주) 자사를 만났다. 제주 자사는 유씨(劉氏)에 이름은 방성(芳聲)이었다. 그는 당당한 체구에 풍채가 늠름하였다.

유방성이 진숙보를 보니 헌헌장부(軒軒丈夫)의 기개가 늠름하고, 우람한 체구에 용맹한 기상, 신선의 풍채와 같은 수염에 별처럼 빛나는 눈빛은 마치 관운장(關雲長)을 보는 듯하였다.

이에 자사 유방성이 말했다.

"자네가 진숙보인가? 자네 업무는 공적에 따라 보임할 것이다. 지금 번건위가 자네에게 직분을 양보하는 것을 보니, 자네를 유능한 사람이라고 생각하네. 나는 자네 둘을 모두 도두에 보임하겠네. 오직 정성으로 열심히 일하기 바라네."

두 사람은 사례하고 나왔다.

이에 번건위가 말했다.

"형님 이곳 제주의 도적들은 모두 말을 타고 다닙니다. 도적떼를 빨리 쫓아다니려면 우리도 좋은 말이 있어야 합니다."

"나는 자네와 함께 내일 가윤보를 찾아가 보겠네."

다음 날, 진숙보는 은자를 가지고 번건위와 함께 성내 서쪽으로 갔다. 마침 가윤보가 집에 있어 상면했다.

번건위가 말했다.

"숙보 형님이 도적을 잡는 도두가 되었기에 좋은 말을 구하러 왔습니다."

가윤보는 진숙보에게 축하 인사를 올리며 말했다.

"형님께서 그런 직분을 받으셨으니 축하드립니다. 그런 직책은 돈을 벌을 수도 있지만 일거리가 많을 것입니다. 살아 있는 도적을 잡아죽일 수도 있지만, 도둑에서 빼주거나 장물을 챙길 수도 있습니다. 형님께서 그런 짓이야 하지 않으시겠지만, 그렇게만 한다면, 금방 큰 재산을 모을 수 있습니다."

이에 진숙보가 말했다.

"그런 옳지 않은 일은 나는 절대 하지 않을 것이요! 그나저나 이 집에 좋은 말이 있습니까?"

가윤보가 말했다.

"어제 마침 좋은 말이 들어왔다고 들었습니다."

두 사람은 가윤보와 함께 이웃 마장(馬場)으로 갔다. 마장에는 청총마(青驄馬), 자류마(紫騮馬), 적토마(赤兎馬), 오추마(烏騅馬), 황표마(黃驃馬), 백기마(白驥馬), 얼룩무늬가 있는 오화규마(五花虯馬), 한 길이나 되는 검은 말 등이 있었다. 울부짖는 말, 내닫는 말, 누워있거나 천천히 걷는 말, 풀을 먹거나 이를 드러내며 물어뜯는 말들이 여기 저기에 무리 지어 있었다.

두 사람은 한참 바라보다가, 키가 크고도 장대한 말을 고른 번건위가 말했다.

"이 말도 저 말도 모두 다 좋습니다. 나는 대추빛처럼 붉으며 갈기가 검은 이 조류마(棗騮馬, 棗는 대추 조, 騮는 월따말 류)가 좋습니다."

진숙보는 누런 깃털에 흰털이 섞인 황표마(黃驃馬)를 골랐다.

그러자 가윤보가 말했다.

"두 분의 안목을 한번 보겠습니다."

말을 마장에서 끌어내자, 번건위는 곧장 조류마에, 진숙보는 황표마에 올라탔다. 고삐를 당겼다가 느슨하게 늦춰주자, 두 마리 말은 달리기 시작했다.

번건위의 조류마는 기세가 아주 사납게 빨리 달렸지만, 황표마는 아무렇지도 않은 듯 그냥 달렸다. 그러다가 중간에서 말 머리를 돌리자, 조류마는 약간 지친 듯 말 발굽 아래에서 흙먼지가 일어났다. 그러나 온순한 황표마는 처음보다 더 빨라졌지만 발굽에서 먼지가 일지 않았다.

가윤보가 말했다.

"제 생각엔 황표마가 조금 더 나은 것 같습니다."

진숙보는 황표마로 결정했다. 말 장수는 1백 냥을 요구하였지만 진숙보는 70냥을 말했다. 가윤보가 80냥으로 중개하였지만 말 주인은 안 된다고 하였다. 이에 가윤보가 가진 돈을 조금 더 보태주겠다고 하자 거래가 성립되었고 계약문서를 작성했다.

그들은 모두 가윤보의 집에 와서 간단히 술 한 잔을 마신 뒤 돌아왔다. 이후 진숙보는 전적으로 황표마에 의지했고, 황표마를 아꼈다.

하루는 제주에서 한 무리의 도적떼를 체포하였다. 그들은 노략질을 벌렸지만 빼앗은 재물이 없었는데, 그들을 변방 성채에 군졸로 충원케 하였다. 그 무리들은 平陽府(평양부)의 澤州(택주)와 潞州(노주)에 보내야만 했다. 제주 자사는 그들을 호송하며 혹시나 실패할까 걱정하며 번건위와 진숙보 두 사람이 그들을 나누어 호송케 하였다.

번건위는 택주로, 진숙보는 노주로 가기로 하였다. 두 곳 모두 산서(山西) 지방이라서 함께 출발하였다. 진숙보는 서둘러 행장을 챙기고 모친에 인사를 올린 다음 아내와 작별하였다.

아들이 하늘 끝 먼 길을 가면은,	(游子天涯路)
모친의 걱정은 만리를 따라간다.	(高堂萬里心)
떠날 때 여러 번 소매를 흔들으니,	(臨行頻把袂)
소식이 끊길까 걱정에 걱정한다.	(魚雁莫浮沉)

두 사람은 장안(長安)의 병부(兵部)에 가서 등록을 한 뒤에 산서의 해당 지역으로 갔다. 여기서 진숙보의 호송하는 이야기는 그만하겠다.

이야기는 다시 당공 이연(李淵)으로 돌아간다.

수나라 황제(文帝)가 이연을 화북도행대(河北道行臺)의 태원군수(太原郡守)로 임명하였는데, 이는 이연에 대한 사면 조치와 같았다.

이연은 서둘러 행장을 수습하여 도읍 대흥성(大興城)[65]을 떠나 태원(太原)으로 길을 떠나기 전에 우선 가내 식솔들을 정리해야만 했다.

이연의 저택 일월대(日月臺)의 황토 흙을 깔아놓은 단지(丹墀)의 의문(儀門) 밖에는 크고 작은 짐을 어깨에 메거나 등에 멘 남자와 여자들이 우르르 몰려 있었다.

일월대의 처마 아래서 자신에게 충성하며 오랫동안 고생했고, 이번에 또 먼길을 가야 하는 그들을 불쌍한 마음으로 둘러보면서, 당공 이연은 눈물을 흘리며 말했다.

"나는 사실 이곳 장안에서 관리로 출세하여 너희들을 끝까지 지켜주려 했었다. 그러나 뜻밖에도 요상한 민요 때문에 핍박을 받아 관직을 버리고 먼 구석으로 쫓겨가게 되었다. 나를 시중들었다 하여 모두가 나를 따라갈 필요는 없다."

당공 이연은 평소에도 아랫사람에게 은덕을 베풀었기에 남은 사람들은 이연의 말을 듣고 통곡하며 모두가 이별을 몹시 아쉬워했다. 이연은 그들의 울음소리를 들으며 그 역시 마음이 아파 눈물을 흘리며 말했다.

---

65 대흥성(大興城, 唐代 長安城) – 今 陝西省(오늘날 섬서성) 남부 西安市 長安區에 해당. 수 文帝 開皇之治 시기에 약 25萬人(一說 60만) 唐代 武則天 시기에 100만 좌우. 세계 최대의 도시였다.

"너희들이 울지 않아도 좋다. 내가 지금 장안에서 관직에 있지 않다 하여 여기 있는 너희들을 내가 쫓아버릴 수야 없지 않은가? 내가 지금 너희들에게 두 가지를 말하겠다. 농사를 지을 땅이 있거나 장사를 해서 먹고 살 점포가 있다면, 또 그간 나 때문에 관직에 들어섰다거나 장안에 의지할만한 일가친척이 있다면 나를 따라올 필요가 없다. 그러나 농사지을 땅도, 장사할 밑천이나 점포도 없으며, 장안에 의지할만한 일가도 없고, 장안에서 먹고 살 길이 없다면 모두 나와 함께 태원으로 가자. 그런 다음에 태원에서 어떻게든 먹고 살 길을 찾아보고 함께 살아야 한다."

여러 하인이나 노복들은 이연의 말을 듣고 어떻게든 스스로 결단을 지어야 했다. 이제 울음소리는 들리지 않고 웅성거리는 소리만이 뜰에 가득했다. 여기 남아 혼자 힘으로 살아가야 하나? 아니면 따라가야 하는가? 누가 누구에게 강요할 수도 없었다.

당공 이연은 한참을 기다렸다. 그리고 일어나 여러 사람에게 분부하였다.

"이제 양쪽으로 갈라서야 한다. 나를 따라 태원으로 가겠다면 동쪽 섬돌 앞에 모여라. 이곳 장안에 남겠다면 서쪽 섬돌 앞에 서라. 양쪽으로 나눈 뒤에 다시 내 말을 들어라."

이연은 자신을 따라가겠다는 사람이 많지 않을 것이라 생각하였다.

그런데 서쪽 섬돌 앞에 섰다가 다시 동쪽 섬돌 쪽으로 몰려가는 사람이 많았다. 장안에 남겠다는 사람 중에서도 이연이 자신을 인정해주고 보살펴준 지우지은(知遇之恩)을 생각하며 눈물을 흘렸고, 태원으로 가려는 사람끼리 함께 웃으며 기뻐하는 사람도 있었다. 그러면서도 가운데에서 동쪽 서쪽을 바라보며 결정하지 못하는 무리도 있었다. 얼마 지나자 동서쪽 섬돌 아래 모인 사람 숫자가 거의 비슷해졌다.

그러자 이연은 장안에 남을 사람들 앞에 서서 다시 물었다.

"모두들 장안에 머물 것이지?"

그러자 몇몇 관원이 말했다.

"소인은 어르신의 천거를 받았으니, 저의 앞날은 밝을 것입니다."

또 어떤 사람이 말했다.

"저는 어르신께서 하사해 준 본전으로 그간 일궈놓은 점포가 있어 버리고 갈 수가 없습니다."

"소인은 어르신의 토지를 경작하고 있습니다만, 여기 남아 농사지으며 바쳐야 할 곡식과 이자를 꼭 보내드리겠습니다."

그들 이야기를 다 들은 이연은 그들에게 그간 고마웠고 앞으로 잘 살아야 하며, 나중에 살기 어렵거나 보고 싶다면 태원으로 찾아와도 좋다고 약속하였다.

이연은 아랫사람을 시켜 장안에 남을 사람들에게 일정한 액수의 비단과 금전을 고루 나눠주게 하였다. 장안에 남을 사람들은 이연에게 거듭거듭 고개를 숙여 사례하였다.

이연은 동쪽 섬돌 앞에 선 사람들에게 다시 한번 태원까지 따라가겠는가?라며 자발적 의사를 확인하였다.

그중 어떤 사람이 말했다.

"소인의 처자식이 모두 어르신을 따라가겠다고 나섰습니다."

이연은 사람을 시켜 그들의 명부를 작성케 하고 각 가장이나 어른에게 여행 중에 필요한 식량과 은자를 나눠주게 하였다. 그러면서 태원까지 가면서 절대로 소란을 피거나 법도를 어기거나 도둑질을 금한다는 엄명을 분명히 하달하였다. 그리고 떠나는 사람들의 소소한 가재도구나 의복을 장안에 남을 사람들에게 나눠주거나 금전으로 교환하라 시켰다.

모든 준비와 일을 대충 마무리 지은 뒤 이연은 후당에 들어가 잠시 쉬었다.

이연이 부인을 만나자, 부인 두씨(竇氏)가 말했다.

"이제 옛 고향으로 돌아가니 정말 잘된 일입니다. 다만 지금 제가 만삭입니다. 이번 육로로 가다 보면 수레를 타야 하고 그 피로를 견딜지 모르겠습니다. 곧 분만할 때가 된 것 같습니다만, 일정을 보름 정도 늦추면 안 되겠습니까?"

그러자 이연이 말했다.

"부인, 지금 主上(주상)은 의심이 많고, 이씨들을 제거하려고 핑계만을 찾고 있습니다. 거기에 간사한 무리가 많아 언제 무슨 비방이 들어갈지 알 수도 없습니다. 지금 여기서 일각은 마치 호랑이 굴이나 용과 함께 머무는 연못과 같습니다. 이제 겨우 나의 청원이 통하여 그래도 고향에 돌아가 죽을 수 있을 것입니다. 부인도 이혼(李渾) 일족의 멸망을 알고 있지 않소? 그들은 고향에 가고 싶었지만 이미 모두 상천하였습니다."

두씨 부인은 할말이 없었다. 부인 역시 하녀들을 지휘하며 행장을 수습하였다.

이연은 가까운 동료나 벗과 작별하였다. 조정에 출발 인사를 한 뒤, 곧바로 부인과 16세의 어린 딸을 거여(車輿)에 태웠다. 족질(族姪)인 이도종(李道宗)[66]과 장자인 이건성(李建成)[67]은 말을 타고, 40여 명의 건장한 가내 장정은 모두 관서(關西)의 건장한 대한(大漢)[68]으로 활과 칼 창으로 무장을 갖추고 장안을 출발하였다.

---

66 이도종〔李道宗, 600년－653, 字는 承范(승범)〕－唐 高祖(당 고조) 李淵(이연)의 조카. 당초의 무장으로 立功(입공).

67 李建成(이건성, 589－626년, 小字 毘沙門)－唐朝 高祖 李淵(이연)의 嫡長子(적장자). 唐高祖의 太子(태자)였다가 동생 李世民(이세민)이 일으킨 玄武門之變(현무문의 변)에 화살에 맞아 죽었다. 건성의 다른 동생도 세민에게 모두 제거되었다. 나중에 당 태종에 의거 息隱王(식은왕)에 追封(추봉), 改葬(개장)되었다.

68 大漢－이때 漢은 보통명사로 '사내' 라는 뜻이다. 漢(한, hàn)의 용례. 英雄好漢(영웅호한). 惡漢(악한). 好色漢(호색한), 癡漢(치한), 破廉恥漢(파렴치한).

고개 돌려 장안을 바라보니 해는 높고, (回首長安日遠)
마음 놀란 나그네 구름 비낀 먼길이다. (驚心客路雲横)
아득히 멀리서 원정 나간 기병의 먼지에, (渺渺塵隨征騎)
바람결 표표히 먼 길 가는 깃발이 날린다. (飄飄風弄行旌)

이때는 8월의 절기라서, 당공 이연은 맑은 날 집을 나섰다. 이연을 전송하는 사람은 많지 않았으니 잘 아는 지인 몇 사람이 교외에서 전별하였다. 그러는 동안 이연은 국정에 관한 말을 입에 올리지도 않았고, 다만 고맙다는 뜻을 여러 번 말하고 여정에 올랐다.

사람들은 가뿐히 걸었고 말은 빨리 달리니, 아침 일찍 도성을 나서 20여 리나 걸었다. 길 가는 행인도 없는데 앞산 비탈 위로 험한 봉우리가 나타나면서 우거진 수풀이 컴컴하게 보였다.

너른 들판에 높이 이은 봉우리 솟았고, (高崗連野起)
짙은 고목은 구름 아래 그늘진 숲이다. (古木帶雲陰)
붉게 수놓은 비단 천명 받은 천손이니, (紅繡天孫錦)
누런 회오리바람 불국 부처 기상이다. (黃飄佛國金)
깊은 수풀 속 새는 절로 즐겨 지저귀고, (林深鳥自樂)
빠른 바람 결 잎새 늘상 혼자 울어댄다. (風緊葉常吟)
금슬 소리에 가을 기상 바람 불어오니, (蕭瑟生秋意)
먼길 나그네 슬픈 마음 어찌 그치리오. (征人恐不禁)

그곳의 지명은 사수강(楂樹崗)이었다. 당공 이연 부부는 가마를 타고 천천히 나아갔다. 이연 사가(私家)의 3, 40명 말을 탄 가병(家兵)들은 전후좌우에서 주인을 호위하며 경계를 소홀히 하지 않았다. 다만 이연의 족제인 도종과 장자 건성은 가병 몇 명을 거느리고 1, 2리 정도 앞서가고 있었다.

건성은 자사관(紫舍冠)을 쓰고 홍금포(紅錦袍)를 착용했으며, 도종은 녹찰건(綠紮巾)에 앞면에는 커다란 모란(牡丹)꽃을 수놓은 현저포(玄紵袍)를 입었고, 어깨에는 용과 매를 그려넣은 넓은 띠를 두르고 분칠한 검은 신발을 신고 있었다.

두 사람은 앞서 나아가다가 높은 산 울창한 수풀 사이로 난 길을 따라 들어갔다. 만약 이 두 사람이 앞서 나아가지 않았다면, 이연 일가는 가져온 행장 물건을 아무런 대책도 없이 빼앗길 수도 있었고, 일가 권속을 지키지도 못했거나 아니면 아무도 예상하지 못한 채로 우문술의 간계에 말려 들었을 것이다. 다행히 이 두 사람이 먼저 나아갔고, 이어 말 탄 장정들이 뒤를 이었다.

한편 우문술은 동트기도 전 새벽에 기마 도적으로 분장한 부하들을 출발시켜 거의 반나절을 사수강에서 기다리게 하였다. 그들이 기다리고 있을 때 멀리서 일련의 사람들이 수풀 속으로 들어오는 것이 보였다.

한 사람은 망의(蟒衣)[69]를 입은, 그 차림새가 관리였고 다른 한 사람은 젊은 공자 모양이라서 이들이 이연 일가의 권속이라 생각하였다.

우문술의 부하들은 큰 소리를 지르며 창을 들고 숲에서 튀어나왔다. 그들은 모두 흰 수건으로 머리를 싸매고 검은 먹칠을 한 얼굴로 보기에도 흉측하였고 모두 당당한 체구에 말을 타고 있었다. 그들이 소리쳤다.

"길을 가는 통행료를 빨리 내 놓아라."

건성은 이들을 보고 크게 놀랐지만, 급히 말머리를 돌려 부친에게 달려가 아뢰었다.

그래도 나이가 든 도종은 놀라기는 했지만 용기를 내어 당당하게 맞서며 말했다.

"너희들이 호랑이의 심장이나 사자의 쓸개를 가졌는가? 아니면 귀에 말뚝을 박았는가? 너희들은 우리가 농서(隴西) 이씨 저택에서 온 사람인 줄도 모르는가? 어찌 갈길을 막고 행패를 부리는가?"

말을 마친 도종은 칼을 빼어들고 그들과 싸울 자세를 취했다. 도적 무리들도 칼을 빼어들고 도종을 에워쌌다.

아버지 이연에게 달려간 건성은 놀라 황급하게 외쳤다.

"큰일! 큰일이 났습니다! 앞길에 강도떼가 나타났습니다. 당숙이 지금 숲속에서 포위되었습니다!"

---

69 蟒衣(망의) – 황금색 이무기를 수놓은 明淸 시대 관리의 복장.

호랑이굴에서 몸을 빼내었다고 기뻐했지만, (喜的翻身離虎穴)

누구가 알랴? 용 있는 연못에 빠질 줄을! (誰知失足在龍潭)

이연은 아들의 말을 듣자, 바로 말했다.

"어찌 도성 근처에도 강도떼가 출몰하겠느냐?"

이연은 가마에서 뛰어내리며 호위 무사들에게 말했다.

"너희들은 즉시 양쪽으로 나눠, 한쪽은 수풀에 들어가 상대하고 절반은 식솔과 수레를 수비하라!"

이연은 한쪽으로 비켜 물러나 사람이 안보이는 곳에서 급히 자신의 忠靖冠(충정관)을 벗어놓고 단순한 모양의 紮巾(찰관)으로 갈아 쓰고, 긴 옷을 벗고 활쏘기에 편리한 웃옷으로 바꿔 입었다. 이연은 왼쪽 어깨에 활을 메고, 오른쪽에 화살 전대를 찼으며, 손에는 그림을 그린 방패와 방천극(方天戟)을 잡았다. 그리고 흰 용마를 타고, 20여 명의 장정을 거느리고 수풀 쪽으로 급히 달려갔다.

곧 앞쪽에 4, 50여 명의 강도떼가 보였는데, 그들은 모두 병기를 손에 들고 도종을 에워싸고 있었다. 도종과 가문의 장정들은 모두 단도를 들어 강도들을 상대하기가 어려울 것 같았다.

이에 이연은 활을 쏘려 했으나 자기 편이 다칠 것 같아 그만두었다. 그러나 방천극을 잡고 말을 달려 나아가며 큰 소리로 외쳤다.

"어디서 온 강도들인가? 죽을지 살지도 모르고 감히 어찌 관리

행차를 가로막는가?"

그러자 강도들은 일단 흠칫 크게 놀라며 멈칫하였다. 한순간, 이연의 무사 한 사람이 공격해 들어가자, 순식간에 강도들은 양쪽으로 갈라졌다. 이연의 무사 20여 명이 그 틈을 이용하여 가운데로 파고들어 도종과 하나로 뭉쳤다.

우문술 부하 강도들은 지원군의 합세에 놀라면서 당혹한 듯 공격하지 못했다. 그러나 이연의 군사가 20여 명에 불과하자 에워싸면서 이연 일행을 위협하였다.

이런 상황에서 이연은 진퇴양난이었다. 강도떼들은 창을 잡고 선 이연을 표적으로 점점 좁혀들었다. 이연과 가병들은 둥근 원 안에 완전히 갇혀버렸다.

구리산에서는 초한(楚漢) 쌍방이 진을 치고,	(九里山前列陣圖)
전쟁터 먼지 크게 일어 해를 가렸었다.	(征塵蕩漾日模糊)
항왕의 힘은 세발 솥을 들어올렸지만,	(項王有力能扛鼎)
도망쳐 오강(烏江)에서 죽지 않았던가?	(得脫烏江厄也無)

당공(唐公)은 이 겹겹포위를 어떻게 벗어나겠는가? 일단 다음 회를 읽어 보시라.

제5회

진숙보는 출장 중에 당공(唐公)을 구원하고, 두씨 부인은 절에서 세자(世子)를 출생하다.(秦叔寶途次救唐公, 竇夫人寺中生世子.)

노래하기를, **詞曰,**

천지는 무심하나, 남아는 웅지가 있나니, (天地無心, 男兒有意)
장년에 천지의 부족을 보완할 의욕 있다. (壯懷欲補乾坤缺)
매와 학은 왜 구름 위로 오르려 하는가? (鷹鶴何事奮雲霄)
가시밭 험한 세상, 봉황을 타고 오르리라. (鴛鳳垂翅荊榛裡)
이어진 은정, 끝없는 원한 크게 발분하리. (情脈脈, 恨悠悠, 髮雙指)

뜨거운 마음으로 애쓰면 어려움도 이기고, (熱心肯爲艱危止)
미약한 몸으로도 남의 죽음을 막아준다. (微軀拼爲他人死)
애석타 함양 저잣거리 널려진 시신이여, (橫屍何惜咸陽市)
분란을 푸니 세상에 어찌 명성이 없으리? (解紛豈博世間名)

불평을 오로지 마음에 녹여 없애버리고, (不平聊雪胸中事)
분이 삭고 氣도 약해져 마음은 편하리! (憤方休,氣方消,心方已)
— 곡조〈천추세인〉 — 調寄〈千秋歲引〉

하늘과 땅 사이 인간 세계의 생사와 이득과 손해는 모두 하늘이 정한 이치, 곧 天數(천수)가 아닌 것이 없다. 다만 하늘에는 천리(天理)가 있어도 형체로 나타나질 않는다. 번개와 천둥이 치지만 그것은 일시적으로 나타날 뿐, 모든 인간사에 관여하지 않고 그저 천리를 보완할 뿐이다.

당공 이연은 처음에 도적떼가 보통의 노상이나 산림의 도적 무리라서, 관원이 나타나면 자연 놀라 흩어질 것이라 생각하였다. 그러나 저들은 우문술의 지시를 받은 동궁의 보위 군사로, 본래 선발된 용사였다.

거기다가 우문술의 지시로 당공 일가를 살해하지 않으면 돌아갈 수 없기에 모두 목숨을 걸고 싸웠다. 더군다나 그들은 당공의 가병보다 두 배나 많았다. 강도들은 이제 승리를 확신한 듯 맹렬하게 공격해 들어왔다.

사방 들판에 가을 구름이 잔잔하게 끼었고, 하늘에는 엷은 안개에 서늘한 기운이 날리고 있었다. 방패 소리가 천둥마냥 시끄럽고 칼과 창이 부딪치고 번쩍거리며, 장수와 장수가 마치 천신(天神)과 지귀(地鬼)가 싸우는 듯하였다. 말과 말의 맞대결은 마치 바다의 맹수와 산속 호랑이가 먹이를 놓고 싸우듯 하였다.

장사들이 탄 자질발(紫叱撥), 오화총(五花驄), 은해치(銀獬豸), 화룡구(火龍駒), 녹추총(綠騅驄), 류금왜(流金騧), 조야백(照夜白), 옥도도(玉騊駼), 만초마(滿梢馬), 적로마(的盧馬) 같은 모든 말들이 용마(龍馬)처럼 기세등등하였다.

마치 일만 송이 배꽃이 급류를 타듯 백마는 내달렸고, 적색 명마는 노을 속에 붉은 살구꽃처럼 날아다녔다. 청색과 황색의 명마가 어지러히 얽혀 휘돌았다.

송문도(松紋刀), 상문검(桑門劍) 같은 칼과 칼이 부딪쳤고, 화첨창(火尖槍)과 방천극(方天戟)과 같은 창이 어지럽게 교차했으며, 오명산(五明鏟)과 선화부(宣花斧)와 같은 도끼가 공중에서 춤을 추었고, 삼금추(鏒金錘)와 필언과(必彥撾) 같은 채칙이 얽혔다가 풀어지고, 유금당(流金钂)과 도마독(倒馬毒) 같은 온갖 종류의 무기가 서릿발보다 더 희고 날카로웠다. 양쪽의 무예가 비슷하여 모든 용사가 기진맥진할 때까지 맹렬하게 싸웠지만, 승부는 분명하지 않았다. 그러고도 한 時辰(시진)을 더 싸우니 거의 해가 저물무렵이었다.

당공은 한편으로 식구들이 걱정되었다. 포위를 뚫으려 동쪽을 공격하면 적도가 동쪽을 막았고, 서쪽을 뚫으려 하면 적도가 서쪽으로 모여들었다. 당공은 비록 부상을 당하지는 않았지만 어찌 탈출할 방도도 없었다. 그렇다고 가족의 안위도 걱정되었기에, 가족을 지키는 장사를 불러올 수도 없었고, 위급한 처지이지만 그렇다고 도적 무리에 굴복할 수도 없었다. 지금은 분명 당공에게 닥친 최대의 시련이었다.

이러한 위기에 천수(天數)의 구원이 나타났다. 진숙보(秦瓊, 진경)와 번건위(樊建威, 樊虎)는 충군할 군사를 장안에서 등록한 뒤에 그들을 인솔하여 임동(臨潼)의 산기슭을 지나 사수강 언저리를 지나고 있었다.

진숙보는 숲에서 들려오는 고함소리를 듣고, 산꼭대기에 올라 사방을 둘러보았다. 저 아래쪽에서 5, 60명 정도의 강도들이 한 리 관군을 에워싸고 공격하는 광경을 보았다.

이에 진숙보가 번건위에게 말했다.

"천하에 큰 흉년이 들었기에 산동과 하남의 일망무제 넓은 땅에 도적들이 끝없이 생겨난다. 아우가 보듯이 도성 밖 불과 수십 리 밖에 안 되는 이곳에서 저런 도적들의 노략질을 어찌 두고만 봐야겠는가?"

번건위는 포위된 당공 일행을 가리키며 말했다.

"저 한 무리가 가운데 포위되었는데, 마적단이 아니라 도적을 잡는 관병 같은데 중과부적으로 포위되었고, 그 형세가 곧 낭패할 것 같습니다. 형님은 산동의 여러 고을에서 전제(專諸)보다 더 낫다는 명성을 누리시며 불공평한 꼴을 두고 보질 않으셨는데, 지금 저 아래, 저런 난처한 모습을 그냥 보고만 계시렵니까? 형님은 평생 무예를 수련하셨는데 저들을 한번 도와준다면 아마 호걸

대장부의 명성을 얻을 수도 있습니다."

그러자 진숙보가 말했다.

"아우여, 나도 그런 생각이었으나 아우가 원치 않을 것 같아 말을 꺼내지 않았네."

"형님이 돕겠다는데, 제가 어찌 그냥 보고 있겠습니까?"

"아우가 그런 뜻이라면, 아우는 인솔하는 무리를 데리고 산을 내려가서 관문 밖에 숙소를 정하고 나를 기다려주게."

"저도 여기서 형님을 도우려는데, 어찌 저를 먼저 가라 하십니까?"

"물론 아우 혼자서라도 저 도적을 물리칠 수 있겠지만, 여기 우리가 호송할 무리를 지키지 않을 수 없네."

"그렇다면 형님 몸조심하십시오."

그리고서는 번건위는 호송할 군졸을 인솔하여 출발하였다. 진숙보는 전립(戰笠)을 쓰고, 말 안장 가죽끈을 바짝 조인 뒤에 쇠채찍을 쥐고 황표마에 올라타 쏜살처럼 산을 내려갔다. 마치 시구절 그대로였다.

맹호가 처음 자란 굴을 나와 (猛虎初離穴)
포효하니 온갖 짐승이 놀란다. (咆哮百獸驚)

진숙보가 소리쳤다.

"마적들은 못된 짓을 그만둬라. 내가 왔다!"

이 한마디는, 마치 치아 사이로 봄날 마른 번개가 치고 찢긴 구름 사이의 천둥과 같았다. 무리들은 달려오는 단기(單騎)를 보았지만 누구도 상대하지 않고 무시하였다. 우문술의 졸개들은 전혀 당황하지 않았고 당공 또한 일이 풀릴 것이라 생각하지 않았다.

그래도 적도들이 여전히 당공 일행을 공격하는 동안 진숙보는 그의 장기인 쇠 채찍을 꺼내 휘둘렀다. 진숙보의 쇠 채찍에 우문술 졸개 두 놈이 그대로 말에서 굴러 떨어졌다.

거구의 진숙보가 휘두르는 채찍에 우문술의 졸개들은 흠칫 놀라며 바라보았다. 그 사이 진숙보의 고함과 함께 다른 쇠 채찍이 허공에 맴돌자 다시 한 놈이 그대로 뒹굴었다. 당공의 포위가 풀리면서 적도들은 진숙보에게 몰려들었다. 진숙보는 조금도 당황하지 않고 양손의 쇠 채찍을 번갈아 휘둘렀다. 우문술의 졸개 중에는 이제 싸움을 피해 달아나는 놈이 있었다.

백로가 허공을 맴돌듯 쇠 채찍이 그림을 그리다가, 어느 사이 두 가닥 채찍이 몰아쳤고, 굳센 바람에 파도가 휘몰아치듯 말과 기병이 차례로 무너져 나갔다. 교룡이 함정을 빠져나오듯, 재빠른 토끼가 산비탈을 달려 오르듯, 진숙보는 거침이 없었다.

이때 우문술의 적도들은 자기들이 밀리는 줄을 알았고, 진숙보에 압도당하면서 모두가 뒷걸음쳤다. 당공은 다시 기운이 솟아나듯 큰 소리가 가병을 지휘하였고 진숙보와 함께 맹렬하게 동쪽과 서쪽으로, 또 남에서 북으로 몰아 공격하였다. 우문술의 무리들은 쓰러진 동료를 버려두고 나무 숲속으로 도주하였다.

떨어진 잎새가 가을바람에 휘말리듯, (猶如落葉遭風捲)
엷어진 얼음은 햇볕 아래서 녹았도다. (一似輕冰見日消)

앞서 진숙보의 쇠 채찍에 맞아 쓰러진 사람이 당공 앞에 끌려 왔다.

당공이 물었다.

"너희는 어떤 녀석들인데, 감히 관원의 길을 막았는가? 모조리 잡아 처단할 것이다."

그러자 끌려온 사람이 말했다.

"우리들은 강도가 아닙니다. 모두 동궁을 호위하는 무사입니다. 우문술 어른의 지시를 받았는데, 동궁과 어르신 사이에 원한이 있다 하여 우리를 시켜 어르신을 죽이게 하였습니다. 저희는 명령대로 움직였습니다."

그러자 당공이 놀라며 말했다.

"내가 동궁과 어찌 원수이겠나? 너희들은 적당한 거짓말로 얼버무리려 죽음이나 면하려 하는가? 너희들의 대가리를 모조리 부숴버리고 싶지만, 네놈들도 마지 못해 이런 짓을 한 것 같아 내가 특별하게 용서한다."

목숨을 건진 그 자는 서둘러 달아났다. 당공은 갑자기 생각난 듯 쇠 채찍으로 위기를 구해준 그 장사를 찾아 둘러보았다. 그 장사는 아직도 도망가면서 싸우는 무리들을 쫓아가며 적도를 죽이고 있었다. 당공은 급히 가병을 보내 그 장사를 모셔오라고 분부하였다.

가병이 말을 달려 쫓아가 진숙보를 잡고 말했다.

"저희 어르신께서 뵙기를 청하십니다. 어서 가십시다."

진숙보가 물었다.

"너의 어른이 누구이신가?"

"당공이신 이씨 어르신입니다."

진숙보는 말을 멈추고 잠시 머뭇거렸다. 그러자 다른 가병이 이어 달려와 말했다.

"장사께서는 빨리 가십시다. 저희 어르신께서 큰 상을 내려 사례하시겠답니다."

그가 재촉하자, 진숙보는 사례라는 말을 듣자, 바로 양미간을 조금 찌뿌리며 웃었다.

"나는 당신들이 곤경에 처했기에 도왔을 뿐, 당신의 어르신을 알지 못한다. 그러니 나에게 사례할 필요도 없다."

그리고는 곧장 말머리를 돌리더니 큰 길로 말을 달렸다.

평생에 협객의 기질을 실천했으니, (生平負俠氣)
난관을 도울 뿐 이름을 아니 남겼다. (排難不留名)
생사를 기러기 털처럼 경시했지만, (生死鴻毛似)
천금이 한번의 승낙보다 가볍더라. (千金一諾輕)[70]

당공은 가병을 보내 장사를 불렀지만 오지 않자, 황망히 반성하며 말했다.

"본래 내가 응당 직접 가서 모셔야 하거늘, 어찌 아랫사람을 보낼 수 있나?"

그러면서 당공은 장사를 향해 말을 달렸다. 당공은 진숙보를 가까이 따라가자 급하게 말을 멈춰달라고 사정하였다. 진숙보가 말을 잠시 멈추자, 이연은 급히 말에서 내리며 예를 갖추었다. 그러나 진숙보는 천천히 나아가며 대답을 회피하였다.

이연이 따라가며 다급하게 말했다.

"장사여! 나와 일가 모두 생명을 지켜주신 큰 은혜를 입었습니다. 성함을 말씀해 주시오. 다른 날, 틀림없이 보답하겠소."

진숙보를 따라오는 당공을 되돌아보며 생각하였다. 저 사람이 계속 따라오면 번건위가 어차피 말해줄 것이다. 그러니 내가 말해주고 빨리 돌려보내는 것이 나을 것이다. 당공이 옆에 따라붙자, 진숙보는 말을 조금 천천히 달리며 말했다.

"이씨 어르신은 저를 따라오지 마십시오. 저의 성은 진이고, 이름은 경입니다."

그러면서 손바닥을 두 번 펴 보이며 작별 인사를 한 듯 말채찍

---

70 楚人(초인)의 속언에 '황금 백량은 계포의 한번 승낙만 못하다.(得黃金百, 不如得季布一諾.)' 라는 말이 있다. 계포(季布)는 漢初(한초)의 장군. 계포의 말은 그만큼 신의가 있다는 뜻. 《漢書 季布欒布田叔傳》 참고.

을 때리며 빨리 달렸다.

당공은 바람이 불고 말방울소리 때문에 그의 이름을 제대로 듣지 못하였다. 당공이 기억나는 것은 구슬 옥 瓊(경) 뿐이었고 손바닥을 펴보였기에 아마 다섯 째라는 뜻일 것이라며, 이름을 瓊五(경오)라고 생각하였다. 그러면서 언젠가는 틀림없이 은혜를 보답할 것이라며 단단히 기억하였다.

산색(山色)도 의협심을 그대로 전하지 못하고, (山色不能傳俠氣)
냇물도 영웅심을 모두 씻어갈 수 없다. (溪流不盡瀉雄心)
공훈을 세우기 전에 이름을 깊이 새겨, (功勳未得銘鐘鼎)
성명은 확실히 고금에 두루 빛나도다. (姓字居然照古今)

당공은 진숙보를 더 따라가지 못했다. 말도 지쳤거니와 뒤쪽에서 한 사람이 빨리 달려오고 있었다. 당공은 그가 아마 도적의 잔당일 것이라 생각하였다.

만약 무슨 일이라도 생긴다면? 당공은 말을 멈추며, 가까이 오기 전에 미리 예방해야 한다며 메고 있던 활과 화살을 준비하였다. 뒤쪽에 달려오던 사람이 사정거리 안에 들어오자, 당공은 활을 당겼다. 그리고 달려오던 사람은 말에서 떨어졌다.

당공이 잠시 서서 생각했다가 다시 바라보니 식구들이 함께 달려왔다. 당공은 瓊五(경오)라는 사람이 자신을 구원했고, 멀리 가버렸다고 설명해주었다.

조금 뒤에 또 한 무리 사람들이 달려왔는데, 몇 사람의 짐꾼과 마을 농부들 같았다. 그들은 당공 말 앞에 울면서 엎드리며 말했다.

"소인들의 주인이 무엇을 잘못했기에 어르신께서 활로 쏴 죽이셨습니까?"

그러자 당공이 놀라 말했다.

"나는 너희 주인이 누군지도 모른다. 내가 왜 너희들 주인을 죽이겠는가?"

그러나 그들은 계속 울면서 말했다.

"바로 저쪽에 우리 주인이 화살에 맞았습니다. 화살에 어르신 이름이 쓰여 있습니다."

당공은 크게 놀랐다. 조금 전에 도적떼의 잔당이라 생각하여 활을 쏘았던 일을 생각했다.

"아차! 조금 전에 나는 도적떼의 잔당 하나가 나를 추격하는 줄 알고 활을 쏘았었다. 그렇게 죽은 사람이 너희들 주인인 줄은 정말 몰랐다. 이는 나의 착오이고 실수이다. 너희들 주인은 어디 사는 누구인가?"

그러자 그 짐꾼들이 말했다.

"소인들의 주인은 바로 潞州(노주) 二賢莊(이현장)의 어른이십니다. 성은 선〔單(성씨 선)〕이고, 이름은 道(도)에 표자(表字, 別名)는 雄忠(웅충)인데, 장안에 비단을 팔려고 여기에 왔습니다."

당공이 말했다.

"죽은 사람을 다시 살릴 수는 없다. 나도 어찌할 수 없지만, 관가에 간다 하여도 어차피 과실에 의한 살인이다. 그러니 여기서 매장할 수 밖에 없다. 너희들 가문에 또 다른 누가 있는가?"

여러 사람이 말했다.

"둘째로, 員外(원외)[71]인 선통(單通)이 계신데, 표자(表字)는 웅신(雄信)[72]입니다."

唐公이 말했다.

"그러면 너희들은 돌아가 둘째인 원외에게 '내가 도적떼와 싸우다가 너희 주인을 오인하여 죽였다.' 고 말씀드려

선웅신(單雄信)

---

71 員外(원외) – 員外郎, 관직명. 정원 외의 직책. 三國 중 曹魏 말년, 員外散騎常侍(원외산기산시)를 설치. 隋唐 이후, 明清代까지 각 部에 모두 員外郎를 두었는데, 郎中의 다음 직위였다. 員外郎의 간칭이 員外이다. 향촌에서는 地主, 또는 지방의 실력자에 대한 호칭으로도 쓰였다.

72 선웅신(單雄信, 581–621) – 이 사람은 9회에 처음 등장하는데, 이미 소문으로 들어 진숙보를 알고 존경하고 있었다. 진숙보와 밀접한 관련이 있고, 처형된 뒤 선웅신의 딸은 진숙보의 며느리가 된다.

라. 내가 지금 여기서 은자 50냥을 줄터이니, 우선 후하게 염을 하고 입관하여 고향에 돌아가라. 내가 태원에 돌아간 뒤, 노주(潞州)[73]에 관원을 보내 문상할 것이다."

옛말에도 '가난한 자는 부자와 싸우지 말고(窮不與富鬪), 부자는 관리와 싸우지 말라(富不與官鬪).' 고 하였다. 더군다나 대로에서 발생한 일이니… 여러 사람들은 사태를 수습하지 않을 수 없었다.

당공이 이렇게 돌발 사건을 수습하는 동안에도 가족에 대한 걱정으로 더 어떻게 지체할 수가 없었다. 그러면서 너무 늦어져서 관문을 들어갈 수도 없었다. 결국 장안에서 60리 떨어진 그곳에, 驛館(역관)도 없어 가까운 절을 찾아갈 수 밖에 없었다.

다행히 근처에 영복사(永福寺)라는 큰 절이 있었다. 당공은 거느린 식솔이 많아 절을 향하면서, 우선 사람을 보내 잠시 쉬어 가겠다는 뜻을 절에 통보하였다. 영복사의 주지 오공(五空)은 급히 북을 쳐서 승려들을 모아 이를 알리면서 산문 아래까지 나와 당공 일행을 영접하였다. 당공은 수레와 말, 가마 등을 절문 밖에 세워두고 절 안으로 들어갔다.

영복사는 수백 년의 내력을 가진 사원으로 고색창연한 건물이

---

73 노주(潞州) – 隋朝 文帝 開皇 년간에 치소는 호관현(壺關縣, 今 山西省 동남부 長治市 관할 壺關縣). 唐代에는 上黨縣(상당현, 今 山西省 동남부 長治市), 관할 지역은 今 山西省 동남부 일대.

많았다. 산문 좌우로 오랜 세월 풍우를 견딘 사천왕상이 서있었다. 불전에는 과거와 현세, 미래의 삼불(三佛)을 모셨다. 비단 휘장을 친 불당 외 여러 건물의 붉은 칠을 한 창문이 아름다웠고, 곳곳에 멋지게 조각한 장식도 훌륭했다. 붉은 벽이나 하얀 담장에는 채색한 산수를 그렸다. 관음당(觀音堂)에는 옛날 청동의 아름다운 꽃병이 있고, 거기에는 황금으로 만든 연꽃이 꽂혀있고 백옥의 잔에는 정화수가 가득했다. 영복사 주변 산에는 원숭이떼가 나무 열매를 따고, 사슴도 한가로이 숲 사이를 걸었다.

당공이 불당에 오르자 좌우로 걸상이 놓였고, 여러 불제자가 들어와 인사를 올렸다. 당공은 집안 아우와 아들 건성과 함께 방장(方丈)과 주지승을 뵈었다. 당공은 갑자기 방문한 사연을 간단히 설명하고 오늘 밤 유숙을 허락해달라고 말했다.

주지는 당공의 가족과 가병들에게 유숙할 건물을 안내하였다. 당공 가족이 모두 숙소에 들어가자, 주지는 산문을 닫고 지키게 하였다.

당공은 우문술의 잔당이 일단은 패퇴하여 물러났지만 많은 사람을 데리고 다시 습격해 올 수도 있다고 걱정하면서 가병들에게 밤새 경비를 엄중히 세우라고 지시하였다.

당공은 큰 선방에 좌정했지만 마음을 놓을 수 없었다. 선방에 칼과 활을 비치한 뒤에, 주지의 서책을 빌려 읽었다.

영복사의 어린 중들은 여러 개의 방과 부엌을 청소하였고, 그

중 큰 방으로 당공의 부인을 맞이하였다. 당공과 부인은 각각 처소에서 늦게 저녁 식사를 마쳤다.

당공이 낮에 당한 일을 생각하니 참으로 이상하였다. 내가 왜 태자의 미움을 받게 되었나? 그리고 우문술이 태자의 심복이라는 사실을 잘 알고 있었지만, 동궁의 위사를 보내 살해하려 할 줄은 생각도 못했다. 다행히 의외의 은인이 있어 죽음을 면했지만, 수족에 큰 부상이라도 당했다면 얼마나 큰 낭패이며 망신이었겠는가? 우문술의 첫 시도는 실패했지만, 결코 포기하지 않을 것이라고 생각하니, 한편으로는 분노가 치밀었다.

밤이 얼마나 깊었을까? 당공은 새들 울음소리에 놀라 잠을 깨었다. 당공은 가슴을 쓸어내리며 누운 채 기지개를 켰다. 그런데 갑자기 밀려오는 향기에 놀라 일어나 앉았다. 방 안 책상의 박산로(博山爐)에는 향불도 꺼지고 없었다. 그런데 이상하게도 미풍에 향기가 스며드는 것 같았다. 당공은 종자 한 사람을 데리고 법당엘 가보았으나 법당에는 불빛도 승려도 없었다. 법당 옆 요사채 쪽으로 걸어가자, 향기는 더욱 진했다.

당공은 이상하다 생각하면서 밤하늘을 우러러보았다. 하늘에는 여느 때와 같이 별이 반짝였고, 상서로운 구름 조각이 미풍에 날리고 있었다. 어느 덧 상서로운 기운이 영복사를 에워싸는 듯, 자색의 연기가 지상에 깔리듯 퍼져왔다.

당공이 자신의 처소로 발길을 돌리려 할 때, 요사채 대문을 지키던 가병이 당공을 보고 달려왔다. 가병은 부인 두씨가 처소에서 아들을 출산했다는 소식을 전했다. 때는 인수 원년 8월 16일 자시였다.[74]

당공은 서둘러 문을 사이에 두고 안부를 물었다. 낮에 도적떼의 습격을 받으면서 크게 놀랐고, 도적떼가 물러나 안심하였다. 그러나 겨우 영복사에 들어와 쉬었지만, 태아가 놀라 조산하였다. 산모와 아이가 모두 건강하다는 회답을 들었다. 당공은 안심하며 선방에 돌아와 쉬었다.

당공은 날이 밝기를 기다려 영복사 법당에 올라가 여래(如來)를 참배하였다. 가족과 가병들도 이어 함께 참배하였다. 주지는 몇몇 승려와 함께 붉은 종이에 득남을 축하한다는 문구를 써주며 기뻐하였다.

이에 당공이 말했다.

"하루 침식도 폐가 많은데, 출산까지 하여 청정한 도량을 어지럽혔으니 일족의 허물이 너무 큽니다. 무엇이 기쁘다고 축하를 받을 수 있겠습니까?"

---

74 수 문제 인수(仁壽) 원년은 서기 601년이다. 이날 출생한 아들은 당공 이연의 둘째 아들 李世民이었다. 《수당연의》는 소설이다. 史書의 나이와 다르다. 사서에 당 태종은 수 문제 開皇(개황) 17년(서기 597) 12월 22일(陰) 출생하여 貞觀 23년(서기 649) 5월 己巳日(기사일)에 붕어하였고, 재위는 626－649년이었다. 廟號(묘호)는 太宗, 謚號(시호)는 文皇帝(문황제)이고, 장지는 昭陵(소능)이다.

태공은 즉시 가령(家令)에게 명하여 은자 10냥를 주지께 드려 사례하고, 단향과 초를 사다가 불전을 밝히고 다른 법당에도 분향하라고 지시하였다.

그리고서 주지에게 말했다.

“본래 오늘 출발할 예정이었지만, 처의 출산으로 부득불 당분간 더 유숙하겠습니다.”

그러자 주지가 말했다.

“弊寺(폐사)가 낡고 누추하여 귀인께서 머무시기에 많이 불편하실 것입니다. 저희는 기꺼이 모시겠습니다. 얼마가 걸리든 귀부인께서 산후조리를 마치실 때까지 충분히 휴식하시기 바랍니다.”

“저의 가족 때문에 번잡한 일이 많아 송구스럽니다만, 시끄러운 일이 없도록 가병을 단속하겠습니다.”

그러면서 당공이 주지에게 말했다.

“내가 볼 때 이 영복사는 유구하고 장려하지만 사우(祠宇)나 법당 등의 건물도 낡았고 단청도 많이 바랬습니다. 전체적으로 수리할 곳이 많은 것 같습니다.”

그러자 주지가 기다렸다는 듯이 말했다.

“소승도 이런 뜻을 가진 지 오랩니다만, 조금만 수리해도 많은 돈이 소요됩니다. 아무리 작게 잡아도 1만 냥 정도가 필요하다는데, 아직껏 시주(施主)를 만나지 못했습니다. 그간 여러 시주들이 오셔서 연부(緣簿)에 다소의 금액을 희사하셨습니다. 그러나 소승이 재촉할 수 없어 기다리지만, 시주금이 들어오지 않고 있습니다."

그러자 당공이 말했다.

"내가 대시주가 되겠습니다만, 지금은 가진 것이 없습니다. 일단 고향 태원에 부임하면 곧 사람을 시켜 보내드리겠습니다."

주지는 젊은 중을 시켜 필묵을 준비케 하면서 붉은 비단을 입혀 장정하고 황금으로 제목을 쓴 연부를 가져다가 펴놓았다.

당공은 즉시 붓을 잡아 글을 썼다.

「신관(信官) 이연은 백은(白銀) 1만 냥을 희조(喜助)하여 영복사를 중건하고 여러 전각의 불상도 개수하겠습니다.」

그러자 주지는 놀라 입을 다물지 못했다. 이를 본 승려들은 뒤에서 수군대었다.

"전에도 장부에는 백 냥, 천 냥을 적었지만 한 푼이라도 가져온 사람이 없었어! 중창 공사를 시작하게 되면 목재 구입이나 감독을 맡은 사람들은 한몫을 챙기겠군."

"일만 냥에서 오백 냥이나 들어오면 좋지! 누가 재촉할 수 있겠나?"

당공은 영복사 각처에 향을 피웠고, 승려들은 당공의 시주를 들었다. 당공은 매일 절에서 서두를 일도 없이 한가히, 아내 두씨의 산후조리가 될 때까지 한 달 가까이 머물렀다. 그리고서 영복사를 떠나 태원을 향했다. 이후에는 어떤 일이 일어나겠는가?

다음 회를 읽어 보시라.

제6회

오화진을 격파한 시사창은 산사에서 정혼하고, 노자가 떨어진 진숙보는 곤경 속에 절망하다.(五花陣柴嗣昌山寺定姻, 一蹇囊秦叔寶窮途落魄.)

시에 읊기를, 詩曰,

타락한 사람은 애처롭지도 않고, (淪落不須哀)
걸출한 인물은 절로 중매가 있다. (才奇自有媒)
대련은 공작의 짝이 될만하나니, (屛聯孔雀侶)
퉁소의 풍류로 봉황대를 지었다. (簫築鳳凰臺)
옥(玉)을 뿌려 좋은 배필을 찾았고, (種玉成佳偶)
금(琴)을 타서 걸출 인재를 만난다. (排琴是異材)
자웅은 결국 결합하나니, (雌雄終會合)
용검은 파도를 뛰어넘는다. (龍劍躍波來)

인간 세상에서 사람과 사람의 만남은 우연하거나 기이한 인연이 있기 때문이다. 만약 어떤 인연을 바라고 얻는다 하여도 생각도 못한 우연으로 만나는 것만 못할 것이다.

당공 이연은 수나라 조정의 무신(武臣, 虎臣)이었고, 그의 부인 두씨는 북주(北周) 왕조의 조카딸(甥女, 생질녀)이었다.

수주(隋主)인 양견이 북주의 정권을 탈취할 때, 두씨 부인은 겨우 7살이었는데, 그녀는 자살하려고 침상에서 뛰어내리며 외쳤다.

"남자로 태어나 외가의 환난을 구원하지 못하는 것이 한(恨)이다."

이러했으니 이연과 부인 두씨의 만남은 기이한 인연이었고, 그러했기에 아마 천하에 제일가는 영걸(英傑)을 출산했는지도 모른다.

당공 부부는 첫 딸을 출산하였는데, 지금은 16살이었다.

이는 삼국시대 오(吳) 손권(孫權)의 여동생이 유현덕(劉玄德)의 부인이 된 것과 비슷했다.[75] 손권의 여동생은 바느질 같은 여자의 일을 좋아하지 않고 활쏘기와 검술만을 좋아했었다. 당공의

---

75 손부인(孫夫人) – 孫權(손권)의 여동생, 才智(재지)가 민첩하고 성격이 매우 억세었으니 그 오빠들을 닮았다. 주유와 손권이 유비를 제거할 목적으로 혼사를 추진하였으나 弄假成眞(농가성진)했다. 《三國演義(삼국연의)》에서는 이 과정을 상세히 묘사하였다. 중국 속담에 이를 두고 '부인도 주고, 군사도 잃었다(賠了夫人又折兵).' 하였는데, 이는 이중의 손해를 보았다는 뜻으로 쓰인다. 유비와 손부인은 행복한 부부도 아니었고, 소생도 없었다.

딸도 그러하였기에 당공은 첫딸을 기이하게 여겼고 좋은 신랑감을 구하고 있었다. 그 당시 딸에게 구혼하는 자가 많았지만 당공은 그들 모두가 세속의 평범한 인물이라며 가벼이 허락하지 않았다. 그러면서 마음으로 영걸의 출현을 바라고 있었다.

송백의 지조에 차가운 보옥의 자태이니, (松柏成操冰玉姿)
佛寺에 머물던 여인이 때맞춰 출현했다. (金田有女恰當時)
봉황은 평범한 무리에 껴들지 않나니, (鸞鳳不入尋常隊)
長安의 경박한 사내를 어찌 따르겠나? (肯逐長安輕薄兒)

당공이 영복사에 머무는 동안, 딸의 혼사에 대해서는 생각하지 않고 그냥 종일 한가하게 앉아만 있었다. 자신의 업무에 대한 관심도 없었으며 같이 이야기를 나눌 사람도 없었고, 가끔 족질(族姪)인 道宗(도종)과 가사에 관한 이야기를 나눌 뿐, 늘 적막강산이었다.

그렇지만 이연은 고관이었기에 그의 일거수일투족은 가병들이 늘 보고 있었고, 또 절 안 여러 승려들의 이목도 집중되었으니, 이 모두가 당공에게는 하나의 구속이었다.

당공은 날이 지나면서 무료한 일상이 견디기 어려웠다. 때문에 어떤 때는 승려의 불공이나 불경 공부를 참관도 하고, 때로는 사원 안 구석구석을 돌며 이런저런 잡다한 것을 물었으며, 때로는 승려와 참선에 대한 이야기도 나누었다. 이런 일들이 주지에게도 알려지자, 주지는 자주 당공을 찾아와 여러 가지 이야기를 함께 나누었다.

어느 날 주지 五空(오공)이 당공을 따라 경내를 산책하였다. 당공이 어느 곳에서 주지에게 물었다.

"이곳 정원은 풍경도 좋고 주변도 매우 깨끗한데 어디입니까?"

"이곳은 절의 건물이 아닌 속인의 거처인데, 들어가서 차를 한 잔 올리겠습니다."

당공은 주지의 은근(慇懃)한 청에 그냥 따라들어갔다. 역시 승려의 거처는 아닌 것 같았다. 창문도 크고 종이도 새로 발랐으며, 티끌하나 없이, 방은 아주 조용했다. 주지는 차를 올린 다음에 격자 창을 열었다. 맞은편으로 사리탑이 보이면서 탁트인 넓은 공간이 참으로 시원한 느낌이었다. 당공이 고개를 돌려 곁문 쪽을 보자, 거기에는 길게 쓴 대련(對聯)이 보였다.

「구름 위로 솟은 보탑(寶塔凌雲),

한눈에 들어온 강과 하늘(一目江天), 이리도 청정하다(這般淸淨).

달을 대신한 금등(金燈代月),

十方(십방) 세계(十方世界)에, 어딘들 밝지 않으리(何等虛明).」

그리고 옆줄에는 '분하(汾河)의 시소훈(柴紹熏)이 손을 씻고 쓰다.' 라고 기록했다.

당공은 고상하고 밝으면서도 상쾌한 구절과 씩씩한 필법에 감탄하고 머리를 끄덕이며 주지에게 물었다.

"저기 시소훈은 누구입니까?"

"예부상서이셨던 분하현 시씨(柴氏) 어르신의 아들인데, 표자(表字)는 사창(嗣昌)입니다. 지금 여기서 공부하고 있습니다. 건득이란 어린 중이 이 작은 집을 돌보고 있습니다. 그가 저 대련의 글씨를 써서 소승에게 주었기에 이곳 출입문에 붙여 놓았습니다. 이곳에 들렀던 관리로 칭찬하지 않는 이가 없었습니다."

당공은 고개를 끄덕였고, 주지와 헤어졌다.

당공은 자신의 거처인 선당에 앉아있는데, 늦게 떠오른 달이 낮처럼 밝았다. 당공은 생각이 깊은 사람이었다. 이처럼 오래 절에 머물 줄은 생각도 못했지만 그렇다고 딱히 다른 방법도 없었다. 당공은 천천히 뜰에 내려섰다. 무심히 나무 그늘 사이를 걷다 보니 주지가 거처하는 승방에 다달었다.

"주지 스님은 주무십니까?"

그러자 오공의 대답이 들렸다.

"어르신께서 아직 안 주무시는데, 소승이 어찌 잠을 자겠습니까?"

"월색이 너무 좋으니 청광(淸光)을 보며 좀 걸읍시다."

"절 옆으로 낮은 언덕이 하나 있어 달 구경 하기에 좋습니다. 제가 모시겠습니다."

주지는 어린 동자승을 시켜 등불을 들고 앞에서 걷게 하였다.

"달빛이 이리 좋으니 등불은 필요 없습니다."

"그렇지 않습니다. 낮과 달리 돌이나 나무뿌리에 걸릴 수도 있습니다."

"저 같은 무인이 출정하면 언제나 깜깜한 밤길을 불도 없이 걷고 달립니다. 이렇게 나무와 대나무만이 있는 가까운 거리이니, 등불이 달빛을 거슬릴 것입니다."

그러자 주지는 동자승을 돌려보냈다. 주지와 당공은 작은 냇물을 건너 조금 더 걸어 낮은 언덕에 올랐다. 하늘엔 반달이 홀로 떴고 조각 구름도 없었다. 발아래로 절간의 크고 작은 건물 지붕이 이어졌고, 탑의 그림자도 보였다. 먼산이 소리없이 엎드렸고, 촌락의 나무가 듬성듬성한게 보였다. 인적이 끊긴 마을에서 개 짖는 소리가 들렸다.

당공은 아무 말없이 내려다보고 있었다. 주지도 그냥 앉아있었다. 당공이 일어서자 주지도 당공을 따라 걸었다. 주지는 올라올 때와 다른 길로 안내했다. 조금을 걸어 죽림을 빠져 나가자, 희미한 등불이 보이면서 어디선가 글 읽는 소리가 들렸다.

당공이 물었다.

"장로께서는 스님들 공부를 많이 권장하시는 모양입니다."

"부인께서 출산하신 이후, 귀체가 허약하시어 마음을 쓰실까 걱정하여 밤늦게는 경문을 읽지 말라고 하였습니다."

당공이 고개를 끄덕이며 한 모퉁이를 돌자, 낡은 몇 칸 건물이 있었다.

당공이 잠시 서서 바라보다가 주지에게 물었다.

"이는 불경을 외우는 소리가 아닙니다."

주지가 말했다.

"여기는 낮에 보았던 그 대련을 쓴 柴(시) 공자가 공부하는 곳입니다."

당공은 책을 읽는, 낭낭하고 큰 소리를 듣고, 주지의 손을 잡고 등불이 보이는 곳으로 갔다. 약간 열린 창틈으로 등불 아래 책을 읽는 미소년의 모습이 보였다. 분처럼 흰 얼굴에 연지를 바른 듯 붉은 입술이 또렷하였다. 책상 옆에는 한 자루 보검이 놓여 있었다. 낭낭하게 들리는 소리는 공자나 맹자의 경서가 아닌 병법서였다.

당공과 주지는 밖에 서서 그냥 방 안을 바라보았다. 방 안에서 책 읽는 소리가 그치더니 칼을 잡고 일어서는 모습이 보였다. 이어 방 안에서는 검술의 여러 자세를 연습하더니 바로 검무를 추었다. 검무를 마친 젊은이는 칼을 내려 놓으며 어린아이를 불렀다.

"시표(柴豹)야! 차를 좀 다오!"

당공은 이런 모습을 보고서는 발길을 돌려 자신의 처소로 돌아왔다. 그리고서는 마음속으로 기뻐하며 중얼거렸다.

"평시에는 문필을 숭상하고 세상이 어지러우면 무예를 숭상해야 한다. 오늘과 같은 이 시절에 시나 읊고 제자(諸子)만을 배워 어찌하겠는가? 반드시 문무를 겸전해야 한다. 말을 탔으면 적도를 격파하고, 하마(下馬)했다면 문필을 즐길 수 있어야 한다. 그렇다면 내 딸의 짝이 될만하지! 그래도 일에는 순서와 완급(緩急)이 있고 도움을 받아야 할 때도 있지!"

다음 날 당공은 주지를 만나 말했다.

"내가 시 공자를 보았지만, 우선 외모가 비범하니 뒷날 크게 성공할 것이요. 내게 딸이 하나 있는데, 시집보낼 나이가 되었고 단정한 모습에 말수도 적으니, 번거롭겠지만 주지 스님께 중매를 부탁드리고자 합니다."

"어르신의 말씀이니 빈도(貧道)가 응당 따르겠습니다. 나무를 베려면 우선 도끼가 있어야 합니다. 내일 아침에 공자를 불러 어르신을 뵙도록 하겠습니다. 어르신께서 공자가 하는 말을 들어보시고 판단하셔도 괜찮습니다."

"그렇습니다. 주지 스님의 조처에 따르겠습니다."

다음날 아침, 주지 오공은 일찍부터 준비를 하고 시사창(柴嗣昌)[76]의 처소를 찾아갔다.

---

76 시사창〔柴嗣昌, 柴紹(시소), 588－638년, 字는 嗣昌〕－晉州(진주) 臨汾人

공자가 말했다.

"주지 스님을 자주 뵙습니다."

"소승이 연일 당공 어르신과 함께 공자를 지켜보았습니다."

"이공께서 무슨 일로 여기에 오셨던가요?"

"당공께서는 폐하의 성지(聖旨)를 받고 고향으로 가시던 길이었습니다. 지난 보름날에 여기에 오셨고 마침 부인께서 출산하셨기에 여기에 머물고 계십니다. 주인께서 건강을 회복하시면 곧 떠나실 것입니다."

시사창(柴嗣昌)

"저는 당공께서 평소에 현명하다는 명성이 높으신 분이라 알고 있습니다. 그러나 저를 어찌 아시겠습니까?"

"저는 그간 그분과 여러 번 말씀을 나눴습니다. 참으로 훌륭하신 분입니다. 그분께서는 부인의 출산으로 본사를 어지럽혔다면

(임분인, 今 山西省 남부 臨汾市). 唐朝 초기 대장. 능연각(凌煙閣) 24공신 중 한 사람. 高祖의 딸 平陽昭公主와 결혼. 당 태종의 매형. 당 건국 후에 곽국공(霍國公)에 봉해졌다. 식읍 1,200호.

서 은자 10냥을 내어 여러 전각에 모두 향을 피우고 촛불을 밝히게 하셨습니다. 또한 은자 1만 냥을 희사하여 이 영복사를 중건하시겠다고 약속하셨습니다. 며칠 전에 그분과 차를 마시다가 공자가 쓴 대련을 보여주었는데 크게 칭찬하셨습니다. 또 엊그제 밤에는 달 구경을 한 뒤에 이곳을 지나다가 공자가 병서를 읽고 검술을 익히는 모습도 지켜보았습니다."

"예. 그런 일이 있었군요."

"그런데 주지께서는 오늘 저에게 무슨 일이 있으십니까?"

"빈도는 오늘 좋은 일로 왔습니다."

"좋은 일이요? 제게 무슨 좋은 일이 있겠습니까?"

"당공 이씨는 태원(太原)의 주인이십니다. 지금 그분께 열여섯인 따님이 있습니다. 용모가 단정하고 말수가 적은 아가씨이나 아직 배필을 정하지 못했답니다. 그러면서 나에게 공자와 혼사를 중매하라고 하셨습니다."

공자가 웃으면서 말했다.

"혼인은 대사이니 가볍게 말할 수는 없습니다만, 저는 이 장군의 고명을 오랫동안 숭앙하였습니다. 만약 내가 그분 문하에 있었다면 수시로 가르침을 청했고, 틀림없이 많은 것을 배웠을 것이니 아마 좋은 관계였을 것입니다."

주지가 말했다.

"지금 당공께서 공자를 한번 만나보시겠다 하시니 저와 함께 가서 만나보면 어떻셌습니까?"

"그분은 대인이시고 어르신인데, 제가 어찌 경솔히 뵈올 수 있겠습니까? 내일 조그만 예물이라도 갖춰뵈어야 합니다."

"그분은 지금 공자를 만나려 하시니 어찌 예물을 갖춘다고 기다리게 할 수 있겠습니까? 빈도가 상공과 함께 상면하겠습니다."

"그러시다면 제가 함께 가서 뵙겠습니다."

시사창은 옷을 갈아입고 주지를 따라 불전으로 들어갔다. 당공은 시사창을 만났다.

눈썹은 표연히 누운 반달이고, 눈빛은 형형하였다. 콧날은 우뚝 솟아 반듯하고, 가지런한 치아가 아름다웠다. 상쾌하고 명랑한 기운이 얼굴에 넘쳤고, 훤칠한 골상에 걸음걸이도 당당하고 반듯하였다. 언성은 곱고도 힘차며 선무능문(善武能文)하니 영특한 준걸이었다.

당공은 젊은이에게 빈례(賓禮)를 갖춰 상면하였고, 시사창은 두 번 세 번 겸양하면서 스승과 제자의 예법대로 좌정하였다. 당공은 시사창의 가세(家世)에 대해 물으며 의례적 인사말을 건넸다. 시사창은 성실하게 답변하였고 그 목소리는 청아하였다. 당공의 얼굴에 기쁜 빛이 역력했다. 차를 다 마신 뒤 불전을 나갔다. 당공은 부인 두씨의 처소에 들러 오늘 있었던 일을 말해주었다.

부인 두씨가 말했다.

"우리 딸이 부모 뜻을 잘 따르지만, 그래도 혼인은 인생 백 년의 대사이니 딸아이의 뜻도 들어봐야 합니다."

그러자 당공이 말했다.

"딸의 혼사는 부모가 주관해야 합니다. 시집가는 딸의 뜻을 따라야 합니까?"

"그렇지 않습니다. 물론 아들을 아버지만큼 잘 아는 사람이 없지만, 딸은 어머니가 잘 압니다. 내 딸은 보통 딸자식과는 다릅니다. 내가 딸애의 일상을 보면 모든 일에 자기 의견이 뚜렷하고 또 스스로 결정합니다. 내가 딸에게 말하고 그 애의 뜻도 물어보겠습니다. 딸이 다른 생각없이 따라준다면 당신이 혼사를 결정해도 되지만, 만약 딸이 조금이라도 싫다는 뜻이 있다면 얼마간 늦춰야 합니다. 딸이 굳이 결혼하지 않겠다면 일단 태원에 간 다음에 다시 생각해야 합니다."

그러자 당공이 조금 물러섰다.

"그렇다면 부인이 딸아이 뜻을 물어보시오. 나는 나가 있겠소."

그러면서 당공은 자신의 처소로 돌아왔다.

두씨가 딸의 방에 가자, 딸이 놀라 맞이했다. 두씨는 당공이 시공자를 사위로 삼으려 한다는 이야기를 자세히 해주었다. 딸은 한동안 말이 없다가 정색을 하고 말했다.

"어머님이 계신데, 제가 여러 말을 해서는 안 됩니다. 그러나 이는 백 년을 가야 할 혼사이고, 또 가문의 영욕도 걸린 문제입니다. 만약 대충대충 서둘면 후회할 수도 있습니다. 아버님 말씀대로라면 외모도 좋고 재주도 뛰어납니다. 그렇지만 세상은 외모나 재능만으로는 화란(禍亂)을 극복 못할 수도 있습니다. 환란이 닥쳤을 때 문자나 쓰는 사람은 앉아서 죽기나 기다릴 것이니, 그런 사람을 어디에 쓰겠습니까?"

"아버지 말씀에는 공자가 검술에도 뛰어났다고 말씀하셨다. 달밤에 공자의 검술 연마를 구경하였는데, 하얀 눈꽃 무더기가 휘날리듯 했다니, 검술에도 일가견이 있을 것이다."

딸은 모친의 말씀에 살짝 미소를 띠며 말했다.

"그렇게 말씀하셨다면, 지금 가부를 통보하지 않고 며칠을 기다렸다가 결정하셔도 늦지 않을 것입니다."

부인 두씨가 딸의 말을 전달하자, 당공은 말이 없었다.

딸은 모친이 방을 나가자 이런저런 생각을 했다. 자신이 몰래 남자를 훔쳐본다면? 이는 정말 무례한 일이다. 만약 미리 살펴보지 못한다면? 짝이 되지 못할 사람에게 출가할 수도 있다. 마음에 이런저런 의문이 꼬리를 이었다.

마침 보모(保姆) 허씨(許氏)가 들어와 딸에게 물었다.

"어머님 말씀을 들으셨으니 아가씨 뜻은 어떠십니까?"

"지금 여러 방법을 생각하고 있어요."

그러자 허씨가 말했다.

"어려울 일이 어디 있겠습니까? 제 말대로 한번 시험해 본다면 그 능력을 금방 알 수 있을 것입니다."

보모의 말을 들은 아가씨는 고개를 끄덕이며 좋아하였다.

한편 시 공자는 낮에 잠깐 당공을 만난 뒤, 자신을 예와 겸양으로 대우해 주었고 뜻이 잘 통했다는 생각에 마음속으로 기뻐하였다.

혼인에 대해서는 우선 아가씨의 재능이나 용모도 모르고 또 성사 여부를 알 수도 없으니 더 생각하지 않기로 하였다.

그날 밤 등불 아래 책을 읽는데, 밖에 인기척이 나더니 문을 두드리는 소리가 났다. 공자가 열어보니 눈이 크고 눈썹도 진하며 덩치가 큰 나이 든 여인이었다.

공자가 물었다.

"누구신데? 무슨 일로 오셨습니까?"

"저는 이씨 나으리 댁 아가씨의 보모입니다. 안방 마님께서 공자님을 뵙고 싶어 하십니다만, 우리 아가씨는 재주와 용모 모두 뛰어나시며 특히 손오(孫吳)병법을 즐겨 읽으십니다. 그리고 육도삼략(六韜三略)[77]의 오묘한 이치에도 통달하였기에 무예가 출

---

77 《육도(六韜)》－중국 고대의 저명한 병법서. 일명 《姜太公六韜》 또는 《太公兵法》. 전국시대에 쓰여진 병법서라고 알려졌다. 《육도》는 周 武王과 姜 太公 呂望(여망)의 대화 형식으로 治國이나 治軍에 대한 이론과 원칙을 설명한 책이다. 그 6가지 도략은 文韜(문도, 治國과 用人의 도략), 武韜(무도, 用兵의 도략). 龍韜(용도, 軍事 조직), 虎韜(호도, 戰爭 환경과 兵器, 포진), 豹韜(표도, 전술을 논함). 犬韜(견도, 군대 지휘와 훈련) 등으로 구성되었다.

삼략(三略)은 《黃石公三略(황석공삼략)》. 중국 고대의 兵書의 일종. 원 저자는 미상. 대략 前漢 무렵에 成書(성서)되었을 것이라 추정. 《武經七書(무경칠서)》의 하나.

중하고 학문이 깊은 반면에 지혜가 많고 도략에도 밝은 분을 찾고 계십니다. 앞서 나으리께서 공자님의 재능과 용모를 극찬하셨고, 또 검술을 좋아하신다고 알고 있습니다. 그래서 제가 공자님을 뵙고 말씀드립니다만, 공자께서 만약 배필로 맞이하고 싶다면, 오늘 밤 이경(二更)에 회랑을 돌아 서편 관음각 뒤쪽 채소밭 공터에서 우리 아가씨의 군진(軍陣)을 보시고 그를 격파하실 수 있다면 아가씨께서 허혼(許婚)하실 것입니다."

시 공자는 이야기를 듣고 흔쾌히 대답하였다.

"그렇다면, 돌아가 말씀해 주십시오. 또 이경쯤에 다시 와서 나를 안내해주십시오."

보모는 이야기를 듣고 즉시 돌아갔다.

공자는 저녁을 먹은 뒤 거리를 순찰하는 병졸이 초경을 알리는 소리를 들었다. 절의 경내에는 월색이 가득했는데, 다른 날보다 더 밝다고 느꼈다. 공자는 병서를 읽으며 아가씨의 모습을 공상해 보았다. 한참 있으니 이경을 알리는 북소리가 들렸다.

공자는 보모의 말을 생각하며 꼭 그럴 것이라 추측했다. 이어 문밖에서 기침소리가 들렸다. 공자는 서둘러 옷깃을 여민 다음 칼을 들고 밖으로 나갔다.

보모의 손짓을 보고, 공자는 시종인 시표를 불러 방문을 잠그게 한 뒤 함께 유모가 있는 곳으로 갔다. 관음각 뒤쪽에는 넓은 공터가 있고 야트막한 토산에 이어진 담장 끝에 조그만 출입문이 있었다. 공자는 보모를 따라 채소밭 쪽으로 들어갔다.

그러자 보모가 공자를 멈춰 세우더니 나지막하게 말했다.

"아가씨께서는 저 양쪽 대나무 막대를 출입하는 군진의 원문(轅門, 正門)으로 삼는다고 하셨습니다. 공자께서는 여기 잠깐 서 계시다가 아가씨가 군진을 펼친 다음에 생각해서 들어가시기 바랍니다."

공자는 거기에 조용히 서서 군진이 펼쳐지기를 기다리고 있었다. 공자는 시종 시표를 불러 귓속말을 몇 마디 했다.

조금 있으니 한 여자가 나오는데, 검은 구름이 피어난 듯 머리채를 위로 올리고, 봉황 장식을 꽂았으며, 하얀 진주를 느려서 이마를 약간 가렸고, 소매가 좁은 비단 웃옷을 입었는데, 어깨에는 약간 좁은 띠를 매고 있었다. 여인은 5, 6자 정도되는 조그만 영기(令旗) 한 장을 손에 들고 토산 위에 우뚝 섰다.

공자가 "저분이 아가씨입니까?" 라고 물었다.

보모 허씨가 말했다.

"아가씨가 어찌 쉽게 모습을 드러내겠습니까? 저 사람은 아가씨 신변의 시중을 드는 여교사(女教師)인데, 군진을 연습할 때 여러 가지 지시를 전달합니다."

보모 허씨의 말이 끝나자마자 그 여인이 영기를 한번 흔들었고, 이어 한무리 여인들이 나오는데, 붉은 옷을 입은 여자와 흰 옷, 푸른 옷, 황색 옷을 입고 있었는데 모두 20명 정도였다. 여인들은 모두 옷소매를 묶어매어 펄럭이지 않았고, 손에는 날이 하얗게 번쩍이는 칼을 하나씩 들고 한 줄로 서있었다.

이어 왼편으로 한 바퀴 돌더니 다시 오른 편으로 돌아 한 줄로 몇 걸음 나아가다가 멈춰섰다.

이때 허씨가 물었다.

"공자께서는 이 진을 아시겠습니까?"

"이는 장사진(長蛇陣)입니다. 특별하지는 않습니다!"

이어 여교사가 영기를 한번 흔들자, 모든 여인들이 사방으로 움직이더니 4명씩 다섯 무더기를 만들더니 칼을 들고 등을 맞댄 채 서있었다.

공자는 자세히 바라보니 마치,

붉은 옷 한 무리, 하얀 옷 한 무리!
마치 붉고 흰 雪花(설화)처럼 춤추는 玉(옥)이라.
푸른 옷 한 무더기, 황색 옷 한 무더기,
마치 파랗고 노랑 꾀꼬리와 제비가 사뿐사뿐히 날 듯,
마치 孫武子(손무자)가 〔吳(오) 궁궐〕 女兵(여병)을 조련하듯,[78]

---

78 吳(오)나라의 孫武(손무, 前 545－470년. 字는 長卿)－본래 齊國人(제국인). 孫武는 姑蘇城(고소성, 今 江蘇 蘇州市) 밖 穹窿山(궁륭산)에 은거하며《孫子兵法》을 완성. 나중에 吳王 闔廬(합려)의 신하가 되었다. 楚를 격파하고 吳를 강국으로 만들었다. 손무의 3子 중 장남은 전사했고, 차남 孫明(손명)이 富春侯(부춘후)에 봉해졌으니, 富春孫氏(부춘 손씨)의 시조이다. 뒷날 孫臏(손빈)은 孫武의 5世孫이었다. 後漢 말 孫堅(손견)은 富春 孫氏의 후예였다.

부인이 도적을 방어하는 진지를 형성했다.

공자가 보니 여인들은 한 줄로 서있었다.

허씨가 또 물었다.

"공자께서는 이 진을 아십니까?"

공자가 웃으며 말했다.

"이는 오화진(五花陣)입니다."

허씨가 말했다.

"공자께서 군진을 아셨으니 들어가서 진영을 격파하고 나오십시오. 그러면서 공자님의 능력을 보여주십시오."

공자는 "그것이 뭐가 어렵겠습니까?"라고 대답하더니, 옷을 간단히 묶어매고 일어서서 보검을 들고 적진으로 뛰어들었다. 그러자 양편의 여인들이 나는 듯 6자루의 칼이 섬광을 번쩍이며 공자를 향해 달려들었다. 공자는 급하게 칼을 치켜들었다. 다섯 무리의 여인들이 공자가 동쪽으로 가면 그 앞을 막았고, 서쪽으로 움직이면 역시 길을 막아섰다. 마치 공자의 능력을 시험하듯, 앞뒤로 에워싸지만 그들을 격파하는데 무슨 어려움이 있겠나?

그러나 칼날이 날카로우니 여인들에게 상처를 입힐 수도 있었다. 그러는 중에 두 번째 무리의 한 여인은 붉은색 실로 만든 밧줄을 들고 섰다가 공자가 뒤로 물러설 때를 이용하여 밧줄을 던졌다. 공자는 하마트면 밧줄에 걸려 넘어질 뻔했다. 밧줄을 피했지만 그렇다고 빠져나오질 못했다. 공자가 전면을 바라보니 관음각 창 밖에 두 개의 붉은 등잔이 켜졌는데 그 중간에 옥면(玉面)의 관음이 몸을 반쯤 드러난 채 서있었다.

토산 위의 여인은 여전히 영기를 흔들어 지휘하였다. 공자는 보검을 뽑아들고 토산을 향해 재빨리 달려갔다. 그러자 여인이 뒤쪽을 향해 영기를 한 번 흔들자 뒤쪽에서 검은 옷을 입은 너댓 명의 여인이 칼을 들고 몰려나왔다.

이는 이제 오화진이 육화진으로 바뀐 것이다. 공자는 황급히 칼을 흔들어 자신의 몸을 지키면서 달리다가 멈추었다가 달리면서 대나무를 세운 원문으로 빠져나가려 했다. 그러자 다섯 무리의 여인들이 몰려 에워싸며 너댓 개의 밧줄 올가미가 공중에 던져졌다.

공자는 몸을 날려 한쪽으로 피하면서 소리쳤다.

"시표는 어디 있는가?"

시표는 공자의 부름을 받자, 곧장 소매에서 폭약을 꺼내 불을 붙인 다음에 여인들의 머리 위로 던졌다. 그러자 포성이 크게 울리면서 폭약의 불꽃이 온 하늘에 가득찼다가 쏟아져 내려왔다. 공자가 몸을 돌려 바라보는 순간 어디선가 쓰윽하는 소리가 나더니 화살이 공자의 두건에 꽂혔다.

공자가 두건에서 화살을 뽑아보니 그것은 살촉이 없는 화우전(花翎箭)이었고 화살에는 빛이 나는 작은 구슬이 박혀있었다. 놀란 공자가 고개를 들어 관음각 쪽을 바라보니 옥면 관음 같던 미인은 어느덧 사라져 보이지 않았다. 공자가 관음각으로 달려갔지만 모든 문은 굳게 닫혔고 아무 기척도 없었다. 공자가 실망하여 뒤돌아보니 공터를 메웠던 여인들도 모두 사라진 뒤였다.

그러면서 사경을 알리는 북소리가 들려왔다. 공자와 하인 시표는 허탈한 듯 서재로 돌아와 자리에 들었다.

곧 닭이 울면서 날이 밝았고 해가 높이 떴다. 공자가 아직 자리에 누워있는데, 문을 두드리는 소리가 들렸다. 시표가 문을 여니 주지인 오공 장로였다.

주지는 공자에게 다가와 말했다.

"오늘 아침 당공께서 공자를 법당으로 모시라 하셨습니다."

당공은 사시창을 사위로 낙점하였고 길일을 택하여 혼례를 치루기로 했다.

시사창은 그전에 부모를 일찍 여의었다. 시사창은 장원을 관가(管家)에 맡겨두고 있었다. 시사창은 당공을 따라 태원으로 갔고 거기서 혼례를 마쳤다.

뒷날 당공이 군사를 일으켜 수나라 도성 장안을 공격할 때 낭자군(娘子軍) 한 부대가 크게 활약하였는데, 이는 시사창 부부가 지휘하는 부대였었다. 그 부대의 군졸과 병마는 시사창의 결혼 때부터 완비되었다.

구름은 교룡 따라 높이 피어오르고, (雲簇蛟龍奮遠揚)

호표는 바람 타고 숲에 울부짖는다. (風資虎豹嘯林廊)
하늘은 당조의 제업을 개창하려고, (天爲唐家開帝業)
일부러 호걸로 사위를 삼게 하였다. (故教豪傑作東牀)

당공이 태원에 돌아온 이야기는 여기에 적지 않았다.

한편 진숙보는 그날 15일에 도성의 관문을 나와서 번건위(樊建威, 樊虎)가 잡아둔 숙소에 도착하였다.

건위가 물었다.

"강탈하던 무리들을 어떻게 처리하셨습니까?"

진숙보는 번건위에게 무리를 혼내준 사실들을 자세히 설명했고, 번건위는 크게 놀라며 감탄하였다. 다음 날 일찍 아침을 먹은 뒤 각자 행장을 서둘러 챙긴 뒤, 호송해야 할 범인을 2명씩 데리고 헤어졌다. 번건위는 택주(澤州)로, 진숙보는 노주(潞州)로 갔다.

진숙보는 노주에 도착하여 신고를 한 다음에, 관청 앞 말뚝에 황표마를 매어두고 호송한 죄수 2명과 함께 客店(객점)에 들어갔다.

객점 주인이 맞이하자, 진숙보가 말했다.

"주인장, 저 두 사람은 내가 호송해 왔는데 주의해서 묵을 방에 잘 가둬두시오."

店主(점주)가 웃으며 말했다.

"나으리께서 필요한 일이 있으면 소인에게 분부하시면 제가 성심으로 받들겠습니다."

진숙보는 객점 앞 평상에 앉으면서 말했다.

"주인장, 내 말에서 행장을 가져 오시오. 말 안장을 풀어 잘 보관하고 말을 마굿간에 매고 여물을 많이 주시오. 그리고 깨끗하고 조용한 방을 주시오. 우선 좀 쉬어야겠소."

주인은 손을 펴 가리키며 말했다.

"나으리! 저 몇 개의 방은 출입문이 작고 좁으며 쉽게 열 수 없습니다. 그래서 여러 군현에서 이곳 택주부에 호송온 관원들이 많이 이용하고 있습니다. 저 방 하나에 가둬두겠습니다. 나으리께는 윗층의 깨끗한 방을 드리겠습니다."

"좋소. 그렇게 합시다."

주인은 행장을 들고 방을 안내한 다음에 찻물을 끓여오고 술과 밥상을 준비하였다. 주인은 은근하게 예의를 지키며 시중들었고 무릎을 꿇고 술을 따르며 웃는 얼굴로 물었다.

"상공 어르신의 존함은 어떻게 되십니까? 장부에 기록해야 합니다."

"내 성은 진이고 산동 제남부(濟南府)의 관리로, 이곳 부중(府中)에 공무차 왔소. 주인장 성씨는 무엇이요?"

"진씨 어르신, 저의 객점에 간판을 보지 못하셨습니까? 태원 왕씨 객점이고, 소인의 천명(賤名)은 왕시(王示)인데, 고시(告示)한다는 보일 示(시)입니다."

"손님과 주인의 관계이니 주인장 이름을 마구 부를 수는 없습니다."

주인은 여전히 웃으며 말했다.

"이곳을 왕래하는 나으리들은 내 이름의 示(시)를 거꾸로 풀어 저를 보통 소이(小二)라고 부릅니다."

"그건 객점에서 일하는 젊은이를 지칭하는 말이지요. 그리고 중매쟁이는 보통 왕파(王婆)라고 부르는 것과 같습니다. 저는 주인장을 소이 형이라 부르겠소. 한 가지 물어봅시다. 여기 채 자사(蔡 刺史) 나으리에게 공문을 올리고 며칠이나 있으면 회신을 받아갈 수 있겠습니까?"

"아마 지체되지는 않을 것입니다. 채 나으리는 유능하신 분입니다. 내일 아침 공문을 일찍 접수하면 보통 그 다음 날 답신 문서를 받을 수 있습니다. 나으리께서는 저의 객점에서 이삼 일 묵으시며 고향 친우나 벗을 방문하셔도 좋을 것입니다. 그리고 혹시 갖고온 물품을 좋은 값에 팔 수도 또는 필요한 물건을 구매하실 수도 있습니다. 이런 일은 공무하고 상관없으니 저의 집에서 편히 주선할 수도 있습니다."

진숙보는 그곳 노주에 관한 이런저런 이야기를 나누며 식사를 마치고 자리에 누웠다.

다음 날 아침 일찍 일어난 진숙보는 세면을 마친 다음 두건을 바로 착용하고 제출할 문서를 챙겼다. 노주부에 들어가 공문 접수 순서를 받은 다음에 채 자사 앞에 나가 인사를 올린 뒤에 공문 접수를 마쳤다. 이어 호송해 온 죄수를 인솔하여 인계하자, 접수 담당자가 공문을 찾아 자사의 책상에 펴 놓았다.

채 자사는 공문을 읽은 다음에 죄수의 형구를 벗기게 하고, 형구를 인수해 가져가라고 말했다. 그리고 내일 아침에 회송 문건을 받아가라고 지시하였다. 채 자사는 범인 2명을 감옥에 이관 관리하라는 지시도 하였다.

이것이 진숙보가 8월 17일에 마친 일이었다. 진숙보는 객점으로 돌아와 아침을 먹은 뒤에 거리를 구경했고, 절에 들려 하루를 쉬며 놀았다.

다음 날인 18일 이른 아침에 진숙보는 자사부에 들어가 공문이 나오길 기다렸다. 그러나 해가 높이 뜰 때까지 관아의 출입문을 열지도 않았고, 관리의 출입도 전혀 없었다. 계속 기다렸지만 사시(巳時)가 되어도 관아 문은 열리지 않았다. 관아 앞에 있던 술집이나 음식점도 어제는 그렇게 붐비더니 오늘은 모두 문을 닫고 열지 않았다.

숙보는 이상하다 생각하며 이곳저곳을 기웃거리다가 겨우 반쯤 열어 놓은 점포에 들어가니 젊은 사람 몇이서 한가히 앉아 있었다.

진숙보가 물었다.

"말 좀 물어봅시다. 오늘 관아나 여기는 왜 이리 조용합니까?"

그중 어떤 사람이 물었다.

"형씨는 이곳 노주의 말씨가 아니시군요?"

숙보가 대답하였다.

"그렇소. 나는 산동에서 공무로 출장왔습니다."

"그러면 이곳 자사 나으리께서 볼일로 멀리 나가신 줄을 모르는군요."

"어디에 가셨습니까?"

"병주(幷州) 태원(太原)에 가셨답니다."

"무슨 일로 태원까지 가셨습니까?"

젊은 사람이 말했다.

"당국공이신 이씨 나으리께서 성지를 받고 고향에 돌아오셨고, 하북도(河北道)의 행대(行臺)로 하북 지방의 모든 주현을 지휘 통제하신답니다. 태원에서 문서가 내려와 관할 부주현의 수령을 불러 모으셨기에 엊저녁 삼경에 공문을 받고 곧장 축하하시려고 태원으로 가셨답니다."

숙보는 궁금증이 풀리면서 '임동(臨潼)의 산에서 구원한 그분이 확실하다.' 고 생각했다.

그리고 다시 물었다.

"노형, 자사 나으리는 언제쯤 돌아실 것 같습니까?"

"일찍 돌아오시겠지요. 그런데 태원의 당국공께서는 인자하고 관대 후덕하신 분이라서 대소 관원들이 하례한다면 응당 답례가 있을 것이고, 대소의 관원들이 모두 한곳에 모인다면 또 이런저런 잔치가 있을 것입니다. 그리고 먼 길이기에 길면 20여 일 아무리 빨라도 보름은 있어야 돌아오실 것입니다."

숙보는 그런 대답을 듣고서는 더 이상 묻지 않았다. 진숙보는 숙소로 돌아왔다. 이후로 하루 세 끼 식사를 하면서 기약없이 자사가 돌아오기만을 기다렸다.

타관 땅에 나간 사람은 묵고 있는 곳이 고향 마을이고 집이다. 할 일이 없다면 그냥 밥만 먹고 빈둥거려야 한다. 진숙보는 체구도 장대하거니와 산동의 호걸이 아닌가? 진숙보는 하루 세 끼 식사에 곡식 한 말을 먹을 정도였다. 하는 일이 없다고 끼니를 거를 수도 없는 일! 진숙보가 내리 열흘을 먹어대니 객주집인 왕소이의 본전이 바닥날 정도였다.

왕소이의 객점은 본래 공문을 갖고 오가는 관리들을 상대하다 보니, 자사가 부재 중이면 오가는 관리도 없어 장사가 안 되기에 어떤 때는 간판이나 등불도 내걸지 않을 때가 있었다.

왕소이가 그의 아내에게 말했다.

"임자, 저 진씨가 들어오면서 우리 재물운은 나간 것 같아! 저 양반이 오면서 자사가 출타했고, 오가는 관리도 없어 술과 밥도 못파는데, 저 사람이 저렇게 먹어대니 어찌 견디겠는가? 그런데도 저 사람은 점심을 먹으며 반찬이 없다고 투덜대고 술잔을 집어던진단 말이여! 내가 말 좀 하려 하지만, 내가 원체 말재주가 없으니 임자가 숙박비좀 달라고 해보소. 내가 말해서 저 사람이 성질이나 부리고 다른 객점으로 옮겨가면 그나마 낭패야! 저런 사람이 그래도 여자 말은 잘 들을 수도 있으니!"

왕소이의 처 유씨(柳氏)는 그래도 장사와 세상 물정에 밝은 사람이었다.

"그냥 계시오. 들어오는 사람한테 형편이 어떤지는 묻지 말라고 했소. 그 사람 얼굴을 보면 저절로 알 수 있다고 하지 않았소? 저 진씨를 보면 밥값이 모자란 사람 같지는 않소. 우리야 본래 여기 사람이고 본디 돈이 모자르지만, 저 손님은 산동에서 온 사람이고 관청에서 공문만 받으면 돌아갈 사람인데 밥값을 떼먹기야 하겠소?"

그리고 또 이틀이 어렵게 지나갔다. 왕소이는 견디다 못해 제가 스스로 말하기로 마음먹었다. 왕소이는 진숙보가 점심을 먹으러 들어오자, 밥을 차리지 않고 뜨거운 차를 가지고 진숙보가 앉은 자리 옆으로 다가왔다. 그리고 창가에 기대서서 진숙보를 바라보고 웃으며 말했다.

"제가 드릴 말씀이 있는데, 진씨 나으리께서 이상하게 생각하지 마십시오."

"나하고야 주인과 손님인데, 무슨 어려운 말이 있겠소? 허물치 않습니다."

"요 며칠간 우리 집에 손님이 없는 것은 나으리도 보시지 않았습니까? 장사가 통 시원치 않으니 채솟값마저 궁할 때가 있습니다. 나으리께서 은자 몇 냥이라도 미리 좀 주신다면, 소인의 허리가 좀 펴질 것 같습니다. 조금이라도 안 되겠습니까?"

"그거야 당연한 말씀인데, 무얼 그리 어렵게 말하십니까? 그러고 보니 내가 그간 좀 무심했었습니다. 나와 같이 방에 가서 여비를 정산합시다."

진숙보의 시원한 대답에 왕소이는 입이 절로 벌어지며 계속 굽신거렸다. 진숙보는 왕소이를 데리고 방에 들어갔다. 진숙보가 행장을 풀고 손을 집어넣었다.

그런데 아차! 진숙보는 팔 하나가 태산에 눌린 듯 꿈쩍도 하지 못했다. 왕소이는 진숙보를 바라보며 마음속으로 생각했다. 은자가 많으니 골라 잡아 꺼내려는가? 그러나 진숙보의 표정은 굳어버렸다. 마치,

침상머리에 돈이 다 떨어지니, (牀頭黃金盡)
사내장부도 얼굴빛이 없도다. (壯士無顏色)

숙보는 마음속으로 헤아렸다.

'먼 길을 가려면 노자(路資)를 먼저 챙겨야 한다.' 는 말은 빈말이 아니거늘! 지금 자신의 몸에 한 푼도 없는 것을 왜 몰랐을까? 번건위가 자신의 여비까지 모두 갖고 택주로 갔다는 사실을 생각하지 못했다.

본래 여비를 제남부에서 계산할 때, 두 사람은 본래 가까운 관계이고 방향도 같기에 출장 여비를 함께 받아 번건위의 행장 속에 넣어두었었다. 그리고 평소 의기투합했기에 푼돈 같은 여비에

마음을 쓰지 않았다. 장안에서 며칠 대기하는 동안에 여비의 계산은 번건위가 다 처리했었다. 두 사람은 길이 갈려 헤어지면서 공문과 호송할 죄수만을 챙기었지 여비를 나눌 생각을 하지 못했다.

이제 이 일을 어찌 해결해야 하는가? 머뭇거리는 진숙보를 보면서 왕소이는 의아해하였다. 진숙보는 정말 난감하였다. 진숙보는 왕소이에게 무슨 말을 할 수 있겠나?

다음 회를 읽어 보시라.

제7회

채태수는 적시에 상벌을 시행했고, 왕소이는 장사하며 안면을 바꾸다.(蔡太守隨時行賞罰, 王小二轉面起炎涼.)

시에 읊기를, 詩曰,

서풍이 차가운데 홑옷 입은 나그네, (金風瑟瑟客衣單)
귀뚜라미 울어대며 한기가 도는 밤. (秋蛩唧唧夜生寒)
외로운 등불 깜박여 꺼지려 하는데, (一燈影影啖欲殘)
서글픈 밤은 근심에 마음이 아프다. (清宵耿耿心幾剜)
객지를 떠도는 서러운 나그네 마음, (天涯游子慘不歡)
모친은 외로이 자식만 기다리누나. (高堂垂白空倚闌)
주머니 텅 비어 맥없이 부끄럽나니, (囊無一錢羞自看)
누구가 진실한 나에게 도와주겠나? (知己何人借羽翰)
동쪽의 관산을 보면서 눈물 뿌리리, (東望關山淚雨彈)
장사의 서글픈 마음에 갈길만 멀다. (壯士悲歌行路難)

속언에도 '집에서 가난은 가난도 아니니, 길에서 노자가 떨어지면 걱정으로 죽는다.' 고 하였다.[79] 진숙보는 번건위가 자신의 노자를 모두 갖고 간 줄을 한때 잊고 있었기에 객점 주인 왕소이에게 어찌 대답해야 할지 크게 당황했었다.

그러나 자신의 행장 속을 더듬었더니 다른 돈주머니가 만져졌다. 그 은자는 숙보의 모친이 노주의 비단을 사다가 수의를 마련하려고, 집을 나서기 직전에 따로 준 돈이라서 숙보의 행장에 따로 들어있었다.

숙보는 왕소이에게 은자를 건네주며 말했다.

"여기 은자 4량(兩)이요. 우선 이 돈으로 결산은 안 되겠지만,

---

79 원문 '家貧不是貧, 路貧愁煞人' — 愁는 시름 수. 煞은 죽일 살. 예; 驛馬煞(역마살), 桃花煞(도화살). '사람이 가난하면 그 뜻이 짧다(人貧志短).' 하였으니, 가난하면 큰 뜻을 품지 못한다. 그러니 '말이 수척하면 털만 길어 보이고(馬瘦毛長), 사람은 궁하면 의지도 짧은(人窮志短)' 것이다. 본래 '가난은 선비의 日常(일상)이다(貧者士之常).' 고 했지만, 선비에게 가난은 부끄러운 일이 아니다. 그러나 '가난이 두렵지 않지만, 가난 때문에 큰 뜻을 못 가지는 것이 두렵다(不怕人窮, 就怕志短).' 고 하였다. 하여튼 '사람이 빈천하면 목소리가 낮아진다(人當貧賤語聲低).' '젊어 가난은 가난이라 할 것도 없지만(少年受貧不算貧), 노년에 가난해지면 가난이 사람을 죽인다(老年受貧貧死人).' '젊은이의 고생은 지나가는 바람이지만(後生苦 風吹過), 늙은이의 고생은 진짜다(老年苦 眞個苦).' '가난해도 3대요(貧也三代), 부자라도 3대다(富也三代).' 라 했으니, '인생에 가난할 수도 부자가 될 수도 있다(人有七貧八富).'

받았다고 장부에 기록해두오."

왕소이는 은자 4량을 손에 쥐자, 연신 벙글거리며 말했다.

"나으리께서 떠나지 않는데, 어찌 결산을 하겠습니까? 장부에 분명히 적어두겠습니다."

왕소이는 허리를 몇 번이고 굽신거린 뒤 안으로 들어가 아내한테 말했고, 이전처럼 얌전하고 공손하게 진숙보를 대우하였다.

그렇지만 진숙보는 기분이 좋아질 수가 없었다. 주머니는 이미 비었고 회송 공문을 수령하지도 못했다. 공문을 결재할 자사는 돌아오지도 않았고 언제 일이 끝날지 짐작할 수도 없었다. 하여튼 앞으로 여비가 얼마나 더 나올지 짐작도 할 수 없는 형편이니, 다음에 왕소이가 정산을 하자면 어찌 대답해야 하는가?

말은 안하지만 속은 타들어가고, 해결할 길이 보이지 않았다. 그러니 어디를 가고 무엇을 구경하겠는가? 그냥 방 안에 처박혀 낮이나 밤이나 잠을 잘 수밖에 없었다.

기쁜 일에 누구나 정신이 맑아지나, (人逢喜事精神爽)
문(門)에 심(心)이 있으면(悶) 잠만 많아진다. (門向心來瞌睡多)

진숙보는 다시 2, 3일을 기다렸고, 마침내 蔡(채) 刺史(자사)가 돌아왔다. 관청의 큰 북이 울리자, 노주의 모든 관리는 물론 사방에서 출장 온 관리까지 길에 나가 영접하였다. 진숙보는 출장 온 관리라서 다른 관리들과 함께 십 리 밖까지 나가서 자사를 영접했다.

채 자사는 먼 길 여행에 지쳤기에 편안한 가마〔暖轎(난교)〕를 타고 성문을 들어섰다.

진숙보는 따라 성문으로 들어왔다.

'일이 다급하면 군자도 체면을 생각지 못한다(事急無君子).' 고 하지 않았는가? 진숙보는 태수의 교자 앞을 가로막고 엎드려 말했다.

"소인은 山東(산동) 濟南府(제남부)에서 죄수를 호송한 사람입니다. 그간 나으리의 회신을 기다렸습니다."

자사는 먼 육로를 왔기에 교자에 앉아 졸고 있었는데, 무슨 응답을 하겠는가? 오히려 교자를 멘 가마꾼과 포졸이 호가호위(狐假虎威)하면서 소리를 질렀다.

"빨리 비키지 못하는가? 나으리께서 아문에 도착하지도 않으셨다. 너는 여기서 회송 공문을 달라는 말인가?"

진숙보는 길 옆으로 끌려나갔고, 태수의 교자는 더 빨리 관아를 향하여 나아갔다.

진숙보는 혼자 생각하였다.

'여기서 하루를 더 있으면 밥값과 말의 사룟값만 더 나간다. 그렇다고 며칠을 무턱대고 기다릴 수도 없지 않은가?'

진숙보는 빨리 달려 자사의 교자를 멈추고 아뢰겠다고 생각하였다. 진숙보가 자사의 교자를 잡아당기자, 교자가 휘청거리며 앉아 있던 자사가 쓰러지려 했다. 사방의 가마꾼이 겨우 균형을 잡았지만, 이를 본 다른 관리들이 크게 화를 내며 소리쳤다.

"이 무례한 놈! 우리를 뭘로 보고 행패를 부리는가?"

진숙보는 여러 관리들에게 그대로 짓밟혔고 아무 말도 할 수 없었다. 관아에 들어가기도 전에 길에서 바지가 벗겨지고 큰 몽둥이로 10여 대를 맞았다. 살점이 터지고 피가 흘렀지만, 한 마디 말도 할 수 없었다.

문왕(文王)도 나라의 옥에 갇혀 있었고,	(文王也受羈國累)
손빈은 발꿈치 자른 형을 받았다.	(孫臏難逃刖足災)[80]

왕소이는 거리에서 이런 모습을 모두 보았고, 돌아가 아내에게 말했다.

"저 진씨란 사람은 아마 세상 물정을 모르는 사람 같아! 우리 집에 온 지가 한 달이 다 지났는데도 여전히 옷 한 벌 뿐이야. 그리고 관가에서 일한다는 사람이 예의도 모르고 문제나 일으켜 관가에 들어가지도 못하고, 정문 앞에서 관리들한테 곤장이나 10여 대 얻어맞았어!"

자사와 관리들은 관아로 사라졌고, 진숙보는 객점으로 돌아왔다. 왕소이가 맞이하면서 입에서 나오는대로 지껄였다.

---

80 羈는 굴레 기. 孫臏(손빈). 逃는 도망갈 도. 刖은 발꿈치 벨 월. 災는 재앙 재.

"어? 돌아오셨네!"

보통 때처럼 반기는 안색이 아니라 조롱하는 어조가 역력하였다.

"진씨 어른, 당신은 관청을 드나드는 사람 같지도 않으니, 관리가 무얼 싫어하는지 모르십니까? 우리 채 자사 나으리는 인자하고 관대한 분이지요. 그렇지 않았으면 풀려나오지도 못했을 것입니다."

그러나 숙보가 어찌 그 말뜻을 모르겠는가?

"내가 하는 일이 당신하고 무슨 상관이야?"

"얻어맞는 것이야 당신 일인데, 내게 무슨 상관이겠습니까? 나는 그저 좋은 뜻으로 한 말이었소. 밥이나 챙겨드리겠습니다."

"밥 생각 없어! 뜨거운 물이나 갖다 줘!"

왕소이가 뜨거운 물을 큰 그릇에 퍼왔고, 진숙보는 수건에 적셔서 터진 상처를 깨끗하게 닦고 잠이나 자려고 누웠다. 그러나 동이 틀 때까지도 잠을 이루지 못했다.

다음 날, 진숙보는 아픈 몸을 무릅쓰고 자사부에 문서를 받으러 갔다. 낮은 처마 아래에 내가 서있으니, 어찌 고개를 아니 숙이겠는가?

그러나 채 자사는 賢良(현량)한 관리였고, 오랫동안 자리를 비웠던 만큼 일찌감치 자리에 나와 일을 처리했다. 쌓인 문서가 매우 많았지만 상벌은 명확했고 그 처리는 신속했기에 모두가 감명하였다. 진숙보는 자신의 업무가 끝나자 꿇어앉아 자사에게 아뢰었다.

"소인은 제주 유(劉) 나으리의 차인(差人)입니다. 어르신의 다른 말씀은 없으십니까?"

숙보는 어젯밤에 허벅지 통증으로 잠을 이루지 못하고 이런저런 생각에 생각을 하다가 자신의 상관이 이곳 노주 자사와 동갑내기 친구라는 사실을 떠올렸다. 그래서 떠나기 전에 혹시 전할 말이 있는가를 물었다. 진숙보의 말은 채 자사에게 반갑고 그리운 친우를 떠올리게 했다.[81]

채 자사는 어제의 분노했던 마음을 돌려 매우 기뻐하며 말했다.

"자네가 유 자사의 차인(差人)인가?"

"예 그렇습니다."

"어제 자네가 일을 너무 서둘렀기에 그런 일이 있었던 것이니 오해하지 말게나."

"나으리의 관대한 처분에 저는 감사드릴 뿐입니다."

채 자사는 지필을 잡아 간단한 안부 서신을 작성하였다. 그리고 어제 불미스런 일을 미안해하며, 천 리 먼 길을 가야 할 사람

81 원문 屋烏之愛(옥우지애) – 그 사람을 그리워하면 그의 집 지붕 위에 앉은 까마귀도 귀엽게 보인다. 우리말 속담 '마누라가 이쁘면 처갓집 말뚝보고도 절한다.' 와 같은 의미의 成語이다. 좋아하고 사랑하는 마음이 상대의 주위 사물까지 영향을 미친다는 뜻이다.

에게 인정을 베풀겠다고 생각하였다. 채 자사는 재물을 관리하는 庫吏(고리)를 불러 본부의 은자 3냥을 가져오게 하여 진숙보에게 여비에 보태라고 하사하였다.

진숙보는 고개 숙여 진심으로 사례한 뒤에 관아를 나와 객점으로 돌아왔다.

왕소이는 돈궤 옆에서 장부를 정리하다가 숙보가 들어오는 것을 보고 말했다.

"회송 공문을 받으셨군요, 그런데 송별 자리를 아직 준비 못했는데, 어떻게 할까요?"

"술자리는 급하지 않소."

"지금 한가하시니 장부 결산을 하면 어떻겠습니까?"

"일단 오늘까지 계산을 해봅시다."

"어르신께서는 8월 16일에 저의 집에 오셨고, 오늘은 9월 18일입니다. 8월은 큰달 30일이니, 총 32일입니다. 우리집에서는 오신 날과 떠나는 날은 계산하지 않고 깎아드려 송별하니 총 30일이고, 하루 3끼 식사와 말의 사료를 포함하여 1일에 1냥의 7할을 계산하니까 모두 21냥입니다. 이미 4냥을 받았으니, 모두 17냥을 더 주시면 계산이 끝납니다."

"여기 은자 3냥을 더 주겠소. 이는 여기 채 자사님께서 상으로 주신 노자입니다."

"그러면 모두 14냥이 모자랍니다. 그러니 아직 장부를 다 마무리할 수는 없고, 제가 가서 저울을 가져오겠습니다."

"그렇게 서둘지 마시오. 나는 오늘 떠나지 않소."

"회송 공문까지 받으시고 아직 또 일이 남았습니까?"

"나는 여기서 번씨 성을 가진 벗을 기다릴 것이요. 그는 택주(澤州)에서 여기로 올 것이요. 그 벗이 나의 노자를 갖고 있소. 택주 자사도 태원에 갔다 왔을 것이니, 아마 내일이나 모레면 여기 도착할 것이요."

"저는 객점을 열었으니 손님께서 일 년을 묵으신다 하여도 저는 대환영입니다."

그러나 숙보는 9월 18일에 계산 결과 '14냥 부족' 이라 쓰고 서명하였다.

그러나 왕소이의 말과 속셈은 달랐다. 왕소이는 진숙보의 행장은 몇 냥 어치도 안되고 그 안에는 돈 될만한 것도 없다. 택주에서 벗이란 사람이 온다고 하여도 그에게 무슨 은자가 있겠나? 그런데 이 사람이 말을 물 먹이러 간다면서 말을 타고 그냥 떠난다면 어떻게 잡을 수 있겠는가? 제주부까지 어떻게 돈을 받으러 가겠는가? 여비도 못 건질 것이 뻔한데? 그가 종을 치지 않는다고 내가 그에게 종을 새로 만들라고 할 수도 없다. 왕소이는 진숙보가 받아온 회송 문서를 생각하였다. 그 문서를 손에 넣어야 하겠는데, 당장 어떻게 할 방도가 떠오르지 않았다. 그렇다고 섣불리 운을 띄울 수도 없는 일이고. …

왕소이가 머리를 굴리고 있는 동안 진숙보는 회송 공문을 손에 들고 있다가 탁자 위에 그대로 놓았다. 그러자 왕소이는 급하게 아내를 불러내었다.

왕소이가 아내에게 말했다.

"이 문서는 아주 중요한 문서요. 그런데 진씨 어르신이 이 문서를 방에 두고 다니시다가 혹 뜨내기 손님이 멋도 모르고 손을 댄다면 정말 큰일이요. 우리가 감당할 수 없는 일이지. 그러니 이 문서를 우리 집 금궤에 단단히 보관해야 하지. 그리고 가을 장마에 지붕이 새어 문서라도 젖는다면 역시 큰일이니 아무래도 우리 내실에 보관해야 하오. 그리고 손님이 떠나시는 날 내어드려야 우리도 안심이요."

진숙보는 왕소이가 잔머리를 굴린다고 생각하면서도 아주 성실하게 설명하니 그냥 무심결에 응답하였다. 왕소이의 아내는 문서를 가지고 안으로 들어갔다.

왕소이는 아래 점원을 불러 큰소리로 말했다.

"오늘 전별주는 준비하지 말라. 진씨 나으리는 가시지 않는다. 만약 가신다고 하면 손님께서 급하시다는 말씀이니, 그때는 빨리 간단한 식사를 챙겨 대접해야 한다."

세상의 모든 점원은 주인의 말뜻을 금방 알아챘다. 왕소이가 말한 보통 식사나 간단한 식사(便飯)가 어떤 의미이겠는가? 점원이 차려온 진숙보의 식사는 보통 때보다 반찬이 두 가지나 줄었다. 그리고 음식 그릇이나 수저는 물론 진숙보를 대하는 점원의 태도도 달라졌다. 아침에 먹는 탕면도 뜨겁지 않고 차가웠다. 숙보는 왕소이의 이런저런 눈칫밥을 먹고 차를 마셔야 했다.

진숙보는 일어나 아침밥을 먹고도 딱히 갈 곳이 없었다. 공연히 성문 근처에서 왔다 갔다 하면서 번건위가 올 것 같은 길을 바라만 보고 서있었다.

물로 씻은듯 텅빈 주머니를 걱정하며, (悶是一囊如水洗)
행여 찾아올 천리 밖의 벗을 기다린다. (妄思千里故人來)

옛날부터 '사람이 싫으면 금방 미워지고, 사람을 기다리면 금방 오래된 것 같다.' 고 하였다.[82] 해가 질 무렵이 되자, 가을바람은 서늘하고 누런 잎이 바람에 날리었다. 관리들의 출장이 많은 하천 다리에는 오가는 거마가 많이 보였다. 그러나 번건위의 모습은 어디에도 보이지 않았다. 하루 종일 기다려 지치고 지쳤을 때, 숲에서 말의 앞다리가 튀어나오는 것이 보였다.

진숙보는 허상을 보고 외쳤다.

"번건위, 번건위! 자네는 오늘도 오지 않는구려! 나는 객점에 들어갈 면목도 없고, 소인에게 무시를 당하고 있다네."

진숙보는 어두워진 다음에 객점에 돌아왔다. 사실 번건위와 이곳 노주에서 만나자는 기약도 없었다. 번건위가 자신의 은자를

82 원문 '嫌人易醜(혐인이추), 等人易久(등인이구)' — 嫌은 싫어할 혐. 易는 쉬울 이. 醜는 추할 추. 보기 싫은 꼴. 久는 오랠 구.

모두 가지고 있으니, 이곳으로 와서 진숙보의 여비를 주겠지라는 생각에서 기다릴 뿐이었다.

'언제쯤일까? 오긴 오겠나? 번건위에게 무슨 일이 생기지나 않았을까?'

'그 사람에게 무슨 일이 생겼다면? 기약없이 기다려서 뭘 어찌하겠나?'

불안한 생각은 생각할수록 끝없이 진숙보의 마음을 흔들었다.

다음날 아침, 진숙보는 오늘 하루 더 기다렸다가 오지 않는다면 무슨 조치든 결말을 보아야 한다고 생각했다. 진숙보는 점심도 못 먹고 성문 근처를 오가며 기다렸다. 그러나 번건위는 끝내 보이지 않았다. 까마귀들도 숲속으로 날아가며 까악까악 울었다.

숙보는 한참 주저하고 있는데, 갑자기 모친의 모습이 떠올랐다.

'어머니는 나를 얼마나 기다리겠는가?'

숙보는 힘없이 객점을 향했다. 그러나 차마 떨어지지 않아 한 걸음 한걸음 억지로 끌었다. 한 발에 탄식이 한 번, 한 걸음에 한숨이 두 번 세 번 이어졌다.

진숙보는 객점에 들어섰다. 그런데 숙보의 방에 등불이 환했다. 숙보는 순간 의아했다. 번건위가 먼저 여기를 찾아왔는가? 그런 생각에 가슴이 뛰었다. 방문에 가까이 갔을 때 방 안에서는 건장한 사람 서너 명이 두런거리며 술을 마시고 있었다.

숙보는 자리에 멈춰섰다. 왕소이가 마침 숙보를 보고 쪼르르 달려나왔다.

"어르신, 제가 죄를 지은 것 같습니다. 오늘 금은 보옥과 노리개 등을 파는 客人(객인) 한 무리가 성내에 들어왔고, 그중 몇 사람이 저의 집에 들었습니다. 그런데 저들이 가장 좋은 방을 달라며 꼭 나으리 방을 요구하였습니다. 이런 일을 예상했더라면 나으리 방문을 잠갔을 것인데, 제가 미처 생각을 못했습니다. 저는 저 사람들과 방값을 한참 흥정했지만 저들 뜻을 이기지 못했습니다."

그러면서 왕소이는 마치 진숙보에게 들으라는 듯 혼자 중얼거렸다.

"객점 주인이야 방을 장씨가 쓰던, 이씨가 쓰던 방값을 많이 주는 사람에게 줄 수 밖에 없지 않겠습니까? 저 사람들은 하루에 은자 두 냥을 주겠다고 말했습니다. 그래서 저는 할 수 없이 나으리 행장을 저쪽으로 옮겨놨습니다. 그냥 널리 헤아려 주십시오."

그리고 왕소이는 바쁜 듯 다른 방으로 향했다. 진숙보는 할 말이 없었다. 그냥 자리에 서서 방 안의 사람들을 바라보았다.

진숙보의 영웅 같은 기개는 어디로 갔는가? 저런 소인한테 이런 수모를 겪으면서 멍청히 서있어야 하는가? 사실 방값이 없어 지불도 못하면서 어찌 큰소리로 분노할 수 있겠나?

진숙보는 지나가려는 왕소이를 붙잡고, 치밀어 오르는 분노를 삭이면서 말했다.

"왕씨, 객점 주인 마음대로 방을 주는 것이 당연하겠지. 내가 잘만한 방 한 칸만 내준다면 좋고 나쁜가를 따지지 않겠소."

왕소이는 등불을 들고 진숙보를 안내했다. 집 모퉁이를 돌아 뒤뜰 구석으로 가면서 왕소이는 불안한 모습이 역력했다. 왕소이가 멈춰선 곳은 부엌에 딸린 헛간이었다. 객방이 아니었으니 침상도 없었다. 맨땅에 지푸라기가 깔려있고 그 한구석에 진숙보의 행장이 놓여있었다. 찬바람이 휘돌아 지나갔고 판자 틈새로 하늘의 별이 보였다. 등불을 걸지 못해 땅바닥에 놓고 숙보는 지푸라기 위에 앉았다. 그러자 왕소이가 안심하는 표정으로 웃으며 말했다.

"진씨 나으리, 우선 임시로 며칠 묵는다 생각하고 주무십시오. 저들이 떠나는 대로 좋은 방에 다시 모시겠습니다."

숙보는 아무 대답도 하지 않았다. 소이는 겸연쩍은 듯 움칫거리며 뒷걸음치더니 그냥 가버렸다. 진숙보는 행장에서 금과 은으로 象嵌(상감)한 130근 정도의 철채찍(鐵鐧, 채찍 간) 2개를 꺼냈다. 그리고 채찍을 어루만지며 노래를 불렀다.

황량한 객점에 날은 춥고 찬바람 부는데, (旅舍荒涼而又風)
하늘은 영웅을 곤경에 몰아 시험하는가? (蒼天著意困英雄)
한평생 할 일을 알려 해도 알 수 없지만, (欲知未了生平事)
모두가 장탄식 한숨 속에 함께 있도다. (盡在一聲長歎中)

진숙보가 울음을 참고 읊조릴 때, 다가오는 발소리가 나더니 엉성한 출입문을 두드리는 소리가 들렸다. 진숙보가 어떤 곤경이나 영욕에 흔들릴 사람은 아니었지만, 오늘의 이 더러운 기분에서는 끓어오르는 분노를 참질 못했다. 그래서 버럭 소리를 질렀다.

"누구야? 왜 문을 두드리나? 너 같은 소인이 나 진숙보를 무시해? 올 때 분명했으니 갈 때도 분명한 진숙보야! 내 문서가 너한테 있으니 도망가지 못한다고 나를 깔보는가?"

그러자 밖에서 뜻밖에도 여인의 목소리가 들렸다.

"진씨 나으리 목소리 좀 낮추세요! 저는 왕소이의 아내 유가(柳哥)입니다."

"여인이 내게 무슨 볼 일이 있소?"

"저 못난 서방이 좁은 소견으로, 은자 몇 냥이 모자른다고 나으리에게 이렇듯 불손하고 푸대접하니, 제가 대신 용서를 빌겠습니다. 제가 이래서는 안 된다고 타일렀어도 제 말을 알아듣지 못합니다. 왕서방은 스스로 오물을 덮어쓰면서 나으리를 푸대접하지만 부디 너그럽게 용서 바랍니다. 마침 왕서방이 잠들었기에 저녁식사를 챙겨왔습니다."

소소한 가을바람, 주머니는 이미 비었고, (蕭蕭囊橐已成空)
어느 누가 지친 공사를 불쌍히 살펴주나? (誰復留心恤困窮)
표모의 찬밥 한 그릇 국사(國士) 회음후를 살렸고, (一飯淮陰遺國士)[83]

객점 여인의 한끼 영웅을 알아보았는가? (卻輸婦女識英雄)

그 말을 들은 숙보는 눈물을 떨어트리며 말했다.

"현명한 분이시군요. 바로 회음후(淮陰侯) 한신을 불쌍히 여긴 표모(漂母)가 귀인을 알아보고 몇 끼의 밥을 먹여준 것과 같군요. 지금은 한이 맺혔으나, 언젠가 진숙보가 齊(제) 땅에 봉(封)해지는 날, 천금으로 보답하겠소!"

밖에서 유씨가 말했다.

"저는 소인의 아내이고 감히 군자에 비할 바가 아니니, 어찌 무슨 보답을 바랄 수 있겠습니까? 다만 어르신께서는 지금 곤경에 처하셨습니다. 제가 볼 때 어르신께서는 아직 여름 옷을 입고 계시는데, 지금은 가을이 깊었고, 이곳 노주는 한랭한 곳입니다. 거기다가 웃옷에 찢어진 곳도 있어 존체가 드러나 보입니다. 제가 직접 바느질을 해드릴 수 없어 안타까울 뿐입니다. 밥그릇 곁에 바늘에 실을 꿰어 놓았습니다. 내일 바람을 쐬며 밝은 곳에서 꿰매십시요. 그리고 나중에 택주의 벗이 오시면 가을 옷을 사 입으시면 될 것입니다. 내일 아침에 제 못난 남편이 언짢은 말을 하

83 원문 一飯淮陰遣國士(일반회음견국사)－國士無雙(국사무쌍)은 淮陰侯(회음후) 韓信(한신, ?－前 196年)을 평한 蕭何(소하)의 말이다. 대장군 韓信에 관한 成語에 '成敗는 一蕭何요, 生死는 兩婦人이라.'는 말이 있다. 한신이 빨래하는 여인〔漂母(표모)〕에게 찬밥을 얻어 먹고 살았으나, 출세 후 漢 高祖의 呂后(여후)에 잡혀 죽었다. 《漢書》 34권, 〈韓彭英盧吳傳〉 참고.

더라도 괘념치 마십시오. 저의 집에서 아침을 안 드시더라도 내일 점심에 차 한 잔이라도 사 드시라고 동전 몇 푼을 함께 올렸습니다. 내일 저녁은 일찍 들어오셔서 잡수시기 바랍니다."

이런 말을 마친 뒤, 여인의 발소리가 멀어졌다. 진숙보는 문을 열고 밥상을 들여왔다. 조그만 소반에는 뜨거운 밥과 국과 반찬이 가즈런히 담겨 있었고, 말한 그대로 실과 바늘 그리고 동전 3백 문(文)이 있었다.

진숙보는 마음으로 진정 고마워하며 식사를 마쳤다. 식사를 마친 진숙보는 몰려오는 잠을 이기지 못해 그대로 잠이 들었다. 진숙보는 잠을 푹 잤다.

새벽녘 꿈속에서 진숙보는 다 무너져가는 초가에 서있었다. 부서진 집 곳곳으로 달빛이 비치는데 자신의 찢어진 여름 옷 사이로 달빛이 닿으면서 찢어진 옷이 튼튼하게 꿰매졌다. 진숙보는 꿈에서 자신의 옷을 만지다가 잠을 깨었다. 참으로 이상한 꿈이었다.

기운 옷을 입은 기인을 알아주는 이 없고, (補袞奇才識者稀)
누더기를 걸쳤으니 모든 일이 어긋난다. (鶉懸百結事多違)
꼼꼼히 바느질하신 어머님 모습에 놀라니, (縫時驚見慈親線)
객지를 떠도는 아들 옷깃은 눈물에 젖는다. (惹得征人淚滿衣)

숙보는 그래도 3백문이 있으니 마음이 든든하였다. 이를 노자로 삼아 택주에 가볼까? 생각도 했으나 만약 번건위를 만나지 못하면 그 다음에 어떻게 돌아오겠는가? 왕소이는 내가 도망쳤다고 의심할 것이다. 진숙보는 찐빵을 사서 품에 넣고 官道(관도)에 앉아 기다렸다.

오가는 사람들을 바라보며 앉아있으니 어느덧 해가 서산에 저물고 있었다. 멀리서 푸른 옷에 범양(范陽, 地名)의 氈笠(전립)을 머리에 쓰고 허리에는 칼을 찼으며 어깨에 상자를 짊어진 사람이 보였다. 진숙보는 번건위와 매우 비슷하다 생각하며 기다렸으나 다른 사람이었다. 그리고 이어 말을 탄 몇 사람의 사냥꾼이 지나갔다.

진숙보는 한 발을 남의 집 대문에 걸치고 그들을 피했다. 그리고 뒷걸음치다가 하마터면 남의 집 화로를 차 엎을뻔했다. 그런데 나이가 50쯤 되어 보이고 손에 염주를 쥔 어떤 노파가 화로불을 쬐고 있다가 두건위를 아래위로 한번 훑어보고서 말했다.

"당신을 보니 추워보이는데 옆에 앉아 불이나 쬐시오."

그러자 숙보는 "미안합니다."라고 말하며, 화로 곁에 앉았다.

그 부인이 말했다.

"보아하니, 젊은 양반이 힘들어 보이는데, 무슨 일이 있소? 분명 여기 분은 아닌데. …"

"나는 산동 사람입니다. 기다리는 벗이 있지만 돌아오지 않고, 노잣돈도 떨어져 돌아가질 못하고 있습니다."

"그렇다면 마음속에 아무 시진(時辰)을 말해보시오. 내가 당신을 위해, 기다리는 사람이 올지 안 올지 점을 한번 쳐보겠소."

숙보는 입에서 나오는 대로 신시(申時)라고 말했다. 부인은 중얼거리며 손가락을 꼽았다.

그러더니 웃으면서 말했다.

"곧 기쁜 소식이 있다는 점괘입니다. '기쁜 일이 생기나 올 사람은 서둘지 않는다.' 고 합니다. 하여튼 틀림없이 돌아올 것이나 아직은 아닌 것 같소. 이번 달이 지나면 꼭 소식이 있을 것이요."

그러자 숙보가 말했다.

"아주머니 말소리는 여기 말소리가 아닙니다. 성씨는 어떻게 됩니까?"

"나는 고씨(高氏)이고, 본래 창주〔滄州, 지금의 河北省(하북성) 중부, 天津市(천진시) 서남부〕 사람인데, 재작년에 남편이 죽어, 친척을 찾아 아들을 데리고 여기까지 흘러왔지요."

"아주머니 아들은 이름이 뭡니까? 나이는? 무슨 일을 합니까?"

"딱 아들 하나인데, 이름은 開道(개도)입니다. 완력이 좀 있어 창봉술을 배웠습니다. 일정한 생업도 없지만 집에 붙어있지 않고 떠돌아다닙니다."

그러면서 일어서더니 숙보에게 말했다.

"아직 점심도 안한 것 같은데, 마침 집에 국수가 좀 있으니 갖다 드리겠소."

그리고 부엌에서 뜨거운 국수와 다진 마늘 양념과 젓가락을 갖다가 탁자 위에 놓고 진숙보에게 권했다. 진숙보는 종일 기다렸기에 배가 고팠다. 숙보는 사양하지 않고 고맙다는 인사를 하고서 곧 국수 한 그릇을 깨끗하게 비웠다.

그리고서 말했다.

"아주머니한테 큰 신세를 졌습니다. 언젠가는 모르겠지만, 진숙보가 틀림없이 보답할 때가 있을 것입니다."

"내가 볼 때, 당신 같은 사나이는 결코 녹록한 사람은 아닙니다. 무슨 말이든 하는 대로 이뤄질 것입니다. 죽는 사람을 살려준다면 보답을 바랄 수 있겠지만 이 국수 한 그릇에 무슨 보답입니까?"

그 시간에 이미 거리에는 등불이 켜지기 시작했다. 진숙보는 노파에게 거듭 고맙다는 인사를 하고 객점으로 돌아가려 대문을 나섰다.

'사나이 진숙보가 이처럼 부끄럽게 대문을 나서는가? 기다리는 벗은 만나지 못하고 현명한 두 여인에게 신세만 졌구나!'

그러나 가슴속으로는 무슨 일이 곧 풀릴 것 같다는 생각이 들었다. 생각에 생각을 하며 진숙보는 자신도 모르게 거리를 지나고 있었다.

빨래하는 여인을 만나기는 어렵고, (漂母非易得)
천금의 큰돈을 그냥 물에 던졌다. (千金曾擲水)

한편, 객점의 왕소이는 숙보가 돌아오지 않자, 이래저래 의심하며 아내에게 말했다.

"그 진씨라는 사람이 신선이 되었는가? 돈이 없어 내게 빚을 갚지도 못하고서, 나 몰래 다른 데로 거처를 옮겨갔는가?"

그 아내가 대답했다.

"사람이 재물을 변통할 수도 있고, 아니면 잘 아는 벗을 만나 하루 이틀 머물 수도 있을 것이요. 사람의 일이란 알 수 없는 법입니다."

"그렇긴 하다만, 나는 그가 밥이나 빌어먹을 사람이라 생각되오."

그 다음 날 이른 아침, 진숙보가 막 문을 나서려 할 때, 밖에 검은 옷을 입은 젊은 두 사람이 숙보를 기다리고 있었다. 진숙보는 그들을 맞이하였다. 그러나 무슨 일이 있을 것인가?

다음 회를 읽어 보시라.

제8회

삼의방에서 철간을 저당잡히며 무시당했고, 이현장에서 말을 팔며 호걸을 새로 알았다.(三義坊當鐧受腌臢, 二賢莊賣馬識豪傑.)

노래로 읊기를, 詞曰,

암말, 수말, 검은 말, 누런 말, (牝牡驪黃)
그렇고 그러니 어찌 뛰어나겠는가? (區區豈是英雄相)
손양(孫陽)[84] 같은 이 없으니 (沒個孫陽)

84 손양(孫陽, 伯樂) — 백락(伯樂, 約 前 680년 — 前 610년). 孫陽(손양)이 원명. 春秋 중기 고국(郜國, 今 山東省 중부 菏澤市 成武縣) 사람. 秦나라 穆公(목공)의 신임을 받아 '伯樂將軍(백락장군)'에 임용되었다. 말을 잘 감식한 사람으로 지금껏 명성이 있다. 《伯樂相馬經》을 저술하였다. 伯樂은 본래 星宿(성수)의 이름인데, 천상에서 天馬를 사육하는 신선이었다. '천리마일지라도 백락을 만나지 못한다면, 어찌 천리마가 되겠는가?(使驥不得伯樂, 安得千里之足?)

천리마를 어느 누가 알아주겠나? (駿骨誰相賞)
마굿간에 매어 슬피 울지만, (伏櫪悲鳴)
기운을 토하니 청운도 출렁인다. (氣吐青雲)
슬프다. 소금 수레에 매여 절뚝이며, (多惆悵, 鹽車躑躅)
준마는 태행산 산길을 간다. (太行道上)
— 곡조 〈점강순〉 — 調寄 〈點絳唇〉

보도(寶刀)가 아무리 날카로워도 문사(文士)의 마음을 움직일 수 없고, 준마가 아무리 우량하더라도 농부의 마음에는 들지 않는다. 영웅이 아무리 하늘을 떠받치고 땅을 흔들만한 능력이 있어도 누가 그를 알아주고 중용하겠는가? 그냥 땅바닥에 버려질 뿐이다.

검은 옷을 입은 두 젊은이는 객점 주인 왕소이와 서로 인사를 나누면서 물었다.

"이분이 진씨 나으리입니까?"

왕소이가 "그렇습니다."라고 응답했다.

그 젊은 사람들은 "진형을 뵙고자 합니다."라고 인사했다.

진숙보는 그 까닭을 알 수 없었다. 우선 대청에 올라 자리를 잡았다. 두 사람이 상좌에 앉았고 숙보는 맞은편에 자리 잡았다. 왕소이가 차를 내왔다.

차를 마신 다음에 숙보가 먼저 물었다.

"두 분은 내게 무슨 일이 있습니까?"

"우리는 이곳 아문에서 하급 차사(差使)로 일하고 있습니다. 저희가 알기로, 진형께서도 같은 분야라 하시니 저희가 말씀드리고 싶었습니다."

진숙보는 "무슨 일입니까?"라고 거듭 물었다.

"여기 왕소이는 우리 아문 앞에서 오랫동안 객점을 열고 우리를 도와주었기에, 우리에게는 진실되고 후덕한 벗입니다. 그렇지만 1천 날을 잘 하다가 하루라도 잘못할 수도 있지요. 여기 왕소이가 진형에게 어떤 잘못을 했는지는 모르겠습니다. 진형한테 잘못한 점이 있다면, 우리라도 진형에게 사죄를 하려고 이렇게 찾아왔습니다."

진숙보는 그 젊은 두 사람이 자신을 협박하러 왔다는 뜻을 금방 알았다.

그래서 단호하게 말했다.

"그런 말 하지 마십시오. 어디서 무엇 때문에 그런 말이 나온 것이요?"

"여러 사람은 형씨가 왕소이를 하잖게 여겨 정산을 일부러 미룬다고 말합니다. 왕소이가 잘못했다면 일단 정산을 한 다음에 왕소이를 꾸짖으면 될 것입니다. 그러면 모든 것이 간단합니다. 만약 은자를 갚지 않고 왕소이 객점을 헐뜯는다면 우리는 친구를 도와야 합니다."

숙보가 아무리 타관에서 온 사람이라지만 이런 협박을 당해야 하는가? 왕소이가 관원을 끌어들여 진숙보를 협박하는 줄을 누가 모르겠는가?

진숙보가 말했다.

"내가 두 분께 솔직히 말하지만, 나는 여기 주인 부부를 이상하게 생각하지 않습니다. 다만 나의 주머니가 비었기에 정산을 못하고 있습니다. 내 여비를 친우가 갖고서, 공무로 택주에 가서는 아직 돌아오지 않고 있습니다. 곧 친우가 돌아오면 모두 정산하고 나도 빨리 돌아가야 합니다."

"형씨처럼 산동에서 오신 분들은 대개 자기 자신만 생각합니다. 친구를 기다리면서 밥을 배불리 먹었다면, 우선 어떻게든 밥값을 변제해야 하지요. 그렇지 않으면 객점을 어떻게 꾸리며 시중을 들겠습니까? 친구가 무슨 일이라도 있어 돌아오지 않는다면, 왕소이가 그 손해를 덮어써야 합니까? 그렇다고 착한 왕소이가 손님을 무시할 수도 없지요. 손님을 무시한다고 형씨가 소문을 내면 이 객점에는 귀신도 찾아오지 않을 것입니다. 그러면 왕소이는 객점을 문닫아야 합니다. 객점에 드신 손님은 날이 덥던 춥던 주인에게 이런저런 것을 요구하니 마치 산에 사는 호랑이와 같습니다. 어느 날 손님이 객점이 나쁘다며 소리를 지르고 떠난다면, 그런 손님은 귀신도 어쩌지 못할 것입니다. 옛말에도 '남에게 바라나니 차라리 내가 애쓰는게 낫다.' 고 하였습니다.[85] 만약

---

85 원문 '求人不如求己(구인불여구기).' — 여기 人은 타인. 己는 자신.

택주로 간 진형의 벗이 아니 온다면 일 년을 기다린다면 되겠습니까? 형씨의 본 관아에서는 1년을 기다렸다가 조사할 것 같습니까? 그가 죽었다면 형씨도 곤란해질 것입니다. 그러니 빨리 임시 조치를 취해야 할 것입니다."

숙보는 마치 술에 취했다가 깨는 것 같은 기분이었다.

그래서 두 사람에게 말했다.

"형씨들 말씀도 일리가 있습니다. 나도 오지 않는 친우를 무한정 기다릴 수도 없습니다. 나에게 금으로 장식한 두 개의 쇠 채찍(철간, 鐵鐧)이 있으니, 그것을 팔더라도 정산할 것입니다. 그리고 남은 돈을 여비로 돌아가야지요."

그 두 사람은 왕소이를 불러 말했다.

"왕형, 여기 진형께서는 왕형을 나쁘게 생각하지 않으시네. 그리고 쇠 채찍을 팔아서라도 정산하신다 하니, 진형을 이전처럼 잘 모셔야지요."

그들은 통성명도 하지 않고 손을 한 번 들어보이고 떠나갔다.

새장 속 구관조는 말을 할 수 있으나, (在籠鸜鵒能調舌)
물 떠난 교룡은 날아오를 수 없다네. (去水蛟龍未得飛)

본래 '사내 대장부는 다른 사람의 도움을 바라지 않는다(好漢不求人).' 는 말도 있고, '군자는 가난을 견딜지언정 남한테 얻으려 하지 않는다(君子固窮不求人).' 그리고 '사내대장부는 남의 도움을 기다리지 않는다(好漢不求人).' 라는 속담도 있다.

숙보는 뒤켠으로 돌아가 금장식을 한 쇠 채찍을 챙겼다. 그러는 동안 왕소이는 갑자기 간사한 꾀를 생각해 내었다.

'저 진씨는 금으로 장식한 쇠 채찍을 두 개나 갖고서도, 그걸 팔아서라도 나에게 진 빚을 갚을 생각을 하지 않았기에 내가 엉뚱한 사람을 불러 부탁을 하게 했으니, 역시 간사한 사람이야! 협박을 하니 이제야 어떻게 하겠다고 꾸물대지만, 저 물건을 팔게 하지 말고 저당을 잡히게 하는 것이 나을 거야. 저당을 잡히면 내가 나중에 받은 돈으로 전당포의 돈을 갚아주고 저 채찍을 갖다가 금을 떼어내 마누라 노리개로 만들어 줄 수도 있지. 잘하면 객점의 식대 이상으로 큰 몫을 챙길 수도 있을 거야.'

왕소이는 얼굴 가득 웃음을 머금고 진숙보의 거처로 갔다.

숙보는 방의 지푸라기 위에 앉아 두 개의 쇠 채찍을 꺼내 무릎에 얹어놓고 이리저리 살펴보았다. 채찍 곳곳에 상감한 구리의 파란 녹이 슬어있었다. 이는 순금으로 상감하지 않은 증거였다.

이 채찍은 숙보의 조부 진욱(秦旭)이 부친 진이(秦彛)에게 물려주었고, 이제 자신까지 3대에 걸친 가보이면서 가문을 지켜온 병기(兵器)였다. 숙보가 말을 탈 때는 늘 말안장에 걸어었기에 손잡이 부분에 상감된 금(金)은 마모되었고, 요철(凹凸) 부분에서 오목한 부분만(凹) 금빛이 반짝였으나 그마저도 곳곳에 파란 녹이 있었다.

진숙보는 바닥의 찌푸라기를 잡아 채찍의 곳곳을 문대어 일단 파란 녹을 벗겨내었다. 그런 모습을 왕소이가 지켜보고 있었다.

왕소이는 노랗게 빛나는 금빛을 넋이 나간 듯 바라보다가 숙보에게 말했다.

"진씨 어르신! 그 채찍을 팔지 않는 것이 좋을 것 같습니다."

"왜 팔지 말라고 하는거요?"

"여기 노주에 융무호(隆茂號) 전당포(當鋪)가 있어 무슨 물건이든 짧은 기간 저당잡고 돈을 빌려줍니다. 어르신이 저 철채찍을 저당잡히면 은자 몇 냥을 받을 수 있고, 저와 정산을 하면 저는 우선 양식을 사다 어르신을 모실 수 있습니다. 그리고 택주에서 벗이 오면 그 이자만 갚아주고 잡힌 물건을 되찾으면 됩니다. 팔았다가 다시 사려면 훨씬 많은 값을 주어야 합니다."

사실 숙보도 가문의 병기를 남에게 팔고 싶지 않았기에 저당잡혀 돈을 빌리고 싶었다. 그래서 왕소이와 함께 삼의방(三義坊)에 있는 대씨(大氏) 성을 가진 전당포를 찾아갔다. 전당포에는 검은 격자 창틀에 「융무호당(隆茂號當)」이라는 간판이 걸려있었다.

진숙보와 왕소이는 곧장 안으로 들어갔고, 숙보는 쇄 채찍을 계산대 위에 내려놓았다. 그 무게와 힘에 큰소리가 나자, 주인이 매우 못마땅한 듯 볼멘소리를 했다.

"아이고! 우리 계산대를 부수지 마시오."

"이걸 저당잡아주시오."

"이런 물건은 그냥 못쓰는 구리, 곧 폐동(廢銅)입니다."

"이는 나의 병기인데, 왜 폐동이라 합니까?"

"손님이 손에 쥐고 흔들 때나 병장기이지, 이를 오랫동안 잡고 있으면 그냥 폐품 구리로 녹여 잡화로 처리하니 폐동이 아니면 무엇이겠소?"

"좋소. 폐동이라 하고 저울에 무게나 달아보시오. 두 개가 모두 128근입니다."

"손님, 그렇다 하더라도 닳아 없어진 것도 계산해야 합니다."

"채찍에 무늬 놓은 순금은 계산에 넣지 않았는데, 또 무엇이 닳아 없어졌단 말이요?"

"색깔만 금빛입니다. 그건 그렇고, 손잡이 무게까지 계산할 수 없습니다. 그 손잡이는 쇠처럼 단단한 나무라서 무게만 나가고, 손잡이 가죽 무게도 계산할 수 없습니다."

진숙보는 화가 치밀어 참을 수가 없었다.

그래도 어쩔 수 없이 말했다.

"두 개의 자루 부분 8냥을 빼면, 120근은 확실할 것이요."

"이곳 노주 구리 광산에서 나오는 상품 구리 1근의 4분의 1 값으로 계산하면 은자 5냥에서 2푼이 빠집니다. 그보다 1푼이라도 더 줄 수 없습니다."

숙보는 마음속으로 생각했다. 그 돈이면 지금 객점에 밀린 식비에도 부족하고, 며칠 더 먹고 나면 산동으로 돌아갈 여비도 없었다.

결국 숙보는 소중한 병기를 저당잡히지 않았지만 전당포 주인한테 무시만 당했다. 왕소이는 자신의 속셈과 어긋나자 불쾌한 표정이 역력했다. 숙보는 객관에 돌아와 침울하게 앉아 있었다.

온 세상 모두가 속인의 안목이니, (擧世盡肉眼)
그 누가 기이한 진품을 알겠는가? (誰能別奇珍)
그래서 세상의 뛰어난 영웅들은, (所以英雄士)
그렇고 그런 속인 속에 묻혀진다. (碌碌多湮論)

왕소이의 푸대접은 이전과 같았다.

왕소이가 숙보를 찾아와 물었다.

"당신에게 돈 될만한 것이 또 무엇이 있는지 생각해보시오."

"주인장, 당신 정말 멍청합니다. 나는 공무로 출장 온 사람인데, 내가 손에 쥔 무기 외에 금은보화나 노리개라도 싸들고 여기까지 왔겠소?"

"그렇다면, 나는 무슨 수로 당신을 손님으로 모시겠습니까?"

"내가 타고 온 저 황표마(黃驃馬)를 살 사람이 있겠나?"

그러자 왕소이의 눈이 번쩍 뜨였다.

"나으리는 우리 집에 이렇게 오래 묵으면서 왜 여태껏 그런 말씀을 하지 않았소? 여태껏 겨우 저 쇠 채찍이나 팔려고 했습니다. 나는 노주 사람입니다. 노주에서는 진금(眞金)도 가짜라고 생각합니다. 그런데 누가 무기를 알아주겠습니까? 손님이 만약 말을 팔려 한다면? 여기는 내륙지방이고 누구나 걸어다녀야 하니, 손님의 저 비쩍 마른 말이라도 걷는 것보다는 나을 것이니, 일단 말을 팔겠다면 우리 일은 모두 해결될 것이요."

"저 말이 돈이 되겠소?"

"말이 마굿간에서 나가는 순간 은자가 대문으로 들어옵니다."

"이곳에 마시장은 어디입니까?"

"서쪽 성문 안 큰 거리에 있습니다."

"언제 가면 되겠습니까?"

"마시장은 새벽 오경(五更)에 시장이 열렸다가 해가 뜰 무렵이면 철시합니다."

왕소이는 아내를 불러 저녁을 차리게 하여 진숙보와 함께 먹었다. 그리고 내일 오경에, 마시에 나가기로 약속했다.

그날 밤 숙보에게는 괴로운 밤이었다. 새벽 오경의 마시를 놓칠까 걱정도 되었지만, 저 말을 판 다음에는 어떻게 돌아가야 하나? 가시방석에 누운 듯 뒤척이다 보니 잠을 못들고 울분만 쌓였다. 오경이 되었으리라 생각하고 일어나 찬물에 세수를 하고 머리를 빗었다. 왕소이가 등불을 들고 왔다.

숙보는 마굿간에 말을 보는 순간 놀라 넘어질뻔했다.

'말이 얼마나 굶었기에 이 모양인가?'

숙보도 주인의 푸대접에 미칠 지경인데, 말을 누가 보살펴주었겠는가? 왕소이와 계산하면서 식대로 해결을 못했기에 말 사료를 부탁한다는 말을 하지 못했다. 그렇다고 말을 이렇게 굶겼단 말인가?

그동안 말은 수없이 울부짖었고, 그때마다 그래도 착한 심성을 가진 왕소이의 아내가 남편 몰래 가끔 볏짚단을 던져주었지만, 먹는지 안 먹는지 누가 챙겨보았나?

하루에 천리를 달리던 말이 마굿간에서 굶으며 울부짖는 동안, 발굽은 더 벌어지고 콧구멍만 휑하니 커졌으며, 홀쭉해진 배는 밑으로 늘어졌고, 갈기만 길게 자라 아주 흉측한 모양이 되었다.

진숙보가 이제서 말이 왜 이렇게 되었느냐고 소리 질러봐야 왕소이는 '사람 먹을 것도 없는데 어찌 말을 멕이느냐?' 고 대꾸할 것이 뻔하기에, 숙보는 아무 말도 하지 않았다. 왕소이는 말머리를 마구 눌러 고삐를 매었다.

왕소이가 마굿간 문을 열고 말을 끌어내려 했다. 그러나 말은 뒷발로 버티면서 나오려 하지 않았다. 마치 이렇게 이른 새벽에 안장을 얹지도 않고 끌어내는 것을 말을 팔려는 뜻이라고 알고 있는 듯했다. 왕소이는 말 고삐를 세게 잡아당겼고 말을 버티었다. 이에 진숙보가 마굿간으로 들어섰다.

숙보의 황표마는 천리마이며 신령스런 짐승이었다. 황표마가 자신의 불우한 처지를 아는 듯 고개를 끄덕이자, 숙보는 말을 다독이며 앞으로 이끌었다. 그러나 황표마는 여전히 버티며 움직이지 않았다. 진숙보는 눈물을 머금고, 말머리를 다독이며 마음속으로 말을 달랬다.

'나도 너의 마음을 안다. 그러나 어쩔 수가 없구나!'

그래도 말은 나올 생각이 없는지 그대로 뒷발을 꿇으며 자리에서 누워버렸다. 진숙보가 말 머리를 두드리며 달래는 동안, 왕소이는 답답했는지 어디서 몽둥이를 들고 와 말 엉덩이를 힘껏 내리쳤다. 진숙보가 서둘러 왕소이의 팔을 잡아 비틀었다.

진숙보는 호랑이라도 끌어낼만큼 그 힘이 장사였는데, 어찌 비루먹은 말 한 필을 끌어내지 못하겠는가? 진숙보는 계속 말을 다독이며 일으켜 세웠다. 말은 일어섰고 순순히 끌려 나왔다.

진숙보와 말이 대문을 나서자, 왕소이는 숙보의 뒤에서 쏘아부쳤다.

"말을 팔지 못하거든 돌아오지 마시오."

숙보는 말을 타지 않고 말과 함께 걸어 성의 서문 옆 마시장을 찾아갔다. 마시장은 이미 열렸고, 말을 팔려는 사람과 사려는 사람으로 붐볐다. 말을 둘러보는 사람, 말에 안장을 얹고 올라타서 말을 하거나 천천히 또는 빠르게 달려보는 사람도 있었다.

진숙보가 삐쩍 마른 말을 끌고 들어가자, 어떤 말 장수가 외쳤다.

"여러분 길을 좀 터주시오. 궁색한 사나이가 병든 말을 끌고 왔습니다. 부딪쳐서 말을 쓰러트리지 않도록 조심하십시오."

진숙보는 입을 꾹 다문 채, 혀를 깨물며 아무 말도 하지 않았다. 숙보가 말을 끌고 마시장을 한 바퀴 돌았지만 말을 걸어오는 사람은 커녕 눈길을 주는 사람도 없었다.

숙보는 한켠에 서서 말에게 말하듯 중얼거렸다.

'불쌍하구나! 네가 산동에서 도적떼를 추적할 때, 얼마나 멋있고 자랑스러웠더냐? 그런데 오늘, 어찌, 이처럼, 기가 죽어 머리를 숙여야 하는가? 모두가 나의 잘못이로다. 내가 어찌 너를 원망하겠니? 내가 못난 탓이로다. 은자 몇 냥이 없어 내가 푸대접받는 거야 어쩔 수 없지만 너에게 무슨 잘못이 있는가!'

옛말에도 이런 속언이 있다.

사람이 빈천하면 말소리가 낮아진다. (人當貧賤語聲低)
말이 마르고 털이 길면 수척해 뵌다. (馬瘦毛長不顯肥)
배부른 고양이는 호랑이만큼 강하고, (得食貓兒强似虎)
깃털 빠진 앵무새는 닭만도 못하다. (敗翎鸚鵡不如雞)

처음엔 사람이 말을 끌고 시장을 돌았지만 나중에는 말이 사람을 끌고 시장을 돌았다. 걱정으로 밤새 잠을 못 잔 데다가 오경에 일어나 빈속으로 객점을 나와 마시를 돌다보니, 아무도 처다보지는 않고, 그러다 보니 숙보는 꾸벅거리고 졸면서 말고삐를 잡고 따라다닌 셈이었다. 하늘이 다 밝자 마시는 파장이었다.

성문이 완전히 열렸고 성 밖 농부들이 나뭇단이나 밀짚단 등을 지고 들어왔다. 노주는 산서(山西) 지방인데, 어떤 곡식은 추수를 하더라도 푸른 잎이 그대로였다. 마침 어떤 농부가 밀짚단을 한 짐 쥐고 팔러 들어왔는데, 거기에는 푸른 잎이 많이 있었다. 푸른 밀짚을 본 숙보의 굶주린 말이 밀짚을 물어 당기자, 짚단을 지고 있던 사람이 옆으로 넘어졌다. 순간 숙보는 깜짝 놀라 급히 노인을 부축해 일으켰다.

그 사람은 노인이었지만 건강하였기에, 몸을 털고 일어서더니 숙보에게 말했다.

"젊은 양반, 걱정하지 마시오."

그런데 말은 노인의 밀짚단을 마구먹었다.

그러자 노인네가 말했다.

"말을 타지 않고 천천히 끌고 다니는 것을 보니 말을 팔러 왔소?"

"말을 팔려고 왔지만, 흥정하려는 사람이 아무도 없습니다."

"내가 저 말 때문에 넘어지긴 했지만, 저 말이 먹성은 아주 좋구먼!"

숙보는 말이 팔리지 않아 근심하던 차에 자기의 말을 칭찬해주자 기분이 좋았다.

백락(伯樂)이 한번 쳐다보니 말 값이 올라간다고 하지 않았던가?[86]

---

86 '백락이 한번 돌아보니 말 값이 열 배로 뛴다(伯樂一顧, 馬價十倍).' 이 말은 전문가의 자문이 중요하다는 뜻이다. 본래 '천리마는 언제나 있지만, 백락이 늘 있는 것은 아니다(里馬常有, 而白樂不常有).' 라고 하였다. '세상에 백락이 있고 나서야 천리마가 있을 수 있다(有白樂 然後有千里馬).' 하였으니, 이는 인재를 알아볼 사람이 없다면 인재를 발탁할 수 없고, 결국은 인재가 없는 것과 같다는 뜻이다. 이는 唐 한유(韓愈)의 〈잡설(雜說)〉에 나오는 구

진숙보는 연이어 노인에게 물었다.

“노인은 말 안장을 만드는 분이십니까? 아니면 수의(獸醫) 출신이십니까?”

“나는 말하고는 상관 없는 사람입니다. 올해 육십이 넘었는데, 오래 살다보니 그저 본 것이 있을 뿐입니다. 나는 성 밖 15리 되는 곳에 사는데, 오늘 밀집 4단 약 100여 근을 짊어지고 성내에 팔러 왔습니다. 기왕 넘어졌으니, 저 밀짚을 풀어 말에게 먹이시오. 사람이건 짐승이나 우선 굶주린 배는 채워야 합니다. 저 말은 정말 먹성이 좋구먼!”

그러면서 노인은 “젊은이는 이곳을 잘 몰라서 이런 마시에 들어온 것 같소. 여기 마시에서 말을 사려는 사람들은 모두 좋은 말이라도 제 값을 안주고 싸게 사려는 좀스러운 사람들이요.”라고 말했다.

그러자 숙보가 웃으며 말했다.

“여기 사람들이 좀스런 사람인 줄을 어떻게 알 수 있습니까?”

“여기 부잣집 자제들은 말을 사기 전에 하인에게 말안장을 들려갖고 와서 말등에 얹어 말을 타본 다음에 자기 마음에 들면, 말고삐를 매어 금방이라도 끌고 갈듯하면서도 마음에 없는 듯 말값을 후려치는 사람들이요. 우선 말의 빛깔이나 외모를 먼저 따

절이다. ‘천리마도 천리마를 탈 수 있는 사람이 있어야 하며(千里馬還得有千里人來騎)’, ‘천리마가 마굿간에 있어도 백락이 아니라면 알아보지 못한다(驥伏櫪槽 非白樂不能知).’ 는 속언도 있다.

지니 젊은 양반의 저 말처럼 수척한 말은 쳐다보지 않는 것이 당연하지. 옛말에도 '금을 사려면 금을 잘 아는 사람을 찾아가라(買金須向識金家).' 고 하였소. 젊은 양반이 이곳 마시에서 몇 날 며칠을 돌아다녀도 말을 팔기가 어려울 것이요."

그러자 숙보는 초조한 마음에 노인에게 다가서며 말했다.

"노인의 밀짚 한 짐을 팔아봐야 아주 소소한 일이요. 만약 노인이 저 말을 잘 팔아준다면 내가 은자 1냥을 드리겠소."

그러자 노인도 크게 좋아하며 말했다.

"이곳 성 밖을 나가 십 리쯤 가면 이현장(二賢莊)이란 장원이 있습니다. 그곳 주인의 성은 선씨(單氏, 單은 성씨 선)이고, 이름은 웅신(雄信)인데, 그의 형제 항렬이 둘째라서 보통 이원외(二員外)라고 부릅니다. 그분은 여러 호걸과 널리 교제하시는데, 좋은 말을 사서 벗들에게 나눠줍니다."

그 말을 듣는 순간, 숙보는 술에서 막 깨어나듯 또 길고 긴 꿈에서 방금 깨어난 듯, 머리를 얻어맞은 듯, 자신도 모르게 후회하였다.

"내가 스스로를 못 챙겼구나. 고향에서 친우들한테, 늘 '노주 이현장의 선웅신은 호걸과 널리 사귄다.' 는 말을 듣고서도, 여기에서 아직까지도 생각을 못했다니! 지금껏 찾아뵙지도 못하고서 이제 와서 남루한 차림새에 굶주리고 여윈 모습으로 찾아갈 수 있겠는가? 늦어도 너무 늦었구나! 그야말로 목마르니까 우물을 파려 한다면, 후회해도 소용없지 않은가? 그렇지만 지금 이현장을 찾아가지 않는다면 건너갈 배가 없는 것이고, 다시 또 어디 누구를 찾아가겠는가? 거기에 가서 그냥 말만 팔면 될 뿐! 이제서 명성을 흠모했다며 붕우라며 찾아갈 수는 없다."

이렇게 생각한 숙보는 그 노인에게 말했다.

"노인장, 노인께서 나를 안내하십시오. 만약 이 말을 파는 거래가 성사되면, 내가 노인장에게 은자 1냥을 사례하겠습니다."

노인은 은 1냥이라는 후한 사례에 마음이 움직였다. 노인은 두부집 문 앞에 짚단을 내려놓고 주인에게 부탁했다. 그리고는 긴 막대에 매달린 주머니에 넣어왔던 누런 콩 한 되를 풀어 그릇에 쏟아서 말에게 먹였다. 본래 그 콩은 노인이 찻입(茶葉)과 바꾸려던 것이었다. 그리고 푸른 짚단을 골라 황표마에게 먹였다.

노인은 멜대를 어깨에 메고 길을 안내했다. 숙보는 말을 끌고 노인 뒤를 따랐다. 성문을 나가 한 십 리쯤 걸어가니 무성한 수풀 아래로 커다란 장원이 보였다.

그 장원은 맑은 시냇물이 마을을 감싸 흐르고 고목이 울창했다. 냇물에는 물고기가 떼를 지어 헤엄쳤고 물새들이 날고 있었다. 둥근 천정 모양의 작은 무지개다리가 놓였고, 마을 경치는 아늑하고 조용하였다. 크고 작은 집채가 연달았고, 짜임새가 확실한 규모 있는 마을이었으니, 오래된 명문가임에 틀림없었다.

늙은 농부는 멜대를 멘 채 무지개다리를 건너 곧장 장원으로 들어갔다. 진숙보는 다리 남쪽의 나무에 말을 매었다. 숙보가 보아도 말은 너무 수척해보였다.

숙보는 마음속으로 생각했다.

'내가 원하지 않는 일은 남에게도 시키지 말라고[87] 하였는데, 내가 보아도 비쩍 말라 볼품없는 이 말을 남에게 사라고 할 수 있겠나?

그러나 너무 오랫동안 말을 돌보지 않아 말갈기나 꼬리털, 그리고 몸통이 털이 이리저리 엉키고 뭉쳤기에 숙보는 한 손으로 말잔등을 잡고 다른 손으로 말의 털을 쓸어내렸다. 엉켰던 털이 뽑히는지 말은 히잉거리며 머리를 흔들었다. 그러나 말은 주인의 마음을 아는지 코를 벌름거리면서도 얌전히 서있었다.

숙보는 마음이 아파〔심산(心酸)〕 자신도 모르게 눈물을 흘리면서 혼자 중얼거렸다.

"나의 불쌍한 말아, 가여운 말이여! 너는 나의 분신과도 같았다. 내가 산동 6개 고을에서 이름을 날린 것도 모두 너의 덕분이었다. 그런데 오늘 나의 한 달 운수가 사나워 너를 이 장원에 팔

---

87 원문 己所不欲, 勿施於人 – 네가 하기 싫은 일은 다른 사람에게도 요구하지 말라 – 이는 관대한 마음으로 어떤 집단에 대하여 또는 爲政에서 보다 더 따뜻하게 남에게 베풀어야 한다는 뜻이다. 이 말은 《論語》에 두 번 기록되었다. 《論語 顔淵(논어 안연)》 仲弓問仁. 子曰, "出門如見大賓, 使民如承大祭. 己所不欲, 勿施於人. 在邦無怨, 在家無怨." 仲弓曰, "雍雖不敏, 請事斯語矣." 《論語 衛靈公(논어 위령공)》 子貢問曰, "有一言而可以終身行之者乎?" 子曰, "其恕乎! 己所不欲, 勿施於人."

아야만 한다. 너는 고개를 돌리며 나를 그리워하는데, 내가 너를 어찌 잊을 수 있겠니? 내가 너를 잊는다면, 너만도 못한 사람이지!"

말은 주인이 목을 두드리며 중얼거리는 말을 알아들었는지, 무슨 말을 하려는지? 네 발로 땅을 차고 머리를 강하게 흔들며 울었다. 숙보는 나무 아래서 홀로 한숨만 쉬었다.

한편, 선웅신은 본래 부유한 집안이고 마침 수확도 끝난 뒤라, 넉넉하고 여유롭게 대청마루에 앉아 쉬고 있었다. 늙은 농부는 멜대를 메고 들어가, 멜대를 내려놓고서 두 손을 올려 선웅신에게 인사를 올렸다.

노인이 말했다.

"이 늙은이는 성에 나무를 팔러 들어갔다가, 황표마를 팔려고 하는 산동에서 왔다는 사람을 만났습니다. 그 말이 지금은 몹시 야위었지만 먹성이 아주 좋습니다. 지금 그 황표마를 대문 밖에 매어놓았으니, 어르신께서 한번 구경하시길 바랍니다."

그러자 선웅신이 말했다.

"정말 황표마가 틀림없느냐?"

"정말 확실합니다. 많이 여위었지만 당당한 체구입니다."

웅신은 노인을 따라 장원 대문을 나왔다.

숙보가 냇물 건너편의 선웅신을 바라보니, 키는 아홉 자를 넘어 한 길(1丈)이나 되는 큰 키로 그 모습이 아주 고귀한 관리 같았다. 머리에는 만자(萬字) 모양의 검은 모자에 금으로 장식한(萬字頂皀莢包金) 관을 썼고, 몸에는 얇은 비단에 좁게 접은 주름이 있는 겉옷이었으며, 바닥에 흰 분칠을 한 검은 신발을 신고 있었다.

숙보는 순간 자신의 너무 초라한 형색이 부끄러워 일단은 나무 뒤쪽으로 잠시 몸을 감추었다가 얼굴의 눈물자국을 지우고 나왔다. 선웅신은 무지개다리를 건너와 나무에 매인 말을 바라보았다.

본래 웅신은 말을 잘 볼 줄 알았다. 웅신은 한쪽 소매를 걷어올리더니 손으로 말의 척추를 힘껏 눌렀다. 웅신의 큰 키에서 나오는 강한 힘이었지만 말은 꿈쩍도 안했다.

그러자 웅신은 입가에 엷은 미소를 띄우며 말을 한 바퀴 돌았다. 말의 키와 높이를 여러 번 가늠해 보았다. 몸의 황색털은 잡티가 하나도 없었다. 마치 하늘에서 내려온 용마라는 생각이 들었다.

천리를 치달리며 흙먼지를 일으키니, (奔騰千里蕩塵埃)
기주의 북방 태생 준마보다 뛰어났다. (神駿能空冀北胎)
등자나 뱃끈도 끊고 고삐를 뒤흔드니, (蹬斷絲韁搖玉轡)
금룡은 높디높은 하늘에서 내려왔다. (金龍飛下九天來)

웅신은 말을 다 살핀 뒤에 숙보를 보고 말했다.

"자네가 이 말은 팔려고 하는가?"

웅신은 숙보를 단순히 말 장수로 생각한 듯, 예를 갖추지 않고 말했다. 숙보는 자신이 말을 팔아야 할 형편이지, 말 장수가 아니라고 말하려 했다.

"저는 말 장수가 아닙니다. 제가 타던 말이고, 다만 돈이 궁색하여 찾아왔습니다."

"나는 자네가 타던 말이든, 아니면 파는 말인가는 상관없네. 얼마를 받으려 하는가?"

"사람이 가난하면 그 물건도 천하다(人貧物賤)라고 말하니, 제가 값을 말씀드리기 어렵습니다. 그냥 50냥을 주신다면, 저의 여비로 쓸 수 있습니다."

그러자 웅신이 말했다.

"저 말은 50냥의 가치가 있는 말이네. 그러나 지금 너무 많이 수척해졌네. 만약 곡식 사료를 먹여 살을 찌우면 본전을 건지고 키울 수 있지만, 저 말이 곡식 사료도 잘 먹지 않는다면 그냥 폐물이 될 말이야. 지금 자네의 사정이 딱하고, 이 말을 팔려는 뜻은 알았으니, 은자 30냥을 주겠네."

그러면서 선웅신은 굳이 사려는 뜻이 없는 듯 돌아서 다리를 건너갔다.

이에 숙보는 빠른 걸음으로 따라가 말했다.

"원외 어르신께서 주시는 대로 받겠습니다."

선웅신은 다리를 건너 장원으로 들어가 처마 아래에 섰다. 숙보는 그런 주인을 보고 월대(月臺)의 곁에 서서 기다렸다.

웅신은 아랫사람을 불러 말을 끌어다가 마굿간에 매고 곡식 사료를 먹여보고 돌아와 보고하라고 지시하였다. 한참 있으려니 그 아랫사람이 나와 선웅신에게 다가가 귓속말을 하였다.

“그 말이 매우 사납습니다. 나으리께서 타시는 연지마(胭脂馬)의 귀를 물어뜯어 버렸습니다. 그리고 삶은 녹두 한 말을 다 먹고서도 말구유의 물과 풀을 지금껏 쉬지 않고 먹습니다.”

웅신은 마음속으로 매우 흡족해하면서도 겉으로는 아닌 척 말했다.

“손님, 아랫사람이 말하는데, 그 말이 곡식 사료를 잘 안 먹는다고 하네. 그간 볏집만 먹였는가? 그래도 내가 신의를 지켜 손님에게 말한 은자 서른 냥을 주겠소.”

숙보는 황표마가 곡식 사료를 먹었는지 안 먹었는지를 확인해보자는 말을 할 수도 없어 그냥 입에서 나오는 대로 말했다.

“어르신 주시는 대로 받겠습니다.”

웅신은 말 값을 준비하려고 안으로 들어갔다. 숙보는 월대 곁에 서있기도 멋쩍어서 마루에 걸터앉아 기다렸다. 선웅신은 30냥에 천리마를 얻어 마음이 흡족하였고, 진숙보는 30냥이라는 많은 값에 거래가 쉽게 이루어져 마음이 홀가분하였다. 그러니 내색하지는 않았지만 두 사람은 피차일반이었다

숙보는 오랫동안 여비가 없어 고생하던 차에 웅신이 은자 한 꾸러미를 들고 나오자 마음이 뛸 듯이 기뻤다. 그러면서 고향의 어머니 모습을 떠올렸다. 숙보는 마음이 편협한 사내가 아니었

다. 자신을 기다리며 노심초사하는 모친을 생각하는 효자였다.

'이제 돌아갈 수 있어 밤낮으로 마음 졸이고 계신 어머니에게 갈 수 있어!'

부지불식간에 숙보의 얼굴에 화색이 돌았다. 숙보는 두 손으로 은자를 받으려 했다. 그러나 웅신은 은자 위에 손을 얹고 숙보에게 물었다.

"형씨가 산동에서 왔다면, 산동의 어느 고을에 살고 있습니까?"

"예, 바로 제주입니다."

그 말을 들은 웅신은 은자 꾸러미를 자기 무릎 앞으로 당겼다. 그러자 숙보는 크게 놀라며, 웅신이 거래를 중단하려는가? 걱정하였지만 순간 어찌 헤아릴 수가 없었다.

얼굴을 마주해도 속마음은 알 수 없나니, (隔面難知心腹事)
눈앞의 황금이 모두 없는 것이 되려는가? (黃金到手怕成空)

선웅신이 30냥 은자를 끌어당긴 속셈은 무엇이겠는가? 일단 다음 회를 읽어 보시라.

제9회

술집에 들어가 옛날 알던 사람을 만났고, 밥값을 치루고 서둘러 고향으로 향하다.(入酒肆莫逢舊識人, 還飯錢逕取回鄕路.)

시에 읊기를, 詩曰,

피리 불며 걸식하니 초라한 형색이나 (乞食吹竽骨相臞)
온 몸의 영명한 기개는 지울 수 없다. (一腔英氣未全除)
아내가 못 알아보아도 벗들은 아나니, (其妻不識友人識)
용모가 비슷하더라도 사람은 다르다. (容貌似殊人不殊)
함곡관 비단옷을 범수에게 벗어주고, (函谷綈袍憐范叔)[88]

88 원문 函谷綈袍憐范叔(함곡제포연범숙) — 전국시대 魏나라 고급 관리인 수가(須賈, 생졸년 미상)는 그의 벗 范雎(범수)의 궁색한 꼴을 보고 자신의 제포(綈袍, 두꺼운 비단 제)를 벗어주었다. 제포연련(綈袍憐憐)은 친우를 간절히 그리워한다는 뜻. 范叔(범숙)은 范雎(범저) — 范雎(雎)(범수, 범저, ?—前 255年) — 字는 叔. 戰國(전국)시대 전

임공의 한잔 술에 사마상여 취했었다. (臨邛杯酒醉相如)[89]
대장부 교제는 금석처럼 변함없나니 (丈夫交誼同金石)
어찌 빈궁하다 하여 변할 수 있겠나? (肯爲貧窮便欲疏)

사나이는 재산에 따라 교우하지 않는다.[90] 만약 재산에 따라

략가. 秦 소양왕(昭襄王)의 재상. 《史記·范雎蔡澤列傳》에는 雎(音은 '雖(수)' 目字部). 《韓非·外儲說(한비·외저설)》에는 范且(범저. 范且, 范雎也. 且는 雎와 同字, 물수리 저)

89 원문 – 臨邛杯酒醉相知(임공배주취상지) – 臨邛(임공)은 지명. 今 泗川省(사천성) 成都市(성도시) 관할 邛峽市(공협시). 사마상여(司馬相如)는 임공의 부자 탁왕손(卓王孫)을 만났고, 나중에 과부였던 탁왕손의 딸 탁문군(卓文君)과 몰래 도주한다.

90 원문 結交不在家資(결교부재가자) – 인생살이에 현실적으로 남자에게는 재물이 외모지만(男人以財爲貌), 여자는 미모가 재산이다(女人以貌爲財). 그리고 남자에게 또 하나의 재산은 벗이다. 집에 있을 때는 부모에게 의지하고(在家靠父母), 밖에 나가서는 친우에게 의지한다(出門靠朋友). 친척에는 멀고 가까운 이가 있고(親戚有遠近), 친우에 따라 두텁고 얇은 우정이 있다(朋友有厚薄). 사람에게 벗이 없다면 나무에 뿌리가 없는 것과 비슷하다(人沒有朋友就像樹沒有根). 그렇지만 군자는 재물로 교제하지 않는다(君子結交不爲財). 소인과 사귀면 향기는 3일이고, 썩은 냄새는 반년이다(小人交友香三天臭半年). 그 외모를 보면 그 행동을 알 수 있고(觀其外知其行), 그 벗을 보면 그 사람됨을 알 수 있다(觀其友知其人). 집안에 오동이 있으면 봉황을 부른다(家有梧桐招鳳凰). 곧 근본 바탕이 좋아야 현량한 사람과 교제할 수 있다. 난새나 봉황을 따라서 날면 멀리 날고(鳥隨鸞鳳飛騰遠), 사람이 어진 사람과 사

교제한다면 파리처럼 냄새나는 곳에 모여들고, 개처럼 떼를 지어 다닐 것이다. 돈이 있을 때는 아부꾼이 모여들지만, 돈이 없어지면 뜬구름 흩어지듯 떠나간다. 명성이 있다면 멀리 있는 벗까지 감동시킬 수 있고, 안목이 있다면 곤궁한 사람도 형제처럼 돌봐주어야 한다.

선웅신이 말 값을 치루려다가 왜 은자 30냥을 앞으로 당겨놓았는가? 진숙보 입에서 제주(齊州)라는 말이 나왔기 때문이다. 그 말에 선웅신은 마음속으로 흠모하며 사귀고 싶은 벗을 떠올렸다.

선웅신이 말했다.

"형씨 좀 편히 앉으십시오."

그리고 아랫사람을 시켜 차를 내오게 하였다. 아까 진숙보를 안내한 노인은 창밖에서 두 사람의 이야기에 귀를 기울이고 있었다.

선웅신이 말했다.

"인형(仁兄)에게 묻겠습니다. 제남역(濟南櫪)에 내가 그 명성을 흠모하는 벗이 있는데, 형씨가 아시는지 모르겠습니다."

숙보는 "누구십니까?" 라고 물었다.

"그분의 성씨는 진(秦)이나 그의 이름을 제가 함부로 부를 수는 없고, 그분의 자(字)는 숙보이며, 산동의 6개 고을에서 명성이 자자하시니, 옛날의 전제(專諸)보다[91] 더 의리를 지키신다는 분입니

귀면 품격이 좋아진다(人伴賢良品格高).

다. 지금 제남부(濟南府)에서 차인(差人)으로 근무하십니다."

숙보는 자신의 남루한 옷과 초라한 형색이 너무 부끄러워 "바로 접니다."라고 말할 수가 없었다.

다만 엉겁결에 나오는 대로 "저와 같은 아문에서 근무하는 분입니다."라고 말했다.

그러자 선웅신이 말했다.

"알아 뵙지 못해 죄송합니다. 숙보의 동료시군요. 존성(尊姓)이 어떻게 됩니까?"

숙보는 이번에도 되는 대로 말했다.

"저는 왕씨입니다."

"왕형께서는 잠시 머무시어 식사를 같이합시다. 제가 진형한테 보낼 서신을 준비하겠습니다."

이에 숙보는 서둘러 말했다.

"식사는 사양하겠습니다. 서신을 서둘러 써주시면 제가 갖고 가 전달하겠습니다."

선웅신은 서찰을 쓰려고 서재로 들어갔다. 곧 선웅신은 여비로 은자 3냥과 노주 비단 2필을 함께 갖고 서재에서 나왔다.

그리고 은근한 예를 갖추며 말했다.

"진형에게 보낼 이 서찰을 왕형께 부탁하겠습니다. 여태 만나

---

91 專諸(전제, ?-前 515년)-鱄諸(전제), 春秋 시대 吳國(오국) 棠邑人(당읍인), 그 당시 유명한 자객. 《史記 刺客列傳》의 五刺客-曹沫(조말), 專諸(전제), 豫讓(예양), 聶政(섭정), 荊軻(형가).

뵙지 못했고 처음 보내는 서신이라 그저 걱정뿐입니다. 나중에 틈이 나는 대로 제가 찾아뵈올 것입니다. 여기 말 값 은자 30냥인데, 모두 최고 품질입니다. 왕형의 여비 3냥은 여기 따로 준비했습니다. 그리고 우리 집에서 짠 노주 비단 2필을 보내오니 숙보 형님과 나누시기 바랍니다. 보잘 것 없는 예물을 너무 허물치 마시기 바랍니다."

선웅신이 이렇듯 예를 갖추니, 숙보는 더욱더 앉아있기가 난처하여 일어나며 돌아가야 한다고 말했다.

명마가 마굿간에 엎드렸던 날, (良馬伏櫪日)
영웅이 재수 없어 좌절했던 때. (英雄晦運時)
뜨거운 열정 서로 사모했으나, (熱衷雖想慕)
얼굴을 맞대고도 알지 못했다. (對面不相知)

웅신은 벗에 대한 예를 다 갖추었다 생각하며 억지로 만류하지 않고 대문 밖까지 나와 손을 올려 읍을 하여 진숙보와 작별하였다.

숙보는 서둘러 서문을 향해 걸었다. 진숙보를 안내했던 농부는 침을 길게 흘리며 앉은 채 잠을 자고 있었다.

선웅신은 들어오면서 농부를 보고 말했다.

"노인장은 아직 여기 있었는가?"

그러자 노인이 깜짝 놀라며 말했다.

"두 분 말씀하는 동안 제가 그만 졸았습니다. 그 말을 산 사람은 어디 있습니까?"

"지금 금방 헤어졌네. 그분은 서문 쪽으로 서둘러 갔네."

농부는 멜대를 들고 급하게 뛰어나갔다.

그리고 진숙보를 보자 달려가며 소리를 질렀다.

"왕씨 어른, 처음에 말씀했던 구전(口錢, 牙錢)은 주셔야죠!"

노인은 아까 대화 중에 진숙보가 왕씨라고 대답하는 말을 들었기에 왕씨 어른이라고 진숙보를 불렀다.

진숙보는 아량이 넓은 사람이었다. 선웅신으로부터 받은 노자 3냥이 든 주머니를 열고 손에 잡히는대로 세지도 않고 노인에게 주었다. 노인은 뜻밖의 행운에 입이 벌어지면서 거듭 굽신거리며 고마워했다. 노인은 두부집으로 가서 짚단을 지고 어디론가 가버렸다.

한편 숙보는 노주 성의 서문으로 들어갔다. 이미 한낮이 되었고 말 시장은 모두 철시했으며, 음식점은 모두 문을 열고 손님을 맞이하고 있었다. 새로 개업한 주점의 문 앞에는 기름진 음식이 높이 쌓여 향내가 코를 찔렀다. 숙보는 본래 먹성이 좋은 사람이었다. 엊저녁 번뇌로 잠을 못잤고, 새벽 오경 전에 빈속으로 객점을 나왔으며, 아침도 못먹었기에 몹시 시장하였다.

진숙보는 마음속으로 생각하였다.

'지금 왕소이 객점에 들어가 봐야 제대로 식사도 없을 것이니,

차라리 여기서 밥을 먹은 뒤에 들어가 정산을 하고 객점을 떠나는 것이 좋을 것이다.'

숙보는 신장개업한 큰 주점으로 성큼성큼 들어갔다. 숙보가 계단을 올라 대청으로 들어서려 하자, 나이 좀 들어 보이는 점원들이 양쪽에서 몰려나와 숙보를 가로 막았다.

그들은 남루한 옷차림에 비단을 싼 보자기를 손에 든 숙보를 보고, 주점을 돌며 손님 앞에서 어고(漁鼓)를 치며 도정(道情)을 노래하는[92] 사람으로 알고 못들어가게 하였다.

"신장개업한 주점인데, 알지도 못하면서 함부로 들어가는가!"

이에 숙보가 두 팔로 그들을 뿌리치자, 모두가 넘어졌다.

"내가 술을 사 마시려는데, 너희들이 왜 나를 막는가?"

세상 인정은 빈부 따라 다르고, (世情看冷暖)
사람 얼굴은 지위 따라 변한다. (人面逐高低)

그러자 안에서 한 사람이 나오더니, 숙보에게 말했다.

"손님이 술을 마시려면 계산대에서 갖고 있는 은자를 저울에 달아본 다음에 들어갈 수 있고 함부로 들어가지 못합니다."

---

92 어고(漁鼓)는 대나무 통 한쪽에만 가죽을 댄 타악기. 道情(도정)을 창할 때 반주를 넣는다. 도정(道情)은 道士(도사)가 도교의 교리나 옛이야기를 講唱(강창)하는 예능이었는데, 나중에는 일반 민간의 이야기를 노래로 들려주는 곡예였다.

"왜 내가 먼저 은자를 보여줘야 하는가?"

"손님이 먼저 마신 뒤에 계산을 하면 비싸니 싸니 말이 많기에, 새로 개점하는 주점에서는 먼저 은자를 달아보는 규칙을 정했소. 나중에 정산하지 못하는 사람 때문이니, 싫다면 다른 주점을 찾아가시오."

숙보는 속으로 생각하였다.

'아무리 강한 사람이라도 시장의 원칙을 거스릴 수는 없지.'

그러면서 계산대에 가서 노주의 비단을 놓고 소매에서 은자를 꺼내 보여주었다. 은자가 꽤 묵직한 것을 보자, 점원의 눈치가 달라졌다.

"은자를 당신들에게 먼저 보여주고 술을 마시는 것이 정말 규칙인가? 다른 손님이 들어오면 어찌하는 지 확인하겠소. 정말 그렇다면 아무 말도 않겠소."

그러자 계산대 뒤에서 지켜보던 주점 주인이 웃으면서 숙보에게 다가와 말했다.

"손님! 은자를 거두십시오. 온 나라가 모두 같은 문자를 쓰고 모든 행실에 윤리는 똑같습니다. 먼저 은자가 있나 없나를 검사하고 난 뒤에 술을 마시는 법은 없습니다. 제 아랫사람들이 좋고 나쁜 것을 제대로 알지 못했습니다. 제가 온 세상의 군자들을 모두 널리 초대하고 반기다 보니 손님들 성격이 모두 다르고, 그러다 보니 계산할 때 이런저런 일이 있었습니다. 손님처럼 점잖고

너그러우신 분을 저 사람들이 몰라뵈었습니다. 제 체면을 생각해서 너무 깊이 생각하지 마십시오. 저 안쪽에서 특별히 모시도록 하겠습니다."

숙보는 주인의 언사가 성심이 보이고 완곡하여 화를 가라앉히고 말했다.

"주인장의 지혜가 대단하시군요. 다시 이야기하지 않겠소."

숙보는 은자를 집어넣고 비단을 들고 점원을 따라 두 개의 문을 지나 안으로 들어갔다. 3칸 정도되는 대청은 깔끔하게 정리되었고, 탁자와 의자 및 여러 가구와 장식이 매우 기품 있어 보였다. 또 곳곳에 걸려있는 시화(詩畵)의 액자와 병풍, 기둥의 대련 등이 모두 이 주점의 멋과 여유를 칭찬하고 있었다. 숙보는 주점의 분위기와 자신의 초라한 형색이 너무 대조가 되는 것 같아 마음속으로 긴장되었다.

"이 주점의 술은 부자나 고관만 와서 마시는가? 가난한 사람에게는 안 파는가?"

대청의 사방 옆에는 모두 잘 꾸며진 방이고 크고 넓은 탁자에 많은 의자들이 놓여 있었다. 결국 혼자인 숙보는 난간을 지나 동쪽 끝방의 조그만 탁자로 안내되었다.

"결국 가난뱅이들이 앉을 수 있는 자리에 왔구먼!"

숙보는 비단 보통이를 탁자에 올려놓고 혼자 대청쪽을 바라보고 앉았다.

꽃도 비와 바람에는 그 모습을 자랑 못하고, (花因風雨難爲色)
사람도 빈한하면 기개를 날릴 수 없다. (人爲貧寒氣不揚)

늙은 주보(酒保)가 술을 가지고 왔는데, 숙보가 들어올 때 밀치던 사람이 아니었다. 그리고 금방 조리한 안주가 아닌 식어버린 쇠고기 안주 한 접시와 얼음처럼 차거운 물고기 찜을 질그릇 접시에 담아왔으며 술을 뜨겁게 데우지도 않았다. 노인은 탁자에 술과 음식을 벌려놓고 아무 말도 없이 가버렸다.

숙보는 화가 나서 중얼거렸다.

"나 진숙보가 이런 차가운 음식을 먹어야 할 팔자란 말인가? 내가 이 따위로 만든 음식이라면 주문하지도 않았을 것이다. 그리고 이런 구석진 자리에 앉아 푸대접을 받아야 한단 말인가? 내가 손을 한 번 봐줘야 하나? 그러나 나는 고향으로 돌아가야 하고, 여기서 소란을 피웠다가는 '숙보가 노주에서 돈이 떨어져 싸구려 음식을 먹었고, 푸대접을 받았으며, 소란을 피워 관가에 끌려 갔었다.' 는 소문이 날 수도 있어. 그냥 참고 배나 채우고 나가야지. 그리고 다른 사람의 입방아에 오를 필요는 없지. 옛날 진(晉) 문공(文公)도, 그리고 한(漢) 광무제(光武帝)도 곤경에서는 나쁜 음식으로 배를 채워야만 했어!"

진숙보는 참고 또 참으며 말없이 음식을 조금 먹었다.

그때 주점 대문 앞이 시끄러워지면서 한 무더기 사람들이 들어왔다.

주인이 “두 분 나으리께서 저의 집에 마침 불을 피워주시려 오셨군요.”라고 외치는 큰소리도 들렸다. 지체가 당당해 보이는 두 사람은 바로 문 앞에서 말을 내렸고, 그 아랫사람 대여섯 명이 양쪽으로 갈라서며 문을 열고 몸을 숙여 영접했다.

그들은 들어오며 외투를 벗고 먼지를 털게 하였다. 주인이 서둘러 그들 앞에서 허리를 절반 꺾어 인사를 올리고 벙글거리며 연신 몸을 굽혔다. 그리고 두 사람을 안내하여 안으로 들어왔다.

앞에 선 사람은 문인이 착용하는 진사건(進士巾)을 착용하고 붉은 비단옷을 입고 있었다. 뒷사람은 무사들이 쓰는 검은 조협건(皀莢巾)을 쓰고 자줏빛 옷을 입고 있었다.

숙보가 볼 때 앞에 들어온 사람은 알 수 없었지만, 뒤에 온 사람은 평소에 제주에서 잘 알고 지내던 왕백당(王伯當, 4회 주석 참고)이었다. 두 사람은 살찐 말에 가벼운 두루마기를 입고 의기양양했으며 긴 칼을 차고 있었다.

뛰어난 재능으로 지조를 굽히지 않고, (有才不向汚時屈)
오로지 웅심과 의협으로 몸을 지켰다. (聊寄雄心俠少腸)

주인은 대청 큰 탁자 앞에 의자를 권했고 소매로 탁자를 쓸어가며 굽신거렸다. 두 사람은 탁자 가운데 마주 앉자, 주인이 점원에게 서둘러 말했다.

"뜨거운 차를 새로 끓여오고 안주를 특별하게 새로 준비하라. 그리고 두 분이 전용하시는 술을 준비하라."

이어 점원이 큰 그릇에 따뜻한 물을 들고 오자, 두 사람은 각자 손을 닦았다. 숙보는 동쪽 곁방에서 두 사람을 바라보며 혹시 왕백당이 자신을 볼까 걱정하였다. 노주의 비단 뭉치로 얼굴을 가리고 나가려도 왕백당 앞을 지나가지 않을 수 없었다. 그렇다고 난간을 뛰어넘어 아래로 나갈 수도 없어 그냥 앉아있을 수 밖에 없었다.

숙보는 고개를 숙이고 술잔을 천천히 기울렸고 아무도 숙보를 주목하지 않았다. 그러나 왕백당은 얼핏 숙보를 보았다.

왕백당은 아랫사람을 불러 말했다.

"저쪽 동쪽 끝방 탁자에 혼자 앉은 사람이 누군가 봐라."

그 사람이 고개를 돌려 숙보를 쳐다보고서는 왕백당에게 말했다.

"역성의 진숙보 나으리 같습니다."

진숙보의 우람한 체구와 훤한 인물은 쉽게 눈에 띌 수 밖에 없었다. 송곳은 감추더라도 그 끝이 밖으로 보이게 된다. 숙보는 들려오는 말을 듣고 마음속으로 들켰다고 생각했다.

왕백당이 말했다.

"공자님과 양화(陽貨)[93]는 얼굴이 크고 많이 비슷하였지. 숙보는 용처럼 특별하지. 용이 가는 곳에는 물이 있는데, 그분이 왜 이런 궁벽한 시골에 계시단 말인가?"

숙보의 귀에 왕백당의 말이 들렸다. 숙보는 어찌하지 못하고, 고개를 숙이고 마치 웅크린 호랑이처럼 모른척하며 앉아만 있었다. 왕백당을 따라온 젊은 사람은 계속 숙보를 응시하였다.

그리고는 왕백당에게 말했다.

"저분도 우리가 여기 있는 것을 아시는 것 같습니다. 아무 말도 않고 몸을 구부리고 계시는데, 술을 마시는 모습이 자연스런 자세가 아닙니다. 아무래도 저분은 여기 노주에 와서 곤경에 처한 형색입니다. 우리가 먼저 인사를 드려야 자연스러울 것 같습니다."

---

93 양화(陽貨) – 춘추시대 魯나라의 양화(陽貨)의 본명은 양호(陽虎)이고, 貨(화)는 그의 字인데, 魯國 季氏(노국 계씨)의 家臣(가신)이었다. 계씨가 魯의 권력을 장악했을 때, 陽貨는 계씨 家內의 권력을 쥐고 있었다. 양화는 나중에 삼환(三桓)을 제거하려다가 실패하고 진(晉)으로 망명했다. 양화가 공자를 불러 만나려 했지만, 공자는 간신 양화의 평소 야망을 알기에 찾아가지 않았다. 그러자 양화는 공자가 없을 때를 틈타서 삶은 돼지를 예물로 보냈다. 공자는 예물을 받았기에 답례하지 않을 수 없었다. 공자도 양화가 집에 없는 틈을 타서 찾아가 禮를 표시하고 돌아오다가 하필 귀가 중인 양화와 만났다. 양화는 공자를 등용하려 했지만, 공자는 양화 아래 벼슬길에 나서지 않았다. 뒷날 공자가 각국을 주유할 때 광(匡)이란 곳에서 외모가 양화와 비슷하다 하여 광인(匡人)에게 포위되어 곤욕을 치룬 적도 있었다. 《논어》의 17번째 편명이 〈陽貨〉이다. '陽貨欲見孔子(양화욕견공자)~' 로 시작한다.

숙보는 지나가는 종업원을 따라 나가려고 일어서려다가 흠칫 놀랐다. 왕백당이 벌써 이쪽으로 걸어오고 있었다. 왕백당은 서둘러 자신의 자주빛 옷을 벗어 숙보에게 입히고 숙보를 끌어안고 울었다. 왕백당은 숙보가 이처럼 낭패한 것은 분명 무슨 까닭이 있을 것이라고 생각하였다. 너무 처량한 모습에 다른 사람들이 쳐다보고 있다고 생각하지 않았다. 숙보는 그저 무덤덤하게 서있었다.

지기(知己)가 비록 나를 긍휼히 여기지만, (知己雖存矜恤心)
장부는 곤경에도 눈물 아니 흘린다. (丈夫不落窮途淚)

숙보는 왕백당이 감상에 젖은 것을 보고 도리어 좋은 말로 위로하였다.

"인형(仁兄)! 눈물 흘릴 것 없고, 제가 잠간 난관에 봉착했을 뿐이지, 큰 일은 없었소. 다만 여기서 너무 오랫동안 기다려야 했기에 객점에 약간 갚아야할 돈이 있을 뿐이요! 그런데 저 친구분은 누구십니까?"

왕백당이 말했다.

"저분은 저와 형제처럼 오래 알고 지내는 분인데, 성은 이씨(李氏)에 이름은 밀(密)이며, 자는 현수(玄邃, 깊을 수)[94]이고, 부친 포

94 이밀〔李密, 582－619년, 字는 현수(玄邃), 또는 法主〕－隋朝 上柱國으로

산군공〔蒲山郡公, 李寬(이관)〕의 지위를 세습하였는데, 집은 장안(長安)입니다. 일찍이 저와 함께 전전좌친시천우(殿前左親侍千牛)의 직책을 맡으면서 아주 가깝게 지내고 있습니다. 그의 성 이씨가 도참(圖讖)에 상응한다 하여 성상〔聖上, 隋 文帝(수 문제)〕이 꺼리고 싫어하자 관직을 버리고 저와 함께 유람하고 있습니다. 저도 양소(楊素)가 권력을 독점하며 국정이 날로 나빠지기에 관직을 버렸습니다."

이밀(李密)

이에 숙보는 이밀과 인사를 나누었다.

그리고 왕백당이 다시 물었다.

"형은 여기서 선씨 둘째(單二哥, 선웅신)를 만나보셨습니까? 왜 선형의 집에 가서 묵지 않으셨습니까?"

"나는 처음에 일에 쫓겨 그분 생각을 못했소. 오늘에서야 거기

蒲山郡公인 이관(李寬)의 아들. 隋末 반란군의 영수. 제3회 주석 참고.

이현장(二賢莊)을 처음 가 보았고, 그분에게 내 말을 팔고 왔소."

백당이 놀라 물었다.

"형이 타고 다니던 황표마를 선형 그분에게 팔았다고요? 그래 얼마를 받으셨소?"

"그 말이 너무 말랐어. 나는 처음에 은자 50냥을 말했는데, 사실 30냥을 받았소."

백당은 놀라면서 또 실소하며 말했다.

"선웅신, 그분은 호걸로 소문난 사람인데, 형과 거래를 하면서 절반 가까이 깎아버렸어요? 그렇다면 선웅신이 호걸이라고 할 수 없지요. 지금 저하고 다시 그 집에 가서 말을 돌려받거나 아니면 그분에게 몇 마디 쓴소리라도 합시다."

"아우님. 나는 거기에 갈 수 없소. 이곳 노주에 와서 그분을 찾아가지 않은 내가 우선 잘못이고, 말을 거래하면서 내 이름을 묻기에 나는 내 형색이 하도 초라해서 본명을 말하지 못하고 왕씨라고 하였소. 그분이 역성(歷城)의 진숙보를 물었을 때, 나는 같이 근무하는 동료라고 대답했소. 그랬더니 그분이 여비로 은자 3냥과 비단 2필을 주셨고, 나는 그냥 받아 나왔소. 그런데 내가 지금 두 분과 함께 거기를 찾아간다면 내 꼴이 우스울 뿐이요. 나중이라도 두 분이 거기에 갈 수 있다면, 말을 판 사람이 바로 나 자신이며, 다시 뵐 면목이 없지만, 그래도 나중에는 꼭 찾아뵙고 사죄하겠다는 뜻과 전후 사정 이야기를 잘 말씀해 주시기 바랍니다."

그러자 이밀이 말했다.

"우리가 여기서 선형을 불러 넷이서 함께 회포를 풀도록 합시다. 진형께서도 오랜 시일이 지났으니, 벗들과 함께 하루를 유숙하며 더 늦어져도 문제가 없을 것입니다. 이렇게 만나기도 쉬운 일이 아니니, 네 사람이 모여 하루 이틀 즐긴 다음에 헤어지도록 합시다. 그런데 진형은 어디에 묵고 계십니까?"

이에 숙보가 말했다.

"저는 오래 전에 모친 곁을 떠났습니다. 하루가 급하지요. 회신 공문을 받은 다음 날 떠나려 했지만 숙식비를 해결못해 늦어졌습니다. 그런데 이제 숙식비도 마련되었고 선웅신 그분이 보태주는 여비도 받았으며, 또 이렇게 좋은 옷도 선사받았습니다. 그러니 저는 바로 출발해야 합니다. 그러니 두 분께서 선형과 함께 저를 찾아오지 않는 것이 좋을 것입니다."

그러자 백당과 이밀이 말했다.

"머물고 계신 곳을 꼭 말씀해 주십시오. 벗이라 생각하면서 거처도 모르고 있다면 도리가 아닙니다."

"저는 노주부 서쪽 문의 맞은편에 있는 왕소이의 객점에 머물렀습니다."

그러자 백당이 말했다.

"그 왕소이는 세태에 따라 수시로 변하는 사람이라서 이곳에서는 고약한 삵괭이라고 통합니다. 아마 형한테도 좀 못되게 굴었을 것입니다."

그러나 숙보는 왕소이 부인 유씨의 현명한 처신을 알고 있기에 왕소이의 지저분한 행실을 두 사람에게 말하지 않았다.

"두 분 아우님께서 알고 있는 대로 왕소이 그 사람이 비록 세태에 따라 이기적이지만, 그래도 그 부부가 사람을 보는 안목이 있는지 나에게는 서운치 않게 대해주었습니다."

소인의 못된 행실은 끝까지 잘못되고, (小人行短終須短)
군자의 깊은 은정은 끝끝내 이어진다. (君子情長到底長)

결국 왕소이의 아내 유씨의 현명한 처신 때문에 그 남편까지 좋은 평가를 받았다.

옛말에도 '아내가 현명하니 남편의 허물이 적다(妻賢夫禍少).'[95]는 말은 정말 빈말이 아니다. 세 사람은 날이 저물 무렵까지 술을

---

95 원문 妻賢夫禍少(처현부화소) – 어진 처가 있으니 남편에게 화가 없고(妻賢夫禍少), 자식이 효도하니 부모 마음이 넉넉하다(子孝父心寬). 집안에서 현명한 아내의 도움이 있으면(家有賢妻勸), 사내가 남과 시비하지 않는다(男兒不入是非門). 집안에 어진 아내가 있다면(家有賢妻), 사내는 뜻밖의 재난을 당하지 않는다(男兒不遭橫禍). 어진 아내가 있으면 남편에게 오는 재앙이 없고(賢妻夫禍少), 멀리 내다보면 가까운 근심이 없다(遠慮近無憂). 가정에 어진 아내가 없다면 반드시 의외의 재난을 당한다(家無賢妻 必遭橫禍). 집이 가난하면 어진 아내를 생각한다(家貧思良妻). 집안에 어진 아내가 있으면 나쁜 일도 좋아진다(家有賢妻 逢凶化吉). 역경의 친구, 고생할 때 부부(患難朋友 艱苦夫妻). 부자에게 어진 아내 없고(富無良妻), 빈자에게 살찐 망아지 없다(貧無良駒).

마셨다. 백당은 숙보가 먼저 마신 술값까지 모두 계산하였다.

그리고 숙보에게 말했다.

"오늘 밤 잠시 헤어졌다가 내일 다시 만납시다. 형님이 여기서 고생하셨는데, 우리들이 그냥 보낼 수야 없지요. 내일 선형을 만나면 형에게 무슨 조치가 있을 것입니다. 말도 없이 어떻게 걸어가려 하십니까?"

숙보는 다만 응락할 수 밖에 없었다. 왕백당과 이밀은 숙보와 헤어진 뒤, 말을 타고 곧바로 서쪽 성문을 나가 이현장으로 향했다.

숙보는 자주색 겉옷과 노주 비단을 함께 싸서 손에 들고 왕소이의 객점으로 돌아왔다. 한편 왕소이는 숙보가 오후가 되도록 돌아오지 않자, 숙보가 말을 팔지 못한 것이라 생각하며 미움이 받쳐서 객점 대문을 잠가버렸다.

숙보가 객점의 대문을 두드리자, 왕소이는 쌀쌀맞게 소리쳤다.

"손님이 일찍 와야 하지 않소? 오늘은 손님이 많이 들어와 대문을 열어 놓을 수가 없어 잠궈버렸고, 열쇠는 객방 어딘가에 있어서 찾아야 합니다. 오늘 밤에는 손님이 묵을 방이 없으니, 손님은 대문 옆에 있는 나무상자에서 누워계시오. 내일 손님방이 비워지면 방을 내주겠소. 내일 아침 식사는 오경에 준비할 것이고 그때 대문을 열어주겠소."

숙보는 어금니를 깨물었고 눈에 불이 붙을 지경이었다. 발로 한 번만 걷어차면 대문이야 박살나겠지만, 그렇게 소인과 싸워 무슨 이득이 있겠는가?

'화가 나는 그대로 왕소이를 한 대 친다고 분이 풀릴 것도 아니고, 일이 커지면 관가에 불려갈 수도 있는데, …. 그러면 내일 하루라도 늦어지고, 또 왕백당과 이밀이 내일이라도 찾아온다면 나를 어찌 생각하겠는가? 더군다나 선웅신이 온다면? 분명 내일 동이 트자마자 찾아올 것인데, ….'

작은 이득을 탐하는 소인을 비웃나니, (笑是小人能好利)
누가 알리오? 남에게 베푸는 군자를! (誰知君子自容人)

숙보는 잠시 숨을 고른 뒤에 말했다.

"주인장. 나는 오늘 말을 팔았고 지금 은자를 갖고 있는데, 밖에서 자다가 일이 잘못되면 식비를 못 갚아도 나를 탓하지 마소. 나는 여기서 그냥 마음 놓고 자겠소."

왕소이가 문틈으로 보니 곁에 말이 없었다. 이에 왕소이의 목소리가 금방 부드러워지면서 웃으며 말했다.

"진씨 나으리, 제가 잠시 농담을 좀 했지요. 객점 주인이 손님을 밖에다 재우고서야 어찌 돈을 받을 수 있겠습니까? 아무리 고약한 주인도 그럴 수야 없지요. 지금 아내에게 열쇠를 찾아오라고 하였습니다. 금방 열어드리겠습니다."

사실 왕소이의 아내는 진숙보가 대문을 두드릴 때 급히 열쇠를 갖고 나왔었다. 다만 남편의 눈치를 보며 기다렸다. 왕소이는 열쇠를 받아 대문을 열었다.

진보는 안으로 돌아와 계산대 위에 비단과 자줏빛 겉옷, 그리고 은자를 내려 놓았다.

"말을 파신 은자가 여기 있습니까? 헤헤!"

숙보가 은자를 꺼내자, 왕소이는 연속 웃으며 굽신거렸다.

"나으리, 오늘은 재운이 트인 것 같습니다. 좋은 은자로 말 값을 제대로 받으셨지요? 우선 저녁을 드신 다음에 정산하시지요. 그러면 밤에 더 편히 주무실 것입니다. 그리고 내일 여러 사람들과 전별주를 나누시게 준비하겠습니다."

"저녁밥은 필요 없소. 먼저 계산이나 끝냅시다."

왕소이는 손가락에 침을 발라 장부를 넘기면서 말했다.

"나으리는 틀림없는 분입니다. 나으리처럼 점잖으신 손님은 자주 뵙지 못합니다."

숙보는 그간 걸른 식사나 말의 사료를 주지 않은 것을 따지지 않았다. 숙보는 왕소이의 계산대로 은자 7냥을 저울에 달아 넘겨주었다.

그러면서 왕소이의 아내 유씨에게 사례하였다.

"내가 서둘러 출발해야 하기에 부인의 호의에 사례하지 못하니 널리 이해해 주십시오."

그러자 유씨가 고개를 숙이며 말했다.

"나으리께서 계시는 동안 제대로 시중 들지 못해 죄송합니다. 저희가 용서를 빌어야 하는데, 어찌 사례를 받겠습니까?"

"우선 관부의 회송 공문을 돌려주십시오."

"나으리께서는 지금 시간에 어디로 가시려 합니까?"

"아직은 성문이 닫히지 않았습니다. 마음은 쏜살같이 고향에 가고 싶습니다. 빨리 동문을 나가 다시 숙소를 잡으려 합니다."

왕소이는 이제 빈말처럼 형식적으로 만류하는 말을 하면서 회송 공문을 숙보에게 넘겨주었다. 숙보는 쇠 채찍 2개를 행장 속에 챙겨 넣고 작별한 뒤에 객점을 나섰다. 그리고 동문으로 직행하여 멀고 먼 여정을 시작하였다. 그런데 과연 다음에는 무슨 일이 일어날까?

다음 회를 읽어 보시라.

제10회

동악묘에서 영웅은 병에 걸렸고, 이현장에서 지기들은 속마음을 터놓다.(東嶽廟英雄染痾, 二賢莊知己談心.)

시로 읊기를,	詩曰,
곤액을 겪으며 천심을 알 수 있나니,	(困厄識天心)
하늘의 훈계는 의도가 바르고 깊다.	(提撕意正深)
쪼으고 갈아야 옥돌은 미옥(美玉)이 되고,	(琢磨成美玉)
단련을 거쳐야 좋은 쇠를 얻게 된다.	(鍛鍊出良金)
근심과 걱정 속에 육신은 늙어가고,	(骨爲窮愁老)
난관을 극복해야 지모가 성공한다.	(謀因艱苦沉)
인연이 아니면 자주 실망하게 되고,	(莫緣頻失意)
암울한 처지에 눈물이 옷깃을 적신다.	(黯黯淚沾襟)

지금 사람들은 조그만 일이라도 자신의 뜻대로 되지 않으면,

곧 하늘을 원망한다. 하늘이 자신의 뜻을 이루도록 도와주는지, 아니면 곤경과 시련을 내리는가를 알지 못한다.

하늘은 남의 도움을 받을 수 없는 처지의 딱한 사람에게도 더 큰 걱정거리를 주거나 아니면 병마에 시달리게 한다. 아니면 일단 막다른 골목까지 몰았다가, 겨우 다시 살아나게 하는 시련도 내린다.

왕백당과 이밀은 진숙보를 위하여 서둘러 노주 성의 서문을 나가 해가 질 무렵에 이현장에 도착하였다. 그 시간에 선웅신은 대문을 이미 잠궜었는데, 개들이 심하게 짖어대자 사람을 시켜 누가 왔는가 살펴보게 하였다.

선웅신은 왕백당과 이밀이 도착했다는 말에 서둘러 나와 두 벗을 영접하였다.

세 사람은 손을 잡고 장원으로 들어와 말의 안장을 벗기고 사료를 먹이게 했다. 그리고 손님을 사랑방에 안내했고 정식 인사를 나눈 뒤 좌정하였다.

모두가 차를 마시고 나자, 왕백당이 뜸을 들이지 않고 먼저 말을 꺼냈다.

"우리는 선형께서 오늘 좋은 말을 구했다고 들었습니다."

그러자 선웅신이 대답했다.

"두 아우님께 사실대로 말하지만, 오늘 은자 30냥에 천리마를 한 필 구했습니다."

이에 왕백당이 따지듯 물었다.

"우리도 그 말이 명마라고 알고 있습니다. 그런데 그 말을 판 사람이 말을 돌려달라고 하지는 않겠지요? 작은 이득을 얻으려다가 큰 실수를 할 수도 있습니다."

그러자 선웅신은 크게 놀라며 물었다.

"혹시 그 말이 훔친 말일 수도 있단 말인가요?"

"훔친 말은 절대 아닙니다. 그런데 그 말을 판 사람이 누구입니까?"

"그 사람은 산동에서 온 사람이며 자신이 왕씨라고 말했습니다. 물론 많은 이야기를 하지 않았지만, 나와 그 사람 모두 거래에 아무런 불만이 없었지요. 그런데 왕형은 내가 말을 샀다는 사실을 어떻게 알았습니까? 그 왕씨란 사람을 왕형은 알고 있습니까?"

"나는 그 왕씨를 모르지만, 그 왕씨란 사람은 실제로 선형도 잘 아는 사람입니다. 교묘한 말은 직언(直言)보다 못합니다(巧言不如直道). 사실, 그 말을 판 사람은 바로 진숙보이고, 지금 성내 서문 안에서 조금 전에 우리와 만나 이야기를 나눴고, 선형이 후하게 여비까지 보태주었다고 말했습니다."

웅신은 고개를 끄덕이며 감탄하였다.

"나는 그분이 말할 것이 있는 것 같으면서도 왜 말하지 않는지 그 까닭을 알 수 없었습니다. 그분이 진숙보였었다니! 그런데 지금 그분은 어디에 있습니까?"

"묵고 있는 곳은 노주성 서쪽 왕소이의 객점인데, 곧 제남부로 떠날 것 같습니다."

그러자 선웅신이 말했다.

"우리들은 일단 오늘 밤 밤을 새며 술을 마십시다."

세 사람은 밤새 이야기를 나누었다. 새벽 오경이 되자, 성내에 들어갈 준비를 하였다.

날이 밝도록 즐거운 이야기, (酣歌忘旦暮)
영웅은 적막 속에 잠들었다. (寂寤在英雄)

모든 준비가 끝나자, 진숙보가 탈 말 한 마리를 더 끌고 갔다. 세 사람은 서문을 지나 왕소이의 객점에 가서 숙보의 행방을 물었다. 그러나 숙보는 이미 떠난 뒤였다.

왕소이는 그들이 진숙보에 대한 푸대접을 밝히려 찾아온 줄 알고 겁을 먹고, 진숙보가 걸어서 객점을 나갔다고 말하지 않았다.

"진씨 나으리는 급하게 돌아가야 한다며, 다른 차인의 말을 빌려 밤새 산동으로 달렸을 것입니다."

선웅신은 그의 천리마로 쫓아간다면 충분히 따라잡을 수 있다고 생각하였다. 그러나 갑자기 자기의 친형이 장안 근처에서 당공(唐公)이 쏜 화살에 맞아 비명횡사(非命橫死)하였으며, 현지에서 장례를 치루고 돌아왔다는 소식이 전해졌다.

결국 웅신은 형의 상을 모시러 집에 돌아가야 했고, 숙보를 쫓아가 만날 수가 없었다. 왕백당과 이밀 역시 문상을 해야 하기에, 숙보를 찾아가겠다는 계획을 접을 수밖에 없어, 그만 각자 헤어졌다.

한편, 숙보는 마음이 급하여 황혼 무렵에 길을 떠났다. 밤새 걸었지만, 날이 밝을 때까지 겨우 5리 정도를 걸었다. 복(福)은 겹쳐 오지 않고 화(禍)는 혼자 오지 않는다.[96]

만약 숙보가 제대로 밤을 새워 걸었다면, 아마도 1백 리는 걸었을 것이다. 그러나 말은 팔아버렸고, 이미 왕소이의 푸대접에 울분이 쌓였으며, 평소에 걷지 않다가 행장을 지고 어둠 속을 걸으니 제 속도를 낼 수 없었다. 거기다가 숲길을 지나면서 방향을 잃고 헤매다 보니 날이 밝을 무렵 관도(官道)를 찾아내어 길에 올라 보니 노주성이 바로 뒤로 보였고, 그 거리는 십 리 길도 못되었다.

---

96 원문 福無雙至(복무쌍지), 禍不單行(화불단행). －복은 별것이 아니다. 분수를 지키는 것이 복을 쌓는 것이다(惜福積福). 본래 재앙과 복은 같이 오지 않는다(禍福不双行). 그렇지만 모든 화와 복은 스스로 만들고(一切禍福), 스스로 받는 것이다(自做自受). 화와 복은 문이 없어도(禍福無門), 사람이 스스로 불러들인다(唯人所招). 복은 스스로 구한 것이 많고(福是自求多的), 화는 자신이 지은 것이다(福是自求多的). 복을 받는 것은 재앙을 피하는 것만 못하다(作福不如避禍). 새옹이 잃어버린 말(塞翁失馬), 그 화복을 알 수 없다(禍福未知). 인상이 좋으면 팔자도 좋고(相好命好), 팔자가 좋으면 인상도 좋다(命好相好).

부귀와 빈곤은 모두가 명에 딸린 것이니, (富貴貧窮命裡該)
생년과 생월 생일에 따른 팔자에 달렸다. (皆因年月日時排)
가슴에 큰뜻이 있어도 말을 아니할지니, (胸中有志休言志)
온몸에 재능을 갖고도 자랑하지 않는다. (腹內懷才莫論才)
용열한 사람도 때를 타면 뜻을 이루지만, (庸劣乘時偏得意)
영웅이 곤경을 당하면 재앙이 이어진다. (英雄遭困有餘災)
큰뜻을 품었고 기개가 하늘을 찔러도, (饒君縱有沖天氣)
행운이 없다면 평생에 이루지 못하리라. (難致平生運未來)

본래 숙보는 가난을 탓하지 않았지만, 곤궁에 쫓기다 보니 병을 앓게 되었다.

어제 음식점에서 차거운 소고기 안주를 먹은 데다가, 왕백당과 이밀을 처음 만나고서 울적한 마음으로 술을 마셨다. 거기다가 서리가 내리는 밤길을 밤새 걸었다. 그러니 음식으로 몸 안이 상한데다가 온몸이 추위에 떨었다.

그날이 10월 초 이튿날이었는데, 얼굴이 벌개지면서 온몸이 불덩이처럼 뜨거웠다. 그러다 보니 머리가 띵하고 눈앞이 어지러워 한 걸음을 떼놓기 어려웠다. 밤새 걷고도 겨우 십 리 길을 왔다는 허탈감은 진숙보를 낙담케 하였다.

마을은 민가가 2, 3백 호쯤 되는 십리점(十里店)이었다. 마침 마을 입구에 큰 도관(道觀, 廟堂)이 하나 있는데, 이름은 동악행궁(東嶽行宮)[97]이었다.

숙보는 웅장한 전각을 향해 온 힘을 다해 걸으려 했다. 머리 위로는 밝은 햇빛이 쏟아졌다. 억지로 삼천문(三天門)을 지나 동악전(東嶽殿) 앞 한 계단을 올라가려는데, 그 계단 하나가 마치 산처럼 높다는 생각이 들었다. 기어가다시피 전각에 오른 숙보는 태산의 산신상을 바라보며, 자신을 지켜달라는 기도를 마음속으로 외웠다.

그러나 갑자기 사지에 온 힘이 쑥 빠지는듯하더니 다리를 옮길 수가 없어 그대로 향로를 올려놓은 탁자 앞에 그대로 쓰러졌다. 땅에 깔은 바닥 벽돌〔塼(벽돌 전)〕에 쓰러지면서 큰 소리와 함께 벽돌이 산산조각 났다.

그리고 그 옛날 공공(共工)[98]이 분노하여 부주산(不周山)을 떠받친 기둥을 부수어 버릴 때 만큼이나 큰 소리가 났다. 또 역사(力

97 동악행궁(東嶽行宮) – 동악(東嶽)은 泰山(태산)을 지칭한다. 泰山 山神(산신)을 모시는 道教(도교)의 절인 도관(道觀).

98 공공씨(共工氏) – 또 다른 이름은 강회(康回). 중국 신화 속의 제왕. 수신(水神). 《列子 · 湯問》에 의하면, 공공씨는 전욱(顓頊)과 제위를 놓고 싸웠다. 화가 난 공공은 부주산(不周山)을 떠받치는 기둥을 부러트렸다. 그러자 땅의 균형을 잡아주던 밧줄이 끊어지면서 하늘이 서북으로 기울어졌다. 그래서 중국은 서북의 땅이 하늘에 가깝고(곧 서북이 높고), 동남쪽은 흙이 모자라서 지대가 낮아졌다. 그래서 중국의 모든 강이 동남 방향으로 흐르게 되었다. 또 다른 기록에는 共工氏는 헌원(軒轅)의 후예로 황제(黃帝) 시대의 한 부락의 지도자였다고 한다. 공공씨와 환두(驩兜), 삼묘(三苗)와 곤(鯀)을 四罪〔사죄, 四凶(사흉)〕라 칭한다. 《山海經(산해경)》의 기록에는, 共

士)가 몽둥이를 휘둘러 진시황의 수레를 부숴버리는 광경과 비슷하였다.[99]

숙보가 넘어지면서 그렇듯 큰 소리가 나자, 묘당을 관리하는 사람인 향화(香火)가 급히 달려와 부축하려 했으나 워낙 큰 덩치라서 어찌하지 못하고, 서둘러 묘당의 주지가 거처하는 건물인

工은 염제(炎帝)의 후손으로 축융(祝融)의 아들이라 했다.

99 원문 力士施椎(역사시추), 擊破始皇輦(격파시황련) – 진시황의 수레를 저격한 것은 韓 귀족의 후손인 장량(張良)이었다. 장량(張良, ?–前 185년)의 字는 자방(子房)인데, 그의 선조는 韓人이다. 조부 장개지(張開地)는 韓의 昭侯(소후), 宣惠王(선혜왕), 襄哀王(양애왕) 때의 재상이었다. 부친 장평(張平)은 釐王(이왕)과 悼惠王(도혜왕)의 재상이었다. 도혜왕 23년에 장평이 죽었고, 죽은 뒤 20년에 秦은 韓을 멸망시켰다. 장량은 어렸기 때문에 韓에서 벼슬하지 못했다. 韓이 망한 무렵, 장량의 집에는 奴僕(노복)이 300명이나 있었다. 장량의 동생이 죽었을 때 장례를 치르지 않고, 그 비용과 가산을 처분해 秦王을 죽일 자객을 구해 韓을 위해 복수를 하려 했는데, 이는 그 선조가 韓 5대에 걸쳐 재상을 지냈기 때문이었다.

장량은 일찍이 회양(淮陽)에서 예제(禮制)를 학습했고 동쪽을 유람하다가 창해군(倉海君)이란 사람을 만나 한 力士(역사)를 얻었는데, 120근 쇠몽둥이를 쓰는 사람이었다. 秦(진) 시황제가 東遊(동유)하며 박랑사(博狼沙)에 도착했을 때 장량은 자객과 함께 秦 황제를 저격했으나 부거(副車)만을 맞혔다. 진의 황제는 대노하며 온 나라를 크게 수색하며 아주 긴박하게 범인을 잡으려 했다. 장량은 이에 姓(성)과 이름을 바꾸고 하비(下邳)로 도망하여 숨었다. 이후 漢 高祖(한 고조) 유방(劉邦)과 만난다. 한초삼걸(漢初三傑)의 한 사람이다. (漢書 40권, 張陳王周傳 참고)

학헌(鶴軒)에 달려가 이를 알렸다.

이 도관(道觀)의 관주(觀主)는 보통 사람이 아니었으니, 그의 성은 위(魏)이고 이름은 징(徵), 자는 현성(玄成)이며, 위주(魏州) 곡성현(曲城縣) 사람이었다.[100]

위징은 소년 시절에 부친을 여의고 빈곤하였지만 생업에 종사하지 않고 오로지 독서에만 전념하여 읽지 않은 책이 거의 없었다.

그리하여 상고시대 삼황오제(三皇五帝)에 관한 기록인 삼분오전(三墳五典)과 팔괘(八卦)의 학설과 구주(九州)에 관한 기록인 팔

---

100 위징(魏徵, 580－643년, 字는 玄成)－조적(祖籍)에 관해서는 여러 주장이 있다. 唐朝(당조)의 정치가. 위징은 소년 시절에 부친을 일찍 여의고 빈곤하였다. 실의 속에 생업에 종사하지는 않고 많은 책을 읽었다. 한때 道士(도사)가 되어 大志(대지)를 숨기고 은거했었다. 천하가 혼란한 수나라 말기 와강군(瓦崗軍)에 들어가 작은 우두머리인 원보장(元寶藏)의 서기가 되었다. 이밀(李密)이 위징의 능력을 인정했다. 나중에 와강군이 무너지면서 위징은 唐에 귀부하였다. 처음에는 태자 이건성(李建成)을 섬겼다. 현무문의 정변(玄武門之變) 후에 제위에 오른 이세민(李世民, 太宗)은 강직한 위징을 간의대부로 발탁하였다.
위징은 이후, 좌광록대부(左光祿大夫), 비서감(秘書監), 시중(侍中) 등을 역임하였고, 정국공(鄭國公)에 봉해졌다. 시호는 문정(文貞)이다. 당 태종에 대한 직간(直諫)으로 유명했다. 《수서(隋書)》의 서론(序論), 《양서(梁書)》, 《진서(陳書)》, 《제서(齊書)》의 총론 등을 저술했다. 그의 언론은 《정관정요(貞觀政要)》에 많이 보인다. 그 중에서도 〈간태종십사소(諫太宗十思疏)〉가 잘 알려졌다.

색구구(八索九丘)의 서적, 그리고 제자백가(諸子百家)와 천문지리(天文地理), 병법과 치국의 방략을 다룬 도략(韜略)에 관한 여러 서책을 통독하여 두루 박통하였다. 뿐만아니라 시사(詩詞)와 가부(歌賦) 같은 소기(小技)에도 신묘한 경지에 도달하였다.

위징(魏徵)

위징은 평소에 큰 뜻을 품고 있어 영웅호걸을 두루 만나며 온 마음을 다하여 깊이 사귀었다. 수나라에서는 귀족의 가문을 중시하여 문음(門蔭)에 의한 등용이 많았다. 그리고 국정을 담당하는 공경이나 재상에서부터 지방 수령(守令)에 문신보다 무신이 훨씬 많았다. 이런 상황에서 가문이 한미하고 가난한 문사(文士)인 위징은 자신이 때를 잘못 타고났다고 한탄하며 화산(華山)에 은거하며 도사(道士)[101]가 되었다.

101 도사(道士) – 학도(學道)하거나 무도(務道)하는 士人이란 뜻. 도교의 신도를 의미하기도 한다. 宋朝 이후로 도교의 성직자를 지칭하는 말로 바뀌었다. 현재 중국 전국에 약 10만 명의 道士가 재

뒷날 서홍객(徐洪客)이라는 도우(道友)를 만나 함께 의기투합하였다.

서홍객이 위징에게 말했었다.

"수 황제는 시기심이 많고 그 여러 아들은 병권을 마음대로 행사하고 있지요. 지금 천하를 통일한 이후, 참된 인재들을 제거하고 등용하지 않으니, 틀림없이 오래 누리지 못할 것입니다. 내가 천상(天象)을 관찰하였더니 천하를 차지할 새로운 진인(眞人)이 이미 출생하였습니다. 곧 천하에 큰 혼란이 일어날 것입니다. 당신은 귀인의 기상을 타고 났으며 경상(卿相)의 골격은 있지만 신선(神仙)의 인연은 없는 것 같습니다. 그러니 훌륭한 인재를 찾아 모셔야 합니다. 왕자(王者)를 보좌할 능력을 갖추었으니 때가 되면 기신(起身)하십시오."

직한다는 통계가 있다(2011). 도교(道教)는 老子와 莊子의 사상을 바탕으로 중국 민간 신앙을 광범위하게 수용한 종교이다. 漢代에 장도릉(張道陵)이 오두미도(五斗米道)를 창립하며 노자를 始祖(시조)로 받든 이후 後漢(후한) 영제(靈帝) 때 장각(張角)이 太平道를 만들며 도교라는 명칭이 널리 알려졌다. 晉代(진대)에 갈홍(葛洪)이 도교의 이론서인 《抱朴子》를 저술하여 도교의 기반을 확립하였다. 당에서는 노자가 당의 國姓인 李氏와 같다 하여 도교를 적극 권장하였다. 따라서 도사의 사회적 지위도 높아졌다. 道士는 그 수행 영역과 정도에 따라 법사(法師), 위의사(威儀師), 율사(律師), 연사(鍊師)라는 명칭으로 구분되기도 한다. 또 남성 道士는 건도(乾道), 도인(道人), 우사(羽士), 우객(羽客) 등으로 불린다. 女道士는 곤도(坤道), 여관(女冠) 또는 도고(道姑)라는 호칭이 많이 쓰인다.

위징은 조석으로 서홍객과 천문과 지리에 관하여 많은 대화를 나누었고, 지난 역사에서 있었던 유악(帷幄, 군사 지휘소)의 기모(奇謀)와 전장(戰場)의 전략에 관하여 즐겨 논평하였다.

어느 날 갑자기, 서홍객이 위징에게 말했다.

"어제 내가 왕기(王氣)를 관찰하였더니, 삼수(參宿, 參은 별 삼. 宿는 별자리 수)와 정수(井宿) 사이에서 일어나니, 이는 진인이 이미 출생했다는 사실을 증명합니다. 그리고 강성(罡星, 罡은 별이름 강, 北斗星)이 다시 조(趙)와 위(魏)의 분야(分野)에 다시 들어왔는데,[102] 이는 진인을 보좌할 인재도 이미 출생했다는 뜻입니다. 그렇지만 아직 그 왕기(王氣)는 미약하고, 그분도 아직은 득지(得志)하지 못하고 있습니다. 지금 천강성(天罡星, 北斗星)의 색이 많이 어두운데, 이는 그 진인이 곤액(困厄)을 당하고 있는 것입니다. 그러니 나와 당신이 그분을 먼저 찾아가 그분과 교제를 갖는 것이 좋을 것이고, 우리가 먼저 찾아가지 않아도 필경은 서로 만나게 될 것입니다."

---

102 원문 罡復入趙魏分野 – 罡은 별이름 강. 북두칠성의 다른 이름. 趙와 魏는 전국시대 나라이름이면서 지역 명칭으로 통용. 分野(분야)는 일명 十二次. 中國 古代 天文學者의 星辰 구분의 한 방법이다. 하늘의 별자리를 12개로 구분한 뒤, 그 분야와 지상의 지역이나 인물과 연결하였다. 곧 하늘의 星宿(성수)는 모두 지상의 어느 지역이나 특정한 인물(예, 황제, 황후, 재상)과 연관되었으며, 그런 연관은(分野之地) 변할 수 있다고 생각하였다.

그래서 서홍객은 태원(太原)으로 떠나갔고, 위징은 여전히 노주에 머물고 있었다. 위징은 선웅신이 영웅이면서도 여러 사람과 널리 교제하는 것을 보고 뒷날 개국공신이 될 수 있으리라 믿으며, 이곳 동악묘에 머물면서 선웅신과 계속 교류하고 있었다. 그간에도 위징은 곤경에 처한 여러 호걸들을 많이 도와주고 있었다.

바로 그날도 위징은 자신의 거처에서 황정경(黃庭經)[103]을 읽고 있었다. 바로,

무심히 신선이 되기를 원하며, (無心求羽化)
매처럼 하늘로 오르길 배운다. (有意學鷹揚)

도관의 관리인인 향화가 위징에게 보고하였다.

"술에 취한 어떤 사내가 동악전(東嶽殿)에서 쓰러졌습니다. 몸에 병기를 지니고 있으며, 벽돌 여러 장이 깨졌습니다. 그 사람을 깨웠지만 깨어나지 않기에 급히 말씀드립니다."

위징은 생각했다.

'어제 천문을 보았더니 천강성(天罡星, 罡은 북두성)이 이곳에 내

---

103 황정경(黃庭經) – 《太上黃庭內景玉經(태상황정내경옥경)》과 《太上黃庭外景玉經》. 대략 위진(魏晉) 시기에 이뤄진 《정통도장(正統道藏)》의 한 종류. 인간이 服氣(복기)하여 정신을 바로 배양하면, 육신을 오래 보전할 수 있다고 하였다.

리더니 틀림없이 그 사람일 것이다.'

그러면서 위징은 서실을 나와 곧바로 동악전으로 올라갔다. 위징이 쓰러진 숙보를 보니 정말 낭패였다. 행장은 옆으로 치워 놓았지만, 누구 하나 살펴주는 사람이 없었다. 한 팔을 굽혀 그의 머리를 받쳤지만, 다른 한 팔은 부러진 것 같았다. 그의 남루한 옷 소매로 얼굴을 가려놓았다.

"이 사람의 다리 하나를 문턱에 걸쳐 펴놓았더니 다시 오무렸습니다."

위징이 숙보의 옷소매를 들춰 얼굴을 보았더니 얼굴이 온통 붉게 달아올라 마치 술에 취한 것 같았는데, 말을 하지는 못하고 다만 큰 눈을 떴다가 다시 힘 없이 감았다.

위징이 고개를 몇 번 끄덕이더니 숙보에게 말했다.

"형씨는 지금 아주 위태롭습니다. 너무 과음한 것 같습니다."

숙보는 분명히 알아들었지만 목구멍이 막혀 말이 나오질 않았다. 숙보는 한참을 버팅기다가 겨우 팔을 뻗어 깨진 벽돌에 손가락으로 '有病' 이라고 두 글자를 썼다.

이를 보고 위징이 말했다.

"형씨는 술병이 아니라 걱정이 많았군요!"

그러자 숙보는 고개를 끄덕였다.

"이제 걱정하지 마시오."

그리고는 도인을 불러 말했다.

"내 방에 가서 종려나무 깔개를 가져오너라."

위징은 종려나무 받침에 앉아 숙보의 손을 자신의 무릎 위에 얹어놓고 팔뚝 위에 경혈을 찾아 지압을 하면서 숙보에게 숨을 들이쉬고 이어 내쉬게 하였다. 위징이 볼 때 숙보는 안으로는 차거운 음식에 내장이 상했고 차가운 밤 공기에 눌려 순간적으로 기(氣)가 막혀 순환하지 않아 쓰러진 것이라 생각하며 크게 걱정하지 않았다.

숙보가 쓰러진 도관의 본전은 바람이 많이 타는 곳이었고, 뒤쪽의 작은방에는 여러 잡동사니들을 보관하고 있고 사용하지는 않았지만, 그래도 약간의 좁은 공간에 볏짚이 깔려 있었고 바람이 들어오지는 않았다. 숙보는 여러 도사들에 들여 그곳으로 옮겨졌고, 좀 안정을 되찾은 숙보는 곧 잠이 들었다. 여러 도사들은 숙보의 행장에서 철채찍을 들어보고 이런저런 말을 주고받다가 한쪽 벽에 걸어두었다.

위징은 숙보의 행장에서 두 필의 노주 비단과 자주색 겉옷 한 벌, 그리고 회송 공문과 은자 10여 냥을 확인했다. 그리고 깨어난 숙보에게 말했다.

"이 물건들은 형씨가 아파 누워 있는 동안에 내가 내 방에 보관하였다가 형씨가 회복되면 돌려주려는데 괜찮겠소? 그리고 쇠채찍 두 개는 전각 입구 문 옆쪽에 새끼줄로 묶어 걸어 놓아 사람들이 손을 못대게 하겠소."

숙보는 위징의 설명을 듣고 누운 채로 고개를 끄덕였다. 위징은 숙보의 물건들을 숙소에 보관하였고, 땀을 내게 하는 약을 처방하여 달여먹였다.

다음 날, 숙보는 완전히 정신을 차렸고 말도 할 수 있었다. 위징은 계속 음식과 약으로 숙보의 몸을 보양하면서 쌀로 죽을 쑤어 먹였고, 숙보의 몸은 느리지만 점차 회복되었다.

어느새, 14일의 시간이 지나 도가(道家) 명절의 하나인 삼원일(三元日, 1월, 7월, 10월 15일)의 하나인 하원절(下元節)이 되었다.[104] 인근의 백성들이 동악묘에 모여 수관대제(水官大帝)에게 액운의 소멸을 기원하는 법회를 열고, 복을 빌며 술과 음식을 먹으며 즐기는 날이다.

오경에 동녘이 밝으면서 도관의 대문이 활짝 열리면서 큰 북과 종을 친다. 이어 많은 백성들이 모여들어 향을 피우며 액운의 소멸을 비는 절을 올린다.

그러나 숙보는 쇠약한 몸으로 향을 피우거나 제전을 구경할 수

---

104 三元節－道教에는 天, 地, 水의 三官大帝(삼관대제)가 인간의 선악을 기록하여 상과 벌을 내린다는 믿음이 있다. 삼원절은 三官大帝의 탄신일이다. 天官大帝의 생일은 정월 보름인데, 上元節(상원절)로 천관대제에게 복을 기원하는 기복법사(祈福法事)를 거행한다. 地官 대제의 生日은 7월 15일 중원절로 地官이 인간의 죄를 용서하고 고혼(孤魂)을 널리 제도한다는 節日이다. 水官大帝의 탄신일은 하원절로 10월 15일이며, 이날은 인간에게 닥칠 나쁜 액운의 소멸을 水官大帝에게 기도하는 날이다.

도 없었다. 위징의 보살핌 말고는 아무도 숙보를 챙겨주지 않았다.

숙보는 봉두난발(蓬頭亂髮 : 쑥과 같은 머리와 어지러운 머리털이라는 말이며, 더부룩하게 헝클어진 머리카락을 일컫는다.)에 땟물이 흐르는 꾀죄죄한 얼굴이었으며, 아직도 가쁜 숨을 몰아쉬고 있었다. 법회를 구경하는 많은 사람들이 숙보가 동악묘에서 쓰러진 줄을 알고 있었고, 숙보에 대하여 이런저런 험담이 많았다. 그야말로,

알껍데기 속에 싸인 봉황을 누가 알겠나? (身居卵殼誰知鳳)
도롱뇽과 함께 있는 용을 누가 구별하랴? (躋混鯨鯢孰辨龍)

많은 승도(僧道)가 도관(道觀)에 머물며 세력가나 부호에 의지하였다. 특히 이런 명절에 향촌의 부호나 권세가, 무뢰한과 파락호(破落戶)들은 도사들로부터 술과 음식을 배불리 접대받으며 거드름을 피는 날이었다.

위징은 비록 황색 도관(道冠)을 쓰고 있지만, 위징이 어찌 향촌의 무뢰한과 교제하겠는가? 그러나 많은 도사들은 위징이 근본을 알 수도 없는, 덩치만 큰 사내를 구원하며 성전(聖殿)을 더럽히고 있다고 불평이 많았다. 그런 볼멘 소리는 어쩌면 숙보에 대한 미움이었다.

숙보는 다른 어떤 구원을 기대하지도 못하고 몸을 보양할만한 안신처도 없었다. 그런데 마침 선웅신이 동악묘당을 찾아왔다.

웅신이 수하 여러 사람을 거느리고 동악묘에서 죽은 친형을 위한 초제〔醮祭 : 성신(星辰)에게 지내는 제사〕를 올리려 했다. 웅신을 맞이하기 위하여 여러 도사들이 삼천문(三天門)에 나와 영접하며 말했다.

"선 나으리께서 마침 잘 오셨습니다."

이에 웅신이 "무슨 할말이라도 있소?"라고 물었다.

그러자 여러 사람이 말했다.

"동악묘는 우리 노주(潞州)의 구복지지(求福之地)입니다. 그런데 도주(道主)인 위씨가 마음대로, 그 근본을 알 수도 없는 외지인을 머물게 하면서 성전을 더럽히고 있어 차마 그냥 볼 수가 없으니, 나으리께서 적절히 조처하시기를 바랍니다."

웅신은 여러 가지로 식견이 깊은 사람이었다. 다른 사람보다 먼저 복을 차지하려 하거나 그렇다고 재앙을 받을 일은 하지 않았다.

웅신은 여러 사람들에게 웃으며 말했다.

"여러분의 생각이 그러하시군요. 일단 도주(道主)의 말씀을 들어보겠습니다."

웅신은 대전에 들어와 향을 사른 뒤에 아랫사람을 시켜 도주 법사에게 뵙기를 청하고, 대전을 나와 서서 잠시 바람을 쐬었다. 그런데 종각 뒤편 어두컴컴한 곳에서 무엇인가 번쩍이는 빛이 보였다. 웅신이 다가가 자세히 보니, 그것은 새끼줄로 묶어 벽에 걸어놓은 두 개의 쇠 채찍이었다.

웅신은 한참을 조용히 서서 생각하였다. 도관에 왜 이런 병기가 있는가? 그리고 지나는 도사를 불러 물었다.

"이런 무기는 누가 어디서 갖다 놓았는가?"

그러자 여러 도인이 말했다.

"그 병에 걸려 앓고 있는 사나이가 등에 지고 온 것입니다."

이에 웅신이 급히 다시 물으려 하는데, 어느새 위징이 만면에 웃음을 띠고 성큼 다가와, 양팔을 들어 읍(揖)을 하였다.

인사를 마친 뒤, 바로 웅신이 물었다.

"위 도주님, 이곳 여러 사람들의 말이, 이곳 동악묘는 노주 백성들이 복을 비는 곳으로 늘 장엄정결하며 많은 사람들이 우러러보는 곳이라고 말했습니다. 그런데 도주께서 어떤 사람을 묘당에 머물게 하면서 성전을 어지럽힌다며 매우 좋아하지 않는데, 어떤 사람을 머물게 하셨습니까?"

"그러자 위징이 조용히 말했다.

"빈도(貧道)는 출가인인데, 무슨 일인들 어찌 마음대로 할 수 있겠습니까? 어떤 병든 사내가 여기를 찾아와 쓰러져 사경을 헤매었기에 약 달포 남짓 여기에 머물게 하며 보살펴주었습니다. 그 분 역시 보통 사람이 아니기에 그를 다른 곳으로 보내지 못했습니다. 또 아직 병환이 다 회복되지 않아 여태껏 약석(藥石)으로 치료중이고 이제 많이 회복되었습니다. 그저 측은지심(惻隱之心, 仁

心)[105]으로 빈도의 허물을 널리 용서해 주시기 바라며, 여러 시주(施主)들에게도 양해를 구하겠습니다."

그러자 웅신이 급히 물었다.

"대전 모퉁이의 쇠 채찍 두 개가 그 사람의 병기입니까? 그분은 어디 사람입니까?"

"그분은 산동 제주 사람입니다."

웅신은 먼저 채찍을 보고 진숙보를 떠올렸었는데, '산동 제주'라는 말을 듣자 크게 놀라며 다그쳐 물었다.

"그분 성씨가 무엇입니까?"

"이달 초이튿날 그분이 대전에서 쓰러졌습니다. 그간 병중이라서 그날 자세한 이야기를 나누지는 못했지만, 그가 가진 회송 공문에 '진경(陳瓊)'이라는 이름이 쓰여 있었습니다. 그다음 날에야 자세히 물었더니, 그의 자가 숙보이며 북제(北齊) 공신(功臣)의 후손이라고 말했습니다."

웅신은 위징의 말을 막고 "지금 어디에 있습니까?"라고 급히 되물었다.

위징은 손으로 곁방을 가리키며, "지금 저 방에 머물고 있습니다."라고 말했다.

---

105 측은지심(惻隱之心) - 《孟子(맹자) 公孫丑章句 上(공손추장구 상)》: 「惻隱之心 仁之端也 羞惡之心 義之端也 辭讓之心 禮之端也 是非之心 智之端也」 公孫丑 ; 讀音(독음) 공손추.

웅신은 서둘러 위징의 손을 잡고 측문을 통해 곁방으로 가면서 급히 아랫사람들에게 말했다.

"빨리 진 나으리를 부축하여라."

아랫사람 서너 명이 곁방에 들어가 찾았으나 방 안에는 아무도 없었다.

웅신은 매우 다급해하며 말했다.

"내가 오는 줄을 알고 다른 곳으로 몸을 피했는가?"

그러자 어떤 도사 하나가 말했다.

"제가 조금 전에 보니, 본전을 나와 소변을 보러 가는 것 같았으니 아마 본전 뒤쪽 어디엔가 있을 것입니다."

웅신은 위징과 같이 본전 뒤쪽을 여기저기 둘러 보았다.

원래 숙보는 위징의 치료에 보름 가까이 조리를 하다 보니 몸에 병 기운이 거의 다 사라지며 기운을 점차 회복하였다.

그날은 10월이지만 일기가 온난하고 동악묘가 사람들로 왁자지껄하기에 일부러 밖으로 나왔다. 소변을 본 뒤에 후원 쪽으로 나가 조용한 곳에 앉아 이런저런 생각을 하고 있었다.

그런데 어떤 나뭇꾼이 조그만 자루에 곡식 조금을 담고 마른 나물을 짚으로 묶어 들고 나오는 모습을 보았다.

그래서 숙보가 물었다.

"당신은 그걸 들고 어디를 갑니까?"

그러자 화부가 말했다.

"당신이 무슨 상관이요? 나의 모친께서 몸이 안 좋으시어 지금 창고 담당 도사에게 쌀 몇 되와 나물을 좀 얻어가지고 집에 가서 모친께 식사를 지어드리고 좀 쉬었다가 올 것이요."

숙보는 그 말을 듣고 크게 놀라며 말했다.

"나도 늘 모친을 생각하였지만, 내 일 때문에 모친을 모시지 못하고 집에 홀로 계시게 방치하였습니다. 모친께서는 오늘도 대문에 기대어 나를 기다리실텐데 소식도 전하지 못하고 있습니다."

그러면서 숙보는 자신도 모르게 눈물을 주르르 흘렸다. 숙보는 눈물을 훔치며 돌아와 어느 건물의 탁자에 벼루와 붓이 놓인 것을 보고 붓을 들며 건물 벽에 몇 구절을 적었다. 숙보가 본래 시문을 공부하지는 않았지만, 그래도 관직에 있으면서 들은 풍월이 있어 마음속 생각을 써낼 수 있었다.

외뿔 들소가 왜 내달리는가? (兕虎驅馳, 甚來由)
하늘 끝까지 내달릴 것인가? (天涯循轍)
흰 구름 저쪽 눈을 모아 응시하니, (白雲裡, 凝眸盼望)
피눈물이 나그네 옷깃을 적신다. (征衣滴血)
물도랑이 얼음 위 물고기 비약을 어찌 알랴? (溝洫豈容魚泳躍)
다람쥐가 붕새의 만 리 길을 어찌 알랴? (鼠狐安識鵬程翼)
묻노니, 하늘은 왜 내 갈 길을 막는가? (問天心何事阻歸期)
모정에 목이 메인다. (情嗚咽)

할 일 없는 사내의 7척 몸뚱이, (七尺軀, 空生傑)
칼집에서 빛을 내는 3척 칼날! (三尺劍, 光生筐)
어찌 하늘 받들고 우러러 이름을 남기겠나? (說甚擎天捧日名留册)
매서운 서릿발 강산을 물들이는데, (霜毫點染老青山)
뱃속 가득 뜨거운 피 언제 쏟겠나? (滿腔熱血何時瀉)
누가 알아주겠나? (誰知得)
공연한 세월 속에 젊음이 늙어간다. (恐等閒白了少年頭)
— 이상 〈만강홍(滿江紅)〉 곡조 — 右調寄 〈滿江紅〉

숙보가 쓰기를 마치자, 웅성웅성하며 한 무리의 사람들이 올라오고 있었다. 숙보가 자세히 보니 그 무리에 선웅신이 있었다. 숙보는 크게 놀랐지만 어찌 피할 곳도 시간도 없었다. 숙보는 난간에 기대어 고개를 숙이고 있었다.

위징이 숙보를 알아보고, "여기 계셨군요."라고 큰소리로 말했다.

웅신은 숙보에게 바싹 다가와 끌어안더니, 곧 무릎을 꿇고 말했다.

"형께서 이곳 노주에 오셔서 이처럼 처량한 고생을 하시니 모두가 저의 잘못입니다. 제가 어찌 노주에서 다른 호걸들을 볼 수 있겠습니까?"

숙보는 정말 난처한 처지가 되었다.

숙보는 얼른 같이 무릎을 꿇고 말했다.

"선형께서는 이제 일어나십시오. 저 때문에 이런 굴욕을 겪으시다니, 이곳 호걸들의 체면을 생각해 보십시오. 이러시면 저는 정말 몸 둘 바를 모르겠습니다."

웅신은 눈물을 흘리면서 말했다.

"벗을 위해서는 목숨도 버려야 합니다. 제가 형을 대신할 수만 있다면 서슴없이 대신하겠습니다. 제게 무슨 굴욕이 있겠습니까?"

이미 지란의 향기가 나거늘, (已成蘭臭合)
어찌 현격한 처지를 말하리? (何問跡雲泥)

선웅신은 위징을 돌아보고 말했다.

"도사님, 돌아가신 형의 초제를 며칠 뒤로 미루겠습니다. 숙보 형께서 이런 곤경에 처했으니, 제가 여기서 머물며 향을 피울 수가 없습니다. 일단 제가 준비한 여러 예물은 이곳에 두고 가겠습니다. 저는 숙보 형과 함께 집에 돌아가 며칠 요양하며 모신 뒤에 진형께서 건강을 완전 회복하시면 돌아와 망형(亡兄) 초제를 모시겠습니다. 그렇게 하는 것이 도리일 것 같습니다."

그리고 수하에 분부하여 말로 모실 수 없으니 앉아갈 수 있는 교자를 준비케 하였다.

그 시간에 동악묘에 모였던 많은 시주들은 주지가 돌본 나그네가 선웅신의 벗이라는 이야기를 듣고 아무 말도 없이 모두 흩어졌다.

위징은 자신의 처소로 돌아와 선웅신과 숙보에게 차를 대접한 뒤에 그간에 보관하였던 숙보의 행장을 꺼내었다. 그리고 회송 공문과 노주 비단, 은자 10여 냥과 자주색 옷을 모두 숙보에게 넘겨주었다. 선웅신은 그 은자가 자신이 황표마 값으로 준 은자임을 알고, 말 값을 심하게 깎아 말 값 치룬 것이 부끄러웠다.

숙보는 위징에게 거듭거듭 감사의 뜻을 말했고 정중히 떠나는 인사를 올린 뒤, 교자를 타고 선웅신의 이현장 마을로 향했다.

이후로 위징과 진숙보, 선웅신은 함께 지기지우(知己之友)가 되었다.

이현장에 도착한 선웅신은 진숙보에게 목욕 후 새 옷을 내주었다. 그리고 두텁고 따뜻한 침구에서 누워 쉬게 하였다.

숙보와 웅신은 한방에서 침식을 같이하며 가슴을 터놓고 대화를 나누었다. 물론 몸에 좋은 온갖 음식으로 보양케 하니, 숙보의 건강은 빠르게 회복되었다. 그리고 위징도 자주 이현장을 방문하니, 이들은 마치 친형제보다 더 깊은 정이 들었다.

타향이 살기 좋다고 연연하지 말라. (莫戀異鄕生處好)
은애가 깊은 그곳이 바로 가향이다. (受恩深處便爲家)

한편 산동 숙보의 노모는 자식을 그리는 마음은 끝이 없었다.

아침저녁으로 목을 빼고 기다리며 눈물을 흘리니 눈 주변이 모두 문드러졌다. 거기다가 관청에서는 숙보가 돌아오지 않는다 하여 일가친척을 불러 문초도 하였다. 죽었는지 살았는지?

또 어디서 무얼 하는지? 돌아올는지? 점을 치고 물어보았지만 기다리면 기다릴수록 돌아오지 않으니, 모친은 큰 병이 나서 이제는 거동할 수도 없었다. 마치,

마음은 천 리 밖 먼 곳을 헤매지만, (心隨千里遠)
병마는 걱정 끝 가까이 찾아왔네. (病逐一愁來)

그래도 숙보가 평소에 가까이 지내던 벗 몇몇이 늘 찾아와 안부를 물었고, 큰어머니처럼 생각하는 숙보 모친이 병으로 몸져눕자, 여럿이 함께 돕기로 약속하고 살림 비용을 도와주며 지성으로 모셨다.

숙보의 모친이 말했다.

"온 집안의 자제나 조카들이 모두 와서 돌봐주나, 이제 도움을 받기도 어렵도다."

숙보의 친구 4명이 모두 숙보의 모친 병상 앞에 모였다. 서문 밖에 사는 말채찍과 안장을 파는 가윤보와 제주부에서 같이 차인으로 일하는 당만인(唐萬仞)과 연명(連明), 그리고 함께 공무로 떠났다가 돌아온 번건위 네 사람이었다.

숙보의 모친은 침상에 앉았고, 숙보의 아내 장씨는 침상 뒤에

휘장을 치고 서있었다. 모친은 아들의 벗이 모두 침상 앞에 모여 있자, 그 모습에 또 마음이 슬퍼 눈물을 흘렸다. 그리고 천천히 말을 이었다.

“여러 조카들이 그래도 이 늙은이를 버리지 않고 찾아와주니, 그 두터운 은정에 눈물이 나네. 내 아들은 지금 어디에 떨어져 무엇을 하고 있겠나? 한번 가고 오지 않으니 정말 괴이하지 않은가? 왜 소식 한마디가 없을까? 이 어미의 애간장이 모두 마디마디 끊어졌는데. ….”

한참 있다가 가윤보 등이 말했다.

“형이 한 번 떠난 뒤 돌아오지 않으니 정말 괴이한 일입니다. 그래도 큰어머님께서는 일단 마음을 놓으십시오. 길인(吉人)은 하늘이 돕는다 하였습니다. 걱정을 아니하실 수야 없지만, 그래도 옥체를 상하도록 걱정하지는 마십시오. 저는 틀림없이 기쁜 소식을 가지고 돌아오리라고 믿습니다.”

숙보의 모친은 가윤보의 위로의 말이라 생각하였다.

그러면서 같이 갔던 번건위에게 말했다.

“숙보는 6월에 자네와 함께 문을 나서면서 부적을 태워 안전을 빌었지 않았느냐? 그래도 자네는 9월에 돌아왔는데, 지금은 10월이 다 지나가며 한겨울이 되었거늘, 여태 아무 소식이 없으니, 틀림없이 이 세상 사람이 아닐 것이야.”

숙보의 아내는 시어머니의 말에 큰소리를 낼 수도 없어 휘장 뒤에서 훌쩍훌쩍 거리다가 결국 울음을 터트렸다.

여러 사람들이 모두 번건위에게 원망하듯 말했다.

"번건위! 자네는 왜 숙보를 찾아가지 않았는가? 속담에도 '동행하며 소원한 길동무는 없다.' 고 하지 않았는가?(同行無疏伴) 같이 출발하였는데, 숙보 형이 왜, 무엇 때문에 늦어지는가를 생각도 못했는가? 벌써 돌아와야 할 사람이 여태 안 돌아오니, 오직 아들 하나만을 의지하는 모친은 무얼 어떻게 하시겠는가?"

이에 번건위가 침통하게 말했다.

"여러 형들이 여기 계시고, 큰어머니와 형수까지도 저를 원망하시니, 저는 사실 아무런 변명도 할 수 없습니다. 여러 형들도 모두 의리를 아시는 호걸들이시니, 제 행실이 마음에 안들 것입니다. 그러나 '집에서 삼 년을 잘 지내다가도(在家千日好), 문을 나서면 한 시각도 난관이라(出門一時難).' 하지 않았습니까? 저와 숙보 형은 6월에 집을 떠나 장안에 도착하였습니다. 그리고 병부 아문에서 공문을 수령할 때가 이미 두 달이 지나 8월 보름 경이었습니다. 장안을 떠나 임동(臨潼)의 산에서 강도를 만나 곤경에 처한 당공을 숙보 형이 구출하였습니다. 그 다음에 관문을 나서면서 각자의 길이 갈리기에 제각각 행장을 수습하여 헤어졌습니다. 숙보 형은 노주로 저는 택주로 갔습니다만, 여비로 쓸 은자를 함께 수령하여 제 행장 속에 넣었는데, 그 여비를 나눠갖고가야 하는 것을 잊었습니다. 그러나 일이 꼬일려니 노주나 택주의 수령이 업무 관계로 모두 태원에 갔다가 돌아오는데 20여 일이나 걸렸습니다. 그러다 보니 저는 그 여비를 객점의 숙식비로 다 쓰게 되었습니다. 제가 돌아올 때는 숙보 형도 일을 마치고 돌아왔을 것이라 생각했기에 제가 노주로 숙보 형을 찾아갈 수도 없었습니다. 저도 여비가 모자라 고생을 하였지만, 그렇다고 숙보 형의 여비를 쓰지는 않았고 오늘 여기 가지고 왔습니다."

그러면서 숙보 몫의 여비를 침상에 내놓았다.

그러자 숙보의 모친이 말했다.

"나는 아들에게 노주의 비단을 사오라고 은자 4냥을 따로 주었었네."

"제가 택주에 머물면서 택주 수령이 태원에 당공을 축하하러 가서 20여 일에 돌아왔는데, 저는 그때 호송한 죄수를 택주에 인수하지 못해 그들의 식비까지 제 여비로 충당해야 했습니다."

이에 숙보의 모친이 말했다.

"하여튼 그런 일은 모두 자네의 일이 아닌가? 그런데 거기서 내 아들 소식을 알아볼 길이 없었는가?"

"그간의 일정을 생각해 보면, 숙보 형이 노주에 도착했을 때는 그곳 수령이 태원으로 떠나기 이전이라서 죄인을 인계하고 회송 공문을 받았을 것입니다. 제가 택주에 도착하기 전에 택주 채 자사는 이미 태원으로 출발하고 없었기에 저는 20여 일을 그냥 기다렸습니다. 그러니 저로서는 숙보 형이 응당 저보다 먼저 일을 마치고 노주에서 출발했으리라 생각하였습니다. 그래서 제가 택주에서 일을 마칠 무렵에는 제가 노주로 숙보 형을 찾아가야 헛일이라고 생각했던 것입니다. 저는 20일의 공백을 당했지만 숙보

형도 그러하리라고는 전혀 생각할 수가 없었습니다. 20여 일이나 공백을 겪은 뒤라 제 여비로는 노주로 갈 수도 없었습니다. 그러니 숙보 형이 못 돌아왔으리라고는 꿈에도 생각하지 못했습니다."

그러자 여러 벗들이 번건위에게 말했다.

"하여튼 일은 교묘하게 어긋나고 꼬여버렸네. 그렇다고 지금 여기서 우리가 아무 대책도 없이 여기서 마냥 기다릴 수만은 없지 않은가? 그러니 자네가 노주로 가면서 숙보 형의 행적을 탐문하는 것이 우리의 도리가 아니겠는가?"

이에 번건위가 말했다.

"큰 어머님께서 서신을 한 통 써주시면, 제가 노주에 가며 탐문해 보겠습니다."

숙보의 모친은 하녀를 불러 지필묵을 준비시킨 뒤에 몇 자 서신을 작성하였다. 번건위가 내놓은 숙보의 여비를 모두 번건위에게 돌려주며 말했다.

"이 은자는 응당 자네의 여비일세. 자네가 우리 애를 찾아 함께 돌아온다면 그보다 더 좋은 일이 세상 어디에 또 있겠는가?"

그래도 번건위가 말했다.

"제 여비는 제가 집에서 준비하겠습니다. 형을 만날 수만 있다면 제가 업고서라도 돌아올 것입니다. 형의 여비를 가지고는 가겠습니다만. 만날 때까지는 쓰지 않겠습니다."

"자네가 갖고 가면서 필요하면 필요한 대로 쓰게나. 그렇다고 자네가 굶어가며 길을 갈 수는 없네."

그러자 여러 벗이 번건위에게 말했다.

"숙보 형 소식을 듣는 대로 서둘러 돌아오게나! 그리고 여비는 큰 어머님의 말씀대로 갖고 가게나!"

"그러면 저는 여기서 큰 어머님과 여러 벗에게 인사하고 출발하겠습니다."

"자네를 고생시켜서 미안하기 그지 없네."

숙보의 벗들이 준비해온 은자는 모두 모아 숙보 모친의 침상에 두었고 각자 헤어졌다.

번건위는 집에 돌아와 행장을 수습하고 제주를 떠나 숙보를 찾아 하동(河東)으로 향했다.

번건위는 과연 숙보를 찾을 수 있겠는가?

다음 회를 읽어 보시라.

제11회

눈보라 속에 번건위는 벗을 찾았고, 영단을 얻은 선웅신은 딸을 얻었다.(冒風雪樊建威訪朋, 乞靈丹單雄信生女.)

시로 읊기를, 詩曰,

관산을 무참히 때리던 엄청난 눈보라가 (雪壓關山慘不收)
삭풍에 밀려와 산정을 하얗게 덮었구나. (朔風吹送白蒙頭)
바쁜 나그네는 낙양에 쉬지도 못하나니, (身忙不作洛陽臥)
빨리 배를 저어 앞길을 마냥 재촉한다. (誼密時移剡水舟)
날리는 풀솜처럼 천지를 덮어 버리며, (怪殺顚狂如落絮)
가뿐히 휘날리니 물거품과 비슷하다. (生增輕薄似浮漚)
누가 알리오. 어느 밤 남관에 가는 길, (誰知一夕藍關路)
아는 사람 있어 잠시 머물 수 있으리라. (得與知心少逗留)

이 눈(雪)을 읊은 한 수의 시는 고상한 인물의 깨끗한 일상사와 호탕한 나그네의 술 마시기(酒籌)와 근심을 읊었는데, 읽는 사람으로 하여금 무의식중에 공감하게 만든다.

번건위가 산동을 떠나 며칠 뒤, 하동(河東) 땅에 들어섰고, 노주(潞州)로 길을 잡아 노주 관아에 도착했다. 번건위는 공문 접수하는 곳을 물었고, 수소문하여 왕소이의 객점을 찾았다.

번건위가 물었다.

"말씀 좀 물읍시다. 산동 제남부에서 왔던 진씨 성에 숙보라는 사람이 여기서 묵은 적이 있습니까?"

왕소이가 대답했다.

"그 진씨 손님이 우리 집에 묵었습니다. 그리고 지난 10월 초하루에 말을 팔아 여비를 만들어서 한밤에 서둘러 떠났습니다."

대답을 들은 번건위는 크게 탄식하며 눈물을 흘렸다. 마침 왕소이의 객점에 사람들이 한떼로 몰려와 왁자지껄 떠들자, 왕소이는 안으로 들어갔다. 곁에 있던 왕소이의 아내 유씨가 관심을 보이면서 다가와 번건위에게 물었다.

"손님의 성씨가 어떻게 됩니까?"

"저는 번씨입니다."

"그러시다면 번건위이십니까?"

"어떻게 내 이름을 아십니까?"

"진씨 나으리가 우리집에서 오랜 날을 한숨 속에 지내면서 날마다 길에 나가 번건위란 분이 오기를 기다렸습니다. 우리가 그분을 잘 모시지는 못했습니다만, 그분은 시월 초하룻날 해가 진 뒤에 서둘러 길을 떠나셨는데, 아직 고향에 못 돌아갔습니까?"

"아직 돌아오지 않았기에, 제가 산동에서 다시 여기를 찾아왔습니다."

번건위가 마음속으로 계산해 보았다.

'지금이 섣달 초순이니 길에서 두 달이나 지낼 수는 없는 일이고, 틀림없이 중간에 어디선가 일을 당했다는 것이니, 내가 여기서 수소문해야 아무것도 얻지 못할 것이다.'

번건위는 왕소이 객점에서 식사를 하고 값을 치른 뒤, 근심 속에 걱정을 하며 노주의 동쪽 성문을 나왔다.

날씨는 매우 춥고 센 바람이 불며, 천지에 가득 큰 눈이 내리기 시작했다. 번건위는 눈보라를 마주하고 걸어가는데, 귓가에 바람소리가 매섭고, 목 부분 옷 속으로 눈이 날아들었고 온몸에 한기가 엄습했다. 고개를 반듯하고 들 수도 없었으니, 그야말로,

북방 변새 연(燕) 땅에 휘날리는 눈보라,	(亂飄來燕塞邊)
고성(孤城) 교외를 온통 뒤흔드나니,	(密灑向孤城外)
양원(梁苑)을 지나 불어왔고,	(卻飛還梁苑去)
파수(灞水)의 다리도 돌아간다.	(又回轉灞橋來)
하늘과 땅을 멋대로 짓누르며 뒤집고,	(攘攘挨挨顛倒把乾坤壓)
만물을 확실하게 덮었도다.	(分明將造化塡)
온 하늘을 덮으니 태양의 빛을 가렸고,	(蕩摩得紅日無光)

핍박하는 위세에 청산도 색을 잃었다. (威逼得青山失色)
얼어버린 장강(長江)에 고기와 기러기도 없고, (長江上凍得魚沈雁杳)
숲에 굶주린 호랑이와 원숭이가 슬피운다. (空林中餓得虎嘯猿哀)
서설(瑞雪)이 아니라 재앙이 된 눈이니, (不成祥瑞反成害)
밭두렁의 보리가 얼었고, (侵傷了壟麥)
뜨락의 홰나무도 부러졌구나. (壓損了庭槐)
버들 싹눈도 가렸고, (暗昏柳眼)
매화 꽃눈도 얼었으며, (勒綻梅)
구중 궁궐 계단도 모두 덮여버렸고, (塡蔽了錦重重禁闕官階)
춤추고 노래하던 푸른 무대도 가렸도다. (遮掩了綠沉沉舞榭歌臺)
애닯고도 힘들구나, (哀哉苦哉)
하동의 빈한한 무사의 걱정을 어이하리? (河東貧士愁無奈)
깊이 생각해보니 놀랍게도 기괴하도다. (猛驚猜, 忒奇怪)
이는 하늘이 내리신 재앙의 본체이고, (這的是天上飛來冷禍胎)
인간 세상에 두루 재앙을 내렸구나. (教人遍地下生災)
언제 하늘이 낸 진인이 나타나 태양처럼 혁혁한 빛을 내겠는가? (幾時守得個赫威威太陽眞人當頭曬)
언제 따뜻한 화기와 춘풍으로 온 땅을 녹여주겠나? (暖溶溶和氣春風滾地來)
붉은 구름이 쓸려가고 사방이 트이니, (掃彤雲四開)
푸른 하늘이 온통 드러나고, (現青天一塊)
상서로운 빛과 노을이 예전처럼 빛나네. (依舊祥光瑞煙靄)

번건위는 추위에 덜덜 떨며 십리촌(十里村) 마을을 지나는데, 하늘이 이미 어두어졌지만 머물만한 객점이 없으니, 할 수 없이 동악묘를 찾아 유숙하려 했다. 그 동악묘는 바로 진숙보가 병에 걸려 앓아누웠던 곳이다.

만약 이처럼 큰 눈이 내리지 않았다면 번건위가 어찌 여기에 머물려 했겠는가? 그래서 읊었나니,

쇠 신이 닳도록 걸어도 머물 곳 없더니. (踏破鐵鞋無覓處)
힘들이지 않고도 묵을 곳을 찾아들었네. (得來全不費工夫)

동악묘의 문지기가 대문을 닫으려 할 때, 어떤 사람이 들어오면서 묵어가겠다고 하였다. 관리인은 묘당 주지(觀主)의 숙소인 학헌(鶴軒)에 가서 위(魏) 관주에게 보고하였다. 관주인 위징은 인정이 많은 분이었고 손님을 자신의 처소에서 맞이하였다.

번건위는 행장을 풀어놓고 눈을 턴 다음에 관주에게 인사를 올렸다.

"어디서 오신 누구십니까?"

"저의 성은 번(樊)씨이고 산동 제주 사람으로, 이곳 노주에 벗을 찾으러 왔다가 이런 큰 눈을 만나 귀 보궁(寶宮)에서 하룻밤을 묵고자 합니다. 내일 떠나면서 사례하겠습니다."

"손님 번씨의 존함이 번건위입니까?"

번건위는 크게 놀라면서 말했다.

"도인께서 어찌 저의 천한 이름자를 아십니까?"

"숙보란 분이 형씨의 이름을 자주 말했습니다."

번건위는 더 크게 놀라면서 급히 물었다.

"숙보라니, 어느 숙보 말입니까?"

"손님께서는 많이 묻는군요? 진숙보란 사람이 여러 사람 있습니까?"

"아니! 지금 어디에 있습니까?"

"지난 10월 초이튿날 여기에 왔는데 병이 나서 이곳에 머물렀었습니다."

"그럼 지금은 여기에 없습니까?"

"10월 보름에 이곳 이현장이란 마을의 선웅신 나으리의 집으로 옮겨가 요양 중입니다. 몸이 많이 좋아지셨지만 마침 한겨울이라서 아직 그 댁에 머물고 있습니다."

번건위는 관주의 말에 기쁨과 놀라움으로 입을 다물지 못했다. 마치,

빈궁한 사내가 황금 천냥을 얻은 듯, (窮士獲金千兩)
궁색한 유생이 높은 자리에 오른 듯, (寒儒連中高魁勛)
동방화촉의 기쁨을 오래 기다린 듯, (洞房花燭喜難)
오래 헤어졌던 친척을 다시 만난 듯, (久別親人重會)
지친 호랑이 겨느랑이 날개 돋은 듯, (困虎肋添雙翅)
갇힌 용이 봄 천둥에 뿔 달고 으르듯, (蟄龍角奮春雷)

가뭄에 지친 농부가 단비를 만난 듯, (農夫苦旱遇淋漓)
늘그막 기린 같은 아들 얻은 듯 기뻤다. (暮景得生駭驥)

위징은 번건위에게 과일과 술을 대접하며 이런저런 이야기를 나누었다. 번건위는 추위에 떨었고, 그간의 긴장이 풀렸으며, 또 뜨거운 술을 마셨기에 금방 졸음이 밀려와 곧 잠자리에 들었다.

다음날 날이 밝자, 자리에서 가뿐히 일어난 번건위는 위징에게 사례하였다. 위징은 진숙보의 벗이니, 곧 자신의 벗이라 생각하여 사례를 받으려 하지 않았다. 번건위가 아침 식사를 마치자, 동악묘에서 이현장에 가는 길을 상세히 설명해주었다. 번건위는 곧바로 이현장을 찾아갔다.

이때 선웅신과 진숙보는 서실에서 화로를 가운데 두고 술을 마시며 설경을 감상하니 그 아취가 제법이었다. 마치,

매화를 마주한 청아한 홍취에, (對梅發清興)
미주를 마시며 추위를 잊었네. (飮酒敵寒威)

수하 사람이 와서 산동에서 온 번씨란 분이 서신을 갖고서 서실 밖에서 뵙기를 청한다고 아뢰었다. 웅신과 숙보는 깜짝 놀라면서 급히 일어나 나가 맞이하니 예상대로 번건위였다. 숙보는 반가워 번건위를 끌어안았으나 말을 잇지 못했다.

번건위가 먼저 말했다.

"그전에 행장을 나눠 길이 갈릴 때, 형의 은자를 내 행장에 넣고 나누지를 못했습니다. 돌아가 큰 어머님한테 드렸더니 큰 어머님께서는 오히려 저에게 여비에 쓰라고 주시며 형을 찾아 돌아오라고 하셨습니다."

숙보가 말했다.

"나는 처음에 아우가 내 여비를 갖고서 길이 갈린 것도 생각못했지. 그 때문에 여러 가지 일이 꼬여버렸지."

이에 웅신이 끼어들었다.

"지난 일은 천천히 나누고 우선 들어갑시다."

웅신은 아랫사람을 시켜 번건위의 행장을 안으로 들여오게 했다. 모두 따뜻한 서실에 들어갔고 웅신과 건위는 서로 빈주(賓主 : 손님과 주인)의 예를 갖춰 인사하였다. 숙보는 건위에게 이 모진 눈보라 속에 자신을 찾아온 노고를 치하하며, 모친의 안부를 상세히 물었다. 웅신은 아랫사람에게 새로운 술자리를 마련케 하였다.

숙보가 모친의 안부를 묻자, 건위는 모친의 서신을 꺼내주었다. 숙보는 눈물을 흘리며 모친의 서신을 읽었다. 읽기를 마친 숙보는 자신의 방으로 혼자 자리를 옮겨 떠날 행장을 챙기기 시작했다.

웅신은 숙보의 그런 모습에 그저 조용히 웃기만 했다. 새로운 술자리가 마련되자 세 사람은 무릎을 마주 대고 앉았다.

말이 없이 침울한 숙보에게 웅신이 물었다.

"숙보 형! 모친의 안부에 얼마나 걱정이 많으십니까?"

"어머님이 많이 편찮으십니다."

"형께서 행장을 꾸리시니 바로 돌아가시렵니까?"

숙보가 눈물을 흘리며 말했다.

"제가 무정해서 마치 배부르면 뿌리치고 떠나버리는 그런 사람은 아닙니다. 지금 모친의 병환이 위중하니 잠시 선형과 헤어졌다가 내년에 다시 형을 찾아뵙고, 저를 살려주신 크신 은혜에 보답하겠습니다."

그러자 웅신이 말했다.

"형께서 돌아가시겠다니 저는 말리지 않겠습니다. 다만 벗은 좋은 뜻을 벗에게 권해야 하는 책임을 다하는 도리가 있어야 합니다. 이는 충신이나 효자가 대신할 수도 없는 것이고, 실제 벗으로서 지켜야 할 도리입니다. 이런 책임을 다하는 도리는 이름이나 얻으려는 사람이 할 수 있는 일이 아닙니다."

이에 숙보가 물었다.

"참된 효도는 어떤 것인지? 그리고 가짜 효도란 무엇인지 가르쳐주십시오."

웅신이 말했다.

"크게 효도하는 것이 참된 효도이고, 작은 효도(小孝)는 거짓 효도라고 말할 수 있습니다. 정(情)에 이끌려 뜻에만 맞추려 한다면 그것은 거짓이 될 수 있습니다. 지금 형께서 오늘 밤이라도 돌아가고 싶은 마음은 효도하는 마음이겠지만 진실된 효도는 아닐 것입니다."

숙보는 이제 눈물을 그치었고 입에 엷은 미소를 띄우며 말했다.

"제가 돈이 떨어져 지체하고, 병도 나서 너무 오랫동안 어머님을 뵙지 못했을 뿐만 아니라 소식을 전할 수도 없었습니다. 그래서 저를 애타게 기다리시는 어머님은 결국 몸져 누우셨고, 지금도 애타게 저를 기다리고 계십니다. 그러니 밤을 새워서라도 빨리 달려가는 것이 자식의 당연한 도리입니다. 이런 저의 마음을 어찌 작은 효도라고 생각할 수 있습니까?"

이에 번건위도 옆에서 말했다.

"숙보 형은 우선 모친의 병환을 알았고, 모친의 명에 따라 서둘러 집에 돌아가려 하시니, 이 또한 크게 효도하는 것이 아니겠습니까?"

그러자 웅신이 말했다.

"두 분 말씀이 모두 지당합니다. 그러나 제가 볼 때는 두 분이 하나는 알지만 둘을 모르고 있습니다.(知其一, 不知其二.) 형님의 선군(先君)께서는 북제(北齊)의 장군이셨고, 북제가 멸망할 때 나라를 위해 순국하시며 대절(大節)을 지키셨으니, 망국의 충신이셨기에 자신의 목숨을 살리려 하시지도 않으셨습니다. 하늘도 이런 충신의 후손이 끊기는 일을 차마 두고 볼 수가 없었기에 진형같은 영웅의 생명을 보호하고 키워주셨습니다. 그리하여 일신을 지켜 가문을 일으킬 뿐만 아니라 선대의 유업을 계승케 할 중책을 내리셨을 것입니다. 그런데 생각해 보십시오. 일단 큰 병에 걸려 오랜 세월 요양으로 이제 육신의 건강을 어느 정도 회복하셨지만 아직 완전하지는 않습니다. 그런 육신의 어려움을 생각하지 않고 빨리 돌아가 모친을 뵙고자 하는 것은 아들의 당연한 효행입니다. 그런데 만약 서둘러 무리하게 급히 귀향하신다니, 이런 엄동설한에 무리하게 꼭 서둘러야만 하겠습니까? 먼길을 갈 때, 물론 좋은 일이 나쁜 일보다야 많겠지만, 그래도 혹 한두 개의 불운 때문에 다시 병이라도 난다면, 그래서 최악의 사태에 직면하게 된다면, 그것을 과연 효도라고 말할 수 있겠습니까? 모친에게 더 큰 슬픔을 안겨드릴 수도 있는데 큰 효도라 하겠습니까? 두 분도 '군자는 길을 가더라도 무리하면서 지름길을 택하지 않으며, 배안에서는 장난질을 하지 않는다.'는 말을 잘 알고 계십니다. 이처럼 길을 가면서 단 한 걸음이라도 효도를 잊을 수가 없습니다."

이에 숙보가 물었다.

"그러니 제가 돌아가지 않는 것이 도리어 효도가 될 수 있습니까?"

그러자 웅신이 웃으며 말했다.

"제가 형을 끝까지 돌아가지 못하게 막을 것 같습니까? 늦거나 아니면 빨리 가더라도 모든 일에 다 도리가 있습니다. 오늘 번형이 먼길 고생하며 여기까지 찾아와 서로 상면하였으니, 이는 정말 다행한 일입니다. 형님의 노모는 정말 현명하신 분이시며 만사의 도리에 두루 통달하신 분입니다. 그러기에 번형을 보내 형님을 수소문하게 하셨습니다. 어머님의 자식 사랑이 얼마나 크십니까? 자식이 어디에서 무엇을 하고 있는지 몰랐기에 큰 걱정을 하셨고, 그 걱정이 오래 쌓이고 쌓여 병이 나셨습니다. 이제 건강한 번형이 먼저 돌아가 모친께 형의 모든 사정을 다 말씀드린다면, 자당님께서는 모든 걱정을 잊으실 것입니다. 그러면서 이 엄동설한에 돌아갈 수 없는 사정을 아시니까 아들이 무리해서라도 돌아오기를 바라지는 않을 것입니다. 형님께서 모친께 서신으로 자세한 말씀을 드리고, 또 번형이 보고 들은 그대로 말씀드린다면 어머님의 모든 걱정은 정말 깨끗하게 사라질 것입니다. 그러면 응당 병환도 쾌차하실 것입니다. 아직 성치 않은 몸으로 돌아가다가 병이라도 나면, 또 가는 도중에 병든 육신을 끌고 무리하게 돌아가 모친을 뵌다면 모친께서 얼마나 놀라시겠습니까? 그보다는 차라리 먼저 서신을 올려 자당님을 안심시키고, 다음에 여기서 완전히 몸조리를 마치고서 따뜻한 봄날에 건강한 육신으로 모친을 뵙는 것이 순리이고 또 크게 효도하는 것일 것입니다. 형님의 모친은, 곧 저의 모친과 마찬가지입니다. 여기서 제가 가산에 좀 여유가 있으니 돌아가는 번형에게 자당님의 생활비를 좀 보내드리겠습니다. 그러면 모친 봉양에 조그마한 도움이 될 것입니다. 그리고 형님이 처리할 공문을 번형이 가지고 가서 제남부의 일을 마무리해야 합니다. 아마 그곳 수령도 형님이 병환으로 지체한 사실을 알면 다 이해하고 선처할 것입니다. 이처럼 공사의 모든 일을 여기서도 잘 해결할 수 있는데, 꼭 이런 엄동설한에 무리하게 돌아가야만 효도이겠습니까? 건강을 완전히 회복하여 늦게 돌아간다 하여 불효가 되지는 않을 것입니다."

숙보는 웅신의 말이 조리있고 또 타당하기에 수긍할 수밖에 없었다. 그리고 이런 추위를 무릅쓰고 먼길을 가는 것도 사실 무리였다.

숙보는 한참을 숙고하다가 번건위에게 물었다.

"내가 어쩌면 좋겠나? 아우와 함께 돌아갈까? 아니면 모친께 서신을 먼저 보낼까?"

그러자 번건위가 말했다.

"선형의 말씀이 사리에 딱 맞습니다. 큰 어머님께서도 형님의 서신과 저의 이야기를 들으시면 틀림없이 안심하실 것이며, 어디 있는 줄을 아시게 되면 병도 나으실 것입니다. 그리고 병이 다 나은 다음에 건강하게 돌아오기를 기다리실 것입니다."

이에 숙보가 웅신에게 말했다.

"선형의 말씀대로 제가 우선 먼저 모친께 서신을 올려 어머님을 안심시키겠습니다."

숙보는 모친께 올리는 편지를 쓰고, 또 제남부에 보낼 공문을 꺼내다가 번건위에게 맡겼다. 웅신은 노주 비단 4필과 은자 30냥을 모친을 봉양하는데 쓰라고 내주었다. 그리고 비단 두 필과 은자 10냥을 번건위의 여비라고 따로 건네주었다.

다음 날 아침 번건위는 일찍 길을 떠났다. 산동으로 돌아와 숙보의 모친을 뵙고 서신과 선물을 드렸고 상세한 이야기를 말씀드렸다. 그리고 아문의 업무도 깨끗하게 마무리 지었다.

숙보는 웅신의 집에 머물며 보양에 힘쓰며 가끔은 신체를 단련하기도 했다.

어느 날, 숙보는 한가히 서실에서 책을 보며 화분의 꽃을 감상하였다. 웅신이 들어와 겨우 몇 마디 한담을 나누었는데, 웅신의 얼굴에 수심이 가득했고 말없이 창가에 기대어 서있었다. 숙보가 그 모습을 보고 혹시 손님 접대가 어려운 것 아닐까라고 추측했다.

그래서 숙보가 먼저 물었다.

"선형은 평소에 흉금이 소탈하고 대범하시며 호탕하게 웃었는데, 오늘은 왜 이리 침울하십니까?"

"형께서는 잘 모르시겠지만, 사실 저는 평소에 기쁨이나 슬픔에 애써 무관심했습니다. 저의 형께서 당공(唐公)의 화살에 맞아 돌아가셨을 때는 저는 3, 4일 정도 분노에 빠졌지만, 곧 평상심을 회복했습니다. 어차피 지난 일은 지나간 그대로 받아들여야지 어찌하겠습니까? 어차피 인간의 수복(壽福)이나 재앙이 우리 마음대로 되지 않는데, 번민한다 하여 어찌 바꿀 수 있겠습니까? 그런데 요즈음 집사람에게 문제가 생겼는데, 어찌 해결해야 할지 방법이 없습니다. 그러다 보니 제 얼굴이 수심이 나타나 형께 걱정을 끼쳤습니다."

이에 숙보가 물었다.

"그렇습니다. 사람의 운명에 관해서 어쩔 수 없는 일이라 생각하더라도 마음을 쓰지 않을 수가 없습니다. 그러다 보니, 저도 그간 무심하여 형수씨에 대하여 안부를 묻지도 않았습니다만, 형수씨는 누구시며 몇 세에 결혼하셨습니까?"

"제 집사람은 그전에 도독(都督)을 역임하신 최장인(崔長仁)의 손녀입니다. 이전에 저의 장인어른과 선친께서 교제가 많으셨습니다. 그러나 오래지 않아 장인 내외가 돌아가시고 가세가 기울었는데 처조부님께서 저와 결혼을 주선하셨습니다. 제 아내는 나름대로 현명하고 지혜로워 무난히 가정을 꾸렸습니다. 그러나 결혼[106] 이후 6, 7년이 되어도 출산 소식이 없다가, 지난 봄에 잉태하였습니다만 11월까지도 출산하지 않았습니다. 그래서 요즈음 조금 걱정이 됩니다."

"제가 알기로, 예로부터 비범하고 출중한 인물은 수태도 어렵지만 출산도 늦다고 하였습니다. 하물며 하늘이 돕는 길인(吉人)이라면 참외 꼭지가 떨어지듯 출산이 늦을 수 있지 않겠습니까! 곧 좋은 소식이 있을 것 같습니다."

이런 이야기를 할 때, 마침 아랫사람들이 좀 시끄럽더니, 한 사람이 들어와 말했다.

---

106 원문 結縭(결이) – 縭는 신끈 이. 부인의 향주머니. 끈 이, 맬 이. 結縭(결리)는 결혼과 같은 뜻으로 쓰인다. 蓋頭(개두, 족도리, 너울, 부인의 머리 스타일)도 결혼과 동의어로 쓰인다.

"서역 땅의 스님〔호승(胡僧)〕이 시주를 강요하더니, 돌아가지 않고 밖에 서있습니다."

그래서 웅신과 숙보가 나가보니 호승이 붉은 빛의 선의(禪衣)를 걸치고, 어깨에는 구부러진 지팡이를 메고 부리부리한 눈과 짙은 눈썹에 구렛나루와 턱수염이 가득한 얼굴로 서있었다.

코는 뾰쪽하면서도 높은데, 마치 매의 발톱처럼 구부러졌고, 수염에 덮힌 큰 입으로는 알 수 없는 주문을 외우며, 손에는 구리로 만든 방울을 흔들고 있었다. 그 모습은 달마(達摩)[107]가 갈대를 타고 장강(長江)을 건너는 듯 표연했고, 신선 이철괴(李鐵拐)[108]가

---

107 달마(達摩, 達磨) - 보리달마(菩提達摩, Bodhidharma, 382-536년?) 南 천축(天竺)人 또는 페르시아인(波斯人). 중국 불교에서 선종(禪宗) 개창자로 '達摩祖師(달마조사)' 로 추앙. 南北朝 시대 남조 梁代에 입국, 梁 武帝의 불법 신봉과 뜻이 맞지 않아 도강하여 入魏(一葦渡江 전설). 北魏의 少室山(嵩山) 少林寺에서 9년간 면벽(面壁) 수양하면서 《少室六門集》을 저술했다. 少林 武術의 창조자. 달마의 사적은 매우 많아 신묘한 전기적 인물이 되었다. 도육(道育), 혜가(慧可), 담림(曇林) 등 제자가 있었다.

108 이철괴(李鐵拐) - 중국 道教(도교)에서 말하는 팔선(八仙)의 대표격인 인물. 道教의 여덟 신선은 이철괴(李鐵拐), 종리권(鍾離權), 장과로(張果老), 하선고(何仙姑), 남채화(藍采和), 여동빈(呂洞賓), 한상자(韓湘子), 조국구(趙國舅) 등을 지칭한다. 팔선은 중국인들에겐 아주 친근한 신선 그룹이지만, 팔선은 서로 다른 시기에, 다른 신분으로 제각각 다른 학문과 행적을 남겼다. 그러나 이들의 성격이나 행동은 극히 합리적이고 인정(人情)에 맞고 아주 원만하여 모든 중국인에게 가장 인기있는 스타 그룹이 되었다.

산장(山莊)에 내려온 것 같았다.

웅신이 물었다.

"스님은 소찬(素餐 : 채식)을 즐기는가? 아니면 어육(魚肉)도 자시는가?"

그러자 그가 말했다.

"저는 素食(소식)을 하지 않습니다."

웅신은 아랫사람에게 소고기 한 접시와 찐빵을 충분히 내주라고 말했다. 고기가 나오자, 호승은 소고기를 손으로 잡고 뜯어 먹었다. 웅신과 숙보는 앉아서 그 먹는 모양을 구경했다.

호승이 음식을 다 먹어치우자 웅신이 물었다.

"사부는 어디에 가는 길이요?"

明나라 오원태(吳元泰)의 장회소설《동유기(東游記)》에 의하면, 이철괴의 본명은 이현(李玄)이었고, 철괴는 별명이었다. 이현은 老子를 사모하여 화산(華山)에 들어가 노자로부터 도를 배웠다고 한다. 팔선의 한 사람으로, 이철괴의 이름이 유행한 이후 그는 가장 추한 절름발이 모습으로 알려졌다. 거무죽죽한 얼굴에 쑥대머리를 쇠로 만든 테로 머리칼을 대충 묶었고, 꼬불꼬불한 수염에 커다란 눈, 오른쪽 다리는 절고 다른 한 다리는 쇠 지팡이로 부축하고 있는 전혀 신선 같지 않은 모습이다.

唐代(당대)에는 주중팔선(酒中八仙)으로 이백(李白), 하지장(賀知章), 이괄지(李适之), 이진(李璡), 최종지(崔宗之), 소진(蘇晋), 장욱(張旭), 초수(焦遂)가 유명한데, 이들은 모두 술을 좋아하고 시를 잘 지은 인물들로, 두보(杜甫)의 詩(시) 〈음중팔선가(飮中八仙歌)〉에 그들의 행4적이 나타나 있다.

"소승은 이번에 태원에 갔다가 다음에 서경(西京)에 갈 것입니다."

웅신이 말했다.

"서경은 천자가 있는 곳인데, 당신 같은 출가인(出家人)이 그런 곳에 무슨 일이 있는가?"

"소승이 듣기로는, 지금 황제는 정사에 마음이 없고 대부분의 정사는 태자가 처리한다고 합니다. 그런데 그 태자가 놀기를 좋아하고 안정하지 못한다기에 우리가 만든 안정을 취할 수 있는 약을 바치려고 합니다."

그러자 숙보가 물었다.

"화상에게 다른 약은 없습니까?"

"모든 병에 대한 약을 다 갖고 있습니다."

이에 웅신이 물었다.

"출산을 촉진하는 그런 환약(丸藥)이 있다면 하나 얻읍시다."

"예! 있습니다."

호승은 호로(葫蘆)병을 기울여 누런 종이로 싼 완두콩 만한 약 한 알을 꺼내 웅신에게 주면서 말했다.

"이 약을 한밤에 침향탕(沉香湯)과 함께 복용케 하십시오. 이 약을 복용하고 바로 출산한다면 여아이고, 하루가 지난 다음에 출산한다면 틀림없이 남아입니다."

말을 마친 호승은 일어나더니 아무런 인사말도 없이 떠나갔다.

웅신은 숙보와 함께 방으로 들어왔다.

숙보가 탄식하였다.

"지금 주상이 정치에 태만하여 온 나라에 도적들이 벌떼처럼 일어나고 있는 줄은 나라 밖 이민족까지 알고 있으니 정말 큰 일입니다. 그런데 나라 안의 우리들은 그런 줄도 모르고 있으니 앞으로 나라 꼴이 어떻게 되겠습니까?"

"황제나 태자를 걱정해서 뭐가 어떻게 되겠습니까? 만약 나라 안에 큰 변란이 있다면 우리 또한 싸워야 합니다. 그냥 지금처럼 평범하게 먹고 자며 지낼 수는 없습니다."

그날 밤 웅신은 호승으로부터 얻은 환약을 부인 최씨게게 주어 복용케 하였다. 한밤중 자시(子時)에, 온 집안에 연꽃의 은은한 향이 가득 퍼졌다. 그리고 곧 부인 최씨는 딸을 순산하였다. 이에 웅신은 이름을 애련(愛蓮)이라 지었다. 두 부부의 기쁨은 이루 다 말할 수 없었다. 그야말로,

아름다운 구슬이 향기를 토하듯, (明珠方吐豔)
새로 나온 줄기의 빼어난 난초다. (蘭茁尙無芽)

숙보도 출산 소식을 듣고 기뻐하며 축하하였다. 그리고 금방 며칠이 지나니 선달그믐이었다. 웅신은 숙보와 함께 술을 마시면서 화롯가에서 함께 이야기하며 그믐밤을 새었다. 숙보는 이날

자신이 객지에 나왔다는 사실을 잊었다.

그러나 가만히 생각해보면, 공명을 이루지도 못하고 객지에서 그럭저럭 1년을 지낸 셈이다. 모친 곁을 떠났고, 아내를 버리고서 객지를 반년이나 떠돌았으니 새해라고 즐거운 기분이 하나도 없었다.

날이 밝으니 문제(文帝) 인수(仁壽) 2년(서기 602)이었다. 정초에 마시는 술은 초하루 이후 계속되었고, 모든 술자리에 숙보는 웅신과 함께 참석하고 즐겼기에 술자리가 귀찮거나 못 견딜 정도는 아니었다. 그러나 보름 가까이 계속되니 머리가 띵하고 정신이 혼미할 때도 있었다.

술이 근심이 가득한 배에 들어가니, (將酒滴愁腸)
깊은 수심에 술마저 힘이 없어진다. (愁重酒無力)

연이어 정월 보름 등불을 감상하며 술을 마시다 보니 주인도 지칠 지경이 되었다. 웅신은 정월 18일 저녁 뒷방에서 먼저 잠이 들었다. 숙보는 고향집의 모친 생각에 잠을 이룰 수가 없었다. 밝은 등불 아래 앉았다 일어섰다를 반복했고 방 안을 이리저리 서성였다.

그러자 아랫사람들이 숙보에게 물었다.

"나으리, 오늘따라 왜 주무시질 못하십니까?"

숙보가 대답했다.

"내가 산동으로 돌아가고픈 마음은 벌써 오래되었지만, 자네들의 주인이 나를 너무 후하게 대접하여 내가 감히 떠나겠다는 말을 못하고 있다. 자네들이 내 마음을 알아주어 내가 떠나도록 편지 한 장 맡겨둔다면, 나는 주인장에게 떠나는 인사 글을 남기고 갈 수 있지만, 어쩌지 못하고 이렇게 서성인다네."

"나으리께서 여기 오래 계셨지만, 저희가 어찌 나으리 출발을 모른척 하겠습니까?"

아랫사람들은 숙보가 언제라도 떠나버린다면 주인한테 혼날 것이라 생각하여 웅신이 잠을 깬 틈을 보아, 숙보가 떠나려 한다고 아뢰었다.

그러자 웅신이 놀라 뛰어왔다.

"형께서 어찌 갑자기 떠나시려 하십니까? 제가 형을 소홀히 모시었나요?"

"저는 언제고 떠나고 싶은 마음뿐입니다. 다만 형께서 제게 너무 정중하시기에 말할 수가 없었습니다. 돌아가고픈 마음이 생기면 한시라도 견디기 어려웠습니다. 꿈속에서도 떠나고 싶은 마음으로 자리에 눕기가 어려울 지경입니다."

그러면서 숙보는 눈물을 흘렸다. 당나라 어떤 시인도 읊었었다.

근심 속 맞이하는 봄은 봄 같지 않나니, (愁裡看春不當春)
명절이 되면은 더욱 깊은 부모님 생각. (每逢佳節倍思親)[109]

누가 산에 올라 구름 저쪽 바라보는가? (誰堪登眺煙雲裡)
머나먼 강산, 그리움 견디기 어려워라. (水遠山長愁殺人)

웅신이 말했다.

"형께서는 그렇게 마음 상하실 수 없습니다. 날이 밝으면 행장을 꾸미도록 하시고 오늘 저녁은 편히 주무십시오."

"그러면 제가 떠나도록 수락하신 겁니다."

"저는 여지껏 빈말은 하지 않았습니다. 제가 형께 거짓말을 하겠습니까?"

웅신은 자기 방으로 돌아갔다. 숙보는 졸이던 마음이 없어지면서 기분이 홀가분해졌다.

이를 본 아랫사람들이 말했다.

"진 나으리께서 내일 고향에 돌아가시도록 주인 어르신께서 허락하셨다."

숙보는 침상에 올라 다리를 쭉 펴고 누웠으나 잠이 오지 않았다. 왜 여때껏 출발을 허락하지 않다가 이제는 선선히 수락하는가? 10월 초하루에 황표마를 팔던 일에서부터 왕백당과 이밀을 만난 일, 그리고 동악묘에서 쓰러진 일, 관주 위징의 보살핌과 웅

---

109 이 구절은 왕유(王維)의 〈九月九日憶山東兄弟(구월구일억산동형제)〉의 구절이다. 전문은 아래와 같다.
'獨在異鄕爲異客, 每逢佳節倍思親. 遙知兄弟登高處, 遍揷茱萸少一人.'

신을 만날 일, 번건위가 찾아오고 새해가 되었으며 상원절(上元節)을 보낼 때까지 모든 생각이 떠올랐고 지나갔다.

그간 선웅신은 말 안장을 제작하는 장인을 불러 황표마의 덩치에 맞춰 새로 안장을 제작케 하였는데, 그 안장에는 황금으로 무늬를 넣게 하였다. 그 안장이 정월 보름 무렵에 완성되었기에, 웅신은 숙보의 출발에 선선히 응해주었다. 안장에 얹을 방석에는 얇은 은박을 넣고 만들었다. 웅신은 숙보가 새 안장을 받지 않을까 걱정이 되어 새로 들어온 안장에 홑이불을 씌워 보이지 않게 가려놓았다.

다음 날, 웅신은 숙보에게 황표마와 안장을 이별의 정표라며 건네주었다. 숙보는 거절할 수 없어 사례하고 받았다. 숙보가 동악묘에 가서 위징에게도 작별인사를 하겠다고 하자, 웅신은 사람을 보내 위징을 이현장으로 오게 하였다.

숙보와 웅신과 위징 세 사람은 식탁에 둘러 앉았다. 다른 탁자에는 웅신이 숙보에게 주는 오색 노주 비단 열 필과 겨울 옷 4벌, 그리고 은자 50냥이 놓여 있었다.

세 사람은 이별의 아쉬움을 달래는 술을 마셨다.

웅신이 숙보에게 잔을 권하며 말했다.

"여기 미약하나마 제 정표로 드리오니 웃으며 받아주십시오. 제가 진형한테 '관리로 승진하여 영화를 누리겠다는 생각을 버려달라.' 고 드렸던 말씀을 기억해 주시기 바랍니다."

그러자 위징도 말했다.

"숙보 형이 남한테 고개를 숙인다면, 곧 영웅의 기개가 죽게 됩니다. 제가 만난 어떤 이인(異人)이 말하길, '천하의 참된 주인은 이미 이 땅에 출생하셨으며 수나라의 수명은 길지 않다.' 고 하였습니다. 그러니 진형 같은 영웅의 기개가 어찌 수나라 지방관에게 고개를 숙일 수 있겠습니까? 진형은 분명 새나라의 참 주인을 돕는 좌명공신(佐命功臣)이 되어야 하지 않겠습니까? 저도 지금은 이 누런 옷을 입은 도사이지만 때가 된다면 저도 움직일 것입니다. 진형께서는 선형의 부탁을 잊지 마십시오. 하늘이 형을 낳게 했으니 틀림없이 쓸모가 있을 것입니다. 그냥 몰락할 수는 없습니다."

이에 숙보는 마음속으로 생각했다.

'위형의 말씀은 특별히 이치에 합당하나, 웅신의 말은 나를 소인으로 생각하는 것과 같다. 오래 사귀다 보면 사람이 천해진다는 말이 사실이구나. 나에게 은자 몇 십냥을 주면서 나에게 관직에 들어가지 말라 하니, 나를 먹을 것이 부족하여 말이나 파는 사람으로 생각하는가? 내가 비록 관아의 하급이지만 그래도 내가 붕우와 교제하면서 1년에 예물로 주고 받는 은자가 몇백 냥이라는 사실을 모르니까 하는 말이야!'

숙보는 웅신의 여러 말에 건성으로 응답하면서 사례의 말을 빼놓지 않았다.

"여러 형들의 귀한 금석의 말씀을 저는 깊이 가슴에 새겨 두겠습니다. 지금 저의 돌아가고 싶은 마음만 다급하기에 술을 여러 잔 마실 수가 없습니다."

웅신은 다시 큰 잔을 가져오라 하여 모두가 연이어 삼배를 마셨다. 위징도 이별을 아쉬워하며 석 잔을 권했다. 숙보는 떠나는 인사를 하고 여러 물건을 안장에 싣게 하였다.

그리고 양손을 들어 읍을 하였다.

잡는 손을 뿌리쳐 지기와 작별하니, (揮手別知己)
남은 술을 모두 다 마시질 못하겠네. (有酒不盡傾)
다만 고향 가는 마음만 다급하기에, (只因鄉思急)
빨리 작별하고 가벼히 길을 따난다. (頓使別離輕)

이현장을 나와 말에 올라 고삐를 바짝 조이니, 황표마는 옛 주인을 다시 만난 줄을 알고 있었다. 힘 좋은 말에 건강한 주인이니 단숨에 30여 리를 달린 뒤 잠깐 쉬었다. 말 안장에 달아 맨 행장 보따리가 느슨하게 늘어졌다. 숙보가 직접 매달았으면 이런 일은 없었을 것이라 생각했다. 안장의 짐이 늘어지면 말의 다리에 걸리게 되고, 그러면 말은 땅을 잘못 디딜 수도 있다. 숙보는 벗이 준 귀한 선물을 잃을 수야 없다고 생각했다.

숙보는 말이 지체하는 것을 그냥 두고 볼 수는 없었다. 숙보가 고개를 들어보니 해가 서산에 지려 했다. 앞에 큰 마을이 보이자 숙보는 쉬어가려 했다. 내일 새벽 오경에 출발하면서 행장을 잘

꾸려야겠다는 생각을 하며 숙보는 객점에 들어섰다.

그곳은 조각림(皂角林, 皂는 검을 조)이란 곳인데, 숙보는 시운이 좋지 않았는지, 여기서도 큰 화를 당하게 된다.

숙보의 운명이 어떨는지 다음 회를 읽어 보시라.

제12회

조각림에서 재물 때문에 재앙을 당하고, 순의촌 무대에서 무예 적수를 만나다.(皂角林財物露遭殃, 順義村擂臺逢敵手.)

시로 읊나니,	詩曰,
영웅이 벌린 일은 매우 깨끗하나니,	(英雄作事頗皦皦)
참소하는 자가 어찌 쉽게 더럽히랴?	(讒夫何故輕緇涅)
시기와 의혹은 쉽게 밝히기 어렵고,	(積猜惑信不易明)
흑백도 분명히 구분하기 어려워라.	(黑白姸姓難解辨)
기러기 잡는 그물이 서글프다지만,	(雉網鴻罹未足悲)
예부터 재물은 늘 위험을 불러온다.	(從來財貨每基危)
석숭의 금곡원 몰락을 슬퍼말지니,	(石崇金谷空遺恨)[110]

110 원문 石崇金谷空遺恨(석숭금곡공유한) – 西晋의 石崇(석숭, 249–300)은 官吏이면서 상인들의 금품을 갈취하는 도적질로 巨富가 되어 호

수전노 재물이 너를 위해 쓰여지리. (奴守利財能爾爲)
곤경을 견뎌도 또 운이 트지 않고, (堪悲自是運途蹇)
온 땅에 일어난 전쟁 피할 수 없다. (干戈匝地無由免)
고개 들어 탄식하며 하늘에 물어보니, (昂首嗟嘘只問天)
분분한 보통 식견 견책을 알겠는가? (紛紛肉眼何須譴)

모든 사람이 돈이 없으면 기가 죽는다. 그렇지만 갑자기 생긴

화와 사치를 다하다가 권력자의 미움을 받아 처형되었다. 부자의 사치와 교만, 그리고 멸망을 이야기할 때에 꼭 등장하는 사람이다. 金谷園은 석숭의 별장으로 옛 터는 지금의 河南省 洛陽市의 서북이라고 한다. 이곳에서 석숭이 사랑하는 여인 張綠珠(장녹주)가 석숭에게 절의를 지켜 '當效死於君前(당신 앞에서 응당 죽어야 할 것)' 이라 말하고 누각에서 몸을 던져 죽었고, 석숭도 죄에 얽혀 처형된다. 唐代에 그 황폐한 유적이 남아 있어 풍경을 보고 동정이 가서 杜牧(두목)이 〈金谷園〉이라는 시를 짓기도 했다. 석숭의 發財와 致富와 사치 놀음이 모두 한바탕의 꿈이었지만 가장 큰 비극은 미인 장녹주의 죽음이었다. 석숭이 돈을 번 것도 권력에 붙었기에 가능했고, 또 그 파멸도 결국은 권력의 힘에 당했다. 예로부터 '가난뱅이는 부자와 싸우지 말고(窮不與富鬪), 부자는 관리와 다투지 말라(富不與官鬪).' 고 하였다. '물론 돈이 있으면 나쁜 놈도 상석에 앉고(有錢的王八坐上座), 손에 권력을 쥐고 있으면 신선도 세배하러 온다(手中有權 神仙來拜年).' 고 하였다. '귀신을 부릴 수 있는 것은 돈이고(可以使鬼者 錢也), 사람을 부릴 수 있는 것은 권력(可以使人者 權也).' 이라 하였다. 그러나 아무리 부자라도 사람일 뿐이니, 金力은 勸力의 상대가 되지 않는다. 이는 인간 세상의 진리에 가깝다.

많은 재물은 때로는 재앙이 된다. 만약 농부가 어느 날 갑자기 부자가 된다면, 먼저 구두쇠나 수전노라는 별명이 붙게 된다. 그러면서 동시에 관리의 의심을 받지 않을 수 없으며, 벗의 시기와 질투의 대상이 된다.[111]

만약 밖에서 그 주머니나 전대가 가득 차 늘어진 것을 다른 사람이 본다면 노략질을 당할 염려가 있다. 또 그 사람의 행적이나 경력이 의심스럽다면 의외의 변고를 당할 수도 있다. 복이 분수에 맞지 않다면 화를 당하고 죽음에 이를 수도 있다.[112]

---

111 중국에 이런 속담이 있다. 부자 열 명 중 아홉은 구두쇠다(十個財主九個摳). 뚱보 열 명 중 아홉은 부자이다(十個胖子九個富). 이외에 재미있는 아래와 같은 속담도 있다. 관리 열 명 중 아홉은 탐욕스럽다(十個官僚九個貪). 홀아비 열 명 중 아홉은 고집이 세다(十個光棍九個倔). 곰보 열 명 중 아홉은 몸매가 곱다(十個麻子九個俏). 소금장수 열 명 중 아홉은 품행이 나쁘다(十個鹽商九個臭). 열 명의 노름꾼 중 아홉은 도둑놈이다(十個賭徒九個賊). 여자 열 명 중 아홉은 바람기가 있다(十個女流九個楊花水性).

112 궁하면 변하고 변하면 통한다(窮卽變 變卽通). 곤궁과 통달, 부자와 귀인은 다 정해진 것이다(窮通富貴皆前定). 곤궁과 영달이 다 타고난 팔자이고(窮通有命), 부귀는 하늘의 뜻이다(富貴在天). 가난한 사람은 점치고(窮算命), 부자는 향을 피운다(富燒香). ―더 큰 부자가 되기를 빈다. 가난뱅이는 점쟁이 곁을 못 떠나고(窮不離卦), 부자는 의사 곁을 못 떠난다(富不離醫). 가난뱅이는 가난한 대로(窮有窮愁), 부자는 부자대로 걱정거리가 있다(富有富愁). 가난뱅이는 부자가 되고 싶고(窮想富), 부자는 관리가(富想官), 관리는 황제가 되고 싶고(官想做皇帝), 황제는 상천

진숙보가 조각림(皂角林)에 도착하기 전에 조각림에서는 야간에 도독떼가 들어 나그네들의 보따리를 털어간 적이 있었다. 그 객점의 주인인 장기(張奇)는 그 마을의 보정(保正)[113]을 겸하고 있었는데, 마을 사람 11명과 함께 노주(潞州)에 강탈 사건을 보고하러 가서 아직 돌아오지 않고 있었다.

진숙보가 그 객점에 들어갔을 때 여자 주인이 맞이했고, 아래 일꾼을 불러 숙보의 행장을 객방으로 들여놓게 하였고, 말을 마굿간에 들여매고 사료를 주게 하였으며, 객방에 불을 켜고 저녁 식사와 술을 챙겨주고 나니 이미 밤이 깊었다.

한편 주인인 장기는 노주 채태수(蔡太守)의 책망을 받고 곤장 10대를 맞았으며 빨리 도적을 찾아 잡아내라는 엄명을 받았다. 그러면서 도적을 잡는 포졸을 장기와 함께 보냈다. 숙보가 방에서 쉬고 있을 때 밖에서 여러 사람의 떠드는 말소리가 들렸는데, 숙보는 투숙객이 들어왔다 생각하며 신경쓰지 않았다.

하기를 생각한다(皇帝想上天). 남자가 입이 크면 천하를 차지하고(男人嘴大吃九州), 여자가 입이 크면 남편을 잡아먹는다(女人嘴大吃丈夫).

113 보정(保正)－중국 향촌의 里長(이장). 宋代(송대) 이후 향촌 마을의 군사와 호적을 관리하기 위한 기초적 자치제도. 10호를 1甲, 10갑을 1保라 하여 그 대표자를 保正, 또는 保長이라 불렀다. 淸代(청대)에도 지속되다가 1912년 중화민국 건국 후 폐지되었다. 본 소설이 청대에 쓰여졌기에 청대의 제도가 인용되었다.

주인인 장기는 집에 들어서며 아내한테 말했다.

"도적이 털고 도망했는데, 염병할 태수는 밀가루 반죽을 뒤집어 썼는지 잘 알지도 못하면서, 나한테 책임을 떠넘겨 제멋대로 잡아내라 하니, 내가 어디 가서 도적을 잡겠나?"

그러자 그 아내가 고개를 끄덕여, 남편을 방으로 데리고 들어갔다. 궁기를 따라온 포졸들 몇 명은 밖에서 부부가 안에서 하는 말을 엿듣고 있었다.

장기의 아내가 남편에게 말했다.

"조금 전에 덩치가 크고 행적이 수상한 사람이 들어왔어요."

그러자 밖에서 엿듣고 있던 포졸 몇이 방 안에 들어와 장기 부부에게 말했다.

"아주머니 발뺌할 생각말고 사실대로 말하시오. 이는 여러 사람과 관련된 일입니다."

궁기의 아내가 말했다.

"여러분은 목소리를 낮추세요. 어떤 사람이 우리 집에 들어왔는데 …."

"그 사람의 내력이 분명치 않다는 말은 무슨 뜻입니까?"

"그 사람은 아주 새 옷을 입고 말쑥한 차림새인데, 몸에 무기를 지니고 있습니다. 거기다가 그 사람은 아주 크고 살찐 말을 타고 왔습니다. 만약 그가 무관이라면 필경 수하에 따르는 부하가 있어야 합니다. 또 장사하는 사람이면 일행이 있어야 합니다. 저렇게 말쑥한 사람이 어찌 혼자 투숙하겠습니까? 그러니 내력이 분명하지 않은 것입니다."

포졸들이 말했다.

"아주머니 말이 일리가 있어. 우선 그 사람 말을 먼저 살펴봅시다."

하인을 시켜 등불을 들고 마굿간을 안내케 하였다. 포졸들이 보니 노주에서 본 적이 없는 좋은 말이었다. 그래서 아마 관병에 쫓기다가 혼자 낙오한 사람일 것이라 생각하였다.

"그 사람은 지금 어떤 방에 들었습니까?"

여인이 숙보의 방을 손으로 가리켰다. 여러 사람은 모두 등불을 꺼버렸다. 숙보의 방에는 등불이 밝았다. 여러 포졸은 문틈으로 방 안을 엿보았다.

숙보는 저녁을 먹은 뒤, 행장을 챙겨놓고 방문을 걸어 잠갔다. 잠을 자려 자신의 행장에서 이불을 꺼내었다. 그런데 이불이 매우 무거웠다. 숙보가 들어보니, 이불 안에 무엇인가 들어있는 것이 확실했다. 궁금해서 잠을 잘 수 없어 이불 한쪽을 뜯고 손을 넣어 더듬어 꺼내보았다. 그것은 본래 말굽 모양으로 만든 마제은(馬蹄銀)을 압착하여 벽돌처럼 사각으로 만든 것이었다. 숙보는 그것이 몇 개나 되는지 모두 꺼내어 탁자에 올려 쌓았다.

숙보는 놀라고 또 기뻐하며 마음속으로 생각했다.

'선웅신, 선웅신! 당신이 나를 산동으로 돌아가라 하면서 제남부 차인(差人)을 그만두라 하였는데, 본래 이 많은 재물을 주려는 뜻이었군요. 그리고 여러 가지로 마음을 써서 이렇게 챙겨놓았군요. 내가 받지 않을까 걱정하여 이불 속에 넣어주고 미리 알려주지도 않았네요.'

숙보는 선웅신의 진정한 우정에 거듭 마음속으로 감사했다. 그러나 그 은 덩어리 하나가 몇 냥이 되는지 알 수도 없었다. 손으로 들어보아도 헤아려 알 수 없고, 그렇다고 지금 객점에서 저울을 빌려다가 달아볼 수도 없는 일이라서 그냥 바라만 보고 앉아있었다.

본래 '벽에도 귀가 있다〔隔牆須有耳(격장수유이)〕.' 고 하였는데, 창밖에 엿보는 사람이 없겠는가?

여러 포졸들은 방 안에서 혼자 좋아하는 숙보를 바라보다가 말했다.

"이 사람은 도둑이 틀림없어! 만약 물건을 사려는 상인이라면 자기의 돈이 얼마인지 알 수 없어 세어보지는 않을거야. 또 물건을 팔 사람이면 자신의 장부에 기록해두거나 객점 주인에게 물건을 정확하게 말했을 거야. 어찌 객점에 투숙하며, 그런 일에 신경을 쓰지 않겠어. 저 은자는 훔친 장물이 틀림없어! 옛말에도 '호랑이를 묶으려면 단단히 묶으라' 고 하였지!"

포졸 몇 사람이 숙보의 말을 끌어내어 감춰두었다. 그리고 포졸들은 10여 개의 올가미를 만들어 그 방문 앞에 던져 놓았다. 그리고 몇 사람이 방에 들어가 숙보를 잡아끌어낼 계획을 세웠다.

그런데 객점 주인 장기는 숙보 방 탁자 위의 은괴를 보자 다른 욕심이 생겼다.

'저 돈은 본디 근거가 없는 장물일 거야! 그러니 내가 먼저 들어가 저걸 몇 개 집어온다 하여 저 사람이 날 어찌하겠어? 어차피 포졸들이 먼저 빼돌릴 것인데!'

그러면서 여러 포졸들에게 먼저 말했다.

"여러분들은 우리집의 여러 출입문을 잘 모를 것입니다. 그러니 내가 저 방에 들어가 그를 달래 끌어낼 것이니, 여러분은 앞뒤 문만 잘 지켜주십시오. 저 강도를 잡기는 식은 죽 먹기입니다."

그러자 겁을 먹은 포졸 몇 사람이 말했다.

"우선 당신이 먼저 들어가 보시오."

장기는 데운 술 몇 잔을 먼저 마시고, 발로 방문을 걷어찼다. 그 문은 이미 낡은 문이라 그대로 떨어져 나갔다. 장기는 뛰어들어가며 탁자의 은괴를 몇 개 움켜잡았다.

숙보가 은자를 바라보며 생각에 잠겨 있었지만, 문을 박차고 들어와 은괴를 움켜지는데 그냥 두고 볼 수는 없었다. 비록 맨손이지만 몸을 솟구치며 은자를 움켜 쥔 장기를 한 손으로 후려쳤다. 숙보의 힘에 장기는 힘 없이 맞은편 벽에 머리를 세게 부딪치며 나뒹굴었다. 장기는 '어이쿠' 소리도 지르지 못하고 머리가 터져 뇌장(腦漿)이 솟구치며 그대로 죽어버렸다. 그야말로,

황금을 손에 넣으려는 망상으로, (妄想黃金入袖)

그보다 먼저 황천길로 떠나갔네. (先教一命歸泉)

밖에서 이를 지켜 본 포졸들이 소리쳤다.

"마적이 잡히지 않으려고 사람을 죽였다."

장기의 아내와 식솔들은 모두 통곡했다. 숙보는 순간 벌어진 일에 어안이 벙벙했다.

그리고 바로 소리쳤다.

"저 사람이 내 물건을 훔치려 해서 나는 후려쳤을 뿐이요. 일부러 죽이지는 않았소."

숙보는 순간 생각했다. 내가 관부에 끌려간다면 언제 나올지도 모르고 또 이름을 말하지 않을 수 없으며, 이미 행장이나 재물을 빼앗길 것이다. 결국 치고 나갈 수 밖에 없다.

그런 생각에 숙보가 밖으로 달려나가려는 순간, 이미 깔아놓은 올가미에 걸려 나뒹굴었다. 포졸들은 방망이를 마구 내리쳤다. 숙보는 양손으로 머리를 감싸고 얻어맞았다. 포졸들의 방망이가 몇 개 부러지는 것 같았다. 그러면서 포졸의 칼과 창이 숙보를 짓눌렀다. 그밖에도 쇠 채찍이나 쇠몽둥이가 숙보의 몸을 난타했다. 그야말로,

함정에 빠진 호랑이 힘을 쓸 수도 없는데, (虎陷深坑難展爪)
비등할 용이 철망을 어찌 뚫고서 날으리? (龍道鐵網怎騰空)

숙보의 팔다리와 몸뚱이는 어디 하나 성한 곳이 없었다. 여러 사람은 숙보의 옷을 벗기고 밧줄로 꽁꽁 묶었다. 그리고 종이와 붓을 들고 범인을 문초하며 기록하였다.

숙보가 말했다.

"여러분, 나는 마적도 강도도 아닙니다. 나는 산동 제주부 유(劉) 자사의 차인입니다. 작년 팔월에 이곳 노주부에 군졸을 호송해왔다가 병에 걸려 이곳에 오래 머물다가 친우의 도움을 받고 병이 나아 이제 고향으로 돌아가려는 사람입니다. 여러분들이 나를 강도로 오인한 까닭을 모르겠습니다. 나는 내 물건을 지키려다가 사람을 죽게 했지만 관부에 간다면 나의 무죄가 입증될 것입니다."

그러나 포졸들 그 누가 숙보의 말을 들으려 하겠는가? 그리고 포졸 누가 숙보의 물건에 욕심을 내지 않겠는가?

숙보의 은자는 모두 장물이라고 목록에 올랐으며, 장기의 아내는 마을 사람들을 불러 숙보가 살인했다는 고발장을 작성케 하였다. 그날 밤에 여러 사람들은 숙보를 에워싸고 노주 성내로 들어갔다.

성문에 들어갈 때는 삼경 무렵이었다. 성문을 지키는 사람을 부르며 외쳤다.

"조각림에서 마적을 잡았는데, 체포를 거부하며 사람까지 죽였으니 자사 나으리께 보고하기 바랍니다."

여러 사람들이 이런저런 말을 지껄이고 큰 북소리가 났으며, 자사께 보고가 들어갔다. 채(蔡) 자사는 즉시 순라 관원에게 분부하여 성문을 열게 하였고 조각림에서 온 한무리의 포졸이 진숙보를 옹위하고 참군청(參軍廳)으로 들어갔다.

그곳 참군의 성은 곡사(斛斯)이고 이름은 관(寬)인데, 본래 요서(遼西) 사람이었다. 곡사관은 꿈결에서 깨어났지만 저녁에 먹은 술이 그대로 뱃속에 들어있어 제정신이 아니었다. 먼저 등불을 켠 다음에 포졸을 시켜 진술 내용을 읽게 하였다.

진술 내용을 다 들은 다음에 말했다.

"도적은 은자 400여 량을 갖고 있었고 말과 병기도 있었으니, 마적이 틀림없다."

그리고 숙보에게 물었다.

"도적은 이름이 무엇이며, 어디 사람인가?"

숙보가 황급하게 말했다.

"나으리, 저는 마적이 아닙니다. 제주에서 군졸을 호송한 차인 秦瓊(진경)입니다. 8월에 이곳 노주에 왔다가 본부 유(劉) 나으리로부터 회송 공문을 받았습니다."

곡사 참군이 물었다.

"그렇다면 너는 8월에 회송 공문을 받고서는 왜 여태까지 이곳에 있었는가? 그렇다면 가까운 곳에 너희들 소굴이 있단 말인가?"

숙보가 말했다.

"저는 병이 나서 여기에서 지체하였습니다."

참군이 다시 물었다.

"이 많은 은자는 어디서 난 것인가?"

"저의 가까운 우인이 준 것입니다."

"말도 안 되는 소리! 지금 1전도 잃어버린 사람이 없는데, 그 많은 은자를 누가 너에게 주었단 말인가? 내일 네 소굴의 무리들을 잡아온다면, 어디서 누구의 돈을 강탈했는지 알 수 있을 것이다. 그리고 객점 주인 장기를 왜 죽였는가?"

"저는 19일 저녁 무렵에 장기의 객점에 투숙하였습니다. 그런데 장기가 갑자기 많은 사람을 데리고 저의 방문을 박차고 들어왔습니다. 저는 그들을 강도라 생각하였고 한 대 후려쳤는데, 그가 벽에 머리를 처박으며 죽었습니다."

"그렇다면 네가 체포를 거부하면서 사람을 죽인 사실은 확실하구먼. 그런데 네가 받은 회송 공문은 어디에 있는가?"

"이미 다른 친구가 찾아왔기에 그 사람 편에 보냈습니다."

"너는 멋대로 지껄인다. 뭐든지 네 친구가 했구먼! 네가 공문을 갖고 와서는 어디에 묵었는지, 그리고 병이 났을 때는 어디에서 요양했는지 일일이 아뢰어라. 내가 모든 사람들을 불러 대조심문하여 조치하겠다."

숙보는 할 수 없이 왕소이와 위징과 선웅신 등의 이름을 말했다. 곡사 참군은 작성된 문건에 장물을 모두 확인한 뒤에 마적이라 하여 수감하였다. 그리고 다음 날 장물아비를 조사한다 하면

서 숙보를 감옥에 가둬버렸다. 마치,

평시에 공연히 함정에 빠져 그물에 걸렸고, (平空身陷造羅網)
여러 말 변명도 증명이 안돼 재앙을 당했다. (百口難明飛禍殃)

다음 날, 곡사 참군은 채 자사에게 보고하였다.

"어제 객점의 여주인이 범인을 알아 보았고, 범인은 객점에서 체포를 거부하면서 살인한 진경이란 사람인데, 자신이 제주에서 군졸을 호송해온 차인이라고 하였지만 회송 공문 같은 증거물이 없었습니다. 그리고 많은 은자를 갖고 있었으며, 말과 병기도 소유하고 있어 행적 등 여러 가지가 의심스러웠습니다. 객점 주인인 장기의 시신이 가장 유력한 물증입니다. 그 마적의 소굴이나 재물을 빼앗긴 자와 그 일당에 대해서는 아직 조사하지 못했고, 피살자 시신은 아직 검시하지 못했습니다만, 증거를 뒤집지는 못할 것입니다."

채 자사가 말했다.

"이는 큰 사건이니, 응당 세심히 조사하여 조치하라."

곡사 참군은 자신의 참군청으로 돌아와 사람을 보내 왕소이와 위징, 선웅신 3인을 소환하였다.

왕소이는 관아 앞에서 왕래하는 차인들을 상대로 객점을 여는 사람이라서 그의 집을 거의 '차인들의 반점' 이라 하였지만, 이번 일에 대해서는 잘 알지 못한다고 진술하고 사건에서 빠져나갔다.

위징은 조사차 찾아온 차인에게 자신의 동악대묘에서 유숙하였다고 말했는데, 관에서 나온 차인은 강도가 여기서 묵었다는데 같은 패거리가 아니냐면서 온갖 말로 위징을 협박하며 은자 한 덩이를 사취해 갔다.

선웅신은 우선 몇 냥의 은자를 차인에게 쥐어주고, 다시 수천금을 갖고와서 자사부 앞에 숙소를 정한 뒤에 아랫사람들을 시켜 자사부의 경험 많은 차인 동씨(童氏)와 김씨(金氏)를 불러 만났다.

이중 동씨는 동환(童環)으로, 자는 패지(佩之)이고 다른 한 사람은 김갑(金甲)이고, 자는 국준(國濬)인데 모두 자사부의 포도(捕盜) 담당 차인이었는데, 이전부터 웅신과 잘 아는 사람이었다. 웅신은 동환과 김갑을 만나 많은 돈을 쥐어주고 진숙보를 만나 필요한 조치를 취해달라고 부탁하였다.

두 사람은 우선 감옥에 가서 숙보를 만나 우선 숙보와 진술할 내용에 대하여 입을 맞추었다. 그리고 곽사 참군에게 필요한 만큼 뇌물을 주었다.

그리고 조각림에서 검시할 때, 동환과 김갑은 검시관(오작, 仵作)을 매수하여 장기가 넘어지며 벽돌 모서리에 머리를 부딪쳐 치명상을 입고 죽었다고 결론을 내렸다. 다른 포졸들은 모두 동환과 김갑과 같은 의견이라 하여 다시 조사하는 번거로움을 피하려 했다.

그러면서 숙보가 갖고 있던 은자는 숙보의 우인인 포산공(蒲山公) 이밀(李密)과 왕백당(王伯當)이 준 것이며 도적떼의 일원이 아니라고 증언하였다. 또 숙보를 때리거나 고문하지 않게 하였다.

그러면서 제주에서 군졸 죄수를 호송한 차인이며 노주에서의 여러 일과 회송 공문을 다른 사람을 통해 회송한 일과 객점 주인 장기가 숙보의 은자를 엿보고 욕심을 내어 훔치려 했으며, 숙보가 힘껏 밀치자 방 안 벽돌 모서리에 머리를 부딪쳐 죽게 되었다며 모든 증거를 제시하였다.

그런데도 법에는 사람을 죽게 하였으니 사형을 피할 수 없지만 고의가 아니라 하여 일단 사형은 면했다. 그리고 숙보의 은자는 이밀과 왕백당이 준 것이라 하여 이밀을 불러 대질하고서는 그대로 숙보에게 돌려줘야 한다.

그리고 과실에 의한 상해라면, 군졸로 충원되지 않아도 괜찮았지만, 실제로 각 군현의 수령에 따라 적용과 판결이 달랐다. 숙보는 이미 도적이 아니라는 것이 입증되었기에 은자도 응당 돌려주어야 했지만, 일단 이런저런 핑계를 대며 노주부의 창고에 보관하겠다고 하였다. 결국 이는 뒷날 상관들에게 뇌물로 쓸 밑천이 될 것이다.

사실 강도가 아닌 사람을 강도로 체포한 사람도 응당 처분해야 하지만 모든 것을 죽은 장기의 죄로 돌려 마무리 지었다. 최종 판결 시에 곡사 참군이 실무자로 의견을 개진하였고, 그간 채 자사에게도 이런저런 명목으로 돈이 들어갔기에 참군의 말대로 판결이 났다.

그래도 숙보는 과실치사의 혐의를 완전히 벗지 못하고 유주(幽

州, 今 北京市 일원)의 군졸로 충원하기로 결정되었다. 동시에 숙보의 말이나 비싼 안장, 쇠 채찍 등은 일단 노주에 보관키로 하였다.

노주에서 유주까지 숙보를 호송할 차인으로 동환과 김갑이 결정되도록 웅신은 뇌물을 썼다. 두 사람은 공문을 받은 뒤, 숙보를 압송하여 노주를 출발하였다.

두 사람은 성문을 나오면서 숙보의 형구를 벗겨주었다. 그리고 웅신의 이현장에 들렀다.

숙보는 웅신에게 생명을 보전케 해준 큰 은혜에 진심으로 사례하였다.

이에 웅신이 말했다.

"제가 형한테 드린 은자 때문에 사단이 발생하였는데, 저에게 왜 사례하십니까?"

그러자 숙보가 말했다.

"모든 것이 내 운이 없어서 일어난 재앙입니다. 그렇지만 선형께서 손을 써주지 않았다면 제가 어찌 빠져 나올 수 있었겠습니까? 아마 이미 옥중 고혼이 되었을 것입니다."

웅신은 동환과 김갑을 편히 쉬게 하면서 숙보를 목욕하게 한 뒤, 새 옷을 내주어 숙보의 체면을 세워주었다. 그리고 유주까지 갈 비용을 주선해 주었으며 이별주를 마신 다음에 출발케 하였다.

출발하기 전에 웅신은 서신 한 통을 작성하여 동환에게 주면서 말했다.

"숙보는 산동과 하남 일대에 교우가 매우 많습니다. 그러나 만날 수가 없을 것이고, 숙보의 명성을 사모하는 사람들이 소식을 들으면 누구나 숙보를 접대하려 할 것이요. 그러나 유주는 우리에게 낯선 땅인 하북(河北)이고 숙보에게도 붕우가 없습니다. 이는 유주에 도착하기 전에 지나야 할 탁군〔涿郡, 今 河北省(오늘날 하북성) 중부 涿州市(탁주시)〕 순의촌(順義村)에 사는 유명한 호걸 장공근(張公謹)[114]에게 드리는 서신입니다. 장공근은 우리 가문과 오래 왕래한 나의 의형제입니다.[115] 그리고 유주에 들어가면, 관아에 근무하는 당신의 벗에게 부탁하여 숙보를 특별히 배려하도록 힘써주기 바라오."

이에 동환은 "제가 꼭 명심하겠습니다."라고 대답하였다.

세 사람은 길을 떠났다. 마치,

---

114 장공근〔張公謹, 594－632년, 字는 弘慎(홍신)〕－唐朝(당조) 초기 정치적 인물이며 장군. 수 말기에 장공근은 왕세충(王世充)의 부하였다가 618년 당이 건국될 때 유주(洧州) 자사 최추(崔樞)와 함께 唐朝에 귀속했다. 이적(李勣), 울지경덕(尉遲敬德) 등과 함께 秦王 李世民 秦王府(진왕부)의 막료였다. 唐과 동돌궐(東突厥)의 전쟁에 크게 기여. 당 高祖 武德 9년(626년) 현무문의 변(玄武門의 變)에서 이세민을 보좌했고, 이세민의 즉위를 도왔다.

115 원문 八拜之交(팔배지교)－의형제. 八拜는 가장 격식을 차린 拜禮(배례). 이때 八은 극수(極數).

화창한 봄날 썩 좋은 천기에, (春日陽和天氣好)

늘어진 버들 긴 둑에 비친다. (柳垂金線透長堤)

세 사람은 노상에서 각자의 재능과 관심사, 그리고 관청의 업무와 실정에 관하여 많은 이야기를 나누었고, 그러다 보니 서로 공경하고 친밀해졌다.

어느 덧, 며칠 만에 탁군에 도착하였다. 사시(巳時, 오전 10시 전후) 무렵에 일행은 순의촌에 도착하였다. 순의촌은 한 줄로 뚫린 큰 길을 따라 4, 5백 호의 민가가 들어찬 큰 마을이었다. 마을 입구 가까운 곳에 바로 객점이 있었다.

숙보가 멈춰서며 말했다.

"아우님들, 여기가 순의촌인데, 웅신 형의 벗인 장공근(張公謹)을 찾아 서신을 전해야 합니다. 그런데 처음 뵈면서 배고픈 채 뵐 수는 없으니, 우선 요기를 한 다음에 찾아가는 것이 좋을 것 같습니다. 옛말에도 '친척을 찾기 전에 객점부터 들리라.' 하는 말도 있지 않소? 우리가 우선 요기를 한 뒤 여유롭게 천천히 찾아뵈어도 늦지 않을 것이요."

동환과 김갑도 숙보의 의견에 찬동하며 바로 객점으로 들어갔다. 주보가 세 사람을 좌정케 한 뒤 바로 뜨거운 차를 내주고 점심을 차려주었다. 세 사람은 식사를 마친 뒤 잠시 밖을 내다보며 한담을 나누었다.

마을의 거리에는 많은 젊은이들이 각각 짧은 몽둥이를 눈 높이로 들고 줄지어 몰려가고 있었다. 그 중간에는 군사들이 북을 치며 같이 따라가고 있었다. 그중에 말을 탄 한 사람은 그 모습이 도교의 신선 같은 차림이었는데, 머리에는 만자정포건(萬字頂包巾)을 쓰고 그 두건의 양쪽에는 황금색 꽃을 꽂았으며, 긴 옷에 가죽띠를 매었고 비단띠를 어깨에 두르고 있었다. 그가 탄 말 뒤로는 칼과 창을 든 많은 사람들이 호위하며 따르고 있었다.

이에 숙보가 점원에게 물었다.

"저 많은 사람들이 호위하는 사람이 누구인가?"

그 점원이 말했다.

"오늘 우리 순의촌에서 태세신(太歲神)[116]을 모시는 날입니다."

"왜 그런 흉신의 이름이 붙었는가?"

"저 분의 성은 사씨(史氏)이고, 이름은 대나(大奈)입니다. 본래는 좋은 이름이 있었겠지만 오랫동안 중원(中原)을 떠돌았답니다. 그러다가 유주의 나(羅) 자사께서 그를 기패관(旗牌官)에 임명하려 했습니다. 나으리께서는 여러 사람 중에서 저 사대나를 골랐지만 그의 무예를 알고 싶어, 무예 시합을 벌릴 수 있는 연무(鍊武)할 무대를 우리 순의촌에 만들었습니다. 그리고 3개월 간 많은

116 태세신(太歲神) – 도교와 중국 민간신앙에서의 흉신. 태세신이 있는 곳이 흉방으로 인식된다. 태세신이 있는 쪽의 흙을 움직이면(動土) 재앙이 닥친다. 중국에서는 지방의 악질적 우두머리를 보통 太歲라고 호칭한다.

사람들이 무예를 겨뤄 적수가 없다면 저 사대나를 기패관에 정식 임용한다고 공표하였습니다. 지난 겨울 동지 무렵에 연무대를 열고 시합을 했으니 거의 석 달이 다 되어 갑니다. 이번 청명절에도 인근과 원교에서 많은 호걸들이 모여 십여 판의 무예 시합이 열릴 것입니다. 아직까지 저 사대나를 이긴 사람이 없었습니다."

"그렇다면 오늘도 무예 시합이 있는가?"

"오늘 하루 시합이 있다면 아마 내일은 없을 것입니다."

"그러면 우리도 구경할 수 있는가?"

그러자 점원이 웃으며 말했다.

"물론입니다. 물어볼 필요도 없지만, 올라가 직접 같이 상대할 수도 있습니다."

숙보는 주인장을 불러 행장을 맡겨달라며 점심값은 다녀와서 치루겠다고 말했다. 그리고 숙보는 동환과 김갑에게도 은자를 따로 꺼내 허리춤에 잘 챙기라 부탁을 하고 세 사람은 군중을 따라갔다.

세 사람이 객점을 나서 걸어가자, 많은 사람들이 끝없이 밀려왔다. 세 사람이 북쪽으로 걸어가 영관묘(靈官廟)를 지났는데, 영관묘 뒤쪽으로 몇 마지기나 되는 넓은 공터가 있고 거기에 9척 높이로 무예를 겨를 수 있는 연무대를 만들었는데, 그 연무대의 지름이 대략 20여 길이나 되었다. 연무대 아래에는 이미 수천 명의 사람들이 모여 떠들며 소리를 질러대고 있었다.

취타 소리가 크게 들리면서 그 사대나란 사람이 무대 위에 올라섰다. 숙보 등 세 사람은 사람 틈을 비집고 무대 가까이 다가갔다. 연무대의 한 켠에 주홍색 난간으로 둘러친, 마치 본부석 같은 것이 있는데, 거기에 궤짝과 저울이 놓여 있고 젊은이 몇 사람이 어정거리고 있었다. 세 사람은 그 난간 가까이 가서 옆사람에게 물었다.

"여러분, 저 연무대는 무예를 겨루는 곳이라면서 왜 돈궤와 저울이 있어야 합니까?"

그러자 어떤 사람이 대답했다.

"손님, 손님은 이곳이 낯선 것 같은데, 우리 저 사(史) 태세는 돈을 받으면서 무예를 겨룹니다."

"그렇다면 무예 시합이 아니라 돈벌이군요."

"손님이 아직 잘 모르시네. 처음에는 그런 뜻이 아니었습니다. 연무대를 만들었다는 소문이 나자, 오호사해(五湖四海) 온 천하의 장사와 호걸들이 여기로 모여들었습니다. 우리의 사씨 어른은 아주 얌전한 분이지요. 무예가 서툰 사람들은 두들겨 패지도 않고 쫓아버렸습니다. 말하자면, 사람을 다치게 할 생각이 없었지요. 그런데도 사람이 자꾸 모여들어 시합을 하자고 조르자, 시합하다가 다치거나 죽어도 상관하지 않겠다는 서약서를 쓰고 주소와 나이와 이름을 기록하게 했습니다. 한 사람이 올라 한 사람과 시합을 하여 패배한 사람이 내려가면, 서로 많은 사람들이 올라오려 하자 돈을 걸고 시합을 하게 하였습니다. 그렇게 며칠 시합을 계속하다 보니 이제 싸울만한 상대가 없어졌습니다. 그러자 이제는 서약서를 쓰지는 않고 은자만을 받고 무예를 겨루게 되었습니다. 지금이라도 원하는 사람이라면 돈을 내고 올라가 겨루면 됩니다."

"은자 몇 냥을 냅니까?"

"많지 않습니다. 한 사람이 닷냥입니다. 먼저 올라오면 먼저 싸우고, 다음에 올라오면 다음에 겨룹니다. 한번 패해서 내려간 사람은 다시 올라올 수 없습니다. 우리 사씨 어른은 내는 돈의 열 배를 걸었으니 한번 치면 50냥을 주고, 한번 발로 차서 쓰러트리면 150냥을 돌려준다고 하였소. 그런데 한번 시합하여 병신이 되거나 죽어도 할 말이 없을 것이요. 처음에는 2, 30명씩 지원자가 많았기에 사씨는 이런 시합으로 한 달 사이에 천금을 벌었지요. 그러나 무예가 뛰어나지 못하면 무대에 올라갈 수가 없고, 무예가 출중하더라도 은자가 없으면 못올라 갑니다. 요즈음은 겨루려는 상대가 없지요. 그래도 오늘은 이처럼 많은 사람이 운집하였으니, 혹시 겨루려는 사람이 나올지 모릅니다."

이런 설명을 들은 숙보는 은근히 마음이 움직였다.

그래서 동환과 김갑에게 웃으면서 말했다.

"이런 시합이 바로 우리 같은 호걸의 일이 아니겠소?"

그러자 동환은 숙보에게 올라가 시합을 하라고 권유했다.

그러나 숙보가 말했다.

"아우님이 올라가 보시오. 관직에 있다지만, 여기는 아우님 관내도 아니니 한 밑천 잡을 수도 있지 않소? 저 사람을 한번 걷어차서 150냥을 벌 수 있다면, 우리가 유주부에 들어가서 쓸 돈을 마련할 수 있으니 좋지 않겠소?"

그리고 또 숙보가 말을 이었다.

"아우님! 사람의 운명이란 말과 같지 않습니다. 나는 시운(時運)이 아주 없는 사람입니다. 웅신 형이 나오게 그 많은 은자를 여비로 주었지만, 나는 그 돈 한 푼도 쓰지 못하고 조각림에서 재수 없이 당하기만 했습니다. 그리고 노주에서 계속 큰 액운에 절절매었습니다. 여기서 내가 사람을 때려 눕히고 은자를 딸 수 있으리라고는 생각할 수도 없습니다. 그냥 여기서 구경하는 것으로 족합니다."

그러자 동환이 말했다.

"이런 기회는 그냥 놓칠 수 없습니다. 제가 한 번 올라가 보겠습니다."

숙보를 호송하는 동환과 김갑은 결코 만만하고 녹녹한 사내가 아니었다. 그래도 노주부에서는 무예에 대하여 일가견을 가진 사람으로 알려졌다. 숙보는 그 두 사람과 오래 교제하지 않았기에 그들의 솜씨를 알지 못했다. 관장의 일이 아니었으면, 또 웅신의 주선이 없었으면 결코 만날 수 없는 인물이었다.

숙보는 동환의 뜻을 알고 바로 말했다.

"아우님이 한번 능력을 보여주오, 올라갈 은자는 내가 내겠소."

숙보는 단상으로 올라가 은괴에 은을 납부했다. 이어 동환이 시합 무대로 올라왔다. 연무대는 9자에 모두 18계단이었다. 동환이 중간쯤 올라오자 운집한 구경꾼이 일제히 환호하였다. 그런 큰 함성에 동환은 다리가 후들거렸다. 그러나 관중은 시합이 시작된다는 것만 알고 좋아 박수를 치며 환호했다.

동환은 다리가 후들거렸지만 이제는 내려갈 수도 없어 그냥 담을 키우고 올라갈 수 밖에 없었다. 동환은 이를 악물었고 주먹을 쥔 양팔을 휘둘렀다. 눈에 힘을 주고 쌍심지를 켜고 사대나를 올려다 보았다. 웃통을 벗고 서있는 꼴이 마치 산과 같았다.

그러자 밑에서 구경꾼들이 "영웅이 올라간다."라고 소리를 질렀다.

연무대 위의 사대나는 마음속으로 중얼거렸다.

'나는 여기서 오늘까지 석 달을 기다렸다. 적수가 없기에 나는 방약무인(傍若無人)했다. 그런데 이제 겨우 하나가 올라오는군!'

그런데 계단을 올라오는 다리에 힘이 없어 보였다. 사대나는 별로 마음쓰지 않았다. 단 위에 올라선 동환은 우선 사대나의 덩치에 주눅이 들었다. 동환이 사대나를 공격하려고 한 바퀴 주위를 돌았지만 공격할 데를 찾을 수가 없었다. 주먹을 쥐고 팔을 흔들어 보았지만, 다음엔 어떻게 해야 할지 아무 방책이 없었다.

동환이 몸을 날리며 신선이 공중을 날면서 양발을 올려 차는 자세를 취한 다음 사뿐히 땅에 내려섰다. 사대나는 만적을 꺾어 버리는 마귀의 자세로 방어하려 했다. 동환이 왼손으로 아래를 휘둘러 막으며 오른손으로 높이 차오르는 말의 기세로 사대나를 공격하였다. 그러나 사대나는 직녀(織女)가 베 짜는 북을 움켜쥐듯, 어느 겨를에 동환의 목덜미를 움켜쥐었다. 그리고 동환의 몸뚱이를 한 손으로 가볍게 들어 올리면서 말했다.

"나는 너를 두들겨패지 않겠다. 그러니 쥐새끼 같은 놈아, 빨리 꺼져라!"

그러더니 성큼성큼 무대 가장자리로 끌고 가더니 곧장 단 아래로 집어던졌다. 동환은 제비가 진흙에 머리를 처박듯 땅에 처박히며 얼굴을 묻었다. 온 입에 모래를 가득 머금고, 겨우 고개를 들었다. 동환은 부끄러워 얼굴이 붉어졌다.

이런 모습을 생생하게 바라보고 있던 숙보는 가슴에서 열화 같은 분노가 치밀었다.

그러면서 곧바로 소리쳤다.

"미련한 덩치는 거기 기다려라! 내가 올라간다!"

숙보는 단숨에 연단에 뛰어올랐다. 붉은 난간에 서있던 젊은이가 숙보 앞을 가로 막으며 소리쳤다.

"은자를 내시오. 아까 5냥은 저 사람 몫이요."

숙보는 허리춤에서 은자를 집히는 대로 건네주며 말했다.

"이거면 충분하고도 남아!"

그리고 웃통을 벗었다. 사대나 앞으로 나르듯 달려가자, 단하에서는 함성이 터졌다.

사대나와 진경은 두 마리의 호랑이처럼 맞섰다. 누구랄 것도 없이 탐색전도 없이 서로 공격했다.

한쪽에서 사평권(四平拳)으로 공격하자, 다른 쪽은 쌍비각(雙飛脚)으로 응수했다. 한 사람은 도륵벽흉돈(韜肋壁胸敦)으로 맞서자, 반대편은 완심측담저(剜心側膽著)로 대응했다. 한 사람이 사자처럼 으르렁거리며 공격하자, 잉어가 튀어오르듯 공중부양으로 대응하였다. 굶주린 호랑이가 사람을 공격하듯 후려치려 하자, 다른 쪽에서는 교룡(蛟龍)이 사자를 공격하듯 흉악한 소리를 내었다. 한 사람이 급히 관음장(觀音掌)의 장법을 쓰자, 다른 쪽은 나한의 발차기로 맞받았다. 각종 권법과 발차기가 모두 선을 보이듯 차례로 전개되자, 단 아래에서는 아무 소리도 들리지 않았다. 운집한 모두가 입을 벌린 채 숨을 죽였다.

그런 청중 속에 어떤 한 사람은 슬그머니 청중을 비비고 빠져나갔다.

그때 장공근은 영궁묘의 법당에서 큰 탁자를 차려놓고 주방장을 시켜 승리를 축하하는 술자리를 차리게 하였다. 장공근 곁의 다른 한 사람은 순의촌의 호걸인 백현도(白顯道)이었다. 두 사람은 사대나의 무술 시합 승리를 축하하려고 소식을 기다리고 있었다.

그러나 오늘 따라 두 술벗(酒友)의 마음이 불안하였다. 이들은 큰 탁자에 차려진 과일과 채소 요리로 차가운 술을 한두 잔 마시며 시간을 때우고 있었다.

그때 연무대를 빠져나온 사람이 헐레벌떡 뛰어들어오며 말했다.

"두 분 어르신께 아룁니다. 사태세의 행운도 오늘이 끝인지 모르겠습니다."

그러자 장근이 의아한 듯 물었다.

"오늘 구경꾼이 꽉 찼다는데 무슨 말인가?"

"연무대 위에서 사씨 나으리가 먼저 한 사내를 상대하여 간단히 이겨버렸습니다. 그러자 또 다른 덩치의 거한(巨漢)이 올라왔고, 지금까지 3, 40합을 싸우고 있는데 승부가 나지 않습니다. 거기다가 사씨 나으리의 손발이 크게 흔들리고 있습니다. 소인이 밑에서 보아도 사씨가 그 사나이를 이기기 어려울 것 같습니다."

그러자 장공근이 놀라며 말했다.

"정말이야? 모든 일이 잘 풀리는 줄 알았는데, 그런 적수를 만났단 말이지!"

그러면서 백현도를 돌아보며 말했다.

"아우님, 잠깐 술을 멈추고 우리 빨리 가봅시다." 두 사람이 영관묘를 나와 연무대 아래에 뛰어 들어가자 구경꾼이 양쪽으로 갈라지며 길을 만들었다. 두 사람이 연무대 아래에 숨을 헐떡이며 바라보는데, 짙은 안개가 천지를 내리덮은 듯, 검은 구름이 골짜

기를 내리누르는 것 같았다. 마치,

검은 표범 쇠 몽둥이가 금방 내린 듯, (黑虎金錘降下方)
여러 곳 찌른 발길에 귀신도 쫓겨간다. (斜行要步鬼神忙)
합장에 벽을 쪼개고 갈고리 내려치니, (劈面掌參勾就打)
재빠른 솜씨 갖가지 무술이 번쩍인다. (短簇賺擘破撩襠)

장공근이 보아도 불리한 것 같아 기대하기 어렵기에 밑에서 구경하는 사람에게 물었다.

"저 호걸은 어디서 온 사람인가?"

밑에서 구경하던 사람이 동환과 김갑 두 사람을 가리키며 말했다.

"저기 바지를 걷어올리고 먼지를 뒤집어 쓴 사람이 먼저 싸우다가 내던져진 사람이고, 의관이 반반한 사람은 아직 싸우지 않은 사람입니다. 저 두 사람이 위에서 싸우는 사람을 알 것입니다."

장공근은 본토의 토박이면서 온화하게 사람을 포용하는 능력이 있어 존경을 받는 사람이었다.

장공근은 웃으면서 동환에게 말했다.

"손님! 안녕하십니까? 지금 저 위에서 겨루고 있는 분은 누구입니까?"

동환은 이미 내던져서 망신을 당한 뒤라 여전히 울적한 기분이었다. 비록 입속에 들어간 모래야 뱉어냈지만 얼굴과 수염에 흙먼지가 그대로였다. 그래도 숙보가 잘 싸우는 것을 보고 언짢은 기분을 씻으려는데 옆에서 웃으며 말을 걸어오자 퉁명스럽게 말했다.

"여보소! 당신이 껴들 일 아니잖소? 어디서왔건 알아서 뭐하시려구요?"

그러자 공근은 한층 더 부드럽고 낮은 소리로 말했다.

"온 천하 모두가 다 같은 형제 아닙니까? 혹시 너무 열중하다가 부상이라도 당하면 서로 보기가 미안하지 않겠소? 그렇더라도 어디 분인지 알아야 응원을 하지요!"

김갑은 사실 누구에게 화낼 이유도 없었다.

그래서 말했다.

"여보시요! 우리가 객지서 왔지만 그렇다고 내력이 없지는 않소. 우리도 이곳에 알만한 사람이 있고, 순의촌에도 지인이 있으니 괄시하지 마시오. 일대 일로 싸워 이기면 되잖소?"

그러자 공근이 정색을 하며 물었다.

"형씨는 이곳의 누구를 아십니까? 제가 여기 사람이라 묻습니다."

이에 김갑이 말했다.

"우리는 노주 선웅신 어르신의 서찰을 갖고 이곳 장공근 어른을 뵈러 왔습니다."

그러자 장공근은 빙그레 웃었고, 옆에 있던 백현도가 공근을 가리키며 말했다.

"바로 이분이 장공근이십니다."

그러자 동환과 김갑이 먼저 정색을 하고, "우리가 몰라뵈었습니다."라고 말했다.

공근이 물었다.

"형씨들은 누구십니까?"

"저는 김갑이라고 합니다. 이 사람은 동환입니다."

그러자 공근이 말했다.

"그러시군요. 두 분이 노주의 호걸이시고, 저 위에서 겨루고 있는 분은 누구십니까?"

"저 분은 산동 역성(歷城)의 진숙보이십니다."

그러자 장공근이 손을 들어 흔들면서 큰소리로 외쳤다.

"아우여! 이제 그만하게! 자네가 겨루는 분이 바로 평소에 흠모하던 숙보 형이시여!" 사대나는 가쁜 숨을 몰아쉬며 동작을 멈추었다. 진숙보는 영문을 모른 채 우두커니 서있었다. 장공근은 동환의 팔을 이끌고, 백도현은 김갑의 손을 잡고 웃으며 함께 계단을 올라갔다.

연무 단상에서 여섯 사람은 서로를 소개하며 웃고 인사를 나누었다. 단 아래 구경꾼들은 영문을 모른 채 어안이 벙벙한 듯 단상을 바라보았다.

이에 장공근이 양팔을 들어 군중을 향해 흔들다가 큰소리로 말했다.

"여러분 오늘의 시합은 여기서 그칩니다. 오늘은 외부에서 온 사람과 시합이 아니라 서로 잘 아는 사람들의 시합이었습니다. 모두 돌아가십시오."

장공근은 아랫사람에게 은궤를 가져가게 하였다. 그리고 여섯 사람이 모두 영관묘로 걸어갔다. 영관묘 안에서 좌정한 다음에 정식으로 예를 갖춰 인사를 나눴다.

공근이 물었다.

"행장은 지금 어디에 두었습니까?"

"마을 입구 두 번째 골목 객관에 있습니다."

장공근은 아랫 사람을 보내 행장을 가져오게 했다. 그리고 은궤에서 은자를 꺼내 숙보가 시합 전에 내준 은자를 돌려주었다.

동환은 자리에서 행장 속 선웅신의 서찰을 꺼내 장공근에게 건네주었다.

장공근은 서찰을 읽자마자 말했다.

"아이고! 원래 숙보 형께서 이곳 유주에 이런 일이 생겼군요! 그러나 조금도 걱정하지 마십시오. 제가 모두를 처리할 것입니다. 본래 이 자리는 이곳에서 사대나 아우의 승리를 축하하기 위해 임시로 마련한 자리입니다. 그런데 뜻밖에 이처럼 귀한 손님을 맞이하였으니 자리를 저의 거처로 옮기겠습니다."

여섯 사람은 가벼운 마음으로 마주보며 연이어 서너 잔을 마셨다. 그러다 보니 어느 새 날이 저물고 있었다.

장공근은 여러 손님을 자신의 저택으로 모시었다. 대청에 큰 촛대를 여러 개 세웠고 향을 피웠다. 그리고 정식으로 상면하여 팔배(八拜)를 올리고 의형제의 대의를 서약했다.

그리고 통쾌한 술자리는 새벽 오경에야 끝이 났다.

사대나는 관가에 들어가 보고하였고 백현도가 배석하기로 했다. 장공근은 여섯 필의 말을 준비했고 종자 10여 명을 거느리고 유주부에 들어가 공문을 접수시켰다.

그러면 이어 어떤 일이 있겠는가? 다음 회를 읽어 보시라!

제13회

장공근은 의리로 벗을 지켜줬고, 진숙보는 죄수로 고모를 만나다.(張公謹仗義全朋友, 秦叔寶帶罪見姑娘.)

노래하기를,

구름 뒤에 비가 오듯,
우정은 거의 막다른 데서 통곡한다.
오직 영웅만이
서로 믿는 의기라도 똑같지는 않다.
한 장의 편지는,
벗에게 목숨을 버리게도 한다.
위기에 돕고 구원하니,
관포의 깨끗한 우정을 따르려 한다.
— 곡조 〈감자목란화〉

詞曰,

(雲翻雨覆)
(交情幾動窮途哭)
(惟有英雄)
(意氣相孚自不同)
(魚書一紙)
(爲人便欲拚生死)
(拯厄扶危)
(管鮑清風尚可追)
— 調寄 〈減字木蘭花〉

세상에는 각박한, 곧 얇은 우정도 많다지만, 아주 두터운, 곧 충후(忠厚)한 우정도 적지 않다. 각박한 우정을 가진 사람들은 부귀할 때 아교(膠, 아교 교)나 옻(漆, 옻 칠)보다 더 단단하게 붙은 것 같지만, 환난을 당했을 때는 모래를 뭉쳐 놓은 것보다 더 쉽게 깨어지며 또 함께하려는 생각조차 하지 않는다.

만약 협객의 기질을 가진 사람이라면 적극적으로 도와주려는 마음이기에 한 장의 편지를 마치 황제의 조서나 명령처럼 떠받든다. 옛날 후한(後漢)의 진중(陳重)과 뇌의(雷義)가 그러하였고,[117] 그보다 앞서 관중(管仲)과 포숙아(鮑叔牙)가 그런 사람이었다.[118]

---

117 진중(陳重, 생졸년 미상, 字는 景公) ― 東漢(동한) 豫章(예장) 의춘(宜春, 今 江西省 南昌市) 사람. 시어사(侍御史) 역임. 同學(동학)인 뇌의(雷義, 생졸년 미상, 字는 仲公. 南頓令 역임)와 교칠지교(膠漆之交)로 알려졌다. 유명한 교제로는 다음과 같은 成語가 있다.
관포지교(管鮑之交) ― 관중(管仲)과 포숙아(鮑叔牙)의 交友. 지음지교(知音之交) ― 백아(伯牙)와 종자기(鍾子期)의 교우. 문경지교(刎頸之交) ― 전국시대 趙나라 장군 염파(廉頗)와 文臣 인상여(藺相如)의 교우. 사명지교(捨命之交) ― 전한? 또는 전국시대 양각애(羊角哀)와 좌백도(左伯桃)의 의리. 교칠지교(膠漆之交) ― 후한 진중(陳重)과 뇌의(雷義)의 사귐. 계서지교(雞黍之交) ― 후한 장원백(張元伯, 張劭, 생졸년 미상, 字는 元伯)과 범거경(范巨卿)의 우정. 망년지교(忘年之交) ― 후한 말기 공융(孔融)과 예형(禰衡)의 우정. 도원지교(桃園之交) ― 후한 말, 유비(劉備), 관우(關羽), 장비(張飛)의 의리.

118 원문 管鮑淸風尙可追. ― 管仲(관중)과 鮑叔牙(포숙아)의 '管鮑之交(관포지교)'는 美談 중의 미담이다. 管仲(관중, 前 725―645년) ― 姬姓

순의촌에서 유주(幽州) 관아까지는 30리 거리였다. 새벽 오경에 출발하여 날이 밝은 무렵에 관아에 도착하였다. 장공근(張公謹－12회 주석 참고)은 유주부 관아의 서쪽 객점에 행장을 풀고 아침 식사를 주문하면서 사람을 보내 관아 서쪽의 원문(轅門, 군영의

에 管氏. 名은 夷吾(이오), 字는 仲, 諡 敬, 齊 환공(桓公)의 相. 춘추시대 법가(法家)의 대표 인물. 중국 역사상 재상의 典範(전범). 내정을 개혁하면서 상업도 중시. 九合 諸侯(제후)하며 兵車(병거)에 의지하지 않았다.《史記 管晏列傳》에 입전.《論語》에는 孔子의 관중에 대한 언급이 많다. 곧《論語 八佾》子曰, "管仲之器小哉!" ～.

鮑叔牙(포숙아, ?－前 644)－姒(사) 姓에 鮑氏(포씨). 간칭 鮑叔, 鮑子. 春秋時代 齊國의 大夫. 潁上〔영상, 今 安徽省 중부 阜陽市(부양시) 潁上縣(영상현)〕 출신. 의리로 管仲을 도왔고 관중을 齊相으로 천거했다. 成語 무망재거(毋忘在莒)의 주인공. －《管子 小稱》「桓公, 管仲, 鮑叔牙, 甯戚(영척) 4인이 술을 마셨다. 桓公이 포숙아에게 말했다. "왜 일어서서 나에게 祝壽(축수)하지 않는가?" 그러자 포숙아가 잔을 들고 일어나 말했다. "公께서는 莒(거) 땅에 쫓겨갈 때를 잊지 마십시오〔勿忘在莒(물망재거)〕. 管子께서는 魯에 갇혀 있을 때를 잊어서는 안 됩니다. 甯戚(영척)은 牛車 아래서 밥을 먹던 때를 잊지 마십시오."

그러자 桓公(환공)이 辟席(피석)하고 再拜(재배)하며 말했다. "과인과 二大夫(관중과 영척)가 夫子(포숙아)의 말씀을 잊지 않는다면 나라의 사직은 위태롭지 않을 것입니다." 포숙아는 환공과 관중에게 지난 고난을 잊지 말라고 깨우쳐 주었다.

管仲은 "生我者는 父母이나 知我者는 鮑叔이다!"라고 말했다.(《史記 管晏列傳》) 孔子도 말했다. "齊의 鮑叔은 知賢하니, 이는 智이다. 推賢하니 이는 仁이며, 引賢하니 이는 義이다. 이 3가지를 갖추었는데 무엇이 더 있어야 하겠는가?" (《韓詩外傳》)

정문)의 외반(外班, 대기실)에 있는 울지(尉遲, 複姓) 형제를 모셔오게 하였다.

울지 형제는 울지공(尉遲恭)이 아니고, 북주(北周)의 상주 총관(相州 總管)이었던 울지형(尉遲逈)[119]의 족질(族姪, 집안 조카)로, 형제였는데 형은 울지남(尉遲南), 아우는 울지북(尉遲北)이라 불렸다. 온 집안이 장공근과 가까이 왕래하는 사이였다. 지금은 형제가 모두 나공(羅公) 휘하에서 무관직인 기패관(旗牌官)으로 재직하고 있었다.

유주부의 동쪽 원문 밖은 문관의 관청이고, 서쪽 원문 밖은 무관의 관청이 있는데, 기패관이 근무하는 기패청은 여기에 소속되었다. 기패관들은 원문 안에서 대기하다가 3번째 주악이 울리면 중군관(中軍官)이 원문에 들어가 대포를 발사하고 유주부의 관아 정문이 열리게 된다.

울지남과 울지북 형제는 군복을 입고서 명령을 대기하고 있었는데, 젊은 사람 둘이 들어오며 말했다.

"두 분 나으리! 저의 주인 어르신께서 뵙고자 모셔오라 하셨습니다."

그러자 울지남이 물었다.

"너희들은 장씨 집안에서 왔는가? 너희 어르신이 성내에 와 계

---

119 울지형(尉遲逈, 516－580년, 字는 薄居羅)－河南郡(하남군) 洛陽縣(낙양현, 今 河南省 洛陽市 東) 출신. 北周(북주) 太祖(태조) 우문태(宇文泰)의 생질. 작위는 蜀國公(촉국공).

신가?"

"원문 서쪽 첫 객점에 계신데, 두 분 나으리를 뵙고자 하십니다."

울지남은 수하 관원에게 지시한 뒤에 장공근에 있는 곳으로 나왔다. 장공근은 울지남 형제가 관복을 입고 있기에 평상시처럼 대등한 예로 만나보기가 난처하여 숙보와 김갑과 동환을 방에 들어가 대기하게 하였다.

장공근과 사대나, 백현도 세 사람과 울지 형제는 인사를 나눈 뒤에 주인과 손님의 자리에 각각 정좌하였다.

울지남이 사대나가 자리에 앉자, 곧 장공근에게 물었다.

"장형께서 이렇게 일찍 성내에 오셨으니, 아마도 사대나 아우가 무예 검증 기간이 끝나 자사 나으리를 뵈려 하십니까?"

그러자 장공근이 말했다.

"그 일도 일이지만 다른 일을 좀 알아보려 합니다."

"다른 무슨 일이 있습니까?"

장공은 소매에서 서신 한 통을 울지 형제 앞에 꺼내놓았다.

형제 두 사람이 서신을 읽고 난 다음에 말했다.

"어! 원래 노주 이현장(二賢莊) 선웅신(單雄信) 형께서 보내신 서신이군요! 벗인 진씨를 우리 아문에 공문과 함께 보내면서 우리에게 편의를 당부하셨습니다. 진형 그분은 지금 어디에 계십니까? 뵙고 인사를 해야지요."

그러자 장공근이 방을 향해 불렀다.

"진형 좀 나오십시오!"

그러자 쩔렁거리는 쇳소리가 들리면서 동환은 문서를 들고, 김갑은 진숙보를 채운 형구(刑具)를 들고 나오는데, 진숙보는 그 큰 체구를 바짝 웅크린 채 사슬을 끌며 나왔다.

그러자 울지 형제가 바로 낯빛을 바꾸며 말했다.

"장형! 형께서는 우리를 어찌 이리 생각하십니까? 우리가 서로 아는 이상 모두 형제가 아닙니까? 선형의 서신이 장형을 통해 우리에게 왔습니다. 우리는 벗의 벗이니 모두 형제와 같거늘, 어찌 형구를 채워 상면하게 하십니까?"

그러자 장공근이 웃으면서 말했다.

"사실대로 말씀드리자면 이 형구는 풀 수 있습니다만, 원칙이나 법도를 따르지 않으면, 오히려 두 분께 걱정을 끼칠 수 있다고 생각했습니다."

울지 형제는 손을 들어 숙보의 형구를 벗겨주고, 인사하며 말했다.

"오래 전부터 진형의 대명을 마치 봄날 우렛소리처럼 들어왔습니다만, 산하가 너무 멀어 뵙지를 못했습니다. 오늘 이렇게 존안을 뵈오니 삼생(三生, 前生, 現生, 後生)의 행운입니다."

그러자 숙보도 말했다.

"저는 대형의 처분을 받는 죄인입니다만, 저를 이렇게 깊이 생각해주시니 크나큰 재조지은(再造之恩)에 어찌 인사를 올려야 할

지 모르겠습니다.”

“진형께서는 안심하십시오. 이 일은 모두 우리 형제의 일입니다.”

그리고 동환과 김갑과도 인사를 나누었다.

울지남이 말했다.

“두 분께서도 너무 걱정하지 마십시오, 선형의 서신에서도 두 분의 성함을 말씀하셨으니 우리 모두 벗입니다.”

울지남이 동환에게 물었다.

“동형, 이 탁자의 문서가 우리에게 오는 공문입니까?”

“예! 그렇습니다.”

“문서를 꺼내봅시다. 문서 내용을 알아야 본관의 질문에 대응할 수 있습니다.”

그러자 동환은 짐짓 조심스럽게 걱정하듯 말했다.

“이는 저희 관장의 봉인이라 열어볼 수 없습니다.”

울지남이 말했다.

“괜찮습니다. 관에서 봉인했더라도 어차피 열어야 읽지 않겠습니까? 압송 공문이야 미리 읽어 무슨 상관입니까? 유주 자사가 읽으려면 어차피 우리가 봉인을 풀어야 합니다.” 장공근은 아랫사람에게 독주 반 잔을 가져오게 하여 봉한 부분에 적신 다음에 공문을 꺼내어 울지 형제에게 주었다. 울지 형제는 공문을 읽은 다음에 다시 동환에게 주었고 이전처럼 문서를 밀봉케 하였다.

그러나 공문을 읽은 울지남은 아무런 말이 없었다.

이에 장공근이 물었다.

"형장(兄長)께서는 왜 아무 말씀이 없습니까?"

"저는 오래 전부터 노주 선형의 의리에 대하여 많은 이야기를 들었습니다만, 그간 만나지는 못했습니다. 그런데 오늘 이 공문을 보니, 이번 일에 선형께서 여러모로 애를 쓰셨지만, 최선을 다하지는 않았다는 생각이 듭니다."

숙보는 그간 언제나 선웅신이 자신을 돌봐준 큰 은혜에 감복하고 있었기에 울지남의 말을 듣고서는 동의할 수 없어서 울지남을 바라보며 말했다.

"두 분 나으리께서 잘 처리해 주시리라 생각합니다만, 제가 노주에서 선웅신 형을 만나고 알게 된 것은 순전히 우연한 일이었습니다. 선형은 내가 병이 들어 목숨이 오락가락할 때 저를 구원하여 목숨을 살려주셨습니다. 그리고 은자 5백 냥이라는 선형의 큰 경제적 도움을 받았고, 거처를 떠난 바로 그날 밤 조각림에서 정말 재수없는 일을 당해 마적에 살인범으로 몰렸습니다. 그때 선형의 구원이 아니었으면 목숨을 건지지도 또 이곳까지 올 수도 없었습니다. 선형은 저의 목숨을 두 번이나 구원해 주셨습니다. 그분이 어찌 최선을 다하지 않고 저를 소홀히 했겠습니까?"

그러자 울지남은 여러 사람을 둘러보며 말했다.

"바로 그 점입니다. 선형께서 진형의 일을 장형에게 부탁하였고, 두 분을 함께 보내 여기까지 온 것은 참으로 다행한 일입니다. 그렇지만 이 공문을 보면 조각림에서 장기란 객점 주인을 죽인 일을 조사 처리하는 과정에서 무죄 처리하는 쪽으로 해결해야 했지만, 그러질 못하고 죄를 낮추어 우리 유주로 보내게 하셨습니다. 여기 유주는 북방이라 춥기도 하지만 전투가 그치지 않는 곳입니다. 차라리 남방의 온화하고, 경제적으로 부유한 곳으로 유배시킬 수도 있었을 터인데, 우리 유주로 보낸 결정이 최선은 아니었다는 말씀입니다.

여러 형씨들은 이곳 유주 자사가 얼마나 무서운 분인가를 모릅니다. 제가 설명하지 않았으니 응당 모르실 것입니다. 우리 유주 자사님의 성씨는 나(羅)이고, 이름은 예(藝)입니다. 본래 멸망한 북제(北齊)의 원로대신이셨습니다. 나예(羅藝)[120] 그분은 북제가 멸망한 뒤에

나예(羅藝)

120 나예(羅藝, 6世紀 ?－627년, 字는 子廷)－唐初(당초)의 무장. 李姓(이성)을 하사받았다. 燕郡王(연군왕)에 봉해졌다. 당의 좌익대장군(左翊衛大將軍)－정관 원년(627)에 모반, 도망하다가 피살. 소설에서는 다른 인물로 묘사되었다.

수(隋)에 신복(臣服)하기를 거부하며, 군사를 거느리고 이곳 유주를 무력으로 차지하였고, 돌궐(突厥) 세력과 결탁하여 수 왕조에 끝까지 저항하자, 수에서는 정벌할 수 없어 조서를 내려 이곳 유주 일대를 할애하였고, 징세(徵稅)하며 자치(自治)하여 노후를 보장하는 형식으로 본관을 초안(招安)하였습니다. 아마 이런 사실은 노주 자사도 알고 있었을 것입니다. 그래서 지금 유주 자사는 여기서 10만의 군사를 통솔하고 있습니다. 때문에 본관 나으리는 자신의 무예을 믿고 자신의 뜻대로 백성 위에 군림하고 있습니다. 무릇 다른 관아에서 이곳으로 보내진 죄수에게는 규칙을 조금만 어기더라도, 죄인의 기를 꺾어버리려는 뜻으로 가차없이 살위봉(殺威棒) 1백 대를 때리는데, 열에 아홉은 죽어나갑니다. 이번에 진형께서 여기에 오셨지만 무슨 처분이 어떻게 일어날는지는 저도 예상할 수 없습니다."

그리고서는 울지북에게 공문을 갖고 들어가 접수하면서, 다른 공문의 접수를 막고, 오직 노주의 공문만 접수케 하라고 일러주었다. 그리고 나중에 숙보만 혼자서 불러들이게 하라고 말했다.

그러자 모두는 크게 놀라 입을 벌리고서는 다물 줄을 몰랐다. 겨우 장공근이 말했다.

"형께서는 어찌 숙보 형이 혼자 들어가야 한다고 말씀하십니까?"

그러자 울지남이 말했다.

"장형께서는 잘 모르실 수밖에 없습니다. 나예 나으리의 부인께서는 그 심성이 정말 착하신 분입니다. 그리고 매월 보름에는 집안에서 꼭 재를 올리고 불경을 외우십니다. 그리고 본관께서 집무차 대청에 나갈실 때마다, 사람들을 때리지 말라고 신신당부하십니다. 그러나 본관께서는 죄수가 많거나 기분이 언짢아 화가 나면 매질하라고 명령할 수도 있습니다. 진형께 다행한 일입니다만, 오늘이 바로 3월 보름입니다. 부인께서 재를 올리며 사람을 때리지 말라고 본관에게 신신당부하실 것입니다. 그러니 오늘은 처리할 본안이 많지 않아야 합니다. 만약 진형께서 답변을 잘못하여 본관의 노여움을 사게 된다면 우리 형제도 어찌할 수가 없습니다."

울지남은 말을 잠시 멈추고 차를 한 모금 마신 뒤에 이어갔다.

"우선 진형께서는 그 두건을 벗어 머리를 흩어버리고 얼굴에 흙먼지를 뒤집어쓰며, 얼굴에 부스럼이 나고 여윈 환자처럼 꾸며야 합니다. 그러면서 여기 오는 도중에 크게 앓았다고 해야 합니다. 동형과 김형도 그렇게 말을 맞춰야 합니다. 우리 관리를 시켜 두 분에게 따져 물을 수도 있습니다. 만약 본관의 대은을 입고 또 무예가 출중하시니, 여기서 군관으로 발탁되어 승진할 수 있다면 나중에 금의환향(錦衣還鄉)할 수도 있습니다. 그러나 오늘, 생명을 어떻게 유지하고 어떻게 수습될지 걱정입니다."

울지 형제 두 사람은 외부 공문을 접수하는 곳에 가서 접수관에게 "오늘은 다른 아문에서 올리는 공문을 접수하지 말고 노주(潞州)에서 보낸 공문만 올리라."고 부탁하였다.

접수 담당자는 울지 형제의 부탁을 거부할 수 없었다.

이어 업무 시작을 알리는 주악(奏樂)이 3번 울리자, 중군관(中軍官)이 원문(轅門)에 들어섰다. 숙보는 호출 당할 준비를 마치고 서쪽 원문에서 기다리고 있었다. 울지 형제는 접수가 완료된 공문을 동환에게 건넨 다음 원문으로 들어갔다. 이어 세 번째 포성과 함께 자사부의 정문이 열렸다.

이어 중군관(中軍官), 영반(領班), 기고관(旗鼓官), 기패관(旗牌官), 청용관(聽用官), 영기수(令旗手), 곤방수(捆綁手), 도부수(刀斧手) 등등 반별로 또는 짝을 지어 층층이 차례대로 원수부에 들어와 유주 자사를 알현하고 다시 자기 자리로 돌아가 시립하였다.

먼저 보문관(報門官)이 야간 순찰 결과를 보고하였고, 군마 군관과 순라(巡邏) 등을 인솔하여 나갔다. 다음에 공급관(供給官)이 하루의 업무 수행에 필요한 붉은 종이(紅紙)와 음식 등을 올린 다음에 물러나갔다.

이어 세 번째로 문서 접수 담당관이 접수한 공문을 올렸고, 격식에 따라 범인을 인솔해와 원문 안에서 기다리게 하였다. 접수 담당자가 나오자, 엄숙한 분위기에 붉은 흙을 깔아놓은 양쪽의 단지(丹墀) 위에 있던 24개의 징이 울렸다.

이에 동환은 문서를 올렸고, 김갑은 철사줄을 들고서 숙보를 데리고 대문 안으로 들어왔다. 숙보는 긴장하지 않았고 김갑이 이끄는 대로 의문(儀門)을 지나 동쪽 모퉁이의 칼과 창이 많이 꽂힌 곳에서 다시 월대(月臺) 아래에 왔다. 그러자 집패관(執牌官)이 무릎을 꿇으라고 명령했다. 거기서 동쪽 단지까지는 짧은 거리였지만 숙보는 기어가면서 숨을 헐떡거릴 정도로 힘들었다.

본래 숙보의 키가 9자가 넘어 거의 1장(丈)에 가까운 호걸이었지만, 지금은 한낱 죄수의 신분으로 관청의 위엄에 눌렸고 땅바닥에 꿇어 앉은 채 겨우 고개를 들어 윗자리에 앉아있는 관리들을 얼핏 우러러볼 뿐이었다.

유주 자사는 수염과 두발이 거의 반백에 관복을 갖춰 입고, 마치 태산처럼 단정히 앉았는데, 마치 높은 산처럼 움직임이 없었다. 자사인 나공(羅公)이 중군(中軍)을 불러 문서를 올리라 하였다. 중군관이 월대를 내려와 문서를 받아다가 처마 아래에서 무릎을 꿇고 앉아 올리자, 단상에서 다른 관원이 내려와 문서를 받아갔다. 이어 나공 옆의 관원이 봉함을 뜯고 문서를 꺼내 나공의 탁자 위에 펴놓았다.

나공은 노주 자사가 보내온 공문을 확인하였다. 나공에게 노주 자사 채건덕(蔡建德)은 나공의 문하생과 같은 후배였다. 나공은 공을 세운 무관인데, 채건덕 같은 문관이 어찌 그 문하생이 될 수 있었는가?

원래 과거에 채건덕은 유주에 군량을 호송해왔는데 기일을 지키지 못했기에 군법에 의거 엄중한 처벌을 받아야만 했었다. 그런데 나공은 채건덕이 젊은 진사(進士)이기에 그의 앞날을 생각하여 법대로 처리하지 않고 은덕을 베풀었다. 이에 채건덕은 나공의 은덕에 감격하며 나공의 문하생으로서 예를 갖추었고 지금껏 좋은 관계를 유지하고 있었다.

나공은 채건덕의 공문을 보고, 채건덕의 재능과 성심을 생각하였고 압송한 죄인의 행적을 읽었다.

나공은 압송해온 죄인이 역성(歷城) 사람으로, 이름이 진경〔秦瓊, 字(자)는 叔寶(숙보)〕임을 보고 놀라면서 다시 한번 더 확인하였다. 문서를 읽은 뒤 잠시 문서를 접어 놓고서 담당자를 불러 지시하였다.

"죄인을 압송한 사람을 일단 돌려보냈다가 오후에 다시 불러 심문케 하라."

이에 동환과 김갑은 이렇게 빨리 처분이 내려올 줄은 생각 못했다. 두 사람은 월대를 내려와 쇠사슬을 들고 문밖으로 서둘러 나왔다.

이때 장공근과 사대나, 백현도 세 사람은 서쪽 원문 밖에서 기다리고 있었는데, 동환 등이 밝은 표정으로 나오자 울지남에게 물었다.

"어찌 된 것입니까?"

"오후에 심문을 하시겠답니다."

그러자 장공근이 다시 "무슨 심사입니까?" 라고 물었다.

"그전에는 이런 일이 없었습니다. 죄수에게 장형을 내리느냐 아니 내리는가를 즉시 판결했는데, 오늘은 왜 다시 심문하려는지 저도 모르겠습니다."

"몇 시에 심문할 것 같습니까"

"일찍 하실 것입니다. 지금 폐문하고 나가셨습니다. 점심 뒤에 낮잠을 조금 주무시고 대청에 나오셔서 심문하실 것입니다. 오후에 포를 쏘고 깃발이 올라간 뒤에 오전과 같이 진행할 것입니다."

이 말을 들은 장공근이 말했다.

"지금은 시간이 많이 남았습니다. 우리는 객점에 가서 잠시 쉬며 한 잔 합시다. 시간도 때우고 울적한 마음도 풀어야지요. 형구도 갖고 갑시다. 오후에 대포 소리를 듣고 나와도 늦지 않겠지요?"

한편, 나공은 오전 집무를 끝낸 다음 안채로 향하지 않고 후당(後堂)에 들어갔다. 아랫사람을 시켜 관과 관대를 풀고, 가져온 갈건(葛巾)을 썼고, 편안한 평상복으로 갈아입고서 의자에 앉아 쉬었다. 그러면서 아랫사람을 불러 노주에서 들어온 공문을 가져오라 하여 자리에서 처음부터 끝까지 다시 읽어보았다.

문서를 덮은 나공은 아랫사람을 시켜, 의논할 일이 있으니 안채의 부인 진씨(秦氏)를 모셔오게 시켰다. 부인 진씨는 11살 된 아들 나성(羅成)[121]과 집안 일을 관장하는 나이 많은 시녀와 함께 후

---

121 나성(羅成) – 진숙보 고모의 아들이니, 진숙보와 내사촌〔姑從(고종)〕이다. 소설 속의 가공인물이다.

당으로 들어왔다. 부인은 나공에게 인사를 올린 뒤에 아랫자리에 앉았고 아들은 모친 곁에 섰다.

나성(羅成)

부인이 먼저 물었다.

"어르신께서는 왜 안채에 들어오시지 않고 여기로 오셨습니까? 저에게 하실 말씀이 무엇입니까?"

나공은 한숨을 쉬더니 부인에게 물었다.

"그때 국난(國難)을 당했을 때, 부인의 오빠인 무위장군(武衛將軍)께서 돌아가셨는데, 그분 아들이 있었습니까?"

그 말을 들은 부인은 금방 눈물을 흘리면서 말했다.

"돌아가신 오빠 진이(秦彝, 彝는 떳떳할 이)는 제주(齊州)에서 전사하셨습니다. 올케(嫂嫂)는 영씨(寧氏)였는데, 겨우 아들 태평랑(太平郎) 하나가 그때 세 살이었습니다. 함께 임지에 따라가서 제주에 살고 있었습니다. 벌써 20여 년이 지났고 하늘의 저쪽 끝이었으며, 이제는 시대도 달라져서 살았는지 죽었는지도 모릅니다.

그런데 나으리께서는 왜 갑자기 물으십니까?"

"내가 오늘 관아에 나갔는데, 마침 하동 땅에서 범인 하나를 호송해 보내왔소. 그런데 당신에게 이상할지 모르나, 당신과 같은 진씨였소."

그러자 부인이 물었다.

"하동이란 곳이 산동과 같은 곳입니까?"

이에 나공은 웃으며 대답했다.

"정말 여인들이 하는 말 그대로군요! 하동과 산동은 아마 일천 리는 될 것이요! 그런데 어찌 산동과 하동이 같은 곳이겠소?"

"하동과 산동이 같은 곳도 아니고, 세상에는 같은 성씨가 얼마나 많습니까? 산동 사람도 아니라면, 나와 같은 진씨도 아닐 것입니다."

"조금 전에 본 문서에는 압송된 범인 진씨가 산동 역성 사람이라고 했소. 산동의 제주에서 하동의 노주에 출장갔고, 노주에서 죄를 지었다고 이곳으로 보내왔습니다."

"그 사람이 산동 사람이라면 태평랑이라는 사람을 아는지 모르겠네요? 그런데 저도 태평랑이라는 이름만 들었지 아이의 얼굴도 기억나지 않습니다. 그렇지만 혹시라도 우리 집안 내력을 들어 알고 있는지는 모르니 한번 물어봐 주시겠습니까?"

"그거야 어렵지 않소! 그래도 당신은 안 사람이니 압송한 군졸을 직접 만날 수는 없소. 발을 내리고 뒤에 있으면 내가 오후에 그 사람을 불러 물어보겠소."

나공은 발을 드리게 한 뒤 전령을 보내 문을 조금 열어놓고 노주에서 온 차인과 군졸로 편입할 죄인 진경을 불러오게 하였다.

장공근 일행은 객점에서 술을 마시며 한담을 나누고 있었다. 그러나 동환과 숙보는 오후 심문이 있어 술잔을 입에만 대었다. 오후 업무를 알리는 포소리가 들리고 자사부의 대문이 열린 뒤, 울지남의 연락을 받은 동환 등은 숙보에게 형구를 채우고 원문으로 들어갔다. 그런데 뜻밖에도 원문 내 감기관(監旗官)이 하늘과 땅이 뒤바뀌듯 크게 소리쳤다.

"나으리께서는 후당에서 심문하실 것이니, 노주에서 온 차인과 죄인 진경은 바로 심문을 받도록 하라!"

그런데 어디로 찾아가야 하는지 잠시 어리둥절할 때, 후당 대문 앞에 서있는 울지남을 보고 안심하며 서둘러갔다. 울지남과 울지북은 아문의 관리이고, 동환과 김갑은 숙보를 압송하여 후당으로 들어갔다. 장공근 등 세 사람은 원문 밖에서 소식을 기다렸다.

울지 형제와 숙보 등 5인은 대문과 의문(儀門)을 지나 월대(月臺)에 올라서 후당에 들어갔다. 쪽문 옆에 서있던 시종 두 명이 "노주에서 온 차인은 들어올 필요가 없다." 면서 숙보를 묶은 사슬을 받아 안내했고, 숙보는 꿇어앉아 고개를 숙였다. 숙보가 고개를 조금 들어 얼핏보니 도끼를 든 군인도 없었고 나공은 평상복을 입고 있었다. 나공의 뒤로는 검은 옷에 큰 모자를 쓴 사람 여섯 명이, 월대에는 처소를 지키는 8명의 가장(家將)이 있었다.

숙보는 마음속으로 조금 안심이 되었다.

나공이 말했다.

"진경은 가까이 오라!"

그러나 숙보는 몸이 아픈 척, 얻어맞는 것이 두려운 듯 벌벌 떠는 모습으로 엎드려 제대로 기어오지도 못했다. 나공은 아랫사람에게 숙보의 형구를 느슨하게 풀어주라고 명령했다. 나공이 다시 가까이 오라고 말했다. 숙보는 엎드린 채 무릎과 팔꿈치로 기어서 몇 걸음만큼 다가갔다.

나공이 물었다.

"산동의 제주에는 너와 같은 진씨가 얼마나 있는가?"

숙보가 말했다.

"제주 역성현에는 군마를 기르며 사역을 담당하는 진씨는 많이 있습니다만, 군정(軍丁, 軍戶)인 사람은 저 혼자였습니다."

"그렇다면 너는 무관인가?"

"그냥 군정이었습니다."

"잠깐, 너는 여기까지 와서 거짓말을 하려는가? 네가 제주부에서 차인으로서 유(劉) 자사의 명을 받아 하동 노주에 출장갔다면, 네가 군정인데 어찌 차인으로 출장을 갔단 말인가?"

이에 숙보는 머리를 조아리며 말했다.

"나으리께 말씀드리겠습니다. 산동에는 도적떼가 많았습니다. 제주에서는 도적떼를 소탕할 수 있는 사람을 모집했고, 도적을 잡은 자에게는 많은 상금을 내렸습니다. 저는 본래가 군호이며 포도(捕盜)에 남보다 많은 공적이 있어 유 자사께서 저를 병마포도도두(兵馬捕盜都頭)에 임용하였고, 근무 중에 명을 받아 노주에 죄인을 압송했습니다. 그리고 병에 걸려 고생한 다음에 돌아오는 길에 실수로 사람을 죽여 나으리께 보내졌습니다."

"네가 원래 군정이었고 현의 차인이 되었다는 말이구나. 내가 너한테 하나 물어보겠는데, '옛날 북제(北齊)에 충성을 바친 무위(武衛) 장군(將軍) 진이(秦彝)란 사람이 있어 그곳 산동에 살았었다.' 하는데, 너는 그런 이야기를 들어본 적이 있는가?"

숙보는 선친의 이름을 듣는 순간 눈물을 주르르 흘리고 고개를 들어 나공을 바라보며 말했다.

"무위 장군은 바로 소인의 선친(先親)이십니다. 나으리께서도 소인의 선친을 아신다면, 선친의 면목을 생각하시어 저를 살려주시기 바랄뿐이옵니다."

그러자 나공이 자리에서 일어나며 다시 물었다.

"네가 바로 무위 장군의 아들인가?"

이제 모든 것을 함께 이야기해야 한다. 그때 나공의 부인은 주렴 안에서 이야기를 듣다가 더 이상 참지 못하고 주렴을 걷어올리며 숙보에게 물었다.

"네가 진씨라면, 너의 모친 성씨는 무엇인가?"

그러자 숙보도 놀라면서 대답했다.

"소인의 모친은 영씨(寧氏)이십니다."

"아이고! 그러면 태평랑은 누구인가?"

"소인의 어릴 적 이름입니다."

그 말에 나공의 부인은 울음을 터트리고 얼굴을 감싸며 그대로 안채로 뛰어들어갔다. 그리고 안채로 들어가 자리에 쓰러져 두 팔로 머리를 감싼 채 통곡하였다. 자신의 친정 조카를 여기서 만나다니! 그동안 단 한 점의 혈육도 없이 외롭고 서럽게 살았는데!

숙보는 영문을 모른 채 꿇어앉아 있었다.

나공도 장탄식을 한 뒤에 말했다.

"너는 내 안사람의 친족이다. 일어나거라!"

쭉 곁에서 보고 있던 나공의 아들 나성은 모친이 눈물을 흘리며 우는 것을 보고 따라 울었다. 수하의 부하들이 숙보에게 다가와 형구를 모두 벗겨 주었다.

그리고 후당의 대문 밖으로 나와 말했다.

"노주에서 온 차인은 이 형구를 가져가라. 압송해 온 진씨는 우리 나으리의 처조카이고, 노부인은 진씨의 친 고모이시다. 진씨에 대해서는 다른 심문을 하지 않을 것이요. 회송 문서는 내일 발급할 것이다."

울지남 형제 두 사람은 손뼉을 치며 크게 좋아하며 후당을 나와 원문 밖에서 장공근 일행과 상면했다.

장공근이 울지 형제를 보고 물었다.

"두 분은 무슨 기쁜 일이라도 생겼습니까?"

울지남이 말했다.

"여러분은 이제 모두 안심하십시오. 진형은 본래 근본이 확실하신 분이요. 우리 나으리의 처조카이니, 진형에게는 바로 고모이고 고모부이십니다. 이제 우리 모두 숙소에 가서 한 잔 마시면서 축하합시다."

나공은 숙보를 데리고 내아(內衙)로 들어가 아들 나성에게 말했다.

"너는 네 고종사촌 형을 모시거라. 서방(書房)에 모시고 가서 목욕하고 나의 옷을 내주어 갈아 입게 하여라."

숙보는 목욕 후에 머리를 빗고 말쑥한 차림에 훤출한 사내의 모습으로 나타났다. 숙보는 하인을 따라 안채로 들어가 고모와 고모부에게 인사를 올렸다. 그리고 내종(內從) 형제와 4번 맞절을 하였다.

숙보는 내종 아우에게 지필묵을 얻어 두 통의 서신을 작성하였다.

한 통은 나공의 허락을 얻어 노주에 회송하는 문서와 함께 노주 선웅신에게 그간의 보살핌에 감사하며 기쁜 소식을 전하는 서신이었다. 다른 한 통은 울지남 형제에게 감사하며 장공근 등 삼인에게 사례하는 서신이었다.

그리고 저녁 식사 무렵에 새로운 술자리가 마련되었다. 나공 부부가 상좌에 앉고 숙보와 내종 형제가 좌우에 시좌하였다. 술이 두 차례 돌아가자, 나공이 말했다.

"조카는 내가 볼 때 당당한 체구이니 틀림없이 다른 사람보다 뛰어나 무용을 가졌다고 생각한다. 자네 선친이 너무 일찍 세상을 뜨셨고, 또 모친은 오랫동안 타향에서 고생하셨지만, 그래도 조카는 무슨 무예를 익혔는가?"

이에 숙보가 말했다.

"저는 쇠 채찍 두 개를 쓸 줄 압니다."

"그것은 돌아가신 처남께서 물려주신 금은으로 장식한 쇠 채찍이겠지! 그런데 그것을 이곳 유주로 가져왔는가?"

"제가 노주에서 일을 당했을 때, 노주의 채(蔡) 자사가 철채찍 두 개를 흉기라 하면서 말 안장과 행장까지 모두 압수하여 창고에 보관한다고 하였습니다."

"그거는 걱정하지 말라. 채 자사는 나의 문생(門生)이니, 뒷날 시간이 있을 때, 인편에 보내달라면 보내줄 것이다. 그보다 오늘은 내가 조카에게 할 이야기가 있다. 내가 이곳 유주를 차지하고 다스리면서 10만 군사를 거느리고 있는데, 장수 1천여 명을 모두 논공행상으로 등용할 뿐, 어떤 친분이나 친애로 선발하지는 않았다. 따라서 내가 조카를 내 수하에서 관직을 그냥 수여한다면, 모든 관영의 장수들이나 관리가 이런저런 말들이 있을 것이다. 따라서 내 생각으로는 내일 연무청(演武廳)에서 열리는 시합에 조카도 참여하여 같이 겨뤄보는 것이 좋을 것이다. 네가 궁술이나 마상 무예에 익숙하기에 너를 등용한다면 다른 사람들도 입을 다물 것이다."

그러자 숙보가 일어나 말했다.

"만약 고모부의 천거를 받을 수만 있다면, 저는 평생동안 고모부의 재조(再造)의 은덕을 받는 것입니다. 저도 내일 연무청에 나아가 당당하게 겨뤄보고 싶습니다."

나공은 아래 장수들에게 지시하여 내일 연무당에 겨룰 장수 명단에 숙보의 이름을 올리게 하였다.

다음 날 새벽 오경에, 나공은 포를 쏘고 관아의 대문을 활짝 열고, 중군(中軍)의 호위를 받으며 연무당으로 출발하였다. 사대나는 대당(大堂)에서 자사를 알현하고서 연무대에 나와 기패관의 업무를 보좌하였다. 행렬에 참여한 모든 장사들은 군복을 착용하고 나공을 수행하였다. 마치,

> 십만의 군사 용기로 북쪽 땅을 진압하니, (十萬貔貅鎭北畿)
> 투구에 매단 금인이 달빛 아래 빛이 난다. (斗懸金印月同輝)
> 역수의 바람 깃발을 구름 높이 휘날리고, (旗飄易水雲初起)[122]

---

122 원문 旗飄易水雲初起(기표역수운초기) — 易水(역수)는 河北省 중서부 保定市(보정시) 관할 易縣, 곧 太行山 동쪽 비탈에서 발원하는 강. 역수하면 누구나 燕의 자객 荊軻(형가, ?—前 227년)를 떠올린다. 형가는 戰國 말기 衛國(위국) 사람. 荊卿(형경)으로 불린다. 燕의 太子 단(丹)의 부탁을 받아 진(秦)에 들어가 진왕을 암살하려

연땅에 빛난 창칼은 서릿 속에 번쩍인다. (槍簇燕臺霜亂飛)

숙보는 그날, 정식 군복이나 금은의 요대를 착용할 수도 없어 나공 가내의 장수 차림으로 행렬에 참여하였다. 그래도 말을 얻어타고 유주 동쪽의 연병장에 들어갔다.

나공의 아들은 4명의 가내 장수를 거느리고 행렬의 뒤를 따라 자사부를 나와 연병장으로 가려 하였다. 그러나 원문을 지키는 기패관들이 공자(公子)를 막고 못 나가게 하였다.

이에 공자는 머리를 숙이며 꼭 나가야 한다고 애걸하였지만 공자를 보내주지 않았다. 이는 원래 나공의 명령이었다.

공자의 나이 11세로 어린애는 아니었고 그렇다고 청년이라 할 수도 없었다. 그렇지만 팔의 힘이 남들보다 강했고, 열등한 말을 타면서도 강한 활을 쏘며 가내의 여러 장수들과 함께 교외에서 사냥을 즐기기도 했었다.

했으나 실패하여 피살되었다. 사마천(司馬遷)의 《史記 刺客列傳》에 立傳. '圖窮匕見(도궁비현 : 도모한 비수가 드러났다는 말이며, 꾸민 음모가 폭로되었다는 뜻이다.)' 의 成語의 주인공이다. 형가가 진왕을 죽이러 출발할 때 이 역수에서 송별했고, 형가는 강개한 노래를 부르고 뒤도 돌아보지 않고 떠나갔으나 다시는 돌아오지 못했다. 형가를 노래한 시가 중 가장 잘 알려진 것은 唐 駱賓王(낙빈왕)의 五言絶句 〈於易水送人〉이다.

'此地別燕丹, 壯士髮衝冠. 昔時人已沒, 今日水猶寒.'

이에 나공은 우선 관아의 관리들이 먼저 청렴해야 하고, 유주 자사의 아들이라 하여 사냥하며 백성들의 논밭을 밟아버릴 수도 있기에, 이를 염려하여 어린 아들이 집밖을 나가는 것을 허용치 않았었다.

공자는 결국 가내 장수에게 말해 말을 끌고 들어가게 하였다. 그리고 내당의 모친에게 가서 어린아이가 어머니에게 떼를 쓰듯 매달렸다. 울면서 연무청에 가서 새로 만난 사촌의 무예를 꼭 보아야 하나 수문장이 내보내지 않는다고 울고불고 하소연했다.

노부인 진씨에게 숙보는 자신의 체면과 직결되는 친정조카이기에, 조카의 무예가 어떠한 지 정말 알고 싶었다. 부인이 직접 나가서 볼 수 없으니, 아들이 직접 보고 돌아와 말해주기를 바라고 있었다. 그래서 부인은 집안 일을 관장하는 나이든 관리인 관가(管家, 家事 관리인) 4명을 모두 불렀다.

이들은 지금이야 모두 백발 수염이지만, 옛날 북제(北齊) 시절부터 나공을 따라 모신 사람들로 그간 영욕(榮辱)은 물론 기쁨과 슬픔을 같이 나눴던 사람들이었다.

그들에게 노부인이 말했다.

"네 분은 우리 형편을 잘 알지 않소? 그러니 지금 공자를 데리고 연무청에 가서 내 친정 조카의 무예 겨루기를 한 번 보고 와주시오. 수문장이 내보내지 않는 뜻을 알고 있지만, 어린 동생이 종형(從兄)의 무예 구경을 하겠다는데 굳이 막을 필요는 없지 않겠소? 다만 나으리의 눈에 띄지 않도록 조심해서 데리고 갔다 바로 데리고 들어오시오.”

공자는 모친의 분부를 듣고 크게 좋아하면서 서실에서 꽃무늬를 놓은 작은 쇠뇌(小弩) 하나와 화살 주머니에 10개의 깃털 장식한 대나무 화살을 들고 4명의 늙은 관가를 따라 연무청으로 갔다.

공자가 4인의 관가가 말을 타고 대문을 나서려 하자, 역시 수문장이 나갈 수 없다고 제지하였다.

이에 제일 나이 많은 관가가 말했다.

“노 마님께서 공자를 데리고 진씨의 무예 시합을 구경하라고 허락하였소. 다만 나으리에게는 말씀드리지 말라는 분부가 있었소.”

수문관은 어쩔 수가 없었다.

“어린 주인을 모시고 속히 돌아오십시오. 나으리께서 아실까 걱정됩니다.”

“그러자 어린 공자가 화가 난 듯 수문장을 꾸짖었다.”

“여러 말 마시오.”

다섯 사람은 말을 타고 원문을 나섰고 곧바로 성곽 동쪽의 연무 교련장으로 들어갔다. 이때 연무장에서는 이미 포를 쏘며 깃발이 나부끼고 있었고 그들은 동쪽 원문으로 들어갔다. 4인의 관가들은 나으리의 눈에 띌까 공자를 가운데 두고 앞뒤로 가려 무예 시합을 구경하였다.

과연 숙보의 무예 시합은 어떨는지? 또 무슨 일이 일어나겠는가? 다음 회를 읽어 보시라.

제14회

용감한 진경은 무예로 삼군(三軍)에 이름을 떨쳤고, 현량한 유씨는 처음 금전을 보상받았다.(勇秦瓊舞鐧服三軍, 賢柳氏收金獲一報.)

시로 읊기를, 詩曰,

모래에 묻힌 금덩이, 자갈밭 옥돌인데, (沙中金子石中玉)
풍현의 옥에 갇혀 죽을 수도 있었다. (於將埋沒豐城獄)
시운이 트여 좋은 공인(工人)이 다듬어 주면, (有時拂拭遇良工)
빛나는 광채 하늘 높이 솟구칠 것이다. (精光直向蒼天燭)
사나이 평생 운수 또한 이와 같을지니, (丈夫蹤跡類如此)
한순간 하늘 땅에, 호랑이와 생쥐이다. (倏而雲泥倏虎鼠)
한왕(漢王)이 축대를 쌓고 일군(一軍)을 놀래키니, (漢王高築驚一軍)[123]

---

123 원문 漢王高築驚一軍 – 한신(韓信)이 여러 번 소하(蕭何)와 이야기를 나누자, 소하는 한신을 기이한 사람으로 여겼다. 漢王(한왕)

회음후 한신(韓信)은 이후 신임을 받았었다. (淮陰因是維灌信)
그대는 곤궁과 불운을 한탄치 말지니, (困窮拂抑君莫嗟)
으뜸인 나라의 인재도 그물에 걸렸다. (赳赳干城在兔罝)

이 漢의 남정(南鄭)에 이를 때까지 길에서 도망하는 장수가 수십 명이었다. 한신은 소하와 이미 여러 번 이야기를 했는데도 자신을 써 주지 않는다고 생각하여 바로 도망을 쳤다. 소하가 한신이 도망했다는 것을 알자, (漢王에게) 알리지도 않고 직접 쫓아갔다. 어떤 사람이 한왕에게 "소하가 도망갔습니다."라고 보고했다. 한왕은 화가 나면서 좌우의 팔을 잃은 것 같았다. 하루 이틀이 지나자, 소하가 와서 한왕을 뵈었다. 한왕은 소하가 잡으러 간 장수가 한신이란 말을 듣고 소하를 꾸짖었다. "장수로서 도망하는 자를 십 단위로 세어야 해도 그대가 쫓아가지 않더니 한신을 쫓아갔다니 거짓말 아닌가?" 소하는 "여러 장수들이야 쉽게 얻을 수 있지만 한신 같은 사람은 국사무쌍(國士無雙)입니다. 王께서 끝까지 漢中의 왕으로 있겠다면 한신을 쓸 일이 없지만 기어이 천하를 놓고 다투겠다면 한신을 빼놓고선 일을 같이 할 사람이 없습니다." 한왕은 소하에게 "公을 생각해 내가 한신을 장군으로 삼겠다."고 하였다. 소하가 말했다. "비록 장군이라 하여도 한신은 있지 않을 것입니다." 한왕이 "대장으로 삼겠다."고 하자, 소하는 "좋습니다."라고 말했다. 그리고서 한왕은 한신을 불러 벼슬을 주려 했다. 그러자 소하가 말했다. "왕께서는 늘 오만하고 무례합니다만, 지금 대장을 제수하면서 마치 어린아이 부르듯 하니, 이 때문에 한신이 도망가는 것입니다. 왕께서 한신을 쓰시겠다면 택일하고 목욕재계하며 단과 장소를 마련하고 예를 갖추어야만 합니다." 한왕은 이를 허락하였다. 여러 장수들은 모두 좋아하며 자신이 대장이 될 것이라 생각하였다. 그러나 대장을 제수 받은 사람이 한신이자 온 군사들은 모두 놀랐다.

오로지 보옥을 품고서 말없이 키우면, (但教有寶懷間蘊)

마침내 이름을 알리며 도성에 들어가리. (終見鳴河入帝里)

속담의 말은 하나도 틀리지 않는다. '시운이 맞지 않으면 황금도 값이 떨어지나, 운때가 맞으면 무쇠도 빛을 낸다.' 고[124] 하였다.

진숙보는 산동에 있으면서 여러 일을 겪었고 노주(潞州)에 가

124 원문 '運去黃金減價(운거황금감가) 時來頑鐵生光(시래완철생광)' — 운수가 트이니 황토가 황금이 된다(運來黃土變成金). 운이 쇠퇴하니 황금도 빛을 잃지만(運去黃金失色), 시운이 좋으면 쇠도 빛이 난다(時來鐵也曾光). 시운이 트이니 바람이 (王勃의 배를) 등왕각으로 보내고(時來風送滕王閣), 운수가 다하니 벼락이 천복비에 떨어진다(運退雷轟荐福碑). 시운이 쇠하니 귀신이 사람을 놀린다(時衰鬼弄人). 때가 되어 운이 트이니(時來運通), 우물 바닥에도 바람이 분다(井底有風). 시운이 트이면 황금 천 냥도 쉽게 벌지만(時來易覓金千兩), 운이 없으면 외상 술 한 병도 얻지 못한다(運去難賒酒一壺). 시운이 없으니 운수도 막히고(時不至來運不通), 물속의 달을 건지듯 모두가 허사로다(水中撈月一場空). 사람은 시운을 타야 잘 나가고(人走時運), 말은 살이 쪄야 잘 달린다(馬走膘). 하늘에는 예측할 수 없는 風雲이 있고(天有不測風雲), 사람에게는 오고가는 시운이 있다(人有時來運轉). 하늘도 땅도 따라주지 않는다(天不響地不應). — 도저히 어쩔 도리가 없다. 재물은 천천히 오고(財來慢慢來), 화는 일시에 들어온다(禍來一時來). 뱃속에 가득 찬 재능이 있다면(有了滿腹才) 시운이 따라주지 않는다고 걱정하지 않는다(不怕運不來).

서는 온갖 풍랑을 겪었으니, 이는 시운이 오지 않았기 때문이다. 그러나 유주(幽州)에 와서는 뜻밖에 나공을 만났고 자신의 능력을 유감없이 발휘할 수 있었으니, 이는 평지에서 갑자기 하늘에 오른 것이 아니고 무엇이겠나?

나공은 숙보를 도와주려고 삼군을 동원하여 오늘의 이 행사를 열었다. 나공은 높은 단 위에 설치한 장막 가운데 앉았고, 십만 대군은 땅에 줄을 그은 듯 법식대로 정렬했으며 병법 그대로 모든 행사가 진행되었다.

휘장 앞에는 大小의 장령들이 완전 군장을 갖춘 채, 각자의 병기를 잡고 좌우로 정렬하였다. 숙보는 그런 행사 대열의 가운데에서 고개를 끄덕이며 혼자 말했다.

'나는 그간 우물 안 개구리였으니(井底之蛙),[125] 천지의 광대함을 알지도 못하면서 겨우 산동의 한구석에서 자부심만 갖고 있었다. 내가 볼때 50세가 넘은 반백의 고모부는 관복을 갖춰입고 살생권을 쥐고 있어, 말 한마디에 모두가 응락하고 따른다. 사내 대장부라면 응당 이러해야 한다.'

유주 자사 나공은 본래 군사 조련에는 생각이 없었고 처음부터

---

125 井底之蛙(정저지와) ─ 출처 ;《莊子 外篇 秋水(장자 외편 추수)》의 우언(寓言). 좌정관천(坐井觀天)도 여기서 파생된 成語(성어)이다. 이는 眼光(안광)이 몹시 좁은데도〔狹隘(협애)〕 스스로 옳고 바른 줄 아는 사람을 비유한 말이다.

숙보에게만 마음을 두었다. 나공이 숙보에게 눈길을 주자, 숙보는 나공의 뜻을 눈치채고 고개를 끄덕이었다. 나공이 수하 장수를 시켜 숙보를 단상에 오르게 한 뒤에 물었다.

"진경은 준비가 되었는가?"

숙보는 꿇어앉은 채, 큰소리로 대답하였다.

"예, 준비되었습니다."

"너는 무슨 무예를 보여줄 수 있는가?"

숙보가 말했다.

"저는 두 줄 쇠 채찍〔雙鐧(쌍간)〕을 쓸 줄 압니다."

나공은 어제 숙보와 상면하면서 숙보가 자신의 쌍간을 노주에서 압수당한 것을 알고 있었다. 그러면서 숙보를 불러 다시 물은 것은, 숙보에게 자신의 쌍간을 주어 그 솜씨를 여러 사람 앞에 보여주기 위한 방편이었다.

"나의 은제 쌍간을 갖다 주어라."

나공의 쌍간은 손잡이에 금은으로 무늬를 넣었으며 무게는 모두 60근짜리였다. 숙보는 장수가 가져온 한 쌍의 채찍을 꿇어앉아 받았다. 숙보가 볼 때 자신이 쓰던 철제 채찍보다 길이는 한 자 정도 짧은 것 같았다.

그런데 무거운 채찍을 휘두르던 사람에게 그보다 가벼운 채찍은 훨씬 쉽기에, 숙보는 마음에 아무런 부담이 없이 양팔에 쥐고 마음껏 기량을 뽐내었다. 양손의 쇠 채찍을 휘두르며 뛰고 앉았다. 일어서며 공격하는 동작을 선보이자, 나공은 감탄하며 갈채를 보냈다.

"아주 좋아, 잘 휘두르는군!"

이것은 나공이 여러 장수에게 보내는 신호와 같았다. 여태껏 쇠 채찍 시범을 보인 사람이 없었기에 모든 장수들은 눈을 크게 뜨고 바라보다가, 나공이 손뼉을 치며 좋아하자 모든 장수들도 손뼉을 치며 환호하였다.

나공의 아들은 군중 속에 섞여 구경을 하였는데, 키가 작아 잘 보이지 않자 가장(家將)의 어깨를 잡고 바라보며 '정말 잘한다!' 며 감탄하였다.

숙보는 시범을 마치고 쌍간을 받들고 장막에 올라가 나공에게 바쳤다.

그러자 나공은 흐뭇한 표정으로 숙보를 칭찬한 다음에 또 물었다.

"네가 또 할 줄 아는 다른 무예가 있는가?"

"네, 저는 창을 쓸 줄 압니다."

무리에는 장창 무예를 시범 보인 장수가 많이 있었다. 나공은 장수를 시켜 창을 갖다 주었다. 숙보가 창을 받아 무게를 가늠해 보니, 대략 20근 정도였다. 자루는 나무로 되었고 검은 옻칠에 가죽을 감았는데, 숙보가 창을 받아 쥐고 땅에 대며 힘을 한번 주자 창의 자루가 그냥 부러졌다. 이어 가져온 새 창도 숙보가 힘을 주자 마찬가지로 부러졌다.

이에 숙보가 말했다.

"제가 쓰던 창은 자루도 쇠로 만든 창입니다."

나공은 고개를 끄덕이며 말했다.

"과연 장군의 아들이로다."

그리고 나공은 부하를 시켜 자신의 창을 숙보에게 갖다 주었다. 두 장수가 쇠창을 들어 숙보에게 넘겨주었다. 숙보가 받아보니 120근 정도에 길이는 1장 8척이나 되었다.

숙보는 창봉(槍棒) 무술의 기본 동작을 차례대로 시범을 보였다. 그러나 숙보 자신이 생각해도 본래 자신의 전공 무술이 아니라서 연결 동작이 매끄럽지 못하였다.

이를 바라보던 나공도 속으로 생각했다.

'창봉술은 약간 서툴구먼. 고수한테 배우지는 못했어. 그렇지만 가르칠만 해!'

사실 숙보는 제주에서 도적을 체포하는 도두(都頭)로 재직하면서 강호를 떠도는 무사한테 약간의 가르침을 받은 것이 창봉술의 전부였다. 그러니 나공의 눈에 들어올 리가 없었다. 그렇지만 보통 장수들에게는 120근의 쇠창을 휘두르는 자체가 감탄의 대상이었다. 장수들은 나공의 표정을 살피고 있었다. 나공은 자신의 마음에 들지는 않았지만, 그래도 격려의 뜻으로 크게 웃으며 박수를 쳤다. 이후 여러 장졸의 갈채와 환호성이 이어졌다.

숙보의 창봉술 시연이 끝나자, 나공은 아랫사람에게 부대별 훈련 시범을 명령했다.

연무장에 포성이 울렸고 이어 보병과 기병의 각 부대가 장수들의 지휘에 따라 일사분란하게 행진과 진법(陣法) 시범을 보였다. 넓은 연병장에 각종 표식과 깃발이 펄럭였고 장수의 군령과 장졸의 함성이 넓은 평원에 메아리쳤다. 나공의 10만 대군은 유주와 기주 일원을 호령하였으니, 다른 제후들은 나공의 군사를 유기군(幽冀軍)이라 통칭하였다.

군사 조련이 끝나자 중군관이 올라와 활쏘기 시합을 시작하겠다고 주청하였다.

나공은 수락하였고, 이어 숙보를 불러 물었다.

"너는 활쏘기를 익혔는가?"

나공이 이렇게 물은 것은 잘 쏠 수 있으면 시합에 참여하고, 아니면 그만두어도 좋다는 뜻이었다.

그러나 숙보는 "쏠 수 있습니다. 저도 참여하고 싶습니다."라고 대답하였다.

그러나 나공의 1천 명 가까운 부장 중에 약 3백 명 정도가 궁수 출신이라는 사실을 숙보는 모르고 있었다. 그들 중에 중간 시합을 거쳐 60명 정도가 본 시합에 참여하였으니 그들의 솜씨는 탄복할 만하였다.

그런데 그 표적이 금강(金剛) 역사(力士)의 허벅지만큼 굵은 볏집단을 쏘아 맞추는 수준이라면 활을 쏜다는 말도 할 수 없었다. 나공은 숙보의 활이 없는 줄을 알기에, 자신의 활과 화살 10개를 숙보에게 내주었다.

시합을 주관하는 장수가 올라와 표적을 무엇으로 정할 것인가를 물었고, 나공은 마음속으로 숙보를 생각하여 창의 자루를 표적으로 진행하라고 명령하였다. 표적은 180보 밖에 세워둔 9자 길이의 창 두 자루를 세워 놓고 거기에 남색 깃발을 매달아 눈에 쉽게 띄게 만들었다.

그리고 이어 진행된 활쏘기에서 60여 명 중 절반 가량이 활을 쏘았는데 표적을 맞추지 못하는 장수가 없었다. 새로 진행하는 장수가 숙보의 이름을 불렀다. 숙보는 올라가 나공에게 군례를 행했다.

기패관이 된 사대나도 모두 목표에 명중시켰다.

이를 보고 있는 숙보는 마음속으로 걱정이 되었다.

'나는 활쏘기를 못한다고 말했어야 하는데, 공연히 큰소리를 쳤어! 그런데 이제 어찌하겠어?'

나공은 생각이 깊은 사람이었다. 다른 장수들의 활쏘기는 전에도 많이 보았기에 오직 숙보만을 걱정하고 있었다.

숙보가 올라와 군례를 표하자, 나공이 물었다.

"내 장수들 궁사 솜씨를 너도 잘 보았지? 같이 겨룰 수 있겠는가?"

말하자면, 숙보가 물러날 수 있는 기회를 주겠다는 뜻이었다. 그러나 숙보는 처음부터 긴장했던 터라 나공의 말뜻을 이해하지 못했다. 숙보의 입에서는 조바심과는 전혀 다른 엉뚱한 말이 툭 튀어나왔다.

"여러 장수들이 시합한 표적은 움직이지 않는 말뚝이니 특별하다고 하겠습니까?"

나공은 의외의 말에 놀라면서 물었다.

"그렇다면 너는 무엇을 쏘겠는가?"

"저는 하늘을 날아가는 새를 쏘아 맞춰 떨어뜨리겠습니다."

나공은 그 연무장의 누구보다도 나이가 많고 신중한 사람이지만 한편으로는 자기 마음대로 하려는 뜻도 있었다. 멀리 있는 장대를 못맞출까 걱정을 하는데, 하늘을 날아가는 새를 맞추겠다니!

장수들의 활쏘기는 저절로 중단되었다. 모든 시선이 단상 위 장막에 모여 멈췄다. 숙보가 날아가는 새를 쏘겠다는 말은 어느새 입에 입으로 전해졌다.

숙보는 활에 화살을 메어 들고 단상에서 10보 앞에 걸어나와 섰다. 그리고 하늘을 바라보았다. 바람도 없는 하늘에는 햇빛이 눈부셨다. 고개 들어 텅빈 하늘을 바라보는 것은 쉬운 일이 아니었다. 맨 먼저 눈이 부셨다.

오늘 같은 날, 이 넓은 벌판에 수많은 군사가 북과 징을 치며 훈련을 했는데, 무슨 새가 여기를 날아가겠는가?

숙보는 새를 기다렸다. 그렇다고 나공도 무턱대고 새가 날아오기를 기다릴 수는 없었다. 나공은 수하 장수에게 말하여, 창고에서 신선한 소고기 두 덩어리를 꺼내다가 장대에 길게 매달아 휘두르라고 명령했다. 이는 마당의 닭을 채어가는 독수리를 유인하는 방법이었다. 단상에서 날고기를 휘두르게 되자, 피냄새가 바람결에 하늘에 퍼져나갔을 것이다.

이렇게 일은 엉뚱한 방법으로 흘러갔다. 많은 관중이 큰 구경거리를 눈앞에 두고 긴장하였다. 그러나 나공의 어린 아들은 이런 상황에서 재빨리 생각을 굴렸다.

'종형은 틀림없이 망신을 당할거야. 보통 새를 쏘아 맞추기도 어렵거늘, 저렇게 날고기의 피로 유혹하면 매나 수리가 날아올 터인데, 높이 날아가는 새매를 어찌 맞히겠는가? 티끌이야 사람의 눈을 가리지만, 물이 물고기의 눈을 가리지는 못해, 풀밭에 숨었다고 새매가 병아리를 못보는가? 새매는 땅 위에 굴러가는 콩알도 볼 수 있다는데.'

'새를 쏘아 맞추지 못하면 아버님의 체면도 구기게 되지. 그러면 종형을 등용할 수도 없을 거야! 지금은 틀림없는 위기인데…. 그냥 속수무책일 수야 없지. 내가 도와야지!'

어린 공자(公子)는 생각이 여기에 미치자, 혼자 살그머니 원문밖으로 나와 사람이 없는 곳을 찾아갔다. 공자는 품에서 쇠뇌를 꺼내 조용히 대나무 살을 얹었다. 그리고 고개를 들어 사방의 하늘을 살폈다.

연무장의 모든 시선은 단상의 숙보에 쏠렸다. 한낮을 지난 해는 약간 서쪽으로 기울었다. 햇살에 눈이 부실 때, 서쪽 하늘에 검은 점이 하나 나타났다. 어디선가 매가 한 마리 날아왔다. 숙보와 어린 공자는 연무장 안과 밖에서 매를 노렸다. 그러나 숙보가 쏘지 않는다면 공자도 쏠 수 없었다.

공자는 연무장 안에 귀를 기울이면서 하늘의 매를 응시하였다. 연무장 안에서 가볍게 술렁이는 소리가 들리면서 화살이 하늘로 솟았다.

공자도 매를 향하여 쇠뇌를 발사했다. 쇠뇌의 화살은 보통 화살보다 작고 가볍기에 연무장 밖에서 쏘는 소리를 누구도 듣지 못했다.

어쨌든, 연무장 안에서 크게 탄성이 터지면서 날아오던 매가 한번 기우뚱하더니 아래로 떨어지는 것이 보였다. 연무장 안에서는 큰 환성이 터졌다. 매는 화살을 맞은 채 좀 더 날아 수풀 쪽으로 떨어졌다.

모두가 단상의 숙보를 바라보며 탄성을 지르면서 박수를 쳐댔다. 굳이 누군가가 매를 찾겠다고 달려나오는 사람은 없었다. 날아오던 매가 기우뚱했고 날아가며 떨어지는 것을 모두가 보았기에, 그 매를 찾아야 한다고 생각하지 않아도 명중은 명중이었다.

공자는 쇠뇌를 품에 감추고 재빨리 4명의 관가를 찾아와 제자리에 섰다. 수만 관중의 웅성거리는 소리가 연무장을 뒤덮었다. 4명의 관가는 어린 공자를 데리고 서둘러 유수부로 돌아왔다.

단상 위의 숙보는 자신의 눈을 의심했다. 분명히 시위를 당겼다. 햇빛에 눈이 부셔 날아가는 화살이 잘 보이질 않았다. 이어 숙보에게 수만 장졸의 웅성이는 소리만 들렸다. 터지는 함성과 박수소리는 아무래도 멀리서 들리는 소리 같았다.

이쪽으로 날아오던 새가 갑자기 뚝 아래로 떨어지듯 날아오다가 다시 죽을 힘을 다하여 저쪽 숲으로 날아 내리 쏠리는 것을 보았다.

어디론가 떨어졌겠지? 누군가가 뛰어갔을지도 몰라. 매와 화살을 발견했을까? 아니면 그냥 돌아왔을까? 그것은 나중의 일이야! 지금 숙보의 귀에는 함성만이 가득했다.

숙보가 뒤로 돌아 나공을 보았을 때, 나공은 일어나 하늘을 보며 양팔을 흔들며 환호하고 있었다. 숙보는 자신의 화살이 매를 맞추었다고 믿었다. 그러니 나공이 저렇게 환호하시는 거야! 숙보는 온몸에 힘이 빠져나가는 것 같았다. 왼손에 쥔 활이 저절로 바닥에 떨어졌다. 그리고 숙보도 주저 앉았다.

곁에 보는 사람 탄성이 한꺼번에 터졌고, (旁觀贊歎一齊起)
모든 당사자의 정신은 일백 배나 또렸했다. (當局精神百倍增)

모든 장수가 숙보 곁으로 모여들었다. 그리고 숙보를 에워싸고 손을 내밀어 숙보의 손을 잡고 팔뚝을 어루만졌다. 누군가가 숙보를 일으켜 세웠고, 숙보를 앞으로 이끌었다. 나공은 처음부터 숙보를 돌봐주겠다는 마음이었지만, 이제는 그런 마음을 전혀 내색하지 않아도 괜찮았다. 지금 누가 숙보의 무예를 의심하랴? 지금 누가 숙보가 유주 자사의 처조카라서 장원했다고 생각하겠는가?

나공은 옥잠화로 만든 화관을 숙보의 머리 위에 씌워주었다. 이어 두루두루 여러 장수들에게 각종 상품을 하사하였다. 그리고 저녁에 크게 잔치를 벌리라고 당부하였다.

모든 군사가 좋아하며 북소리에 맞춰 소리를 지르고 환호하였다. 나공은 자사부로 돌아왔다. 어린 공자는 먼저 돌아왔고, 모친에게 숙보의 쇠 채찍과 창봉술을 상세히 말했지만 활쏘기는 일찍 돌아왔기에 관람하지는 않았다고 말했다.

나공은 후당에 들어와 집안의 여러 장수와 관가들과 함께 술상을 받았다. 물론 노부인과 숙보, 어린 공자도 합석했다. 나공은 아주 흡족한 마음으로 숙보의 무예를 칭찬하며 부인에게 말했다.

"조카의 쌍간 솜씨는 정말 최고였지. 그러나 창봉술에서 힘은 좋으나 아직은 좀 더 배우고 고칠 데가 있어. 그리고 활쏘기는 전군에서 으뜸이었소. 오늘 나의 체면을 크게 세워주었다오."

그러면서 숙보에게 집안에서 창봉술을 함께 익히라고 강조하였다.

숙보도 말했다.

"저를 이끌어주시고 성취케 하신 큰 은혜를 어찌 다 말씀드릴 수 있겠습니까? 고모와 고모부님께 조그만 폐도 끼치지 않도록 조심조심하겠습니다. 그리고 아우와 함께 창 쓰기와 궁술을 부지런히 연마하겠습니다.”

숙보는 어린 아우와 함께 봉술과 궁술, 그리고 말타기와 마상궁사의 기술을 날마다 수련하였다. 나공도 가끔 틈나는대로 숙보에게 집안에 전승하는 무예를 전수하였다.

숙보가 유주에 온 뒤로 세월은 덧없이 흘러 벌써 반년이 지나며 숙보의 생활은 여유가 있었다. 그러나 숙보는 홀어머니를 극진히 모시는 효자가 아닌가? 애당초 처음에 제주를 떠날 때 한달 보름이면 다녀올 것이라며 모친과 이별하고 아내 곁을 떠났다.

온갖 고생을 다했고, 번건위가 찾아왔으며, 번건위에게 소식을 전하고 다시 노주에 잡혀들어갔고, 유주에 와서 행운을 잡았고, 그리고서 반년이 지났다. 모든 것이 뜻밖이었고, 천태만상의 여러 일을 겪었다.

산동 고향의 노모를 생각하지 않은 날이 없었다. 부모를 모시지 못하는 자식 – 모친께 여기 이렇게 살아 있다고 소식도 전하지 못하는 아들 – 노모를 치지도외(置之度外)했는가? 유주 자사부의 생활이 즐거워 돌아갈 길을 잊었는가? 자식을 그리며 눈물 짓는 가련한 모친을 기억 속에 지웠는가?

내가 이곳을 떠나 모친을 찾아간다면? 여기 머문 날이 오래니, 이제는 고향의 늙은 노모를 모시러 떠나겠다고 한다면?

나는 여기에 유배 온 죄인이 아닌가. 다행히 고모부를 만나 이렇게 편안히 지낼 수 있지만, 만약 떠나겠다고 말씀드리면?

고모부는 무슨 일이든 자기 뜻대로 처리한다. 고모부께서 내가 여기 자사가 아니라면 네가 고향에 돌아갈 수가 있겠느냐고 묻는다면? 네가 여기를 떠났다가 다시 돌아올 것이냐고 묻는다면? 고모부의 허락도 받지 못하고 또 신임마저 잃게 된다면?

숙보는 온갖 이런저런 생각에 잠을 이룰 수 없었다.

그동안 내사촌과 정이 깊었다. 사촌은 숙보를 믿고 따르며 한시도 떨어지려 하지 않았다. 그간 둘은 의기투합하였고 무술을 열심히 익혔다.

숙보가 모친 생각을 하다가 사촌에게 돌아가고 싶다고 말할 때마다 어린 사촌은 숙보의 마음을 위로하며 자기가 부모에게 말씀드리겠다고 말했지만, 숙보가 정말 떠나가고 돌아오지 않을까 겁이나서, 실제로는 그런 말을 꺼내지도 않았다. 그럭저럭 세월은 흘러갔다.

어느덧 〔수 문제(文帝)〕 인수(仁壽) 3년(서기 603년) 8월이었다.

하루는 나공이 아들과 처조카의 학문이 어떤가 알아보려고 일찍 서방에 들어갔다. 그때 아들은 아직 잠자리에 있었지만, 숙보는 방에 없었다. 나공이 서방에 들어가자, 한쪽 벽에 4구의 시 한 수가 보였다. 나공이 보니 숙보의 필체가 확실했다.

원래 숙보가 고향과 모친을 그리다가 술을 마신 김에, 그저 우연히 써본 글이었다. 나공은 그 내용이 바로 숙보의 진심이라고 생각되자 감정이 격해지며 불쾌하였다. 나공은 곧장 돌아나왔다.

그 구절은 아래와 같았다.

어느 날 집을 떠났고, 날마다 그리는 마음, (一日離家一日深)
낙엽진 수풀 외롭게 둥지튼 새와 같구나. (獨如孤鳥宿寒林)
아무리 이곳 풍광이 좋다고 하지만, (縱然此地風光好)
그래도 고향 그리는 간절한 마음뿐. (還有思鄉一片心)

나공은 아들과 조카를 기다리지 않고 바로 후당으로 들어갔다. 나공의 아내 진씨가 왜 이리 금방 돌아왔느냐고 물었다.

나공은 탄식하듯 말했다.

"남의 자식을 키워봐야 모두 헛일이야."

"나으리! 왜 그러십니까?"

"부인! 당신 친정 조카가 여기에 온 뒤로 나는 내 아들과 똑같이 키우고 대우했잖소. 정말 아무런 차별도 없었소. 나는 조카의 무예를 바탕으로 이곳 변방에서 공을 세우게 하여, 조정에 상신하고 정식 벼슬을 받아 금의환향하게 하려고 여태껏 기다렸소. 그런데 조카는 나의 은공을 생각하는 것이 아니라 오히려 나를 원망하고 있소."

나공 부인은 알 수 없다는 표정을 지으며 나공을 바라보았다.

"내가 서방에 들어가니 조카는 방에 없었소. 그런데 벽에 시구가 적혀있는데 조카의 필적이 확실했소. 고향이 그립고, 고향에 돌아가고 싶다는 말이었소. 내가 여기서 처조카를 친 자식처럼 생각하며 키우는 은공을 생각하지 않고 고향에 돌아가지 못한다는 원망뿐이었소."

그 말에 나공의 부인은 눈물을 흘리며 대답하였다.

"오빠가 일찍 세상을 버렸고, 올케는 타향에서 어린 아들 하나만 데리고 과부로 살아가야 했으니 그 고생이 얼마나 심했겠습니까? 그러니 그 아들이야 모친을 생각하지 않을 수 없겠지요! 조카야 관직을 얻어 금의환향하기보다는 우선은 모친이 그립지 않겠소? 그 심정을 우리가 아닌 누가 이해할 수 있겠습니까?"

"그러면 부인도 조카를 돌려보내야 한다고 생각하시오?"

"사실 저도 이런 생각을 한 지 오래되었습니다만, 그간 말씀드리지 못했습니다."

"부인 뜻이 그러하다면 여러 말로 마음 아플 필요 없습니다. 오늘이라도 돌아가게 하면 간단합니다."

나공은 숙보를 보낼 전별연을 준비케 하고 가내 장수들에게 숙보의 말과 안장, 먼길을 갈 행장이나 신발 등을 챙기라고 분부하였다. 나공은 자기의 서실에 앉아 어린 하인을 불렀다. 그러고 숙보한테 가서 하동 노주의 관아에서 돌려받을 개인 물건의 품목을 적어달라 하여 가져오라고 분부하였다.

어린 하인이 들어와 숙보에게 말했다.

"아저씨, 나으리께서 아저씨를 고향에 돌아가게 허락하신답니다. 그러면서 하동 노주의 관아에서 돌려받아야 할 물목(物目)을 상세하게 적어 가져오라고 말씀하셨습니다. 지금 적어주세요."

나공의 아들도 방에 들어와 숙보에게 그런 말을 하면서 숙보를 위로하였다. 숙보는 노주의 관아에서 압수 당한 은자와 괴채찍과 비단, 옷 등 품목을 상세히 작성하였고 어린 하인 편에 돌려보냈다.

나공은 두 통의 편지를 작성하였는데, 한 통은 노주의 채 자사에 보내어 숙보의 행장을 반환받게 해달라는 서신이었고, 다른 하나는 산동도(山東道)의 행대(行臺)인 내(來) 총관(總管)의 아문(衙門)에 숙보를 천거하는 서신이었다.

전별을 위한 주석이 다 준비되자, 어린 하인을 시켜 숙보를 들어오라고 하였다.

숙보가 들어와 좌정하자, 노부인이 숙보에게 말했다.

"이 자리는 네 고모부께서 너를 전송하는 자리이다."

숙보는 눈물을 흘리며 절을 올리자, 나공은 숙보를 잡아 일으키며 말했다.

"내가 너를 여기에 끝까지 묶어놓을 생각은 없었다. 다만 이곳이 변방이니 네가 무공을 세워 네 선친의 뒤를 잇게 하려고 생각했었다. 그러나 그간 변방이 조용하여 너한테 기회가 오지 않았다."

그러면서 네 모친의 나이가 많으니 돌아가 자식의 도리를 다해야 한다고 말했다.

이어 숙보는 고모부로부터, 노주자사 채건덕에게 행장을 돌려줄 것을 부탁한다는 서신과 산동도(山東道)[126] 행대(行臺) 겸 청주총관(青州總管)인 내호아(來護兒)[127]에게 보내는 서신을 받았다.

---

126 隋 文帝(수 문제)는 後漢 이래의 주군현(州郡縣)의 3급 행정체계를 州와 縣의 2급으로 단순화시켰다. 양제는 州를 郡으로 개칭하였는데, 수나라 전성기에 약 190개의 군이 있었다. 이런 군현을 통제하기 위한 방법으로 감찰 단위인 州를 설치하고 자사(刺史)를 내보냈으며, 자사의 보좌관으로 長史와 司馬 등을 두었다. 隋朝에서는 기주도(冀州道), 연주도(兗州道), 청주도(青州道), 서주도(徐州道), 예주도(豫州道), 양주도(揚州道), 형주도(荊州道), 양주도(梁州道), 옹주도(雍州道)의 監察州가 있었다. 이는 唐代에 15개 道로 확대된다. 青州는 泰山의 동부에서 해안에 이르는, 지금의 山東省 동남부를 관할하였다. 본 소설에서 행정구역이나 지방관 및 무관의 직제나 호칭은 唐과 明清代의 관직명이 혼용되었으니, 굳이 그 제도나 호칭의 시비를 논하지 않고 읽는 것이 좋다.

127 내호아(來護兒, 6세기－618년, 字는 崇善)－隋朝 武將. 남조 陳(진) 海陵縣令(해릉현령) 내법민(來法敏)의 아들로 어려서 고아가 되어 伯母 吳氏의 손에 자랐다. 588년, 隋朝가 陳을 정벌할 때 隋朝에 협력했다. 隋에서 大將軍, 上柱國이 되었다. 隋 양제가 즉위한 이후 신임을 받았고, 612년 고구려 원정 때 평양도행군총관(平壤道行軍總管)이 되어 수군을 거느리고 평양성 근처까지 진격했으나 고구려 군에게 패퇴하였고, 육전에서 우문술(宇文述)이 패전하여 회군하자, 내호아도 철수했다. 613, 614년, 2차, 3차 고구려 정벌에도 참여했다. 618년, 우문화급(宇文化及)이 江都에서 정변을 일으켜 수 양제를 죽였고, 이때 내호아도 피살당했다.

나공은 내호아의 부친과 자신이 같은 연배이고, 그간 교제가 깊었다며 숙보를 그 휘하의 기패관〔旗牌官, 陣中(진중) 명령 전달 담당 무관〕으로 등용해주고, 이후 공을 세우면 승진할 수 있도록 도와달라는 서신이라 설명하면서 서찰 두 통을 숙보에게 건네주었다.

숙보는 고개를 숙여 감사하였고, 고모에게도 절을 올렸으며 내종아우인 나성(羅成)과도 맞절을 하였다. 술이 몇 순배 돌아간 뒤, 숙보는 일어났다. 이미 말과 행장 등이 모두 갖춰졌다.

숙보가 관아를 나오자, 울지 형제가 소식을 듣고 전별의 자리를 준비하고 기다렸다. 숙보는 형제에게 그간의 호의에 대하여 깊이 사례하였다.

그리고 30여 리를 달려 탁주 순의촌에서 장공근과도 헤어지는 인사를 마쳤다. 장공근도 숙보에게 며칠만이라도 묵어가라고 만류하였지만, 마음이 바쁜 숙보는 그대로 떠났다. 장공근은 노주의 선웅신에게 보내는 서신을 써서 숙보에게 주면서 안부를 전해달라고 부탁하였다.

숙보의 고향 그리는 마음에 일정을 서둘렀다. 3일 만에 하동 땅 노주 성문에 들어갔다. 성안의 노주 아문에 가까이 가자, 왕소이가 먼저 숙보를 알아보고 서둘러 객점으로 피해 들어가 아내 유씨를 불렀다.

"마누라! 큰일 났어!"

"무슨 일이요?"

"전에 우리 객점에 묵으면서 여비가 모자라 떠나지 못했던 진씨라는 사람이 있었잖어? 죄를 짓고 유주로 유배갔다던 그 사람이 지금 나타났어! 1, 2년 사이에 어떻게 벼슬을 구한 것 같아. 좋은 말에 높고 큰 모자를 쓰고 관아 쪽으로 갔어. 그 사람이 우리 집에 와서 옛일을 따지면 내가 난처할텐데 어쩌면 좋겠는가?"

그러자 아내 유씨가 말했다.

"그래서 옛말에도 '떠날 때 인정을 베풀어야(去時留人情) 돌아올 때 좋은 얼굴로 볼 수 있다(轉來好相見).' 고 했어요. 애당초 내가 당신에게 그렇게 박정하게 대하지 말라고 부탁했지만 당신은 듣지 않았어요. 지금서 무슨 염치로 다시 보겠어요. 어디 가서 숨어버리세요."

"내가 어떻게 숨을 수 있겠는가? 그가 우리 객점에서 며칠이라도 묵겠다면 내가 어찌 일을 처리하겠소?"

"그렇다면 차리리 병사했다고 말하겠소! 사람이 죽었다면 그 원한도 없어질 것이요. 죽은 사람이 뭐를 잘못했다고 캐지는 않을 것이요."

그러자 왕소이는 어디론가 피신하였다. 숙보는 노주 관아에 가기 전에 왕소이의 객점에 들어왔다. 왕소이의 아내 유씨는 거짓으로 훌쩍훌쩍 울면서 숙보를 맞이하였다.

"나으리 오셨습니까? 떠나신 지 오래되었는데, 다시 찾아주시니 고맙습니다."

"착한 아주머니! 그간 잘 지냈습니까? 내가 이곳 관아에 잠시 볼일이 있어 다시 왔습니다. 내 말과 행장을 우선 좀 맡기고 관아에 다녀올 것입니다."

숙보는 행장에서 노주에 보낼 공문을 꺼내들고 노주 관아에 들어갔다.

이때 채공(蔡公)은 당상에서 집무 중이었다. 수문장이 유주부에서 차인이 서신을 갖고 왔다고 보고하자, 채공이 들어오게 하라고 말했다.

숙보는 생각이 깊은 사람이었다. 지금 한창 득의한 때였지만, 오히려 더 신중하였다. 서신을 받쳐 들고 아문을 거쳐 채 자사의 집무처에 나아갔고, 월대를 거쳐 당상에 올라 배례한 뒤에 나공의 서신을 올렸다. 채 자사는 숙보를 알아보았다.

채 자사는 숙보에게 나공의 안부를 먼저 물었다. 그리고 서신을 읽어본 뒤에 자신은 작년에 숙보의 사안을 관대하게 처리하였다는 뜻을 설명하였다.

숙보는 채 자사의 관대한 처분에 감사한다고 거듭 사례하였다. 채 자사는 유주에 숙보를 압송했던 동환과 김갑이 돌아와 보고한 내용을 기억하며, 숙보가 고모와 고모부를 만난 일을 축하하였다.

그러면서 말했다.

"진 장사(壯士), 나(羅) 장군의 서신에는 다른 말씀은 없고 작년에 압수 보관한 물건을 돌려주면 좋겠다고 하셨습니다."

채 자사는 창고 담당 관리를 불러 작년에 창고에 보관한 장물 장부를 가져오라 하였고, 이어 장부에 적힌 숙보의 물건을 모두 꺼내오라고 하였다. 채 자사는 붓에 붉은 물감을 찍어 장부와 물목을 하나하나 모두 확인하였다.

조각림이 일어나던 그날 밤 수습하는 과정에서 잃어버린 은자 외에 쇄은(碎銀) 50냥은 봉해진 상태 그대로 보관하고 있었다. 숙보가 타던 황표마 1필은 노주부에서 매각하였는데 말 값 30냥이 적혀 있었고, 오색의 노주 비단 10필, 겹옷으로 된 겨울옷 4벌과 숙보의 베개와 이불 등 침구도 모두 그대로였다. 그리고 말 안장과 고삐, 말을 탈 때 딛고 올라가는 등자(鐙子)와 숙보의 쇠 채찍 2개 등을 일일이 점검하여 모두 숙보에게 인계하였다.

채 자사는 동환과 김갑을 불러 숙보의 짐을 모두 날라주게 하였다.

그리고 채 자사는 공비(公費)를 담당하는 관리에게 은자 1백 냥을 두 개의 전대에 나눠 숙보의 여비로 주라고 지시하였다. 숙보는 자사가 베푸는 뜻밖의 호의에 깊이 사례하였다. 이는,

운수가 트이니 천 냥의 돈도 쉽게 구하지만, (時來易覓金千兩)
재수가 없으면 한 병의 술도 얻기 어려워라. (運去難賒酒一壺)

유주까지 먼 길을 가며 정이 들었던 동환과 김갑도 반가워하며 숙보의 짐을 왕소이의 객점까지 같이 날라 주었다.

숙보를 본 왕소이의 아내 유씨는 훌쩍훌쩍 울면서 숙보에게 사죄하였다.

"지난 해에 남편의 운수가 사나웠습니다. 남편이 사람에 따라 각박하게 처신하다 보니 나으리께 죄를 많이 지었습니다. 참군청에서도 남편에게 이런저런 꼬투리를 잡아 몇 냥의 은자를 뜯어갔습니다. 그래서 남편이 속상해하다가 울화증이 생겼고, 그러다보니 몸이 쇠약하였습니다. 지금은 죽고 없지만 저라도 나으리께 사죄드립니다."

"저는 주인 왕씨의 지난 일을 말하고 싶지는 않습니다. 작년에 내가 빈털터리였기에 다른 사람에게 푸대접을 받는 것은 고금에 당연한 일이었습니다. 제가 고마운 것은 주인이 아니라, 나의 처지를 이해해 주신 아주머니입니다. 숙식비도 밀린 나에게 따뜻한 밥 한 그릇, 그리고 찢어진 여름 옷을 기워 입으라고 바늘과 실을 챙겨주신 그 마음이 눈물나게 고마웠습니다. 아마 죽을 때까지도 그 따슨 정을 잊을 수 없을 것입니다. 이는 옛날 굶주린 한신(韓信)에게 끼니를 잇게 해준 빨래하던 아주머니의 은덕보다 더 크면 컷지 결코 작지 않을 것입니다. 회음후(淮陰侯)는 뒷날 왕에 봉해진 뒤에 은덕을 갚았지요.[128] 아주머니는 지금 남편이 안 계시

---

128 한신(韓信)은 회음현(淮陰縣) 사람이다. 집은 가난하고 선행도 없

니 이 객점을 꾸려나가기도, 또 어린아이들을 키우기도 쉽지 않을 것입니다."

숙보는 두 사람에게 잠시 여기서 기다려달라 말한 뒤에, 번건위를 기다리다가 뜨거운 국수 한 그릇을 얻어 먹었던 남문 안에 살던 고개도(高開道)의 모친을 찾아갔으나 이미 이사를 가고 없어 만나지 못했다.

숙보는 다시 왕소이의 객점으로 돌아와 왕소이의 부인 유씨에

어 관리로 추천을 받거나 뽑히지도 못했으며, 또 먹고 살려고 장사를 하지도 않아 늘 남에게 얻어먹었다. 성 밖에서 낚시를 할 때 빨래하는 아줌마가 한신을 불쌍히 여겨 한신에게 밥을 주었는데 빨래 일이 다 끝날 때까지 수십 일을 계속했다. 한신이 표모(漂母)에게 말했다. "내가 틀림없이 크게 갚아드리겠습니다." 그러자 표모가 화를 내며 말했다. "젊은 대장부가 밥도 먹지 못하기에 불쌍해서 밥을 준 것이지 어찌 보답을 바라겠소!"

漢王 유방(劉邦)은 한신을 대장군으로 등용했고, 한신의 戰功(전공)이 크기에 齊王(제왕)에 봉했다. 나중에 항우(項羽)가 죽자(前 205년), 한왕은 갑자기 한신의 군권을 빼앗았고 한신을 楚王으로 옮겨 下邳(하비)에 도읍케 하였다. 한신은 楚國(초국)에 가서 밥을 주었던 漂母(표모)를 찾아 천금을 하사하였다.

한신(韓信, 前 230－196)은 西漢(前漢) 開國名將(개국명장). 漢初 三傑(한초 삼걸) 중 한 사람이고, 成語 국사무쌍(國士無雙)의 주인공이다. 漢 高祖보다 26세 어렸다. 淮陰(회음)은, 今 江蘇省 중부 회안시(淮安市)이다. 표모(漂母)는 빨래하는 여인이다. 韓信에 관한 속담 중 '成敗一蕭何, 生死兩婦人' 이란 말이 있는데, 두 사람의 부인이란 표모와 여후(呂后)를 지칭한다.

게 말했다.

"나는 오늘 마침, 여비가 넉넉하니 아주머니에게 나의 고마움을 표시하고 고향으로 떠나려 합니다."

그러면서 유씨에게 은자 1백 냥을 내주었고, 유씨는 감사히 받았다. 이는 바로,

부자가 되니 은덕 보답도 쉽지만, (富來報德易)
곤궁할 때는 도움 주기도 어렵다. (困日施恩難)
그래서 뒷날 한신은 왕이 되고서, (所以韓王孫)
한 끼니 은덕에 천금으로 보답했다. (千金酬一餐)[129]

숙보는 갖고 갈 짐이 많기에 이현장에 가서 나귀를 한 마리 더 얻으려 했다. 숙보와 동환과 김갑은 서문을 나가 이현장으로 선웅신을 찾아갔다.

다음은 무슨 일이 일어나겠는가. 다음 회를 읽어 보시라.

---

129 숙보가 객점 왕소이 아내에게 은자 100냥을 주었다고 하였는데, 이는 원작자가 韓信의 전고에 맞추려는 서술이지만 비현실적이다. 아직 출세하지도 않은 진숙보에게는 너무 큰 돈이다. 말 한 마리가 은자 30냥이었다. 숙보가 보름 정도 묵었고, 보름간 숙식비가 17냥이었다. 숙보의 배포가 크다는 뜻으로 새길 수도 있지만, 비현실적 서술은 소설의 긴장감을 떨어트린다. 원문 所以韓王孫 – 여기 王孫은 젊은 貴人(귀인)에 대한 경칭(敬稱)이다.

제15회

진숙보는 귀가하여 모친을 모시고, 제국원은 길을 막고 붕우를 맞이하다.(秦叔寶歸家待母, 齊國遠截路迎朋.)

시로 읊기를,	詩曰,
친우와 의리가 아무리 중하더라도,	(友誼雖云重)
부모님 은혜는 결단코 가볍지 않다.	(親恩自不輕)
벗끼리 모여서 우의를 다지면서,	(雞壇堪繫念)
늙도록 더더욱 우정을 다듬어간다.	(鶴髮更縈情)
우정은 구름 따라 흩어지더라도,	(心逐行雲亂)
부모님 생각은 봄풀마냥 살아난다.	(思隨春草生)
이문(里門)에 기대어 자식 기다린 마음,	(倚門方念切)
그리워 서둘러 길에 바삐 나선다.	(這莫滯行旌)[130]

130 友誼의 誼는 옳을 의. 義와 通. 雞壇(계단)은 朋友가 相會하는 장

오륜(五倫)[131]에서, 나를 낳아준 이는 부모이지만, 나를 알아주는 사람은 벗이라 하였다. 만약 효도하려는 친우를 벗이 막는다면, 지기(知己)라 할 수도 없다.

숙보는 유주의 나(羅) 자사의 관아에 머무는 동안 오로지 모친만을 생각했을 뿐, 공명(功名)을 이루겠다는 생각을 하지 않았다. 본래 효도를 아는 사람이라면 효도를 다하려는 벗을 도와주려 한다. 노주의 선웅신은 병에서 완전히 회복되지 않은 숙보가 한 겨울에 먼 길을 가야 한다면, 건강이 좋지 않을 수 있다 생각하여 번건위와 함께 돌아가지 못하게 숙보를 만류했었다.

그러다가 이듬 해 봄, 숙보를 돌아가게 도왔지만 조각림에서 그런 불상사가 일어났고, 그 때문에 결국 동북쪽 멀리 유주의 군졸로 보내졌으며, 모자간의 상봉은 더더욱 멀어졌기에 선웅신의 불안은 이루 다 말할 수도 없었다.

그러는 중에 숙보가 노주 관아에 돌아와 행장을 되찾았다는 소식을 듣고서는 숙보가 틀림없이 찾아오리라 믿으면서 술을 준비

소. 鶴髮(학발)은 흰머리.

131 오륜(五倫) — 儒家(유가)에서 강조하는 5가지 윤리 덕목. 일반적으로 君臣, 父子, 夫婦, 兄弟, 붕우(朋友)와의 관계. 倫(윤)은 인간관계를 뜻한다. 五典, 五品, 五敎, 五常도 같은 의미 父義, 母慈, 兄友, 弟恭, 子孝를 五常之敎라고 지칭한다. 출처《孟子 滕文公(등문공)》:「聖人有憂之, 使契爲司徒, 敎以人倫, 父子有親, 君臣有義, 夫婦有別, 長幼有序, 朋友有信.」《禮記 · 中庸》:「君臣也, 父子也, 夫婦也, 昆弟也, 朋友之交也. 五者天下之達道也.」

하고 기다렸다.

그러나 숙보가 동환, 김갑과 함께 여유롭게 길을 걸으며 이야기를 하다 보니 시간이 걸리고 늦어졌다. 동산에 달이 떴고, 꽃그림자가 흔들리면서 수풀 사이에서 말이 울부짖는 소리가 들렸다. 선웅신은 대문에서 기다리지 못하고 서둘러 마중을 나왔다.

인기척이 들리자, 선웅신이 물었다.

"진형은 이제 오십니까!"

그러자 김갑이 대신 대답했다.

"그렇습니다."

선웅신은 손뼉을 치며 크게 웃었다. '달 밝은 천 리 먼 길에 붕우가 찾아온다(月明千里故人來).' 라는 말 그대로였다.

숙보와 웅신은 감격하여 포옹했고 손을 잡았으며 온 얼굴에 희색이 넘쳤다. 동환과 김갑 등은 말에서 내렸고 행장을 서실 안으로 가져갔다. 하인들이 술상을 준비했고 네 사람은 좌정했다.

숙보는 탁주 장공근의 서신을 꺼내 선웅신에게 주었다. 선웅신이 편지를 읽고 말했다.

"작년에 진형이 유주에 가신 이후의 소식을 상세히 보내왔지만 고모와 고모부를 만나신 정황은 상세하지 않았습니다. 그간 2년 가까운 세월이 흘렀는데 무슨 일을 하셨습니까?"

그러자 숙보가 잔을 든 채 말했다.

"제가 그간의 행적을 오늘 상세히 말씀드리겠다고 생각했지만 지금 이렇게 뵙고 나니 아무 생각도 나지 않습니다. 그저 반갑고 기쁜 마음뿐입니다."

"제가 오늘 형을 맞이하였지만, 그러나 마치 손님을 내쫓는 형상이 되었습니다. 오늘 이 자리가 끝나면, 형을 만류하지 못하고 보내야만 하니 저도 마음이 무겁습니다."

이에 모두가 선웅신을 바라보며 의아해했다.

"무슨 일이 있었습니까?"

"형께서 유주로 떠나신 2년 가까운 세월에 형님의 모친께서 13통의 서신을 제게 보내왔습니다. 그중 앞에 12번의 서찰은 모친의 친필이었고, 제가 정성으로 회신하였습니다. 그러나 한 달 전에 받은 서찰은 모친의 친필이 아니고, 바로 형수께서 보낸 서신었습니다. 지금 모친께서 병환 중이라서 붓을 들어 글을 쓰시지 못한다 하였습니다. 그러니 저로서는 형님이 반갑다 하여 여기에 며칠 쉬다 가시라는 말씀을 드릴 수가 없습니다. 빨리 돌아가셔서 모친을 뵙고 자식의 도리를 다하셔야 합니다."

숙보는 웅신의 말을 듣자, 오장육부가 다 찢어지듯 격렬한 통증을 느꼈고, 눈물을 비 오듯 흘리면서 말했다.

"선형, 그렇다면 제가 어찌 오늘 밤인들 어찌 다리를 펴고 잘 수 있겠습니까? 유주에서 여기까지 오는 동안 길은 멀고 마음은 급하여, 줄곧 말을 달렸기에 말은 완전히 지쳤습니다. 거기다가 노주에서 몇 가지 행장을 챙겨 받았더니 짐이 많아졌습니다. 그래서 형을 만나 뵙고, 사실 노새라도 한 마리 더 얻을까 생각하였습니다."

"형께서 유주로 떠나신 뒤에 노주의 관아에서 형의 황표마를 팔려 한다는 소식을 들었습니다. 그래서 제가 바로 손을 써서 30냥을 주고 사서 지금 제가 사육하였습니다. 저는 형이 언제든지 황표마를 탈 수 있도록 길렀습니다. 물건을 보면 그리운 사람이 생각나는 것입니다. 제가 어제 마굿간에 갔더니 그 황표마가 주인이 올 줄을 알았는지 유별나게 울부짖으며 뛰었는데, 마치 무슨 말을 하려는 것 같았습니다."

그러면서 하인을 시켜 숙보의 말을 데려오게 하였다.

숙보는 거듭 웅신의 진심 어린 우의와 배려에 감격하며 일어나 웅신에게 절을 올렸다. 웅신은 원래의 재갈과 도구를 깨끗하게 관리하였기에 지금이라도 떠날 수가 있었다.

숙보는 황표마에 자신의 행장을 매달게 한 뒤, 다시 술자리에 들어가지 않고 바로 세 사람과 작별하고 이현장을 떠나 동쪽을 향했다. 숙보는 옷깃을 단단히 여미었고 고삐를 당기며 채찍을 들었다. 숙보는 바람을 따라가는 번개보다 더 빠르고 민첩하게 달렸다. 마치,

급제하고 고향에 돌아가는 말처럼, (及第思鄉馬)
바람에 돛달고 물 따라가는 배처럼. (張帆下水船)
회오리 바람에 땅을 딛지도 않고, (旋裡不落地)
시위를 떠난 쇠뇌 살처럼 빨랐다. (弩箭乍離弦)

황표마가 달리기 시작하자, 귓가에는 바람 소리만 들려왔다. 여러 고을과 마을을 수도 없이 거쳤다. 하룻밤과 낮, 다시 밤을 새워 달렸다. 그 사이에 황표마는 1천3백 리를 달렸다. 다음날 한낮에 숙보는 제주 땅에 들어섰다. 숙보가 고향집을 떠난 지 햇수로 삼 년 만에 돌아오는 본향이었다.

역성현의 성곽을 보자, 어깨에 날개가 없어 날지 못하는 것이 한스러울 뿐이었다. 어머니는? 어머니는 어떠실까? 초조한 마음에 저절로 고개가 수그려졌다.

성안에 들어가서는 성 밑으로 난 길을 따라 걸었다. 벗들의 집 앞을 지날 때, 혹시 알아보고 말을 걸어온다면? 인사를 나눌 수도 없고, 마음만 조급하여 큰 모자를 깊숙이 눌러쓰고 빨리 달리지는 못하나 말을 끌고 빠른 걸음을 걸었다. 드디어 숙보는 집앞에 왔다. 삼 년 가까이 돌보지 않은 가옥이라 손볼 곳이 여기저기 눈에 보였다.

집 뒷문 쪽으로 간 숙보는 문을 두드렸다. 조금 있다가 신발 끄는 소리가 들리면서 분명 아내의 기침소리가 났다.

"누가 오셨나요? 저의 집 양반은 출타 중이라 안 계십니다."

숙보는 아내 장씨의 목소리에 눈물이 핑돌았다. 가슴이 미어지듯, 가슴속에서 차오르는 조급함을 누르면서 말했다.

"여보, 어머님 병환은 어떻소! 나 이제야 돌아왔소!"

장씨는 숙보의 목소리를 듣는 순간, 맥이 풀렸다. 겨우 진정하며 쪽문 빗장을 열었다.

"이제서야 오시는군요?"

그 소리에는 원망이 가득했다. 그러면서 남편의 행색을 먼저 살폈다. 당당한 체구에, 결코 초라한 행색이 아니었다. 큰 말 등에는 행장이 무겁게 매달렸고!

장씨는 남편 얼굴을 바로 보지 못하고 고개를 돌렸고, 어깨가 들썩였다.

숙보는 장씨의 어깨를 감쌌다. 그리고 등을 한두 번 토닥여주고, 말을 끌고 마굿간 쪽으로 향했다.

"어머님은 금방 약을 드셨고, 눈을 감은 채 누워계셔요. 조용히 들어가세요."

숙보는 뒤돌아 아내를 한 번 더 바라보았다. 측은한 생각에 고마움이 함께 밀려들었다. 숙보는 모친이 계신 안방의 방문을 슬그머니 밀쳤다.

숙보는 방에 들어서며 발을 모았다. 모친은 반듯하게 누웠고 가는 숨소리가 희미했다. 방 안의 어린 시녀 두 아이는 그간 몰라보게 큰 것 같았다. 숙보에게 허리를 숙여 인사했지만 숙보는 아무 말도 하지 않았다.

숙보는 모친 침상 옆에 다가갔다. 모친은 가는 숨을 쉬다가 꿈에서 깨어났는지, 고개를 벽 쪽으로 돌렸다. 숙보는 모친의 어깨를 가볍게 더듬었다. 그리고 손을 찾았다. 나무 삭정이처럼 가늘고 힘 없는 팔은 아무런 미동도 없었다.

모친의 코에서 가는 숨이 새어나왔다. 숙보는 아주 작은 소리로 어머니를 불렀다.

"어머니! 저 왔어요. 어머니!"

장씨가 옆에서 거들었다.

"어머님! 눈을 떠 보세요!"

노모는 며느리의 목소리를 들은 것 같았다. 모친은 눈을 감은 채, 아직도 꿈인지 생시인지 모른 채, 한숨을 쉬고 난 뒤 말했다.

"애야! 내 아들은 이제 영영 못올 것 같다. 네 남편은 이 세상 사람이 아닌 것 같구나. 아들이 나한테 뭐라고 말을 했는데, 내가 못 알아들었다."

장씨가 모친의 팔을 만지며 말했다.

"어머님, 저 여기 있어요! 이제 눈을 떠보세요! 그이가 왔어요!"

며느리는 설움이 복받쳐 오르는 듯 가늘게 울음을 터트렸다.

모친의 혼령은 천리 밖을 헤매는 것 같았다. 모친의 힘 없는 팔이 허공을 더듬자, 숙보는 어머니의 손을 두 손으로 감싸잡았다.

그리고 말했다.

"어머니!"

숙보의 모친은 힘에 부치는 듯 겨우 눈을 떴다. 그러나 숙보를 아직도 모른 채 구천을 헤매이는 것 같았다.

"어머니!"

그러면서 숙보가 울음을 터트렸다. 그 울음에 모친의 혼령은 천리 밖 먼 허공을 떠돌다가 이승에 돌아와 깜짝 놀라는 듯 눈을 크게 떴다.

"아들아?"

며느리가 말했다.

"어머님! 어머님 아들이 이제 돌아왔어요! 여기 있어요!"

숙보는 침상 아래 꿇어앉아 모친의 이불에 머리를 묻었다. 모친은 떨리는 손으로 아들의 커다란 머리를 확인하는 듯 더듬었다. 그러면서 모친의 병환은 도망치듯 어디로 달아나는 것 같았다. 모친은 일어나려는 듯 상체를 움직였다. 숙보가 왼팔을 어머니 어깨 아래 집어넣어 조심스레 조금 안아 일으켰다. 모친의 눈에서는 눈물만 흘러 내렸다.

보통 때, 모친이 소변을 보려면 며느리와 어린 시녀가 부축해도 몸을 일으키지 못하던 분이었다. 그런데 돌아온 아들을 확인하자, 어디서 힘이 쏟았는지 상반신을 일으켰다. 며느리가 얼른 베개와 방석으로 상반신을 고여주었다.

숙보는 모친에게 절을 올렸다. 그러자 모친은 입에 엷은 미소를 지으며 말했다.

"나한테는 절을 안해도 좋다. 대신 네 아내에게 절을 올려라! 네가 없는 삼 년 동안 이 집의 가장이었다. 그러면서 너 대신 나에게 효도를 다했다. 내가 여태 살아있는 것도 며느리 덕분이다. 아니면 벌써 죽어 너를 만날 수도 없었다."

숙모는 모친의 말이 떨어지자마자 아내 장씨를 향해 몸을 돌렸다. 장씨는 급히 손을 저었지만 숙보는 이미 절을 하려 몸을 굽혔다. 장씨도 급히 몸을 먼저 굽혔다. 숙보 부부는 서로 마주보며 네 번 절을 하였다.

절을 마친 부부가 침상 아래 자리를 잡자, 모친이 그간의 행적을 물었다.

숙보는 유주에 유배 가게 된 이야기를 간략히 말한 뒤에, 거기서 고모를 만난 이야기를 자세히 말씀드렸다. 숙보의 모친은 연신 놀라며 입을 다물지 못했다.

"고모부께서는 무슨 벼슬을 하시더냐? 네 고모는 아들을 낳았더냐? 너를 좋아하시더냐?"

숙보가 말했다.

"고모부께서는 유주의 대행대(大行臺)로 10만 대군을 거느리고 계십니다. 그리고 고모께서는 아들 하나를 낳았는데, 지금 열세 살이고 나를 많이 따랐습니다."

모친이 말했다.

"고모께서 아들을 낳아 잘 키웠다니 참으로 기쁘구나!"

그리고 옷깃을 마무리하며 시녀에게 깨끗한 물을 떠와 손을 씻겨 달라고 하였다. 또 며느리에게 향을 피우라 한 뒤에, 서북쪽을 향해 일어서려 하였다.

숙보의 모친이 말했다.

"우리가 다시 이렇게 만날 수 있게 된 것은 모두가 노주의 선씨 그분 덕이다. 어찌 그분께 감사하고 축수하지 않을 수 있겠는가?”

그러자 숙보가 말했다.

“어머니께서는 허약하셔서 안 됩니다. 며느리가 대신 절하게 하십시오.”

그러자 장씨가 일어서며 말했다.

“어머님 마음을 제가 잘 알고 있습니다. 어머님 마음 그대로 제가 배례하겠습니다.”

다음 날 여러 벗들이 숙보를 찾아왔다. 숙보는 진심으로 환대하며 이야기를 나누었다. 이후, 가사가 정돈되자, 숙보는 군복을 차려입고서, 유주 나공의 서신을 가지고 청주의 내(來) 총관(總管)을 찾아가 관부에 알현을 주청케 하였다.

본래 내총관은 강도(江都)[132] 출신으로, 음서로 관직에 들어왔고, 남조 진(陳)을 공격 멸망시켜 황현공(黃縣公)에 봉해졌으며 직위는 의동삼사(儀同三司)에 산동대행대(山東大行臺) 겸 제주(齊州) 총관(總管)이었다. 이날 내 총관은 포 소리와 함께 정당에 나와 직무를 시작하였다.

숙보는 문서를 접수시키고 관아에 들어갔다. 내공(來公)은 나

132 강도(江都) – 郡名. 옛 揚州(양주). 치소는 江陽縣〔강양현, 今 江蘇省(강소성) 남부 揚州市(양주시)〕. 관할 지역은, 지금의 회수(淮水) 이남의 江蘇省과 안휘성(安徽省) 남부 일원.

공(羅公)의 추천서를 읽었고, 숙보가 올린 수본(手本, 자기 소개서)을 읽어본 뒤에, 숙보를 불러들였다. 숙보는 정당에 들어가면서 "진경이 나으리를 뵙고자 합니다."라고 말했다.

숙보의 목소리는 우렁찼고, 치아 사이에서 봄날의 천둥소리처럼 울려퍼졌다.

내공이 고개를 들어 바라보니 8척이 넘는 신장에 황소처럼 큰 덩치였으며, 양팔에는 금으로 손잡이를 장식한 쇠 채찍〔철간(鐵鐧)〕이 걸려 있었다.

내공은 특히, 당당한 체구에 쏘아보는 듯한 안광과 검은 옻을 칠한 듯 검은 눈썹을 가진, 여태껏 보지 못한 호한(好漢)이라고 생각하였다.

내공은 마음속으로 매우 흡족해하며 숙보에게 말했다.

"진경, 너는 그간 유주 나공 나으리의 휘하에 기패관으로 근무했었다. 내 아문의 장수들은 모두 논공행상(論功行賞)에 의한 정당한 자리이며, 사적인 친분에 의한 임용은 법으로도 불가하다. 자네를 임시로 기패관에 보임하겠다. 그리고 지나면서 너의 근무와 성적에 따라 승진하거나 포상할 것이다."

이에 숙보는 고개를 숙이며 말했다.

"나으리 휘하에 거두어주신 대은에 감사드립니다. 결코 은혜를 잊지 않겠습니다."

내공은 중군(中軍) 담당관에게 분부하여 숙보의 몸에 맞는 기패관의 복장을 갖춰주라고 명령했다.

숙보는 집으로 돌아와 예물을 준비해서 중군관에게 보냈고 동료와 두루 인사를 나누었다. 숙보의 휘하에 있는 25명의 군졸들이 모두 숙보의 집에 와서 인사를 나누고 식사를 했다. 숙보는 세상 사는 이치를 어느 정도 알고 있었기에 유주에서 가져온 금은을 풀어 인심도 얻었다.

이후 숙보는 3개월을 열심히 원칙대로 근무하였다. 어느 날, 쌀쌀한 날씨였는데 숙보는 퇴청하기 전, 하던 일을 마무리하고 있었다. 그런데 내공이 사람을 보내 퇴청하지 말고 후당에서 기다려달라는 전갈을 보내왔다.

숙보는 후당에 들어가 기다렸다. 내공이 후당에 들어오자, 숙보는 바로 일어나 예를 갖춘 뒤 무릎을 꿇고 하명을 기다렸다.

이에 내공이 말했다.

"자네가 나의 휘하에 근무한 지도 이제 석 달이 지났는데, 성실하게 근무해줘서 매우 고맙네. 아직 아무런 승진이나 중용이 없어 좀 아쉬울 것이네. 내년 정월 십오일은 장안의 월공(越公)인 양(楊) 나으리(名은 楊素)의 육순 생신이시네. 그간 나는 강남에 사람을 보내 새로 짠 비단으로 일품관의 복장을 주문 제작케 하였는데, 그 사람이 어제 돌아왔네. 그래서 양 나으리에게 보낼 예물을 점검하여 보내려 하지만, 지금 천하에 흉년이 들어 소란하고 또 곳곳에 도적이 들끓어 예물을 보내기가 쉬운 일이 아니네. 내가 볼 때 자네는 다른 장수들보다 무예도 뛰어날 뿐만 아니라 침착하고 용기가 있으니 자네에게 임무를 맡기려 하는데, 자네의 생각은 어떠한가?"

이에 숙보가 고개를 숙여 예를 표한 뒤에 말했다.

"나으리의 삼 년 양병(養兵)은 어느 날 하루를 위한 일입니다. 소인은 이미 나으리의 발탁과 인정을 받는 큰 은혜를 입었거늘, 제가 어찌 마다할 수 있겠습니까? 나으리의 분부를 받아 목숨을 걸고 최선을 다하겠습니다."

내공은 흐뭇한 표정을 지으며 휘하 장수를 불러 준비한 물건을 가져 오라고 분부하였다. 두 개의 붉은 큰 보자기에 싼 물건이 나오자 내공을 물목 단자를 하나하나 대조하며 숙보에게 보여주었다.

금박을 넣은 일품 관복 5벌. 영롱한 백옥 한 꾸미.

광채 나는 백옥 관대 한 벌. 명월주 8개.

옥으로 만든 노리개 10개. 마제금(馬蹄金) 1천 냥.

축수 도화(壽圖) 두루마리 하나. 축수를 비는 표문(壽表) 1장.

월공 양소(楊素)의 회갑연에 장안 밖 여러 번진의 장군들이 자신을 낮춰가며 양소에게 예물을 보내고 축수하는 글을 왜 올려야 하는가?

본래 양소는 황제의 아우가 아니고 돌궐족의 족장이었는데, 그가 황제를 도와 수(隋)를 건국하는데 큰 공을 세웠기에 황제는 그에게 국성(國姓)인 양씨(楊氏)를 하사하였다. 그래서 양소라 통칭했는데, 대장군으로 남조 진(陳)을 평정하였으며 조정에 들어와 승상에 올랐고 복야(僕射)가 되어 황제의 절대적인 신임과 함께 백관의 인사권을 장악하고 있어 그 권력은 내외에 두루 절대적인 영향을 끼쳤다.

특히 장남인 태자를 밀어내고 차남(楊廣)을 태자로 세우는데 큰 역할을 다 했으며 촉왕(蜀王)도 유폐시켰다. 따라서 앞으로도 그의 권력은 꺾일 수가 없다고 생각되었기에, 천하의 모든 관리가 양소를 황제만큼 두려워하고 존중하며 예물과 축수의 글을 지어 올렸다.

내공은 숙보에게 마패(馬牌)와 명령서(令箭), 그리고 장안에 다녀올 동안의 생활비를 은자로 내주었다. 그리고 중군관에게 명령하여 군영에서 숙보가 타고 갈 말 한 필과 예비 말 1필, 길잡이가 탈 말 등 3필과 짐을 싣고 갈 나귀 2마리를 내주었다. 그리고 건장한 보졸 2명을 차출하여 숙보의 행장을 나눠지고 출발케 하였다.

숙보는 집에 돌아와 모친에게 장안에 다녀와야 한다는 사정을 자세히 말씀드렸다.

숙보의 노모는 눈물을 흘리며 말했다.

"아들아! 나는 이제 살 날도 얼마 남지 않았다. 네가 3년을 떠돌다가 돌아와 내가 기뻤던 날도 잠깐이구나. 네가 또 먼 길을 다시 떠나야 한다니, 나는 예전처럼 마을 이문(里門)에 기대어 눈물로 너를 기다릴 수밖에 없구나!"

"어머니, 이번 길은 먼저와 다릅니다. 본관의 마패를 받았기에 역관에서 쉴 수 있어서 출장도 편할 것입니다. 내년 정월 보름에 장안에 들어가 예물을 전달하고 나면 곧바로 빨리 돌아오니, 이월 초에는 어머니를 볼 수 있을 것입니다."

숙보는 노모를 안심시키고 아내 장씨에게 모친 봉양을 부탁하였다. 그리고 여로의 안전을 비는 부적을 태우고 모친에게 절을 올린 다음에 곧바로 출발하였다. 숙보는 건장한 보졸에게 행장을 짊어지게 하고 황표마에 올라 먼 길을 떠났다.

숙보는 산동(山東)을 떠나 하동에 접어들었고, 이어 하남(河南)을 지나, 동관(潼關)[133]과 위남(渭南) 등 여러 현을 아무 탈없이 지났다. 화주(華州)의 화음현(華陰縣)의 소화산(少華山) 근처에 와서 먼 산을 바라보니 산세가 매우 험악하였다.

숙보는 행장을 짊어진 보졸을 뒤에 따라오라 말하고 숙보가 앞에서 나아갔다. 산길로 들어 몇 리를 가자, 숙보의 예상대로 숲속에서 한 무리가 튀어나오며 길을 막았다.

---

133 동관(潼關) – 今 陝西省 동남부 渭南市 潼關縣 북쪽. 북으로는 황하, 남으로는 산허리에 위치. 관중 땅의 동대문. 진(秦) 이후 兵家의 必爭之地. 후한 말기에 관문 건립. 안록산의 난 발발 초기(755년) 조정의 중앙군이 영보(靈寶)에서 대패한 뒤, 이곳을 잃자, 장안성까지 방비할 수가 없어 현종은 촉(蜀)으로 피난 가야만 했다.

무리들은 앞에 걸출한 인물을 앞세우고 몰려나왔는데, 우두머리는 도관(道觀)의 성직자 같은 모습이었는데, 말 위에서 칼을 흔들며 길을 막고 외쳤다.

"길 가는 통행료〔매로전(買路錢)〕를 내놓아라!"

그 자는 숙보의 큰 덩치를 보고도 두려워하는 기색이 없었다. 그러나 다른 졸개들은 숙보의 덩치에 눌렸는지 우두머리 뒤쪽으로 슬금슬금 모여들며 두려운 기색이 역력했다.

이에 숙보가 웃으며 말했다.

"고향 떠나 세 걸음만 가도 가풍(家風)이 다르다고 했다. 산동과 하남 일대의 산적이나 마적들이 내 이름을 들으면 모두 머리를 싸매고 쥐새끼처럼 숨는데, 오늘 내가 관중(關中)[134] 땅에 들어오자마자 네놈들이 나를 맞이하는구나. 너희들이 감히 나한테 통행료를 달라고 하는가? 나는 네놈들에게 내 이름을 밝히지 않고 쓴맛을 먼저 보여주마!"

---

134 관중(關中) – 동쪽의 함곡관(函谷關), 남의 무관(武關), 서의 산관(散關), 북쪽의 소관(蕭關)으로 둘러싸인 옥야천리(沃野千里)의 땅을 말한다. 지금 중국 지도로 西安市(서안시)와 咸陽市(함양시)를 포함한 섬서성 남부이다. 관중의 옥야천리를 보통 陸海(육해)라고도 말한다. 崤山(효산)에 있는 함곡관은 關中에 들어가는 관문이며 요새지이다. 효산의 동쪽을 山東, 함곡관의 동쪽을 關東이라 지칭한다. 함곡관은 今 河南省 삼문협시(三門峽市) 관할의 영보시(靈寶市) 동북방이다. 이에 비하여 황하의 중류와 하류, 곧 河南省과 산동성 일대는 보통 중원(中原)이라고 지칭한다.

그러면서 쇠 채찍을 휘둘러 무리의 앞쪽 말에 탄 사내를 후려쳤다. 채찍에 맞은 자는 벼락에 맞은 것처럼 휙 소리가 나자마자 말잔등이에서 굴러떨어졌다. 그러자 우두머리가 칼을 휘두르며 달려나왔다.

우두머리는 그래도 제 이름값을 하는지, 숙보와 30여 합을 싸웠으나 승부가 나지 않았다. 본래 이 소화산 산중에는 두 명의 우두머리가 더 있었다. 한 명은 숙보와 알고 지내는 왕백당(王伯當)이었다. 왕백당은 이밀(李密, 字는 玄邃. 제3회 주석 참고)과 헤어진 뒤에 여기를 지나다가 산적 무리와 싸웠고, 산적 무리가 만류하고 간청하여 두령으로 머물게 되었다. 그리고 또 다른 두령은 그 시간에 왕백당과 산채에서 술을 마시고 있는 이여규(李如珪)라는 자였다. 그리고 지금 숙보와 싸우고 있는 우두머리는 제국원(齊國遠, 인명 미상)이라 부르는 자였다.

숙보와 제국원의 싸움이 승부가 나지 않자, 이를 알리고 도움을 요청하러 졸개 하나가 산채로 말을 달렸다. 산채에는 왕백당이 이여규(李如珪, 인명 미상)와 술을 마시고 있었다.

산채로 급히 달려온 졸개가 취례청(聚禮廳)에 뛰어들어와 보고하였다.

"두 분 두목님, 지금 제 두목님이 산길을 순찰하다가 공무로 출장 가는 행색의 장수를 만나 통행세를 걷으려 했지만, 그 자가 거부하며 지금 제 두령과 3, 40합을 싸우고 있지만 승부가 나지 않았습니다. 거기다가 우리 두령의 검법이 흔들려 그 자를 당하지 못할 것 같습니다. 그러니 두 분 두령께서 빨리 도와주셔야 할 것 같습니다."

그러자 왕백당과 이여규는 서둘러 병기를 잡고 말을 타고 산비탈을 달려 내려갔다. 거의 평지에 다다를 무렵, 고함소리와 부딪치는 병장기 소리가 들렸다. 그런데 가까이 가보니, 제국원과 싸우는 거한(巨漢)은 매우 낯익은 사람이었다. 왕백당은 놀라 달려가 확인하니, 바로 숙보였다.

왕백당이 급히 소리 질렀다.

"제국원은 그만 싸움을 멈춰라!"

제국원이 왕백당을 보고 놀라 멈추자, 숙보도 채칙 휘두르기를 멈췄다.

왕백당이 말에서 뛰어내리며 말했다.

"진형! 형이 여긴 웬일이십니까?"

숙보가 바라보니 왕백당이 확실하였다. 숙보도 말에서 내려 왕백당의 손을 잡았다. 결국 싸움은 싱겁게 결말이 났다. 숙보와 산적, 두령 세 사람은 서로 겸연쩍게 인사를 나누었다. 이여규는 졸개들을 시켜 숙보의 행장을 지게 하고, 숙보를 소화산 산채로 안내하였다.

취례청에 좌정한 뒤에 먼저 왕백당이 진숙보에게 정식으로 사과하면서 다른 두령 두 사람에게 숙보와의 친분을 설명하였다.

이여규와 제국원은 어쩔 줄 몰라하며 숙보에게 사죄하였다.

술상이 준비되자, 왕백당은 먼 길을 가는 숙보의 노고를 위로하며 술을 권했다. 그러면서 그간의 행적을 물었다. 숙보는 노주에서 있었던 일과 유주에서 고모부를 만나게 된 사연, 그리고 돌아와 청주부에서 기패관이 되어 내공(來公)의 차인으로 장안에 출장가게 된 과정을 상세히 말해주었다.

"지금 본관의 명을 받아 예물을 증정하러 장안에 가는 길이요. 내년 정월 보름날에 장안의 월공(越公) 양씨 나으리의 부중에 들어가 축수를 해야 하오. 그런데 오늘 여기서 제국원 형을 만나 여기에 와 왕형을 다시 만났으니, 나로서는 참으로 기쁜 일이요."

그러면서 숙보는 이밀의 안부를 물었다.

그러자 왕백당이 말했다.

"그 형은 양월공 아들의 초청을 받았으니 아마 지금쯤 장안에 있을 것입니다."

숙보는 왕백당이 왜 여기에 머물게 되었는지 궁금했다.

숙보의 물음에 왕백당이 말했다.

"제가 이 산 아래를 지나는데, 여기 제(齊)와 이(李) 두 아우가 저를 만류하였습니다. 그래서 머물고 있습니다만, 저는 노주의 선웅신 형에게 명절 무렵에 찾아뵙겠다고 소식을 전했습니다. 그런데 지금 형께서 장안에 가신다 하니, 저도 형을 따라 장안 구경을 하면서 이밀 형을 만나본 다음에 노주의 이현장에 가는 것이 좋을 것 같습니다."

숙보는 정이 많은 사람이었다. 왕백당이 같이 장안까지 동행하고 싶다고 말하자, 숙보는 선선히 좋다고 말했다. 그런데 숙보와 왕백당의 대화를 듣고 있던 제국원과 이여규가 끼어들며 말했다.

"왕형께서 진형과 함께 장안에 가시겠다면 저희도 따라가고 싶습니다."

숙보는 갑자기 일이 이상한 방향으로 흘러가자, 혼자 마음속으로 헤아렸다.

'왕백당이야 우연히 이런 산채에 들어왔고, 문인으로 학식도 있고, 또 나와 교제가 있었지만, 저 두 사람은 잘 알지도 못하거니와 거칠고 언행에 근본이 없어, 나와 동행하며 무슨 일을 일으킬지도 모른다. 만약 사고라도 치면 나까지 연루될 수 있고, 그러면 이번 출장도 어려워질 수 있다.'

이런 생각을 한 숙보는 직접 거절할 수는 없기에 완곡하게 돌려 설득하려 말을 꺼냈다.

"아우 두 분은 저와 동행하시기가 어려울 것입니다. 여기 왕형이야 본래 세상 부귀나 공명에 뜻을 두지 않았기에 앞날을 걱정하지도 않고 산하를 유람하실 수 있지요. 그런데 제가 볼 때 이 산채는 험준한 요새와 같고 방벽이나 건물도 규모가 탄탄합니다. 거기다가 제가 볼 때, 창고 재물도 충실하고 무리도 많습니다. 두 아우분은 이 소화산의 근거를 바탕으로 이 어지러운 시대를 맞아 앞으로 큰 역할을 하시고, 그래서 장래가 트일 수도 있습니다. 그런데 이번에 장안에 다녀온다며 한 달 정도나 이 산채를 비운다면 무리가 흩어질 수 있고, 다른 일이 생겨 상황이 바뀔 수도 있지 않습니까? 그렇게 되면 나중에 돌아와 원상 회복하기도 쉽지 않을 것입니다. 그러면서 저를 원망할 수도 있을 것 같아 저로서는 걱정이 됩니다. 실제 상원절에 장안의 등불 구경은 어린아이 장난과 같습니다. 그런 일 때문에, 연말과 정초의 중요한 시기에 산채를 비운다면, 이는 왕형에게도 좋지 않을 것입니다."

제국원은 숙보의 진실한 언변에 동감하면서도 장안 유람을 걱정하였지만, 이여규는 오히려 크게 웃으면서 대수롭지 않다는 듯 말했다.

"진형께서는 우리 형제들을 마치 어린아이처럼 걱정하십니다. 우리가 어려서 무예를 익히며 자란 것이 이런 수풀에서 남의 물건이나 노리려고 배웠겠습니까? 제가 비록 거칠고 배운 학문이 없지만, 그래도 무예를 익히면서 나름 생각을 많이 했습니다. 지금 나라에 간신들이 판을 치며 국정을 어지럽히고 있는데, 우리가 아무 역할도 하지 못하면서 그냥 늙을 수는 없을 것입니다. 언젠가는 뜻을 모아 때가 오면 우리도 움직여야 합니다. 진형께서 우리 산채를 걱정해 주시는 것은 정말 고맙습니다. 그러나 저희가 장안에 들어가며 혹시 무슨 사단이라도 일으킬까 걱정이 되겠지만, 우리는 절대로 폐가 되지 않을 것입니다. 우리가 장안에 다녀와 혹시 의지할 바탕이 없을지도 모른다는 걱정은 너무 지나치신 것 같고, 우리를 어린아이로 생각하시는 것 같습니다."

마치 숙보의 속마음을 꿰뚫어본 듯, 이여규의 이런 말에 숙보나 왕백당은 할 말이 없었다.

숙보는 서둘러 말을 이었다.

“두 아우분께서 이렇듯 생각이 깊으니, 저도 안심이 됩니다. 모두가 같이 가며 같이 걱정하는 것도 좋지 않겠습니까?”

제국원도 말했다.

“우리가 한마음으로 같이 간다면 더 무슨 일이 있겠습니까?”

왕백당은 같이 데리고 갈 졸개 20명을 골랐고 행장을 수습케 하였다. 동시에 필요한 은자를 준비하였다. 산에 남을 졸개들의 할 일을 나누어 설명하면서 다녀올 동안 절대로 산채 아래로 내려가지 말라고 당부하였다.

숙보는 같이 가는 길잡이와 짐꾼에게 나중이라도 결코 이 일을 발설치 말라고 철저히 입단속을 하였다.

다음 날 삼경 무렵에, 4사람은 6마리의 말과 함께 여러 부하를 거느리고 화산을 내려와 서쪽 섬서(陝西)로 길을 잡았다. 장안에서 약 60리 못미치는 곳에 왔는데 서산으로 해가 지고 있었다 왕백당과 이여규는 멀리 새롭게 꾸민 것 같은 절을 바라보았다. 절간 건물의 용마루 위로 탑의 상륜부가 석양빛을 받아 황금색으로 빛나고 있었다.

왕백당이 이여규에게 말을 걸었다.

“아우여, 갑자기 이뤄지고 갑자기 없어지거나 망하는 것이 세상 일인 것 같아! 그전에 내가 장안을 다닐 때, 저기 저 절 이름은 영복사(永福寺)로, 아주 쇠락한 절이었는데, 어떤 부호가 서원하였는지 저렇게 절의 모습을 바꿔놓았네 그려."

"저희는 맨날 산속에 있다 보니 몰랐을 뿐입니다. 이왕 해도 저물고 있으니, 저 절에 들어가 묵어야 할 것 같습니다."

일행이 영복사에 들어가 여기저기를 구경했다. 그리고 누가 이렇게 중건 공사를 시주했는지 알고 싶었다.

숙보는 소화산을 내려 온 이후로 제국원과 이여규의 곁을 잠시도 떠나지 않았다. 장안이 가까워질수록 넓고 큰 길인 관도에는 행상이나 객인 등 왕래하는 사람들이 많았다.

숙보는 이들이 우는 소리가 나는 향전(響箭)을 쏘아 사람들을 놀래키거나 지나는 사람의 작은 물건이라도 갈취하지 않도록 조심하며 살폈다. 만약 그런 일이 있어 일이 커진다면 그 화가 결코 작지 않을 것이라 생각했다.

오늘이 섣달 보름이니, 이들과 장안에 함께 들어가면 내년 정월 보름까지 한 달을 같이 머물러야 하는데, 그동안 무슨 일이 터질지 짐작할 수도 없었다.

숙보는 처음 와보는 큰 절을 보고서, 절의 사정을 알아본 다음에 차라리 여기서 건물채를 하나 빌려 여기서 묵은 해를 보내고 새해 정월 초까지 오래 묵는 것이 마음 편할 것이라 생각하였다. 적어도 정월 초 열흘이 지나 장안성에 입성하면 일정이 딱 맞을 것 같았다. 그런데 왕백당이야 쉽게 설득하겠지만 저 두 사람을 어떻게 설득해야 하나?

숙보가 두 사람이 한데 서있는 것을 보고 말을 붙였다.

"두 분 아우님. 연말이라서 장안성에 객점이 얼마나 붐빌지 걱정입니다. 본래 연말 정초면 장안의 권세가에 인사 오는 사람이 많아 객점에 방을 얻기도 어렵고, 또 돈도 비쌉니다. 그래서 내 생각으로는 차라리 이곳 절에서 묵은 해를 보내고 정초에 장안에 들어가는 게 좋을 것 같은데, 두 분 생각은 어떤지 모르겠습니다."

그러자 제국원이 웃으며 말했다.

"진형은 대장부 같지 않습니다. 객점이 비싸다면 은자 몇 냥 더 주면 됩니다. 그걸 꼭 말씀하시며 걱정하십니까?"

숙보가 말했다.

"아우님은 잘 모르는 것 같소. 장안에서 객인이 쉴 수 있는 객점은 그리 많지 않습니다. 방값도 계절에 따라 오르내립니다. 지금같은 세밑이나 정초면, 지방에서 올라오는 관리들이 매우 많습니다. 그 관리들이 벗도 찾아보고 업무도 보아야 하기에 또 정초라서 반갑다며 손님을 접대하기에 방값과 음식값이 생각보다 많습니다. 우리 같은 경우 20명이 넘습니다. 또 이번에 월공 양 나으리의 회갑이 정월 보름이라서 지방 각 관원이 모두 차인을 보내 장안에 모여듭니다. 그렇다면 차라리 우리가 이 절에서 묵은 해를 보내며, 사냥도 하고 마음 편하게 놀다가 정초에 장안에 들어가는 것이 방값 문제를 떠나 훨씬 자유롭고 즐거울 것입니다."

그 두 사람은 본래 야성(野性)이 있는 사내들이라서 한편으로는 장안에 들어가서 보름 이상 무엇을 하며 놀겠는가? 그렇게 생각하고 숙보에게 물었다.

"진형! 정말 그러하다면 어쩌면 좋겠습니까?"

"내 생각으로는 우선 주지를 만나 절의 사정을 알아본 다음에, 수리 중인 건물을 한 채 빌리는 것이 좋을 것입니다. 그래야만 우리도 아무 구속 없이 놀기도 편하고, 또 산야를 헤매며 사냥을 한 다음에 술과 고기를 먹기도 편할 것 같습니다. 정초에 장안에 들어가도 등불 구경은 얼마든지 할 수 있습니다. 그리고 여인들도 아니고 우리가 등불을 꼭 보아야 합니까?"

왕백당은 숙보의 뜻을 이해하고, 숙보와 같은 뜻으로 제국원과 이여규를 적극 설득하였다. 이야기가 대충 정리되자, 숙보와 왕백당은 산문(山門) 앞에서 말을 내렸다.

네 사람은 옷을 단정히 여미고 절의 두 번째 문과 위태전(韋馱殿)[135]을 지났다. 그리고도 한참을 걸어 올라가 대웅보전(大雄寶殿)에 이르렀다. 그런데 여기도 아직 수리 공사중이었다. 그런데 공사를 진행하는 한쪽에 높게 작은 누각을 하나 임시로 가설하

---

135 위태(韋馱, 범어, Skanda. 塞建陀, 私建陀, 간칭 建陀. 建이 필사 과정에서 '違'로 되었다고 한다.)－韋陀(위타), 韋馱, 韋馱天, 韋馱 보살이라고도 부른다. 佛敎(불교)의 잘 알려진 호법신(護法神).

고, 자색 옷을 입은 젊은 귀공자가 앉아 있었다. 그리고 그 양옆으로 검은 옷을 입은 몇 사람이 시중을 드는지 손을 모으고 서있었다. 귀공자 앞에는 작은 탁자가 있고, 탁자 위에는 문서 장부 같은 서책에 붉은 물감을 찍어 쓰는 붓이 있었다. 누각 아래로는 작은 형틀과 도구도 있었으니 마치 관원과 같은 풍채였다.

숙보는 그 모습을 보고서 그냥 나아갈까 아니면 피할까 망설였다.

그렇다면 다음에는 어떤 일이 있겠는가? 다음 회를 읽어 보시라.

제16회

보덕사에 보은의 조각상을 세웠고, 서명항에서 변장하고 낭군을 따라가다.(報德祠酬恩塑像, 西明巷易服從夫.)

시로 읊기를, 詩曰,

협객은 공을 자랑하지 않고 (俠士不矜功)
어진사람이 어찌 은덕을 모르랴? (仁人豈昧德)
큰 은덕은 마음속 깊이 새겨지고, (恩深自合肝膽鏤)
세속을 따라도 마음속에 이어진다. (同世俗心悠悠)
그대는 보지 못했나? (君不見)
보덕사의 건물에 은인상을 만드니, (報德祠宇揭夫起)
은덕에 보답하길 이같이 해야 한다. (報德酬恩類如此)

신릉군(信陵君)인 위(魏)나라 위무기(魏無忌)[136]는, 매부(妹夫)인

〔趙(조)나라〕 평원군(平原君)[137]이 秦(진)나라에 포위되자, 여희(如姬)에게 군사를 동원할 수 있는 병부(兵符)를 훔쳐내게 했고, 그래서 10만 군사를 동원하여 조나라 도읍 한단(邯鄲)[138]을 포위한 진

---

136 信陵君〔신릉군, ?－前 243년, 姬姓. 魏氏. 名은 无忌(무기)〕－戰國 四公子의 한 사람. 魏 昭王(소왕, 재위 前 295－277년)의 막내아들. 魏 안리왕(安釐王)의 同父異母의 아우. 예현하사(禮賢下士)하고 널리 문객을 초지(廣招門客)하였다. 信陵君 위무기(魏無忌)는 전국시대 魏國(위국)의 은사(隱士)로 魏國 국도 대량(大梁)의 守門吏였던 70여 세의 후영(侯嬴)을 존중하였다. 후영은 신릉군에게 魏王의 寵妃(총비)인 여희(如姬)를 통해 병부를 훔쳐내게 하여 趙國을 도우라는 계책을 말해준다. 前 260年에 병부를 훔쳐 위기의 조(趙)를 구원하며 秦을 격파하였다.(한단의 싸움, 邯鄲之戰)

137 平原君(평원군, ?－前 251년, 嬴姓, 趙氏, 名은 勝)－趙 무령왕(武靈王)의 아들. 趙 혜문왕(惠文王)의 동생. 재상 역임. 養士(양사)로 聞名(문명). 齊國(제국) 맹상군(孟嘗君)인 전문(田文), 魏國 신릉군(信陵君) 魏無忌(위무기), 楚國(초국) 춘신군(春申君) 黃歇(황헐)과 함께 戰國四公子라 합칭한다. 사마천의 《史記 平原君虞卿列傳》에 입전되었다. '모수자천(毛遂自薦)' 의 故事가 유명하다.

138 한단(邯鄲)－전국시대 趙나라의 수도. 조나라는 수도를 여러 번 옮겼다. 趙의 敬侯(경후)가 中牟縣(중모현)에서 이곳으로 옮겨왔다(前 386년). 한단은 今 河北省 남부 한단시(邯鄲市). 연(燕)나라의 남쪽, 제(齊)의 서쪽, 위(魏)의 북, 한(韓)의 동쪽에 자리잡았다. 《漢書 地理志》에 '邯鄲(한단)은 北으로는 燕이나 탁군(涿郡)에 이어지고, 南으로는 鄭과 위(衛)나라 漳水(장수)와 河水가 함께 통하는 곳이다. 그곳 땅은 넓고, 풍속은 혼잡하며, 매사가 거칠고, 氣勢를 숭상하며 쉽게도 不法을 자행한다.' 고 기록했다. 北宋시대에는 北京大名府－《수호전》의 무대. 황량미몽(黃粱美夢), 한단

나라 장수 몽오(蒙驁)의 군사를 대파하고 조나라를 구원하여 나라를 보존케 하였다.

그의 문객 한 사람이 신릉군에게 말하였다.

"잊어도 괜찮은 덕행이 있고, 잊어서는 안될 덕행이 있습니다. 남이 내게 은덕을 베풀었다면 나는 절대로 잊어서는 안되지만, 내가 남에게 덕을 베풀었다면 잊어야 합니다."

한마디로 말한다면, 은덕을 베푼 사람은 보답을 바래서는 안되지만, 은덕을 입은 사람은 그 은인을 잊어서는 안된다.

이야기하자면, 왕백당은 수(隋)나라의 명망 있는 높은 자리도 버린 사람이니, 그에게는 천하에 눈여겨볼 만한 사람이 없었다. 그런 왕백당에게 어찌 누런 일산(日傘) 아래 자주색 옷을 입은 젊은 귀공자가 눈에 들어오겠는가?

제국원과 이여규는 벌건 대낮에도 방화하고 살인하는 사람인데, 그런 사람이 어찌 일산 아래 앉아 있는 젊은 공자를 두려워하겠는가?

그러나 진숙보는 공문(公門)에 근무하는 사람이기에 위아래 사람을 알아야 했고, 눈치껏 그 가운데 길을 걸어야 할 사람이었다.

그래서 왕백당 등 세 사람을 만류하며 말했다.

학보(邯鄲學步), 완벽귀조(完璧歸趙), 문경지교(刎頸之交), 모수자천(毛遂自薦) 등 수많은 故事成語(고사성어)의 고향.

"여러 아우들은 그리로 올라가지 맙시다. 저 누런 일산 아래 앉아 있는 젊은 사람은 이 절의 중건을 후원한 시주(施主, 재물 후원자)인 것 같소."

그러자 왕백당이 말했다.

"시주면 시주일 뿐! 우리가 왜 갈 수 없습니까?"

"그렇게만 생각하지 마시오. 아마 현직 관리일 것입니다."

그러자 이여규가 물었다.

"형님은 어떻게 저 사람이 관리인 줄 아셨습니까?"

"저 사람은 호랑이 두상을 양면에 새긴 부절을(虎頭牌) 갖고 있으니, 현직 관리입니다.우리가 그 앞을 지나간다면 인사를 해야 좋겠습니까? 인사를 안해도 괜찮겠습니까?"

그러자 왕백당이 말했다.

"진형의 말씀이 맞습니다."

네 사람은 다른 작은 길을 찾아 대웅보전 앞에 이르렀다. 많은 장인과 인부들이 거기서 일을 하고 있었다.

숙보가 그들 한 사람에게 물었다.

"이 절을 어느 분이 이렇듯 말끔하게 중수하였습니까?"

"병주(幷州) 태원부(太原府)의 당국공(唐國公)이신 이씨 나으리께서 중수하셨습니다."

"그분은 태원을 다스리고 계신데, 왜 이곳에 오셔서 이런 공덕을 베푸시나요?"

"지난 인수(仁壽) 원년(서기 601) 8월 15일, 이씨 나으리께서 성은을 받아 고향으로 돌아가시던 길에 여기서 묵으셨는데, 그날 부인 두씨(竇氏)가 둘째 세자를 출산하셨습니다. 나으리께서는 청정 도량(道場)을 출산으로 더렵혔다 생각하여 보시(布施)를 서원하시고 이번에 중건하신 것입니다. 저쪽에 누런 일산 아래 앉아 계신 분이 그분의 사위이신데,[139] 시씨(柴氏)에 이름은 소(紹), 자는 사창(嗣昌)입니다."[140]

숙보가 마음속으로 헤아려보니 그간 장안을 떠나 임동현을 지나면서 당국공을 도왔고, 그날 저녁 때 이 절에 들어왔을 것이라 생각하였다.

숙보 일행 네 사람이 동각문(東角門)을 지나니, 곧 주지의 거처인 방장(方丈)이었다. 그 동편으로 새로 지은 누각이 있었는데, 거기에는 붉은 바탕에 황금색으로 쓴 보덕사(報德祠)라는 편액이 걸려있었다.

그것을 보고 왕백당이 말했다.

"저기에 무슨 덕행을 베풀었는지 가봅시다."

네 사람이 들어가 보니 3칸의 넓은 전각 안 중앙에 신상(神像)

139 원문 군마(郡馬) — 황제의 딸, 공주는 보통 郡을 食邑(식읍)으로 주었기에 군주(郡主)라고 호칭했다. 郡主의 남편을 郡馬(군마)라 통칭했다. 현(縣)을 식읍으로 받으면 縣主(현주), 縣馬라 했다. 왕의 사위 부마(駙馬)와 같은 뜻이다.

140 시사창(柴嗣昌) — 인명. 제6회 참고.

이나 신주를 모시는 감실(龕室)이 있는데, 그 높이는 1장(丈)이 넘어보였다. 그리고 감실 안에는 신도(神道)를 만들고 신상을 세워 놓았다. 그 신상은 머리에는 연꽃 모양 담청색의 범양(范陽) 전립(氈笠)을 쓰고 검은 웃옷에 누런색 덧옷을 입혔으며, 허리에는 넓은 가죽띠를 둘렀고, 단도를 찼으며 양팔에는 쇠 채찍을 들었고, 누런 사슴 가죽으로 만든 전투화를 신고 있었다. 그리고 붉은색 바탕에 황금색 해서(楷書)로 '은공(恩公) 경오(瓊五) 생위(生位, 살아 있는 분)' 라는 여섯 글자를 썼고, 옆에는 '신관(信官) 이연(李淵)이 손을 씻고 받들어 모시다(沐手奉祀).' 라고 써 있었다.

원래, 그때 숙보가 임동(臨潼)현의 산에서 강도로 가장하고 이연을 포위 공격하던 무리를 무찔러 이연을 위기에서 구출하였을 때, 이공은 숙보에게 이름을 물었다. 숙보가 이름을 알리지 않고 임동 관문으로 통하는 큰 길로 달려오자, 이공은 10여 리를 쫓아오며 이름을 물었다. 숙보는 진경이라고 성명을 말했지만 이공은 경(瓊)이라는 이름을 성씨로 알아들었고, 숙보가 따라오지 말라고 손바닥을 펴 휘둘렀는데, 이공은 다섯째란 뜻이라 생각하였다. 그래서 여기에 경오(瓊五)로 잘못 쓴 것이었다.

숙보가 마음속으로 생각했다.

'그해 노주에서 내가 그렇게 낭패를 겪었던 일은 결국 여기서부터 시작되었지. 이후 번건위와 길을 갈르면서 여비를 챙기지 못했고, …. 그런데 이씨 나으리가 나를 이렇게 기억하고 나의 모습을 만들어 받드는데, 내가 포의(布衣)로써 어찌 감당하겠는가?

숙보는 마음속으로 탄식할 뿐, 무어라 말을 할 수도 없었다. 왕백당과 다른 두 사람은 감실에 모셔진 인물을 상세히 살펴보았다. 그러다가 글자를 모르는 제국원이 물었다.

"왕형. 이 사람이 위태 천왕입니까?"

그러자 왕백당이 웃으며 말했다.

"아까 우리가 절에 들어올 때, 두 번째 문의 주홍 감실에 모셔져있던 항마저(降魔杵, 杵는 몽둥이 저)를 들고 있었던 신장이 위태 천왕이고, 여기 이분은 지금 살아 있는 분이야. 당공이 이분의 은덕을 크게 입었기에, 여기에 이 보덕사(報德祠)란 건물을 건립했다는 뜻이야."

그러자 여러 사람들은 모셔진 사람이 살아있는 사람이라는 설명에 크게 놀라며 신상의 얼굴을 상세히 살펴보고, 또 고개를 갸우뚱거리며 숙보의 얼굴도 살펴보면서 이상하다는 표정이었다.

그리고 신감 안에는 좌우에 두 사람씩 작은 인물을 만들어 세웠는데, 왼편의 두 사람은 황표마를 잡고 있으며 오른편의 두 사람은 각각 쇠 채찍 하나씩을 받들고 있었다.

그걸 본 왕백당이 조용히 숙보의 귀에 조용히 말했다.

"왕년에 진형이 먼 곳에 출장갈 때, 꼭 저와 같은 차림새였지요!"

그러나 숙보는 조용히 손을 가로저으며 말했다.

"아우님은 말소리를 낮추시게나. 사실 저 모습이 바로 나일세."

"진형이 어째서 저렇게 되었습니까?"

"지난 인수 원년에 노주에서 아우를 만날 때, 나와 번건위는 장안 병부에서 업무를 마치고 노주와 택주로 가는 길이었고, 그때 당공은 태원 고향으로 돌아가는 길이었소. 그러다가 여기서 가까운 임동의 산길에서 당공이 강도떼에 포위되어 위기에 처했었고, 마침 내가 지나가다가 그들을 보고 구원하였지요. 그때 나는 말을 빨리 달려 돌아오는데, 당공이 따라오며 내 이름을 물었지요. 나는 처음에 말하지 않았지만 계속 따라오며 묻기에 진경이라고 말했는데, 당공은 바람결에 내 이름을 잘못 알아들었소. 그래서 저기 이름을 '경오' 라고 써놓았소. 이런 이야기는 여태껏 아무한테도 하지 않았소. 그런데 여기 이 절에 보덕사를 세웠다니, 나도 모르는 일이요!"

그러자 왕백이 웃으며 말했다.

"그래서 형님이 그분에게 경장군(瓊將軍)이 되었고, 그 덕분에 노주에서 그렇게 곤궁했었군요."

두 사람은 마주 보고 웃었다.

한편, 시사창은 월대위에 앉아서, 훤칠한 장부 네 사람이 떼를 지어 올라오는 것을 보고, 아랫사람을 시켜 어떤 사람들인지 알아보라고 분부했다. 그중 어떤 사람이 숙보와 왕백당의 곁을 돌면서 두 사람의 거동을 살펴보며 이야기를 엿들었다.

이야기를 대충 엿들은 아랫사람이 곧바로 시사창에게 달려가 보고하였다.

"저들 네 사람 중에 큰 어르신(太老爺, 唐公)의 은인이 있는 것 같습니다."

시사창은 그 말을 듣더니 옷을 바로 여미고 월대를 내려와 보덕사에 들어와 허리를 깊게 숙였다. 숙보 등 네 사람은 영문을 모른 채 답례하였다.

그러자 시사창이 말했다.

"어느 분이 제 장인을 살려주신 은인이십니까?"

왕백당이 숙보를 가리키며 말했다.

"이분이 임동의 산길에서 당공을 도와준 그 사람입니다. 성은 진(秦)이고, 이름은 경(瓊)입니다만, 당공께서 그때 창졸간이라서 이름을 '경오'로 잘못 기억하셨습니다. 사위분께서 믿기 어렵겠지만 이분의 말과 쇠 채찍이 산문(山門) 밖에 있습니다."

그러자 시사창이 말했다.

"네 분께서 저에게 거짓말을 하실 리 있겠습니까?"

시사창은 네 사람을 주지의 거처로 안내했고, 거기서 모직물 방석을 펴고 서로 배례하고 통성명을 하였다. 제국원과 이여규는 본인의 이름을 사실대로 말했다. 시사창은 아랫사람을 시켜 숙보의 말을 끌어다 마굿간에 매게 하였고, 여러 사람의 행장도 승방에 보관케 주선하였다. 그리고 술자리를 마련하여 여독을 풀어주었다. 그러면서 일행을 모두 영복사에 머물게 하였고 잘 대우하라고 주지에게도 부탁하였다.

그날 밤 시사창은 자세한 전말을 기록하고, 사람을 시켜 태원의 당공에게 보냈다.

어느 덧 며칠이 지나, 새해가 되었다. 그러면서 상원절이 가까워지자, 숙보는 왕백당과 상의하였다.

"내일이 정월 열나흘이니, 내일 장안성으로 들어갈 수 있도록 예물을 준비하고 행장을 꾸려야 보름날 이른 아침에 축수(祝壽)할 수 있습니다."

왕백당은 "내일 아침에 준비하고 입성해도 늦지 않을 것입니다."라고 말했다.

숙보는 14일 새벽에 데려온 보졸과 짐을 실은 나귀를 모두 단속하고 새벽에 말을 타고 장안을 향하여 출발하였다.

시사창은 공무로 입성하겠다는 숙보의 말을 듣고 혼자 생각하였다.

'태원에서는 아직 아무런 소식이 없는데, 숙보가 장안에 들어가 일을 마치면 다시 이 절에는 오지 않을 것이다. 그런데 당공이 서신을 보내와 숙보를 데려오라거나 함께 있으라고 한다면 어찌해야겠나? 이분이 떠나고 없다면 나는 거짓 보고를 올린 것이 될 터이니 …. 그렇다면 차라리 나도 함께 장안성에 들어가는 것이

좋을 거야!'

이에 시사창은 숙보에게 "저도 장안에 들어가 등불이나 보고 싶은데, 제가 동행해도 괜찮겠습니까?"

숙보는 시사창과 동행한다면 귀찮은 일이 일어나더라도 도움이 될 것이라 생각하며 흔쾌히 수락하였다. 시사창은 서둘러 행장을 챙겼고 중건하는 공사에 대한 지시를 마치고 함께 출발하였다.

숙보와 왕백당, 그리고 시사창 등 5인은 모두 말을 타고 나귀에 실은 예물과 여러 행장 등 20여 명이나 되는 건장한 사내들이 떼를 지어 영복사를 떠나 장안을 향해 걸었다.

숙보가 영복사에 머무는 보름 동안 노상의 경물은 완연히 달라진 것 같았다. 마치,

노랑꽃을 매단 버들이 안장을 스치고, (柳含金粟拂征鞍)
푸른 싹을 티운 풀밭이 냇가에 깔렸다. (草吐青芽媚遠灘)
봄기운 피는 산자락에 풍경이 고운데, (春氣著山萌秀色)
봄바람 강물 스치며 잔물결이 살랑인다. (和風沾水弄微瀾)

비록 60여 리 길이라지만 출발이 늦었기에 장안성에 다다랐을 때는 이미 해가 기울고 있었다. 숙보는 성안에 들어가 객점을 잡기가 쉬울 것 같지 않다고 생각했다. 마침 명덕문(明德門)에서 약간 떨어진 곳에 있는 큰 마을에 도가점(陶家店)이라는 객점 간판

을 보고서는 일행에게 말했다.

"우리 일행은 많고 날을 저물었습니다. 성안은 붐비고 우리처럼 많은 사람이 한 번에 들어갈 객점을 찾기도 어려울 것이니, 오늘은 여기서 쉬기로 합시다."

여러 행장과 예물 보따리를 챙기며 객점에 들어가 말에서 내렸다. 객점 주인은 등불을 많이 매단 대청에서 서둘러 내려오며 웃는 얼굴로 반겼다. 주인은 많은 짐과 거느린 사람이 많은 것을 보고 큰 세력가의 행차라 생각하며 계속 은근하게 말을 이었다.

"나으리 여러분. 비록 박주(薄酒)지만, 오늘 저녁 만큼은 저희가 넉넉히 모시겠습니다. 장안의 연등은 내일 입성하여도 마음껏 구경할 수 있습니다. 대신 오늘 밤은 널찍한 우리 객점에서 여독을 말끔히 씻어버리며 편히 쉬십시오."

숙보는 생각이 깊은 사람이었다. 오늘이 열나흘인데 성안에 들어가도 할 일이 없는 여러 사람들이 어딘가 몰려 다니며 놀다가 만일 사고라도 친다면 수습하기도, 또 내일의 본 임무를 완수하기도 어려울 것이라 생각하였다.

숙보는 주인이 권하는 대로 방을 나눠 입실하여 행장을 풀게 한 뒤, 모두가 대청에 나와 식사와 술을 즐겼고, 술자리는 삼경이 되어서야 겨우 끝이 났다.

각자 객방에 들어가 잠이 들었지만 숙보는 잠자리에 들지 않았다. 여러 하인을 지시하며 정리하던 주인이 서서 구경하는 숙보에게 다가와서 물었다.

"나으리께서는 어디 어느 관아에서 오셨습니까?"

"나는 산동 행대(行臺)이신 내(來) 나으리의 휘하입니다. 내일 양(楊) 나으리의 대수(大壽)에 예물을 헌상하려고 왔소.

그런데 주인장에게 부탁할 말이 있소이다."

"무슨 말씀이 계신가요?"

"그간 장안에는 여러 번 왔었습니다만, 관아와 거리를 낮에는 잘 찾아갈 수 있지만, 이른 새벽 동이 트기 전에는 길을 잘 모를 것입니다. 그러니 새벽에 길을 좀 안내할 한 사람을 좀 부쳐주십시오."

그러자 주인은 나이가 많은 하인을 한 사람 불러놓고 숙보에게 말했다.

"이 사람 이름은 도용(陶容)인데, 장안의 모든 길을 다 잘 알고 있으면서, 관아의 여러 절차도 잘 알고 있습니다. 그러니 내일 명덕문으로 들어가 월공부를 찾아가는 가장 빠른 길을 안내토록 조처하겠습니다."

그러자 도용이 숙보 앞에 다가와 몸을 굽혀 인사를 올린 뒤에 말했다.

"진씨 나으리께서 예물을 운반할 사람이 부족하다면, 제 동생 도화(陶化)도 함께 짐을 지고 가겠습니다."

숙보는 흔쾌히 승낙하고 자기 방에 들어와 은자를 꺼내 도용과 도화에게 품삯을 미리 건네주었다. 그리고서 숙보는 품목에 적힌 순서대로 예물을 4개의 보따리로 다시 포장하였다. 그래서 데려

온 보군 2명과 도용, 도화가 각기 하나씩 운반키로 하였다.

숙보는 여러 사람이 모두 잠들었기에 잠깐 조용히 앉아 쉬다가 오경이 되기 전에 객점을 나가 명덕문 앞에 가서 성문이 열리기를 기다렸다.

본래 월공(越公) 양소(楊素)는 조정의 원로 보신(輔臣)으로 문제(文帝)의 융성한 총애를 받고 있었다. 남조의 진(陳)나라가 멸망할 때, 진나라 궁궐의 후궁의 여인 1백여 명을 월공에게 주어 말년을 같이 즐기도록 하였다. 이처럼 월공이 비록 나라의 원로대신으로 복록과 권력이 극에 이르렀지만, 그는 이런 지위와 작위를 즐기고 누릴만한 간웅(奸雄)의 사나이었다.

어느 날 월공부의 서쪽 별채의 단계재(丹桂齊)를 열고, 술자리를 마련하여 여러 막료와 잔치를 즐기는데 아첨하며 그의 뜻에 영합하지 않는 사람이 없었다.

그러나 오직 이밀〔李密, 字는 玄邃(현수)〕만이 월공에게 말했다.

"명공(明公)의 연세와 작위를 모두가 존중하오며 명성은 온 천하에 날리고 있지만, 단 한가지 부족한 것은 노군(老君)의 선단(仙丹)[141] 하나가 없을 뿐입니다."라고 말했다.

---

141 원문 노군단(老君丹) ― 노군은 태상노군(太上老君), 곧 노자에 대한 존칭이다. 《史記 老子韓非列傳》에 의하면, 노자는 楚나라 苦縣(고현, 今 河南省 동부 周口市 관할 鹿邑縣) 사람으로, 주 왕실의 守藏室史(도서관장格)를 역임했다. 일찍이 공자가 노자를 찾아가 禮

이는 월공에게 신선이 될 수 있는 선약이 없어 유한한 생명이며, 온갖 풍류와 미인과의 향락을 즐길 만큼 즐겼으니, 이제는 선행을 베푸는 것이 좋겠다는 은근한 직언이었다.

이밀의 뜻을 알아차린 월공이 그 자리에서 즉시 대답했다.

"나는 노군단(老君丹)을 복용하지 않고 내 방법대로 조치를 하겠네."

다음 날 월공은 내원에 앉아서 가내의 모든 희첩(姬妾)을 불러 모아놓고 말했다.

"너희 모두는 그간 나를 위하여 많은 고생을 했다. 그러면서 너희들의 아까운 청춘을 버리는 것을 나는 매우 안타깝게 생각한다. 그래서 나는 너희들 모두를 우리 집에서 내보내려 한다. 우리 집을 떠나 밖에 나가 새로운 남편을 만나 해로하고 싶다면 모두 좌측에 줄을 서거라. 그리고 의식 걱정 없이 여기서 나를 섬기며

에 대해 물었다고 했으니, 노자는 공자보다 나이가 많았던 것 같다. 공자는 노자를 매우 존경하였고, 노자를 만나본 뒤 마치 龍과 같다고 찬탄했다. 그 뒤 周 왕실이 쇠퇴하자, 그는 관직을 떠나 은둔생활을 하려고 했다. 그가 河南 함곡관을 지날 때, 關所(관소)를 지키던 尹喜(윤희)는 노자를 맞이하여 글을 남겨 달라고 요청했다. 이에 노자는 후인들을 위하여 한 권의 글을 남겼는데, 바로 《老子道德經 / 五千言》이며, 그 뒤 행적은 알려진 바 없다고 한다. 노자는 160세 또는 200세를 살았다고 하나 믿을 수 없고 楚나라의 老萊子(노래자)가 老子라고 하는 사람도 있으며, 太師(태사) 儋(담)이 노자라 말하는 사람도 있어 일정하지 않다.

살겠다면 오른쪽으로 갈라 서거라."

많은 희첩들은 월공의 분부를 듣자, 마치 새장에서 풀려난 새처럼, 또 벌떼가 떼를 지어 날아가듯 우르르 왼편으로 몰려갔다.

그 여인들에게 월공이 말했다.

"너희들이 우리 집에서 모은 재물이나 의복이 있다면 모두 갖고 나가도 좋다."

이들은 모두 환호작약하였다. 여기서 살겠다면 의식 걱정은 없다지만, 그래도 짧은 일생에 단부독처(單夫獨妻)의 쾌락을 꿈꾸었다. 이들 4, 50여 명의 여인은 자신의 의복과 패물, 재물을 싸가지고 월공의 은덕에 깊이 사례한 뒤 눈물을 흘리며 일제히 떠나갔다.

그러나 의식이 막막한 절반 가까이는 오른쪽에 몰려가 무릎은 꿇은 채 하명을 기다렸다. 그중에서 좌우 어느쪽에도 가지 않고 제자리에 서있는 두 여인이 있었다.

월공이 두 여인을 불러 가까이 보니 한 여인은 칼을 집고선 진후주(후주, 陳叔寶)의 여동생인 낙창공주(樂昌公主)였다. 이 여인의 미모는 궁중에서도 널리 소문이 났었고 수나라 문제의 총애도 많았었다. 여기서 나간다면, 어디로 누구를 찾아가 어떻게 살겠는가? 그러면서 그리운 것은 스스로의 자유와 자립이지만, 그것은 결코 쉬운 일은 아니라고 생각했다.

다른 하나는 총채〔불진(拂塵)〕[142]를 손에 들고 있는 미인 장출

---

142 불진(拂塵) – 먼지털이. 道士들이 번뇌를 물리친다는 표시로 들

진(張出塵)이었다. 장출진은 완전한 미색을 갖추었고 영리하며 지혜가 출중했었다. 뿐만 아니라 여자로서 협기(俠氣)를 지닌 기특한 여인이었다.

낙창공주는 칼을 잡은 채 꿇어앉아 말없이 눈물만 흘렸다.

그러나 총채를 든 장불진은 월공에게 말했다.

"나으리께서 크나큰 은전을 내리시어 저희들에게 밖에 나가 배필을 골라 일생을 마치라 하시니, 이는 천고(千古)에 없는 특별한 일이며, 일생에 두 번 얻을 수도 없는 기이한 쾌사(快事)입니다. 그러나 저는 그간 여기에 살면서 이목구비와 온몸으로 온갖 영화와 사치를 누렸습니다. 제가 갑자기 밖으로 나간다면, 가난한 서생이나 농부와 어찌 인생을 유쾌하고 순탄하게 살 수 있겠습니까? 저를 아껴줄만한 출중한 영재를 만날 수도 없을 것입니다. 옛 사람들도 '은애가 깊은 곳이 바로 집이다(受恩深處便爲家).' 라고 하였습니다. 저에게는 여기 말고 다른 집도 없지만, 그렇다고 떠돌더라도 영걸(英傑)을 만나보고 싶은 욕심도 있어 아직 결정을 못하고 있습니다."

고 다니는 총채. 자리에 앉기 전 먼지를 털거나 덤벼드는 벌레들을 쫓는데 사용하였다. 신선들은 액체를 담을 수 있고, 용도가 다양한 호로(葫蘆, 조롱박, 호리병박)도 곧잘 들고 다녔다. 이는 중국의 八仙(팔선) 중 약선(藥仙)인 이철괴를 상징하는 물건이었다. 신선 종리권의 부채, 장과로의 도정간(道情簡), 여동빈의 불진(拂塵) 혹은 보검(寶劍), 한상자의 피리, 하선고의 꽃바구니, 남채화의 연꽃, 그리고 조국구의 척판(尺板) 등이 그것이다.

월공은 장불진의 말에 고개를 끄덕이며 찬동하였다. 그러면서 칼을 잡고 눈물만 흘리는 여인에게 "너는 왜, 무엇이 그리 슬퍼 울고만 있는가?" 라고 물었다.

낙창공주는 자신이 진나라의 공주로서 화려하게 살았고, 서덕언(徐德言)이란 사람에게 출가했으나 파경(破鏡)[143]을 맞이했던 과거사를 일일이 설명하였다. 이런 이야기를 들은 월공은 크게 찬탄하였다.

그러면서도 월공은 이 두 여인을 떠나보내고 싶은 마음이 없었다. 그래서 두 여인을 불러 같이 지내자고 하면서 집안에 남은 희첩들을 지휘 통솔하게 하였다. 그 뒤로 세월은 그냥 흘러갔다.

---

143 서덕언(徐德言, 생졸년 미상)의 파경(破鏡) – 南朝 陳의 詩人. 서덕언은 陳朝에서 태자사인(太子舍人)으로 근무하다가 陳 後主의 여동생 낙창공주(樂昌公主)와 결혼하였다. 陳朝(진조)가 쇠락하자, 서덕언은 국파가망(國破家亡)을 예상하고, 구리거울을 두 조각으로 나눠 각각 몸에 지녔다. 陳이 멸망하며 낙창공주는 양소의 차지가 되었다. 아내의 행방을 알 수 없는 서덕언은 거울을 들고 다니며 아내를 찾으려 했다. 결국 아내의 행방을 알았고 파경을 맞춰 서로의 사랑을 증명하였지만 다시 합칠 수가 없었다. 뒷날 양소의 동의 후에 두 사람을 다시 만났고, 서덕언은 낙창공주와 강남으로 가서 여생을 마쳤다고 한다. 《先秦漢魏晉南北朝詩(선진한위진남북조시)》에 서덕언의 〈파경시(破鏡詩)〉 1수가 전한다. 그 시에 「항아의 그림자를 다시 볼 수 없는데(無復姮娥影), 하늘에는 밝은 달빛만이 가득하다(空留明月輝).」는 구절이 유명하다. 이 이야기는 《古今詩話》에도 수록되었다.

상원일인 정월 보름날, 월공의 출생일을 맞아 온 나라의 문무 대소 관원으로 예물과 축수의 글을 올리지 않는 사람이 없었으며 셀 수도 없이 많은 사람이 월공부에 직접 와서 칭하하였다.

그때 이정(李靖)[144]은 마침 장안에 머물고 있었고, 월공의 생일을 알기에 글을 지어가지고 월공부에 가서 책서를 제출한 뒤에 알현을 요청하였다. 그때 월공부의 대문이 열리기도 전이라서 올린 글은 관리들이 걷어갔고, 알현할 사람들은 대문 옆 측실에 기

---

144 李靖(이정, 571－649년, 字는 藥師)－제3회에 처음 등장한다. 雍州(옹주) 삼원현(今 陝西省 咸陽市 三原縣 동북) 출신. 祖籍(조적)은 隴西郡 狄道縣(今 甘肅省 定西市 臨洮縣) 출신의 隴西 이씨. 隋末 唐初의 명장, 唐朝 文武 겸비한 군사전략가. 뒷날 衛國公에 봉해졌기에 李衛公(이위공)이라 불린다. 남조 陳을 멸망시킨 韓擒虎(한금호)는 그의 외삼촌인데 일찍부터 이정의 능력을 알아주었다. 당나라에서 衛國公(위국공)에 봉해졌기에 보통 李衛公이라 불렀다. 양제 때, 이정은 馬邑의 郡丞(군승)으로 근무하면서 돌궐과 대치하고 있는 이연을 만나게 된다. 이정은 이연이 隋를 배신할 뜻이 있음을 간파하고 江都로 가서 이를 양제에게 알리려고 하였으나 長安에서 더 나가지 못하고 머물다가 장안을 점령한 이연의 포로가 된다. 이연은 그전부터 미워하던 이정을 죽이려 하자, 이정이 큰 소리로 말했다. "공이 義兵(의병)을 일으킨 것은 천하를 위해 폭정을 제거하려는 뜻일 터인데, 어찌 사적인 감정으로 장사를 죽이려 하시오?" 이를 본 이세민이 적극 구원을 해서 이정은 사형을 면한다. 이정, 이적과 함께 돌궐을 격파하여 당의 가장 큰 걱정거리를 해결하였으며, 이세민을 위하여 여러 가지 공적을 쌓고 끝까지 충성을 다하다가 649년에 79세로 죽었다.《舊唐書》 67권,《新唐書》 93권, 〈李靖傳〉에 立傳.

다리고 있었다. 여러 차인이나 장리(將吏)들이 섞여 기다리기에 매우 혼잡하였다.

그방의 서쪽 편에 호랑이 등에 곰의 허리를 가진 것 같고, 그 의표가 아주 비범한 거한(巨漢)이 앉아있었다.

이정은 그 사람을 보고 손을 들어 아는 척을 한 다음에 다가가 물었다.

“형씨는 어디서 오신 누구십니까?”

이에 숙보가 말했다.

“저는 산동에서 왔고, 진경이라고 합니다.”

“아! 역성현의 숙보 형이시군요!”

“형씨의 성명을 물어도 되겠습니까?”

“저는 삼원현(三原縣)의 이정(李靖)이라고 합니다.”

“아! 약사(藥師) 형이시군요. 오랫동안 대명을 듣고 흠앙하였습니다.”

두 사람은 다시 정식으로 인사하였다. 그리고 둘은 손을 맞잡고 여기까지 온 사연을 간략히 이야기했다.

숙보가 이정의 숙소를 물었다.

“저는 이 월공부의 앞 마을인 서명항(西明巷)의 세 번째 집에 묵고 있습니다.”

두 사람의 이야기가 한참 무르익으려는데 월공부 안에서 주악이 울리면서 대문이 열렸다.

그리고 어떤 관리 하나가 나와 큰 소리로 말했다.

"누가 삼원현의 이씨입니까? 허락이 내렸으니 들어가 알현하시오."

이정이 숙보에게 말했다.

"저는 지금 들어가 알현해야 하니, 형의 일을 모두 마칠 때까지 기다릴 수가 없습니다. 제가 형께 드릴 긴요한 말이 있으니, 저를 버리지 않으신다면 제 처소에 꼭 들려주시기 바랍니다. 그때 상세한 말씀을 드리겠습니다."

숙보는 바로 예! 예!라고 응답하였다. 이정은 곧장 관리를 따라 안으로 들어갔다. 월공은 아주 존귀하고 중요한 분이라서 고관일지라도 만나뵙기가 매우 어려웠다. 그런데 이정을 직접 만나려 불렀다.

왜냐하면, 이정의 부친인 이수(李受)와 월공은 같이 출사(벼슬)했고, 두 집안이 오래 교류했기에 월공은 이정을 조카처럼 생각했고, 월공도 이정의 재능을 들어 알고 있었다.

관리는 이정을 데리고 의문(儀門)으로 들어가지 않고 오른쪽 큰 길로 들어가 서쪽 별채로 들어가 이름을 알렸다.

이정이 들어가 월공을 올려다보았다. 월공은 큰 걸상에 걸터앉았는데, 머리에는 칠보여의관(七寶如意冠)을 쓰고 곤룡포에 갈옷을 걸쳐 입었으며 여의주를 쥐고 있었다. 월공의 걸상 뒤와 좌우로는 비취색 관을 쓰고 같은 색의 옷과 띠를 두른 12명의 여인이 둘러서 있었으며 많은 여인들이 병풍처럼 늘어서서 조용조용히 시중을 들고 있었다.

이정은 고개를 반듯하게 들고 들어가 월공에게 읍을 한 다음에 말했다.

"지금 천하가 혼란하고 각처에서 영웅들이 봉기하고 있습니다. 공께서는 조정의 중신으로서 호걸들의 인심을 모아야 한다고 생각됩니다. 그러니 이후로는 의자에 걸터앉아 다른 호걸들을 맞이하지는 마시길 바랍니다."

그러자 월공은 낯빛을 바꾸고 일어나 사례하여 이정과 인사와 문안을 나누었고, 이어 주고 받는 이야기가 끝이 없었다. 월공은 크게 기뻐하며 이정을 휘하에 기실(記室, 측근 비서)로 임용하고 싶었지만 첫 상면이라서 말을 꺼내지는 않았다.

그때 월공 곁에 있는 불진(拂塵)을 든 미인이 이정에게 자주 눈길을 주었다. 그러나 이정은 하늘이 낸 영웅인데, 어찌 부잣집 아이들마냥 여인의 추파에 마음을 쓰겠는가?

시간이 흘러 점심 무렵이 되자, 이정은 월공에게 떠나는 인사를 하고 절을 올렸다. 월공은 이정을 집안 조카와 같다면서 마침 불진을 든 미인 장씨를 불러 이정을 배웅해 주라고 말했다.

장씨는 밖으로 내려가는 계단에서 속리를 불러 이정의 나이와 형제, 그리고 지금 거처하는 곳이 어디인지 물어보라고 조용히 말한 다음 이정을 보내고 돌아왔다. 이정을 대문 밖까지 안내한 차인이 돌아와 미인 장씨에게 물어본 바를 모두 말해주었다.

진숙보는 예물 목록을 챙겨들고 차례를 기다리고 있었다. 지방 관아에서 보내온 예물은 모두 아래 관리들을 시켜 접수케 하였고, 월공을 만날 기회도 전혀 없었다. 예물을 접수하는 아래 관리들은 지방에서 올라온 차인들을 하대하며 난처하게 만들었다.

지방관이 올리는 글이나 각종 소개나 부탁하는 서신들을 접수하면서 그 지방 특산물을 별도로 접수하는 관리들에게 상납해야만 했다. 접수하는 관리에게 공손하지 못하거나 조그만한 잘못이라도 있으면 접수를 안하거나 뒤로 돌려 차인들을 아주 난처하게 만드는 경우가 많았다.

그런데 다행히도, 산동지역에서 올라온 예물 접수 담당자는 마침 이밀이었다. 이밀은 멀리서 차례를 기다리는 숙보를 알아보고 계단을 내려와 숙보를 만났으며, 순서를 넘어 앞으로 나오게 하여 접수하였다. 그러면서 숙보를 뒤쪽 별채로 불러 술을 대접하고 반기며 그간의 여러 동정을 물었다.

숙보는 왕백당과 만났으며 같이 장안성에 들어왔다고 말했다. 그러면서 업무에 바쁜 사람의 시간을 뺏을 수 없기에 같이 들어오지는 않았다고 말했다.

숙보는 여기에 들어오기 전에 이정을 만났으며, 이정은 월공을 상면하러 따로 들어갔다고 말해주었다. 그러면서 이정이 마치 신선과 같은 풍채가 아주 훌륭하다고 칭송하며 그의 거처에서 만나기로 했다고 말했다.

숙보는 이밀에게 회송 문서를 서둘러달라고 부탁하였다. 이밀은 시중 드는 여인에게 숙보를 접대하라 말한 뒤, 곧 회송 문서를 작성해서 숙보에게 돌려주었다. 그러면서 이밀은 왕백당에게 만날 수 없어 한스럽다며 안부를 전해달라고 말했다.

숙보는 이밀과 헤어진 뒤에 월공 저택을 나와 곧장 서명항으로 이정을 찾아갔다. 이정은 숙보를 크게 반겼고 안에 들어가 좌정하였다.

이정이 숙보에게 나이를 물었다.

숙보가 스물넷이라고 말하자, 다시 장안에 누구와 같이 왔는가를 물었다.

이에 숙보는 왕백당 일행과 같이 왔다는 이야기를 하지 않고 짐꾼 네 사람을 데려왔다고 하였다. 그러면서 무엇이 걱정되느냐고 되물었다.

이정이 말했다.

"제가 강호(江湖)를 떠돌았지만 그간 제자백가(諸子百家)[145]와

---

145 제자백가(諸子百家) – 중국 고대 先秦의 학술, 사상, 인물과 학파에 대한 총칭. 제자는 先秦 시기의 老子, 莊子, 孔子, 孟子, 荀子, 墨子(묵자), 列子, 孫子, 申子, 韓非子, 鬼谷子 等 학술사상의 대표적 인물을 지칭한다. 춘추시대 이후의 道家, 儒家, 묵가(墨家), 名家, 法家, 兵家, 陰陽家(음양가) 등 학술의 유파를 백가라 하는데, 그 시기 학문의 발달을 백가쟁명(百家爭鳴)이라고 말한다.

구류(九流)[146]의 여러 가지 학술을 두루 익혔습니다. 그중에서 제가 가장 좋아한 것은 인물의 관상 보기〔풍감(風鑒)〕였습니다. 제가 볼 때 지금 형님이 관아의 일을 하시는데, 눈 아래로(眼下) 흑기(黑氣)가 들어찼으니, 크게 놀랄 일이나 재앙을 당할 형상입니다. 그러하기에 제가 이를 말씀드리지 않을 수 없습니다. 지금은 그러하지만 형님은 뒷날 틀림없이 국정을 운영할 대신이 될 것입니다. 그러니 모든 일에 신중하셔야 합니다. 제가 전날 밤에 천문을 보니, 정월 보름 삼경에 혜성(彗星)이 나타날 것이니 민간에서 큰 싸움이나 방화 도적떼가 일어날 것입니다. 그러니 형님께서 다른 벗들과 함께 장안에 들어오셨다면 관등하거나 놀지 마시고 즉시 산동으로 돌아가셔야 합니다."

이정의 이런 말에 숙보는 모골(毛骨)이 송연(悚然)하였다. 숙보는 제국원이 숙소에서 무슨 일이라도 일으키지 않을까 걱정되어 이정에게 서둘러 인사를 하고 숙소로 돌아왔다.

한편 월공부의 장미인은 이정을 배웅한 관리로부터 이정에 관한 여러 상황을 보고받고서 혼자 생각하였다.

'나 장출진이 이 월공부에서 많은 사람을 보아왔지만 그분처럼 젊고 잘생겼으며 영특한 사람을 본 적이 없었다. 그분은 참으

146 구류(九旒) – 班固의 《漢書 藝文志》에서는 道家, 儒家, 墨家, 名家, 法家, 陰陽家, 종횡가(縱橫家), 잡가(雜家) 농가(農家)를 지칭한다. 九流十家라 하면 이상의 九流 이외에 小說家가 보태진다.

로 영웅호걸이시니, 뒷날 틀림없이 큰 공을 세울 것이고 결코 월공의 아래에 있을 사람이 아니다. 지금 그분에 대하여 들은 바로는 아직 결혼을 하지 않았다. 내가 여기에만 머물고 있다면, 그분과 다시 만나기 어려울 것이다. 사실 천하에 그분만한 인물이 없는데, 내가 그분의 짝이 되지 않는다면 누가 그 분의 배필이 되겠는가? 아마 그분도 짝을 맺기가 어려울 것이다. 그러니 오늘 밤, 내가 일을 하지 않는 날이고, 또 오늘 이 부중(府中)에서 연회를 하면서 음주할 것이니, 내가 몰래 빠져나가 그분의 숙소를 방문한다면 아마 모든 일이 잘될 것이다.'

이렇게 뜻을 정한 장출진은 방 안의 상자를 잠가놓고, 종이 한 장을 꺼내 자신이 할 인사말을 기록하여 탁자 위에 놓아두었다. 그리고 거리에서 순라꾼에게 제지당할 것을 대비하여 월공의 내실에 들어가서 병부(兵符)를 훔쳐 품 안에 감추었다.

장출진은 자기 방으로 돌아와 후원을 관리하는 무인의 차람으로 갈아입었다. 그리고 등불을 하나 들고 당당하게 월왕부의 정문을 나섰다. 정문을 나서 큰 거리로 얼마를 걸어가자, 순라꾼이 장출진을 붙잡고 어디로 가느냐고 물었다.

"나는 월공부의 집사인데, 월공의 긴요한 일을 처리하러 병마사에 가는 길이다. 그런데 너희들은 왜 나를 잡는가?"

그러자 순라꾼은 "저희들이 잠깐 잘못 보았습니다. 죄송합니다." 하면서 사죄하고 작은 징을 치며 걸어갔다.

장출진은 곧 서명항 입구에 들어왔다. 그리고 세 번째 집을 찾아 대문을 두드렸다.

주인이 나와 대문을 열며 물었다.

"누구를 찾아오셨습니까?"

"삼원현에서 오신 이씨 나으리가 여기에 묵으십니까?"

주인은 문에 들어와 첫 번째 방이라고 대답하였다.

장출진은 바로 들어가 첫 번 방문을 작게 두드렸다. 그때 이정은 저녁을 먹은 뒤에 그전에 하늘에 올라 비를 뿌리고 용모(龍母)로부터 받은 서책을 읽고 있었다.

「검은 명주 모자에, 푸른 눈썹에 묶은 머리에 광채가 난다. 광채에 자줏빛 도포에 넓은 허리 띠로 꾸민 모습이 곱도다. 은은하게 분 바른 얼굴에 앵두처럼 붉은 입술, 병부를 손에 쥐고 은근히 말한다. 은근히 말하나니 성을 격파하기 어려워 깊은 생각을 한다.」

이정은 읽긴 읽지만 그 뜻이 금방 들어오지 않았다.

남장을 한 장미인은 들어와 병부를 탁자 위에 꺼내놓았다. 그리고 이정과 인사를 나누고 좌정하였다.

이정이 물었다.

"어디서 오신 누구십니까?"

"저는 월공부의 내관(內官)이고, 성은 장씨입니다. 주인 나으리의 명을 받아 심부름을 왔습니다."

"무슨 일입니까?"

"조금 전에 주인어른께서 저를 불러 여러 가지 부탁 말씀을 하셨습니다. 지금 천천히 한 가지씩 말씀드리겠습니다. 선생은 식견이 높고 넓으시고 재주가 비상하신 분입니다. 그러니 제가 온 뜻을 한번 맞춰보십시오. 맞추신다면 선생은 그야말로 기이한 분이시고 참된 호걸이십니다."

이에 이정이 말했다.

"이 또한 기이한 일입니다. 내가 무엇을 어떻게 맞추겠습니까?"

그리고 잠시 생각하다가 말했다.

"내가 낮에 월공부에 들어가 뵈었을 때, 나으리의 특별하면서도 은근한 환대를 받았습니다. 그렇다면 저를 월공의 막료로 쓰시려는 뜻이 아니겠습니까?"

그러자 장씨가 말했다.

"우리 월공부 안에는 장부나 서류가 많습니다만, 막료가 20명이나 있고 그분들이 모두 뛰어난 능력을 가진 분들입니다. 그리고 월공께서는 훌륭한 인재를 서류작업이나 시키지 않을 것입니다. 다른 생각을 해보십시오."

"그런 뜻이 아니면 월공께서 저를 세객(說客)으로 삼아 새 임무를 맡길 것입니다."

"그렇지 않습니다. 선생께 사실대로 말씀드리겠습니다. 월공에게는 재주와 용모가 아주 뛰어난 수양 딸을 키우셨는데, 지금 혼기가 되었습니다. 월공께서는 수양 딸을 너무 사랑하시기에 훌륭한 배필을 구하고 계십니다. 오늘 월공께서는 선생을 만나보시고 선생의 출중한 용모와 재능에 감탄하셨습니다. 그래서 선생을 월공의 예비사위로 삼고자 선생의 의사를 타진하려 저를 보냈습니다."

그 말을 들은 이정은 펄쩍 뛰며 놀라 말했다.

"그런 말이 어디 있습니까? 나는 사해(四海)를 집으로 삼고 부평초나 작은 나무토막마냥 아무 데나 흘러가는 대로 떠도는 사람입니다. 내 마음에 품은 뜻을 아무것도 실현한 것이 없거늘, 어찌 내가 가정을 꾸민다는 생각을 하겠습니까? 월공을 제가 존중하고 또 월공께서 아무리 저를 잘 봐주신다 하여도 그런 일은 있을 수 없습니다. 우선 나와 월공 집안과의 문 높이가 같지 않습니다. 존비(尊卑)에 그렇게 큰 차이가 있습니다. 이런 일은 결코 있을 수 없는 일입니다. 그러니 돌아가서서 나를 위해 완곡하게 잘 말씀해 주시기 바랍니다."

그러자 장씨도 정색을 하고 강하게 말하였다.

"선생께서는 어찌 이리 세상 물정을 모르십니까? 월공은 지금 황가의 중신(重臣)이시며, 한마디 말로, 사람들의 영광과 굴욕을 마음대로 바꿀 수 있는 능력이 있습니다. 만약 선생께서 월공부의 사위가 되신다면 그날로 선생이 누릴 부귀영화를 어찌 다 헤아릴 수 있겠습니까? 그런데 이런 제의를 선생께서 거절하다니,

세상에 무엇을 얻거나 갖고 싶습니까? 선생께서는 거듭 달리 생각하시기 바랍니다."

이정이 말했다.

"부귀는 사람마다 제각각 타고난 것입니다. 혼인의 인연(姻緣)은 객점에서 손님을 맞이하듯 쉽게 맺어지는 것이 아닙니다. 설령 다른 어느 때 이런 이야기가 다시 나오더라도 내 생각은 변함없을 것입니다. 저는 오늘이 지나고 나면 장안을 떠나 제(齊)나 초(楚)의 여러 곳을 바람 따라 떠돌 것입니다."

그러자 장씨는 몹시 아쉽다는 듯 정색을 하고 말했다.

"선생께서는 이번 일을 경시하지 마십시오. 설령 제가 월공부에 돌아가 선생의 뜻을 그대로 전하더라도 월공께서 얼마나 이해하실지는 모르겠습니다. 만약 월공께서 진노하신다면 선생께서 겨드랑이에 날개가 솟아나더라도 장안을 떠나실 수 없을 것입니다. 그럴 경우 선생의 생명을 걱정하지 않을 수 없습니다."

이 말을 들은 이정은 안색을 바꿔 발끈 성을 내며 말했다.

"당신, 아무리 철이 없다지만 말을 함부로 하는 것이 아니요. 남의 성질을 건드리지 말라는 말이요. 나 이정은 월공이 아니라 세상 누구도 두려워하지 않소. 당신이 상관 덕분에 권세가 얼마나 강한 지 모르지만, 내가 볼 때는 당신은 허수아비만도 못하다오. 나 이정이 설령 목이 잘릴 지라도 당신 같은 그런 협박에 나는 꿈쩍도 하지 않소! 그러니 지금 당장 이 방에서 나가시오."

두 사람이 방 안에서 이렇듯 시끄럽게 논쟁을 하는데, 옆방에 묵고 있던 객인이 문을 열고 들어왔는데, 그 차림새는 무인이었다.

그가 물었다.

"어느 분이 약사(藥師) 형이십니까?"

이정은 화가 나 있어 처다보지도 않고 "나요."라고 말했다. 그러자 장출진은 불쑥 들어온 불청객을 한번 보더니 황망히 손을 들어 간단한 예를 표하고서 "존형의 성씨는 무엇입니까?"라고 물었다.

그 사람이 "저는 장씨입니다."라고 말하자, 장출진도 "소첩(小妾)도"라고 말하다가 얼른 말을 바꾸며 "저도 역시 그렇습니다. 만약 저를 싫어하지 않는다면 형제처럼 지내고 싶습니다."라고 말했다.

그러자 불청객 장씨는 장출진을 아래위로 자세히 쳐다보더니 "하! 하! 하!" 하며 크게 웃었다.

그리고 바로 말을 이었다.

"당신이 나와 형제가 된다면 정말 재미있을 것이요!"

그러자 화가 나 있던 이정이 불청객 장씨를 바라보면서 "성함이 어떻게 됩니까?"라고 물었다.

그 사람은 "나의 자는 중견(仲堅)입니다."라고 말했다.

그러자 이정은 벌떡 일어나 그 사람의 손을 잡으며 말했다.

"규염공(虯髥公)[147]이 아니십니까?"

"그렇습니다. 저는 조금 전에 바로 옆방에 투숙하여 당신들의 이야기를 듣고서 약사 형인 줄 짐작했습니다. 그래서 불청객으로 끼어들었습니다. 그리고 여기 장씨는 약사 형을 진정으로 중매하려는 뜻이 전혀 없습니다. 약사 형이 이분 말뜻을 못 알아들었습니다. 이제 차라리 내가 두분을 중매(中媒, 원문은 집가, 執柯)하겠소."

그러자 남장을 하고 있던 장출진이 말했다.

"저의 변장을 규염공께서 알아차렸으니, 저는 더 이상 속일 수가 없습니다."

그리고 작은 곁방으로 들어가 머리에 쓴 검은 비단 건과 관리 복장을 벗고 여인의 옷으로 갈아 입은 다음 나와서 말했다.

"소첩은 월공부의 여관입니다. 낮에 이공께서 월공을 알현할 때, 이공의 비범하신 모습을 보고 제가 평생을 모실 분이라고 생각하였습니다. 제 자신이 저를 천거하는 일이 부끄럽습니다만, 오늘이 아니라면 영영 놓치고 다시는 못 뵐 것 같아 이렇게 변장

---

147 규염객(虯髥客, 虯는 규룡 규, 髥은 구렛나루 염)－唐代 전기소설(傳奇小說)인 《규염객전(虯髥客傳)》〔作者 두광정(杜光庭)〕에 나오는 허구(虛構) 인물. 姓은 張씨. 哀王(李靖)과 홍불녀(紅拂女, 장진출)과 함께 풍진삼협(風塵三俠)으로 일컬어진다. 《규염객전》의 규염객은 도교적 신비가 가득한 유협(遊俠)이다. 수나라 말기 강호를 떠돌다가 나중에 이정과 함께 眞命天子(진명천자)인 이세민을 도와 당의 건국에 일조를 한다. 《규염객전》의 저자 두광정(杜光庭, 850－933년, 字는 賓聖)은 唐朝 上淸派의 저명한 도사였다.

하고 찾아와 소란을 피웠습니다. 너그러이 용서해 주시기 바랍니다."

이 말에 규염공은 더 크게 웃었다.

이정은 이제야 모든 것을 이해한 듯 천천히 말했다.

"낮에 불진을 들고 있던 미인이 아니십니까? 그대가 그런 뜻이었다면 왜 처음부터 확실하게 말하지 않으셨습니까? 괜히 저 때문에 이야기만 길어졌습니다."

이에 장출진은 얼굴을 붉히고 고개를 숙이면서 말했다.

"낭군께서 저를 자세히 보려 하지 않으셨습니다. 여기의 장형께서는 제 목소리만 듣고서도 제가 여자인 줄을 아셨습니다. 일찍 알아채셨으면 저도 이리저리 둘러 말하지 않았을 것입니다."

그러자 중견도 웃으며 말했다.

"당신들 부부는 결코 보통 인연이 아닙니다. 빨리 천지신명께 절을 올리고, 내가 술과 안주를 준비해오면 바로 화촉을 밝히며 큰 잔으로 석 잔씩 통쾌하게 마셔야 합니다."

이정과 장출진은 부끄러우나 좋아하면서 하늘에 절을 하고 부부가 되기를 맹서하였다.

장씨는 다시 처음과 같은 남장을 챙겨 입고 검은 비단 건을 썼다.

이정이 물었다.

"왜 다시 남장을 하십니까?"

"이 객정에 들어올 때, 남장을 했는데 여인의 옷으로 나간다면 여러 가지 의심을 받을 것입니다."

그러자 이경은 장출진이 매우 현명하고 치밀한 훌륭한 여인이라고 생각하였다.

중견이 아랫사람을 시켜 술과 안주를 차린 상을 들여오게 했다. 세 사람은 잔을 들어 축하하고 통쾌하게 이야기를 나눴다. 술이 석 잔씩 돌아가자, 장씨가 중견에게 물었다.

"형께서는 언제 떠나실 예정이십니까?"

"해야 할 일을 모두 마쳤으니 내일 바로 떠날 것입니다."

장씨는 이야기를 듣고 일어서며 말했다.

"이랑(李郞, 이정)께서는 저 대신 장형하고 술을 드십시오. 저는 잠깐 다녀올 곳이 있으니 빨리 다녀오겠습니다."

"이 또한 기묘한 일인데 어디를 가시렵니까?"

"낭군께서는 걱정하지 마십시오. 조금 있으면 금방 아실 것입니다."

장씨는 등불을 들고 문밖으로 나갔다. 이정은 나가는 장씨를 여전히 궁금한 눈빛으로 바라보았다.

그러나 중견은 "저 여자는 정말 특출한 분이니, 여인 중에 용호(龍虎)와 같습니다. 틀림없이 금방 돌아올 것이니, 우리 술이나 마십시다."

두 사람이 이런저런 이야기를 하는 동안 밖에서 말의 울음소리가 들렸다. 그러면서 장씨가 들어왔다.

중견이 물었다.

"누이는 어디에 다녀오셨소?"

"저는 오늘 이랑(李郞)을 만났고 제 평생을 위탁하였습니다. 이는 본래 남녀 간의 욕구 때문이 아닙니다. 지금 제 손에 병부가 있습니다. 그래서 가까운 중군청(中軍廳)에 가서 말 세 마리를 빌려왔습니다. 지금 이 술을 다 마신 다음에, 모두 행장을 수습하여 말을 타고 성문을 나갈 수 있습니다. 성문에서도 우리를 제지하지 못할 것입니다. 그러니 우리 셋이서 태원(太原)에 같이 유람하는 것이 어떻겠습니까?"

이정과 중견 모두 크게 반기며 좋다고 하였다. 술을 다 마신 뒤 모두 행장을 챙겼고 객점 주인과 작별한 뒤, 말을 타고 기분 좋게 출발하였다.

다음 날 월공은 장미인이 보이질 않자, 안에 들어가 살펴보라고 하였고 차인이 들어가 장미인을 찾아보았다.

그리고 즉시 돌아와 보고하였다.

"방문은 잠겼고 사람은 그림자도 보이지 않습니다."

그러자 월공은 금방 뉘우치며 말했다.

"내가 점검을 놓쳤구나. 이 여자는 분명 이정에게 찾아갔을 것이다."

그리고 사람을 시켜 방문을 열어보니, 의상이나 장식, 가구나 직물 등은 하나도 손대지 않고 그대로였다. 그리고 탁자 위에는 한 통의 서찰이 있었다.

이를 월공에게 바쳤다.

「월국부(越國府)」의 시종인 홍불(紅拂) 장출진(張出塵)은 고개 숙여 아룁니다. 저는 길가의 버들 같은 미천한 신분인데도 오동나무 같은 귀한 대우를 받았습니다. 제가 비록 황금 저택에 멋진 교자를 타지는 못했지만 옥반의 가효(佳肴)를 즐길 수 있었으니, 제게 무슨 불만이 있을 것이며 어찌 떠나갈 마음을 먹을 수 있었겠습니까? 소첩은 일찍이 허진군(許眞君)[148]의 방술(方術)을 배웠기에 사람을 볼 줄 아는 안목이 조금 트였습니다. 제가 영웅을 알아보았으니, 이는 미약한 잡초가 난초에 의지하는 것이며 땅을 기어가는 연약한 댕댕이 넝쿨이 대나무에 의지하는 것과 같습니다. 그렇다고 어찌 장이(張耳)의 아내[149]처럼 남편을 무시할 수 있겠

---

148 허진군(許眞君) – 허손(許遜, 239–374년, 字는 敬之). 晉代 유명한 도사, 南昌縣〔남창현, 今屬(금속) 江西省(강서성)〕 사람. 晉 太康 元年(서기 280년) – 현령으로 출사. 道教 정명도(淨明道), 여산파(閭山派)에서 존중하는 祖師. 水神이 되었다. 사람들은 許九郞, 정양조사(旌陽祖師), 感天大帝, 許天師로 불린다.

149 장이의 아내(張耳之妻) – 張耳(장이, ?–前 202)는 뒷날 항우(項羽)에 의해 常山王이 되었다가 漢 高祖에 의해 趙王에 봉해진다. 張耳(장이)는 大梁 사람인데, 젊어서 魏 公子 毋忌(무기)를 따르는 賓客이었다. 일찍이 본적지를 떠나 외황(外黃)을 떠돌았는데, 外黃縣 부호의 딸은 매우 미인으로 남편을 종처럼 여겼는데, 아버지의 친구 집에 가 있었다. 그 아버지의 친구가 말했다. "똑똑한

습니까? 떠나면서 제 마음을 솔직히 아뢸 뿐입니다. 아녀자의 음란으로 도망가는 꼴은 결코 아닙니다. 삼가 아룁니다.」

월공은 읽기를 마친 뒤 오히려 마음이 홀가분하였다. 그리고 자신이 평가 그대로 이정은 역시 영웅리라고 생각하였다. 월공은 이런 일을 발설하지 못하게 단속하였다.

그리고 더 이상 문제 삼지도 않았다.

그러나 다음에는 무슨 일이 일어나겠는가? 다음 회를 읽어 보시라.

남편을 만나려 한다면 張耳(장이)에게 가라." 여인은 그 말을 듣고 전 남편과 결별하고 장이에게 시집갔다. 여자 집에서 장이에게 많은 재물을 보내주었고, 장이는 먼 곳에서 찾아오는 사람도 대접할 수 있었으며 外黃令이 되었다.

제17회

제국원은 신나게 축구장에 들어갔고, 시사창은 여럿이 연등을 구경하다.(齊國遠漫興立毬場, 柴郡馬挾伴游燈市.)[150]

시에 읊기를, 詩曰,

멋있는 우주의 밤하늘 드넓고, (玉宇晚蒼茫)
은하수 뭇별은 특이한 빛이다. (河星實異鋩)
하늘의 가운데 큰 달이 걸렸고, (中天懸玉鏡)
대지엔 금색의 달빛이 깔렸다. (大地滿金光)
인간 그림자 어지러이 움직여, (人影蹁韆鶴)
통소 소리는 봉황새 울음 같다. (簫聲咽鳳凰)
백 년 지나면 끝날 속인의 삶이, (百年能底事)

150 本回(본회)는 《수사유문(隋史遺文)》 21회의 내용과 거의 비슷하다는 주석이 있다.

장난하듯이 속세 마당에 핀다. (作戱且逢場)

사람들은 '놀면 무익하다.' 고[151] 말한다. 그러나 어렸을 때 놀이는 재미있어서 놀려고 하나, 어른이 되면 노는 것으로 명성을 얻거나 이익을 얻으려 한다. 육신(肉身)으로 몹시도 바쁘게 살다 보면, 어느 시간에 놀면서 잠깐이라도 마음의 여유를 찾을 수 있겠는가?

그러다가 공명을 이루게 되면 머리는 하얗게 세고 늙어버리니, 그때는 놀이도 재미가 없어진다. 거기다가 놀이에 빠져 아무 것도 이룬 것도 없이, 몸이 먼저 죽는다면, 그런 사람은 아무런 의미도 없는 일생을 살아온 것이다.

그러하니, 놀만할 때 잘 놀아야 한다는 말도 지당한 말이다. 그러나 놀이의 성패에 기복이 있고, 희비가 엇갈리며, 놀이에 빠져버리면 다시 본모습으로 돌아가지 못한다.

---

151 원문 頑耍無益(완사무익) – 頑은 고집셀 완. 짓궂다. 玩(희롱할 완)과 통. 耍는 희롱할 사. 玩耍(완사)는 놀다. 장난하다. 재능은 어려운 여건 속에서 배워야 하고(本領要在困難中學), 친구는 환난 속에서 사귀어야 한다(朋友要在患難中交). 능력은 참된 것이고(本事是眞的), 놀고 즐기는 일은 공허한 일이다(玩藝是空的). 재능은 지식 속에 있고(本領在知識中), 지식은 학습 속에 있으며(知識在學習中), 학습은 생활 속에 있다(學習再生活中). – 생활하며 배우고, 배워야 아는 것이 있고, 알아야 능력도 길러진다.

한편 숙보는 이정(李靖)을 만난 뒤에 서둘러 명덕문 밖 객점으로 돌아왔다. 그들은 밥과 술을 배불리 먹으며 숙보가 돌아오기를 기다렸다가, 객점의 비용을 계산하려 했다.

숙보가 돌아오자, 여러 사람이 일제히 말했다.

"형씨는 왜 우리와 함께 성안에 가지 않고 먼저 갔습니까?"

그러자 숙보가 말했다.

"새벽 오경에 성안에 가서 뭘 합니까? 바로 지금 시간에 들어가면 딱 놀기 좋을 것입니다."

왕백당이 이밀을 만났느냐고 묻자, 숙보가 말했다.

"가져간 예물을 마침 이밀 그분이 접수하였습니다. 그렇지만 그분이 하도 바빠서 자세한 이야기를 할 겨를이 없었습니다. 왕형도 여기에 왔다고 말해주니, 저에게 안부를 전해달라며 매우 아쉬워했습니다."

그리고 숙보는 여러 사람에게 말했다.

"지금 행장을 수습하고 성안에 들어갑시다."

이에 말을 탄 7명과 20여 명의 건장한 장부들은 도씨의 객점을 떠났다.

왕백당이 말을 탄 채 웃으면서 숙보에게 말했다.

"진형, 광대처럼 어리석은 꼴은 우리가 모두 다 하네요?"

"무슨 말이오?"

왕백당이 무리를 가리키며 말했다.

"우리 7인은 말을 탔지만, 따라오는 20여 명은 모두 짐을 지고 있는데, 우리들이 성안에 들어가 큰 길을 따라 간다면 구경꾼들은 '저 사람들은 길을 몰라서 잘못 갔다가 돌아온다' 고 수근거릴 것입니다. 지금 우리가 번화한 거리의 술집〔주사(酒肆)〕이나 다방(茶坊)에 들어가 논다고 하여도 저 사람들을 어떻게 놔둬야 합니까?"

도성을 향해 가면서 숙보는 혼자 생각하였다.

'이정의 말을 모두 다 믿을 수도 없지만 그렇다고 안 믿을 수도 없다. 지금 성안에 들어갔다가 만약 불미스러운 일에 휩쓸리기라도 한다면, 바로 말을 타고 빠져나오면 될 것이다. 그러나 왕백당의 일행과 같이 한다면 그냥 걸어다니면서 놀아야 하며 곤란한 지경이라도 당하면 어떻게 대처하겠는가?'

왕백당과 숙보가 말을 탄 사람과 안 탄 사람이 어떻게 놀아야 하는가를 이야기하자, 이여규가 끼어들었다.

"두 분 형님은 걱정하지 마십시오. 그냥 저만 따라오시면 됩니다. 저 많은 아랫사람들을 성안에 데리고 들어가 어쩌겠습니까? 성문 밖에 작은 객점을 하나 잡아가지고, 모두의 행장을 내려놓고, 말은 안장을 벗겨 풀을 뜯고 물을 마시게 합니다. 저 사람들을 객점에서 밥 먹고 술 마시며 쉬게 하면 됩니다. 저 시씨 사위와 그 수행원은 체면을 차려야 하니까 가죽 배낭(氈包)이나 작은 문갑(拜匣), 그리고 은자나 동전꾸러미를 들고 다니며 술값을 치루게 하면 좋을 것입니다. 그 밖의 수하들은 황혼 무렵에 말 안장

등을 잘 준비하고 우리를 기다리게 하면 됩니다."

그러자 모두가 좋다며 그대로 따랐다.

이런 이야기를 하는 동안 일행은 성문에 도달했다.

숙보는 자신의 보졸 두 사람을 따로 불러 말했다.

"우리는 공무가 있으니 다른 사람과 처지가 다르다. 그리고 여기 공문도 들어있다. 또 우리가 돌아갈 여비도 잘 간수해야 한다. 이 모두가 우리의 생명과 직결된다. 황혼 무렵에 우리 말에 필요한 마구(馬具)를 단단히 챙겨두어라. 절대로 소홀하지 말라."

숙보는 여러 일행과 함께 몸에 무기를 하나씩 몰래 지니고 두 명의 수하 장수와 함께 성안으로 들어갔다. 장안성 6개의 가로(街路)와 3개의 시장에는 귀족 및 고급 관리들이 일반 백성과 함께 천자의 명을 받들며 명절을 즐기고 있었다.

집집마다 여러 색의 비단을 매어 장식했고, 양탄자를 깔아 쉴 자리를 만들었으며 등불을 켜 달았다.

숙보 일행은 모두 사마문(司馬門) 앞까지 왔는데, 거기는 바로 우문술(宇文述)의 아문(衙門)이었고, 거기에도 비단을 걸어 장식하고 등불로 누각을 밝히고 있었다.

우문술은 현재 태자(楊廣)의 핵심 책사(策士)였기에 병부상서(兵部尚書)가 되었고, 그 관아 건물 뒤편에는 활쏘기를 할 수 있는 사궁장(射弓場)이 있었으며, 온 나라의 무관들의 승진을 위한 궁술이나 마술(馬術) 등 무예 경연이 거기서 진행되었고, 작은 교장(小教場)이라 불렀다.

그런데 오늘은 거기서 많은 사람들의 환호성과 갈채 소리가 울려퍼지고 있었다. 그것은 공차기를 구경하는 사람들의 함성이었다.[152] 누가 군사용 연병장에서 공차기를 할 수 있겠는가? 그렇게 할 수 있는 사람은 우문술의 넷째 아들 우문혜급(宇文惠及)이었다.

우문술에게는 아들이 넷이었다. 큰아들은 우문화급(宇文化及)으로,[153] 그 관직은 치서시어사(治書侍御史)였다. 둘째는 우문사급

---

152 공차기－원문 圓情(원정)－우리나라의 중국어 사전에는 나오지 않는 말이다. 圓은 둥근 것. 공. 情에는 '취미' 라는 뜻이 있다. 그래서 소설 내용으로 보아 '공차기(축국, 蹴鞠)' 으로 옮겼다. 오늘날, 우리가 말하는 축구는 중국에서 족구(足球, zúqiu)로 표기한다. 격구(擊毬)는 馬上(마상)하키이다. 중국에서 전국시대에 창안되어 군사훈련 방법의 하나로 이어온 것은 축국(蹴鞠)이다. 이는 가죽으로 만든 공을 높이 또는 멀리 차보내는 놀이이다. 축국(蹴鞠, cùjū / 鞠은 공 국. 球와 同)은 답국(蹋鞠)이라고도 하는데, 지금 중국에서는 척구(踢球, 踢은 찰 척)이라고도 한다. 국제축구협회에서 2004년에 축구가 戰國시대에 山東 지역에서 시작되어 당나라 시대에 유행하였다고 공식적으로 인정했다고 중국인들은 자랑한다. 그들은 자랑은 잘하지만 축구를 잘 하지는 못한다.

153 우문화급(宇文化及, 569－619년)－우문술의 장남. 수 양제를 섬겼다. 618년에 政變을 일으켜 양제(煬帝)를 죽이고, 양제의 조카인 秦王 양호(楊浩)를 수 황제로 내세웠다. 정예군을 거느리고 북벌에 나섰으나 李密, 두건덕(竇建德)에게 패전했다. 양호를 독살하고 許國 황제를 칭했으나 619년에 두건덕에게 잡혀 죽었다.

(宇文士及)으로, 문제(文帝)의 진양공주(晉陽公主)를 맞이했으며, 관직은 부마도위(駙馬都尉)였다. 셋째 아들은 우문지급(宇文智及)으로,[154] 나라의 토목공사를 담당하는 장작도감(將作都監)의 차관이라 할 수 있는 장작소감(將作少監)이었다. 우문혜급은 막내 아들이었는데, 문음(門廕)으로 관직에 나갈 수 있지만 아직은 나이가 어려 관직을 받지는 않고 있었다.

우문화급(宇文化及)

그러나 우문혜급은 그야말로 일자무식이었으니, 낫 놓고 기역자도 모르는 곧 목불식정(目不識丁)이었고,[155] 손에 먹물이 한 점

154 우문지급(宇文智及, 572－619년)－隋朝 대신, 左翊衛將軍(좌익위장군) 宇文述의 삼남. 그 선조는 흉노인, 鮮卑族(선비족) 문벌에 귀화. 宇文으로 改姓. 619년에 요성(聊城)에서 두건덕에 패전한 뒤 軍門에서 효수 되었다. 《隋書》 85권, 列傳 第50권에 입전.

155 目不識丁(목불식정)＝一字無識(일자무식)－고무래 정자 하나도 모른다(不識一丁). (낫 놓고 기역자도 모른다. 빨래집게 들고 A자

묻어본 적도 없었다. 그런데도 비단옷으로 몸을 감싸고 진수성찬을 먹고 마셨으며, 그를 따라다니는 부하들도 먹고 놀기만 하는 건달 불량배가 아닌 사람이 없었다. 그런 자들은 모두 아첨에 아부만 할 줄 아는 무뢰한들이었고, 틈만나면 주색을 밝히며 질탕하게 놀기만을 즐기는 자들이었다.

그리고 우문혜급은 공차기를 할 줄 알고, 추종자들이 '잘 찬다' 고 아부하니, 우문혜급은 자신이 최고인 줄 알고 으스대었다.[156] 그러나 우문혜급은 공차기에서 한번 뛰어올라 양발로 거

도 모른다.) 갈지(之) 없을 무(無) 같은 쉬운 글자도 모른다(不識之無). 공자 앞에 나가 고개를 숙여 절한 적이 없다(沒給孔夫子磕過頭). —학교에서 공부한 적 없다. 무식하다. 젊어 배우지 않으면 늙어 무식하다(少而不學, 老而無識).

156 본 소설의 우문혜급은 소설 《水滸傳》에 나오는 고구(高俅)와 같은 캐릭터이다. 고구는 북송 단왕(端王 ; 죽은 神宗의 아들이며, 당시 황제 哲宗의 동생, 즉위하기 전의 휘종)의 저택에 심부름을 갔다가 운이 트이게 된다. 단왕은 음주가무에 소질을 갖고 즐겼으며 특히 축구를 좋아했다. 단왕이 축구를 하는 모습을 보며 기다리던 고구에게 공이 날아왔고, 고구는 원앙괴(鴛鴦拐)라는 멋진 동작으로 킥하면서 패스했다. 그 공을 찬 솜씨에 놀란 단왕이 다가와 말한다. "너는 본래 공을 찰 줄 아는구나!(你原來會踢氣毬) 네 이름이 무엇인가?(你喚做甚麼)" 이 순간, 파락호의 아들로 태어나 술과 도박, 그리고 계집질로 밑바닥 인생을 살던 건달은 일시에 승천하게 된다. 고구는 그 현장에서 단왕과 함께 공을 찼으며, 단왕이 만류하여 하룻밤을 지냈고, 단왕의 수행원이 되어 단왕과 같이 매일 놀았다. 두 달이 못 되어, 단왕이 황제(徽宗)로 즉위

듭 차기를 할 정도의 실력은 아니었다.

우문혜급은 부친 우문술을 졸라 군사 연병장을 격구(擊毬)를 할 수 있는 격구장으로 만들었다. 그리고 정월 초하루부터 상원절인 정월 보름날까지 격구대회를 연다고 소문을 냈기에 온 나라에서 공차기 좀 한다는 건달들이 장안으로 모여들었다.

우문혜급은 월대(月臺) 위에 오색 비단을 드리웠고 커다란 천막을 쳐서 햇볕을 가렸다. 그리고 '관구대(官毬檯)' 라는 간판을 달아놓았다.

우문혜급이 가운데 상좌에 앉았고, 좌, 우에는 미인 두 명이 서서 시중을 들었는데, 이들은 장안성 평강항(平康巷)에서 특별히 데려온 기녀들이었다. 두 여인은 여자이지만 공차기를 잘했기에 별명이 금봉무(金鳳舞), 그리고 채하비(彩霞飛)라고 불렀다.

월대의 동서 양편에는 작은 패루를 두 개 가설해 놓았다. 온 나라에서 모여든 공차기꾼들은 두 명씩 짝을 지어 조정행두(弔頂行頭) 또는 보행두(輔行頭), 아니면 안시(雁翅)라 하여 좌우에 배치되었는데 모두 합하면 2백 명쯤 되었다.

하면서 단왕의 축구 파트너였던 고구는 자신의 팔자를 고친다. 고구는 군사 관련 직책을 받았고 곧바로 전수부(殿帥府)의 도지휘사, 곧 태위가 되어 조정의 군정(軍政) 대권을 장악하고 이와 연관하여 나라의 운명도 바뀌게 된다. 고구는 출세하면서 본 이름 구(毬)에서 모(毛)를 빼고 인변(亻)을 보태 구(俅)라 했지만, 인간이면 알아야 할 인의예지(仁義禮智)와 신행충량(信行忠良)에 대해서는 모르는 사람이었다. 진기환 저, 《수호전 평설》, (명문당) 참고.

넓은 격구장에는 20개 정도의 공차기 마당을 만들었다. 한 곳에 2개의 기둥을 세우고 조그만 오두막집 같은 패루를 세웠고, 거기에 비단으로 둥근 동그라미를 만들었다. 또는 한 말(斗) 정도 크기의 동그라미를 만들고 채문(彩門)이라 하였다.

그리고 강호에서 모여든 호걸들은 그들이 나름대로 기술을 발휘하여 공을 차서 패루 위의 원 가운데로 차넣거나 채문에 공을 차넣으면 환호성과 함께 박수를 받았다.

그러면 그 사람을 안내하여 월대에 있는 우문혜급에 데려가면 공차는 기술의 정도에 따라 책색 비단 한 필, 또는 은으로 만든 꽃(造花, 銀花), 또는 은으로 만든 상패(銀牌, medal) 하나를 상으로 주었다.

그리고 상을 받은 사람들이 고맙다는 뜻으로 내는 약간의 사례금 같은 것은 금봉무나 채하비 두 여인이 차지하였다. 누구나 참여할 수 있기에 상을 받는 사람보다 차지를 못하거나 차다가 넘어져서 모두의 웃음거리가 되는 사람도 있었다. 마치,

공이 무거워 걷어차도 나가지 않거나, (材在骨中踢不去)
줄에 매달려 날아가듯 멋지게 차더라. (俏從胎裡帶將來)

한편 숙보는 여러 일행과 함께 환호하는 군중 틈을 비집고 들어가면서도 이정의 말을 생각하며 왕백당에게 말했다.

"매사에 다른 사람과는 경쟁하지 말고 참아야만 하지요. 참을

수 있을 때까지 참는 사람이 진짜 사나이 아니겠소?"

왕백당과 시사창은 숙보의 말을 들을 때마다 모든 말을 다 받아들이는 태도였다. 그렇지만 제국원과 이여규 둘은 본래 거친 사람이라서 옛날 버릇이 그대로 튀어나오곤 했다.

한참 완력을 쓸만할 때라서 사람들을 힘으로 밀쳐버리거나 비집고 들어가 앞자리에서 공차기를 구경하였다.

본래 이여규는 부잣집에서 자랐기에 공차기를 보았고, 또 조금은 할 줄도 알았다. 그러나 제국원은 어렸을 적부터 도적의 무리에 끼어 다니면서 바람이 불면 방화를 하고, 달빛이 어두운 밤에는 살인을 서슴치 않았으니 공차기를 언제 보았겠는가? 제국원은 눈을 동그랗게 뜨고 구경을 하다가 이여규 귀에 대고 작은 소리로 물었다.

"아우님, 저 굴러가는 동그란 것을 뭐라고 하는가?"

그러자 이여규가 웃으면서 대답하였다.

"납〔鉛(연)〕을 가죽으로 싼 것인데, 팔괘의 재해 숫자대로 64근의 납을 부어넣어 만든 것입니다."

"저 세 사람의 힘이 센 모양이여. 발을 들어 한 번 찼는데 저렇게 높이 올라가다니! 공을 차 넘겼다고 비단 한 필과 은으로 만든 조화까지 받으니 나도 한 번 차볼만 할까?"

이런 작은 소리로 속삭인 말이 두 사람의 귀에만 들리지 않았는지, 공차기를 진행하는 사람이 다가와 이여규에게 물었다.

"어느 분이 공을 차려 하십니까?"

그러자 이여규는 제국원의 어깨를 밀어내며 말했다.

"이 어른이 구장에 들어가 놀고 싶답니다."

그러자 그 사람이 제국원에게 다가와 말했다.

"어르신 한 번 차십시오. 제가 공을 던져드리고, 여기 장가가 시중을 들 것입니다."

제국원은 당황했다.

그러나 '공 한번 차버리면 끝 아닌가? 던져주는 공을 맞춰 발로 힘대로 걷어차면 되잖아?' 라고 생각하며 앞으로 나갔다. 공을 던져줄 사람은 제국원이 공을 못찰 줄 알고 얕보면서, 왼발을 높이 들면서 가랑이 사이로 공을 제국원에게 차기 좋은 높이로 던졌다.

제국원은 공이 천천히 날아오자 눈앞에 불꽃이 일어났고, 또 걷어차지 못하면 어쩌나 하며 겁이났다. 그러나 '요까짓거!' 하면서 온 힘을 다하여 앞으로 한발 뛰어나가며 힘껏 걷어찼다.

그러자 퍽! 하는 소리와 함께 공은 하늘 밖 구름까지 오르듯 솟구쳤다. 그리고 마침 불어오는 센 바람을 탔는지 축구장 밖 어디론가 날아가버렸다.

공을 던져 주는 두 사람이 제국원 앞에 와서 히죽거리며 말했다.

"우리 두 사람은 형씨한테 아무런 잘못도 하지 않았습니다. 그런데 공을 못 차는 척하다가 저리 멀리 차내니, 우리들 본전은 날아가 버렸소. 우리 본전은 어디서 찾겠나?"

그러자 제국원은 '이 사람들 손 좀 봐줘야겠다!' 라고 생각하며 주먹을 불끈 쥐었다. 그러나 이를 눈치 챈 이여규가 제국원 앞에 나서며 말했다.

"이분이야 본래 공을 처음 차보지만 원래 힘이 좋아서 멀리 나간 것이요! 멀리 차면 댁들이 본전을 잃어버리는 줄을 어찌 알았겠소? 그나저나 오늘 이렇게 만났으니, 다음에 또 만난다면 구면이 됩니다! 언제 어디서 또 볼지 모르는데, 이분이 받을 상을 당신에게 넘겨주겠소! 우리야 공을 차본 경험만으로도 재미있었소!"

이여규는 제국원을 잡아끌며 현장을 떠나려 사람들을 비집고 나왔다. 제국원은 영문도 모른 채 이여규를 따라나왔다. 그러는데 숙보도 공차기를 보려로 인파를 헤집고 들어가려 했으나 들어갈 수가 없었다. 그런는 중에 사람들을 가르면서 나오는 제국원과 이여규를 만났다.

숙보가 말했다.

"두 아우는 어디로 가려는가? 우리와 함께 들어가 놀아봅시다."

그러면서 다시 두 사람을 데리고 안으로 들어갔다. 사실 숙보는 물론 왕백당과 시사창 모두 공을 찰 줄 알고 있었다. 서로 공차기를 하라고 권했는데, 숙보는 은인자중(隱忍自重)해야 하기에 뒤로 빠지면서 시사창에게 차 보라고 권했다.

시사창은 본래 한량 기질이 좀 있는 사람이라서 여러 사람이 권유하자 공을 차 보려 마음먹었다.

시사창이 사양하는척하다가 말했다.

"제가 시건방을 떨더라도 형님들이 애교로 봐주십시오."

그러면서 공차기를 진행하는 사람을 불렀다.

그가 다가와 물었다.

"어느 분께서 공을 차시겠습니까?"

시사창이 물었다.

"저 위 단상에 있는 미인 두 사람도 공을 찰 줄 압니까?"

"공자께서 평강항에서 특별히 초청한 미인인데 아주 솜씨가 좋습니다. 별명이 금봉무이고, 또 채하비입니다."

"내가 좀 만나고 싶은데 여기에 올지 모르겠소."

"상공께서 공을 잘 찬다면 기꺼이 올 것입니다."

"내가 저들 미인의 화장품 값을 보태줄 것이니 가서 이야기 좀 하시오. 오늘 같이 좋은 날 재미 좀 봐야 하지 않겠소?"

"인물만큼이나 시원시원하군요. 조금만 기다리십시오."

우문 공자는 노는 일을 마다할 사람이 아니었다. 두 여인에게 내려가 재미있게 놀아보라고 말했다. 두 여인이 내려오자, 그 뒤로 어린 시녀 네 명이 오색의 가죽 공을 들고 따라왔다. 두 여인이 시사창 앞에 와서 허리를 굽혀 인사를 하며 웃었다. 과연 미인이었다. 두 여인이 내려오는 것을 보고 많은 사람들이 모여들었다.

시사창은 여인들과 함께 발차기로 오색공을 차고 올리며 서로 주고받았다. 공이 땅에 닿을만하면 여러 가지 자세로 공을 차 올렸다. 그때마다 구경꾼의 탄성이 터졌다.

미인의 가벼운 비단 옷자락이 공과 함께 나풀거렸다.

시사창은 평생 동안 익혔던 기술을 다 꺼내 자랑하듯 거침이 없었다. 두 미녀도 시사창에게 지지 않으려 온갖 재주를 보여주었다.

사람들의 환호성이 계속되자, 월대에서 비단과 은제 꽃을 보냈다. 시사창의 하인이 그걸 받아두었다. 시사창의 묘기에 제국원이 신나 외쳤다.

"시공자! 멈추지 마시오. 밤중까지 계속 차 보시오."

두 미인도 활짝 웃으면서 넋을 잃고 시사창의 묘기를 관람하였다.

시사창이 공차기를 멈추자, 관중은 모두 우레와 같이 박수를 쳤다. 숙보는 백은 20냥과 비단 4필을 두 미인에게 선물로 주었다. 그리고 백은 5냥으로 공차기를 주선해 준 사람에게 사례했다. 그러자 월대에서 우문 공자가 미녀를 불렀고, 미인들은 시사창에게 추파를 던지며 아쉬운 발길을 돌렸다. 숙보 일행은 구장을 나와 남교(藍橋)에 올라서니 거리의 휘황한 등불이 발아래로 펼쳐졌다.

숙보는 일행에게 큰길을 따라가며 관등하자고 제의하였다. 일행은 사마문(司馬門) 앞에 와서 많은 등불을 구경하였다. 사마문 앞 누각의 등불은 여러 동물 형상으로 만들었고, 거기에 여러 색깔의 비단을 덮거나 매달아 영롱한 아름다움이 더욱 빛났다.

여러 동물 모양 중 특히 기린 형상의 등불에는 '온갖 짐승이 모두 입조하다(萬獸齊朝).' 라는 글이 쓰여있었다. 그리고 높은 패루에는 대련이 쓰여 있었는데, 왼편에는 「상서로운 주(周) 왕조에 길상(吉祥)이 나타나 성현이 강림하시어 나라에 법도를 세웠네.」라고 쓰였고, 오른 편에는 "수(隋) 조정에 상서가 깃들어 인군(仁君)이 다스리니 성수(聖壽)가 끝이 없도다."」라고 써 있었다.

그리고 기린등 아래로 온각 동물 형상의 등불이 있었으니, 해치등(解豸燈), 사자등(獅子燈), 백택등(白澤燈), 청웅등(青熊燈), 맹호등(猛虎燈), 금표등(錦豹燈), 생쥐등〔老鼠燈〕, 원숭이등〔山猴燈〕, 낙타등(駱駝燈), 흰코끼리등〔白象燈〕, 사슴등〔麋鹿燈〕, 토끼등〔狡兎燈〕, 주마등(走馬燈) 싸우는 형상의 양〔鬪羊燈〕 등등 이루 다 셀 수 없이 많았다.

거기에는 또 두 명의 옛 신선이 등잔불이 켜진 짐승을 타고 있었는데, 왼편에는 '재동제군이 흰 나귀를 타고 인간세상에 내려오는 모양의 등불(梓潼帝君騎白騾燈)' 이었다. 그리고 오른쪽에는 옥청이신 노자가 검은 소를 타고 서쪽으로 양관(陽關)을 나서

가고 있는 형상의 등인데(玉淸老子跨青牛燈), 거기에는 4구의 시가 쓰여있었다.

광채 뿜는 짐승꼴 많은 등불을 매달아, (獸燈無數採光搖)
높고 낮게 반듯반듯 가지런히 빛난다. (整整齊齊下復高)
기린은 털 있는 짐승의 우두머리이니, (麒麟乃是毛蟲長)
그래서 모든 맹수를 이끌고 입조하네. (故引千群猛獸朝)

여러 사람이 함께 기린등을 구경하고서는 병부(兵部) 아문을 지나, 숙보를 따라 월공의 저택 앞으로 갔다. 거기에는 월공부의 가재(家宰) 두 사람이 대문 앞을 지키고 있었고, 거기에도 높은 누각을 만들어 올리고 큰 등을 내걸었다.

보통 백성의 문 앞에는 크고 작은 누각 모양이나 막대를 세우고 나름대로 등불을 내달았으니, 부잣집, 권세가나 서민이 즐기고 바라는 바는 모두 다 같았다.

월공의 대저택 앞에는 또 천자(天子)의 패위(牌位)를 설치하고 대낮같이 환하게 촛불을 켰고 향을 피워놓았다. 월공부의 등루(燈樓)에는 큰 봉황등을 세웠는데, 위에는 황금색으로 〈천조의봉(天朝儀鳳)〉이라는 편액을 내달았다. 그리고 양쪽의 황금색으로 대련 편액을 내걸었는데, 대련은 아래와 같았다.

「봉황이 남산에 깃을 펴니(鳳翅展南山), 상서를 천하가 기뻐하다(天下成欣兆瑞).」

「용의 수염이 북해에 날리니(龍髭揚北海), 인간 모두 은택을 받는다(人間盡得沾恩).」

봉황등 아래에는 각종 새의 등불을 켜달았다.

선학등(仙鶴燈), 금계등(錦鷄燈), 황압등(黃鴨燈, 집오리), 공작등(孔雀燈), 야압등(野鴨燈, 들오리), 빈홍등(賓鴻燈, 기러기), 척령등(鶺鴒燈, 할미새), 계칙등(鸂鷘燈, 뜸부기), 노사등(鷺鷥燈, 해오라기), 요응등(鷂鷹燈, 새매), 앵무등(鸚鵡燈), 희작등(喜鵲燈, 까치), 겸겸등(鶼鶼燈, 비익조), 원앙등(鴛鴦燈)을 만들어 놓았다.

형형색색의 모든 새모양의 등(鳥燈)을 내걸었는데, 그 좌우에는 또 두 명의 옛 선인이 두 개의 등잔불을 켜들고 월공의 장수를 축원하는 대련을 들고 있었다.

왼손에는,

「서지왕모(西池王母)[157]가 파랑새를 타고 요지의 잔치에 왔네

157 西王母－중국인들은 서왕모를 온화하고 위엄 있는 풍채에 가장 고귀한－하늘에서 제일 가는 귀부인－옥황대제의 부인이라고 생각한다. 서왕모에 대한 이런 평가는 『서유기』 같은 신마소설(神魔小說)이나 서왕모의 사당인 낭낭묘(娘娘廟)에 모셔진 모습에서 나왔을 것이다. 중국인들은 삼십을 약간 넘어선 성숙한 미모의 여인, 절대 권력과 함께 초능력도 겸비한 미인이 바로 서왕모라고 생각하고 있다. 서왕모를 유명하게 만든 것은 전국시대 작자 미상의 《목천자전(穆天子傳)》이다. 《목천자전》에는 주(周)의 목왕이 서왕모를 방문하여 서왕모와 즐겨 놀았다는 내용이 수록

(乘靑駕瑤池赴宴).」

오른손에는,

「남극수성(南極壽星)[158]이 백학을 타고 바다를 건너와 장수를 주네(跨白鶴海屋添籌).」

그리고 또 시 4구가 쓰였으니,

천만 가지 새 모양 등이 오산을 밝히고, (鳥燈千萬集鼇山)
마치 날개를 펴고 날아오듯 생동한다. (生動渾如試羽還)
봉황은 새의 첫째라 높이 날개를 펴고, (因有羽王高位立)
새들은 모두 봉황을 따라 날아오른다. (紛紛群鳥盡隨班)

되어 있다. －진기환 저《중국인의 토속신과 그 신앙》참고.

158 남극수성(南極壽星)－장수는 인간의 가장 큰 욕망의 하나이다. 이를 실현하기 위하여 제사 올리고 굿이나 액풀이를 하고 선단(仙丹)을 제조하여 복용하며, 별에 기도하거나 벽곡(辟穀)과 도인(導引; 道士들의 맨손 체조) 등 온갖 방 안들이 시대와 상황에 따라 강구되었다. 이런 간절한 욕구에 상응하는 장수(長壽)의 우상이 창조되었다. 팽조(彭祖)는 800여 년을 살았다니 장수 신기록 보유자이고, 남극수성(南極壽星)은 인간 수명의 장단(長短)을 주관하는 신이다. 중국인들은 노인의 장수를 기원하는 뜻으로 복록수(福祿壽 三星)의 그림을 중당(中堂)에 걸어놓고 그 양옆에 '복여동해(福如東海), 수비남산(壽比南山)' 또는 '명고북두(命高北斗), 수비남산(壽比南山)' 등의 수련(壽聯)을 써서 걸어 놓는다. 그리고 중국인들은 장수하는 노인을 수성(壽星)·노수성(老壽星)·수성노아(壽星老兒)라 하여 존경의 뜻으로 부르기도 한다.

숙보의 여러 친우들은 월공 양소(楊素) 저택 대문에 내걸린 봉황등을 보며 감탄했다. 이미 초경을 알리는 북소리가 울렸기에 일행은 서둘러 동쪽 장안문으로 서둘러 나갔다.

그러나 제국원은 어려서부터 도적의 무리에 끼여 놀았기에 장안성의 번화한 모습을 본 적이 없었다. 더군다나 오늘 같은 상원(上元) 명절에 보름달이 밝고 등불이 휘황찬란하며, 징과 북소리 요란하고 술집과 다방의 예쁜 여인들이 득실거리는데, 숙보의 재촉하는 말이 귀에 들어오겠는가?

제국원의 여기저기 기웃거리고 날뛰며 좋아하는 모양을 누가 잡아끌겠는가? 숙보는 시간이 아까운 듯 재촉하였다.

"자! 우리들은 장안문으로 들어가 황성(皇城) 앞에 가서 황성에서 내걸은 등불을 꼭 봐야 합니다."

일행이 황성 앞 오봉루(五鳳樓) 앞에 왔을 때는 인산인해를 이루어 앞으로 걸어가기도 어려웠다. 그 오봉루 앞에는 한 채의 웅장한 어등루(御燈樓)를 지어놓았다. 그리고 양쪽에 태감(太監)이 은꽃으로 장식한 커다란 의자에 앉아 사람들을 지켜보고 있었다.

오봉루 왼쪽에는 사례감(司禮監)인 배적(裴寂)[159]이, 오른쪽에

---

159 배적(裴寂, 570－629년, 字는 玄眞)－뒷날 唐 高祖의 재상. 武德(무덕) 원년(618년)에서 6년(623년)까지 尙書 우복야(右僕射) 역임 6년에서 9년(626년)에 尙書左僕射(상서좌복야) 역임했다. 여러 벼슬을 거쳐 수 말기에 진양(晉陽)의 宮監으로 있었고 태원 유수 이연과 잘 어울렸다. 이연은 배적을 따라 양제의 별궁에 가서 술을

는 내점검(內檢點)인 종경(宗慶)이 5백여 명의 금군(禁軍)을 거느리고 있었다. 금군은 모두 꽃송이가 그려진 솜옷을 입고, 모두가 자기 키만한 붉은색 몽둥이를 들고서 어등루를 지키고 있었다.

어등루의 등불은 종이나 비단으로 만들어 물감을 칠한 등불이 아니었다. 모두 궁 안에서 실제로 사용하는 등불이었고, 해외에서 들어온 여러 가지 물건과 궁중의 보물로 장식한 등촉이었다. 어등루 위에는 커다란 편액에 큰 글씨로 〈천하를 밝게 비추다(光照天下).〉라는 글씨가 쓰여있었다. 또 옥과 금으로 상감(象嵌)한 한 쌍의 대련이 걸려 있었다.

생황의 노래 들리는 삼천 세계에, (三千世界笙歌裡)
열두 개 도성 첫째로 빛나는 도성! (十二都城錦繡中)

궁궐 어등의 아름다움은 다른 등불과 비교할 수도 없었다.

왕백당, 시사창, 제국원, 이여규 등등은 어등루의 여기 저기를 돌며 동분서주하였다. 한데 모였다가 다시 흩어지고, 술집으로

마시곤 했다. 그 이전에 젊은 이세민은 큰 재물을 가지고 가서 배적과 도박을 했는데 이틀 연속 크게 잃었다. 돈을 많이 따고 싱글벙글하는 배적에게 이세민이 말했다. "숙부님! 隋의 천하를 놓고 도박을 해서 이긴다면, 그 재물은 자자손손을 내려가도 다 쓰지 못할 것입니다." 이에 배적은 천하를 건 도박을 결심한다. 이세민은 진양 현령 유문정(劉文靜, 568－619년)과 거사를 준비했고 배적에게 이연을 설득해달라고 부탁했다.

다방으로, 연극 공연 무대 앞을 기웃대는데 누가 돌아갈 생각을 하겠는가?

숙보가 일행들에게 돌아가야 한다고 여러 번 말했지만 아무도 듣지 않았다.

그러니 이 다음에 무슨 일이 벌어지겠는가? 다음 회를 읽어 보시라.

제18회

왕완아는 관등하다 희롱을 당하고, 우문술 아들은 여색을 탐하다 피살된다.(王婉兒觀燈起釁, 宇文子貪色亡身.)

시로 읊기를,	詩曰,
영웅의 담략과 지혜는 특별하기에,	(自是英雄膽智奇)
일신이 죽어도 남에게 알게 하겠나?	(捐軀何必爲相知)
진(秦)나라 궁궐서 형가는 목숨 버렸고,	(秦庭欲碎荊卿首)
한(韓)나라 거리서 섭정은 의리 지켰다.	(韓市曾橫聶政屍)
몸이 죽고 남은 혼령, 뼈가 부서지고,	(氣斷香魂寒粉骨)
하얀 칼날 날려 요괴를 절단하였다.	(劍飛霜雪絶妖魑)
그대 위해 억울한 사람을 도왔나니,	(爲君掃盡不平事)
장안 경박한 젊은이를 따르겠는가?	(肯學長安輕薄兒)

대체로 이 세상에는 무익한 일도 많고 억울한 일도 많이 있다.

무익한 일이란 쓸데없이 돌아다니며 헛일로 시간을 버리는 짓이다. 억울한 일이란 한때의 분노 때문에 칼을 뽑고 싸우다가 불공정한 힘으로 신세를 망치는 일이다.

그러다 보니 억울한 일은 대개 쓸데없이 몹쓸 짓을 하는 사람 때문에 일어나는 경우가 많다. 세상 사람들의 눈에서 불꽃이 튀고 비명을 들으면 가슴에 분노가 치밀어 오른다. 그렇게 억울한 사람을 도와주려는 의기(義氣)는 사람마다 누구나 갖고 있다.

약한 자를 도와주고 포악한 자를 없앨 방법을 생각하지 않는 그런 사람이라면, 그의 머리가 아마 비었을 것이다. 그러나 만약에 용기를 내더라도 포악한 자를 제압하지 못한다면 도리어 화를 당하게 된다. 따라서 영웅호걸이라면 지피지기(知彼知己)[160]할 수 있는 능력이 있어야 한다.

정말로 영웅이라면 자신의 확실한 능력이 있어도, 권력을 가진 자를, 아니면 권력의 옹호를 받는 자를 두려워하지 않을 수 없다. 권력은 크건 작건 없는 사람에게는 위협이 된다.[161]

---

160 지피지기(知彼知己) - 《孫子兵法, 攻謀 第三》에 나온다. 「知己知彼면 百戰不殆한다. 적을 알지 못하고 자신을 알면(不知彼而知己), 이길 때도 패전할 때도 있다(一勝一負). 적과 자신을 알지 못한다면(不知彼不知己), 싸울 때마다 위태롭다(每戰必殆). 각종 방법을 통하여(간첩 활용도 포함) 적의 軍情(군정), 軍力, 조직, 동향, 보급 상황을 알아야 하고, 동시에 장수 본인의 능력과 상황을 숨기거나 거짓 정보로 상대의 오판을 유도해야 한다.

백만 군사를 지휘하는 우두머리 장수의 멱을 따오는 일은 여우나 토끼 죽이기와 같지 않다는 사실을 분명히 알고, 한때의 분노나 원망을 참으면서 냉철하게 기회를 기다려야 한다. 그러나 음란이나 포학한 행위에 대해서는 하늘도 그런 자를 돕지 않을 것이다. 그래서 이런 말이 있다.

음란 행위의 징벌은 하늘의 뜻이니, (禍淫原是天心)
다만 영웅의 능력을 빌려 이뤄진다. (惟向英雄假手)

이야기하자면, 장안의 부인들은 대개 부잣집이나 권세가 집에서 태어나 의식이 풍족하게 살아왔기에 바깥의 모습이나 남의 일에 별로 마음이 움직이거나 신경을 쓰지 않았다.

그러나 평범한 백성이라면 먹고살기에 바쁘다 보니, 쉬고 놀 수 있는 마음의 여유가 없다. 그렇게 일 년을 지내고 보니 정월 한가한 달에는 이래저래 마음이 들뜨게 된다. 더군다나 정월 보름에 온 거리에 등불이 환한데다가, 북 치고 피리를 불며 모두가

---

161 손에 권력을 쥐고 있으면 신선도 새배하러 온다(手中有權 神仙來拜年). 돈이 있으면 나쁜 놈도 상석에 앉는다(有錢的王八坐上座). 귀신을 부릴 수 있는 것은 돈이고(可以使鬼者 錢也), 사람을 부릴 수 있는 것은 권력이다(可以使人者 權也). 제갈량에게는 지혜가 있고(諸葛有智), 아두에게는 권력이 있다(阿斗有權). 아두가 권력을 행사한 것은(阿斗有權), 제갈량이 유능하기 때문이다(諸葛有能).

희희낙락하는데 혼자서만 새침하게 앉아있기 어려울 것이다. 정월 한 달은 성안에 온통 등불이 밝고 보름달이 밝은 상원절(上元節)은 더더욱 들뜰 수밖에 없었다.

둥그런 달 아래 천만 개의 등불, (團團月下燈千盞)
밝은 등불 위로 대낮 같은 달빛. (灼灼燈中月一輪)
만월에, 등불에 빌어보는 부귀, (月下看燈燈富貴)
등불에 달빛이 더더욱 새롭다. (燈前賞月月精神)
오늘 밤 월색에 등불을 밝히고, (今宵月色燈光內)
모두 관등하며 명월을 즐긴다. (盡是觀燈玩月人神)

그날만은 늙은이건 젊은이나, 남자건 여자건 거리로 나와 놀았다. 설령 당신이 아무리 점잖은 사람이라도, 정절을 지키려는 부녀자일지라도, 마음이 흔들리고 발길마저 가뿐 사뿐하게 곱게 차린 뒤 거리로 나오게 된다. 다리를 밟고(走橋), 달빛을 받고 장씨네 막내딸이나 점방 이씨 마누라, 조씨네 젊은 새댁, 전당포 영감의 마누라가 서로 반갑다며 시시덕거리고, 하하 웃어대다가 얼싸안으며 신이 났다.

장안(長安) 성안의 귀인이나 부잣집 아들, 협기를 부리는 젊은 이들도 모두 이리저리 눈알을 굴리며 마구 지껄여대며, 여기저기 불 밝은 거리를 몰려다닌다. 여인의 분 냄새를 따라가거나, 여인의 웃음 뒤를 밟아가니, 등불 구경에 어찌 마음을 쓰겠는가?

그렇다면 이렇게 들뜬 거리에서 제정신을 못 차리는 사람들이 사단(事端)을 일으키지 않을 수 있겠는가?

젊은 날에 청상(靑孀)과부가 되어 딸 하나만을 키운 왕씨 할멈도 이날 밤, 열여덟 살 난 딸 완아(婉兒)와 함께 들뜬 기분에 휩쓸렸다. 왕 노파는 딸 하나만을 데리고 나왔는데, 완아의 모습이 어떠했겠나?

허리는 삼월 버들가지요, (腰似三春楊柳)
뺨은 이월에 핀 도화이다. (臉如二月桃花)
하얀 살결에 날씬 몸매인데, (冰肌玉骨占精華)
등불 달아래 얼마나 고우랴? (況在燈前月下)

왕 노파 모녀는 어린 하인 하나를 집에 남겨두고 거리 등불 구경을 나왔다. 대문을 나서자마자 한 무리 건달 패거리들이 완아의 앞뒤에서 위아래를 훑어보며 지껄이며 따라오기 시작했다. 큰길에 들어서자마자 마치 벌떼나 개미 떼처럼 모여 밀쳐대는데 완아와 노파는 몸을 가눌 수도 없었다. 어린 완아가 놀란 것은 말할 것도 없거니와 노파는 딸의 손을 놓치지 않으려고 버둥대었다.

그런 틈바구니에서 노파가 등불 구경 나온 것을 어찌 후회하지 않겠는가? 그런 소용돌이에서 완아가 어찌 겁을 먹지 않을 수 있겠나? 그러는 동안 패거리 중에서 우문술 아들 우문혜급의 똘마니 하나가 급히 우문혜급에게 뛰어가 "예쁜 처녀 하나가 나왔습니다."라고 보고하였다. 그런 말을 듣고서는 좋아하며 서둘지 않을 우문혜급이 아니었다. 급히 달려 나와 인파에 시달리며 겁먹은 완아를 보았다.

"과연!"

우문혜급은 완아의 미모를 보는 순간 제정신이 아니었다. 그 패거리들에 에워싸여 완아 옆에 달라붙어 따라가며 집적거렸다. 노파와 단 두 사람이기에 우문혜급은 아무 거리낌이 없이 손을 잡아끌었다. 우문혜급을 노려보며 뜯어말리는 왕 노파에게 우문혜급이 오히려 화를 내었다.

"이 늙은이가 정말 버릇이 없구먼!"

그러자 그 졸개들이 모두 왕 노파에게 이런저런 상말을 해대었다.

"애들아! 이 무례한 노파 좀 잡아떼버려라."

패거리들은 다짜고짜 노파와 완아를 에워싸고 우문혜급의 집으로 들어갔다. 왕 노파가 거기서 아무리 발버둥을 치고 아무리 소리를 지른들 누가 듣고, 누가 도와주겠는가?

사람들은 우문혜급 패거리의 숫자에 눌리고, 또 저런 짓거리를 할 수 있는 젊은 놈이라면 권세가 아들이라는 것을 바로 알 수 있었다. 더군다나 병부상서의 집 앞에서! 그러니 누가 불쌍한 노파를 위해 이들 만행을 저지하려 하겠나? 그저 방관자일 뿐!

노파와 완아는 식은땀이 흘렀고, 고함을 질러도 소리가 나오지 않았다. 마치 구름에 휘말려 감춰지듯, 천둥소리가 멀리 사라지

듯, 가련한 노파는 어린 처녀는 어딘지도 모른 채 대문 옆 구석방에 처박혔다.

우문혜급이 들어와 졸개들을 시켜 왕 노파를 대문 밖으로 쫓아버렸다. 그리고 여자 하인들을 시켜 완아를 다른 방으로 데려갔다. 우문혜급이 완아에게 다가가 손을 잡으려 하자, 완아는 온 힘을 다하여 혜급의 뺨을 올려쳤다. 혜급은 깜짝 놀라면서 하녀들에게 완아를 때리라고 했다. 혜급은 분을 삭이면서, 완아를 잠시 혼자 버려두겠다고 생각했다.

그러자 곧 졸개 하나가 들어와 혜급에게 말했다.

"노파가 대문 앞에서 울고불고, 지랄발광합니다. 구경꾼들이 가득한데 나으리 욕을 퍼붓고 있습니다."

우문혜급은 대문 앞에 나가보았다.

노파는 땅을 치며 "딸을 내놓으라."라고 고래고래 소리를 질러대고 있었다.

혜급은 모르는 척 "왜 남의 집 앞에서 이런 난동을 부리는가?"라고 따졌다. 그러나 노파는 혜급을 알아보았다.

"바로 이놈입니다. 내 딸을 억지로 잡아간 놈입니다."

사람들이 웅성거리기 시작했다. 노파는 더욱더 악을 쓰며 혜급의 바짓가랑이를 움켜쥐고 매달렸다.

"내 딸 내놔!"

"날 죽여라! 이놈아! 강도야!"

"할멈 딸은 내가 이미 손봤어, 이제 아무리 지랄해도 헛일이여. 더 맞기 전에 빨리 꺼져!"

그러나 노파는 정혼한 딸을 네가 어찌할 것이냐? 나를 죽여라? 나는 여기서 죽을지언정 못 나간다며 악을 쓰며 통곡했다.

우문혜급이 발로 노파를 차내자, 노파는 땅바닥을 치며 뒹굴었다. 사람들이 둘러서서 구경만 할 뿐 누구 하나 도와주려는 사람이 없었다. 혜급은 부하들에게 마을 입구 밖에 끌어다 버리라고 말했다. 졸개들이 우르르 달려들었다.

우문혜급은 수십 명 패거리들과 함께 큰 거리를 휩쓸며 나갔다. 이런 악행을 말릴 사람이 없는 세상이지만, 그렇다고 하늘도 무심하겠는가?

악행이 가득 차서 항아리에 넘쳐난다면? 악랄한 부도덕이 가득 차서 넘쳐나는 집안이라면? 먹고 마시고 지껄이며 하는 짓이 모두 악행뿐이라면? 모든 운수가 다 정해졌지만 그런 악행이 넘쳐나도 아직 벌을 받지 않는다면?

그것은 하늘이 몰라서가 아니다. 아직은 벌 받을 시각이 안 되었을 뿐! 하늘의 징벌을 피해 갈 악인이 어디에 있겠는가? 그야말로,

> 화복은 본래 출입문 없지만, (禍福本無門)
> 사람이 스스로 불러들인다. (惟人乃自召)

변방 노인이 이미 말했지만, (塞翁曾有言)
저 하늘이 어찌 모르겠는가? (彼蒼焉可料)

시각은 이미 이경(二更)이 넘었다.

한편 숙보 일행은 곳곳을 돌아다니며 구경하였다. 일행이 백관의 하마비(下馬碑)가 있는 곳에 왔을 때 수백 명이 에워싸고, 무엇인가를 구경하고 있었다.

숙보가 어깨너머로 넘겨다 보니 백발이 허연 노파가 땅을 치며 울부짖고 있었다. 왕백당이 옆사람에게 노파의 사연을 물었다. 그러자 사람들이 노파의 딸이 구경을 나왔는데, 딸이 어딘가로 끌려갔다고 하였다.

그러자 어떤 사람이 옆에서 참견하였다.

"여러분은 이 일에 관여하지 마십시오. 저 노파는 세상 일을 너무 모릅니다. 남과 정혼했다는 처녀가, 혼례를 앞둔 여자가 이런 날 구경을 나왔답니다. 그런데 재수가 없으면 할 수 없는 일이지요. 우문 나으리 아들 눈에 걸렸으니 재수야 없지요! 그런데 저 노파가 우문씨 아들한테 무슨 말을 하겠어요! 그냥 신세 망친 거지요!"

그 말을 들은 숙보는 주먹을 쥐면서 물었다.

"우문씨 공자란 누굽니까?"

"우문씨를 모르는 사람도 있나요? 병부상서 우문술이지요! 그 사람 막내아들 못된 줄을 장안 사람 누가 모르나요? 그렇지만 아무도 말을 않을 뿐이죠."

"활터에 축구장을 만든 사람입니까?"

"맞습니다. 바로 그 자입니다."

순간 숙보는 약사 이정이 당부한 말을 아주 먼 나라의 일처럼 까맣게 잊고 있으면서 억울한 사람을 지켜줘야 한다는 의기가 차올랐다. 껴들지 않는 것이 좋다는 옆사람 말에 분노가 치밀었다.

숙보는 사람을 헤집고 노파에게 다가갔다.

노파를 일으켜 세우고 물었다.

"성씨가 무엇입니까?"

"이 늙은이는 왕씨입니다. 우문씨 집 뒤쪽에 살고 있어요."

그러자 제국원이 말했다.

"할머니는 일단 집에 들어가세요. 우리는 우문 공자의 축구장에서 이겨 비단 수십 필을 받았습니다. 이것을 따님의 몸값으로 건네고서 풀어주라고 달래보겠습니다. 그러니 오늘 여기서 통곡해도 아무 일도 되지 않습니다. 억울하더라도 그냥 돌아가십시오."

노파는 숙보 일행에게 4배를 올린 다음에 여전히 울면서 집으로 돌아갔다.

숙보는 옆에 선 사람들에게 물었다.

"그 공자가 남의 딸을 빼앗았다는데 전에도 이런 일이 있었습니까?"

그러자 여러 사람이 말했다.

"오늘 처음이 아닙니다. 열 이튿날부터 여인들을 약탈했습니다. 장안의 풍습에 원소절(原宵節)에 등불을 감상하고, 일반 백성의 부녀자들은 다리를 밟으며 달빛을 감상합니다. 권문세가의 못된 아들들이 부녀자를 납치해가면 부녀자의 부모나 남편이 몸값을 내고 찾아옵니다. 그러면 그것으로 끝입니다. 이런 말도 안 되는 행패를 권세가의 불량한 자제들이 저지르나 나라에서는 벌을 주지도 않습니다. 부녀자를 겁탈하거나 말을 안 듣는다고 때려 만약 죽게 되면, 이중으로 겹쳐 만든 담에 끼워 넣어 묻어버립니다. 그러니 어떻게 시신을 찾아내지도 못합니다. 엊그제 13일과 14일에도 그런 일이 몇 번 있었답니다. 오늘 저녁 저 노파의 딸은 재수가 없어 당한 것입니다."

숙보는 처음에 비단으로 몸값을 대신 내주고 좋은 말로 돌려주라고 타이르려 했으나 여러 사람의 말을 듣고서는 분노가 끓어올랐다.

그래서 사람들에게 우문술 아들 패거리가 어떤 행색을 하고 다니느냐고 물었다.

"그 패거리들의 의관은 보통 사람과 다릅니다. 만약 우문 공자를 만나더라도 말로 따질 생각은 하지 마십시오. 그들 성질이 지랄 같으니 아마 당하기에 십상입니다."

그러자 숙보가 물었다.

"그 사람이 어떤 모습입니까? 꼴을 알아야 우리가 피할 수 있습니다."

"우문 상서의 아들은 집에 별도의 건물을 짓고 도망 나온 많은 죄인들을 먹여살리고 있습니다. 그러니 그 패거리들은 꺼리는 것도 무서운 일도 없습니다. 오늘도 아마 웃통을 벗고, 몽둥이를 들고 떼지어 다닐 것입니다. 1, 2백 명이 몰려다니니 누가 피하지 않겠습니까? 그런 패거리들을 감싸주는 무예가 걸출한 사병(私兵)은 모두 창과 칼을 지녔고 살인과 방화도 마음대로 저지릅니다. 우문 상서의 아들은 푸른 옷을 입고 큰 모자에 말을 타고 다닙니다. 말 앞에는 대여섯 쌍의 하인들이 등불을 들고 길을 안내합니다."

이에 숙보가 말했다.

"여러분 말씀, 고맙습니다."

숙보 일행은 서쪽 장안문 근처부터 우문혜급 일행을 찾아다녔다.

삼경 무렵이라 달은 대낮처럼 밝았다. 숙보 일행은 드디어 우문혜급 일당을 만났다. 과연 그들 1백여 명이 들고 있는 붉은 몽둥이는 마치 이리떼의 이빨처럼 흉흉했다. 우문혜급은 정장을 갖춰 입고 말 위에 앉아있었다. 그 뒤로 십여 명의 사병들이 칼과 창을 들고 호위하고 있었다. 옛말에도 '원수가 아니라면 맞서 싸우지 말라(不是冤家不對頭).' 고 하였다.[162]

숙보 일행이 길 한편으로 비켜서서 우문 패거리들과 일을 벌이려는 순간에, 마침 어떤 사람이 뛰어와 우문혜급 앞에서 말했다.

"하국공(夏國公) 두씨 나으리 댁 가장(家將)이 놀이패(社火)를 거느리고 인사 올립니다."

"연극 제목이 무엇인가?"

"《삼국지연의》의 세 영웅이 호뢰관(虎牢關)에서 여포(呂布)와 싸우는 연극입니다."[163]

---

162 원가(寃家) - 원수. 寃家는 희곡이나 연극에서는 부부란 뜻으로도 사용된다. '부부는 사랑하는 원수이다(夫妻是個寃家).' 라는 속담에서, 미워하지만 실제로는 사랑하며 마음에 번뇌를 주는 사람이라는 뜻이다. '아버지를 죽인 원수는 같은 하늘 아래 살 수 없다(殺父之仇 不共戴天).' '아버지를 죽인 원수와 아내를 강탈한 원한보다 더한 원수는 없다(寃家莫過於殺父之仇 奪妻之恨).' '원수나 적수는 좁은 길에서 만난다(寃家對頭 窄路相逢).' 본래 '원수를 만나면 눈에서 불이 난다(怨家見面 分外眼紅).' 고 하였다.

163 원문 호뢰관삼영전여포 - 여포(呂布, ? - 198년, 字는 奉先)는 병주(幷州) 五原郡(오원군) 九原縣〔구원현, 今 내몽고자치구 黃河 북안 包頭市(포두시) 九原區〕 출신이었다. 조조는 여포를 '낭자야심(狼子野心)이라, 성난구양(誠難久養)' 이라고 했으며, 순유(荀攸)는 '여포는 용이무모(勇而無謀)' 라고 하였고, 정욱(程昱)은 여포를 '粗中少親하고 剛而無禮하니 필부지웅(匹夫之雄)' 이라고 평했다. 범엽(范曄)은 《後漢書》 75권, 〈劉焉袁術呂布列傳〉에서 '그 어찌 지나치지 않았는가? 땅도 몸도 다 잃었다. 원술(袁術)은 욕심으로 망했고, 여포 역시 그래서 망했다.' 라고 평했다.
동탁(董卓)은 15만 대군으로 洛陽 동쪽 관문 虎牢關(호뢰관)에 주

연극이 끝나자 우문혜급은 잘했다고 말했다. 많은 사람이 상금을 애원하자, 우문혜급은 부하에게 돈을 주어 보내라고 말했다.

이때 숙보가 옷 매무새를 단단히 묶어 매고 나서며 큰소리로 외쳤다.

"우리 놀이패도 시연하겠습니다."

그러면서 숙보 등 다섯 명이 군중 속에서 앞으로 나섰다.

"우리 연극은 '다섯 영웅이 조조를 격파하다.' 입니다."

우문혜급은 눈치가 빠른 젊은이였다. 이들은 진짜 놀이패는 아니고 돈을 바라는 사람들이라 생각하며 눈치를 보아 현장에서

둔하면서, 3만 군사를 여포에게 주어 원소(袁紹)의 관동연합군을 막게 한다. 여포의 활약으로 여러 장수가 죽었고 公孫瓚(공손찬)도 패퇴한다. 이에 張飛(장비), 關羽(관우), 劉備(유비)가 출전하여 함께 여포와 싸운다. 이 싸움을 '三英戰呂布' 라고도 하는데, 이를 계기로 유비의 이름이 널리 알려지게 된다.

호뢰관(虎牢關) - 일명 汜水關(사수관), 唐 高祖(당 고조) 李淵(이연)의 조부 이름 李虎(이호)를 피휘하여 唐 이후로는 무뢰관(武牢關)으로 호칭. 낙양성의 동쪽, 今 河南省(하남성) 滎陽市(형양시) 서북부 16km지점, 汜水鎭(사수진) 영내에 위치. 낙양의 동쪽 문호로 남쪽으로는 嵩山(숭산)에 연결되고, 北은 黃河에 맞닿은 天險의 요새. 그야말로 '一夫當關, 萬夫莫開' 의 지세. 《三國演義》에서는 虎牢關과 汜水關을 2개의 관문으로 서술. 이는 분명한 착오이다. 실제로 關羽가 화웅(華雄)의 목을 자르지도 않았고(화웅은 손견에게 패전, 사망), 여포와 유비 등 3인이 어울려 싸우지도 않았으나, 《三國演義》의 주요 대목이다.

떠나려 했다.

그러나 숙보는 양손에 이미 쇠 채찍을 흔들었고, 왕백당은 두 자루의 칼을, 시사창은 칼 한 자루, 제국원은 두 개의 철추(金錘), 이여규는 대나무 마디 같은 강철 채찍을 들고 춤추기 시작하였다. 그러면서 쨍그랑 소리가 나고, 쇠 불똥이 튀었으며, 퓽퓽 소리가 허공을 갈랐다.

그러나 거리가 넓다지만 우문혜급의 무리가 있고, 또 구경꾼이 많아서 마음껏 병기를 휘두를 수가 없었다. 숙보 일행이 여러 병기를 휘두르며 우문혜급에 가까이 접근하려 해도 여의치 않았다. 구경꾼은 거리와 가옥 사이에 끼어 움직일 틈도 거의 없었다. 이에 제국원이 생각했다.

'지금 저 작자를 죽이는 것은 어렵지 않으나 우리 몸을 빼낼 수가 없다. 그러니 저 등불로 민가에 불을 지르면 사람들이 불을 끄겠다고 흩어질 것이다. 그러면 우리 형제들이 탈출할 수 있을 거야!'

제국원은 몸을 날려 어떤 민가 지붕 위로 올라섰다. 구경꾼들은 그것도 연극의 일부라고 생각하며 그 민첩한 동작에 갈채를 보냈다. 그러나 제국원이 지붕에 불을 지르자, 모두가 악 소리를 지르며 자리를 피하는 사람들이 몰렸다.

숙보는 제국원의 의도를 알아채고 과감하게 몸을 날려 우문혜급 앞으로 뛰어나갔다. 그리고 힘껏 그 머리통을 향하여 쇠 채찍을 휘둘렀다.

우문혜급은 순식간에 일어난 일에 정신이 없었다. 호위무사나 부하 패거리들에게 아무 말도 못 하고 우물쭈물하다가 숙보의 64근짜리 채찍에 걸려 말과 함께 그대로 넘어갔다. 숙보가 힘을 주어 채찍을 낚아채자, 우문혜급은 목에 채찍이 감긴 채로 땅에 머리를 처박았고 몇 걸음쯤 끌려왔다. 숙보는 채찍을 잡아 풀고 다시 패거리들을 향해 휘두르니, 그 많은 졸개가 자기 키만한 몽둥이를 들고 어떻게 대항하겠는가!

"어이쿠! 큰일이 났어! 공자(公子)가 죽었어! 공자가 죽었어!"

그러면서 패거리들은 무서워 피하거나 한쪽으로 휩쓸렸고 겨우 몇 명이 숙보를 향해 공격했다.

마음에 증오의 불길이 솟고, 입에서는 천둥소리가 터졌다. 맹수와 같은 영웅들이 앞을 치고 옆을 공격했다. 앞으로 달려가면 뒤에서 쫓고, 동쪽을 치고 서쪽을 쓰러트렸다. 귀족 아들들은 관이 떨어져 나가며 봉두난발로 허우적거렸다. 미모의 가인은 신발과 버선이 벗겨진 채 도망쳤다. 죽어 나간 시신이 큰길에 겹겹이 쌓였고, 핏물은 도랑이 되어 흘렀다. 그야말로 5인의 위세에 백옥전(白玉殿)이 무너지고 함성이 황성에 진동했다. 우두머리가 죽은 뒤라 저항의 기세는 벌써 꺾인 듯했다.

신이 난 듯 쇠망치를 휘두르던 제국원은 길이 어느 정도 트이자 "갑시다!"라고 외쳤다. 숙보 일행은 무기를 휘두르며 명덕문

쪽으로 내닫기 시작했다. 때는 벌써 삼경이 가까웠고, 삼경에는 성문이 닫힌다.

한편 명덕문 밖에서 기다리던 산채의 졸개들은 두 패로 나뉘어 떠날 준비를 하거나, 음식과 술도 먹고 마셨으며, 성안의 등불을 구경하거나, 성문 주변을 왔다 갔다 하면서 두목 일행을 기다렸다.

삼경이 가까워지자, 절반의 무리는 떠날 준비를 마치고 대기하였다. 나머지 절반은 명덕문을 들어가겠다 나가겠다 하면서 성문을 지키는 병졸들과 실랑이를 벌이며 성문 닫는 것을 지체시키고 있었다.

그러면서 성안의 백성들이 봉두난발로 뛰어 도망가거나 땀을 흘리며 다친 사람을 부축하며 몰려오는 사람을 보았다. 틀림없이 큰일이 벌어졌을 것이라 짐작하며 초조하게 일행을 기다렸다.

일행은 문지기들이 성문을 닫지 못하게 계속해서 실랑이를 벌였다. 그 시간 거리를 순찰하던 금오위(金吾衛)의 부장과 경조(京兆) 부윤(府尹)의 부하들은 우문 상서의 아들이 맞아 죽었다고 외치는 소리를 들었다. 그러면서 급히 사람을 보내 각 성문을 닫으라 지시를 내렸다. 그러나 숙보 일행이 조금 더 빨랐다.

숙보 일행이 명덕문 앞에 왔을 때, 성문은 닫히지 않았고 산채의 부하들이 성문을 지키는 군졸과 다투는 것을 보았다. 결국 한 무더기가 되어 성문을 나왔고, 성문은 닫혔다. 일행은 각자 말에 뛰어올랐다.

말 일곱 마리와 무리는 어둠 속에서 동관(潼關)으로 이어지는 길을 내달렸다. 영복사 앞에 와서 시사창은 일행에게 영복사에 들려 태원에서 온 당공(唐公)의 소식을 기다리며 쉬자고 제의하였지만, 숙보는 그럴 수가 없었다.

숙보가 말했다.

"일이 꼬이면 매우 난처하게 됩니다."

그러면서 영복사에 건립된 보덕사(報德祠) 건물을 빨리 헐어버리거나 진흙으로 만든 인물상이나 황표마, 그리고 쇠 채찍 형상을 없애라고 부탁하였다. 그리고 손을 들어 작별하였다. 이어 날이 밝았고, 서둘러 달려 일행은 소화산 기슭에 도착하였다.

여기서 숙보는 왕백당 일행과 헤어졌다.

숙보가 왕백당의 만류를 뿌리치며 말했다.

"내년 9월 23일이 제 모친 회갑일이니, 여러분 꼭 왕림해주시기 바랍니다."

왕백당과 제국원, 이여규 모두 숙보의 손을 잡으며, "당연히 찾아뵙고 축수를 올리겠습니다."라고 말했다. 일행은 헤어졌고, 숙보는 제주로 무사히 돌아왔다.

한편 소란하던 명덕문으로 숙보 일행이 빠져나오면서 성문은 잠겼다. 거리에는 시신이 무더기로 쌓였고, 곳곳에 핏물 웅덩이가 생겼다. 백성의 집 수십 채가 불타고 무너졌다.

이런 소란 속에서 병부상서 우문술의 저택에서는 천자께서 하사한 등에 불을 환하게 켜놓고, 황제의 사은(賜恩)을 축하하는 잔치가 대청에서 크게 벌어지고 있었다.

미풍에 촛불이 흔들고 계단 아래서는 주악이 연주되었으며, 우문술과 가까운 권귀(權貴)들이 한데 모여 산해진미와 미주(美酒)를 마음껏 즐기고 있었다.

그런데 문밖에서 웅성대는 소리가 점점 크게 들려오면서 많은 무리가 몰려들었다. 우문혜급의 졸개들이 부상한 무리를 부축하며 몰려왔다. 그중 하나가 뛰어들어와 우문술에게 말했다.

"큰일이 벌어졌습니다."

우문술은 '이 기쁜 날에 큰일이라면?'- 갑자기 불길한 예감이 스쳤다.

"막내 공자님께서 변을 당해 돌아가셨습니다."

우문술은 마당에 몰려온 사람들에게 조용히 하라고 꾸짖었다. 그러자 우문혜급을 따라다니던 호위 장수가 앞에 나와 말했다.

"막내 나으리께서 서쪽 장안문 주변에서 관등을 하는데 놀이패가 나타나 공연을 한다고 했습니다. 그런데 그 무리는 공연패가 아닌 마적 떼였습니다. 그중 한 놈이 갑자기 민가에 방화한 뒤에, 거리가 소란해지자 쇠 채찍을 휘두르는 자가 있어, 막내 나으리를 공격했고, 나으리께서는 현장에서 금방 돌아가셨습니다."

우문술은 막내아들을 유달리 편애하였다. 지금 비명횡사했다는 말에, 우문술은 오장육부가 찢어지는 것 같았다.

"내 아들이 마적 떼에게 무슨 원수를 지었겠나? 이는 틀림없이 나에게 원한을 가진 자의 소행일 것이다."

호위 장수는 우문혜급의 악행을 전혀 말하지 않으면서 거짓말 보고를 이어갔다.

"막내 나으리께서는 술을 조금 한 뒤에 등불을 구경하다가 거리에서 왕씨라는 노파의 딸과 부딪쳤습니다. 그러나 노파가 너무 무례하여 화가 나서 말로 그 딸을 조금 희롱하였습니다. 그러자 노파가 울고불고 떼를 쓰더니 마적에게 알린 것 같습니다. 그래서 그 마적 패거리 대여섯 명이 막내 나으리에게 시비를 걸었고 결국 만행을 저질렀습니다."

이에 우문술은 더 크게 화를 내며 물었다.

"그 노파와 딸년은 지금 어디에 있는가?"

"노파는 어디로 갔는지 모릅니다. 그 딸년은 우리 몇 사람이 부중의 한 구석방에 가둬두었습니다."

"빨리 그 천한 것을 끌어내다가 협문 밖에서 몽둥이찜질로 없애버려라. 그리고 사람을 풀어 노파를 잡아 박살을 내버려라."

우문술의 명을 받은 호위 장수는 칼과 도끼를 들고 노파를 수색했고, 일가를 모조리 현장에서 죽여버렸다. 그리고 어린 완아를 끌어내다가 아무런 말도 없이 그냥 몽둥이로 때려죽인 다음, 겹으로 된 담에 쑤셔 넣고 흙으로 덮어 흔적조차 없애버렸다. 그

야말로,

성안 사람을 홀릴 미색이라 하지만, (說甚傾城麗色)

되려 집안을 멸망시킨 재앙이었다. (卻是亡家禍胎)

왕씨 모녀를 죽였지만, 우문술의 원한은 식을 수가 없었다. 우문술은 병부 내에서 그림을 잘 그리는 사람을 골라 여러 부하들이 본대로 다섯 명의 얼굴과 차림새들을 그리게 하여 차인들에게 주어 각지에 퍼트리어 잡아들이게 하였다.

대개 "그 사람은 1장(丈)이나 되는 큰 키에, 나이는 스무 살이 좀 넘은 것 같고, 무늬 없는 회색 옷을 입었으며 철 채찍 두 개〔쌍간(雙鐧)〕를 휘둘렀습니다."라고 진술하였다.

그러자 우문술의 사병(私兵) 중 그전 동궁의 호위무사 한 사람이 앞으로 나와 말했다.

"나으리 그 작자가 쌍간을 휘둘렀다 하니 아마 금방 찾아낼 수 있을 것입니다. 저희가 지난 인수 원년에 나으리 명을 받아 사수강(楂樹崗)에서 당공을 공격했을 때도, 쌍간을 휘두르는 거한이 우리를 방해하였습니다. 틀림없이 당공과 연관이 있을 것입니다."

"그렇다면, 이연(李淵)은 그때 내가 위해를 가했다고 생각하여 그 거한을 시켜 내 아들을 공격했을 것이다."

우문술의 세 아들도 그때 모두 자리에 있었다. 그러자 장자인 화급(化及)이 서둘러 말했다.

"이는 그냥 지나칠 수 없습니다. 내일 황제께 상주하시어 이연을 추궁해야 합니다."

차남인 지급(智及)도 덩달아 이연을 비난하며 동생을 죽인 원수를 갚아야 한다고 말했다. 다만 평소에도 지적인 셋째 아들 사급(士及)이 말했다.

"그렇지 않습니다. 세상에는 얼굴이나 모습이 비슷한 사람도 많이 있고, 쌍간을 쓸 줄 아는 무사도 많이 있습니다. 만약 이연이 원한을 풀려 했다면, 왜 몇 년이 지난 지금이겠습니까? 또 그 작자의 신원이 누구인지 밝혀지지도 않았고 아무런 증거도 없는데, 사수강의 일을 이연에게 말해 어떻게 하시렵니까?"

우문술은 이야기를 듣고서는 범인이 당공 이연과 관련 있다고 단정할 수는 없다고 생각하였다. 다음 날 우문술은 다만 "이름을 알 수 없는 자들이 아들 혜급을 죽였고, 많은 사람을 살상하였으며 민가에 방화하였으니 조속히 범인을 체포하라."는 명령을 내렸다.

다음에는 무슨 일이 이어지겠는가? 다음 회를 읽어 보시라.

제19회

부친 후궁을 범하고 동심결을 하사했으며, 부친을 시해하고 (양제는) 제위에 오르다.(恣蒸淫賜盒結同心, 逞弑逆扶王升御座.)

시로 읊기를, 詩曰,

부귀와 영화는 말굽 아래 먼지이나,[164] (榮華富貴馬頭塵)

바보는 그것을 애써 진짜라 여긴다. (怪是癡兒苦認眞)

젊은날 색정에 아비도 잊어버렸고, (情染紅顔忘卻父)

---

164 부귀영화는 우담화와 같다(富貴榮華如曇花). 부귀와 공명이란 풀 끝에 맺힌 이슬이다(富貴功名草頭露). 부귀는 귓가에 스치는 가을바람과 같다(富貴如秋風過耳). 부귀가 좋다지만 자손 잘되는 것만 못하다(富貴好不如子孫好). 몸이 한가하면 부자이고(身閑爲富), 마음이 한가하면 귀인이다(心閑爲貴). 부귀는 뜬구름 같다는 것을 간파한다면(富貴如浮雲看破了), 얻었다 하여 기쁘지 않고(得亦不喜), 잃었다 하여도 걱정되지 않는다(失亦不憂).

제위를 탐내어 형제도 죽여 없앴다. (心羶黃屋不知親)

선도궁 음욕은 상수의 구름과 같고, (仙都夢逐湘雲冷)

인수궁 원한은 도깨비불이 되었다. (仁壽冤成鬼火磷)

양제의 13년 영화가 순간의 일이니, (一十三年瞬息事)

무상한 홍망, 비웃음은 천년이로다.[165] (頓教遺笑歷千春)

세상에서 가장 나쁜 일은 술(酒)과 여색(色), 재물(財)과 기운(氣) 4가지이다.[166] 술독에 빠진 사람을 보통 술꾼이라 비웃는다.[167] 재물에 인색한 자를 사람들은 욕심쟁이〔탐부(貪夫)〕라고

---

165 원문 一十三年瞬息事 – 隋 양제(煬帝, 楊廣)는 604년에 황제가 되었다. 연호는 大業으로, 서기 605–617년까지 13년이다. 589년에 隋에 멸망한 陳 後主〔陳叔寶(진숙보)〕는 604년에 52세를 일기로 죽는다. 양제는 그에게 長城煬公(장성양공)이라는 치욕적인 시호(諡號)를 내려주었다. '煬(불을 쬘 양)' 字에는 일생 동안 주색만을 탐하고 禮를 멀리하여 인심을 잃었다는 평가를 포함하고 있다. 그러나 그런 시호를 양광 자신이 받게 될 줄은 꿈에도 생각하지 못했다.

166 재물, 권세, 힘 세 글자는 하나이다(財,勢,力 三字全).

167 白酒(白干兒, 배갈)는 사람 얼굴을 붉게 하고(白酒紅人面), 황금은 사람 마음을 검게 만든다(黃金黑世心). 정인(情人)과 마시는 술은 얼굴을 붉게 만들고(情酒紅人面), 돈과 여색은 사람 마음을 움직인다(財色動人心). 여색에 미혹되지 않으면 참된 군자이지만(見色不迷眞君子), 술을 보고도 마시지 않는다면 대장부가 아니다(見酒不飮非丈夫). 술은 사람을 취하게 하지 않지만 사람이 스스로 취하고(酒不醉人人自醉), 여색은 사람을 혼미하게 하지 않는데 사람 스스로 빠진다(色不迷人人自迷). 곧 주색에 빠지는

부른다. 여색을 밝히거나[168] 호기(豪氣)를 부리는 사람에 대해서는 풍류(風流)라고도 하고, 협객이라고 말하지만, 거기에 재앙의 기미가 숨어있다는 것을 잘 모른다.

가령 진숙보(陳叔寶)가 한때의 울분을 느껴, 왕노파와 딸에게 몹쓸 짓을 했다는 우문혜급을 죽였는데, 이를 영웅의 의기라 말할 수 있는가? 만약 숙보가 성문을 벗어나지 못하고 잡혀 죽었다면, 숙보의 아내와 모친은 누구에게 의탁하여 살겠는가? 이런 의기는 정말 괜찮은가?

여색은 한때의 기분이기에, 명분을 생각할 겨를이 없다. 만약 중간에 재앙이라도 닥친다면 한때 명성을 잃거나 지위를 잃는 것으로 끝나지 않고 일생을 망치게 된다.

숙보가 고향 집에 돌아온 일을 더 말하지 않고, 이제 태자 양광(楊廣)에 대한 이야기를 해야 한다.

양광이 친형 양용(楊勇)의 태자 자리를 빼앗았고, 〔이종(姨從)

것 모두 자기 탓이다.

168 술과 여색, 돈과 재물은 사람마다 다 좋아한다(酒,色,錢,財,人人愛). 술과 여색은 사람을 다치게 하고 일을 그르친다(色傷人, 酒色誤事). 여색을 탐하지 않는 사내 없고(無男不貪色), 남자 생각 않는 여자 없다(無女不思郞). 호한은 여색을 탐하지 않고(好漢不貪色), 영웅은 재물을 탐하지 않는다(英雄不貪財). 여색은 사람을 죽이는 칼이다(色是殺人刀). 색(色)자 위에 칼 한 자루가 있다(色字頭上一巴刀).

형인〕 이연(李淵)을 핍박하여 (太原으로) 축출한 뒤에 오직 모친 독고(獨孤) 황후만을 두려워하였다.

그러나 뜻밖에도 양광이 태자로 책립된 뒤에, 곧 이어 독고 황후가 붕어(崩御)했다. 그래서 양광은 태자가 되기 위하여, 모친의 환심을 사려고 사치를 좋아하지 않고, 여색을 가까이하지 않는 것처럼 꾸미는 행동을 더 이상 계속할 필요가 없었다. 그래서 본래의 천성 그대로 행동했다.

그리고 황제(文帝)는 감시자인 독고황후가 죽자, 어떠한 구속도 없기에, 선화부인(宣華夫人) 진씨(陳氏)와 용화부인(容華夫人) 채씨(蔡氏)를 마음놓고 총애할 수 있었다. 그러면서 조정의 정사는 점차 태자에게 맡겨두며 마음껏 여색을 탐할 수 있었다.

인수(仁壽) 4년(서기 604), 문제는 이미 60이 넘은 노인이었지만 양쪽의 자루 빠진 도끼를 버려둘 수 없었다.

그러나 비록 수 문제가 쾌락을 즐기다 보니 정신을 소모하게 되어 그냥 억지로 버틸뿐이었으니, 마치 동이 트면서 사라지는 달빛과 같았고 햇살에 마르는 이슬과 같았으니, 어찌 미인의 욕정을 충족시켜 주면서, 자신의 색욕으로 미인을 볶고 삶거나 마음대로 갖고 놀 수 있겠는가? 4월에는 어쩔 수 없이 병석에 누웠다.

황제는 양소(楊素)에 명하여 〔도읍 大興城(대흥성) 밖에〕 인수궁(仁壽宮)을 짓고 양병(養病)하면서 장안의 궁궐을 비우고 있었는데, 7월이 되면서 황제의 병세는 점차 위중(危重)해졌다.

상서좌복야(尙書左僕射)인 양소는 원로 공신이었다. 예부상서

(禮部尙書) 유술(柳述)[169]은 부마(駙馬)였고, 황문시랑(黃門侍郞) 원암(元巖)[170]은 황제의 최측근이었다. 이 세 사람은 늘 황제 가까운 곳에 머물고 있었다. 태자인 양광은 대보궁(大寶宮)에 머물면서 수시로 부황(父皇)을 간병하며 살폈다.

어느 날 이른 아침, 태자 양광이 입궁했는데 마침 선화부인 진씨가 황제에게 약을 먹여주고 있었다. 태자는 선화부인을 보고 황망히 배례하였다. 선화부인 진씨는 어쩔 수 없이 답배하였다. 그리고 선화부인은 계속 황제의 약 시중을 들었다. 황제의 침상 가까이에 시중 드는 선화부인은 아름다웠고 청초하면서도 기품이 있어 함부로 가까이할 수 없었다.

일찍이 양광이 태자인 형의 자리를 빼앗을 때, 선화부인에게 자신을 도와달라고 요청한 적이 있었다. 태자가 된 양광은 선화

---

169 유술(柳述, 생졸년 미상, 字는 융업, 業隆) — 유기(柳機)의 아들. 음관(蔭官)으로 출사. 뒷날 난릉공주(蘭陵公主)와 결혼. — 수 문제의 절대적인 심임을 받으며 여러 관직을 역임했다. 楊素(양소)와 사이가 좋지 않아 결국 밀렸다. 양제가 즉위한 뒤, 유배되었고, 공주와도 강제 이혼하였다. 나중에 다시 유배되어 39세에 풍토병으로 죽었다. 《隋書(수서)》 47권, 列傳 12권에 입전.

170 원암(元巖, ?—610년?) — 魏 獻文帝 탁발홍(拓跋弘)의 玄孫, 隋 관원. 총명 기민하고 재간이 뛰어났었다. 隋朝 仁壽 연간에 黃門侍郞 역임. 仁壽 4年 7월, 문제 임종 직전에 양광에 의해 체포되어 대리시(大理寺)의 감옥에 갇혔다가, 양제 즉위 이후 南海郡에 유배되었다. 나중에 사면을 받았으나 모함을 받아 처형되었다.

부인에게 금은 등 많은 보물로 사례했고 선화부인은 돌려줄 수도 없는 일이라서 일단 받아들였다. 그 뒤로 양광과 선화부인은 개별적 만남이 없었다.

이때, 같은 궁에서 시중을 들다 보니 서로 만나기를 꺼리거나 피할 수도 없었다. 진부인의 미모와 우아한 품위와 행동거지는 양광의 눈에 너무 선명하였다. 마치,

백옥을 쪼아낸 피부에 윤기가 흐르고 (肌如玉琢還輪膩)
꽃처럼 화사한 미모에 요염한 자태다. (色似花妖更讓姸)
앵무새 목소리 교태가 절로 넘쳐나고, (語處鶯聲嬌欲滴)
버들은 연약한 자태로 혼자 흔들린다. (行來弱柳影蹁躚)

선화부인 진씨는, 본래 멸망한 남조 진(陳)나라 황제 진숙보(陳叔寶)의 배다른(이복) 동생이었다. 궁궐에서 금지옥엽으로 비단에 감싸여 태어나고 자랐으니, 그 미모는 그만두고서라도 귀인으로 성장하며 보고들은 또 몸에 밴 우아한 품위는 북방족의 피가 섞인 거친 사내에게는 하늘에서 내려온 선녀와 같았을 것이다.

태자는 진부인을 보는 순간 아주 정신을 잃었다. 그러니 안에서 차오르는 불보다 더 뜨거운 색정(色情)을 어찌 누를 수 있겠는가? 진부인의 곁에 서 있자니 숨이 막힐 지경이었다. 그러나 눈을 굴려 진부인만을 바라볼 수도 없고, 손을 뻗어 만질 수도 없었다.

아버지 침상 앞에서, 아버지의 후궁이니, 그래도 계모인데, 태

자는 끝내 아무 짓도 할 수 없었다.

어느 날, 태자 양광이 입궁하여 부친을 문병했는데, 우연히 밖을 보니 저쪽에서 선화부인 진씨가 궁녀도 없이 혼자 걷는 것이 보였다. 태자는 곧바로 선화부인을 알아보고 밖으로 나갔다.

선화부인은 용변을 보러[171] 가는 길이라서 궁녀가 곁에 없었다. 태자는 뛸 듯이 기뻤고, '기회는 바로 이때다' 라고 생각했다. 태자는 나가면서 곁에 있는 내관에게 따라오지 말라고 말했다. 태자는 선화부인이 용변을 보는 곳으로 따라들어갔다.

선화부인은 들어오는 태자를 보고 크게 놀랐다.

"태자께서 여기는 왜 들어오십니까?"

태자는 웃으면서 "그냥 들어왔습니다."라고 말했다.

선화부인 진씨는 태자가 몹쓸 짓을 할 것이라 짐작하고 몸을 빼내어 나가려 했으나 태자가 막아서며 말했다.

---

171 원문 更衣出宮 – 갱의(更衣)는 글자로는 '옷을 갈아입다' 이지만, 이는 '화장실에 가다' 로 통한다. 이런 표현을 완사(婉辭, 유순할 완)라고 한다. 例 : 점탕(點湯)은 차를 끓여 떠나는 손님을 배웅하다. 불청객이면 빨리 떠나기를 바라면서 차를 또 끓인다. 點湯送客은 元劇에 자주 보인다. 축객(逐客)의 완사가 되었다. / 승어(升馭) – 帝王이 去世하다. / 선화(仙化) – 신선이 되다. 죽음(死)의 완사 / 장사(長謝) – 영원히 이별하다. 죽다(死亡)의 완사. / 요즈음 흔히 쓰는 세수(洗手)하러 가다(화장실에 가다)도 완사이다.

"부인! 나는 종일 황제 침상 앞에서 부인과 얼굴을 맞대면서 이미 정신을 다 빼앗겼으니, 부인과 나는 천만 개의 산과 강을 사이에 두고 있는 것 같아 안타깝기 그지없습니다. 오늘 이렇게나마 부인에게 내 마음을 전할 수 있으니 부인께서 잠시나마 시간을 내어 나의 평생 소원을 풀어주기 바랍니다."

그러면서 태자가 선화부인을 껴안으려 하자, 선화부인은 태자를 밀쳐내며 말했다.

"태자께서 아다시피, 나는 이미 성상에 몸을 맡긴 지 오래입니다. 지금 태자의 말씀은 아무 명분도 없습니다. 어찌 이러십니까?"

"부인께서는 왜 이리 답답하십니까? 인생은 짧으니 즐겨야 합니다. 무엇이 명분이고, 무엇은 명분이 아니겠습니까? 생각하기 나름입니다. 지금의 일각은 정말 천금과 같은 기회입니다."

"이런 일은 결단코 있을 수 없는 일이요. 이러지 마시오."

"남자건 여인이건 때를 알아야 준걸입니다. 부인도 지금 부황(父皇)의 모습이 어떤지 잘 알고 있지요. 곧 승하하실 것입니다. 이런 상황에서 어찌 이리 미련스레 고집을 피웁니까? 오늘 인정(人情)을 베풀지 않으면 내일은 늦습니다. 내일 후회할 일을 오늘 하지 마시오."

태자는 얼굴에 웃음을 띄우면서, 눈으로는 부인의 얼굴을 내려다 보고, 한 팔로 부인의 어깨를 꽉 껴안고 잡아당기며, 다른 한 팔로는 둔부를 끌어올리려 했다. 그러나 선화부인은 연약한 여인이지만 온 힘을 다하여 거부하였다.

그렇다고 태자가 어찌 그냥 풀어주겠는가? 저항한다고 풀어줄 태자였다면, 애당초 뒤를 따라 여기에 들어오지도 않았을 것이다. 좁은 세수간에서 거친 숨소리와 저항이 뒤섞였다. 벗어날 수 없어 벗겨지려는 순간, 밖에서 궁녀의 목소리가 들렸다.

"성상께서 진부인을 급하게 찾으십니다."

태자는 일이 더 진행될 수 없다고 생각하였다. 팔힘을 풀어주면서 아쉬움게 내뱉었다.

"강요하지는 않겠소! 부인! 그러나 다음을 분명히 기약합니다."

선화부인은 겨우 풀려났다. 그렇지만 옷매무시가 흩어질 대로 흩어졌고, 찢겨진 속옷도 있었다. 선화부인은 급히 숨을 고르면서 머리를 매만졌다. 천천히 세수간에서 나왔지만 다리가 풀렸다. 여전히 숨이 가쁘고 얼굴은 내내 울그락붉으락했다.

진부인은 천천히 숨을 가라앉히면서, 조금 안정이 되자 황제의 방으로 들어갔다. 황제는 몽롱하게 취한 듯 눈을 감고 누워있었다. 황제의 숨소리가 가늘게 이어졌다. 황제에게 서둘러 약을 드리지 않을 수 없어, 진부인이 약탕기에 다가설 때, 갑자기 머리에서 금비녀가 떨어지며 약탕기와 부딪쳐 땡그랑 소리가 났다.

비녀 떨어지는 소리에 황제가 눈을 떴다. 진부인을 확인하고 손을 약간 들어 다가오라는 표시를 했다. 그러나 선화부인은 당황한 빛이 역력했다.

황제가 물었다.

"너는 왜 이리 놀라는가?"

부인은 당황하여 금방 대답하지 못했다. 다만 "아닙니다. 놀라지 않았습니다."라고 말했다. 그러면서 급히 몸을 숙여 금비녀를 집어들었다. 그런 경황없는 모습에 더 의심이 갔다.

황제가 다시 물었다.

"내가 네게 물었는데, 왜 대답은 안 하고 아니라고만 하느냐?"

황제의 질책에는 노기가 실렸다. 황제의 눈에도 진부인의 얼굴이 붉어졌고, 숨소리가 빨라졌다.

"너의 행동이 평상시와 확실하게 다르다. 머리는 왜 그렇게 흩어졌느냐? 틀림없이 내게 숨기는 일이 있다. 만약 바른대로 말하지 않는다면 너를 죽여버리겠다."

진부인은 더 이상 회피할 길이 없었다. 진부인은 용안의 분노를 보고서 그대로 꿇어앉아 고개를 숙이며 말했다.

"태자가 제게 무례한 짓을 했습니다."

문제는 그 말을 듣자마자 상황을 다 읽은 것처럼 짐작할 수 있었다. 자신도 모르게 노기가 가슴을 치며 양손을 짚고 침상에서 윗몸을 일으켰다. 그리고 침상을 두 번 손바닥으로 내리치며 말했다.

"이런 짐승 같은 놈! 그 짐승 놈에게 어찌 대사를 맡기겠는가? 독고(獨孤) 마누라가 내 일을 망쳤어! 독고가 나를 망쳤어!"

그리고는 더 큰소리로 분부했다.

"빨리 유술과 원암을 여기로 불러와라!"

악인이 그냥 악인이겠는가? 악인은 주도면밀하다. 태자는 자신의 이런 추행이 그냥 덮어질 것이라고는 생각하지 않았다. 태자는 혹시 어떻게 소문이 날지 신경을 쓰면서 황제 침실 밖에서 동정을 살폈다.

태자는 황제의 유술과 원암을 불러들이라는 말을 들었다. 최고 신뢰하는 원로 대신 양소를 부르지 않고 실무자를 불러들인 것은 무슨 뜻이겠는가? 상황이 좋지 않다는 것을 직감했다.

태자는 늘 자기 주변을 맴도는 장형(張衡)과 우문술 등을 불러들였다. 양제는 일당과 함께 전후 사실을 이야기하며 대책을 논의했다.

태자가 허둥대는 모습에 모두가 놀랐지만 우문술이 말했다.

"이는 조만간에 아마 좋은 일로 결말이 날 것입니다. 지금은 조급하지만 서두를 일도 없습니다. 저 유술이란 자는 난릉공주(蘭陵公主)와 결혼했다 하여, 중신(重臣)인 척하며 나대지만 우리와 아무런 차이가 없습니다. 우리가 태자를 위하여 주선하는데, 그가 무얼 어찌하겠습니까?"

장형이 말했다.

"지금 오직 하나의 계책만 결정하면 됩니다. 태자를 위한 계책을 마련하고 실행할 것인가? 아니면 성상을 위한 계책이어야 하는 가입니다."

이렇게 진행되는데 갑자기 양소가 나타났다.

양소가 크게 당황하며 태자에게 물었다.

"전하께서는 성상에게 무슨 잘못이 있었습니까? 지금 성상께서 유술과 원암 두 사람을 궁 안으로 부르신 것은 빨리 조칙을 지으라는 뜻입니다. 예전에 태자를 폐할 때도 칙서를 지어 들어가면서 그냥 끝이 났습니다. 지금 어보를 장안에 가서 가져오게 하였습니다. 만약 그 두 사람이 궁궐 성상의 침소에 들어가면, 우리는 모두 원수가 되어야 합니다. 어쩌면 좋겠습니까?"

태자는 불안했지만 겉으로는 침착하게 말했다.

"지금 나의 장형이 이미 계책을 결정했습니다."

장형은 양소에게 다가가 귓속말을 주고받았다.

그러자 양소가 말했다.

"이 계책보다 더 나은 방책은 없을 것입니다. 이는 태자서자(太子庶子, 장형)가 진행하십시오. 유술과 원암이 태자를 폐한다는 칙서를 작성하는 것은 또 다른 일입니다. 이는 우문 상서가 맡아 처결하시오. 태자께서는 성상의 말씀을 들었다면서 들어오는 유술과 원암을 수레에 실어 잠시 억류하십시오. 그래도 태자의 말씀을 따르지 않는다면, 대리시(大理寺)[172]의 옥에 가둬두십시오. 그

172 대리시(大理寺) - 중국 古代에 형옥(刑獄)을 담당하는 관청. 寺가 관청의 이름일 때 音은 시. 秦과 漢에서는 정위(廷尉)가 범인 체포. 재판 형벌을 관장했다. 정위는 대리로도 불렸다. 北齊에서 정위를 大理寺(대리사)로 개칭한 이후 후세에 답습되었다. 唐代

리고 다시 명을 내려 황궁을 숙위하는 위병을 전부 태자궁의 위사로 교체하고, 인수궁은 물론 대흥성의 성문을 일단 닫고 출입을 통제케 하십시오. 특히 궁중 출입을 엄금하여 밖으로 나가지도 안으로 들어오지도 못하게 철저히 봉쇄하겠습니다. 태자께서는 특별히 사람을 보내 예전 태자를 제거하여 백성의 인망(人望)을 미리 끊어 버리십시오."

태자는 양소의 말을 듣고 잠시 생각하다가 말했다.

"알겠소. 여러분만 믿겠소."

그리고 양소가 말했다.

"내 동생 양약(楊約)[173]이 지금 이주〔伊州, 今 河南省(하남성) 중부 汝州市(여주시)〕에서 이리로 오고 있는데, 전에 대리시 소경을 역임했으니 이번에 일을 하나 맡겨보겠습니다."

그러자 장형이 양소에게 말했다.

"저는 그저 일개 서생(書生)입니다. 혹시나 일을 잘 마무리 짓지 못할까 걱정입니다. 그러나 양복야〔楊僕射, 楊素(양소)〕께서는 원로이시면서 용력(勇力)이 과인(過人)하시니 틀림이 없을 것입니다."

그러자 태자가 말했다.

에 주요 범죄자에 대해서는 大理寺卿과 刑部 尚書(侍郎) 등이 어사중승과 함께 회동하여 처리했고, 이를 三司使라 불렀다.

173 양약(楊約, 550－609년, 字는 惠伯)－楊素의 이복 아우. 弘農郡 華陰人. 성정이 침착하나 내심은 교활하고 거짓이 많았다. 好學하고 强記(강기)했다. 양소와 함께 태자 양광의 심복이 되었다.

"장서자(張庶子, 장형)는 겸양치 마오. 나와 복락을 함께 누립시다. 내가 담력 있는 환관 몇 사람을 같이 들여보내 주겠소."

양소는 태자에게 대보전에 머물러 계시라고 말했다. 우문술은 몇 사람의 젊은 장교를 데리고 도로를 지키고 있다가 인수궁으로 들어오는 상서(尙書) 유술과 시랑(侍郎)인 원암을 결박지어 대리시로 데려다 가둬두고 태자에게 보고했다.

곽연(郭衍)은 곳곳의 위사를 동궁 기교(旗校)로 교체하여 파수를 담당케 하였다.

이때 문제는 잠을 자다 깨다를 반복하면서 유술은 들어왔는가? 조서를 작성했는가를 자꾸 물었다. 그때마다 진부인이 아직 들어오지 않았다고 답변하였다.

그러자 황제가 말했다.

"조서가 완성되는 대로 어보를 찍어 즉시 유술에게 보내 시행토록 하라!"

그러면서도 여전히 분노하고 있었다. 그때 밖에서 태자서자인 장형이 황제의 질병을 돌본다면서 20여 명의 내감(內監, 환관)을 거느리고 인수궁에 들어와 입직(入直)한 내시들에게 말했다.

"동궁 나으리의 지시가 있었다. 그대들이 연일 황제의 시중에 고생이 많기에, 내가 이 내감들로 잠시 교체 근무케 할 것이니 너희들은 좀 쉬도록 하라. 다음 교대가 있을 때 곧 다시 소집할 것이다."

그러자 입시하던 내시들은 즐거운 표정으로 물러났다.

그리고 황제 침소에 일하는 궁녀들을 잠시 불러 모아놓고 '그 동안 황제 시중에 고생이 많았기에 잠깐이라도 쉬게 하라는 동궁의 분부가 있었다.' 라고 말하며 모두 처소에 가서 쉬라고 명령하였다. 그러자 궁녀들은 아무 말 없이 즉시 물러났다.

그러나 진부인과 채부인 두 사람은 긴장한 채 황제의 침상 곁을 지켰다. 장형이 황제의 침상 곁에 다가와 황제의 혼절한 듯 수면과 깨기를 반복하는 용태를 살핀 다음, 한참을 아무 말 없이 서 있다가 두 부인을 한쪽으로 불러 작은 목소리로 말했다.

"부인 두 분께서도 잠시 나가 쉬시지요."

그러자 진부인이 말했다.

"성상께서 언제 저를 부를지 모르니 곁을 떠날 수 없소."

"제가 여기 내감들과 용태를 살피다가 성상의 뜻을 받들어 즉시 연락할 것입니다. 그러니 잠깐이라도 쉬시는 것이 좋겠습니다."

부인 두 사람은 눈물을 흘리면서 잠시 쉬라는 장형의 강권을 뿌리치지 못하고 침소에서 나왔다. 그러면서 멀리 가지 못하고 조그만 다락 아래에 둘이 앉아 있었다.

그렇게 되자, 황제 주변은 모두 장형이 데리고 온 내감들이 지키면서 모든 사람의 출입을 통제하였다. 부인 두 사람은 방심할 수가 없어 궁녀를 들여보내 침소를 살펴보게 하였다.

한 시간 정도 지나자, 장양이 의기양양(意氣揚揚, 洋洋)하게 걸어나오면서 말했다.

"저 멍청한 여자들은 황상께서 이미 하늘나라에 가셨는데도,[174] 황제 옆에 둘러서서 바라만 보고 있었네! 그러고도 태자에게 알리지도 않았어!"

장형은 각 건물의 비빈들에게 알리면서 소리 내어 곡하지 말라고 지시하였다. 장형은 기다렸다가 태자에게 보고하며, 죽음을 알리고 발상(發喪)케 하였다. 이를 알게 된 여러 비빈은 모두가 의심스러웠지만 아무 말도 하지 못했다.

다만 선화부인 진씨는 정신이 나간 듯 마음속으로 말했다.

"이는 분명히 태자가 성상께서 자신을 해칠까 두려워 먼저 손을 쓴 것이야! 모든 것이 나 때문에 일어났다. 태자는 부친도 해치는데, 나를 그냥 두겠는가? 그 악독한 손에 걸리기 전에 내가 먼저 죽는 것만 못하지! 성상께서 나 때문에 돌아가셨으니, 나는 폐하를 위해 죽어야 마땅해!"

그러나 진부인은 자결하지 못했다.

날렵한 미모로는 조비연[175]을 이겼고, (輕盈不讓趙飛燕)

174 원문 自賓天了(자빈천료) ― 빈천(賓天)은 天子의 죽음.

175 조비연(趙飛燕, 前 45 ― 前 1년) ― 成帝의 2번째 황후. 哀帝(애제) 때 황태후. 능가선무(能歌善舞)하여 장중무(掌中舞)했다는 설화가 있다. 孝成帝(효성제)의 趙皇后(조황후)는 본래 장안에 사는 노비의 딸이었다. 처음 태어났을 때 부모가 거두지 않았는데 3일이 지나도 죽지 않자 그때서야 거두어 길렀다. 다 자라서 양아공주(陽阿

매서운 의협심은 우미인[176]만 못했다. (俠烈還輸虞美人)

옆 방에서 기다리는 태자와 양소는 뜨거운 솥안의 개미처럼[177]

公主)의 집에 맡겨져 가무를 배웠는데, 飛燕(비연)이라고 불렀다. 성제가 어느 날 미행을 나갔다가 양아공주의 집에 들려 놀았는데, 성제는 비연을 보고 좋아하여 궁으로 불러들여 크게 총애하였다. 조비연의 여동생도 이어서 불러 둘 다 첩여가 되어 후궁 비빈 중에서 10여 년간 총애를 독차지하였으나 모두 자식을 낳지 못했다. 성제가 죽고 애제가 즉위한 뒤에 조비연은 서인이 되었고, 곧 자살했다. 황후가 된 지 16년이었다.

176 우미인(虞美人) — 漢王(한왕) 5년(前 202년), 漢王 유방(劉邦)은 항우군을 추격하였다. 항우는 垓下(해하)에 보루를 설치했지만 군사는 적었고 식량도 떨어졌다. 한군은 항우군을 여러 겹 포위했다. 항우는 밤에 漢의 군사들이 사방에서 부르는 초가(楚歌)를 듣고 놀라 말했다. "漢軍(한군)이 벌써 楚를 다 차지했는가? 어찌 이리 楚나라 사람이 많은가!" 항우는 일어나 장막 안에서 술을 마셨다. 성이 虞氏(우씨)인 미인이 늘 총애를 받으며 항우를 따랐고, 이름이 추(騅)인 준마를 항우는 늘 타고 다녔다. 슬픈 楚歌에 항우는 감정이 격앙되어 스스로 노래를 지어 불렀다.

힘은 산을 뽑고 기운은 세상을 덮었지만, (力拔山兮氣蓋世)
때가 불리하니 騅(추)도 달리질 못하네. (時不利兮騅不逝)
추도 못 달리니 어찌해야 하는가? (騅不逝兮可奈何)
虞(우)여 우여! 너를 어찌해야 하는가!" (虞兮虞兮奈若何)

노래를 몇 번 부르자, 우미인도 화답하여 노래를 불렀다. 항우가 몇 줄기 눈물을 흘리니 좌우 모두가 울었고 아무도 고개를 들지 못했다.

177 원문 熱鍋上螞蟻 — 초조하여 안절부절하다. 탈출구가 없는 위기

안절부절하며 소식을 기다렸다.

그러자 장형이 황망히 달려와 말했다.

"큰 일이 모두 끝난 바를 삼가 축하드립니다. 그렇지만 혹시라도 태자께서 마음에 생각하는 분이 성상을 따라갈까 조금 걱정이 됩니다."

태자는 장형의 말을 듣고 좋아하다가 마음속으로 걱정이 되었다. 그러면서 갑자기 양소와 장형이 걱정하던 바를 생각하며 두 사람에게 말했다.

"이후 여러 가지 일들은 복야와 태자 서자가 알아서 처리해 주시오. 나는 내 일을 해야겠소."

양소는 태자의 말을 듣고 서둘러 여러 명령을 내려, 자신의 이복동생인 이주자사(伊州刺史) 양약(楊約, 19회 주석 참고)을 경조윤(京兆尹)의 서리로 발령하여 경기(京畿) 일원을 다스리게 하고, 태자비 소비(蕭妃)의 동생인 양공(梁公) 소구(蕭矩)를 도성 10개 성문의 경비를 전담케 하였다.

곽연(郭衍)을 좌령위대장군(左領衛大將軍) 서리에 임명하여 도성 군영의 병력을 지휘케 하였고, 우문술을 좌령위대장군(左領衛

에 처하다. 鍋는 솥 과. 螞는 왕개미 마. 蟻는 개미 의. 개미는 물의 깊이를 알고(蟻可測水), 말은 다니던 길을 기억한다(馬能識途). 개미가 많으면 코끼리를 들 수 있고(蟻多可以擡象), 메뚜기 떼가 날면 하늘을 덮을 수 있다(蝗飛可以蔽天). 천리 긴 제방도 개미구멍으로 무너진다(千里長堤 潰於蟻穴).

大將軍)에 승진시켜 행궁의 숙위(宿衛)를 관장하며 황제 거가를 호종(扈從)하는 인마를 지휘케 하였다. 그리고 우문술의 아들이며 부마(駙馬)인 우문사급(宇文士及)[178]에게 경도(京都) 내 모든 궁궐의 궐문 경비를 담당케 하였다. 그리고 장작좌랑(將作左郎)인 우문개(宇文愷)에게 황제를 장례할 황릉 공사를 지휘케 하였고, 대부소경(大府少卿)인 하조(何稠)에게 황릉 주변의 산림의 토목공사를 주관케 하였다. 황문시랑(黃門侍郎)인 배구(裴矩)와 내시랑(內侍郎)인 우세기(虞世基)에게 상례(喪禮)를 집전케 하였고, 장형을 예부상서에 임명하여 황제 즉위식을 준비케 하였다.

이렇듯 많은 사람들이 황제의 붕어에 따른 여러 가지 일에 조급하였지만, 태자 양광은 장형의 말을 들은 뒤로 무척이나 마음이 조급하였다. 태자는 측근을 시켜 황금으로 만든 조그만 상자를 가져오게 하였다.

그리고 조심조심하여 조그만 물건을 가져다가 봉투에 넣었고 다시 황금상자 안에 집어넣었다. 그리고 다시 황금상자를 색지(色紙)로 여러 겹 조심스레 포장케 하였다. 그리고 직접 붓을 들어 직접 서명하였다. 그리고 내시 한 명을 골라 진부인에게 직접 전달하고, 진부인이 친히 열어보시라고 전달케 하였다.

---

178 우문사급(宇文士及, 572－642년, 字는 仁人)－우문술의 3자. 뒷날 唐高祖(당 고조), 唐 太宗(당 태종) 시기의 재상.

내시는 태자의 명을 받고 진부인을 찾아갔다. 진부인은 장형의 지시에 따라 궁궐 뒤채의 건물에 쉬고 있다가 황제가 붕어했다는 소식에 어쩔 줄 모르고 그냥 한숨 속에 자신의 생사를 걱정하며 식음을 전폐하고 있었다.

태자의 명을 받고 왔다는 내시 하나가 진부인에게 황금상자를 가지고 왔다는 말을 듣고 진부인은 내시를 불러들였다. 내시는 들어와 작은 꾸러미를 탁자 위에 올려 놓은 뒤에, 진부인께서 직접 개봉하셔야 한다는 전갈을 전했다.

"새 황제 폐하께서 부인께 드리는 물건이 상자 안에 있다고 말씀하셨습니다. 그러니 부인께서 직접 열어 보신 다음에 말씀해 주시기 바랍니다."

그러나 진부인은 의심이 되어 황금상자를 열어볼 수가 없었다.

그래서 내시에게 물었다.

"분명 이 상자 속에는 짐독(鴆毒)이 들어있지 않겠어?"

"황제께서 직접 봉하셨으니 미천한 제가 어찌 알겠습니까?"

진부인은 황금상자를 열었고, 그 안에는 다시 네모진 봉투가 있었다. 진부인은 샘솟듯 눈물을 흘리며 큰소리로 울기 시작하였다.

"나는 망한 나라의 포로가 되어 끌려왔기에 궁궐 좁은 방에 갇혀 늙어갈 줄 알았으나 뜻밖에도 황제의 총애를 받았었지! 모두가 이승의 복이라 생각했지만, 젊은 날의 복은 다했고 이제 재앙을 만났구나! 그저 굶어죽지 않고 살고 싶었는데, 이제는 이 목숨을 붙잡지도 못하네!"

진부인은 울면서 중얼거리고, 말하면서 흐느껴 울었다.

"나는 선제(先帝)의 두터운 은총을 입었으니, 이제 죽어 지하에서 따라야 하거늘 그걸로 만족해야지! 이미 지나간 일을 나는 피할 수 없었지. 내가 따르지 않았다고 나를 죽인단 말인가?"

여인의 사설은 장황했다. 내시는 마음만 조급하여 혹시 늦었다고 벌을 받지 않을까 걱정이 되었다.

진부인의 울음과 늘어놓는 사설에 여러 궁인들이 모여들었고, 네모진 봉투 안의 사약 가루가 있다고 생각하여 모든 여인들이 통곡하기 시작했다. 다만 내시는 어쩔 줄 몰라 하며 진부인에게 빨리 열어보라고 재촉할 뿐이었다.

진부인은 이제 결심이 선 듯 울음을 그쳤다. 그리고 비장한 표정에 떨리는 손으로 봉투를 열었다. 그러나 또 하나의 봉투가 들어 있어 꺼내 놓고 물끄러미 바라보며 눈물만 흘렸다. 내시는 진부인이 울음을 터트리며 또 여러 사람이 울게 되고, 그러면 더 늦어진다고 생각하여 진부인에게 단호하게 말했다.

"부인께서 울어본들 무익합니다. 빨리 마저 열어보십시오. 돌아가 아뢰어야 합니다."

내시의 재촉에 진부인이 쏘아부쳤다.

"오늘 비명에 죽어야 한다고 기약이라도 했느냐?"

그리고 눈물을 훔치면서 떨리는 손으로 누런 봉투를 열었다. 그런데 거기에 무슨 사약 가루가 있겠는가?

거기에는 오색의 실을 꼬아 만든 다섯 개의 동심결(同心結)[179]이 들어있었다. 여러 궁인들은 그걸 보고서 일제히 환호성을 질렀다.

그러면서 다투어 말했다.

"마님은 죽음이 아니라, 천천만만의 기쁨이옵니다."

진부인은 짐새의 독약이 아닌 것을 보고 안심이 되었다. 그러나 태자의 동심결은 태자의 욕정이 그대로이며, 앙앙불락(怏怏不樂)하고 있다는 불만의 표시였다. 부친이 돌아가셨는데도 여인에게 이런 물건을 보낼 사람이라니! 참말로!

진부인은 침상에 그냥 말없이 걸터앉아 있으면서 동심결을 건드리지도 않았고, 또 내시에게 아무런 말도 전하지 않았다. 그러

---

179 동심결(同心結) — 본래는 납폐(納幣)할 때 쓰는 매듭이었으나, 나중에는 연인끼리 애정을 표시하려고 주고받는 크기가 다른 둥근 모양. 《易經 繫辭(계사) 上》에 二人同心 其利斷金(二人이 同心이면 그날이 쇠도 끊는다.)라는 말이 있다. 당나라 제일의 여류 시인 설도(薛濤, 768?—831)의 시에 〈春望詞(춘망사)〉란 시가 있다.

바람에 매일 꽃은 지려는데, (風花日將老)
기약한 날은 아직 아득하다. (佳期猶渺渺)
한마음 맺지 못하는 사람은 (不結同心人)
공연히 풀로 同心만 만드네. (空結同心草)

자 내시가 다시 재촉하였다.

"폐하께서 오래 기다리고 계십니다. 제가 돌아가서 무어라 말씀드려야 합니까? 마님께서는 어서 거둬들이십시오."

그런데도 진부인은 고개를 숙인 채 아무 말이 없었다.

옆에서 여러 궁인들이 거들었다.

"마님께서 잘못 생각하고 계십니다. 이제 새로 즉위하실 분이, 처음 내리신 은총입니다. 혹시 거슬렀다가는 정말 무슨 일이 있을지 걱정이 됩니다. 오늘 이처럼 경황없는데도 마님께 이런 표시를 주시다니! 정말 다행이십니다. 조금 전에는 두려워 통곡하셨습니다. 그러면 이제 사은(賜恩)에 감사해야지요."

여러 사람이 이런저런 말로 권유해도 진부인은 아무 말이 없었다. 고운 얼굴은 더더욱 창백해지며, 수심만 깊어지고 절로 한숨이 터졌다.

그리고 조용히 중얼거렸다.

"여인 거처 안에서의 치욕을 어찌 잊겠는가?"

그리고서는 탁자 위의 동심결을 황금상자 안에 집어넣은 다음에 절을 올렸다. 그리고 아무 말 없이 침상에 걸터 앉았다. 내시는 그런 모습을 다 지켜본 다음에 인사를 올리고서 돌아갔다.

진부인은 태자가 보낸 동심결을 받았지만 마음의 번민으로 한동안 그냥 앉아있다가, 침상 모퉁이에 기대어 졸다가 그냥 쓰러져 잠들었다. 여러 궁인들은 혹시라도 태자가 행차할까 걱정하면서 궁 안을 정리정돈하였다. 궁 안은 잠시 그대로 조용하였다.

진부인의 거처에서는 금정(金鼎)에 용연작뇌(龍涎鵲腦) 향을 피웠고, 곳곳에 휘장을 치고 주렴을 드리웠다. 곧 해가 졌고 둥근 달이 떠올랐다.

태자는 조용히 궁인 몇 사람을 대동하고, 등불을 들고 부인의 처소를 찾아왔다. 궁인들이 태자의 행차를 보고 놀라 진부인에게 알렸다. 진부인은 번뇌로 거의 혼수상태였다. 할 수 없이 궁인들이 진부인을 깨우며 부축하였다. 그래도 제대로 일어서질 못하자 겨우 부축하여 대청으로 나왔는데, 태자는 이미 대청에 올라와 있었다.

진부인은 꿇어엎드리며 "만세(萬歲)"라며 축수하였다.

태자는 황망히 진부인을 부축해 일으켰다. 그날 밤 태자는 진부인과 합방하였다.

7월 정미(丁未)일에, 황제가 붕어한 뒤로 갑인(甲寅)일에 모든 일이 결정되었다.

다음 날 양소는 태자의 복상(服喪)을 도왔고, 재궁(梓宮, 관) 앞에서 발상(發喪)하였다. 조정의 신하가 상복을 착용하고 반차(班次)대로 예를 갖추었고, 모든 절차를 마쳤다.

태자는 길복(吉服)으로 갈아입은 뒤에 천지신명과 조종(祖宗) 신령께 절을 올렸다. 이어 면복(冕服)을 착용하고서 즉위(卽位)하였다. 물론 모든 신하가 다시 조복으로 갈아입고서 입조하여 치하하였다.

태자가 황제의 보위에 오르려는 순간, 태자는 기쁨의 끝인지 아니면 두려움의 끝자리인지 알 수가 없었고 마음에 부끄러움도 없지 않았으며, 가끔 정신이 몽롱한 적도 있었다.

그런데 황제의 자리에 오르는 계단의 턱이 생각보다는 굉장히 높은 것 같았다. 황제는 다리를 높이 들어 계단을 오르겠다고 생각하였다. 그런데 그때 계단 아래 있던 의식을 담당하던 위사(衛士) 하나가 채칙을 휘두르는 소리를 내었다.

그렇지 않아도 마음이 왠지 허전하고 불안했던 황제는 순간 놀라면서 기우뚱하며 몸이 기울었고, 황제는 거의 옆으로 넘어지려 했다. 전각 안의 모든 신하들이 숨소리도 못내며 바라보았고, 다행히 내관 하나가 달려와 황제를 부축했다.

황제는 도움을 받아 겨우 보좌에 앉았다. 황제는 등줄기에 식은땀이 흐르는 것을 느꼈고, 자리에 누웠던 늙은 부황의 얼굴과 진부인의 얼굴이 눈앞에 어른거렸다. 황제는 두 손으로 얼굴을 감싸며 눈을 부볐다.

그런데도 천지의 모든 혼령과 어둠을 헤매는 귀신이 한데 모여 황제 앞에 몰려오는 것 같았다. 황제는 눈을 감고, 목에 힘을 주었다. 다시 눈을 뜨자, 양소가 눈에 보였다.

황제는 조금 안심이 되었다.

'이제는 모두 지났어! 이제는 전부 내 것이여!'

황제는 주먹을 쥐어보았다. 주먹에 힘이 느껴지며 다시 정신이 맑아지는 것 같았다.

양소는 젊은 황제가 한때 긴장했을 것이라 생각했다. 그러면서 자신이 지금은 늙었지만 그래도 무장 출신이었다. 황제 앞에 나아가 큰 목소리로 즉위를 축하한다는 인사말을 올렸다. 그리고 백관을 거느리고 만세를 불렀다.

인간 만사가 거짓이라 말하지 말지니, (莫言人事宜奸詭)
끝내 천심은 不仁한 자를 미워하노라. (畢竟天心壓不仁)
모두 십여 년 천자의 자리에 있었지만, (總有十年天子分)
세 번 귀신의 질책을 받아야만 했었다. (也應三被鬼神嗔)

황제는 용좌에서 한참 동안 그냥 앉아있었고 보통 때의 마음으로 되돌아왔다. 백관의 조하를 받으면서 아무런 생각이 없이 그냥 평안했다. 황제는 주요 대신들에게, 그리고 지방의 왕과 주(州)와 군현의 애로사항을 파악하라고 지시하였다. 그리고 즉위 사실을 알리고 백성을 위무하는 조서를 작성하여 중외(中外)에 반포케 하였다.

다음 해는 개원(改元)하여 대업(大業) 원년(605)이라 하였고, 모든 문무 관료를 대거 승진시키고 작위의 급수를 올려 주었으며, 각 군진의 군사를 위로하고 시상하였다. 또 고령의 노인들에게 곡식과 비단을 하사하였다.

그리고 양소와 우문술, 장형 등에게 승관과 특별한 식읍을 하사하였다. 그리고 폐태자 양용을 방릉왕(房陵王)으로 추봉하여 자신이 그를 죽인 사실을 엄폐하였다. 이 시기에 각 행궁에는 양소 등이 황제의 국정을 보좌하였고, 장안에는 양약(楊約) 등의 무리와 세력이 진압하고 있어 조그만 변고도 발생하지 않았다.

그러나 인간의 가장 큰 윤리는 주군과 부형과 형제이다. 부친과 형을 죽였고 황제의 보위를 훔쳤으니 그 근본에서 천륜을 이미 상실하였다. 황제가 비록 즉위 초에 나라를 안정시켰고 부지런히 정사에 힘썼고, 백성을 긍휼히 여기고 보살폈다지만 그것은 어디까지나 지엽적인 문제였다. 거기다가 황제는 여색을 좋아하는 정도를 넘어서 황음무도(荒淫無道)하였으니, 하늘의 분노와 백성의 원망, 그리고 이어지는 파국(破國)과 가문의 몰락을 어찌 피할 수 있겠는가?

그리고 또 새 황제의 즉위 이후 어떠한 정치와 일이 벌어지겠는가를 어찌 알겠는가? 다음 회를 읽어 보시라.

제20회

황후가 궁녀로 가장하여 총애를 바라고, 권신은 쓸데없는 말을 했기에 죽었다.(皇后假宮娥貪歡博寵, 權臣說鬼話陰報身亡.)

시로 읊기를, 詩曰,

좁다란 길에는 잡초가 무성하고, (香逕靡蕪滿)
고소대 터에는 사슴이 뛰어논다. (蘇台鹿麋游)
흥겹던 가무에 멋진 배를 띄웠던, (清歌妙舞木蘭舟)
적막한 강산에 차가운 강물이다. (寂寞有寒流)

지금 미인은 모두 어디에 있나? (紅粉今何在)
곱던 청춘을 잡아둘 수도 없다. (朱顔不可留)
명월 높이 떠서 강가를 비추고, (空存明月照芳洲)
물가 오리떼 모였다 흩어진다. (聚散水中鷗)

— 곡조 〈무산일단운〉 — 調寄 〈巫山一段雲〉

전광석화(電光石火)와 같이 짧은 인생이지만, 그중에서도 붉은 빰에 검은 머리가 예쁘던 청춘은 더더욱 짧다. 인생 겨우 70년에 팽팽한 얼굴과 검은 구렛나루가 그 얼마던가?

〔남조(南朝)〕 제(齊)나라 동혼후(東昏侯)[180]가 총애하는 미인에게 걸음마다 황금 연꽃을 밟게 했던(步步金蓮) 사치와 영화,[181] 그리고 진(陳)나라 후주〔後主, 진숙보(陳叔寶), 재위 582－589년〕가 〈옥수후정화(玉樹後庭花)〉[182]를 읊고 놀았던 시절의 영화가 그러했다.

그 시절에 조정에서 권력을 장악하고 멋대로 힘을 썼던 권신이

---

180 동혼후〔東昏侯, 소보권 蕭寶卷－재위 483－501년, 字는 智藏(지장)〕－南朝(남조) 齊(제)나라의 6대 군주. 잔인포악, 황음무도하여 피살되었고 뒷날 東昏侯로 폄하되었다. 중국 역사에서 대표적인 어리석고도 황음무도한 군주였다.

181 동혼후의 총비 반옥아(潘玉兒, ?－501년, 本名은 兪妮子, 또는 潘玉奴)－본래는 기녀(妓女)였는데, 國色(국색)이었다. 미모와 교태가 절윤(絶倫)했고, 마치 뼈가 없는 사람처럼 유연하였으며 그 피부는 백옥보다 더 고왔다. 동혼후 소보권의 총애를 받았는데, 소보권은 아예 멍청한 바보가 되었다. 반옥아가 낳은 딸이 백일도 안 되어 죽었는데, 동혼후는 백옥아를 위로한다고 크게 토목공사를 일으켜 방화(芳華), 방덕(芳德), 선화(仙華), 함덕(含德), 청요(淸曜) 등 궁궐을 지었다. 금이나 옥으로 꾸미고 바닥에는 백옥을 깔았으며, 연꽃을 새겨놓고 반옥아가 나체로 연꽃을 밟고 걷게 하였다. 그러면서 '선녀가 인간 세상 하강하니(仙子下凡), 걸음마다 연꽃이 피어난다(步步生蓮).' 고 노래하였다.

182 〈후정화(後庭花)〉－제1회 註 25 참고.

나 간신들, 혁혁한 전공을 세운 무신도 죽으면 모두 그뿐! 그 이름이나 자취조차 없어지고, 그런 사치와 영화는 물론 그들 나라조차 순식간에 모두 오유(烏有)[183]로 돌아갔다. 그렇다면 젊은 날에 분을 곱게 바르고 붉으레한 뺨에 미소를 머금었던 미인 또한 같은 전철을 밟지 않을 수가 있겠는가?

수 양제(隋 煬帝) 소황후(蕭皇后)

각설(卻說)하고, 양제(煬帝)는 스스로 보위(寶位)에 오른 이후로, 조정에서 정무가 끝나면 곧바로 선화궁(宣華宮)에 가서 진(陳)부인과 멋대로 색욕에 빠졌고 마음껏 환락을 탐하기를 반달 가량 계속했다.

애초에 태자비였던 소후(蕭后)[184]와는 태자 시절부터 아침 저

183 烏有(오유) – 전한 사마상여(司馬相如)의 〈자허부(子虛賦)〉에 나오는 가공인물인 烏有先生(오유선생). 어찌(烏) 있을 수 있나? 어디에(烏) 있나? 결국 없다(無)는 뜻. 어찌 오(烏)는 反問(반문)을 표현. 子虛烏有(자허오유)는 허황된 일.

184 소황후〔양민황후(煬愍皇后), 567 – 647년〕 – 남조 梁朝 소명태자(昭明太子) 소통(蕭統)의 증손녀, 부친은 西梁(서양) 孝明帝(효명제),

녁으로 한시도 그 곁을 떠나지 않으면서 서로의 은덕과 애정이 깊었었다. 그러나 황후로 책립된 이후로는 양제의 총행(寵幸)이 한 번도 없었다.

소후는 처음에 황제가 부친상을 당한 뒤라서 별궁에 혼자 자는 줄 알았었다. 그런데 밤마다 부황(父皇)의 후궁이었던 선화부인 진씨의 선화궁에 들어가 밤마다 음탕하게 즐긴다는 말을 듣고서는 크게 화를 내며 말했다.

"황제로 즉위한 지 얼마 되지도 않았는데, 이처럼 음란하다면 장차 이를 어찌 저지하겠는가?"

그날 마침 양제가 퇴조(退朝)하며 바로 소황후의 궁에 들어왔다.

소황후가 양제를 맞으면서 바로 비난하였다.

"재위에 오르신 지, 이제 겨우 며칠입니다. 그런데 정처(正妻)를 버려두고 선친의 후궁과 간음을 즐기셨습니다. 이제 몇 년이 더 지나면 온 나라의 미인들은 모두 황제의 여인이 될 것입니다."

그러자 양제가 대꾸하였다.

"우연히 그렇게 되었습니다. 그렇다고 황후께서 이리 화를 내십니까?"

"우연이건 우연이 아니건 나는 상관하지 않겠습니다. 다만 그

母(모) 張皇后(장황후), 隋 楊廣(수 양광)과 결혼, 태자비 → 황후. 당 태종 때까지 천수를 누린 뒤 죽었다.

여인을 처벌하여 냉궁(冷宮)에 집어넣고 못 만나게 하면, 나는 그뿐입니다. 그래도 황제가 그리워 못 잊어한다면, 나는 황후로서 조칙을 내려 백관에게 황제의 추태를 전부 알릴 것입니다. 그러면 대신들을 무슨 낯으로 보시겠소?"

그러자 양제는 다급하게 말했다.

"황후는 오늘 따라 왜 이리 성급하신가요? 짐이 천천히 잘 처리할 것이요."

"어떻게 처리하시겠소? 그 여인을 처치하지 못한다면, 내가 궁인을 시켜 그 여인을 모욕하겠소. 그러면서 부끄러워 하는지 아니면 여전히 뻔뻔한 지 두고 보겠습니다."

양제는 태자 시절부터 황후 소씨를 두려워했었다. 이번에 황후가 분노하는 정도를 보고서는 크게 겁을 먹고 말했다.

"부인은 그만두시오. 짐이 그 여인에게 설명하여 황후께 용서를 빌게 시킬 것이요. 제발 진정하시오."

"말을 하든 안하든 폐하 마음대로 하시오. 용서를 구하려 오든 아니오든 나는 관여하지 않겠소. 하여튼 나는 나대로 처리할 것입니다."

황제와 황후가 주고받은 말은 다른 궁녀들의 입을 타고 선화부인에게 전달되었다. 선화부인 진씨는 슬픔을 이기지 못해 그저 눈물만 흘렸다.

갑자기 궁노(宮奴) 하나가 달려와 황제의 어가가 도착했다고 알렸다. 선화부인은 눈물을 머금은 채 고개를 숙이고 영접했다. 양제가 부인에게 다가가 껴안은 뒤, 고개를 들게 하니 온 얼굴이 눈물범벅이었다.

양제가 말했다.

"내가 황후와 잠깐 언쟁하였소. 아마 부인도 짐작할 것이요. 나도 나름대로 방책이 있으니, 이제는 서러워 마오. 황후가 아무리 무슨 말을 어떻게 하든, 결단코 나는 오직 부인만을 아끼고 지켜줄 것이요."

그래도 진부인은 작은 어깨를 들먹이며 말했다.

"소첩의 바탕이 천박하여 지난 날에는 선제(先帝)에게 득죄했고 이제는 폐하께 누를 끼치고 있으니, 천한 이 몸은 죽어야 마땅할 것 같습니다. 폐하께서는 황후의 뜻대로 소첩을 냉궁에 보내주십시오. 그러면 저는 저의 죄를 뉘우치며 목숨만 건진다면 여한이 없을 것입니다."

양제가 탄식하며 말했다.

"정이 깊다면 생사와도 바꿀 수 없는 것이요. 나와 부인은 같이 즐긴 기간이 오래지 않으나 우리 은애와 애정만은 바다와 같을 것이요. 설령 나와 부인이 서민 부부가 되더라도 나는 두려워하지 않을 것이요. 그러니 내가 어찌 부인에 대한 사랑을 접을 수 있겠소? 설령 부인의 속이 뒤집힌다면 부인은 짐을 버리겠소?"

선화부인은 양제를 부여잡고 슬피 울면서 말했다.

"소첩의 마음은 그리 모질지 못합니다. 지금처럼 폐하만을 그리워하다 보면, 폐하의 위망(威望)을 더럽힐까 두려울 뿐입니다. 생각해 보면, 선제께서는 울지녀(尉遲女)를 단 하룻밤 사랑했지만, 독고황후에 의해 비참하게 죽었습니다. 저도 그와 같은 전철을 밟게 될까 두렵습니다. 만약 황후께서 내일이라도 크게 화를 내신다면, 소첩에게는 죽음이 아니고 무엇이 남겠습니까? 폐하께서 빨리 조처하시지 않으면 끝난 다음에 후회하실 겁니다."

양제는 진부인의 호소에 가슴이 먹먹할 뿐이었다. 진부인을 꼭 껴안고 장탄식을 하며 말했다.

"부인의 말을 들으니 내가 너무 무정한 것 같아 부끄럽습니다. 그러나 부인에 대한 내 사랑은 바다만큼이나 넓고 깊다고 믿어주시오."

그리고 양제는 태감(太監)을 불러 외부에 있는 선도궁(仙都宮)의 건물 하나를 깨끗하게 수리한 뒤에 선화부인이 거처할 수 있도록 모든 준비를 빨리 마치라고 엄명하였다. 그러면서 생활에 필요한 모든 물자도 전례에 따라 충분하게 지급케 하였다.

진부인과 양제 두 사람은 떨어질듯하다가 다시 밀착했고, 이야기가 끝날듯하다가 다시 이어졌다. 양제는 선화부인의 손을 놓을 수가 없어 두 번 세 번 다시 잡았고, 선화부인이 두 번 세 번 사양하자, 양제는 손을 놓고 돌아섰다. 마치,

죽어 이별에는 말을 삼키나, (死別已呑聲)

살아 헤어지면 늘 서러웁다. (生離常惻惻)

여자 일생의 첫째 괴로움은, (最苦婦人身)

미모로 남자를 섬겨야 한다. (事人以顔色)

양제는 선화부인을 떠나온 뒤로 종일 취한 듯 멍청한 듯, 길고 짧은 한숨을 내쉬었고, 눈뜨고서도 눈을 감고서도, 차를 마시고 술을 마셔도 온통 선화부인 생각뿐이었다.

양제의 선화부인에 대한 애정과 그리움은 단단히 얽혀있어 막을 수 없다는 사실을 소황후는 알고 있었다.

그래서 양제에게 말했다.

"저는 폐하와 부부의 정을 돈독히 하고 싶어 폐하에게 선화부인한테서 떠나시라 권유했었습니다. 그러나 폐하께서 선화부인을 그렇게나 그리워하시는 줄을 생각하지 못했습니다. 결국 저는 폐하께 강짜 시샘하는 여인이 되어 폐하의 은총을 받지도 못하고 더욱 소원해졌다고 느낍니다. 이는 가까워지려다가 오히려 더 소원해진 것입니다. 그래서 제 생각에는, 폐하께서 전지(傳旨)를 내리셔서 선화부인을 궁으로 불러들여 폐하를 조석으로 위로케 하면, 폐하도 저와 부부의 정이 더 깊어질 것 같습니다. 그렇게 하는 것이 폐하와 저 모두에게 이로울 것 같습니다."

그러자 양제가 웃으며 말했다.

"황후가 정말 그렇게 받아들여준다면 황후의 현덕(賢德)은 천고에 가장 빛날 것입니다. 그런데 황후가 나를 놀리는 말 같소이다."

"제가 어찌 폐하를 놀리겠습니까?"

양제는 정말로 기뻤다. 그래서 서둘러 선화부인을 입궁케 하라는 전지를 내렸다.

한편 선화부인은 출궁한 이후 황제의 총애를 바라지도 않으면서 긴 세월을 아무 하는 일도 없이 지내고 있었다. 어느 날, 홀연히 황제의 명을 받은 중관(中官)이 나타나 전지를 받들어 입궁하라고 하였다.

선화부인이 중관에게 말했다.

"나는 성은을 받아 방출되었기에 이미 낙화유수(落花流水)와 같거늘, 어찌 다시 입궁할 까닭이 있겠는가? 중관은 돌아가 나 대신 황제께 사양한다는 말을 해주기 바랍니다."

"황제께서는 궁궐에서 지금 기다리고 계시거늘, 어찌 지체할 수 있겠습니까? 제가 어찌 빈손으로 돌아가 폐하께 말씀드릴 수 있겠습니까?"

선화부인은 잠시 생각하다가 "내가 알아서 조치하겠다." 말하고서는 편지지를 한 장 꺼내어 시 한수를 적었다.

그리고 중관에게 내주며 말했다.

"나대신 이를 올리고 폐하께 사양한다고 말해주시오."

돌아온 중관에게서 서신을 받은 양제는 급히 읽어보았다. 거기에는 〈장상사(長相思)〉의 시구가 쓰여 있었다.

「꽃도 시들었고 잎도 말랐으니, (紅已稀, 綠已稀)
춘풍 불어와서 고맙습니다만, (多謝春風著地吹)
남은 꽃가지는 버티기 어렵고, (殘花難上枝)
총애 받을지 잃을까 걱정이오. (得寵疑, 失寵疑)
기쁨이 얼마나 갈 수 있나요? (想像爲歡能幾時)
이별이 또 올까 걱정입니다.」 (怕添新別離)

양제는 읽고 나서 웃으며 말했다.

"선화부인은 내가 또 버릴까 걱정하고 있구만! 이번은 내가 황후와 분명히 말했으니 어찌 다른 이별이 있겠는가?"

그리고서는 보내온 사(詞)에 화답하는 시 한 수를 지어 적었다.

「비도 아니 그치고, 이슬도 내리니, (雨不稀, 露不稀)
아침 저녁 춘풍이 불어 돌아보니, (顧化春風日夕吹)
오랜 가지에 꽃을 피게 하였다오. (種成千歲枝)
은덕을 왜, 애정을 왜 의심하시나? (恩何疑, 愛何疑)
하루 열두 시간 기쁨을 즐긴다면, (一日爲歡十二時)
누가 생사 간의 이별을 만들겠소?」 (誰能生死離)

쓰기를 마친 양제는 종이를 마름모꼴로 접어 다시 중관에게 보냈다. 선화부인은 글의 뜻을 알았고 양제의 정의(情意)가 진정이라고 생각하였다. 다시 또 사양할 수 없기에 서둘러 화장을 하고 눈썹도 그린 다음 칠향거(七香車)를 타고 입궁하였다.

양제는 선화부인을 다시 만나 몸과 마음이 상쾌하다고 느꼈다. 그리고 선화부인을 데리고 중궁에 들어가 황후를 알현케 하였다. 소황후는 마음속으로 기분이 좋을 리 없지만, 그래도 본처의 입장에서 아량을 베풀어야 한다고 생각했고, 또 양제의 성질을 건드리지 않는 것이 상책이라 생각하며 즐겁게 맞이하였다. 그리고 잔치를 차려 함께 즐겼다.

춘풍 부는 넓은 궁전, 화려한 모습이 새롭고, (合殿春風麗色新)
깊은 궁궐 멋진 풍경, 미인의 향기가 진하다. (深宮淑景豔芳辰)
소후의 낭군은 궁궐서 선화와 다시 만났고, (蕭郎陌路還相遇)
유신과 완조는 천태산 선녀와 재회했었다.[185] (劉阮天台再得親)

이후로 양제와 선화부인은 아침저녁으로 환락을 즐겼는데, 이

---

185 원문 劉阮天台再得親(유완천태재득친) - 유신(劉晨)과 완조(阮肇)는 약초를 캐는 사람인데, 천태산에 약초를 캐러 갔다가 선녀들이 사는 선계(仙界)를 찾아갔고, 거기서 짝을 이루고 행복하게 살다가 다시 인간세계로 돌아왔다. 다시 옛 짝이 그리워 찾아가려 했으나 찾을 수 없었다는 전설이 있다.

전보다 훨씬 더 친숙하고 뜨거웠다. 그러나 반년도 지나지 않아 누가 짐작이나 했으랴! 보름달이 아무리 밝아도 늘 둥글지 않고, 아름다운 꽃일수록 빨리 지는 법이다. 미인은 박명(薄命)하다더니, 어느 날 선화부인은 병석에 누웠고, 곧 그대로 죽을 줄이야!

양제는 몇 번이나 통곡하였다. 업무 담당 관리에게 명하여 안장했다. 그러나 종일 바보처럼 허둥대거나 수심 가득한 얼굴로 눈물을 흘렸다.

그러자 소황후가 말했다.

"죽은 사람은 다시 살아날 수 없습니다. 아무리 슬퍼한들 어쩌겠습니까? 그러니 이제 후궁들 중에서 미인을 다시 골라 폐하의 마음을 위로해야 합니다. 새로운 미인을 얻으면 폐하의 상심도 잊힐 것입니다."

양제가 말했다.

"궁 안에 여인이 많다지만 숨어있는 미인이 있겠는가? 있어도 어찌 골라내겠소?"

"선화부인도 후궁 중에서 찾아낸 사람입니다. 그리고 미인을 고르면서 찾다 보면 폐하의 수심도 잊혀질 수 있습니다. 미인이란 정을 주기 나름입니다. 오가는 정이 있으면 아름답게 보이고 미인이 아니겠습니까?"

양제는 소후의 뜻에 따라 미인을 고르겠다고 모두에게 알렸고, 각 궁궐 안에 많은 비빈과 여인들을 모두 정궁으로 모이게 하였다. 비빈과 궁인 모두 아름답게 치장하고, 검은 머릿단을 출렁이며, 좋은 옷을 입고 미소와 함께 교태를 지으며 소후와 양제 앞에서 자신들의 미모를 뽐내었다.

양제와 소후는 함께 전각에 앉아 여인들을 가까이 불러 살펴보고 대화를 나누었다. 두 부부가 함께 술을 마시며 젊은 여인을 보면서 웃고 품평하였다.

그러나 바닷물을 본 사람은 저수지 물을 물이라 생각하지 않는다.[186] 비록 미인이라 자처하면서 떼를 지었고, 버들처럼 한 줄로

---

186 원문 觀於海者難爲水(권어해자난위수) - 바다를 본 사람은 보통 물을 물이라 생각하지 않는다. 태산이 돌아오니 다른 산은 보이지도 않는다(泰山歸來不見山). - 위인이 나타나니 소인은 모습을 감춘다는 뜻이다. 여산의 진면목을 모르다(不識廬山眞面目). 곧 숲속에 있는 사람은 숲의 진면목을 모른다. 오악을 둘러보니 다른 산은 보이지 않고(五嶽歸來不看山), 황산을 둘러보니 오악도 보이지 않는다(黃山歸來不看嶽). 강과 바다는 웅덩이나 샘물과 맑기를 겨루지 않고(江海不與坎井爭其清), 세찬 천둥소리는 개구리나 지렁이와 소리를 다투지 않는다(雷霆不與蛙蚓鬪其聲). 바다가 넓기에 고기가 마음껏 헤엄을 치고(海闊凭魚躍), 하늘이 높기에 새가 마음껏 날 수 있다(天高任鳥飛). - 세상은 넓다. 마음껏 날개를 펴라! 산에 올라보지 않은 사람은 산이 높은 줄을 모르고(不爬山的不知山高), 바다를 가보지 못한 사람은 바다 깊은 줄을 모른다(不下海的不知水深). 바다는 흘러드는 물을 막지 않았기에 큰 바다가 되었다(海不辭水 故能成其大). 큰 바다 깊은 곳에 물고기가 크고(大海深處魚兒大), 책의 바다 한가운데에 학문이 많다(書海深處學問多). 모든 강물이 바다로 흘러들지만 바다는 넘치지 않는다(百歸海海不盈).

서있었지만, 고르고 골라도 끝내 양제의 마음에 드는 미인을 찾을 수가 없었다.

결국 양제는 지치고 피곤하여 그만두고 싶었다.

"아무리 골라도 결국은 이렇구먼. 선화부인 같은 하늘이 낸 국색이 또 어디 있겠소? 이제 그만둡시다."

결국 아무도 뽑힌 사람이 없고, 뽑힐 가능성도 없자, 궁인들은 이러쿵저러쿵 떠들면서 흩어졌다.

소후가 말했다.

"폐하께서는 좀 참으십시오. 초조하실 것 없이 술이나 몇 잔 하시지요. 제가 여러 궁을 다시 한 번 돌면서 직접 찾아보겠습니다. 혹시 폐하 마음에 드는 사람을 찾아낼 수도 있습니다."

양제가 말했다.

"여태껏 고르지 못했거늘, 이제서 또 황후께 심려를 끼쳐서야 되겠습니까? 그만두십시오."

"그런 말씀 마십시오. 아마 절색의 여인이 있어 몸을 아껴 드러내지 않고 있을지도 모릅니다. 마음이 너무 겸손하여 드러내지 않는 뜻밖의 미인이 어딘가에 숨어 있을 수도 있지요. 제가 한 번 둘러보겠습니다. 제가 빈손으로 돌아오면 저에게 벌주 3잔을 내리면 그뿐입니다."

말을 마친 황후는 수레를 타고 어디론가 가버렸다. 양제는 내감(內監)을 옆에 두고 천천히 술을 조금씩 마시며 무료하게 앉아 있었다.

원래 소후는 각 궁을 돌면서 새 미인을 찾을 생각이 없었다. 곧바로 장락궁(長樂宮)으로 들어와 황후의 옷을 벗어버렸다. 그리고 진하게 얼굴 화장을 고쳤다. 연지도 진하게 칠했고, 얼굴에 붉은 앵두점을 찍었으며, 머리 모양을 바꿔 앞머리를 내려 이마를 전부 가렸다. 그리고 머리 모양도 고치면서 용봉 비녀〔용봉차(龍鳳釵)〕를 꽂고 진주 귀고리를 양쪽에 3개씩 달았다. 그리고 젊은 궁녀의 요염한 옷으로 갈아입었다.

황후는 내전 환관을 불러 이리저리 하라고 지시한 뒤에 황제에게 알리게 하였다. 그 시간에 양제는 이미 술에 취했었다. 황후를 기다렸지만 황후는 보이지 않고 내전 환관이 들어와 양제에게 말했다.

"황후마마께서 미인 한 사람을 골라 장락궁에 데려다 놓고 폐하께서 왕림하시길 바란다고 하셨습니다. 그리고 마마께서는 다른 궁으로 나가셨습니다."

그러자 양제는 기분이 좋아 웃으면서 말했다.

"황후가 나를 위해 그런 수고를 마다 하지 않다니!"

양제는 서둘러 장락궁으로 향했다. 장락궁 별채의 작은 건물 대청에 올라서니, 궁녀 두세 명이 다른 궁녀 하나를 둘러싸고 앉아 있었다. 양제가 대청에 올라서자 모두가 일어섰다. 양제가 보니 이전에 못보던 우아한 여인이 고개를 수그리고 있었다. 많이 어려 보이지는 않았지만 몹시 으젓하다는 느낌이 들었다. 양제가 준비된 자리에 앉자, 곱게 차린 궁인이 날렵하게 절을 올린 다음 바닥에 엎드렸다.

양제는 그 모습이 마음이 들었고, 크게 기뻐하면서 가까이 오라고 말했다. 그러나 여인은 자리에서 조금 다가오는 시늉을 했을 뿐 가까이 오지 않았다. 그 시간에 다른 궁인들이 들어와 촛불을 밝혔다. 촛불 아래 여인은 고개를 푹 숙이고 있어 얼굴을 볼 수 없었다. 양제가 얼굴을 들라고 말했다. 그런데도 궁인은 그저 고개를 조금 들었다가 다시 숙였다. 양제는 황후가 자신을 위하여 이런 미인을 골랐다는 사실이 마음에 들었다.

양제는 자리에서 일어나 궁녀에게 다가가 상체를 일으켜 감싸 안으려 했다.

그런데도 여인은 부끄러운 듯 몸을 빼내려 했다. 양제는 새로운 욕정이 일어나는 것 같았다. 그래서 한 손으로 여인의 턱을 받쳐 들었다.

궁인을 본 양제는 갑자기 웃음을 터트렸다.

"누가 이리 고운가 했더니, 바로 내 아내였네! 이렇게 교묘하게 변장을 하다니! 하마터면 새 여인에게 마음을 빼앗길 뻔했네!"

그러면서 황후를 양팔로 껴안았다. 양제는 중전의 손을 끌고 침소로 들어갔다. 그리고 준비된 술상에 마주 앉았다. 양제는 황후에게 술 3잔을 연속 권했다. 그러면서 이는 황제의 새 연인에게 주는 술이라고 말하며 웃었다.

그리고 다시 더 큰 술잔에 3잔을 연속 강권하면서, 이는 새 미인을 구하지 못한 황후에게 내리는 약속된 벌주라고 했다.

양제와 소후는 함께 대소하며 술을 마셨다. 황후는 새 미인을 찾지 못해 정말 죄송하다면서 황제의 사면을 거듭 빈다면서 양제와 어울렸다.

소황후는 온 나라에서 미인을 찾아야 한다고 말했다.

"궁 안에 없다 하여 나라에도 없지는 않습니다. 폐하께서는 천하의 군주이십니다. 온 나라에 사람을 보내 미인을 구해야 합니다. 선화부인보다 10배 더한 미인이 틀림없이 있고, 응당 찾아내야 합니다."

"그렇지 않소, 그러면 온 나라가 소란할 것이고 중신들은 간언(諫言)을 올려 내 뜻을 저지시킬 것입니다."

"물론 조정에서 많은 간언이 쏟아질 것입니다. 그런데 젊은 신하의 간언은 무시해도 되지만, 저는 원로인 양소의 태도가 어떨지 궁금합니다. 지금 궁궐에 춘란(春蘭)이 한창이니, 난초 구경 겸 원로를 위로한다는 핑계로 폐하께서 양소를 불러 그 의향을 떠보면 어떻겠습니까?"

"마나님 말씀이 지당합니다."

그러면서 양제는 소후의 손을 잡아 끌어당겼다. 소후는 양제의 품에서 어린 궁녀처럼 수줍어했다. 그날 밤 황후의 처소에는 훈풍이 가득했다.

다음 날 오후, 양제는 황제의 화원, 곧 어원(御苑)에 나갔다. 수많은 화분에 춘란이 만개하였다. 제각각 높낮이와 꽃 모양이 달랐으며 온 어원에 향기가 가득했다. 그야말로,

수많은 그윽한 향이 온 궁궐에 가득하고, (無數幽香聞滿戶)
몇 그루 버들은 가지를 맑은 물에 늘어트렸다. (幾株垂柳照清池)

양제는 서둘러 내시 두 사람을 보내 양소를 어원에 들어오라고 불렀다. 양소는 양제를 옹립하여 즉위케 한 이후, 그 공적이 너무 혁혁(赫赫)하였고, 조정의 병권도 장악하였다.

이날도 양소는 젊은 미인들의 가무를 즐기면서 유쾌한 시간을 보내고 있었다.

양소는 황제가 부른다는 전갈을 받고 서둘지도 않으며, 덮개가 없는 가마를 타고 입궐하여 어원으로 들어갔다.

어원인 태액지 가까이 이르렀을 때, 양제는 양소를 보고 전각 아래로 내려와 영접하였다.

양제는 양소의 입조 배례를 사양하며 바로 자리를 내주며 말했다.

"오랫동안 뵙지 못했으니, 짐이 게을렀소이다. 요즈음 춘란이 모두 개화하였고, 태액지 버들도 새 잎을 피웠으며 훈풍이 향기가 진동하고, 태액지 물고기도 볼만하여 경과 함께 낚시나 하려고 모시라 하였소."

양소가 말했다.

"신(臣)이 알기로, 날짐승〔새, 禽(금)〕 사냥을 즐기다 보면 거칠어지고, 산짐승(수, 獸) 사냥을 너무 즐기면 쉽게 망할 수 있다고 하였습니다. 옛날 노(魯)나라 은공(隱公)[187]이 당(棠)이란 곳에서 어부가 물고기 잡는 것을 구경했는데, 《춘추(春秋)》[188]에서는 이

---

187 노 은공(魯 隱公, 姬姓, 名은 息姑, 魯國 第14대 國君, 재위 前 722－712년)－魯國 史書(노국 사서)《春秋(춘추)》 및 그 三傳(삼전)의 기록이 모두 魯 隱公에서 시작한다. 은공이 재위 중에 외교와 내치에 힘써 노의 국력이 크게 신장되었다.

188 《춘추(春秋)》－《春秋》는 본래 先秦 시대 각국의 編年體 史書이나 지금은 통상적으로 유일하게 전해진 魯國의《春秋》를 지칭한다. 《春秋》는 孔子가 魯國 史官의 기록을 중심으로 새로 구성하여 편찬한 책이다. 기록 범위는 魯 隱公 원년(前 722년)부터 魯 哀公 14년(前 481)까지 242년의 기록이다. 기록된 治者는 魯 隱公부터 哀公까지 12公이다. 여기에서 '春秋時代' 의 명칭이 유래되었다. 漢代에 들어 五經의 하나가 되었고, 四庫全書 중 經部에 들었으며(13經으로《左氏傳》에 본문 포함). 《公羊傳》과《穀梁傳》도《春秋》를 해설한 책으로 13經에 포함되었다. 《春秋》는 魯國을 중심으로 당시 각국의 大事를 알 수 있는 중국 최초의 編年體 史書이다. 그 주요 주제는 역사적 史實보다는 '義' 에 있다. 《春秋》는 《左氏傳》, 《公羊傳》, 《곡량전(穀梁傳)》(이상을 春秋三傳이라 통칭), 《鄒氏傳(추씨전)》, 《夾氏傳(협씨전)》으로 학파가 나뉘었다. 가장 널리 알려진 것은《左氏傳》이다. 《좌씨전》의 저자는 魯의 太史인 좌구명(左丘明)으로 인정된다. 좌구명(생졸년 미상)은《左傳》과《國語》의 作者로《左傳》은 記事에, 《國語》는 記言에 중점을 두었다. 좌구명은《論語 公冶長》에도 그 이름이 나온다. 孔子

를 (예법에 맞지 않는다고) 나무랐습니다(譏之). 순(舜)임금이 〈詩經 南風(시경 남풍) / 凱風(개풍)〉의 시(詩)[189]를 노래하자, 만세(萬世)에 이르도록 그 덕행을 칭송하였습니다. 지금 폐하께서는 대위(大位)에 등극하신 지 오래되지 않으시고 연세와 정력도 부강하시니, 요순을 본받으셔야 하고 노나라 은공의 허물을 본받지는 마십시오."

양제가 말했다.

"짐이 알기로, 강태공(姜太公)이 반계(蟠溪)에서 낚시하면서 문왕을 만났고 문왕을 섬겨 팔백 리 강토를 넓혔는데, 짐에 대한 경의 공훈은 태공과 같습니다."

그러자 양소는 크게 좋아하며 말했다.

曰, "巧言, 令色, 足恭을 左丘明이 恥之러니 丘亦恥之라. 匿怨而友其人을 左丘明恥之러니 丘亦恥之라."고 하였다. 이를 본다면, 공자보다 약간 연상이거나, 또 박식하고 고상한 인품의 인물임을 알 수 있다. 또 左丘明이 공자한테 배웠다는 주장도 있다. 左丘明의 姓名에 대하여 복성인 左丘에 名은 明, 또는 單姓 左에 名은 丘明이라는 주장이 있다. 그 직책이 左史라 하여 左는 존칭이고 姓은 丘, 名은 明이라는 주장도 있다. 또 盲人(맹인)이라는 주장도 있는데, 老年에 失明했는지는 알 수 없으나 失明한 상태로 관직을 수행할 수는 없었을 것이다. 참고로, 13經은 《周易》, 《尙書》, 《詩經》, 《周禮》, 《儀禮》, 《禮記》, 《左氏傳》, 《公羊傳》, 《穀梁傳(곡양전)》, 《孝經》, 《論語》, 《爾雅(이아)》, 《孟子》이다.

189 《詩 개풍(凱風) / 南風》 - 《시경 패풍(邶風)》의 시. 孝子(효자)를 찬미하는 노래. 일곱 아들이 모친에게 효도를 다한다는 내용.

"폐하께서 저를 강태공에 비슷하다고 하셨지만, 저는 폐하께 아직도 많이 부족한 사람입니다."

그러면서 양제와 양소는 화기애애하게 이야기를 계속했다. 양제는 환관들에게 낚시를 준비케 했고, 낚시가 준비되자 자리를 옮겨 태액지 물가에 나란히 앉았다. 그리고 조용한 수면에 낚시를 드리웠다.

양제가 말했다.

"짐과 경이 하는 낚시라 하여 내기가 없으면 무슨 재미겠소? 먼저 낚는 사람이 승자이고, 늦게 낚으면 벌주를 큰 잔으로 한 잔씩 마시기로 합시다."

"폐하의 내기가 참으로 재미있습니다."

그리고 얼마 안 지나 양제가 먼저 3치가 좀 넘는 작은 금어(金魚)를 낚아올리며 크게 좋아하였다.

양제가 양소에게 웃으면서 말했다.

"짐이 먼저 한 마리를 낚았으니, 경은 벌주 한 잔입니다. 잊지 마시오."

양소는 낚시를 바라보면서 혹시 물고기가 놀라 달아날까 대답도 없이 고개만 한두 번 끄덕인 뒤 앉아만 있었다. 얼마 뒤 양소가 낚시를 당겼으나 빈 낚시였다.

그뒤로 곧 양제가 다시 작지만 한 마리를 낚아 올렸다.

"내가 또 한 마리 낚았소. 경은 이제 벌주가 두 잔입니다."

한참 뒤에 양소가 다시 낚시를 채 올렸으나 미끼만 잃은 빈 낚시였다. 뒤쪽에서 구경을 하던 궁인 몇 사람이 손으로 입을 가린 채 소리 없이 웃었다. 그렇지만 양소가 보고서는 노기를 띠였다.

그러면서 말했다.

"참새가 어찌 큰 기러기의 뜻을 알겠는가?[190] 이 늙은이가 자라를 낚아 올리던 솜씨는 월척 짜리 잉어를 낚아 올리고, 폐하께 1만 배의 벌주를 올리겠습니다."

양제는 양소의 허풍 같은 큰소리에 '군신의 예법을 모르는 말'이라 생각하며 불쾌했다. 그리고 낚싯대를 놓고 손을 씻은 뒤 일어나 후궁으로 들어갔다.

온 얼굴에 노기를 띤 황제를 보고 소후가 크게 놀라며 물었다.

"두 분이 낚시를 즐기는 줄 알았는데, 왜 이리 화가 나셨습니까?"

양제는 여전히 분을 못 참겠다는 듯 강한 어조로 말했다.

"저 늙은이 교만과 무례를 정말 못 참겠소! 내 면전에서도 너무 건방져! 환관을 시켜 잡아다가 옷을 벗겨 엉덩이를 때려 주려

---

190 원문 燕雀安知鴻鵠之志(연작안지홍곡지지) – 연작(燕雀)은 제비나 참새 같은 작은 새. 소인. 安은 어찌? 의문부사. 홍곡(鴻鵠)은 큰 기러기(鴻)나 고니(鵠). 수만 리를 날아 이동한다. 大志(대지)를 품은 사람. 이 말은 사마천《史記 48권 陳涉世家》에 나오는 진승(陳勝)의 말이다.「陳勝早年窮困, 身爲家的雇工, 有大志, 因說 "如果我富貴了, 不會忘記你的" 而遭嘲笑, 自嘆, "唉, 燕子, 麻雀這些小鳥, 怎能知道鴻雁的志向呢!"」

다가 참았소이다. 그래야만 내 속이 시원할 것 같소."

소후가 황급히 양제를 저지하며 말했다.

"폐하께서 참으셔야 합니다. 그래서는 정말 안됩니다. 양소는 조정의 최고 원로이며, 폐하에게 그간 많은 도움을 주었습니다. 오늘 양소에게 싫은 표정을 짓는다면, 양소는 앞으로 폐하께 불복할 수도 있습니다. 지금은 그 노인이 병권을 잡고 있습니다. 지금 폐하께서 등극하신지 오래지 않아 아직은 그 사람을 제어할 힘이 부족합니다. 그가 지방으로 나가 반란이라도 획책한다면 폐하만 피곤하시고 종묘사직의 뿌리가 흔들릴 수도 있습니다. 그러니 조금 참으셨다가 시간을 두고 쳐내십시오!"

"황후 말씀이 지당하오. 내가 오늘은 참겠소."

그리고는 용변을 마친 뒤, 다시 태액지로 나갔다.

양소는 버드나무 그늘에 앉아 있었다. 그 풍채가 신선처럼 고상했고 그 체구가 늠름했으며, 허연 수염이 바람에 휘날리며 제왕의 기색이 풍겼다. 그런 모습을 보고, 양제는 다시 질투심을 느꼈다.

그렇지만 양제는 웃으면서 다가가 물었다.

"경은 짐이 자리를 비운 사이 몇 마리라도 낚았소?"

"물고기가 용이 된다고 하였습니다. 용이 되기 직전의 잉어가 있다면 몇 마리나 있겠습니까?"

그러면서 양소는 두 팔을 들어 벌리면서 일어나더니 금방 낚았다며 1자 3치나 되는 큰 잉어를 들어보였다. 그리고 낚시를 한쪽으로 밀쳐놓고 웃으며 말했다.

"뜻을 가졌으면 언제가는 꼭 성취하게 됩니다. 폐하께서는 저의 뜻을 어떻다고 생각하십니까?"

양제는 양소의 말이 건방지다고 생각하였지만, 그래도 웃으며 말했다.

"경과 같은 유능한 신하가 있으니 내게 무슨 걱정이 있겠는가?"

그러면서 양제는 양소를 데리고 음식상 앞으로 가서 자리를 잡았다.

그때 환관 하나가 들어와 아뢰었다.

"궐문 밖에 낙수(洛水, 洛河)의 어부가 황금 비늘에 붉은 꼬리를 가진 큰 잉어를 잡았는데, 그 잉어가 너무 특별하여 폐하께 헌상하며 만수를 축원한다며 갖고 왔습니다."

양제가 잉어를 보겠다고 하자, 환관 서너 명이 큰 동이에 담긴 잉어를 들고 들어왔다. 양제와 양소가 보니, 과연 석 자가 넘는 크기에 금색 비늘이 햇빛에 번쩍였다.

양제가 기뻐하며 태액지 연못에 풀어주라고 하였다.

그러자 양소가 손을 저으며 말했다.

"이 물고기에 신기(神氣)가 넘쳐나니 결코 연못에 갇혀 살 생물이 아닙니다. 만약 죽이지 않는다면 뒷날 무슨 풍운(風雲)을 일으켜 환난의 원인이 될지 알 수 없습니다."

양제는 자신의 말을 정면으로 반박하는 양소가 불쾌했지만, 그래도 웃으며 말했다.

"만약 정말로 용이 될 잉어라면 좁은 연못에 가둔다고 용이 안 되겠소? 그렇다면 더욱더 죽여서는 안될 것이요?"

그러면서 주위를 둘러보며 물었다.

"이런 잉어를 부르는 이름이 있는가?"

측근들이 모두 "없습니다."라고 말했다. 양제는 붉은 글씨를 쓰는 붓을 가져오라 하여 잉어의 몸에 '풀어 살려주다(解生)'라고 쓴 뒤에 연못에 방생하였다. 그리고 잉어를 헌상한 어부에게는 후한 상을 내렸다.

측근 신하가 술을 따라 올렸고, 양제는 천천히 술을 즐겼다. 가무를 담당하는 궁인들이 노래와 춤으로 양제의 이목을 즐겁게 하였다. 양제가 양소에게 이야기를 하려 하면 양소는 그때마다 측근이나 궁인들에게 다른 말을 하여 황제의 말문을 자주 막았다.

궁인들이 낚시로 잡은 고기를 회로 떠서 올리자, 양소는 황제보다 큰 물고기를 잡았다는 이야기를 하며 신이 났다. 양제가 큰 잔에 술을 따라 벌주라며 양소에게 권했다.

양소는 단숨에 잔을 비웠다. 그러면서 큰 잔에 술을 따라 황제에게 바치면서 큰 고기를 못잡으신 폐하에 대한 벌주라며 조금도 물러서거나 겸양하는 모습이 없었다.

양제는 술잔을 비우면서 다시 술을 따라 양소에게 보냈다.

"짐이 두 마리를 잡을 때까지 경은 한 마리도 못 잡았소! 그러니 이 잔은 두 번째 벌주요!"

황제와 측근의 권유도 있지만 신이 난 양소는 사양하지 않고 바로 잔을 받아 놓았다.

이때 양소는 이미 대취하였기에 꼬부라진 혓소리로 말했다.

"폐하께서는 두 마리지만, 그 두 마리를 합해도 제가 잡은 것보다 작습니다. 폐하께서 마리 수로 벌주를 내리시니, 저는 크기를 따져 폐하께 벌주를 올리겠습니다. 폐하께서 허락하셔야 제가 벌주를 마시겠습니다."

그러는 동안 양제가 환관을 시켜 한 잔을 더 권하였다. 환관이 술잔을 양소에게 가까이 가져갔는데, 술에 취한 양소가 손을 휘저어 술잔을 후려쳤다. 환관이 술잔은 놓치고 양소의 옷과 얼굴에 술이 쏟아졌다.

그러자 양소가 대노하며 소리쳤다.

"이런 빌어먹을 놈! 네놈이 어찌 천자의 면전에서 대신을 이리 모욕하는가? 도대체 이 궁중에는 법도도 없는가! 이놈을 끌어내 형틀에 잡아매라!"

양소가 너무 큰소리를 버럭 지르자, 양제가 오히려 민망하였다. 이런 어색한 자리에서 황제가 무슨 말을 해야 하겠는가? 양소를 말릴 수도, 그렇다고 환관을 나무라기도 이상했다. 황제는 양소만을 건너다보았다.

양소는 황제 앞에서 환관에게 역정을 낸 것이 무안했는데, 황제를 향해 약간 상체를 굽혀 예를 표한 뒤에 변명을 하였다.

"이런 환관이나 궁인들은 엄히 다스려야 합니다. 오늘 제가 좀 거친 것이 아닙니다. 저는 조그만 잘못이라도 엄하게 다스려야만, 늘 긴장하며 실수나 무례를 범하지 않는다고 생각한 것입니다."

양제는 그래도 또 치밀어 오르는 화를 참았다. 황후와 이야기했던 전국에 사람을 보내 미인을 뽑아올리면 어떻겠느냐는 이야기는 꺼내지도 못했다.

황제는 억지 웃음을 지으며 말했다.

"경은 짐을 위해 천하의 외치에 주력하면서, 그래도 궁정 법도까지 걱정을 하시니 정말 나라의 기둥이요. 그래서 경의 노고를 치하하며 격려주를 내리겠소. 사양치 마시오."

양소는 다시 몇 잔의 술을 더 마셨으니, 이제는 완전히 대취했고 겨우 일어나 인사를 하고 자리에서 나갔다. 양제는 곁에 있는 환관 두 사람을 보내 양소를 배웅케 하였다.

양소가 화원 문을 나서자 어디선가 시원한 바람이 불어왔다. 그러면서 집안에서 마신 술이 찬 기운을 만나자 술이 확 올라왔다.

양소는 환관의 부축을 뿌리치고 혼자 걸어가려고 했다. 그런데 갑자기 음습한 바람이 양소의 얼굴을 강하게 스치는 것 같았다. 양소는 정신을 차리려고 고개를 흔들었다.

그런데 양소의 눈앞에 선화부인 진씨가 나타났다!

아니? 왜 이러지? 선화부인이 양소를 질책하듯 따졌다.

"양복야! 당초에 진왕(晉, 楊廣)이 동궁의 자리를 쟁탈하려 할 때, 당신은 진왕을 도왔지 않소!"

양소는 술에 취했기에 선화부인이 죽은 사람이라는 사실을 기억하지 못했다.

그러면서 팔을 휘저으며 말했다.

"그 일은 이미 지난 이야기 아닌가? 부인은 왜 하필 지금 그걸 나한테 따지는 거요?"

그러자 선화부인이 정색을 하며 말했다.

"지금 선제(先帝)께서 나를 시켜 그것을 밝히라고 하셨습니다."

양소가 바로 즉석에서 대답하였다.

"나는 지금 폐하와 술을 마셨지만 폐하께서는 그런 말씀을 하지 않았습니다. 이제 동궁까지 이미 다 죽었지 않습니까?"

그렇게 말한 뒤, 양소는 몸을 비틀거리면서 앞에 선 선화부인을 바라보았다. 그런데 선화부인 뒤로 선제(文帝)가 창백하고 수심에 가득찬 얼굴에 용관(龍冠)을 쓴 채 서있었다. 선제는 몸에 상복을 입었고, 양손에는 처형에 쓰이는 큰 도끼를 들고 있었다.

그러면서 말했다.

"너는 주군을 시해한 늙은 역적이다. 그런데 아직도 억지를 부리는가?"

선제는 화가 난 표정을 짓더니 도끼를 들고 양소의 머리를 내리찍으려는 듯 양소를 향해 내리쳤다. 양소는 깜짝 놀라며 두 손을 들어 머리에 내려꽂히는 도끼를 막았다.

그러면서 양소는 비틀거리다가 꽈당 하며 길바닥에 엎어졌다. 양소의 입과 코에서는 피가 쏟아졌다. 양옆으로 환관이 달려들어 양소를 일으켰다. 또 다른 환관은 서둘러 황제에게 뛰어가 양소가 넘어졌다고 보고하였다.

양제도 술에 취해 정신이 몽롱하였지만, 그래도 늙다리 원로가 쓰러졌다는 말에 아무런 걱정이 없었다. 양소는 부축을 받으며 집에 도착했다. 양소는 왜 문제와 선화부인을 보게 되었는지 알 수가 없었다. 차츰 정신이 맑아지면서 아들 양현감(楊玄感)[191]을 불렀다.

---

191 양현감(楊玄感, 571－613년)－弘農 華陰縣(홍농 화음현) 출신. 양소(楊素)의 아들. 수말 지방 할거세력 중 하나. 양현감은 부친을 닮아 체구가 위풍당당했다. 부친의 작위(楚國公)를 계승했고, 문음으로 출사하여 禮部尙書(예부상서) 등 여러 관직을 거쳤다. 나중에 양제의 의심을 받자 반역을 획책하였다. 大業 9년(613)－수 양제의 2차 고구려 원정 때 양현감은 군량 수송 책임자였다. 그러나 백성의 저항으로 군량을 약속된 시기에 운반할 수 없었고, 또 요동(遼東)의 水軍總管 내호아(來護兒)가 모반했다는 거짓 정보에 속아 여양(黎陽)에서 반기를 들었다.
양현감은 친우인 이밀(李密)을 만났는데, 양현감은 이밀이 건의한 여러 방책 중 가장 하책을 선택했고, 결국 우문술의 공격을 받아 대패했고 나중에 도주할 수도 없는 궁지에서 자신의 부하에게 죽여달라 부탁하여 비참한 최후를 마쳤다.

"아들아! 내가 천하를 도모하려는 뜻이 발각되었고, 뒷일이 다 급하다."

그러면서 뒷일을 부탁하였지만 그날 밤에 죽고 말았다.

천도는 돌고 돌며 순환하나니, (天道有循環)
간웅은 천수를 거의 못 누린다. (奸雄鮮終始)
그 사람 이미 그렇게 발호했으니, (他旣跋扈生)
보통의 그런 죽음은 못 누린다. (難免無常死)

양제는 양소가 죽었다는 소식에 "난 이제 두려울 게 없어!"라고 말했다. 그리고 허정보(許廷輔) 등 10명의 태감(太監)을 선발하여 분부하였다.

"너희들 10명은 이제 천하를 돌며 최고의 미녀를 정선하여라. 어느 지역이건 15내지 20명을 선발하여 경사로 속속 올려보내라. 선발을 잘하면 크게 상을 베풀겠지만, 부진하면 벌을 받을 것이다. 게으르거나 놀음에 빠져 사건을 야기시킨다면 엄중 처벌할 것이다."

허정보 등은 황제의 명을 받아 출발하였다. 우선 경성 내에서 미인을 수색한다는 황제의 방문(榜文)이 붙자 경성에서 온갖 풍문이 들끓었고, 그에 따른 소란이 있었다.

어느 저녁에, 양제는 소후와 상의하며 말했다.

“짐(朕)이 생각해 보니, 옛날의 역대 제왕은 모두 많은 이궁(離宮)이나 별관(別館)을 갖고 평생을 즐기며 살았소. 짐은 지금 이렇듯 강대한 나라이지만 때에 따라 즐겁게 놀만한 곳이 없으니 천하 백성들의 웃음을 사고 있소. 내가 생각할 때 낙양은 천하의 한 가운데이니, 그곳을 동경(東京)으로 삼고, 현인궁(顯仁宮)을 지어 사방 제후나 이민족의 조하를 받으며 소요(逍遙)한다면 얼마나 즐겁겠는가?”

그러자 늘 황제를 수행하는 두 사람의 아첨하는 신하인〔영신(佞臣)〕, 우문개(宇文愷)[192]와 봉덕이(封德彝)[193]를 불러 즉시 이를 맡아 추진케 하였다.

그러자 우문개가 상주하였다.

「고대의 제왕(帝王)은 모두 명당(明堂)[194]을 설치하고 제후(諸

---

192 우문개(宇文愷, 555-612년, 字는 安樂)-선비족. 무장 출신 가문. 전문 건축가. 문제 開皇(개황) 2년(582)에 신도읍 대흥성(大興城, 今 陝西省 西安市)을 건축하였다. 開皇 4년(584) 운하, 광통거(廣通渠)를 개착하여 위수(渭水)와 황하를 연결하였다. 양제 大業 원년에(605) 동경 낙양성 건설에 착수하여 황성과 외곽성을 분양 완성하였다. 大業 8년에 죽었다. 저서로는《東都圖記(동도도기)》20권,《석의 (釋疑)》1권,《明堂圖議》2권이 있다.

193 봉덕이(封德彝, 568-627년, 彝는 떳떳할 이)-名은 륜(倫), 字는 德彝, 字로 통행. 양소의 막료로 출발. 隋朝(수조) 중요 대신, 당초의 재상, 밀국공(密國公).

194 明堂(명당), 영대(靈臺), 벽옹(辟雍)-이를 三雍(삼옹)이라 칭한다. 明堂은 皇帝가 政教의 大典을 행하는 건물, 곧 朝會, 祭祀, 慶賞

侯)의 조하를 받았습니다. 순(舜)도 2실(二室)을 지었고, 문왕(文王)은 영대(靈臺)와 영소(靈沼)를 지었는데, 매우 장려하였고 인덕을 천하에 널리 펴려고 하였습니다. 지금 폐하께서는 현인궁(顯仁宮)을 짓고 성스런 교화를 펴려 하시니, 이는 순임금이나 문왕과 같은 궤적이며, 이는 고금의 성대한 사업일 것입니다. 그러니 신들이 이를 어찌 소홀히 할 수 있겠습니까?」

그리고 봉덕이도 상주하였다.

「천자가 궁전을 지을 때, 광대하지 않다면 볼만한 것이 없고, 화려하지 않다면 널리 덕을 펴는데 부족할 것입니다. 그러하니 남쪽으로는 조동(皀澗)까지 북쪽으로는 낙수(洛水)에 닿아야 합니다. 천하의 특별한 재료나 석재를 동원해야 하고, 기화요초나 진기한 새와 짐승으로 그 안을 채워야만 만국이 모두 조정을 우러러볼 것입니다.」

그러자 양제가 크게 좋아하며 말했다.

(경상), 養老, 教學 등의 행사를 집행하는 곳. 靈臺는 본래 周 文王이 만들었다는 樓臺(누대). 음양과 천문의 변화를 관측하는 곳. 3월과 9월에 鄕射禮를 거행했다. 누대의 높이 三丈, 12개의 문이 있으며 天子의 누대는 靈臺, 諸侯는 觀臺라고 했다. 周 文王 영대의 옛 유구(遺構)는, 今 陝西省 西安市 戶縣에 남아있다. 辟雍(벽옹)은 본래 周代의 중앙교육기관. 太學이 소재한 곳. 전체적으로 둥근 모양(하늘을 상징)에 물을(教化) 두르고 있는 형상으로, 이는 교화가 물처럼 흘러 널리 퍼지라는 뜻이다.

“경들 두 사람은 온 힘과 마음을 다 기울여 이 일을 잘 마무리하기 바란다. 짐은 충분한 보상을 할 것이다.”

우문개와 봉덕이는 낙양성과 현인궁 공사에 바로 착수하였다.

조서에 의하면, 이 공사에 「대강(大江, 長江)의 남쪽, 그리고 오령(五嶺) 산맥[195] 이북에서 공사에 필요한 모든 재료를 동원할 수 있어 설계와 시공에 조금의 착오도 있을 수 없게 하였다. 모든 공사 비용은 장강 이남 오령 이북은 물론 각 고을에서 각각 은자 3천 냥씩을 모두 분담케 하였다.」

그러나 이 과정에서 얼마나 많은 일이 일어났겠는가? 사방 백성의 불만은 어떠했겠는가? 백성이 당한 재앙을 어찌 다 말할 수 있겠는가? 그러니 뒷날에 어떤 일이 일어날지 누가 알랴? 일단 다음 회를 읽어 보시라.

---

195 五嶺〔五嶺山脈(오령산맥), 南嶺山脈〕 – 長江과 주강(珠江) 水系의 분수령. 동서로 달리는 산맥. 오령 산맥남쪽은, 今 廣東省(광동성), 廣西省, 海南省 등 중국 남부를 지칭한다.

수·당연의(隋·唐演義) {제1권}

초판 인쇄 2023년 6월 15일
초판 발행 2023년 6월 22일

지 음 | 저인확
옮 김 | 진기환
발 행 자 | 김동구
디 자 인 | 이명숙·양철민
발 행 처 | 명문당(1923. 10. 1 창립)
주 소 | 서울시 종로구 윤보선길 61(안국동)
국민은행 006-01-0483-171
전 화 | 02)733-3039, 734-4798, 733-4748(영)
팩 스 | 02)734-9209
Homepage | www.myungmundang.net
E-mail | mmdbook1@hanmail.net
등 록 | 1977. 11. 19. 제1~148호

ISBN 979-11-91757-75-0 (04820)
ISBN 979-11-91757-74-3 (세트)
20,000원